O ABANDONO DA FÉ

Toby Clements

O ABANDONO DA FÉ

2º VOLUME DA TRILOGIA
KINGMAKER

Tradução de Geni Hirata

Título original
KINGMAKER
BROKEN FAITH

Copyright © Toby Clements, 2015
Mapa © Darren Bennett

Toby Clements assegurou seu direito de ser identificado como
o autor dessa obra em concordância com o Copyright,
Designs and Patents Act 1988.

Direitos para a língua portuguesa reservados
com exclusividade para o Brasil à
EDITORA ROCCO LTDA.
Av. Presidente Wilson, 231 – 8º andar
20030-021 – Rio de Janeiro – RJ
Tel.: (21) 3525-2000 – Fax: (21) 3525-2001
rocco@rocco.com.br
www.rocco.com.br

Printed in Brazil/Impresso no Brasil

Preparação de originais
MAIRA PARULA

CIP-Brasil. Catalogação na fonte.
Sindicato Nacional dos Editores de Livros, RJ.

C563a	Clements, Toby
	O abandono da fé: da trilogia Kingmaker / Toby Clements; tradução de Geni Hirata. – 1ª ed. – Rio de Janeiro: Rocco, 2017. (Kingmaker)
	Tradução de: Kingmaker: broken faith
	ISBN 978-85-325-3052-3 (brochura)
	ISBN 978-85-8122-678-1 (e-book)
	1. Romance inglês. 2. Romance histórico inglês. I. Hirata, Geni. II. Título. III. Série.
16-37478	CDD-823
	CDU-821.111-3

O texto deste livro obedece às normas do
Acordo Ortográfico da Língua Portuguesa.

Para Alex, Isabel, Justin e Matt (1967 e 1968-1989),
ainda conosco todos os dias, no coração e na mente.

Castelo de Bamburgh
Castelo de Dunstanburgh
Castelo de Alnwick
Newcastle
Castelo de Bywell
N
W
E
S
Mar do Norte
York
Batalha de Towton
Batalha de Ferrybridge
Castelo de Wakefield
Castelo de Pontefract
Marton
Lincoln
Priorado de Haverhurst
Boston
Batalha de Stoke Field
Castelo Cornford
Wash
Batalha de Bosworth
Batalha de Losecoat Field
INGLATERRA
Batalha de Northampton
Batalha de Edgcote
Batalha de Tewkesbury
Batalha de St Albans
Batalha de Barnet
Estuário do Tâmisa
Londres
Sandwich
Canterbury
Estreito de Dover
Calais
Sangatte
Newnham
Flandres
Ilha de Wight
Canal da Mancha
Picardia

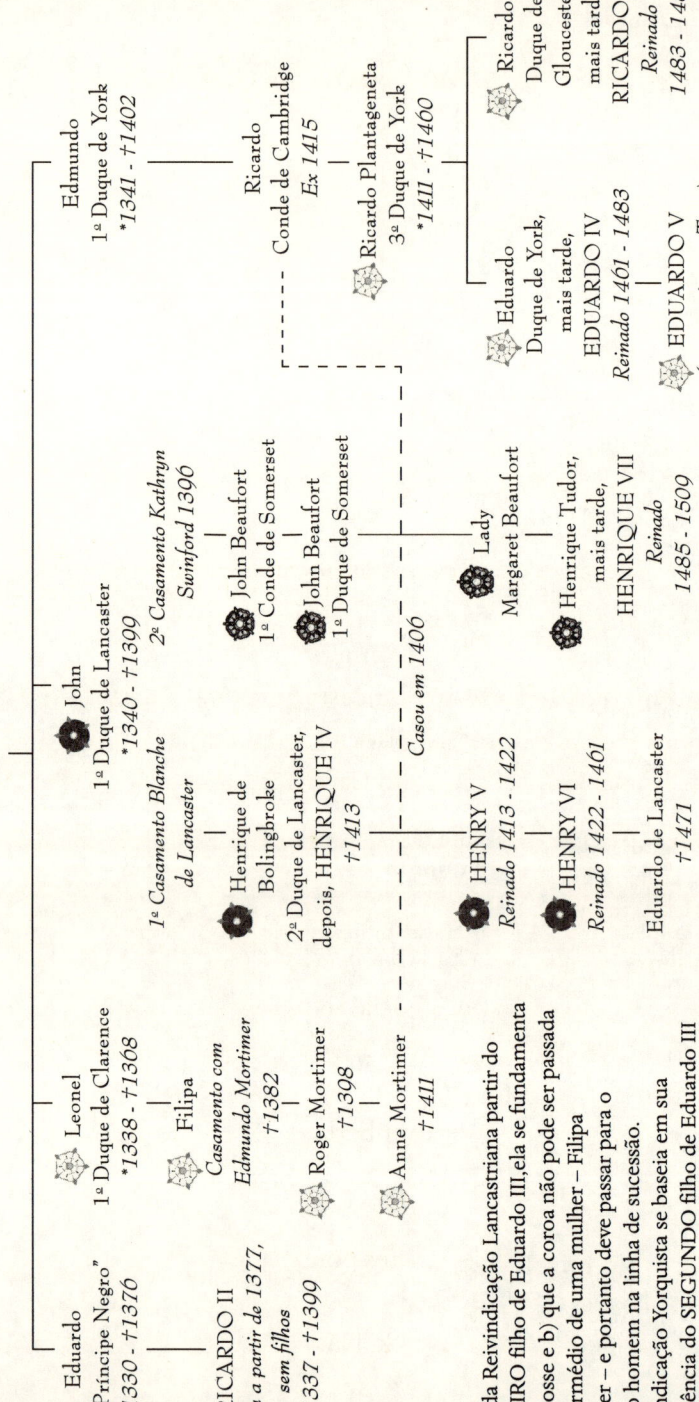

Facções nas Guerras das Rosas
Novembro de 1463

Casa de York

Rei Eduardo IV:
vencedor da Batalha de Towton, coroado rei em 1461.

Ricardo Neville, conde de Warwick:
arquiteto da vitória yorquista, conhecido como Kingmaker, "o Fazedor de Reis".

John Neville, lorde Montagu:
irmão mais novo do conde de Warwick, governador de East March, comandante das forças yorquistas no norte. Agressivo, astucioso, implacável.

Henrique Beaufort, 3º duque de Somerset:
líder derrotado da facção lancasteriana na Batalha de Towton, caiu em desgraça, mas posteriormente foi recebido na corte do rei Eduardo, em 1463, e nomeado Cavalheiro da Alcova do Rei, para indignação de todos.

Casa de Lancaster

Rei Henrique VI:
rei deposto, em exílio na Escócia, retornou à Inglaterra em 1463. Sua incansável mulher Margaret de Anjou está exilada na França.

Ralph Percy:
irmão do conde de Northumberland, comandante do Castelo de Bamburgh.

Lordes Roos e Hungerford:
lordes nortistas, com seguidores pouco confiáveis.

Sir Ralph Grey:
castelão do Castelo de Alnwick. Não há provas de que tenha sido um bêbado.

Prólogo

A Batalha de Towton, travada sob forte nevasca no Domingo de Ramos de 1461, registrou vinte mil ingleses mortos, mais em um dia do que jamais ocorrera antes ou depois. Apesar de Eduardo de York ter triunfado, e posteriormente ter sido coroado Eduardo IV, sua vitória se deu por uma margem mínima e não assinalou o fim das Guerras das Rosas.

O velho rei Henrique VI, de Lancaster, e sua indômita rainha francesa Margaret conseguiram escapar e se refugiar no norte, na Escócia, onde tentaram seduzir os escoceses e os franceses, e convencê-los a atacar a Inglaterra muito enfraquecida do recém-coroado rei Eduardo. Entretanto, apesar das promessas de ajuda, nem os escoceses, nem os franceses se deixaram aliciar e, após dois anos, tudo que restou à causa do destronado rei foram alguns castelos em Northumberland, meros postos avançados em seu reino desaparecido.

Esses castelos – Dunstanburgh, Bamburgh, Alnwick – tornaram-se faróis de esperança, atraindo os derrotados, os que tiveram seus bens confiscados e aqueles cuja lealdade ao velho rei lancasteriano não podia ser comprada com a promessa de títulos e cargos do novo rei yorquista. Entre esses estavam os duques de Somerset e Exeter, e os lordes Hungerford e Roos, e desses castelos eles mantinham acesas as últimas chamas da esperança lancasteriana.

Mas a vida nesses fortificados castelos nas praias áridas e desoladas do mar do Norte estava longe de ser confortável. E agora o conde de Warwick, o poderoso aliado do rei Eduardo, marcha para o norte com artilharia suficiente para pôr abaixo qualquer fortaleza e com um exército às suas costas maior do que aquele reunido em Towton. Assim, enquanto alguns rezam para que a queda dos caste-

los assinale o fim de um doloroso capítulo na história da nação, outros rezam para que algum milagre impeça o desastre e que o velho rei sobreviva, prospere e volte para corrigir as injustiças dos últimos anos...

PARTE UM

Castelo de Cornford, Cornford, condado de Lincoln, Inglaterra, após a Festa de São Miguel Arcanjo, 1462

1

É a hora antes do meio-dia no segundo dia depois da festa de São Lucas, no final do mês de outubro, e à luz cinzenta que se projeta obliquamente pela porta da cozinha do castelo, Katherine inspeciona o pequeno corpo sem pele de um animal deitado sobre a limpa mesa de carvalho. O animal está eviscerado, sem cabeça e sem patas.

– Coelho, milady – diz a mulher de Eelby. – Marido pegou hoje de manhã. Perto do escoadouro Cold Half-Hundred.

Katherine conhece o escoadouro Cold Half-Hundred e conhece Eelby, que está sentado com suas costas largas viradas para ela, comendo seu pão de um modo que ela pode ouvi-lo mastigar. Ele não diz nada, nem sequer resmunga, mas seus ombros musculosos estão erguidos e ela pode ver que ele está à espera de alguma coisa, então ela força a estreita gaiola das costelas do animal a se abrir e conta. Encontra treze pares.

– Um coelho, não – ela diz. – Um gato.

Eelby para de mastigar. Sua mulher sustenta o olhar de Katherine por um instante, depois abaixa os olhos e esfrega sua barriga inchada. Ela já deve estar prestes a dar à luz, Katherine pensa, e deve estar com medo do que está por vir. Seu marido engole seu pão.

– É um coelho – ele diz, sem se virar. Há dobras de pele clara na gordura suja de seu pescoço. – Como a mulher lhe disse. Eu mesmo o matei.

Katherine sabe que ela ainda lhes parece estranha – uma intrusa bem-vestida, pequena, esbelta, com o chapéu puxado para baixo a fim de esconder sua orelha e as feições já angulosas ainda mais esmerilhadas por sofrimento e privação –, mas tem sido assim desde que ela chegou ao Castelo de Cornford há mais de um ano, desde a primeira vez em que conduziu Richard Fakenham em seu cavalo pelas duas pontes e pela guarita fortificada para tomar posse da propriedade de seu suposto pai falecido.

As muralhas haviam parecido mais altas na época, de pedra cinzenta e áspera, manchadas de umidade mesmo nos meses de verão, as ervas daninhas brotando de cada fenda e toda espécie de imundície sob os pés. A mulher de Eelby estava parada em um degrau da cozinha – que não havia sido varrido –, batedor de lavar roupa à mão, enquanto cachorros famintos, presos a correntes, rosnavam e o ar estava azedo com o mau cheiro de seus dejetos.

– O que é isso? – Richard perguntara, franzindo o nariz. A mulher de Eelby olhara fixamente para seus olhos envoltos em bandagens e em seguida desviara o olhar, benzendo-se rapidamente e murmurando uma prece qualquer.

– Boas-vindas – Katherine lhe dissera. – Em termos.

– Onde está todo mundo? – ele perguntara.

– Mortos – alguém respondera. Fora Eelby, o capataz do castelo, emergindo de uma porta baixa da guarita de onde ele os observara atravessar o brejo. Ela não gostara dele desde o primeiro instante em que o vira – troncudo e atarracado, com orelhas carnudas e olhos pequenos e malignos – e nem ele gostara dela.

– Mortos? – ela perguntara.

– Sim – Eelby respondera. – Todos os homens, exceto eu, foram para o norte com sir Giles Riven e agora já perdemos as esperanças de que voltem para casa.

Eelby falara como se tivesse sido culpa dela, como se ela, Katherine, tivesse sido responsável por suas mortes, mas ela o ignorara e passara a examinar o castelo, a notar o acúmulo de sujeira, a dilapidação das pedras, o apodrecimento das madeiras. Havia gralhas no telhado e mato brotando entre as pedras e subindo para as ameias. Fora a nova insígnia de pedra dos corvos de Riven que, ela imaginava, fora colocada no lugar do antigo brasão Cornford, o castelo parecia estar caindo aos pedaços há algum tempo. Era estranho ver como Riven dera pouco valor a algo que sir John Fakenham e seu filho Richard haviam despendido tanto tempo, energia e sangue para adquirir.

Ela não imaginara que seria assim. Nem Richard.

Eles tinham vindo de Londres com alguns dos homens de William Hastings, dez deles, fazendo a guarda e uma carroça abarrotada de presentes de casamento que haviam ganhado, a maior parte do recém-alçado à nobreza lorde Hastings: dois travesseiros de pena, uma almofada comprida para cama ou sofá, um cofre, dois pequenos baús de carvalho, cem ganchos de tapete de parede, um quilo e meio de arame e um saco de aniagem de pregos para sapatos. Havia, ainda, duas túnicas de tecido rústico de lã verde, uma de tecido adamascado, uma peça de tecido rústico marrom e um par de meias compridas. Para Richard, havia um casaco e um gibão, arreios para cavalo e uma espada de lâmina curta. Não era muito, Hastings admitira, porém o que mais se pode dar a um cego?

Eles vieram pela mesma estrada que haviam percorrido com sir John e os outros no verão do ano anterior e, para se consolarem de suas perdas e da ausência dos homens que amavam, tentaram imaginar o que encontrariam quando chegassem a Cornford: algo forte e seguro, com telhados de ardósia, paredes sólidas e três janelas envidraçadas no solário. Haviam imaginado um administrador lá fora coletando impostos. Haviam imaginado colmeias, granjas cheias de gansos e galinhas, pombos gordos nos pombais, a roda d'água de um moinho com seu lamento constante, talvez uma cova de serragem e um padre à porta de sua igreja. Haveria cervejarias, um padeiro, um ferreiro e uma estalagem. Haveria homens para cuidar dos bois e para tosar carneiros. Haveria garotos para ir buscar lenha na floresta e garotas para tomar conta das cabras. Haveria mulheres em vestidos de lã com bebês nos quadris e barris de cerveja fermentando na friagem do porão.

Mas não foi assim. Em vez disso, havia apenas viúvas e órfãos. A roda do moinho estava quebrada, o padre não recebera seu pagamento e fora embora, e o que fora plantado nos terrenos cultivados pelos homens que haviam partido para o norte agora apodrecia nos campos encharcados.

Katherine pensou, na ocasião, que talvez Richard tivesse sorte em não poder ver tudo aquilo.

E agora, um ano depois, ali está ela, parada no meio da cozinha com o corpo de um gato na mão e um mero fio de fumaça dos pequenos galhos que alimentam o fogo na lareira. Ela olha para o pequeno corpo e pensa em pedir para ver a cabeça, ver os pelos e as patas, mas ela muitas vezes se rebaixou com Eelby no passado, descendo ao seu nível e mais tarde tendo que suplicar-lhe que aceitasse suas desculpas, para que houvesse comida na mesa para Richard. Ela prometera a si mesma que não faria isso novamente e portanto não o faria agora. Além do mais, o que há de tão ruim em comer gato?

Ela recoloca o corpo do gato na mesa, deixa Eelby e sua mulher ali e fecha a porta atrás de si. Faz frio do lado de fora, talvez o primeiro sinal da chegada do inverno, e sua orelha começa a latejar enquanto ela corre para a torre de menagem e sobe as escadas para o solário onde Richard está sentado exatamente como o deixou, em um banco junto à pilha de cinzas de um fogo quase extinto. Ele raramente deixa este lugar. Está ansioso demais para se aventurar lá fora ultimamente, amedrontado demais com o que não lhe é familiar, mas em substituição à falta de visão, seus outros sentidos se aguçaram.

– Ele está tentando alguma nova fraude? – ele pergunta.

– Como adivinhou?

– Pelo seu modo de andar. Como se estivesse com raiva.

Ela ri consigo mesma e atravessa o umbral para tocar em seu ombro. Ele vira o rosto para ela, sorri inexpressivamente, estende a mão.

– Margaret – balbucia.

Katherine sabe que deve segurar sua mão. Ela o faz, olhando para seu marido. Ela quer trocar sua camisa. Está suja e há marcas de dedos de fuligem onde ele a ajeitou depois de mexer no fogo. Ele a puxa para ele, passa o braço ao redor de sua cintura. É sempre assim. Ele não consegue simplesmente – ser. Precisa agarrá-la, tocá-la. Mesmo agora, a palma de sua mão desliza de sua cintura para seu quadril e ela não consegue deixar de retesar o corpo. Ele sente sua reação. Seu sorriso já ausente definha e ele deixa a mão pender. Parece um cachorrinho espancado.

Ele decaiu muito no último ano, perdeu os músculos que adquirira com todos os exercícios de luta que costumava fazer, todas as cavalgadas com os cães de caça e práticas com os falcões. Transformaram-se em gordura naqueles primeiros meses, mas agora também a gordura se foi e sua pele está flácida nos ossos. Não há ninguém para fazer sua barba, ninguém para pentear seus cabelos, de modo que Katherine aprendeu a fazer isso também.

– Vamos dar uma volta? – ela pergunta.

Ele suspira.

– Sim – diz. – Leve-me a um lugar alto de onde eu possa escorregar e cair para a morte.

– Vamos – ela diz. Ela segura seus braços e precisa puxá-lo para que ele consiga se levantar.

Ela satisfaz seu desejo e o conduz para fora do solar, tropeçando pelos degraus de pedra da escadaria circular que leva ao topo da torre. Na subida, há uma janela sem vidro através da qual ela pode ver o único toque de decoração remanescente no castelo: uma gárgula na forma de uma cabeça de leão, vertendo água no pátio embaixo. Tudo o mais que pudesse ter algum valor desapareceu, foi arrancado e vendido, e ela imagina que aquela gárgula só permaneceu ali porque era difícil demais de alcançar. Não fica claro se foram os homens de Riven que pilharam o castelo antes de partir para o norte ou se foram Eelby e sua mulher que, aos poucos, foram depenando o lugar e vendendo tudo que podiam.

Quando saem para o passadiço no alto da torre, ela guia Richard pelas traiçoeiras lajes do piso para que ele fique de frente para o forte vento do leste, em que ela imagina que pode sentir o gosto de sal do mar que se estende logo depois do horizonte. Está bastante frio para fazer seus olhos lacrimejarem, mas não os dele. Ele fica parado, agarra a borda do merlão de pedra e balança-se para frente e para trás, para frente e para trás. Em sua desgraça, ele parece um idiota.

Ela desvia o olhar e observa as terras fora do castelo, vendo tudo que requer atenção: os fossos entupidos de lodo e os canais dos campos de lavoura encharcados, as cercas caídas, as árvores frutíferas precisando de poda, as aveleiras precisando de talhadia, os salgueiros precisando de desbaste. Próximo dali, depois da primeira ponte, os telhados do curral de vacas e do palheiro estão afundados e cobertos de ervas daninhas e, além deles, a roda do moinho permanece emperrada, enquanto a água irrompe pelo dique quebrado embaixo. Há algumas casas junto ao aterro elevado por onde corre a estrada, algumas delas ocupadas, os contornos dos telhados suavizados por uma névoa de fumaça clara, mas também há outras, abandonadas, com os contornos dos telhados modificados pelos vizinhos que roubaram vigas para servir de lenha.

– Logo será inverno – Richard diz.

Ela se pergunta o que, em nome de Deus, eles farão.

– O que lhe parece? – ele pergunta.

– Triste – ela responde.

Ele tenta encorajá-la.

– Não temos homens para cuidar do lugar. E Eelby... se eu tivesse olhos eu o mataria agora.

– Então, teríamos um a menos – ela suspira – e ficaríamos em uma situação ainda pior.

Ela se lembra mais uma vez de suas grandes esperanças quando viajavam para o castelo. Richard lhe perguntara o que deveriam encontrar, já que ela supostamente passara sua infância no castelo, mas ela lhe dissera que não conseguia se lembrar de quase nada.

– É um castelo – ela dissera.

– Sim, sim, mas Windsor é um castelo. A Torre é um castelo. Como ele é? Meu pai disse que era bem construído, sólido, e que havia dois fossos.

– Há fossos, sim – ela concordara. – Sim. Sim. Isso mesmo. Fossos.

Embora ela tivesse se indagado o motivo para mais de um fosso.

– E quem estará lá? – ele continuara a perguntar. – O administrador e o capataz, é claro, mas você se lembra deles? Ou já se passou tempo demais para isso?

Ela concordara mais uma vez.

– E qualquer coisa pode ter acontecido ao lugar – ela acautelara. – Ou a eles.

Na verdade, ela não fazia a menor ideia da recepção que poderiam esperar. Nos primeiros dias após sua chegada, ela procurara no vilarejo alguém tão velho que pudesse se lembrar de Margaret Cornford quando pequena, mas não havia mais ninguém vivo que pudesse fazer isso. Quanto mais tempo ela permanecia no lugar, mais confiante se tornava.

E assim, agora, ela toma o braço de Richard e o leva para ficar de frente para o norte. Não dizem nada por alguns instantes. Ela observa o rio, uma faixa cinzenta, sinuosa como uma cobra, entre os juncos. Está inerte e também parece destruído.

– Você sente falta de Marton Hall? – ela pergunta.

Ele volta o ouvido para Margaret, sua maneira de olhar para ela.

– Marton Hall? – pergunta. – Não. Ou não exatamente. Eu sinto falta... eu sinto falta das pessoas. Sinto falta do meu pai, é claro. E de Geoffrey Popham, o administrador e sua mulher. Eles eram... bem. Havia Thomas, é claro. Você o conheceu. E os outros. Lembra-se de Walter? Era um bruto, não era? Mas pela graça de Deus, ele era... enfim... e Kit, é claro. Eu penso nele, às vezes. Não me lembro de onde ele veio. Acho que o encontramos em um navio, pode acreditar? Mas sabe que ele curou a fístula do meu pai? Não passava de um garoto, mas ele o cortou, como um cirurgião, e todos nós ficamos ao seu lado e sabíamos que ele estava fazendo tudo corretamente. Por todos os santos, quando penso nisso agora... naquele verão. Tudo fremia de vida.

Ela pensa em Marton Hall e se lembra do longo verão que passou lá, fingindo ser um garoto, atendendo pelo nome de Kit. Ninguém – nem Richard, nem sir John, nem nenhum dos outros – suspeitara que ela fosse outra pessoa que não quem alegava ser, e por que o fariam? Assim, mais tarde, quando precisou, ela pôde retornar em outro disfarce emprestado, o de lady Margaret Cornford. O verão é uma recordação feliz, dominada principalmente por Thomas, é claro, mas inevitavelmente estragada pela lembrança do inverno que se seguiu. Desde então, ela aprendeu a não fungar quando as lágrimas vêm, agora pode chorar silenciosamente.

– Mas – Richard continua rapidamente, como se ele soubesse –, todos já se foram agora. E de qualquer forma, para que ter um solar quando se pode ter um castelo?

Ele parece falar em tom de brincadeira. E gesticula, pouco sabendo que está abrindo os braços para uma paisagem rural opressiva e arruinada, povoada por responsabilidades preocupantes e pequenas desonras. Ela gira a aliança em seu dedo e juntos eles caminham ao longo do passadiço da torre até o momento em que ela para e se obriga a olhar para oeste, além dos charcos, para o agrupamento de construções cinzentas de pedra, pouco visíveis ao longe.

É o Priorado de St. Mary em Haverhurst. Neste ano que está passando em Cornford, nunca esteve na trilha aterrada, acima do charco, que leva aos portões, nunca sequer deixou o castelo naquela direção. Tudo que consegue fazer é obrigar-se a olhar para ele ao menos uma vez ao dia e toda vez que o faz ainda sente uma súbita explosão de pânico. Olhando para ele agora, pode ver que o lugar quase não tem nada – uma igreja, alguns prédios compridos circundados por aquele muro – e parece absurdo que durante a maior parte de sua vida ele tenha compreendido todo o seu mundo. Ela se pergunta o que estariam fazendo lá agora e sabe instintivamente que é a hora Noa e que as irmãs estariam se reunindo em observância à hora canônica.

Sente-se aliviada quando ouve um alvoroço de latidos embaixo e ela pode desviar os olhos. A mulher de Eelby está lá, alimentando os cachorros Deus sabe com quê. A cabeça do gato, talvez.

– É a mulher de Eelby – ela diz a Richard. Ele resmunga. Katherine se pergunta outra vez quantos dias ela ainda pode ter até o parto. Ela perguntou a Eelby sobre a mulher já começar a ficar de repouso para o parto, mas ele riu debochadamente e lhe disse que mulheres como a sua não precisam de repouso. Disse-lhe que de qualquer maneira não era de sua conta e lhe contou que ele já fizera o parto de vacas e seus bezerros e de ovelhas e seus cordeiros e que não havia nada de muito especial em fazer o parto de uma mulher e seu bebê.

Katherine, então, tentara falar com a mulher de Eelby, para evitar a obstrução do marido, mas a mulher ficou amedrontada e se afastou, sacudindo a cabeça como se não quisesse ouvir o que estava sendo dito e Katherine não soube dizer se era a perspectiva do parto que mais a amedrontava ou se era seu marido. Katherine perguntou se havia uma mulher no vilarejo que assistia partos.

— Havia — a mulher de Eelby disse —, mas ela está no cemitério da igreja desde o dia de Santa Agnes no ano passado, e sua filha ao seu lado, de forma que agora não há mais ninguém.

De seu posto privilegiado no alto da torre, Katherine observa a mulher de Eelby e se pergunta como pode continuar trabalhando neste estado. Ela deve dar à luz a qualquer momento. Já deve até ter passado da hora. Ela imagina seu temor. Como deve ser saber o que está por vir? Ela tem visto os rostos dos homens quando marcham para a batalha, o ricto sombrio da boca, o olhar distante, a pele da cor de gordura de ganso e as mãos trêmulas que só podem ser acalmadas com vinho ou cerveja. Mas e quanto às mulheres que se preparam para o parto? Sua chance de morrer é ainda maior e a dor terrível, uma certeza.

— Temos que fazer alguma coisa pela mulher de Eelby — ela diz a Richard. — E depressa.

Richard resmunga outra vez.

— Será que deveríamos mandar trazer a enfermeira do priorado? — ela pergunta.

No mesmo instante em que fala, ela sente aquele alvoroço familiar no peito. Sua respiração se acelera um pouco e ela sente-se zonza.

Mas Richard rejeita a ideia.

— O St. Mary é um priorado gilbertino, lembra-se? — ele diz. — Uma ordem religiosa enclausurada. As mulheres só podem ver o mundo exterior através de uma abertura não maior do que um polegar de largura e um dedo de altura. Sabia disso? Também dizem que é de metal. Para impedir que as irmãs a alarguem com o tempo. Portanto, a enfermeira não poderia vir nem que quisesse porque, afinal, que experiência ela poderia ter em partos? Entre aquelas mulheres que não veem um homem há... nunca?

Richard sabe pouco a respeito das irmãs no priorado, ela supõe, mas na verdade ele não está pensando nelas: está preocupado consigo mesmo e com ela, e mais uma vez o assunto da própria falta de um herdeiro se coloca entre eles, sombrio e pesado. Não é que ela não tenha tentado. Eles se casaram no primeiro mês após a coroação do rei Eduardo, quando ela considerara Thomas Everingham morto, e desde então eles têm se deitado como homem e mulher de vez em quando. Ela não gosta de se lembrar desses primeiros encontros, mas desde então eles alcançaram não tanto um entendimento, mas uma maneira de fazer as coisas.

No entanto, não há nenhum filho e ela sente que também não há nenhum a caminho. Assim, ela se pergunta se essa maneira é a certa afinal, ou se tal união, forjada em uma tristeza velada, algum dia será abençoada.

A mulher de Eelby já alimentou os cachorros e se retira devagar em direção à cozinha.

— Talvez eu mesma pudesse encontrar uma mulher? — Katherine sugere. — Ter ela aqui quando o bebê chegar.

— Há alguém no vilarejo? — Richard pergunta.

— Não — ela admite. — Mas talvez em um dos outros vilarejos? Ou devo ir até Boston? Preciso vender o tecido que ainda nos resta. Você poderia vir comigo?

Richard balança a cabeça, assentindo, mas ambos sabem que ele não irá.

Na manhã seguinte, é Eelby quem espera sozinho por ela do outro lado da primeira ponte com dois cavalos sob a chuva torrencial. Ele a faz atravessar a pé o pátio, passar pelos cachorros, agora silenciados com um osso cada um, e pela porta da cozinha, onde sua mulher apoia-se contra a parede. Quando Katherine a vê, para de repente. A pele da mulher está esticada e seus olhos esbugalhados de uma forma quase grotesca. Ela também respira ruidosamente, quase ofegante, e quando ela ergue a mão, Katherine pode ver que está horrivelmente inchada.

— Bom dia, dona Eelby — Katherine grita. — Estaremos de volta o mais rápido que pudermos. Descanse até retornarmos. Não faça nada, ouviu?

A mulher de Eelby não fala, mas balança a cabeça rigidamente, como se não conseguisse mexê-la por causa do inchaço no pescoço. Ela parece aterrorizada, Katherine pensa, e atravessa correndo a guarita e a primeira ponte, até onde Eelby está com um ar infeliz em seu chapéu de palha molhado.

— Sua mulher... — ela começa a dizer.

— Ela vai ficar bem — ele a interrompe.

Ela toma uma decisão. Encontrará alguém em Boston. Ela monta na sela e se acomoda. Em seguida, partem, atravessando a segunda ponte para a estrada elevada que atravessa o charco.

— Precisa de reparos — ela diz.

Uma pausa.

— Difícil consertar uma ponte quando não se tem madeira — ele diz.
— Ou pregos. Ou um martelo. Ou alguém para usá-los.

— Não há ninguém realmente?

Ele tira as mãos das rédeas e aponta para as casas ao longo da estrada à frente. Há cinco ou seis delas, baixas e escuras, com paredes de cal, palha e barro, apodrecidas e escorregadias de limo. Mais além, vê-se um garoto, o mais velho no povoado e ainda imberbe, tocando um porco para obrigá-lo a entrar num cercado, enquanto suas irmãs observam. Os detritos da tecelagem de junco acumulam-se em uma pilha ao redor de seus tornozelos, e cestos e colchões estão empilhados e presos às cercas. O garoto açoita o porco com uma vara grossa agora e, se o animal se voltar contra ele, eles terão um trabalhador a menos.

— Ajude-o, Eelby — Katherine diz.

Eelby desce preguiçosamente do cavalo e une-se ao garoto. Juntos, eles chutam e batem no porco até ele se refugiar no cercado.

— Obrigado, lady — diz o garoto. Ele está sem fôlego. Em seguida, ele acrescenta um agradecimento a Eelby, mas há uma aresta ali e Katherine a percebe.

Eelby monta novamente, ela dá adeus às crianças e eles esporeiam seus cavalos. Mais adiante na estrada, uma mulher muito magra — a mãe das crianças? — com um recém-nascido careca no colo está sentada na soleira de sua porta aberta e fita-os quando passam. Katherine sorri, mas não obtém nenhuma reação da mulher. Ela se pergunta quem teria feito o parto.

— Foi minha mulher — Eelby lhe diz quando já não podem ser ouvidos por ela.

Eelby cavalga com a cabeça abaixada, encurvado sob seu chapéu, deixando o cavalo liderar o caminho. Ela imagina que ele provavelmente esteja pensando em todos os homens que viviam no povoado, os homens que faziam todo o trabalho e mantinham o lugar com vida. Ela supõe que eles deviam estar no massacre nos campos de Towton e tenta não se recordar daquele dia, não evocar as lembranças daquele dia, mas mesmo ali elas voltam, quase esmagando-a.

Ela não consegue evitar a lembrança de quando subia o platô com Richard e o assistente do cirurgião cujo nome não consegue se lembrar, logo depois de receber notícias de Thomas, e se lembra de como, à luz das tochas dos saqueadores, ela vira o vale tão apinhado de cadáveres que o rio ficara represado com eles e a água espumava pelo meio dos corpos. Lembra das pilhas de cadáveres por toda parte, quatro, cinco, seis, em cima uns dos outros. Lembra de que o chão sob seus pés estava pegajoso de sangue, neve derretida e Deus sabe o que mais. Lembra do cheiro e do som dos feridos ainda chorando, presos sob o peso dos mortos em cima deles, e mesmo então, como se já não houvesse mortos suficientes, mais homens ainda estavam sendo abatidos, mesmo à noite. Seus gritos e berros eram cortados por refregas desajeitadas de golpes de martelo e todos estavam aterrorizados, até mesmo os homens que brandiam os machados. Era a noite do dia em que Deus e Seus santos haviam adormecido.

Ela se lembra de quando pensou que o havia encontrado, Thomas, só para descobrir que era outro homem, um galês que também respondia pelo nome de Thomas e achava que era sua mulher que chamava por ele. Foi quando as lágrimas realmente começaram a rolar, foi quando o sofrimento realmente se estabeleceu em suas entranhas com o peso de uma pedra, e mesmo agora, meses mais tarde, ela se sente completamente vulnerável à dor e agradece à chuva por esconder suas lágrimas e lhe dar motivo para se encurvar e tremer no lombo de seu cavalo.

Ela supõe que qualquer esperança de que os homens dos vilarejos iriam retornar definhou aos poucos ao longo do verão, como sua esperança com o retorno de Thomas. Ela se apegara a William Hastings durante todos esses meses, esperando que Thomas soubesse que poderia encontrá-la com o pessoal de Hastings, mas sua posição junto a ele era incerta e havia boatos, embora ela não tivesse dado nenhum motivo para que pensassem que ela era amante de Hastings. Ela também não sabia como fazer valer suas próprias reivindicações quanto ao Castelo de Cornford, nem na verdade o que deveria fazer consigo mesma durante aquele período febril em que novos senhores invadiam novas propriedades e assumiam novos cargos por todo o país, e os homens do velho rei perdiam seus títulos e direitos, eram exilados, e tudo que antes lhes pertencia de repente estava lá para que qualquer homem bem situado pudesse tomar.

O pesar e a dor a deixaram completamente imobilizada naqueles meses que se seguiram e, à medida que os dias se passavam, as complexas responsabilidades mútuas entre ela e Richard Fakenham consolidaram-se em dependência. Conforme os dias se transformaram em semanas e Thomas não aparecia, mais óbvio se tornava de que ela teria que se casar com Richard, carregar os poucos bens que possuíam e ir com ele para Cornford.

A chuva é persistente agora, fina e penetrante, caindo de um céu escuro e varrido pelo vento, onde pombos e gaivotas são carregados em bandos com as rajadas. Pouco depois, eles encontram um monge abrigado sob uma árvore em uma encruzilhada. Ao vê-lo, Katherine não consegue encontrar as palavras certas para saudá-lo, de modo que Eelby diz alguma coisa. O monge tem uma tosse fraca e úmida, de cujo som Katherine não gosta nem um pouco e ele lhes diz que está a caminho de Lincoln, pretendendo passar a noite no Priorado de St. Mary em Haverhurst se o aceitarem.

Eles lhe desejam uma boa jornada e seguem em frente.

– Dá azar encontrar um monge na estrada – Eelby diz depois de um intervalo. Ela lhe diz que isso não passa de superstição tola e eles prosseguem a viagem.

Ela já esteve a esta distância para leste do castelo, até a pequena cidade de Boston, mas toda vez que viaja por esta estrada, lembra-se da primeira vez em que esteve na cidade, há dois anos, e ela procura outra vez o bosque em que ela e Thomas passaram a primeira noite como apóstatas, dormindo na lama com o perdoador. Há um agrupamento de árvores no horizonte que pode servir, mas não há mais nada à vista que possa guiá-la, apenas a estrada sobre seu dique entre os caniços molhados do pântano. Ela imagina que o rio pelo qual flutuaram deva estar um pouco para o norte. Mais além, uma garça está encurvada sobre uma poça e ela sabe que Richard pode um dia ter tentado abatê-la com uma flecha ou enviado um falcão para atacá-la, mas Eelby não é assim e, portanto, a ave continua onde está e mal se dá ao trabalho de observá-los enquanto passam.

Logo eles alcançam um trecho de terra firme, cultivada e dividida em sulcos precisos de cerca de duzentos metros. Mais adiante, fica Boston sob sua auréola de fumaça de carvão e gaivotas de asas claras. Ela vê a árvore de onde estava pendurado o cadáver do ladrão, agora vazia, e à frente vê a ponte onde o perdoador teve que pagar um pedágio extra por sua mula.

Ela tenta imaginar sua aparência na época. Pensa em como as coisas mudaram e como também permaneceram as mesmas. Ela estava em andrajos na última vez em que estivera ali, uma apóstata, uma desertora, descalça, aterrorizada com tudo ao seu redor, e agora ali está ela novamente, em uma capa orlada com pele de raposa e um vestido de lã verde presenteado a ela pelo mais importante lorde do território, cavalgando um cavalo, acompanhada por um criado. Entretanto, ela sente quase exatamente a mesma ansiedade torturante, ainda o mesmo pavor de que alguém irá reconhecê-la por quem ela realmente é e interpelá-la. O que lhe aconteceria, então?

Ela se enrijece, preparando-se para o que pode vir, e continua cavalgando para a ponte. Ao final dela, há um guarda, esperando em sua guarita para coletar o pedágio, e poderia ser o mesmo homem. Eles sempre parecem iguais. Ela retira a moeda e paga, sem descer de sua sela, e ele balança a cabeça e a deixa passar sem mais do que a avaliação especulativa que aprendeu a esperar de qualquer homem. Ela conduz Eelby para fora da ponte e para a frente, em direção à praça do mercado.

Pode ser sua imaginação, mas toda vez que visita Boston, ela parece menos movimentada do que na última vez, ou talvez, já tendo visto mais do mundo, ela se deixe impressionar menos pela pequena cidade. E tudo que lhe é familiar continua ali, inclusive o vendedor de roupas encurvado, embora o urso carrancudo tenha desaparecido. Ela nota que fizeram progresso com a torre da igreja e que o cadafalso agiganta-se ainda mais perigosamente sobre a margem do rio.

Ela se pergunta como poderia encontrar uma parteira. A igreja, ela sabe, regula sua prática rigorosamente, porque os padres têm medo de qualquer um com conhecimento de um assunto que eles próprios não dominam. E naturalmente, se for alguma coisa no âmbito de uma mulher, se for algo que um homem não pode controlar, então é estigmatizado e ela já ouviu homens murmurarem ameaçadoramente que quanto melhor a bruxa, melhor a parteira.

Ela decide dar mais uma chance a Eelby.

– Enquanto estamos aqui – ela diz –, perguntarei aos frades se conhecem alguém que possa assistir sua mulher no parto.

Ele olha para ela com raiva. Suas faces estão avermelhadas pelo vento, as veias roxas, os pequenos olhos azuis e lacrimejantes.

– Ela não precisa de nenhuma ajuda – ele diz. – Muito menos de alguma velha bruxa.

– Mas o inchaço. Você viu as mãos dela? O rosto?

– É natural – ele diz. E acrescenta: – Por Cristo, eu devia ter falado com a benzedeira quando esteve aqui. Ela tem uma tintura, sabe, que se pode dar a uma mulher. Folhas de framboesa e uma raiz, sabe? Sufoca o bebê antes que ele cresça, como um cordeiro natimorto.

Katherine não quer nem pensar no que Eelby acaba de dizer.

Ela percebe que vai precisar de uma tática diferente.

– Muito bem – ela diz. – Vou vender o tecido agora.

Ele faz um sinal com a cabeça e, agora que ela parece ter recuado, ele se mostra insolente, como se este sinal de fraqueza fosse a permissão de que ele precisava para descartar as preocupações dela. Ela está farta dele, mas não diz mais nada, apenas se vira e ele a segue com a peça de tecido dobrada sobre o ombro, até onde ela para, diante da janela de uma alfaiataria, e começa o processo de barganha. O alfaiate é astuto e, de sua janela, ele se diverte com o processo tanto quanto ela, e ela se lembra com prazer de todas as lições em barganhar que aprendeu com Geoffrey durante o tempo que passaram em Calais. O tecido é bom e o preço é justo. Eelby apenas observa.

Depois que guarda as moedas em sua bolsa e a amarra bem, ela pergunta se ele conhece alguém ali. Ele meneia a cabeça. Já esteve em Boston antes, duas vezes, ele acha, apesar de não ser distante de Cornford. É então que ela vê a mulher que está vindo do mercado. É mulher de um feirante, Katherine supõe, em um bom casaco e fortes tamancos de madeira, e embora ela seja convencional no fato de que não alardeia sua condição de grávida, é claro que está satisfeita com seu estado e feliz em deixar que o mundo saiba disso.

– Vou perguntar a ela – Katherine diz.

Eelby prende a respiração. Atrás da mulher, vem um criado, carregando um pesado cesto de beterrabas. O criado fica ansioso quando Katherine se dirige à sua patroa, mas depois para e espera, a expressão mal-humorada, enquanto ela conta a Katherine os detalhes do iminente trabalho de parto e que uma viúva chamada Beaufoy deverá lhe dar assistência no nascimento.

– Ela é licenciada pelo bispo em Lincoln – diz a mulher –, sabe ler cartas e conhece todas as palavras para batizar um recém-nascido. Caso seja necessário.

Há um vestígio de temor em seu rosto quando diz isso e Katherine agradece e lhe deseja boa sorte. Juntos, ela e Eelby seguem suas instruções até a casa da viúva, dobrando duas esquinas e seguindo por uma rua estreita. Eles encontram a casa e batem na porta. Uma jovem atende e os conduz ao vestíbulo, onde os deixa e sai para buscar sua patroa. Katherine lembra-se da visita que fez à viúva do perdoador em Lincoln, mas desta vez ela está com Eelby.

– Por que está tão preocupada com minha mulher e a criança? – Eelby lhe pergunta.

Katherine não responde por um instante. Ela acha que deve ser natural que um ser humano se preocupe com outro, mas talvez haja alguma outra razão? Ela imagina que com a chegada de um bebê, algo mudará em Cornford, que haverá um renascimento, ela espera, e a sorte deles irá melhorar. Ela se pergunta se não estaria sendo fantasiosa, se deveria contar a Eelby sobre o fardo que está colocando em seu filho que ainda está por nascer, mas ele continua.

— É porque não tem seus próprios filhos? – ele pergunta. – Porque é estéril?

Ela não diz nada. Eles esperam. É um bonito aposento, ela pensa, não muito diferente daquele do perdoador em Lincoln, com paredes forradas de painéis de madeira e uma abertura por onde a fumaça da lareira pode subir e aquecer os aposentos em cima. Quando a viúva Beaufoy chega, ela está usando um vestido quase idêntico ao de Katherine, como se pudesse tê-lo recebido também de lorde Hastings, e um toucado, ligeiramente preguedo, em vermelho-escuro. É uma mulher bonita, de aproximadamente trinta e cinco anos, um palmo mais alta do que Katherine, com maças do rosto pronunciadas e olhos rápidos e avaliadores.

— Você é lady Margaret? – ela pergunta. – É a filha do falecido lorde Cornford, de Cornford?

Katherine confirma que é e se prepara para suportar um escrutínio maior da viúva Beaufoy. O exame detalhado se prolonga por um longo instante. O que ela verá? Depois que tiver enxergado além da aparência física de Katherine – feições muito angulosas e magra demais para ser bonita, ela sabe – ela adivinhará mais alguma coisa? Que Katherine não é quem diz ser? Que é uma impostora? Que é uma apóstata? Que é uma assassina? Enquanto permanece de pé diante da viúva Beaufoy, Katherine não consegue se impedir de tocar a orelha parcialmente cortada, escondida sob seu próprio toucado.

— Talvez tenhamos vindo ao lugar errado – ela diz, recuando um passo, mas a viúva Beaufoy se recompõe e abana a mão, descartando o protesto de Katherine.

— Não – ela diz. – Não. Você está aqui agora. Embora a hora do parto ainda esteja distante, não?

Katherine explica o caso, mas para responder a algumas das perguntas da viúva ela depende de Eelby, que age com desconfiança e se recusa a olhar para qualquer uma das duas, como se o assunto o ofendesse. Katherine se pergunta se ele não estaria tão assustado com o parto quanto sua mulher. A viúva Beaufoy pergunta quando foi a última vez que sua mulher menstruou e ele não sabe, e ela parece pensar que aquilo é típico dos homens, mas quando Katherine descreve a mulher de Eelby como estando inchada, a viúva Beaufoy fica alarmada.

– No rosto? – ela pergunta. – E nas mãos?

Eelby balança a cabeça, confirmando.

– Temos que ir agora mesmo – diz a viúva Beaufoy. Ela manda a jovem ir buscar o cavalariço e uma pessoa chamada Harrington, que vem a ser um criado.

– Traga a valise – ela diz à garota – e verifique se está pronta, particularmente com espinheiro e alho.

Eles correm para seus cavalos e, com a viúva Beaufoy cavalgando em uma sela lateral como Katherine, a jovem no cavalo do criado, eles cortam a praça do mercado e atravessam a ponte de volta. Quando chegam à estrada, a viúva Beaufoy acelera o cavalo.

– Temos que nos apressar – ela diz. – Ou é mais provável que a gente vá precisar de um padre e um homem bom com uma pá.

2

Quando chegam ao castelo, os portões ainda estão abertos e os cachorros famintos estão latindo.

– Mulher! – Eelby chama. Apenas os cachorros respondem. Ele é o primeiro a descer do cavalo e sai correndo para a cozinha, onde a porta está aberta. O fogo se extinguiu e está escuro lá dentro.

– Mulher!

Eles a encontram atrás da mesa, deitada em uma poça feita por ela mesma, o rosto fixo em um terrível esgar. A viúva Beaufoy pede uma vela e manda a garota lhe dar sua valise.

– Podemos movê-la?

Eelby e o criado levantam a mulher de Eelby e a deitam sobre a mesa. Seu corpo está inchado, quente e rígido.

– Coloque os frascos ali – a viúva Beaufoy diz à garota –, depois abra aquela janela e traga mais velas.

Ela se vira para Eelby e o criado.

– Você, acenda o fogo. Você, vá buscar água. Depois, dê alguma coisa para esses cachorros comerem. Faça-os calar a boca, de qualquer maneira.

Harrington reacende o fogo, enquanto Eelby sai correndo com o caldeirão. A viúva Beaufoy começa a preparar uma mistura, de ervas e um pouco de vinho, em uma pequena tigela de pedra escura.

– Como posso ajudar? – Katherine pergunta.

– Reze por ela – diz a viúva Beaufoy.

– Eu já trabalhei em um hospital – Katherine lhe diz – depois de duas batalhas, e já costurei muitos homens.

A viúva Beaufoy ergue os olhos.

– Então, talvez eu precise de suas habilidades, se ambos sobreviverem. Por enquanto, misture bem isso aqui.

Ela passa a tigela para Katherine. O cheiro é forte, pungente e terroso, como uma trilha rural no pico do verão. A viúva Beaufoy vira-se e se coloca ao lado da mulher de Eelby. Ela apalpa seu rosto, braços e pernas. Sente seu cheiro. Até prova o que quer que tenha feito a poça sob ela.

Eelby retorna com o caldeirão e o pendura acima do fogo reavivado. A viúva Beaufoy dispensa os dois antes de levantar o vestido e a combinação da mulher de Eelby, ambos encharcados com o que devia ser o líquido da bolsa d'água. A respiração da mulher de Eelby está acelerada, as feições ainda contorcidas, os músculos ao redor da boca torcendo-se de forma peculiar e, embora seus olhos estejam abertos, ela parece não estar vendo nada.

A viúva Beaufoy usa uma faca para cortar seus calções e juntas, ela e a jovem, erguem o vestido acima da barriga da mulher de Eelby, redonda como uma lua cheia, com um umbigo protuberante. A viúva Beaufoy examina suas partes baixas.

– Ruta, absinto, alteia. Esfregue suas mãos com óleo de louro. Rápido, menina.

A jovem faz uma mistura de dois frascos e passa-a à viúva Beaufoy, posicionada junto à cabeça da mulher de Eelby.

– Levante-a – ela diz.

Katherine deixa de lado sua tigela, desliza as mãos por baixo dos pesados ombros da mulher de Eelby e a levanta. A viúva Beaufoy inclina sua cabeça para trás, pinça a ponta do nariz da mulher de Eelby e despeja o conteúdo da tigela em sua boca, para que ela seja obrigada a beber ou morrer afogada. O fogo estala por trás delas, lançando sombras.

– Mais luz – a viúva Beaufoy diz, e acrescenta: – Isto tem que ser triturado em uma mistura ainda mais fina. E acrescente óleo.

A jovem acende outra das velas de gordura de cabra antes de destampar uma botija de barro e acrescentar óleo à mistura de Katherine.

Katherine continua a mexer, criando uma pasta espessa, perguntando-se o que seria.

– Agora, aqueça o vinho.

Há um pequeno jarro, pela metade, na despensa. Katherine o despeja em uma panela limpa e a coloca na pedra da lareira, entre as cinzas.

Em seguida, a mulher de Eelby tem uma contração. Seu corpo se enrijece por um longo instante, as costas arqueadas. Suas pernas, grossas e fortes, tremem e sua meia-calça desliza de suas pernas e vai se amontoar em volta dos tornozelos. Suas feições se contraem em novo esgar. A viúva Beaufoy inclina-se sobre ela, abraçando-a, segurando-a delicadamente, tranquilizando-a com palavras que Katherine não compreende. A mulher de Eelby começa a estremecer e um fio de espuma escorre de sua boca. Em seguida, sangue. E então – Santo Deus! A mulher de Eelby está... perdendo a cor? Katherine aproxima uma das velas acesas. Ela não tem certeza agora, mas por um instante pareceu que a pele da mulher de Eelby tinha escurecido, se tornado quase azul.

Após um instante, a mulher de Eelby relaxa. A viúva Beaufoy se endireita. Então, a mulher de Eelby adormece, mas não é um sono bom. A jovem tem um pano com que enxuga seu rosto, limpando o cuspe e o sangue.

– Ela mordeu a língua – ela diz.

A viúva Beaufoy balança a cabeça, confirmando.

– Logo ela vai acordar – ela diz –, mas não estará conosco por muito tempo antes da nova contração.

– Por quê? O que está acontecendo? – Katherine pergunta.

– É algo que tem a ver com o útero. Está fora de lugar, provavelmente.

– Fora de lugar? Como?

– É o que os livros dizem. Eu mesma nunca vi, mas me ensinaram que o útero pode subir dentro do corpo. Pode sufocar o coração. Acho que é isso que está acontecendo aqui.

Katherine olha para a mulher de Eelby. Seu útero parece bem fixo, muito baixo com a criança dentro, mas será possível, ela se indaga, que o coração esteja pressionado pelo tamanho da criança?

– O que podemos fazer? – ela pergunta.

– Os livros dizem para se escrever uma formulação de palavras em qualquer queijo ou manteiga que houver. Em seguida, aplicar na superfície do útero.

Como isso poderia ajudar?, Katherine se pergunta. Parece mais bruxaria.

– Os livros também dizem que o útero deve ser fixado no lugar queimando-se as espinhas de um peixe salgado ou os cascos de um cavalo, até mesmo o esterco de um gato, e deixar os vapores se erguerem e fumigá-la por baixo...

– Mas?

– Mas nada disso funciona.

– O que fazer, então?

– Eu lhe dei algo para tomar. Já vi isso funcionar, mas também já vi falhar. Espinheiro. Alho. Papoula, também, para acalmá-la.

A jovem coloca mais lenha no fogo.

As três permanecem de pé, observando a mulher de Eelby. Suas mãos estão enormes, languidamente caídas ao lado das coxas abertas. Sangue e outros líquidos cobrem a mesa e se acumulam nas lajotas sob os pés. Somente agora elas tiram a capa de cavalgar. A da viúva Beaufoy é presa por um fino broche de ouro. Elas dobram as capas e as deixam sobre uma arca junto à porta.

Elas esperam. A jovem acende outra vela. A viúva Beaufoy prepara um outro unguento com o vinho morno. Então, a mulher de Eelby remexe-se. A viúva Beaufoy aproxima-se dela rapidamente. A mulher de Eelby está confusa e toca o rosto, olha ao redor como se estivesse confusa, pergunta-se o que estariam todas elas fazendo ali. Ela se acomoda de novo na mesa e olha fixamente para as vigas baixas e negras de fuligem do teto, os maços de ervas secas que se dependuram delas. Parece que ela vai dizer alguma coisa, mas antes que o consiga fazer, dá um grito longo, sua boca começa a se contorcer outra vez e uma nova contração sobrevém.

A viúva Beaufoy segura-a na cama outra vez e sussurra mais palavras, mas logo ela recomeça a cuspir espuma e desta vez Katherine tem certeza de que suas mãos, agora maiores do que nunca, estão ficando azuis.

Mas o acesso arrefece. A mulher de Eelby relaxa e, quando termina e ela adormece outra vez, a viúva Beaufoy se levanta.

– Diga a Harrington para trazer um padre.

A jovem olha para Katherine.

– O padre foi embora – ela lhe diz. – Ele vai ter que ir ao priorado. Eelby pode lhe mostrar.

– Você não tem nenhum padre aqui?

Katherine meneia a cabeça. Não podem pagar um padre. Mal conseguem ter um cão de caça. A viúva Beaufoy balança a cabeça, como se compreendesse.

– Diga a Harrington para andar depressa – ela diz à jovem, que balança a cabeça e sai. Um longo momento se arrasta. O fogo arde vivamente. A mulher de Eelby faz um ruído na garganta. Ela começa a roncar. A viúva Beaufoy coloca a palma da mão na barriga da mulher de Eelby.

– Venha cá – ela diz. – Sinta.

Katherine estende a mão à barriga quente e esticada como um tambor.

– Aqui – diz a viúva Beaufoy. Ela pega os dedos de Katherine e os pressiona sobre algo ainda mais duro lá dentro.

– Um joelho – ela diz. – Ou um cotovelo.

Ela pensa por um longo instante. Então, a garota volta.

– Ele foi buscar um padre – ela diz.

– Ajude-nos – diz a viúva Beaufoy e, juntas, elas viram a mulher de Eelby para que suas pernas caiam por um lado da mesa. A viúva Beaufoy é surpreendentemente forte e, de pé por trás da mulher de Eelby, ela a agarra por baixo dos braços e a coloca sentada. Por um instante, ela senta-se, desmoronada sobre a barriga, como um velho bêbado.

– Segure-a – a viúva Beaufoy diz a Katherine. Em seguida, volta-se para a jovem: – Óleo de rosas. Por toda parte. Vigorosamente agora.

Katherine se posiciona atrás da mulher de Eelby e assume o peso. A mulher de Eelby é pesada, seu peito e ombros largos e volumosos, seus grandes músculos bem cobertos de gordura. A viúva Beaufoy manipula algum preparado, enquanto a jovem começa a massagear o óleo nas partes íntimas e nas coxas marmoreadas de veios azulados da mulher de Eelby.

A mistura que a viúva Beaufoy está preparando é penetrante, pungente e doce. A viúva Beaufoy afasta a jovem e mais uma vez pinça o nariz da mulher de Eelby, inclina sua cabeça para trás e entorna o conteúdo da tigela em sua boca. A mulher de Eelby tem um sobressalto. Katherine luta para controlá-la. A jovem ajuda, suas mãos cheirando a óleo. Em seguida, a viúva Beaufoy coloca uma pitada de algo de um frasco de louça em cada narina da mulher de Eelby. Após um instante, a mulher de Eelby estende-se para trás. Katherine cambaleia, tem que usar o ombro para manter o corpo da mulher ereto – então, a mulher espirra.

– Ótimo – a viúva Beaufoy murmura. – E outra vez.

A mulher de Eelby espirra mais três vezes.

A viúva Beaufoy mantém a mão em sua barriga. Ela franze a testa porejada de suor. Após alguns instantes, ela sacode a cabeça. Nada está acontecendo.

– Eu mesma vou ter que ajudá-la – ela diz. A viúva Beaufoy pega o frasco de óleo e lava a mão com ele. Em seguida, posiciona-se diante da mulher de Eelby, afasta os joelhos sólidos da mulher, empurra-a para trás, contra Katherine e abaixa-se. A viúva Beaufoy estreita os olhos, empurra as mãos para a frente e torce os punhos. A Katherine, parece que ela deve ter a mão dentro da mulher de Eelby.

– Não consigo... não consigo pegar a criança.

Ela se levanta.

– O bebê está na posição errada. Assim, sabe? Não assim.

A jovem observa, aprendendo. Katherine faz o mesmo.

Ouve-se uma voz à porta.

– O padre está aqui.

– Não o deixe entrar. Vou tentar novamente. Segure-a.

Ela faz nova tentativa, porém com o mesmo resultado. Após a terceira tentativa, ela desiste.

– Deixe-a dormir tranquila – ela diz.

Eles a deitam e viram seu corpo, para que ela fique deitada ao comprido da mesa outra vez.

– Vamos precisar de um cirurgião? – a jovem pergunta.

A viúva Beaufoy sacode a cabeça.

– É tarde demais para isso – ela diz, e a jovem fecha o semblante e balança a cabeça, assentindo. Katherine compreende o que aconteceu. Apesar de a mulher de Eelby ainda não estar morta, a viúva Beaufoy já desistiu dela. Ela passou de um estado a outro, quase sem que se notasse. A jovem começa a arrumar os frascos, o almofariz e o pilão. Então, ela retira outra botija de cerâmica e um crucifixo feito de junco trançado, a cor marrom há muito tempo desbotada. A viúva Beaufoy unta as mãos com mais óleo.

– Temos que batizar o bebê – ela diz.

Katherine sente o peso de uma grande tristeza, uma decepção esmagadora. Ela havia depositado mais esperança naquela criança do que esperava.

– O bebê vai morrer? – ela pergunta.

A viúva Beaufoy balança a cabeça.

– Mas se eu puder puxar um braço ou uma perna para fora, ao menos poderemos absolvê-lo de pecado e assegurar que ele não fique eternamente no Purgatório.

Ela insere a mão dentro da mulher de Eelby outra vez. Desta vez, ela é menos delicada. Já não se importa se pode machucar a criança ou a mulher de Eelby, já que desistiu de ambos. A jovem continua observando, apertando a botija de cerâmica contra o peito.

Após um instante, a viúva Beaufoy sacode a cabeça com tristeza e retira a mão.

– Está fixo no lugar – ela diz.

Faz-se um longo silêncio. Katherine pode sentir as lágrimas começarem a pesar em suas pestanas. Não pode ser, ela pensa.

– O que um cirurgião teria feito? – ela pergunta.

A viúva Beaufoy encolhe os ombros outra vez e diz:

– Provavelmente, a teria cortado, um corte aqui.

Ela corre o dedo pela barriga da mulher de Eelby.

– Mas isso certamente iria matá-la, não?

– Claro. Só é feito para salvar a criança, somente *in extremis*. E geralmente depois da ocorrência da morte.

– Mas e agora?

A viúva Beaufoy olha para ela e sacode a cabeça.

– Já passou tempo demais – ela diz.

– Pobre alma – acrescenta a garota.

O corpo da mulher de Eelby está frouxo agora. O fogo na lareira também se extinguiu. Parece muito escuro na cozinha.

– Então, acabou? – Katherine pergunta.

A viúva Beaufoy balança a cabeça. A jovem começa a guardar a botija e a cruz na valise de couro.

– Mas e o bebê? – Katherine pergunta. – Ainda pode estar vivo?

Ela não consegue deixar de olhar para a enorme barriga. Há uma outra vida enterrada ali, esperando escapar, mas...

– Mas certamente devemos tentar. O que temos a perder? Você diz que ela está quase morta, mas e o bebê?

A viúva Beaufoy olha para ela.

– Provavelmente já está morto.

– Mas não podemos ter certeza?

A viúva Beaufoy olha para Katherine pelo que parece um longo instante.

– A mãe ainda está viva – ela diz, indicando a mulher de Eelby. – Cortá-la da maneira como você sugere seria matá-la e será por nada se o bebê já estiver morto.

Katherine entra em pânico. Ela sente que estão perdendo mais do que apenas a vida de uma criança por nascer.

– Precisamos fazer alguma coisa.

A viúva Beaufoy sacode a cabeça.

– Tenho que me lavar e depois irei buscar o padre.

E ela deixa Katherine e a garota sozinhas na cozinha com o enorme corpo agonizante da mulher de Eelby. A jovem corre para fechar a porta atrás dela e em seguida volta para ficar ao lado de Katherine. Ela assume um ar de confidência.

– Ela não pode cortá-la – ela diz em voz baixa – ainda que soubesse que o bebê estava vivo.

– Por que não?

– É assassinato.

– Mas como? Aos olhos de Deus...

– Oh, ela não está preocupada com Deus. Ela está preocupada com a lei. Com o meirinho e o *coroner*, com o confisco de bens e todas as multas que teria de pagar.

Katherine não faz a menor ideia do que ela está falando e assim a ignora.

– E se eu fizer isso? – Katherine pergunta.

A garota dá de ombros.

– Ela ajudaria, eu creio.

Quando a viúva Beaufoy retorna, Katherine já está com o rolo de facas da parteira sobre a mesa. A viúva Beaufoy olha fixamente para ela e a garota, que enterra a cabeça em suas tarefas, e para as facas.

– O que está fazendo? – ela pergunta.

– Vou cortá-la – Katherine diz.

A viúva Beaufoy balança a cabeça.

– Muito bem – ela diz –, mas não use nenhuma daquelas facas. Use uma das suas.

Katherine olha para as facas de cozinha na mesa distante. Ambas são toscas, de lâmina chata, provavelmente cega.

– Não tenho nenhuma outra que seja adequada. Vamos, temos que andar depressa.

A viúva Beaufoy está ansiosa. Ela remexe no rolo de facas e passa uma pequena lâmina para Katherine.

– Esta não vai servir – Katherine diz. – Passe-me aquela.

A viúva Beaufoy reluta.

– Essa é a melhor faca – a jovem declara.

– Eu lhe pago por ela – Katherine diz. A viúva Beaufoy balança a cabeça, assentindo, e sugere um preço com o qual Katherine concorda, mas somente porque o tempo está passando rapidamente. A faca é de excelente qualidade: cerca de vinte centímetros de comprimento, com uma lâmina curta, ornamentada, tão afiada que ela quase pode vê-la separando as camadas de pele esticada que recobre a barriga da mulher de Eelby. O pensamento a assusta, mas ela se lembra de como cortou a fístula de sir John e como pôde se ver fazendo isso antes mesmo de realmente operá-lo. Nos instantes que se seguiram à operação, quando viu que sir John iria sobreviver, ela se perguntara se sua mão não teria sido guiada por Deus. E agora ali está ela, tendo novamente a mesma sensação.

– Você vai ajudar?

– Vou chamar o padre primeiro, sim, então virei para manter o sangue fora de seus olhos.

– Poderia me mostrar onde cortar?

– Praticamente não importa onde você corte, porque vai matá-la de qualquer maneira.

Katherine olha para a mulher de Eelby. Sua respiração está acelerada, a pele é cor de cera e ela sua profusamente. O soporífero deve ser forte.

– Mas ela vai morrer de qualquer maneira?

A viúva Beaufoy balança a cabeça.

– Ela já está quase morta.

– Então, vá buscar o padre – Katherine diz, e ela recua para dentro da despensa escura onde estão guardados os alimentos secos. Ela não quer ser vista, embora saiba que o padre não irá reconhecê-la. A viúva Beaufoy desce o vestido da mulher de Eelby, junta seus joelhos e tornozelos e depois chama o padre.

Quando entra, ele não é o velho de cabelos brancos de quem Thomas costumava falar, cuja voz ela tão frequentemente ouvira flutuar por cima da parede na missa, durante toda a sua juventude, mas um homem muito mais novo, provavelmente com idade igual a sua. Ele usa um manto claro por cima da batina e, quando retira seu gorro de lã, sua coroa de cabelos cortados em tonsura é de um castanho indefinido.

Harrington o chama de padre Barnaby.

Katherine fita o padre de onde está na semiescuridão. Seria este o mesmo Barnaby que Thomas mencionou como seu amigo no priorado? Devia ser. Distraidamente, ela tem vontade de estender a mão e tocá-lo, para resgatar um pouco da ideia de Thomas.

Mas ele está falando baixo com a viúva Beaufoy, que lhe dá as respostas corretas às suas perguntas, antes de se virar e retirar um pequeno frasco com um líquido de sua bolsa. Ele aproxima-se da mulher de Eelby, posiciona-se à sua cabeceira, e começa a entoar algumas palavras. Ele sacode o pequeno frasco, aspergindo o líquido sobre ela, antes de ungi-la com um crisma e fazer o sinal da cruz sobre seu corpo. Quando a cerimônia termina, com a mulher de Eelby sempre inconsciente, a viúva Beaufoy apressa o padre para fora da cozinha e chama a garota.

– Pegue a maior quantidade de panos que puder – ela diz. – Pegue-os de qualquer lugar, da mesa, do armário no solário. E, Harrington, precisamos de mais água, muita água.

Ela volta e atira mais lenha no fogo, e mais alguma coisa, uma erva, ao que parece, que enche o aposento com um cheiro ácido. Quando Katherine sai da despensa, a viúva Beaufoy está espalhando pequenas varas da erva nas poças no chão e sobre a mesa ao redor da moribunda mulher de Eelby.

– Ajuda a afastar o miasma – ela diz.

As mãos de Katherine estão trêmulas. Ela se sente tensa e agitada, como se tivesse passado um dia sem comer. Tenta se acalmar, lembrar-se do hospital em Towton. O nome do assistente do cirurgião era Matthew Mayhew. Ela se lembra de sir John e de seu soporífero.

– Ela sentirá alguma coisa? – pergunta à viúva Beaufoy.

– Não – a viúva Beaufoy responde. – Ela ainda está viva, mas eu lhe dei um sedativo que a coloca além do âmbito do sofrimento.

Santo Deus, ela pensa. Santo Deus.

Mas ela pega a faca e coloca a ponta logo abaixo do umbigo.

– Mais baixo, eu acho – a viúva Beaufoy diz.

A linha na barriga da mulher de Eelby é a linha que Katherine seguirá. Ela pressiona a ponta e produz uma gota de sangue que desliza pela pele oleosa. Ela desce a lâmina, do umbigo em direção ao púbis, mal arranhando a superfície, mas a pele se abre sob a pressão. O sangue escorre, seguindo a ponta da faca, mas não há nada parecido com a quantidade que a viúva Beaufoy previa.

– Você só cortou a pele – a viúva Beaufoy lhe diz. – Agora deve cortar a carne.

A carne é mais difícil de cortar. É retesada e resiliente, e, conforme Katherine a corta, o sangue começa a jorrar do ferimento. Ele escorre, espumando, e cobre suas mãos e braços, espalha-se por todo o seu vestido, o que Hastings lhe deu, e ela sente a faca ficar cada vez mais escorregadia. O sangue se espalha sobre a mesa. Gorgoreja no ferimento de onde escorre para o chão de pedra. Não estanca. É como uma tigela que se enche por baixo, como uma fonte, a saída de uma tubulação, enchendo um tanque. Era possível tirá-lo com uma concha.

– Santo Deus.

– Continue – diz a viúva Beaufoy. – Mais uma passagem.

Katherine corta mais uma vez. Há tanto sangue que ela não consegue ver nada do ferimento, praticamente não consegue ver nada. A textura, entretanto, é mais macia, como se estivesse em uma camada diferente. Algo como um líquido espesso, quente como a água de um banho, brota da ponta inferior do corte e se espalha pela mesa. Ela pode senti-lo em seus joelhos, enchendo suas botas. A mulher de Eelby parece ter desinflado. Sua pele se enruga e a barriga que até um momento atrás estava retesada, agora ficou flácida.

– Lá está – a viúva Beaufoy diz, apontando para algo dentro dos lábios da incisão. Katherine larga a faca sobre a mesa. A viúva Beaufoy a empurra para o lado. Ela enfia a mão no ferimento. Seu cenho está franzido. Mas em seguida ela arregala os olhos. Estão muito brancos contra o sangue em seu rosto. Ela olha para Katherine, depois para a garota e balança a cabeça para ela. A jovem abre um sorriso e remexe na valise outra vez.

Agora, a viúva Beaufoy age delicadamente.

– Pronto – ela diz. – Pronto. Deus seja louvado. O bebê segurou meu dedo!

Ela está radiante. Suas mãos estão no ferimento, agora até os punhos. Há sangue por toda parte, suas roupas estão encharcadas. A viúva Beaufoy se estica, depois puxa, como se estivesse colhendo alguma coisa na horta. Após um leve tranco de resistência, ela o retira, os pés primeiro, pelos lábios do corte e para o ar cheirando a sangue.

– Um menino!

É nojento, feio e repelente, quase azul, coberto de sangue e com uma grossa camada de gordura ensanguentada. Um tubo cinzento o conecta ao corte.

— Segure-o. — A viúva Beaufoy passa o bebê para Katherine, que ri e chora ao mesmo tempo. Ela segura uma vida, pequena, mas milagrosamente ali, quente e fétida, em suas mãos ensanguentadas. Agora, a viúva Beaufoy se torna rápida e ágil. Ela amarra alguma coisa em torno do cordão umbilical três ou quatro vezes, finalizando com um rápido nó e em seguida, pegando a nova faca de Katherine da mesa, ela o corta. O cordão solta-se e cai, enroscado, amarrado na ponta.

Katherine não consegue tirar os olhos do bebê. Ele se move delicadamente em suas mãos em concha, quente e irrequieto, assustador. Em seguida, a jovem dá um passo em sua direção e rapidamente o tira de suas mãos. Ela o envolve em um pedaço de pano e se afasta com ele para esfregá-lo com vinho e manteiga. Katherine fica de mãos vazias, sem nada para fazer agora. Está encharcada de sangue, cada centímetro de sua pele respingado, o vestido pesado. Ela sente gosto de ardósia na boca.

Ela olha ao redor da cozinha. A viúva Beaufoy permanece de pé na outra ponta da mesa e fecha os olhos da mulher de Eelby, com a palma da mão ensanguentada.

De repente, Katherine se dá conta do que fez.

Ela matou outra mulher.

Sobre a mesa, jaz o corpo da mulher de Eelby, cortada e esparramada, exatamente como o gato no dia anterior. Ela é uma poça de carne desinflada, um balde vazio. Seu vestido está puxado para cima, ao redor da caixa torácica, e as pernas abertas, caídas uma para cada lado da mesa. Não há nenhum lugar que não esteja coberto de sangue, até mesmo as vigas rústicas do teto. A cozinha fede. Solta vapor.

Katherine dá um passo para trás, a bainha de seu vestido no sangue do chão.

Já está escuro lá fora agora.

— É melhor mandarmos o marido entrar — diz a viúva Beaufoy, e os cachorros que estiveram calados durante todo esse tempo começam a uivar outra vez.

3

Thomas Everingham dorme na casa com seu irmão, a mulher do seu irmão, seus dois filhos, três cachorros e um gato que defeca no canto onde a palha é mais velha. De todos eles, Thomas é o menos levado em conta. A mulher de seu irmão, Elizabeth, o chama de boboca e grita com ele.

– Faça isso, boboca! – ela diz. – Faça aquilo, boboca!

E seu marido John vê com olhos cansados seu irmão retesar o corpo, depois se arrastar para fazer o que ela ordenou naquele seu jeito lento e claudicante. Thomas está na fazenda desde que chegou ali na primavera passada, quando as condições climáticas haviam acabado de mudar, algum tempo depois da Páscoa, e embora ele tenha conseguido se fazer útil no ano que se passou, Elizabeth quer que ele vá embora.

– Não esperávamos que o idiota aparecesse – ela diz a John –, então não vamos sentir sua falta quando ele se for.

– Ele é meu irmão – John diz a Elizabeth, e eles olham por cima do fogo para Thomas, que devolve o olhar, mas seus olhos estão tão vazios quanto os de uma mula. Eles constataram que Thomas não compreende quase nada do que eles dizem ou ao menos não mostra nenhuma reação, a não ser que seja uma das ordens de Elizabeth.

– Estranho – John diz, observando-o. – Estranho que ele saiba apenas aquilo que sabia quando era um garoto aqui.

Elizabeth resmunga alguma coisa baixinho. John a ignora.

– Embora eu imagine que qualquer um esqueceria uma coisa ou outra se tivesse sido ferido assim – ele conclui.

Quando Thomas chegou à fazenda no ano anterior, era época das ovelhas darem cria. Seus cabelos estavam emplastrados de sangue e havia um ferimento no lado de sua cabeça que Elizabeth achou que poderia enfiar o dedo ali dentro e tocar seu cérebro. Entretanto, ela não o fez e, conforme o verão transcorria, o ferimento se curara por si mesmo. Agora, um ano depois, os cabelos sobre a cicatriz haviam crescido outra vez em uma mecha prateada.

– Vamos fazer a cama – John diz, pois já está quase escuro.

– Idiota! – Elizabeth chama. – Idiota!

John demonstra sua desaprovação, mas Thomas ergue os olhos.

– Vá buscar o colchão.

Thomas levanta-se e arrasta-se para o lugar onde o colchão está guardado, enrolado em longos ganchos presos sob o beiral do telhado. Ele o traz para perto do fogo, tropeçando nos garotos e em um cachorro onde estão deitados, e ele o desenrola para John e Elizabeth. Ele próprio dorme mais longe do fogo, depois dos cachorros, em uma cavidade no chão de terra batida que ele desbastou com todos os espasmos e solavancos que assolam seu corpo quando ele dorme.

Pela manhã, ele sempre é o primeiro a acordar e deixa o resto da família amontoado junto às cinzas cobertas do fogo, enquanto ele sai para o pátio, atravessa a cerca para os animais domésticos para ir urinar na latrina. Toda vez que faz isso, ele faz uma pausa. Para por um momento e olha ao redor com os olhos estreitados, como se relembrasse uma época há muito esquecida, mas, após alguns instantes, ele ergue os olhos para o céu pálido e parece esquecer o que foi que lembrou. Ele segue em frente, espantando os pombos que ciscam na palha junto ao curral das vacas.

Seus dias se repetem da mesma forma; pequenas tarefas pontuadas por pão e cerveja antes e depois, e no jantar um pouco de carne em um molho de vegetais de raiz. Quando faz muito frio, os vergões vermelhos em seu quadril e no ombro doem, e ele manca, mas fora isso ele parece bastante satisfeito em fazer o que lhe é solicitado e a continuar fazendo até que alguém lhe diga para parar.

E ao menos ele está vestido com roupas quentes. Eles lhe deram um casaco de lã e um gorro de pele de carneiro e suas botas não deixam entrar água, embora as solas estejam sem salto, o que faz com que ele às vezes escorregue, e quando isso acontece, e ele cai nos excrementos, os filhos de John dão gargalhadas como se eles próprios tivessem engendrado o acidente.

Ele não fala, portanto, não pode dizer a eles se lembra de ter chegado à fazenda, ou como descobriu seu caminho de onde quer que tenha vindo, embora Elizabeth diga a todo mundo que queira ouvir que quando ele chegou ali mais parecia um animal do que um cristão, e que suas roupas estavam duras de sangue e coisas piores, e que se John não o tivesse reconhecido, ela teria soltado os cachorros em cima dele e teria feito os garotos botá-lo para correr com as flechas de seus arcos de treinamento.

Eles não permitiram que ele entrasse na casa naqueles primeiros meses e, durante todo o verão, ele dormiu com as ovelhas nas colinas acima da fazenda. Após algum tempo, ele começou a trazer água para a casa sem que lhe pedissem e John lembrou-se de que essa era a tarefa de Thomas quando era pequeno, antes de o pai deles ter partido para as guerras na França, antes de a mãe deles falecer. Pouco a pouco, eles conseguiram que ele realizasse mais tarefas. Logo ele estava cuidando do gado e depois ajudando os tosquiadores quando iam tosquiar as ovelhas. Ele ajudou John a levar a lã para o mercado e os grãos para o moinho. Ele lavrou a terra da horta, guiou os bois pela plantação de centeio e espalhou as sementes.

Assim que Thomas chegou, as pessoas – especialmente as que o conheceram quando menino – se interessaram por ele. Após a missa, elas o observavam enquanto ele permanecia parado do lado de fora da igreja e faziam-lhe perguntas, mas ele nunca dizia nada, apenas devolvia o olhar, às vezes sorrindo, às vezes mais apreensivo, e logo concluíram que ele era abobalhado. Eram somente os garotos das outras fazendas que o seguiam para todo lado e atiravam coisas nele, embora isso tivesse parado depois que o mais velho dos dois filhos de John – Adam – lutou com um deles quase até à morte, e teria ido ainda mais longe se Thomas não os tivesse separado. Thomas segurou cada um dos garotos no ar, com os braços afastados, os pés dos garotos tentando tocar o chão como homens na forca, e quando ele os largou, os meninos saíram correndo em silêncio, os olhos fixos em seu rosto pálido.

O irmão de Adam, William, é a alma mais gentil, de cabelos ruivos e olhos azuis muito claros que herdou da mãe, e ele fica feliz em sentar-se no pátio ajudando-a a fiar na roda, enquanto Adam vaga inquieto pelos bosques em busca de algo para matar. William é generoso com Thomas e lhe dá artigos que Elizabeth não gostaria que ele tivesse: um par de meias grossas, uma pomada para suas mãos feita de mel e folhas de sálvia, um cajado de pastor feito de chifre de vaca que ele mesmo fez.

John deixou-o dormir na casa quando o tempo mudou no final do outono, mais ou menos na época em que abatem os porcos e o ar está tomado pelo cheiro de pelos queimados. Foi quando descobriram que ele tinha terríveis pesadelos e que, afinal, ele podia falar, porque gritava no escuro, clamando a Deus e a mais alguém cujo nome nunca conseguiam decifrar.

– Quem ele chamava ontem à noite? – perguntavam-se de manhã.

– Dick – Adam dizia.

– Azrin – William dizia.

– Isso não é uma palavra – Adam contra-atacava.

– Não precisa ser – William dizia. Elizabeth concordava com John e Adam era enviado para ver se os gansos tinham colocado ovos ou se o malte no barracão onde era produzido iria germinar naquele dia. Após um mês aproximadamente, a família passou a aceitar que Thomas dormisse na casa. Compreenderam que quando ele gritava, quando berrava e ficava rígido com o que John dizia ser terror, isso logo passava. Eles tampavam os ouvidos e esperavam até ele resvalar em um sono gorgolejante, apenas ocasionalmente interrompido por contorções e convulsões. John dizia que aquele era um som até reconfortante, melhor, ao menos, do que o som de ratos ou do gato caçando-os, melhor do que o barulho da flatulência de Adam.

Quando o outono deu lugar ao inverno, os soldados começaram a chegar pelo vale. Vinham do oeste e do sul, pequenas companhias percorrendo seus caminhos para chegar à estrada que levava para o norte, para os castelos de East March, castelos como o de Dunstanburgh e Bamburgh, aqueles que ainda resistiam pelo velho rei. Às vezes, eram organizados e liderados por homens bem-vestidos montados em bons cavalos, com luvas e anéis nos dedos, e mulas de carga. Outros estavam em pior estado, alimentando-se de seu último pão, os cavalos precisando de ferraduras. No entanto, os dois tipos e todos entre esses dois extremos eram fugitivos, sempre cuidadosos em definir para onde iam, o que diziam e a quem diziam. Alguns, entretanto, realmente paravam e conversavam, em troca de pão, cerveja e feno para seus cavalos.

– Expulso da minha terra – um deles disse a John. – Sua Graça foi desonrado e um novo homem chegou, um aliado do conde de Warwick. Fez a oferta para que eu passasse a servi-lo ou fosse embora. Assim...

O soldado encolheu os ombros largos de arqueiro e ajeitou o chapéu de palha acima do rosto avermelhado. Ele examinou Thomas, talvez reconhecendo algo nele, e fez um lento sinal com a cabeça, a mão pousada no punho de uma grande faca presa à cintura.

– Mas por que você não passou a servir a este novo homem? – John perguntou.

– Pensei nisso – disse o soldado. – Mas o que acontece se Sua Graça voltar? Ele vai ter algo a dizer, não é? Isso é certo.

– Ele vai voltar?

– Claro que vai. Não se pode manter alguém como o duque de Somerset derrotado.

– O duque de Somerset? Você serviu a ele?

– Sim – o homem respondeu com orgulho. – E ao seu pai antes dele.

John balançou a cabeça.

– Então, onde ele está agora? O duque?

– Alnwick? – diz o homem. – Ou Bamburgh? Ou no outro. Há três deles lá em cima. Três ou quatro. Castelos enormes, grandiosos e sujos, todos contra o novo rei e o maldito conde de Warwick.

O homem cuspiu, mas John ficou surpreso.

– E restam muitos homens do antigo rei?

– Não tantos quanto havia – o soldado admitiu. – Não depois da Batalha de Towton. Mas há alguns e todos eles estão se dirigindo para os castelos lá em cima, para aguardar até que a rainha venha com seus homens, da França, ou talvez da Escócia, e o velho Tudor venha com seus galeses, e então veremos o conde de Warwick e o novo rei que ele fez baterem correndo em retirada.

– Quer dizer que haverá mais luta? – John perguntou.

O homem soltou uma risada rouca.

– É claro que haverá mais luta – ele disse. – *Sempre* há mais luta, não é? Não vai parar enquanto todo mundo não conseguir o que quer e isso não vai acontecer antes dos céus abrirem seus portões.

John sacudiu a cabeça diante da ideia. O homem pegou um pão, encheu seu frasco de cerveja e deixou-os, seguindo caminho para subir Stanage Edge em direção a Sheffield e mais além.

Depois que ele partiu, John virou-se para Thomas e parou.

– Você está bem? Ficou tão pálido de repente.

Mais homens passaram por ali nas semanas seguintes, bandos inteiros em capas de montaria, trazendo às costas arcos e lanças, movendo-se furtivamente pelos campos em cavalos famintos. As coisas começaram a desaparecer da fazenda – dois gansos, uma das ovelhas – e Thomas ajudou a levar os animais para dentro da paliçada de proteção que cercava a fazenda. Toda noite os cachorros acordavam e latiam, e John tateava no escuro e pegava seu arco.

Naquele inverno, eles não foram para o alto das colinas para a mineração de chumbo como sempre faziam, e embora à noite pudessem ver as fogueiras no topo das colinas por toda a volta onde outros homens derretiam o metal e eles pensassem no dinheiro que estavam deixando de ganhar, eles permaneceram na fazenda, e esperaram.

Nada aconteceu até o Advento. A Quadra Natalícia passou, em seguida a Epifania, depois a Candelária e por fim a Quarta-feira de Cinzas chegou e se foi sem que nada tivesse acontecido. Assim, agora é a estação da Quaresma, quando as imagens na igreja são cobertas, mas a terra lá fora está se abrindo e a vida retornando ao vale. É então que oito homens a cavalo saem da estrada e tomam o caminho da fazenda, parando seus cavalos diante dos portões da paliçada. John observa a chegada deles, protegendo os olhos do sol baixo de primavera. O homem que parece ser o líder do grupo desce do cavalo bem antes do portão da paliçada. John diz a Elizabeth para ficar dentro de casa com William e manda Adam ir buscar Thomas.

– Depressa.

O homem que apeou do cavalo se mostra cauteloso e pelo seu jeito de andar é óbvio que está cavalgando há bastante tempo. Ele urina na grama aparada pelos carneiros, depois se volta para John. Ele tem uma feição carrancuda e usa um casaco de couro de búfalo sem nenhuma insígnia que identifique a que facção pertence. Ele cumprimenta John cordialmente, mas não sorri.

– Terra boa, esta – ele diz. Ele possui um sotaque carregado, mas suave.

John balança a cabeça.

– É difícil no inverno, não?

Novamente, John balança a cabeça, concordando.

– Mas é boa no verão?

– Sim.

– Caça?

– Pouca, nos vales.

– Não nas colinas?

– Não muita.

– Difícil também, hein?

Faz-se um longo silêncio. É como se o homem não soubesse bem como começar o que quer que quisesse começar. Seus homens estão alinhados atrás dele, ainda montados. Um deles mastiga alguma coisa – um galhinho ou uma haste de palha. Ele a segura e joga fora.

– Precisamos de algumas coisas – o primeiro homem diz, como se lembrando que deveria ir logo ao assunto. – Algo para comer. E cerveja, é claro. Mas cavalos também, se os tiver.

– Eu tenho um cavalo – John diz. – Mas não está à venda.

– Eu não estava pensando em comprar.

– E então?

Adam volta.

– Não consigo achá-lo – diz a John.

– Achar quem? – o homem pergunta.

– Ninguém – John diz, em seguida dirige-se ao garoto: – Está bem, Adam, entre agora.

Adam hesita. John o empurra.

O homem sorri, vendo-o se afastar.

– Belo garoto – ele diz.

Faz-se um novo momento de silêncio e em seguida o homem diz:

– Posso ver o cavalo?

– Para quê? – John pergunta.

– Para ver se eu o quero – diz o homem.

– Não faz nenhuma diferença se você o quer. Não pode ficar com ele.

– Mas estou disposto a trocar alguma coisa por ele.

– Como o quê?

O homem sorri e indica a casa, os campos, as colinas acima deles.

– Tudo isso – ele diz. – Você. Ele. Ela, provavelmente.

– Não são seus para negociar – John diz.

O homem franze a testa.

– Bem – ele diz. – Não. Não por enquanto, mas estamos em maior número do que você.

O homem saca metade de sua espada da bainha. Seus olhos estão estranhamente brilhantes. Olha fixamente para John. John devolve o olhar. John não sabe o que dizer agora. Abre a boca para dizer algo, quando uma flecha passa voando por ele e se aloja no peito do homem com uma batida surda. O golpe tira o ar de seus pulmões. Ele recua quatro ou cinco passos, cambaleando, estendendo as mãos para John, depois cai sobre os calcanhares e logo sobre o traseiro.

John fica tão surpreso quanto o homem com a flecha no peito. Ele fica paralisado por um instante, a boca aberta, os braços ao lado do corpo. Em seguida, ergue os olhos para os outros homens em seus cavalos, igualmente paralisados. Então, eles se movem todos ao mesmo tempo, saltando de seus cavalos. John se vira e corre de volta para a paliçada. Thomas está ali. Ele tem outra flecha preparada no arco, que atira sem parecer mirar em coisa alguma. Sua flecha atinge um dos homens e o faz desmoronar de sua sela. Thomas prepara outra flecha e atira, e atinge outro homem, que está correndo, de costas para ele. Um homem grita:

– Matem-no!

Segue-se nova flecha. Outro grito. Adam atirou e atingiu um dos homens. Ele prepara e atira com seu arco de treinamento, exatamente como lhe ensinaram. A flecha tem menos peso, mas àquela distância ainda pode derrubar um homem de seu cavalo, ainda pode matá-lo.

John corre para dentro da paliçada e bate o portão atrás de si. É para manter os animais dentro, ou fora, e basicamente para mais nada. Thomas atira nova flecha por uma brecha na cerca, mas a vê perder-se na distância. Imediatamente, ele já tem nova flecha preparada.

Agora, os homens remanescentes fora da cerca se espalharam. Estão circundando a casa da fazenda. Thomas os perde de vista. Em seguida, ouve-se um repentino estrondo de cascos de cavalo por trás, um homem assoma acima da cerca e lança seu cavalo contra ela, atravessando-a. Thomas vira-se e atira. A flecha atinge o cavalo embaixo da mandíbula, o cavalo retrocede, o homem é atirado para trás, cai da sela, o cavalo invade o pátio a toda brida, passa por eles em disparada, relinchando e guinchando, e sai pelo outro lado. Os gansos se dispersam para todo lado.

John emerge da casa com uma foice de guerra bem a tempo de impedir que o cavaleiro caído no chão tenha tempo de se levantar. Ele golpeia a cabeça do sujeito com sua arma, arrancando seu elmo, e quando seu medo é substituído pela raiva, ele o golpeia várias vezes. O homem está morto muito antes de John parar de golpeá-lo. Há sangue por toda parte, respingado nas paredes, pelas pernas, braços e peito de John, e por todo o corpo do homem morto.

Entretanto, pelo buraco feito pelo cavalo entra outro homem. Ele corre para John com uma espada e um pequeno escudo redondo, mas Adam levanta-se por trás de uma colmeia, quase sem conseguir enxergar por cima da caixa de abelhas, e segue o homem com seu arco, exatamente como se estivesse caçando no mato. Ele atira e a flecha zune pelo pátio. Atinge o homem na coxa, arrancando sua perna do chão. Ele rodopia, tropeça e cai pesadamente com um berro de raiva. Ele deixa cair a espada. John dá um passo e golpeia a cabeça deste segundo homem com sua foice. Com mais três ou quatro golpes desajeitados, ele consegue matá-lo também.

Thomas contorna a casa, atravessando a brecha no cercado dos gansos e saindo depois da pilha de lenha. Ele calcula que ainda restem dois homens. Onde estarão? A esta altura, já devem ter tido tempo de preparar suas flechas. Ele está depois da pilha de lenha, na imundície da vala que serve de esgoto para a latrina. O mau cheiro é insuportável, mas familiar. Onde estarão? Ele avança cautelosamente e, pelo canto do olho, vislumbra algo no pomar. Vira-se tarde demais para ver um dos soldados entre as árvores. Sua flecha já está preparada, seu arco erguido. Thomas vê quando ele atira.

Neste exato momento, suas botas sem salto escorregam. Ele perde o equilíbrio e cai de costas, com um rodopio, no atoleiro imundo. A flecha penetra na parede de pau a pique acima de sua cabeça, deixando um perfeito buraco. Thomas recupera seu arco, levanta-se atabalhoadamente e corre, agachado, dobrando a quina da casa. O último soldado está lá, escondendo-se de Adam e seu arco. Ele vira-se para olhar para Thomas. Ele possui apenas uma adaga de cabo redondo, agarrada na mão direita, mas ele é um garoto, trêmulo, e só está segurando a adaga porque sabe que é isso que deve fazer.

Thomas fica parado um instante, olha o garoto nos olhos, em seguida dá dois passos rápidos e arranca a adaga de sua mão com a ponta de seu arco. O garoto prende a respiração e agarra a mão com força. Seu chapéu cai sobre os olhos. Thomas dá mais um passo e desfecha um soco em seu peito. O rapaz desmorona. Thomas pega a flecha de sua cintura, prende-a no arco e volta-se para o soldado no pomar.

Ele aparece e desaparece detrás do tronco de uma macieira. Está tentando ver quem está vivo e onde estão seus amigos. Ele chama. Nenhuma resposta. Ele chama outra vez. Faz-se um profundo silêncio quando ele não está gritando e à luz fraca do sol seu rosto está muito pálido entre os troncos das árvores. Thomas pensa em como seria fácil pegá-lo.

Ele levanta o arco, em seguida o abaixa. Ele se vira e pisa no garoto que está no chão, ainda ofegante, chutando as pernas na terra, e sai no pátio onde Adam ainda está junto às colmeias, com seu arco e flecha agarrados nas mãos trêmulas, de juntas brancas. Seus olhos estão fixos em seu pai, que está parado acima de dois homens mortos, olhando fixamente para a lâmina de sua foice que está vermelha de sangue. John respira ruidosamente com o esforço de ter matado os dois homens. Ele ergue os olhos para Thomas. Ouvem o outro soldado no pomar, gritando para seus companheiros. Thomas gira nos calcanhares, encosta seu arco na parede da casa e vai buscar o outro rapaz, agachado no chão, ainda sem conseguir respirar. Thomas o levanta por debaixo do braço e o leva de volta pela quina da casa até o pátio, onde o larga ao lado dos dois homens mortos na fraca luz do dia.

– Água – ele diz, indicando o balde.

Adam larga seu arco e atira o conteúdo do balde sobre o garoto, que dá uma arfada e senta-se ereto.

– Vá buscar seu amigo – Thomas diz ao garoto. – Diga-lhe para largar o arco, vir para cá e não haverá mais mortes.

O garoto levanta-se da lama. Seu rosto está vermelho e ele respira com um chiado, está completamente molhado e não consegue tirar os olhos dos mortos enquanto contorna a casa outra vez e tenta gritar para seu companheiro no pomar. Ambos, John e Adam, olham fixamente para Thomas, boquiabertos.

– Não há mais perigo – Thomas diz.

John começa a rir. Adam faz o mesmo. Thomas sente que está sorrindo.

– Ele fala! – exclama John, rindo. – Ele fala de verdade!

Então, ele atira os braços ao redor de Thomas e bate em suas costas. Thomas pode sentir os pelos curtos da barba de seu irmão espetando-o e o sopro de seu hálito em sua orelha. John não para de gargalhar.

– Por todos os santos – diz, arquejante, dirigindo-se a Adam por cima do ombro de Thomas –, por todos os santos, acabamos com eles, hein, Adam, meu garoto?

Adam também ri e mais ainda quando John solta Thomas, o empurra e olha enojado para as mãos.

– Credo, homem! – diz, resfolegando. – Você está coberto de merda!

Eles riem outra vez. As lágrimas rolam pelo rosto de Adam. O rosto de Thomas dói. John mal consegue respirar de tanto rir. Mas, então, eles ouvem. Um som terrível. Alguém chora. É Elizabeth, dentro da casa, com William. John apressa-se. Thomas espera do lado de fora, lavando as mãos. Em seguida, John grita lá de dentro.

– Adam! Thomas!

Adam é o primeiro a entrar, seguido de Thomas. Por um instante, Thomas não consegue ver na penumbra de dentro de casa, mas John e Elizabeth estão juntos na outra extremidade do fogo apagado, ajoelhados ao lado de William, que está deitado no colo da mãe, uma das pernas esticada, a outra dobrada, com o pé enfiado embaixo do joelho da primeira.

Quando consegue vê-lo melhor, Thomas vê que há uma flecha alojada bem fundo em seu esterno, e pelo aposento partículas de poeira e fuligem giram em um fino facho de luz que emerge inesperadamente de um buraco na parede de pau a pique. Era a flecha destinada a Thomas. Ela atravessou a parede e atingiu William, que respira muito rápido e exibe um brilhante círculo de sangue espalhando-se em sua camisa, enquanto sua mãe o agarra contra ela, pressionando o corpo dele contra o dela, balançando-o como devia fazer quando ele era um bebê, só que ela chora, um lamento agudo e constante. Ao seu lado, o pai do rapaz está de joelhos, impotente. Ele ergue os olhos para Thomas e há lágrimas em seus olhos e sangue em suas faces. Adam fica paralisado, mudo.

Não leva muito tempo e, quando termina, Thomas se vira e volta para o garoto e o arqueiro no pomar. Estão parados lado a lado, sem seus chapéus. Um deles – o mais novo dos dois, aquele em quem Thomas deu um soco – está com os joelhos trêmulos, a penugem loura em seu queixo refletindo a luz do sol, os olhos claros muito assustados. O outro é mais moreno, com um bigode ralo e feio acima dos lábios, que estão torcidos em um ar de desacato para esconder seu medo. Eles erguem os olhos para Thomas quando ele sai, em seguida de volta para os mortos aos seus pés, para seus ferimentos de onde borbulhas de sangue brotam e explodem delicadamente.

— Venham — Thomas lhes diz. Algo o alerta de que esses dois não devem ser as primeiras pessoas que John deva ver quando sair de casa. Ele os leva para verificar os outros corpos do outro lado da cerca.

— Fiquem parados ali — ele diz.

O chefe do bando ainda está vivo, mas Thomas duvida que isso demore muito a mudar. Ele está segurando a flecha de Thomas em seu peito e seu cavalo está pastando na grama ao seu lado. Mais além, está outro corpo, com uma flecha na garganta.

Thomas se agacha ao lado do primeiro homem. Sua respiração é acelerada, seus dentes estão vermelhos e o sangue espuma em sua boca. O homem rosna e consegue cuspir sangue nele. A cusparada é surpreendentemente quente e Thomas se levanta e limpa o queixo e a garganta, perguntando-se o que fazer em seguida. Neste momento, seu irmão sai da casa e atravessa o portão. Ele segura a foice com as duas mãos e se aproxima a passos largos do homem agonizante. Thomas se afasta para o lado. Não há nada que ele possa fazer para impedir o que está para acontecer, ainda que quisesse.

— Olhe para mim — John diz ao moribundo.

O homem vira o rosto para o outro lado. John chuta sua face.

— Eu disse para olhar para mim.

O homem volta-se lentamente. Exibe os dentes vermelhos.

— Desgraçado — ele rosna. — Desgraçado.

— Não! — John grita. — Você é que é desgraçado!

John ergue a foice e a desce com toda a força na garganta do sujeito. A lâmina atravessa os ossos da nuca e penetra no solo embaixo. O cavalo dá uma guinada com o barulho. John arranca a foice do solo, a cabeça do homem rola molemente e mais sangue borbulha na grama. Então, ele se vira para os dois rapazes. Vai matá-los também.

— Não — Thomas diz. — Deixe-os.

John para. Olha para Thomas. Franze o cenho.

— Pelo amor de Deus — John sussurra. Seu rosto está sujo de cinzas e sangue, e as lágrimas desenharam sulcos em suas faces. — Pelo amor de Deus.

Ele atira a foice de guerra na grama e caminha de volta para a casa, onde podem ouvir Elizabeth berrando. Os dois rapazes olham fixamente para Thomas. Então, ouvem o tom dos lamentos de Elizabeth mudar, eles a ouvem gritar e logo ela está no pátio. Eles se viram para ela, vendo-a se lançar em sua direção. Ela grita, os pés descalços acelerados, e agora John a está puxando, tentando segurá-la, mas ela se contorce, se liberta das mãos dele e Thomas vê que ela tem uma faca na mão. Quando os rapazes a veem, reagem como ovelhas diante de um cachorro. Inclinam o ombro, viram-se e saem correndo, separando-se, de forma que Elizabeth não sabe quem perseguir.

Diante disso, ela se volta para Thomas, talvez porque não haja mais ninguém lá. Thomas continua parado até ela chegar bem perto dele. Ela ergue o braço para trás para golpeá-lo e ele pode ver que ela está enlouquecida. Ele dá um passo à frente, sob seu braço erguido, e agarra seu punho. A faca é lançada de sua mão e vai parar no chão, atrás dos pés de Thomas. Ele tenta contê-la. Ela o empurra. Ela arranha seu rosto. Ele segura suas mãos e a mantém à distância de seus braços. Ela é forte, mas ele é ainda mais forte. Ela perdeu seu toucado e seu rosto está vermelho, sujo de cinzas, muco, lágrimas e sangue, e sua boca é um retângulo de fúria. Ele pode sentir o quanto ela está quente. Ela está quase febril.

– Beth – John diz. – Beth.

Ele quer dizer que está tudo bem, que tudo vai ficar bem, mas não vai. Seu filho está morto. Nada pode mudar isso. Seu marido coloca-se atrás dela.

– Beth – ele tenta acalmá-la. – Beth. Vamos.

Vendo sua impotência, ela desmorona. Seus braços amolecem e Thomas a solta. Ela se vira e deixa que John a abrace. Ela soluça contra seu peito. Após um instante, Thomas não consegue mais testemunhar o sofrimento e se vira. Os dois rapazes estão parados um pouco adiante, sob a vigilância de Adam que os mantém sob a mira de seu arco.

– O que vamos fazer com eles? – Adam pergunta.

– Eles podem começar enterrando seus amigos – Thomas diz.

Elizabeth para, vira a cabeça. Mechas de cabelos úmidos cobrem seu rosto. Seus olhos estão vermelhos de tanto chorar. Ela aponta para Thomas.

– Ele fala – ela diz. – Santo Deus.

Todos olham fixamente para ele, que nada sabe sobre seu silêncio. Thomas não sabe o que pensar. Ele não havia percebido que não falava até então ou que agora começara a falar. Mas ele realmente se sente estranho. Ele pode ouvir o rio nas pedras da passagem a vau e alguns pássaros nas copas das árvores. E mais: é como se um véu tivesse sido levantado. As cores estão mais brilhantes. Os movimentos mais rápidos.

Elizabeth continua fitando-o.

– Você – ela diz, apontando um dedo longo, ossudo e trêmulo para ele. – Você fez isto. Se você não tivesse atirado aquela primeira flecha...

John olha para ela. Ele solta os braços quando ela o empurra.

– Não, Beth – John diz. – Não foi assim.

– Foi, sim – ela afirma. – Eles só teriam levado o cavalo e talvez um pouco de pão. Meu filho ainda estaria vivo. Se você não tivesse matado aquele homem.

Ela gesticula, indicando o corpo no chão. O sangue brilha nos ferimentos e eles podem sentir o cheiro. Thomas se pergunta se ela teria razão. A dúvida embota sua mente. Quando ele viu a atitude dos homens assim que chegaram à casa, ele presumiu que estavam ameaçando John, e pensou, Santo Deus. Elizabeth teria razão? John lança um olhar rápido para ele.

– Não, mamãe – Adam diz. – Eles pretendiam levar tudo. Você os viu.

– Mas não teriam matado meu William! – ela se lamenta.

– Eles teriam matado todos nós!

Ela se volta para Adam com aqueles olhos enlouquecidos.

– Você está do lado dele – ela diz, apontando para Thomas.

– Beth – John murmura. – Agora não. Não é esta a questão.

– Não fale comigo – ela diz, afastando-se de John.– Não fale comigo. Você não sabe de nada. Fica aí parado enquanto os que mataram meu garoto continuam vivos! E enquanto o homem que causou tudo isso me impede de fazer justiça. Olho por olho, diz o padre, e ele... o idiota!... o impede!

– Por Deus, mulher, você foi muito longe agora.

– Ah, é? – ela diz, voltando o semblante lívido para ele. – O que vai fazer? O que sempre faz. Tomar cerveja junto ao fogo.

John, então, a esbofeteia. Um tapa no rosto com as costas da mão que a faz cambalear. Nem Thomas, nem Adam se movem. O estalo do golpe se dissipa.

– Volte para dentro de casa – John lhe diz. Ele esfrega os nós dos dedos da mão e ela sua face. Vendo a expressão de Elizabeth, Thomas pisa na faca, pressionando-a contra a grama. Mas ela vai, e depois que se foi, John se sente mortificado.

– Sinto muito – ele diz. Thomas sacode a cabeça. Não sabe de que John está se desculpando: das acusações de sua mulher ou por tê-la agredido, ou pelos dois motivos.

– É melhor terminarmos com isto – Thomas diz.

– Sim – John concorda. Eles mandam os dois rapazes reunirem os mortos, mas quando Thomas está se lavando ele começa a se sentir zonzo. Uma dor aguda acomete sua cabeça, tão forte que ele leva as duas mãos às têmporas. Ele precisa se sentar na margem do rio por um longo instante. Ele observa os rapazes carregando os corpos e colocando-os um ao lado do outro na grama. Os dois rapazes estão chorando e ele se pergunta distraidamente sobre a ligação deles com os homens mortos. Filhos? Irmãos?

Sua cabeça gira. Acha que vai vomitar. Levanta-se, enfia os braços no rio, acima dos cotovelos, em seguida joga água no rosto e pelo pescoço. Após alguns instantes, sente-se melhor e novamente senta-se na margem e fica observando o rio deslizar por cima das pedras. Olha à sua volta. Vê tudo como se fosse pela primeira vez e se pergunta por que está ali. Ele fita suas mãos. São grandes e calejadas, palmas quadradas e encardidas. Perguntas lhe ocorrem. O que está fazendo ali? Há quanto tempo está ali? Por que não está nas Ordens Sacras?

– Boa pergunta – seu irmão concorda quando Thomas pergunta a ele. – Por que não está?

Thomas não consegue se lembrar. Sente-se deprimido, acabrunhado. Mal consegue abrir a boca para externar os pensamentos que vêm letargicamente à sua mente.

— A última vez que eu soube — John diz —, era para lá que você estava indo. Tornou-se indesejável por aqui, se você se lembra, como o Adam, sempre se metendo em brigas, e o velho padre Dominic achou que você poderia dar um bom monge, se eu lhe pagasse.

Thomas lhe pergunta onde era.

— Para os lados de Lincoln — John diz. — Um priorado administrado por cônegos. Ele disse que isso iria mantê-lo longe de confusão.

Os rapazes estenderam os corpos um ao lado do outro, ainda mornos, e agora Adam tira deles tudo que é de valor. Os homens que morreram vieram como uma sorte inesperada e de repente o irmão de Thomas ficou rico, com cavalos para vender, roupas e botas para usar, dinheiro para gastar. Há arcos e flechas, espadas, adagas, elmos de metal e placas de armadura também.

Eles fazem os dois rapazes cavarem a sepultura embaixo dos choupos no limiar do pasto, bem distante da fazenda. O solo ali é rochoso e cheio de raízes, e os rapazes sentem o trabalho pesado.

Beth sai da casa outra vez. Ainda está furiosa.

— Devíamos fazê-los cavar mais duas — ela diz. — Três, na verdade.

John finge que não ouviu. Vira-se para Thomas.

— O que eu quero saber — ele começa a dizer — é como você aprendeu a fazer tudo isso.

Ele imita o ato de atirar com o arco.

— Você sempre foi bom com o arco, devo admitir, mas matar homens desse modo?

Ele assovia.

— E me pareceu que você já fez isso antes — ele continua — com todos aqueles cortes e arranhões e sabe-se lá mais o que em todo o corpo quando você chegou aqui. E aquele ferimento na cabeça.

Ele dá um tapinha na cabeça.

— Você não adquire isso escrevendo o evangelho.

Thomas não sabe lhe dizer nada. Ficam em silêncio por um longo tempo, observando os garotos cavar. Adam entra no buraco com eles para ajudá-los. O dia continua passando. Depois que os rapazes cavaram fundo na terra até a altura de suas coxas, John os manda parar. Faz com que eles rolem os mortos – agora nus, a não ser pelos calções – para dentro da sepultura e, em seguida, com as pás, jogar a terra de volta por cima. Ninguém sabe ao certo se deve deixar uma cruz para assinalar o lugar.

– Muita gente teria simplesmente atirado os mortos no rio – John diz. – Ou os arrastado para o próximo distrito do condado. Deixar que os filhos da mãe de lá tivessem que lidar com o *coroner*. Pelo menos, nós os enterramos. Poderia dizer umas palavras, irmão? Vai nos poupar de ter que pagar um padre.

Thomas fica desconcertado por um instante. Para junto ao montículo de terra e tem a sensação de já ter feito aquilo antes. Pede a Deus para ter compaixão por aqueles homens que estão enterrando, para perdoar-lhes pelo que fizeram e perdoar quaisquer outros pecados que possam ter cometido nesta vida. Em seguida, pede para que o tempo deles no purgatório seja apropriado e que, quando estiverem livres de pecado, que os santos e mártires estejam disponíveis para recebê-los no céu e guiá-los para a nova Jerusalém. Ele faz o sinal da cruz e os outros, exceto Elizabeth, fazem o mesmo, e os corvos acima nas árvores grasnam com sons estridentes enquanto o sol se põe.

– Agora, o que vamos fazer com esses dois? – John pergunta.

Os dois garotos permanecem parados, de camisa, meia-calça e gorros de linho, e novamente Thomas tem uma sensação estranha. De que eles o fazem se lembrar? De quem eles o fazem se lembrar? Ele não sabe, sabe apenas que enquanto Elizabeth quer vê-los mortos e John quer que eles sumam dali, ele sente uma espécie de responsabilidade por eles.

– Se você os expulsa, então me expulsa também – Thomas diz.

Faz-se silêncio. Thomas vê John olhar de relance para Elizabeth.

– Já vai tarde – ela diz.

John olha para ela.

– Deixe-os ficar esta noite, se quiserem – ele diz. – Então, amanhã, veremos.

Naquela noite, Thomas não tem pesadelos, mas a dor em sua cabeça o acorda antes do amanhecer, antes que os outros acordem. Um dos dois rapazes está chorando em seu sono, tendo um pesadelo, e Thomas o cutuca com sua bota. O garoto se remexe, parece acordar, depois volta a dormir.

Thomas sai para lavar o rosto no córrego. Ele toma uma decisão, retorna à casa da fazenda e sacode o primeiro rapaz até acordá-lo.

– Vamos – diz. – Pegue suas coisas.

Em seguida, ele acorda o outro rapaz e ele também pega seu casaco. Quando estão saindo Thomas vira-se e vê que Adam está acordado, observando-os. Ele ergue a mão, Adam faz um sinal com a cabeça e Thomas, então, leva os dois rapazes ao estábulo, onde selam seus cavalos.

– Aonde vamos? – o mais novo pergunta.

Thomas não responde.

– Podemos levar nossos arcos? – o mais velho pergunta. Ele indica a pilha de pertences que Adam tirou dos mortos: roupas, botas, várias adagas e punhais, espadas, os sete arcos, dez aljavas de flechas, algumas peças de armadura e uma instável pilha de elmos.

Thomas sacode a cabeça e os rapazes aceitam sua decisão. Eles esperam morrer, ele pensa. Acham que vou matá-los e talvez eu devesse fazer isso. Mas não o faz e, enquanto os garotos o observam, ele tira uma jaqueta da pilha e a segura à sua frente, descobrindo que não se trata de uma jaqueta comum. Por dentro do forro acolchoado de fibras de linho há tiras de metal. Ele não pode deixar de sorrir: podem não entortar uma flecha ou a ponta de uma lança, mas parariam uma lâmina. Ele experimenta a jaqueta e constata que está apertada. Ainda assim, serve. Em seguida, ele enrola um dos arcos dos homens em um pano com óleo e apodera-se dele, com uma aljava abarrotada de flechas. Em seguida, pega uma espada – rejeitando a primeira, escolhendo uma segunda – que ele tira da bainha e bate em um trilho de metal no estábulo para testar sua ressonância. É boa. A seguir, pega um manto de montaria, um gorro de pano ensebado pelo uso e o maior dos elmos com fenda, que ele prende à sela que selecionou do cavalo escolhido.

– Este é o cavalo do meu pai – diz o mais jovem dos rapazes.

Thomas olha para ele, depois para o cavalo. O mais velho continua observando-os. Deve ser um sobrinho ou algo assim. Thomas pensa.

– Você o quer? – ele pergunta.

O rapaz balança a cabeça. Thomas dá de ombros e escolhe outro cavalo. O mais jovem pega o cavalo e a sela de seu pai e Thomas e os dois rapazes levam seus cavalos para fora do estábulo. Thomas ajusta seus estribos e, quando estão prontos, John aparece, desgrenhado e malcheiroso do sono. Ele traz um frasco e um pão de ontem. Entrega-os a Thomas.

– Vai voltar um dia? – ele pergunta.

Thomas balança a cabeça. Eles se abraçam. Depois, quando ele já está em sua sela, seu irmão ergue os olhos para ele.

– Thomas – ele diz –, responda-me isso antes de partir. Tem deixado todos nós intrigados. Esse nome que você sempre chama. Quando está tendo seus sonhos. O que é?

Thomas olha para ele. Pode sentir suas sobrancelhas erguidas. Ele não se lembra de nenhum sonho.

– Um nome?

– Sim. Soava assim.

Thomas fita os olhos esperançosos de seu irmão. Em seguida, sacode a cabeça e está prestes a dizer não, quando algo se avoluma dentro dele, fechando sua garganta, e ele só consegue balançar a cabeça para seu irmão. John também balança a cabeça, aliviado por ter perguntado, e se despede outra vez. Thomas vira seu cavalo e lidera os dois rapazes para fora, ao longo do caminho, dirigindo-se para leste. Antes de se afastar muito, ele vê que está chorando a ponto de as lágrimas pingarem de seu queixo.

4

O escrivão do *coroner* está curvado sob seu casaco escuro, uma gota de líquido transparente tremendo na ponta de seu longo nariz, e sempre que ele vai buscar a tinta em seu tinteiro, ele ergue os olhos para elas por cima de sua mesa temporária, e Katherine, de pé ao lado da viúva Beaufoy, estremece. Não somente por causa do frio, embora seja bastante para fazer sua orelha doer, é que ela tem medo, exatamente como costumava ter na casa capitular no priorado, quando tinha que passar pela inspeção das outras irmãs enquanto esperava que a prioresa desse o inevitável veredicto de culpada.

– Andem logo com isso – um dos jurados grita. – Vamos ficar aqui até a hora de nossa morte.

Ele tem razão. É o segundo dia depois da festa de Santa Agatha, virgem e mártir, e o inverno ainda prevalece.

Eles deveriam estar em cima, no salão da Guilda da Virgem Santíssima, onde os inquéritos judiciais geralmente eram realizados, mas os membros da Guilda não permitiram que o corpo da mulher de Eelby fosse levado para cima, e ninguém realmente os culpa, pois ela esteve enterrada no solo por várias semanas e a decomposição já estava avançada, apesar do frio. Antes do inquérito, houve uma conversa sobre deixá-la enterrada, mas o *coroner* diz que a lei é a lei, e que ele deve ver o corpo ou os homens do distrito deverão pagar uma multa adicional a todas as outras em que já incorreram por ter um assassinato cometido em sua paróquia. Assim, nesta manhã, antes do sol nascer, o corpo de Agnes Eelby foi exumado por dois homens com panos de linho enrolados nos rostos e agora ali está ela: colocada ao ar livre, a uma certa distância, a favor do vento em relação à Guilda, sobre uma prancha e um par de cavaletes. Um garoto guarda o corpo com um cajado, pronto para espantar os pássaros.

O *coroner* – um homem baixo e troncudo com uma barba ruiva, cortada rente, e faces vermelhas do frio – está de pé de costas para o cadáver, sem querer olhar para a mortalha manchada e suja, e ele se dirige ao júri.

– Senhores – ele diz. – Senhores. Estamos aqui para decidir se Agnes Eelby, que Deus tenha sua alma, falecida deste distrito, morreu de causas naturais, por acidente, por motivo de crime doloso contra si própria ou por assassinato.

Enquanto fala, ouve-se um murmúrio geral entre os membros do júri. É um grupo que está ali contra a vontade, formado por cerca de trinta jurados, cada homem acima da idade de doze anos, oriundos dos quatro vilarejos mais próximos, obrigados a deixar sua lavoura e seus negócios para ouvir mais um inquérito de mais uma mulher morta no parto, e não estão nem um pouco felizes com isso. Eles exalam um vapor, como uma manada de búfalos no frio, e um deles trouxe um cachorro que choraminga e faz força para se soltar da guia de corda com que está preso. Em círculo ao redor deles, estão as figuras cinzentas de mulheres e crianças, observando, o vapor de seus hálitos como xales pálidos em volta de suas cabeças.

Terminado seu preâmbulo, o *coroner* volta-se para Eelby, parado longe do júri, com o gorro de pano marrom agarrado nas mãos calejadas e o rosto não barbeado azulado do frio. Katherine pensa que ele parece excepcionalmente dócil diante do *coroner* como se tivesse medo de autoridade, e no entanto ela sabe que ele não tem. Ela se pergunta o que ele estará tramando e imagina que logo ficará sabendo.

– E você foi o primeiro a encontrar a morta? – o *coroner* pergunta. Eelby balança a cabeça, confirmando.

– Sim – responde.

– Nome?

– John Eelby, de Cornford, deste distrito.

À sua mesa, o escrivão registra o diálogo.

– E a falecida? – o *coroner* continua. – É sua mulher?

– Era, sim.

– Que Deus tenha sua alma. Conte-nos o que encontrou.

Eelby engole em seco e começa.

– Eu as ouvi me chamar – ele diz – e eu estava preocupado com minha mulher, então fui correndo. Elas estavam na cozinha do castelo. Eu a encontrei, com o vestido encharcado de sangue.

Ele aponta para Katherine. Ouve-se um murmúrio entre os jurados.

– E minha mulher estava deitada na mesa, toda cortada. Daqui até aqui.

Ele mostra em seu próprio corpo, indicando um corte da esquerda para a direita, logo acima do púbis, embora Katherine lembre-se de que o corte foi vertical. Foi o mais longo discurso que ela já o ouvira fazer.

– E quando foi isso?

– Na semana anterior a Todos os Santos, este ano – ele diz.

– E você clamou por justiça?

Eelby confirma que sim, embora na verdade não fosse necessário, já que não havia nenhum criminoso a capturar. Depois que ele entrou na cozinha, Katherine, a viúva Beaufoy e a criada da viúva tinham ficado ali paradas, reunidas em torno do bebê, o filho de Eelby, que haviam milagrosamente salvado.

– Os membros das quatro casas mais próximas vieram correndo? – o *coroner* continua.

– Sim – Eelby mente. – Sim, vieram.

– Você vai dar os nomes deles para o meu escrivão no final dos trabalhos – o *coroner* informa.

Eelby balança a cabeça, assentindo.

– E então você chamou o meirinho? – o *coroner* continua. Ele está ansioso para encontrar uma brecha nas complexas leis que cercam qualquer morte repentina ou inesperada, já que qualquer infração lhe permitirá aplicar uma multa no distrito ou no próprio Eelby e, assim, aumentar sua renda.

– Sim, chamei – Eelby diz, balançando a cabeça para o meirinho, que dá seu nome, e o escrivão faz nova anotação em seu registro.

— Só que a presença dele não era necessária — Eelby continua. — Porque duas das que abriram minha mulher estavam lá paradas como se isso fosse do agrado do Senhor.

— E essas são elas? — o *coroner* pergunta, voltando-se para Katherine e para a viúva Beaufoy.

Eelby assente e o *coroner* examina as duas mulheres outra vez. Katherine tenta vê-las como ele as vê. Ela imagina que ele as veja em vestidos bons, mas velhos, uma, a viúva, mais alta e mais volumosa do que a outra, enquanto ao lado dela, Katherine parece que não recebeu sua cota de leite e manteiga durante o longo inverno.

— E qual delas fez o corte? — o *coroner* pergunta.

Eelby indica Katherine.

— Foi ela — ele diz. — Lady Margaret.

O *coroner* alerta o escrivão para o nome de Katherine, e ele balança a cabeça e o anota.

— Por que você acha que Margaret, lady Cornford, a cortou?

Eelby transfere o peso do corpo para o outro pé. Há uma pausa, como se estivesse tomando uma decisão, como se estivesse escolhendo que trilha seguir em um bosque, e o *coroner* franze o cenho, esperando, até que Eelby faz sua escolha e diz:

— Lady Margaret jamais gostou dela. Jamais gostou da minha mulher.

Todos soltam a respiração, numa reação coletiva. Os homens no júri começam a murmurar. O *coroner* ergue as sobrancelhas.

— Lady Margaret cortou sua mulher, matou-a, porque não *gostava* dela?

Há um burburinho abafado ao fundo e o *coroner* ergue os olhos, e em seguida olha para seu próprio escrivão que também ergueu os olhos, e os dois trocam um sinal velado. Katherine não entende o que se passa, mas quando olha para a viúva Beaufoy em busca de orientação, a viúva Beaufoy mostra-se absolutamente ausente, olhando para o outro lado, para longe do distúrbio, como se nada daquilo lhe dissesse respeito. Algo está acontecendo, mas o quê? Após um instante, faz-se silêncio outra vez.

— Continue — diz o *coroner*.

— Ela a odiava — Eelby reforça. — Como é bem sabido.

Ele ergue a voz, chamando alguém atrás do júri, e alguém responde, gritando:

– Isso mesmo! Ela a odiava!

E, de um lugar diferente da multidão, outra pessoa grita que Katherine queria ver a mulher de Eelby morta, e agora aqueles que estavam na frente do júri se viram, esticando o pescoço para ver. Todos estão murmurando, olhando, o escrivão largou sua pena e virou-se. De repente, todos percebem que algo está acontecendo. O júri foi manipulado, ou subornado, exatamente como Richard e Mayhew haviam avisado que poderia acontecer. A princípio, Katherine sente uma onda de pânico e em seguida o sombrio colapso da aceitação. Eles lhe disseram que ela precisava de amigos poderosos em momentos como este e sugeriram que ela procurasse a ajuda de lorde Hastings.

– Alguém pode subornar o *coroner* – Mayhew explicara – ou influenciar o júri. Qualquer coisa pode dar errado. E se o *coroner* considerar que a morte não foi natural, ele terá que registrá-la como assassinato.

– Mas não foi assassinato – Katherine dissera. – Fiz o que era preciso fazer para salvar o menino. A mulher estava morta! Ou tão perto disso, que já não importava mais.

Mayhew mostrara-se paciente.

– Não importa o que realmente aconteceu – ele dissera. – Tudo o que importa é o que as pessoas dizem que aconteceu.

– Mas por que alguém diria outra coisa?

Richard gemera como um gato, ou uma velha, e Mayhew sacudira a cabeça.

– Por favor – ele havia dito. – Por favor, apenas vá procurar lorde Hastings. Ou o conde de Warwick. Ele lhe deve a sua vida. Ou sua perna, ao menos. Envie uma carta. Eu a levarei, se quiser. Explique o que aconteceu e peça-lhes para aconselhá-la.

Mas Katherine não fez isso. Ela se recusara. Tinha certeza de que, se ela podia ver que tomara a decisão correta – a única a ser tomada – então os outros poderiam ver isso também. As outras pessoas também veriam que ela precisava agir, fazer algo terrível a fim de evitar algo pior. Isso era tudo. Assim, ela ignorara o conselho de seu marido e de Mayhew e, em vez disso, lançara-se na tarefa de restaurar a propriedade, e compreendeu que as duas ações – a salvação da criança e a salvação da propriedade – logo seriam vistas como uma única ação.

Portanto, agora, o moinho de água já foi consertado por um carpinteiro de Boston, que foi convencido a trazer sua família e seus aprendizes, e a pagar seu aluguel em uma das casas ao longo da estrada elevada. Vieram outros também: um homem de Lincoln, mais dois de Boston, um quarto, um apanhador de enguias chamado Stephen – um homem magro, mas forte e resistente, dentuço e com cabelos rebeldes – de Gainsborough. Desde a chegada deles, cercas foram consertadas, cercas vivas restabelecidas, barracões e anexos reconstruídos. As eclusas foram colocadas em funcionamento outra vez e a água foi desviada e represada. Os campos estão secando e há boas chances de uma colheita de ervilhas e cevada no ano próximo. Há gansos, galinhas e leitões em seus cercados e chiqueiros, há cinco vacas na ilha e uma parelha de lustrosos bois marrons para puxar o arado. A chalana também foi reformada e agora já está apta a cruzar as águas outra vez, e enquanto um dos homens novos colhe a faixa larga de cardos que crescem no lado oeste do castelo, o apanhador de enguias Stephen fica sentado com um olho no tempo e diariamente acrescenta novas armadilhas de enguias à pilha que ele está construindo em volta de sua casa.

Mais do que isso, o assistente do barbeiro-cirurgião, Mathew Mayhew, chegara depois do Natal, tendo deixado a casa do conde de Warwick depois de um desentendimento com o médico do conde, Fournier.

Entretanto, no centro de tudo isso, tem estado o pensamento no menino, John, o filho de Eelby, nascido por um milagre, que recebeu o nome de seu pai e do pai de seu pai, que ainda está vivo, contra todas as expectativas. Ele tem sido o ritmo e a razão de tudo isto: a inspiração e a semente de esperança de que algo é possível. Quando Katherine pensa nele, sente o coração cheio de amor, e ela sorri. E pensar que depois da morte da mãe – depois de Katherine a ter matado – a viúva Beaufoy não lhe dera nenhuma chance.

– Como pretende alimentá-lo? – ela perguntara, desdenhosamente.

Mas Katherine lembrara-se do recém-nascido no vilarejo e, assim, pagara à mãe da criança para amamentar o bebê órfão. Então, ela gastara muitas moedas preciosas comprando cerveja e carne de carneiro e de vaca nos mercados, apenas para mantê-la gorda e saudável, e até aqui seu leite vinha mantendo o bebê vivo.

E quanto mais ele vivia e mais forte crescia, mais certa ela se tornava de que a morte de Agnes Eelby fora trágica, mas não fora cometida por ela. Na verdade, foi um ato de Deus. E a cada semana que se passava, maior era sua certeza de que as outras pessoas chegariam a esta mesma conclusão.

Mas agora, neste inquérito, ela pôde ver que estava errada, que lhe atribuíram motivos muito mais sombrios – de que ela não gostava de Agnes Eelby ou tinha inveja dela – e assim, finalmente, ela deve reagir.

– Não é verdade – ela grita. – Eu só desejava o seu bem. Caso contrário, eu não teria ido buscar a viúva Beaufoy ou pagado por seus serviços do meu próprio bolso.

A seu lado, a viúva Beaufoy deu mais um passo para se distanciar dela.

– É verdade? – o *coroner* pergunta à viúva Beaufoy. – Ela fez isso?

– Fez – ela concorda, com relutância. – Mas eu teria ido de qualquer forma.

– Claro que teria! – um dos interferentes grita.

O *coroner* ergue uma das sobrancelhas para a viúva Beaufoy e Katherine vê que ele percebeu algo e ela sente sua própria ignorância como uma dor aguda, ainda que familiar. O *coroner* balança a cabeça e volta-se novamente para Katherine, e é como se ele tivesse se esquecido de onde estava, ou talvez, não. Ele não se esqueceu. Trata-se de alguma outra coisa.

– Bem – ele pergunta –, por que você odiava a morta?

A pergunta faz Katherine sentir-se encurralada, confinada, cercada.

– Eu não a odiava – ela retruca. – Eu mal a conhecia.

– Mas...? – começa o *coroner*, gesticulando para o júri, como se eles fossem prova do contrário.

Katherine dá um basta.

– Eu não conheço nenhum desses homens, a não ser de vista – ela retruca –, e tenho certeza de que o inverso também é verdadeiro.

– Mas parece haver alguma dúvida... – o *coroner* insiste.

– Ah, claro que há – o primeiro interferente grita e, antes que o *coroner* possa fazê-lo calar, o segundo se intromete.

– Sim – ele grita. – Se mal a conhecia, por que mandou buscar a viúva Beaufoy? Por que pagou por seus serviços, hein? Para alguém que mal conhecia?

– Não parece provável, não é? – grita o primeiro.

Este segundo homem está nas sombras e ela acha que é o que tem um chapéu alto e avermelhado. Ela não acha que já o tenha visto antes.

– Eu a conhecia bem o suficiente para fazer meu dever de cristã – ela declara.

– É mesmo? – o primeiro interferente retruca. – Abrindo-a? Eu não chamaria isso de dever cristão!

Isso arranca uma risada abafada da audiência. O *coroner* deixa a discussão continuar.

– Fiz isso para salvar o bebê – Katherine grita acima do barulho. – Ele não está vivo agora por causa do que fizemos?

– Você só salvou o bebê porque o queria para si mesma!

Isso já é demais.

– Quem é você? – Katherine chama. – De que vilarejo você vem?

– Não interessa – ele responde.

Ela dá um passo na direção dos homens. Pode sentir o vozerio em seus ouvidos. Quisera ter uma faca agora, porque alguém tem que calar esse homem.

– Basta – grita o *coroner* finalmente. Ele se vira para Katherine.

– Conte-nos o que aconteceu – ele comanda.

Ela tenta se acalmar. Pode sentir seu rosto afogueado e o coração pulsando nos dentes. Ela respira fundo. Pode sentir o cheiro de seu suor erguendo-se da lã manchada de seu vestido.

– Vamos! – grita um dos jurados. – Vamos logo com isso!

– Vai ser um monte de mentiras mesmo!

– Deixem a acusada falar – o *coroner* ordena e Katherine começa.

– O bebê estava preso na mulher de Eelby – ela diz. – Ele não saía no modo normal. Ele estava virado ou o útero estava deslocado. Ou algo assim. Assim, nós cortamos... Não. Eu cortei, seguindo as instruções da viúva Beaufoy, eu cortei a mulher de Eelby para salvar o bebê.

– E é esta a faca usada? – o *coroner* pergunta. Ele está em terreno mais firme agora e exibe no alto a bela faca da viúva Beaufoy, e ouve-se um murmúrio de apreciação. Eelby confirma que aquela é a faca e o *coroner* coloca-a ao lado do tinteiro do escrivão. Era, agora, um objeto da corte, um bem móvel confiscado pela Coroa, a menos que Katherine esteja disposta a pagar por ela mais uma vez. Ela olha para a viúva Beaufoy, que mantém o olhar desviado dela.

– Continue – instrui o *coroner*. – O que aconteceu depois que a cortou?

– Ela sangrou. Muito. Não conseguimos estancar o fluxo de sangue. Então, ela morreu.

– Pronto, estão vendo? – um dos interferentes grita. – Eu disse que ela a matou!

– Admito que ela morreu pelo que eu fiz – Katherine replica. – Mas àquela altura ela já estava praticamente morta. Eu encurtei sua vida pelo tempo que levaria para rezar um rosário.

Faz-se silêncio por um instante, como se aquilo fosse razoável, quando um dos homens grita:

– É um tempo que ela jamais vai ter de volta.

Ouve-se um murmúrio de assentimento.

– Ninguém lamenta isso mais do que eu – Katherine diz. – Mas você não a viu. Ela estava morrendo de qualquer jeito, e o bebê também. Nós queríamos batizá-lo.

– Você queria vê-la morta para poder ficar com o bebê para você mesma! – diz o primeiro interferente.

– Não é verdade! – Katherine ouve a si própria gritando. – Não é verdade.

– Então, por que a matou? – pergunta o segundo.

– Não a matei!

– Matou, sim! – o outro rebate. – Você mesma disse!

O *coroner* perdeu o controle do inquérito. Katherine olha para ele e, por um instante, ele parece estar considerando tentar recuperá-lo, mas resolve não o fazer. Afinal, não cabe a ele chegar à verdade do caso. Sua função é cobrar uma multa daquele distrito do condado pela quebra do maior número de regras possível, e estabelecer se vale a pena que a Justiça do rei leve o caso aos tribunais, considerando-se que caso o perpetrador do crime seja considerado culpado no julgamento, todas as suas propriedades passarão ao rei. Neste caso, todos sabem que a propriedade de lady Cornford, Margaret, é extensa, ainda que esteja em situação precária, e ainda que esteja no nome de seu marido cego, sem dúvida vale a pena a Justiça realizar o julgamento quando estiver perto de Boston. Mais do que isso, entretanto, a presença dos interferentes significa que alguém, em algum lugar, quer que o caso vá a julgamento, logo é inútil que o *coroner* tente impedir.

O *coroner* volta-se para elas e Katherine pode vê-lo olhar para ela com aquele misto de pena e desprezo, e pode imaginar o que ele está pensando: que seu marido é cego e que ela é uma mulher, e portanto não é só natural que ela perca sua propriedade, é inevitável. Na verdade, ele provavelmente está se perguntando por que alguém levou tanto tempo para tomar seus bens.

Assim, finalmente, o *coroner* se recompõe e levanta a mão.

— Senhores! — grita. — Acredito que haja dúvidas suficientes nas circunstâncias da morte de Agnes Eelby para admitir a possibilidade de crime. Assim, ordeno a detenção de Margaret, lady Cornford, para aguardar a chegada dos juízes do rei.

Há uma explosão de aclamações e batidas de pés em partes da multidão, mas perplexidade em outras, e a parteira afasta-se mais um passo de Katherine.

— Além disso, concluo que a viúva Beaufoy é inocente de qualquer envolvimento neste crime e que ela, portanto, está livre, embora eu exija que você, em nome do rei, cumpra seu dever para com Deus e o Homem e esteja disponível aos mencionados juízes quando eles vierem a este condado.

A viúva Beaufoy balança a cabeça, assentindo, com um ar sombrio.

— Espere! — Katherine grita.

– Meirinho? – o *coroner* chama.

O meirinho se aproxima rapidamente em suas pernas longas e esguias. Ele se coloca diante de Katherine e da viúva Beaufoy. Ele traz uma espada curta à cintura, em que toca enfaticamente. Katherine recua um passo. Ela não vai lhe dar trabalho. Quando tem certeza disso, ele pergunta ao *coroner* o que quer que ele faça com ela.

– A cadeia? – o *coroner* sugere, como se fosse óbvio.

O meirinho inspira, fazendo o ar sibilar pelas falhas em seus dentes.

– Está alagada – ele diz, cuspindo. – Tem estado assim nos últimos cinco meses.

– O que fez com os outros prisioneiros? – o *coroner* pergunta.

– Nós lhes mostramos a cadeia e, depois de uma olhada, eles pagaram uma multa ou penhoraram alguma parte de si mesmos.

O *coroner* puxa os pelos curtos da barba. Seus olhos a percorrem e Katherine sente-se desfalecer por dentro. Ela não pode deixar de inconscientemente cobrir sua orelha cortada, escondida sob o feltro de seu chapéu, com os dedos.

– Não há nenhum lugar? – o *coroner* pergunta ao meirinho. – Um convento, talvez?

O meirinho sacode a cabeça.

– Há um – propõe a viúva Beaufoy – que poderá aceitá-la.

E ela olha para Katherine por um longo instante, como se soubesse, e Katherine sente um terrível peso esmagador em seus ossos.

– O St. Mary – diz a viúva Beaufoy. – O priorado gilbertino em Haverhurst.

PARTE DOIS

Priorado de St. Mary, Haverhurst, condado de Lincoln Lent, 1463

5

Thomas Everingham paga ao barqueiro uma pequena moeda de prata para atravessar o rio no Dia da Anunciação, 25 de março, o primeiro dia do Ano-Novo, depois cavalga para o sul e para leste pela chuva fina, seguindo uma trilha que lhe disseram que o levará – "mais cedo ou mais tarde" – a uma outra que o levará para o sul, para Lincoln. Ele cavalga a manhã inteira, parando apenas para deixar seu cavalo pastar, por volta do meio-dia, enquanto ele bebe de seu cantil sob uma árvore. Depois disso, ele segue a trilha através de bosques sombreados, onde mariposas claras, cada qual do tamanho da unha de uma criança, erguem-se sobre ele do mato rasteiro.

Enquanto cavalga, sua mente começa a lhe pregar peças curiosas, saltando de um pensamento para outro sem dar descanso e, à medida que vêm, cada pensamento ou observação sucessiva parece mais importante que o anterior, até ser substituído por outro pensamento que parece ainda mais importante, até mesmo vital, até também este ser substituído por outro ainda mais importante. Ele vê até mesmo o objeto mais comum – uma pilha de pedras servindo como um marco do caminho, um mourão tortuoso na margem rasa de um pequeno lago de lavagem de roupas, um bosque de olmos – e no começo cada um parece revelar em si mesmo algum prévio significado oculto que leva a outro e depois a outro. Toda vez que é acometido por tais pensamentos, fica aliviado por ter se lembrado, mas logo compreende que esses pensamentos não significam nada. São irrelevantes.

No começo, a sensação é prazerosa, mas logo se torna confusa, depois cansativa e finalmente irritante. Ele começa a viajar com os olhos fechados e se distrai pensando no que acontecerá aos dois rapazes que ele deixou na margem ocidental do rio. Ele supõe que voltarão para casa onde quer que isso seja e tenta imaginar que tipo de recepção eles terão.

No final da tarde, ele chega a uma encruzilhada como previsto e vira o cavalo para o sul, e novamente é assaltado por pensamentos que não consegue controlar. Só que desta vez, ao contrário das associações inúteis que experimentou pela manhã, essas visões parecem verdadeiras. São realmente lembranças, de contornos imprecisos e dissonantes, povoadas por homens e mulheres sem rosto, mas simples e até lógicas: aqui ele parou certa vez, no escuro, para que homens bêbados pudessem urinar. Por aqui, ele cavalgou em um dia de outono com... com... com quem? Um rapaz? Um rapaz. Não. Não um rapaz, não como Adam ou John, mas... Sente uma sensação estranha. Um calor toma conta dele, enche seu peito, faz seus ombros arderem, e novamente as lágrimas assomam aos seus olhos. Por quê? Ele as limpa com as costas da mão.

Ele sacode a cabeça e continua a cavalgar. Mas as lembranças persistem, assaltando-o quando ele sai do bosque e entra nos campos de onde pode avistar a imponente catedral de Lincoln. Ele para por um instante, ignorando o pináculo, e olha para trás, para a extensão da estrada que acabou de percorrer. É tomado pela certeza de que está se afastando de alguma coisa, ao invés de estar indo em sua direção. Ele vira o cavalo e o animal espera pacientemente enquanto ele estuda a estrada que desaparece na semiescuridão das árvores. Após um longo instante, o cavalo relincha e Thomas sacode a cabeça, vira-se e cavalga a pequena distância que falta até Lincoln, exatamente quando o crepúsculo arroxeado se avizinha e os sinos da paróquia começam a badalar. Surgem luzes nas muralhas da cidade, como estrelas, e na guarita da entrada, os homens da guarda mostram-se desconfiados ao redor de seu braseiro.

— Vem de longe? — eles perguntam e riem quando ele admite que sim. No entanto, ele não sabe de onde vem, apenas que é "de lá". Eles o encaminham ao mosteiro dos Frades de Austin junto ao Portão Newport, e ele segue caminho, a mente ainda atulhada de lembranças e associações, de modo que ao chegar lá, e depois de os frades terem lhe dado sopa e pão, eles o deixam sozinho, achando que ele deve estar um pouco abalado.

Pela manhã, ele se levanta e parte antes dos sinos chamarem para a Prima, quando ainda está escuro, e leva seu cavalo pelas rédeas, passando pelo pátio da catedral, descendo uma colina íngreme onde sua mente entra em ebulição novamente e ele tem medo de estar ficando louco. Ele tropeça nos próprios pés ao passar por uma casa bem-construída, com o andar superior projetado para frente, em uma colina íngreme, e quase cai de joelhos. Lembra-se de um dia ensolarado, do som de cascos de cavalo nas pedras do pavimento e de algo calamitoso, mas o quê? Ele não sabe. Ele se lembra de uma mulher, mas a impressão é tão fantasmagórica que... Não. Não há nada ali. Nada a que possa se agarrar. Ele tem vontade de bater a cabeça no chão para clareá-la dessas sombras que vão e vêm. Ele se vira com os olhos semicerrados e desce a encosta aos tropeções, como um bêbado, apoiando-se nas rédeas do cavalo, enquanto os cascos do animal escorregam pelas pedras lisas e molhadas, e pelo lamaçal de esterco e palha molhada. Finalmente, ele sai, atravessando o Broadgate, cruzando a ponte sobre as águas turvas, e entrando finalmente nas terras planas e cultivadas ao sul da cidade.

Ali, as sensações se arrefecem, se abrandam, tornam-se menos insistentes, e ele sobe em sua sela conforme o sol se levanta. Ele cavalga para leste com o sol à sua frente, um globo cor-de-rosa, raios dourados e planos enchendo as terras suavizadas pela névoa. Ele parece saber para onde está indo, mas na verdade não sabe, até que se depara com uma encruzilhada e um homem em um rústico chapéu de palha trançada para lhe dizer que esta estrada leva para leste e, finalmente, para Boston.

– Depois de Boston você não vai para lugar nenhum – ele diz com um sotaque familiar – porque não há mais para onde ir.

Thomas agradece e continua a viagem, agora com o rosto ao vento, até que ao meio-dia ele vê o que parece estar buscando, e novamente é dominado pelo turbilhão de pensamentos indesejados. Ele para o cavalo, salta da sela e pisa na superfície lamacenta da estrada. Ele cai de joelhos e pressiona a testa no saibro preto à margem do caminho. Após alguns instantes, seu coração desacelera, sua mente se acalma. Ele se levanta, protege a vista e olha fixamente através do charco, e o que vê é exatamente como se lembrava: o aglomerado cinzento de prédios de telhado de ardósia reunidos por trás do muro, à sombra da igreja de torre quadrada. Nada mudou. Os juncos que ladeiam a estrada e as beiradas das águas estão vividamente verdes e lustrosos com o crescimento da primavera e ainda se pode sentir aquele cheiro no ar, de lama e podridão. O céu parece amplo, de horizonte a horizonte, e no alto flutuam gaivotas de asas pálidas no céu cinzento e limpo. Isso é tudo. Nada mais.

Ele está de volta a este lugar outra vez, ele pensa, de volta a Haverhurst.

Ele leva seu cavalo pelas rédeas até os portões e sente o peso de olhos vigilantes a cerca de seiscentos passos de distância. Continua a andar, até parar diante do portão de madeira. Ele para por um instante, repentinamente ofegante, como uma pessoa antes de descer de uma altura. Em seguida, ele se recompõe e bate no portão com a base da mão cerrada. Após um instante, uma portinhola se abre.

– Que Deus esteja com você, meu filho – diz uma voz. – O que podemos fazer por você?

Ele não encontra as palavras, já que não sabe por que está ali.

– Vim de longe – ele diz.

– Todos nós viemos de longe – a voz retruca.

– Gostaria de ver o prior – Thomas decide.

Faz-se uma pausa e a portinhola é fechada. A seguir, Thomas ouve o barulho da barra que tranca o portão sendo levantada e o portão se abre. Lá está, o pátio onde passou grande parte de sua juventude. No entanto, parado diante dele, exigindo sua atenção, está um homem com o cabelo recém-cortado em tonsura.

– Quer ver o padre Barnaby?

Thomas balança a cabeça.

– Sim, quero.

– Quem é você? – o homem pergunta. – Ele vai querer saber.

– Diga-lhe que é Thomas Everingham – ele diz.

O cônego franze o cenho, fita-o por um longo tempo, em seguida chega a uma decisão contrariada, balança a cabeça, vira-se e afasta-se por uma passagem entre dois prédios, pela qual Thomas pode ver uma faixa de grama nova e clara. Thomas vira-se lentamente e olha à sua volta: a torre da igreja, a esmolaria, os estábulos onde o cavalariço com um avental de couro examina-o por baixo de sobrancelhas franzidas, com um pedaço de couro, um cinto talvez, seguro entre o polegar e o indicador.

Por toda a volta, os irmãos pararam o que estavam fazendo para também olhar para ele: dois deles em uma plataforma elevada rebocando um muro, outro consertando uma cerca de vime, outro com um martelo e uma pilha de tamancos de madeira, uma fileira de pregos presa entre os lábios. Um jovem cônego, as faces rosadas ainda rechonchudas, para com um ancinho ao seu lado, fitando Thomas boquiaberto, pasmado, como o próprio Thomas deve ter feito um dia.

– Vocês estão ocupados? – Thomas pergunta, balançando a cabeça para os trabalhadores paralisados.

– O Prior de Todos está vindo – o rapaz diz, como se isso explicasse tudo. Thomas balança a cabeça, mas isso não significa muito para ele. Ele é distraído pelas vozes erguidas, uma preocupada, outra irritada, e então o primeiro cônego reaparece, conduzindo outro homem, que fita Thomas por um longo tempo com o cenho franzido. Thomas também o encara e pensa que talvez tenha conhecido este homem, que pode haver algo ali, e então o outro homem o reconhece. Ele abre a boca e fica vermelho, ergue uma das mãos, metade em um cumprimento, metade em repulsa, e é impossível decifrar as expressões que atravessam seu rosto, cada qual substituída pela seguinte com tal rapidez que Thomas não consegue adivinhar se este homem está contente ou horrorizado de vê-lo.

– Sou eu – ele arrisca. – Thomas Everingham. Lembra-se?

Então, o homem decide que deve sorrir, e o faz, um amplo sorriso, mas há um sinal de mais alguma coisa naquele sorriso, Thomas pensa, o lampejo de uma outra emoção, embora ele não saiba dizer qual é.

– Pela Santíssima Maria e suas sete dores! – o homem exclama, e em seguida se lança para a frente, atirando os braços ao redor de Thomas. Ele aperta a si mesmo contra o peito de Thomas, puxa-o com força para si e ele sente o cheiro reconfortante de vinho, peixe seco e tecido mofado.

– Não posso acreditar! – ele continua. – Não posso acreditar! É o cônego Thomas, de volta, de volta dos mortos, e aqui conosco, pela graça de Deus!

– Irmão Barnaby – Thomas diz, as palavras vindo aos seus lábios inesperadamente, como uma surpresa.

Barnaby afasta-o de si, segurando-o com os braços estendidos, e olha para ele com um ar malicioso.

– Padre Barnaby – ele diz. – *Padre* Barnaby.

Há fios grisalhos em sua franja, mas suas faces ainda são rechonchudas e coradas, e ele parece próspero, até mesmo um pouco gordo. Ele recua um passo, permitindo que o outro homem, o primeiro cônego, ali parado sem saber o que fazer, entre no círculo.

– Irmão Blethyn – Barnaby diz –, este é Thomas Everingham, nosso apóstata infame, de volta à congregação finalmente! E Thomas, este é o irmão Blethyn, nosso deão e enfermeiro. Nós agradecemos a Deus por sua continuada presença entre nós.

Barnaby está rindo, mas se mostra inquieto, remexendo os pés, e Blethyn não encara Thomas, como talvez deveria, mas permanece olhando para Barnaby, atento às ordens de seu recém-nomeado prior.

– Que a paz esteja convosco, cônego Thomas – Blethyn diz, apenas os olhos voltando-se para Thomas, – e que Deus o guie.

– A você também, irmão – Thomas responde.

– Ora, vamos – Barnaby diz. – Chega disso. Temos vinho, um pouco de queijo fresco. E uma sopa.

Barnaby coloca a mão entre as omoplatas de Thomas e o conduz pelo pátio em direção à esmolaria, mas Blethyn sabe que não está incluído e permanece imóvel. Quando Thomas lança um olhar para trás, ele o vê observando-os, o rosto contraído.

– Deus seja louvado – Barnaby diz a Thomas. – Andou brincando de arqueiro? Você está todo musculoso aqui, como um salteador, um homem de guerra! Eu confesso, se eu o visse na estrada, eu ficaria aterrorizado.

Barnaby o conduz, agachando-se sob o lintel e entrando na penumbra da esmolaria, onde as sensações vindas das sombras o pressionam, mas quando ele tenta resgatá-las, torná-las reais, elas se dissipam, escapulindo para se tornarem periféricas outra vez. Barnaby demorou-se à porta e conversa em voz baixa com alguém do lado de fora e, quando ele entra, fecha a porta e começa a contar a Thomas o inverno que tiveram que suportar, as privações que aceitaram, a provação que o bom Deus lhes enviou.

Um garoto entra e começa a trabalhar, acendendo o fogo de turfa com aço e, após um instante, uma fumaça densa e marrom se ergue em uma coluna da borda do torrão para se espalhar pelo teto enegrecido da sala. Em seguida, o rapaz que Thomas viu com o ancinho entra com um jarro de estanho, cujo conteúdo solta vapor no frio da esmolaria, e duas canecas de barro em uma bandeja de madeira.

– Da cozinha – ele diz, o olhar fixo em Thomas.

– Obrigado, John – Barnaby diz. – Agora, caia fora daqui!

Depois que ele sai, o padre Barnaby sorri.

– Você vai ter que se acostumar com esse tipo de coisa – ele diz quando a porta se fecha. – Você é famoso com os irmãos por aqui.

– Por quê? – Thomas pergunta.

Barnaby dá uma gargalhada.

– E ele pergunta por quê! Ah!

Ele indica o banco enquanto se volta para a bandeja de vinho. Thomas senta-se, enquanto Barnaby serve o vinho e lhe entrega uma caneca.

– Sinta – ele diz. – Está quente! Deus é generoso! E quer que bebamos ao seu retorno são e salvo.

Barnaby toma um pequeno gole e em seguida recosta-se como se fosse um homem em seu descanso, bebendo vinho junto ao fogo, mas seus olhos nunca param de se movimentar, ele está reprimido e inquieto.

– Então – ele diz. – Conte-me! Conte-me tudo.

Thomas tem que encolher os ombros.

– Não tenho nada para lhe contar – ele confessa.

Barnaby ri. Ele ainda acha que Thomas está brincando.

– Nada? – ele diz. – Nada? Como? A última coisa que vimos de você foram suas pernas quando pulou o muro e saiu para o mundo!

– Eu sofri um ferimento – Thomas explica – e não consigo me lembrar de nada, ou de quase nada. Meu irmão atribui a isto, a ter sido atingido na cabeça.

Ele remove o gorro e mostra a Barnaby a mecha de cabelos prateados acima da têmpora. Barnaby se levanta e vai investigar.

– Posso?

Thomas balança a cabeça. Barnaby pressiona os dedos na cavidade. Thomas pode senti-los acima de seu ouvido como se estivessem dentro de sua cabeça.

– *Jesu!* Que mossa! – Barnaby exclama, sentando-se. – Onde foi que você conseguiu isso?

– Não sei – Thomas diz. – Só agora estou tentando descobrir como e por quê.

Barnaby olha-o atentamente, muito sério, os olhos estreitados.

– Então, do que você *realmente* se lembra? – ele pergunta.

– Eu me lembro daqui – Thomas diz, olhando à volta. – E quando vi este lugar lá da estrada, eu soube que significava alguma coisa para mim, embora não o quê, ou quanto tempo estive aqui ou o que fiz enquanto estava aqui. E quanto ao modo como parti...

Ele abana a mão no ar e reconhece com um leve sobressalto que ele fez o sinal para indicar fumaça se dissipando acima de uma fogueira. Barnaby sorri.

– Ao menos, você se lembra disto – ele diz. – Mas você sinceramente não se lembra de nada de sua partida? Não se lembra do gigante? Não? Bem, talvez seja melhor assim. Ele só lhe daria pesadelos. E quanto a Giles Riven? Lembra-se dele? Não? O nome não significa nada para você?

– Soa... familiar, eu acho, sim – Thomas admite. Sente um grande desconforto, até mesmo uma sensação de medo. – Mas quem é ele?

Assim, o padre Barnaby lhe conta como esse sir Giles Riven, que ocupava um castelo próximo dali, uma vez acusou Thomas de atacá-lo e a seu filho fora dos muros do priorado, e Thomas pode sentir que seu rosto se mostra descrente.

– Não posso acreditar – ele diz. – Eu ataquei um homem?

– Foi o que Riven disse – Barnaby relata. – Mas fica melhor. Ou pior, dependendo do seu ponto de vista. Ele o desafiou para um julgamento por combate, e você lutou com ele, um cavalheiro, na pequena praça. Lá fora. Não é possível que tenha se esquecido disso! É mesmo? Santo Deus!

Que injusto. Se eu tivesse feito aquilo, eu *nunca* teria esquecido, *nunca* me cansaria de contar a história! Você lutou com ele com um bordão e você o derrotou. Você o deixou estendido no chão. Você o manteve ali! Ele era praticamente um homem morto! Todos nós pensamos que você iria matá-lo pelo que ele fez com você, mas não. Você o poupou.

– Eu me lembro... de um bordão? – Thomas tenta se lembrar melhor.

Acha que pode senti-lo em suas mãos. Leve, sem peso suficiente, insignificante, e então se lembra de fragmentos de uma luta, na neve, suja de sangue, com um cheiro forte, difícil e dolorosa, um homem atingindo-o com aquele bordão. Então, ele se lembra de um grito, ou do eco de um, como o grito de alarme de um corvo, e ele toca seu couro cabeludo e olha para os dedos, esperando ver sangue.

– É isso mesmo! – Barnaby grita. – Foi decisão de Deus, é claro, mas quando você o derrubou, Riven não ficou nada satisfeito. Seus homens... o gigante. Você realmente não se lembra dele? *Jesu Christu!* Não conseguíamos decidir se ele era Gog ou Magog!

Quando Barnaby menciona o gigante, desta vez ele sente algo, um esboço de lembrança, algo distante na paisagem de sua mente. Há também uma espécie de terror difuso e furtivo, mas não adquire forma, não adquire vida, e Thomas sente-se aliviado.

– Mas, então, eles mataram o irmão Stephen – Barnaby continua, o tom de voz se tornando grave. – Ou aquele gigante o matou. Ele quase o dividiu ao meio. Meu Deus do céu. Jamais vou esquecer aquilo. E em seguida foram atrás de você, todos eles, e, como eu testemunharia para São Pedro nos próprios portões, você fez o que era certo. Jogou fora seu bordão, subiu no telhado do claustro, pulou o muro e... bem. Foi a última vez que o vimos.

É como ouvir uma história sobre outro homem.

– E depois – Barnaby continua –, Giles Riven e seus homens voltaram do rio jurando fazer coisas terríveis se algum dia o encontrassem. Cegá-lo. Por causa do que eles disseram que você havia feito com o filho dele, que teve o olho arrancado. Em seguida, iriam cortar suas bolas e colocá-las nas suas órbitas vazias, assim, e libertá-lo para que ficasse vagando pelo mundo.

Barnaby imita o ato. Thomas fica horrorizado.

– Santo Deus – exclama.

– Ah, não há nada com que se preocupar agora – Barnaby lhe assegura. – Riven foi para o norte para se unir às forças do velho rei Henrique quando o nosso novo rei Eduardo, que Deus o abençoe, conquistou o reino. Já faz dois anos agora, já é história antiga, mas houve um grande massacre lá no norte, perto de York, com tantos homens mortos no campo naquele único dia, que os anjos não sabiam se riam ou choravam.

Ele toma um gole de sua bebida.

– E entre os mortos estava Giles Riven, porque desde então nunca mais vimos ou ouvimos falar dele e de seu gigante. Nenhum de seus homens tampouco voltou para cá, nem um, e a propriedade: o castelo, as fazendas, as mansões e tudo o mais, bem, não prosperou. Ele não devia ter levado os servos e os camponeses, todos nós dissemos isso, mas ele o fez. Ele precisava de números, disseram, para preencher um número estipulado em contrato, e assim os corpos dos homens que antes trabalhavam na lavoura aqui na região agora servem para fortificar algum campo no norte em vez de seu próprio, aqui embaixo.

Barnaby gosta de sua piada, mas quando ele deixa a voz morrer para fitar as chamas em meio à turfa na lareira, não o faz com um ar tranquilo como um homem geralmente observa o fogo, mas pisca rapidamente e fica mordiscando a parte interna de seu lábio inferior, e Thomas vê que ele está pensando cuidadosamente em alguma coisa, e que está abalado pelos nervos, por culpa ou por algum outro fator. Mas o quê? Após um instante, ele levanta a cabeça, os olhos brilhantes com algum propósito, como se tivesse chegado a uma decisão ou visto a solução para um problema complicado.

– E agora Cornford – ele diz –, esse castelo que pertenceu a Riven, e todos os seus bens, voltaram para o proprietário original, ou ao menos para o homem que se casou com a filha do proprietário original.

Barnaby faz uma pausa olhando para ele, como se esperasse alguma reação, mas nada disso tem qualquer significado para ele e Thomas continua com um semblante inexpressivo. Após um instante, Barnaby continua, cautelosamente, como um homem escolhendo onde pisa ao atravessar um pântano, testando a lama à sua frente.

— O nome da filha do proprietário original é Margaret Cornford — ele declara. — Isso significa alguma coisa para você, Thomas? Lady Margaret Cornford?

Thomas sente um significado, um peso, uma ressonância, mas sem nenhum detalhe e sem nenhuma imagem de um rosto para acompanhar o nome. Seu coração se acelera, sente um aperto no peito, sabe que está no limiar de alguma coisa, mas após um instante a sensação se esvai e ele sacode a cabeça. É inútil.

— Se eu pudesse vê-la — ele imagina.

Barnaby olha fixamente para ele por cima dos dedos unidos em ponta como em uma prece e, em seguida, parece mudar de assunto.

— Lembra-se de ter pegado um barco naquele dia, Thomas? Depois que você fugiu?

Thomas sacode a cabeça outra vez.

— É como eu digo — ele afirma. — Não me lembro de nada.

— Era inverno — Barnaby tenta ajudar. — Perto da Candelária, quando ainda havia gelo no rio.

Ele se inclina para a frente, esperando, atento. Faz-se um instante de silêncio, em que só conseguem ouvir o crepitar das chamas na turfa. Então, sem nenhuma razão aparente, as lágrimas assomam aos olhos de Thomas. Elas transbordam e escorrem pelas suas faces. Ele as limpa com as palmas das mãos e os punhos, mas elas continuam a brotar.

— O que há de errado comigo? — ele murmura. — O que há de errado comigo? Estou chorando como um noviço.

— Deixe as lágrimas virem — Barnaby aconselha. — Deixe-as vir. Vão ajudá-lo a se lembrar.

E conforme as lágrimas escorrem, Thomas sente uma enorme pedra de dor e sofrimento se alojar em sua garganta.

— Havia uma mulher — ele diz. Mas ele não consegue dizer como sabe disso.

— Uma mulher — Barnaby pressiona. — Sim. Lembra-se de alguma coisa a respeito dela? Qualquer coisa?

– Oh, pelo amor de Deus – Thomas exclama, soluçando. – Eu não sei. Não consigo sequer... Sim. Sim. Oh, pelo amor de Deus. Mas. Mas quem é ela? É esta Margaret? Esta Margaret Cornford?

Barnaby, então, reclina-se para trás, satisfeito com alguma coisa, até mesmo aliviado, as mãos nos joelhos. Ele respira fundo, quase um suspiro, e parece estar representando um papel diferente – mais velho, mais sábio, mais triste – e Thomas sente que ele lhe cedeu um poder que não sabia que possuía.

– É uma história longa e confusa – Barnaby lhe diz, concentrando-se nela e em seu papel – e eu ainda não estou a par de todos os detalhes, nem sei em que ordem relacionar os fatos, mas para dar sentido a ela devo começar com lorde Cornford, que era o pai de Margaret, e que foi morto em uma disputa, há uns cinco ou seis anos. Ele tinha apenas uma filha, essa Margaret, que estava noiva de um primo, um homem chamado Richard Fakenham. Este nome significa algo? Não? É uma família pequena ao norte daqui.

Barnaby gesticula e Thomas sacode a cabeça, embora o nome talvez realmente acione um alarme distante de reconhecimento.

– Não? Bem – Barnaby continua –, quando lorde Cornford foi morto, nosso Giles Riven tomou o castelo. Não sei com que direito ele o fez, embora sem dúvida fraude e violência tenham desempenhado seu papel, mas na época Richard Fakenham, de quem se podia esperar que tomasse o castelo por direito de ser noivo de Margaret, era um servidor por contrato do duque de York, e exatamente então o duque e todo o seu séquito não estavam nas graças do rei, compreende? Mas Giles Riven era um firme aliado do rei Henrique, que era quem dominava então, de modo que, quaisquer que fossem os distintos erros e acertos da questão, Fakenham não tinha poderes para expulsar Riven, e o desgraçado ficou livre para fincar suas raízes na propriedade.

Barnaby molha a garganta antes de continuar.

– Claro, isso foi antes da grande mudança na sorte – ele disse –, antes que o rei Eduardo expulsasse o rei Henrique do campo de batalha de Towton, em cujo processo, como eu disse, Giles Riven encontrou seu fim. Assim, agora, depois que ele se foi, Richard Fakenham tem o domínio da propriedade, certo? O leal yorquista estava pronto a receber sua recompensa, através de sua noiva, de uma propriedade que valia, quando o velho Cornford era o dono e administrava a propriedade, mais de duzentas libras por ano.

Thomas não diz nada.

– Sim – Barnaby diz –, uma enorme quantia, uma grande fortuna. Assim, esse recém-cunhado Richard Fakenham e sua mulher lady Margaret chegam, há dois verões passados, com um séquito de soldados emprestados, e tomam o castelo e todas as terras, embora em péssimo estado agora, por direito. E se tivesse terminado aí, este teria sido o fim da história. Obviamente.

– Mas?

– Mas perto do Dia de Finados no ano passado, o capataz do castelo, um sujeito chamado Eelby, que na verdade é um bêbado e um ladrão, e que em tempos mais calmos há muito já teria sido pendurado na ponta de uma corda, tinha uma mulher que estava grávida. Ora, das mulheres vem a maldade, como está escrito, e como você sabe, e sempre foi, desde quando Eva corrompeu Adão, mas ainda assim o que se seguiu me deixou chocado. Ouviu-se dizer que lady Margaret, a patroa da grávida, não se esqueça, era ela própria estéril, sendo casada e ainda sem filhos. Assim, tomada do ódio e da inveja que são próprios de seu sexo, ela cortou a mulher do capataz para tirar a criança que estava dentro.

As chamas do fogo se desenvolveram, lançando mais calor do que fumaça, o sino toca em sua torre e Barnaby ergue os olhos. Thomas sabe imediatamente que horas são e o que o sino significa, e parte dele fica satisfeita em saber.

– Então, houve um inquérito – Barnaby continua –, como deveria, exatamente no mês passado, e normalmente um homem como Fakenham teria composto o júri com seus próprios homens ou teria pagado uma quantia ao *coroner* e, assim, teria resolvido a questão. Ficaria decidido que não tinha havido crime e ponto final. Mas eu não lhe contei algo crucial em relação a Richard Fakenham, contei?

Thomas sacode a cabeça. Acredita que não.

– O ponto crucial a respeito de Richard Fakenham é que ele é cego – diz Barnaby. – Cego não de nascença, nem de catarata ou qualquer outra doença, compreende, mas por ter tido os olhos arrancados, em algum momento durante as guerras recentes.

– Você acha que ele algum dia encontrou esse Giles Riven e seu gigante? – Thomas pergunta.

– Eu já me perguntei isso – Barnaby admite –, mas qualquer que tenha sido a causa, sua cegueira o arruinou, pois, incapaz de ver, ele foi forçado a deixar a questão nas mãos da esposa, esta Margaret, e ela... bem. Ou ela não sabia o que fazer ou não conseguiu fazer. Sendo ela, é claro, uma mulher.

– Então, ela foi considerada culpada?

Barnaby ergue um dedo.

– Não inteiramente – ele diz. – A situação não progrediu a esse ponto, se é que um dia vai chegar lá, porque, veja bem, quando esta lady Margaret foi trazida para cá, à força, em uma carroça, sem nenhuma criada ou servo, algo surpreendente foi descoberto. Pode imaginar? Não? Bem, descobriu-se que ela não era em absoluto lady Margaret, mas outra pessoa inteiramente diferente.

– Quem?

– Bem, aí é que está. Algo muito estranho! A prioresa reconheceu-a como sendo uma jovem que já havia pertencido ao seu rebanho. Uma jovem que se tornou apóstata no mesmo dia que você! Compreendeu? Ela era a mesma jovem que você permitiu que fugisse no mesmo barco que você roubou!

Thomas sente sua mente se inclinar, como uma mesa sendo virada, e todos os seus pensamentos correm para um lado. Seu coração dá um salto, bate com força e ele tem dificuldade em respirar. Ele pressiona os olhos com a base das palmas de suas mãos e vê estrelas na escuridão, e quando as retira seus punhos estão molhados de lágrimas outra vez.

– Ah! Então, ela significa alguma coisa para você – Barnaby diz.

– Fale-me dela – Thomas consegue dizer. – Quem é ela? Por favor. Pelo amor de Deus.

– Não posso dizer porque não sei.

– Mas precisa me dizer!

– Mas eu não sei. Há um mistério maior, mais profundo, em relação a ela, sabe. A prioresa sabe quem ela é, sua verdadeira identidade, se preferir, mas jurou segredo e se recusa a me dizer o que quer que seja. Quando enviei uma mensagem para o Prior de Todos, perguntando sobre a identidade da jovem, ao invés de esclarecimento, ele enviou um mensageiro de volta para dizer que ele está vindo para ver a jovem pessoalmente, pois há, segundo ele, várias questões em jogo. Pode imaginar? Sabia que nem ele, nem seu antecessor, nem o antecessor de seu antecessor, nunca pensou em nos procurar aqui em nosso pequeno mundo no lamaçal desde o terceiro ano do reinado de Henrique VI? Isso foi há quase quarenta anos! Muito antes de eu ou você existirmos!

– Ela tem um nome?

– Katherine.

Meu Deus, Thomas pensa, e murmura seu nome.

– Katherine.

Barnaby, então, inclina-se para a frente, olhando atentamente, a linha de sua boca contraída e severa.

– Você realmente não se lembra de nada a respeito dela? – ele pergunta.

Thomas tenta pensar, mas após algum tempo ele tem que sacudir a cabeça.

– Nada – ele diz. – Não consigo nem sequer me lembrar de como ela é.

– Nem de como ela se fez passar por lady Margaret Cornford?

– Não – Thomas diz. – Não me lembro de nada. Se é que sabia de alguma coisa.

Barnaby volta a se reclinar no banco, frustrado.

– Bem – ele diz. – Então, isso deve permanecer um mistério até que o Prior de Todos nos honre com sua presença. Então, poderemos saber a verdade.

– Onde ela está? – Thomas pergunta. – Onde ela está agora?

– Ela está com a prioresa, bem cuidada.

– Posso vê-la? – Thomas pergunta.

Barnaby ri.

– Claro que não – ele diz. – Ela está em clausura.

— Por favor — Thomas suplica novamente. — Por favor.

Ele se vê de pé, acima de Barnaby, que se encolhe diante dele, mas neste momento, como por algum sinal invisível, a porta se abre com um estalo e um homem com um bordão de combate entra a passos largos e para diante de Thomas. Ele tem o peito largo, barba ruiva, é uma cabeça mais alto do que Thomas e o bordão parece uma varinha em suas mãos enormes. Ele olha para Thomas quase com tristeza, como se fosse um camponês relutante prestes a matar seu porco favorito.

— Por favor, Thomas — Barnaby diz atrás dele. — Você sabe que não podemos permitir isso.

E Thomas se acalma. Sabe que Barnaby tem razão.

— Então, temos apenas que ser pacientes — Barnaby continua. — E esperar o Prior de Todos e, quando ele chegar, tudo será esclarecido. Tudo será revelado e, se Deus quiser, talvez você veja sua Katherine mais uma vez.

Neste momento, o sino começa a tocar na torre da igreja, convocando os irmãos leigos a voltarem dos campos, bosques e margens dos rios para rezar. Logo será a hora das Vésperas.

— Vai se juntar a nós para observar a hora canônica, irmão Thomas?

Thomas concorda, porque por enquanto não há mais nada a fazer.

— Será bom tê-lo de volta — Barnaby diz. — Vamos achar uma batina para você e o irmão Blethyn cortará seu cabelo.

Thomas já está se levantando, mas para, confuso.

— Não, padre Barnaby — ele diz. — Eu sou... não posso voltar. Não sou mais quem eu era. Sinto que... que fiz coisas. Vi coisas. Não me sinto mais o mesmo. Não pertenço mais a este lugar. Não posso voltar. Achei que soubesse.

Barnaby tenta tranquilizá-lo.

— Tudo vai dar certo — ele diz, sorrindo. — Tudo vai dar certo.

Barnaby conduz Thomas para fora da esmolaria e até o claustro onde Thomas fica com os irmãos leigos e espera Barnaby se paramentar e se preparar para ler as lições. Os irmãos são todos camponeses sem nenhuma terra própria. Homens rudes, analfabetos, com os rostos secos e gretados, que quase nunca estão sob um teto protetor ou encerrados entre paredes reconfortantes, mas nos campos sob todo tipo de condições do tempo. Assim, eles veem a observação das horas canônicas como um momento de descanso, de recuperação. Thomas está familiarizado com eles, ou com sua espécie, e sente-se à vontade em sua presença.

Mas agora todos estão olhando para ele. Ele tirou o gorro, mas tem uma vasta cabeleira e usa sua jaqueta de placas de metal, com uma faca na cintura, uma bolsa pesada, meia-calça de lã azul e botas de montaria de couro marrom e bem polidas, com as bordas viradas para os joelhos. O modo como olham intensamente para ele o faz se lembrar de algo, mas ele não sabe de quê, e ele vê a inveja deles e sente uma pontada de culpa, mas isso não muda a sensação de perda.

Durante a observância, as palavras voltam à sua mente, mas ele sabe que não seria capaz de dizê-las por conta própria e elas nada significam para ele. Depois, Barnaby o convoca outra vez, caminhando com ele ao longo do claustro até uma porta reforçada com ferro, que ele destranca com uma chave do tamanho de seu braço. Enquanto ele faz isso, Thomas se vira e olha para o pequeno pátio interno, uma pequena praça gramada, encerrada dos quatro lados pelas alas do claustro. Ele se pergunta se conseguiria se lembrar da luta que Barnaby disse que teve lugar ali, mas não consegue. Seu olhar flutua pelas paredes do claustro e ele pode ouvir o barulho das gralhas nos topos das árvores e dos gansos grasnando em suas lagoas, acomodando-se para a noite em seu mundo lá fora, e não consegue se lembrar de nada.

Barnaby abre a porta de par em par e mexe desajeitadamente em um lampião. Depois que o lampião é aceso, Thomas se lembra de que aquele aposento é a sacristia, onde guardam a prataria do altar, as hóstias transubstanciadas e as moedas que possuem, mas há também a Bíblia de iluminuras do priorado, um livro das horas feito em Gante e lá, o menor dos três, em cima de uma pilha em uma prateleira de pedra, um livro encadernado do tamanho da palma de uma mulher e da espessura do polegar de um homem.

Barnaby apanha o pequeno livro e o entrega a ele.

– Você o reconhece? – ele pergunta.

E Thomas reconhece. É o seu Livro de Salmos, encadernado antes de ter sido terminado. Ele o abre cuidadosamente. As primeiras páginas estão repletas de fileiras precisas, minúsculas, de belas letras perfeitamente desenhadas, cada página iniciada com uma capitular iluminada com cores que não são vistas na natureza, ao menos não por Thomas: vermelhos intensos, roxos, os tons mais fortes de azul, dourados e até mesmo prateados. E dentro, dobradas, estão cenas da Bíblia – Cristo sendo apresentado na sinagoga, Cristo nas Bodas de Caná, cada desenho realizado com extraordinário talento artístico. É uma obra admirável.

– O tempo que eu devo ter despendido nisto... – Thomas murmura.
– Mas por que está encadernado? Não está terminado. Veja.

Mais para o final do livro, ele vê que, ao contrário da prática normal, seu antigo eu havia saturado o pano de fundo das gravuras primeiro, deixando em branco as roupas e os rostos dos personagens em primeiro plano. Em uma página, o pálido fantasma de Cristo é traído pelo pálido fantasma de Judas, enquanto o esboço de São Pedro observa, sem expressão, em um jardim rochoso e cinzento, cercado de videiras de onde pendem suculentos frutos azuis, tão habilmente pintados que se pode ver sua finíssima floração contra o lustro de sua polpa bojuda.

– Foi culpa, eu acho – diz Barnaby. – O prior se arrependeu de atender as exigências de Giles Riven, que o matasse, e quando o barqueiro nos disse como sua canoa afundaria, presumimos que você tivesse se afogado e tivesse ido para o céu. Nós rezamos por sua alma toda semana desde então, sabe?

Thomas sorri. Ele folheia algumas páginas do livro.

– Você pretende terminá-lo? – Barnaby diz. – Você poderia tirar os pontos da encadernação, assim, e retomar sua bela obra. É um lindo trabalho, não é? Que glorifica Deus e o Homem, não?

Thomas sorri novamente, mas sente o frio do aposento e sente sua pele se arrepiar.

– Não – ele diz. – Este já não sou eu.
– Mas e quanto ao Prior de Todos? – Barnaby pergunta. – Ele vai querer vê-lo. Ele vai querer saber o que aconteceu ao seu apóstata Thomas Everingham.

Então, a farpa de aço que estivera presente na adulação de Barnaby revela-se uma lâmina. Thomas sente-se ainda mais pressionado e está prestes a dizer alguma coisa quando seu olhar é atraído para uma bolsa de couro surrada que está pendurada em um gancho na parede por trás do ombro de Barnaby. Ele não consegue deixar de estender a mão.

É algo que ele reconhece. Algo que ele carregava consigo onde quer que fosse, um peso reconfortante em seu ombro, algo que se ajustava perfeitamente sob sua cabeça quando dormia, e agora ali estava ele. O livro-razão do perdoador, em sua bolsa surrada, furada e remendada.

Suas mãos tremem e ele tem dificuldade em respirar. Ele agarra a bolsa desesperadamente, lançando-se sobre ela como um louco e arrancando-a do gancho. Ele nota que Barnaby diz alguma coisa, mas é como se ele estivesse no meio de uma tempestade com a ventania soprando à sua volta. Thomas sente cheiro de sangue e ouve o barulho metálico de armas. Ele não consegue respirar, sente uma grande dor, suas costelas sendo esmagadas, as costas ardendo.

Ele não aguenta. Precisa se libertar, estar a céu aberto, longe dali. Ele tropeça e se choca contra o armário. Um prato escorrega, o cálice é arremessado longe, o ostensório em sua capa de veludo cai com um baque metálico e o monte de tubos de papel que enchem as prateleiras mais baixas se soltam e deslizam pelo assoalho.

– Blethyn! – Barnaby grita. – Blethyn! Chame Robert. Traga os irmãos leigos.

Ele passa pelos dois homens e começa a correr. Suas botas deslizam na grama e ele cai, mas levanta-se e rapidamente atravessa o pátio do claustro. Ele atira a bolsa sobre os ombros, como fez muitas vezes antes, agarra o pilar e, com um impulso, sobe para o muro baixo e está prestes a se arremessar nos telhados outra vez quando o cônego de barba ruiva aparece. Ele carrega, por incrível que pareça, um bordão de combate e bate com ele nas pernas de Thomas. Thomas se desequilibra e cai. A bolsa se prende em algo, rasga-se, o livro se solta e cai no chão ao seu lado. Thomas tenta pegá-lo, mas o cônego de barba ruiva adianta-se rapidamente e pisa com o tamanco de madeira – enorme, com couro e pregos – no punho de Thomas, prendendo-o no chão.

– Muito bem – ele diz, segurando o bordão sobre a cabeça de Thomas e fitando-o nos olhos, calmo e sem pressa. Sua barba projeta-se para a frente, como um desafio. Thomas se acalma. O que quer que tenha se apoderado dele passou. Ele expulsa o ar dos pulmões. Olha fixamente para a lama e em seguida, lentamente, olha para o livro onde ele está, mal encadernado e grosseiramente cortado, com uma perfuração como se tivesse sido apunhalado por um louco.

– Ele está possuído! – Barnaby repete. – Ele enlouqueceu!

Mais dois irmãos leigos surgem no pátio e ficam confusos ao ver o recém-chegado imobilizado na grama.

– Temos que mantê-lo longe dos irmãos – Blethyn diz.

– O que vamos fazer com ele?

– Amarrem-no, pela segurança dele e pela nossa. Você, vá buscar o cavalariço. E traga tiras de couro.

Um dos irmãos leigos afasta-se correndo. Thomas não diz nada. Há lágrimas em seus olhos novamente. Por Cristo, quando isto vai parar? Ele não sabe como foi parar ali. Ele ouve Barnaby e Blethyn conversando e em seguida vê as pontas de seus dedos dos pés sob as batinas.

– É um desequilíbrio humoral – Blethyn faz seu diagnóstico – causado por uma perniciosa submissão ao pecado. Foi o que o levou de nós na primeira vez e desde então só piorou com a tentação.

O cavalariço chega e ajuda o cônego e os dois irmãos leigos a amarrar Thomas – tornozelos, depois punhos – com as tiras de couro do estábulo. São homens fortes, particularmente o cônego de barba ruiva, e os esforços de Thomas para se libertar constituem um desafio que conseguem vencer facilmente.

– Sinta a temperatura dele – Blethyn diz a Barnaby. Eles se agacham junto a Thomas e pressionam as costas de seus dedos frios em sua testa.

– Santo Deus, como está quente!

– Como eu suspeitava – Blethyn diz. – O diabo acha fácil se apoderar de uma alma já enfraquecida pelo pecado.

– Ele busca nossos cuidados – Barnaby explica. – Ele deseja nossas preces. Para uma cura. Leve-o para o estábulo.

– O livro – Thomas murmura. – Me dê o livro-razão.

O cavalariço, o cônego e os irmãos leigos hesitam, enquanto Barnaby vai pegar o livro. Ele limpa a lama de sua superfície, abre-o e fica intrigado, como já devia ter feito antes.

– Por quê? – ele pergunta. – O que é que tem este livro?

– É meu – Thomas diz. – É meu.

– Seu?

Ele olha para o livro outra vez, virando-o nas mãos. Após um instante, desiste, sacode a cabeça e vai recolocá-lo em sua bolsa de couro rasgada. Eles levantam Thomas, um de cada lado, e o carregam pelo pátio do claustro para o pátio externo como se estivessem levando um bolo tronco de Natal. À frente deles, o ajudante do cavalariço conduz o cavalo de Thomas para fora do estábulo e eles levam Thomas para dentro e o depositam, de cara para baixo, na palha fétida.

– O livro-razão! – Thomas grita. – O livro.

Padre Barnaby está parado à porta, com um ar de decepção, como se Thomas não tivesse feito jus às suas expectativas.

– Ah, deixem o livro com ele – ele diz a Blethyn, que pegou o livro, olha para ele em sua bolsa mais uma vez, em seguida o balança pela alça da bolsa, jogando-o dentro do estábulo, onde ele cai ao lado da cabeça de Thomas, desliza e bate na parede com um baque surdo.

6

É tarefa da irmã Katherine lavar as roupas. Não apenas as roupas das irmãs, como também as roupas das irmãs leigas, dos irmãos *e* dos irmãos leigos. Ela substitui as três irmãs leigas que normalmente realizavam a tarefa em dois dias, e ela leva sete, de forma que, ao terminar o trabalho da semana, o ciclo recomeça.

Ela faz isso no córrego, a oeste do portão dos pedintes, onde as margens se tornaram rasas por gerações de lavadeiras, e há três torcedores de roupas, mas obviamente ela só usa um. O leito do rio é pedregoso ali, machucando a sola de seus pés descalços, e às vezes ela anseia pela maciez da lama entre seus dedos, mas a água é tão fria que logo suas pernas ficam dormentes de qualquer jeito, então depois de algum tempo já não faz diferença.

Katherine trabalha o dia inteiro, vigiada pelas três irmãs leigas que ela substituiu na lavagem das roupas. Uma monta guarda na margem mais próxima do priorado, as outras duas na margem mais distante, certificando-se de que ela não fuja outra vez. Agora, dois meses depois, elas ainda não se cansaram da tarefa e vigiam cada movimento seu. Vigiam até para onde ela está olhando, e se olha para alguma coisa por muito tempo, uma árvore ao longe, ou o barqueiro em seu barco, uma delas se levanta, vai até ela, coloca-se à sua frente e lhe diz que não deve ficar perdendo tempo.

Assim, ali está ela, as unhas sangrando da lixívia, as mãos escorregadias no batedor de roupas, a água fria e escura até os joelhos, batendo uma pilha de roupas de linho esfarrapadas com uma vara, forçando a água a atravessar a trama na esperança de que remova a sujeira. Ela tem um ritmo, firme e invariável, e bate a roupa até achar que está limpa o suficiente para passar na inspeção. Então, ela para de bater e atira a roupa em um cesto de junco, em seguida pega a próxima camisa suja de outro balde de junco onde está de molho na lixívia que ela mesma preparou com as cinzas do fogo da cozinha. Então, ela bate esta.

– Ela não bate quase nada – uma das irmãs leigas grita para as outras duas.

E ela bate. Bate com todas as suas forças, durante o dia inteiro, todos os dias, e quando as lágrimas sobrevêm, quando se lembra do que perdeu e das injustiças cometidas contra ela, bate ainda com mais força.

– Ela vai acabar se matando de tanto trabalhar – uma delas diz.

– Ou vai quebrar a vara – diz a outra, rindo. – Então, ela é quem vai ganhar umas varadas da prioresa.

Mas ela continua, exatamente como vem fazendo há dois meses, batendo tanto que agora suas costas têm tendões quase como as costas de um arqueiro e seus ombros estão arredondados de músculos. Eles a alimentam com mais frequência do que ela achava que o fariam, com sopa, pão e cerveja. Deixam sua comida em cima de uma pedra e recuam para vê-la comer. Elas a desprezam e ela fica contente com isso, porque não suportaria nenhuma demonstração de bondade, e ela sabe que se não morrer ali no priorado, terá que ferir essas mulheres um dia, talvez em breve.

Toda noite, quando as brumas começam a se erguer da água e o sino da noite toca, as irmãs leigas a chamam e ela sobe a margem do córrego, exausta, pega seus cestos e, juntas, caminham penosamente para o portão dos pedintes. Elas esperam, enquanto a irmã Matilda vem e destranca o portão que ela um dia bateu na cara do gigante. Então, a irmã Matilda a deixa entrar, leva-a até sua cela, empurra-a para dentro e tranca a porta com a trava.

O sono logo vem. Mas toda noite ela é acordada com outras irmãs, é conduzida pelos degraus de pedra para baixo, atravessam o pátio e contornam as alas do claustro até a nave, onde ela se une à comunidade para observar a hora. Ela fica ali parada com as noviças, zonza de cansaço, ouvindo o leitor ler os salmos do outro lado da parede e, se não estivesse tão cansada, se não tivesse trabalhado quase à morte exatamente para evitar esta situação, este seria o momento que ela mais temeria, pois é quando tem que enfrentar a prioresa.

E lá está ela, a prioresa, de pé à frente do assoalho de ladrilhos, mais alta uma cabeça do que a mais alta das irmãs, ou ajoelhada em seu *prie--dieu*, com as enormes mãos unidas com força em um simulacro de prece, com as grossas sobrancelhas abaixadas e os olhos fechados com força, e sempre que Katherine olha para ela, não pode deixar de estremecer. É uma mistura de medo e repulsa tão poderosa que às vezes lhe dá ânsia de vômito.

E a prioresa sabe disso. Brinca com isso. Às vezes, ignora Katherine e prossegue com aquele fingimento de que está rezando. Outras vezes, o olhar de Katherine é atraído para ela e ela se vê fitando aqueles olhos que carregam tanto ódio que Katherine tem vontade de gritar.

No primeiro dia em que foi trazida de volta ao priorado, a morte teria sido preferível. Era o único pensamento em sua mente, mas, vendo sua reação, elas haviam amarrado seus pés e suas mãos, e ela fora jogada na traseira de uma carroça como um cadáver a caminho do cemitério, perdendo a chance de se matar. Ela havia insultado e cuspido no meirinho e em seus homens. Ela os xingara de tudo que era impropério que conseguira lembrar. Ela recorrera aos xingamentos que aprendera ao redor das fogueiras de acampamento dos soldados, onde a cerveja soltava as línguas, e à mesa de operação, onde a dor fazia o mesmo. No começo, os homens do meirinho ficaram chocados de ouvir tais palavrões na boca de uma senhora e um deles, ao se sentir provocado como Katherine esperava que todos se sentissem, puxou uma faca, mas outros dois o acalmaram e logo a indignação deu lugar ao espanto, e eles começaram a rir dela, enquanto ela ficava lá prostrada, impotente.

Quando a carroça passou pelo castelo, eles pararam e permitiram que Mayhew guiasse Richard pela ponte recém-consertada para se despedir. Ele carregava o bebê John e ergueu-o no alto para que ela o visse, e ela começou a chorar, por ele, e por Richard, já que ele não podia, mas ela não iria chorar por si mesma. Então, o bebê começou a berrar, um choro estridente, e a jovem veio e chorou também. Richard colocara a mão em seu tornozelo e prometera que ele e Mayhew cavalgariam a Londres, ao encontro de William Hastings, que ele faria com que a libertassem em uma semana, um mês, e então ele lhe dera o livro-razão do perdoador, dizendo-lhe que sabia do consolo que ele lhe proporcionava.

Quando os bois continuaram a puxar a carroça, deixando Richard, Mayhew e o bebê para trás, o meirinho pegou a bolsa do livro, abriu-a e deu uma risada.

– Será que ele acha que é um livro das horas? Um romance? Essa não! É apenas uma maldita lista de nomes.

Os outros homens também riram, embora ela tivesse certeza de que eles não sabiam ler, mas assoviaram quando viram a perfuração no meio da capa. Fizeram conjeturas sobre o que teria causado aquilo e, após uns instantes, o meirinho recolocou o livro na bolsa e logo perdeu o interesse nele, atirando-o ao lado de Katherine, tão perto que ela quase podia tocá-lo. Ela concentrou-se nele enquanto a carroça prosseguia pela estrada aterrada no pântano em direção ao priorado. Os homens começaram a fazer comentários a respeito de Agnes Eelby e de como não invejavam aqueles que tiveram que desenterrá-la e agora enterrá-la de novo. Em seguida, passaram a falar sobre os homens que haviam surgido do nada para influenciar o júri. Nenhum deles os conhecia pessoalmente.

– Mas vocês sabem quem os mandou, não sabem? – um deles dissera. Houve um silêncio então, carregado de significado, e ela ergueu os olhos e viu o meirinho lançando um olhar de relance para ela.

– Quem? – ela perguntara.

Não houve resposta.

– Quem? Pelo amor de Deus, quem os mandou?

Mas os homens sentiram que já haviam falado demais e deram as costas para ela, enquanto o meirinho seguiu à frente para arranjar a detenção com o prior de Haverhurst. A carroça sacolejava e Katherine se posicionou de forma que não fosse atirada para fora, depois ficou olhando o céu pálido com a ameaça de mais neve. Quando chegaram ao priorado, o livro do perdoador foi tirado dela por dois dos irmãos leigos e uma irmã leiga que ela não conhecia. Pediram desculpas e prometeram que o livro seria guardado em segurança e devolvido quando ela deixasse os limites da comunidade.

Depois, levaram-na através do pátio e pelas escadas dos fundos, até uma cela que nunca havia visto e nem sabia que existia. Era grande, caiada, com palha fresca no chão e um fino colchão de palha no alto coberto de feno fresco cheirando a hissopo, com lençóis de linho e um cobertor. Havia uma janela com postigo para bloquear o ar noturno e um pequeno crucifixo em um castiçal na parede com uma vela de cera de abelha. A irmã leiga se desculpou e disse que a prioresa logo estaria com ela, assim que a leitura das lições terminasse. Katherine sentara-se em um banquinho e começara a tremer, rezando para que a prioresa que ela conhecera já tivesse morrido e que esta fosse uma nova encarnação.

Mas no instante em que ouviu os passos pesados nos degraus, soube que era a prioresa, sua prioresa, e assim se confirmou. Quando Katherine viu aquela enorme carranca entrar no quarto e aqueles olhos miúdos voltarem-se para ela e reconhecê-la, elas simplesmente ficaram se encarando, imóveis. A prioresa já tinha a boca aberta, pronta para proferir alguma saudação afetada que reservara para lady Margaret, filha do lorde Cornford. Katherine tremia, sentindo-se desfalecer por dentro.

O que aconteceu então aconteceu como em um transe. A prioresa gritou algo e avançou para ela com aqueles braços carnudos estendidos. Katherine sentiu-se presa, erguida do chão. Suas pernas balançaram-se, os pés no ar. Então, ela foi imprensada contra a parede. A cara da prioresa era enorme, inflamada, os olhos espremidos, os dentes arreganhados, saliva para todo lado. Suas mãos agarravam a garganta de Katherine e ela podia sentir sua pulsação retumbando em seus ouvidos. A dor aumentou. A visão escureceu. Ela agarrou os punhos rotundos, não conseguia nem sequer fechar as mãos em torno deles. Então, a outra irmã chegou, puxando a prioresa para trás pelos ombros. Uma outra se juntou a ela, puxando também. Uma terceira. Houve uma gritaria, abafada aos seus ouvidos. Até que a prioresa teve que soltá-la. Ela caiu, arfando. Sua garganta queimava, cada respiração era uma tortura.

A prioresa parecia um touro, a enorme mandíbula projetada para a frente, o corpo distendido à porta, contido apenas pelas três irmãs.

– Vou matá-la! – ela berrava. – Não me interessa quem você seja, desta vez eu vou matá-la!

As três irmãs empurravam e forçavam a prioresa para fora do quarto, detendo-a quando ela se arremessava para a frente, finalmente conseguindo tirá-la dali. Katherine ficou sozinha. Em seguida, outra irmã apareceu e Katherine pensou que fosse a irmã Joan, de volta dos mortos, mas não era, era uma cópia dela. Katherine sentiu mãos sobre ela, puxando suas pernas e braços, suas roupas e até mesmo seu precioso rosário. Ela não ofereceu resistência e depois foi tirada do quarto, nua, empurrada escadas abaixo e obrigada a atravessar o pátio. Foi colocada de pé ao lado do poço enquanto seus cabelos eram arrancados de seu couro cabeludo e caíam em seus pés brancos como marfim em punhados claros. Ela tremia e chorava, mas elas a mantinham em pé enquanto a tesoura tosava suas tranças. Ficou ali parada, chorando, e nunca se sentira tão sozinha e abandonada como naquele momento. Em sua dor, amaldiçoou todos que a haviam abandonado, todos que a haviam deixado, os mortos e os foragidos. E uma das irmãs lhe disse para fechar a boca, parar de balbuciar, porque ela estava praguejando em voz alta, e então a irmã que estava cortando seus cabelos feriu seu couro cabeludo com a ponta da tesoura. Depois disso, ela foi colocada de volta na cela em que tinha sido estirada na noite depois de que fora vista com Thomas. A porta foi fechada, a trava colocada no lugar e ela foi deixada sozinha no escuro.

Ela ficou lá por três dias. No quarto dia, estava mais morta do que viva, e teria sido melhor porque ao menos assim não a arrastariam para fora e a pendurariam em alguma árvore. As horas que ela ficava acordada eram assombradas por pensamentos da irmã Joan, contorcendo-se sob ela, sua garganta branca macia sob seus polegares, depois o sangue espesso – da cor de suco de ameixa – espumando em sua boca, e em seguida os berros da prioresa. Assim, quando a porta foi aberta naquele quarto dia, ela pensou consigo mesma, acabou.

Ela já enfrentara a morte antes, é claro: quando o conde de Warwick quis que ela fosse enforcada por fugir de seu exército perto de Canterbury; quando foram surpreendidos por uma terrível tempestade ao largo do País de Gales; quando ela caiu do cavalo a caminho de Brecon com as flechas zunindo por cima de suas cabeças; e diante da multidão perto do Castelo de Wigmore, quando o gigante e o filho de Riven os pegaram no meio das árvores. Na verdade, o que lhe restara para o qual valesse a pena viver? Quase todos que ela amara, ou mesmo conhecera, estavam mortos. Só lamentava por Richard, Richard e o menino John que ela salvara. Assim, ela se levantou e fez suas preces, como de costume. Estava pronta.

Mas quando a porta se abriu, era uma tigela de sopa, um pouco de cerveja, um pedaço de pão e uma túnica de linho surrada. Então, a porta foi fechada outra vez.

– Espere – ela gritara, correra para a porta na escuridão e batera em suas tábuas. Naquele momento, qualquer coisa teria sido melhor do que uma volta para a escuridão e o silêncio de sua própria mente. Mas ninguém retornou por um dia inteiro e quando o fizeram foi trazendo o mesmo: uma tigela de sopa, pão, um pouco de cerveja, e nada mais.

Mais dias se passaram. Ela vivia como um cachorro, tremendo. A cela fedia. Ela fedia. Iriam mantê-la ali para sempre? Até ela morrer? Mas se assim fosse, para que alimentá-la? Por que não deixá-la morrer?

Essa era uma pergunta que a cada dia se tornava mais difícil de responder. Por que não a haviam enforcado pela morte da irmã Joan? Por que não fora levada e pendurada de uma árvore como imaginara que aconteceria? Então, ocorreu-lhe que estavam esperando um juiz para supervisionar o julgamento. Alguém mais no topo da hierarquia da igreja do que o prior. Um bispo talvez? Devia ser.

Por fim, soltaram-na. Foi a irmã Matilda outra vez, acompanhada por três irmãs leigas muito curiosas, que torceram o nariz quando a porta foi aberta e uma delas até vomitou. Cada irmã portava um batedor de roupas, um pedaço de cerca de um metro de carvalho com uma ponta bulbosa semelhante a um martelo. Elas a escoltaram até o córrego que ela viria a conhecer tão bem, ficaram paradas ali, bem perto, observando enquanto ela arrancava as roupas, entrava na água e se esfregava com um punhado de trapos de linho mergulhado em sabão de lixívia. Em seguida, ficaram observando-a vestir roupas limpas e uma bata de irmã leiga.

– O que aconteceu com sua orelha, irmã? Nunca soube de uma garota que tivesse a orelha cortada.

– Eu fugi do exército do conde de Warwick – ela disse. As irmãs leigas não pareceram impressionadas.

– Sempre fugindo de algum lugar, hein? – uma delas disse. – Se não é de uma coisa, é de outra.

Na primeira vez que foi mandada para o rio para lavar roupas, ela fugiu no mesmo instante. Levantou as saias de sua batina e foi caminhando pela água gelada do córrego. Ela estava tentando dar a volta ao priorado para encontrar a estrada para Cornford, mas as irmãs leigas a alcançaram facilmente. Ela se virou e se lançou sobre a primeira, uma mulher com uma expressão quase sempre apavorada, mas era rápida e passara a vida toda batendo roupa. Ela recuou um passo para que o batedor não a atingisse, depois atacou. Ela atingiu Katherine no ombro, fazendo-a cambalear e esparramar-se na lama. A dor foi intensa, desorientadora. Deixou-a inerte e quando as outras irmãs vieram não precisaram golpeá-la outra vez. Elas a pegaram por baixo dos braços e tiveram que ampará-la em pé pelo caminho de volta. Em seguida, colocaram-na na cela e naquela noite ela teve uma forte dor de cabeça, como se seu crânio fosse se partir ao meio, e constantemente sentia sede.

No dia seguinte, tentou fugir novamente. Desta vez, as irmãs já estavam preparadas. Ergueram seus batedores e Katherine mal pôde correr, quanto mais aguentar a dor uma segunda vez. Ela se virou e elas a empurraram de volta para a roupa suja, depois ficaram de guarda na margem enquanto ela permanecia dentro da água.

– Por quê? – ela balbuciara. – Por quê?

Katherine imaginara que elas ficariam do seu lado.

– O que acha que acontecerá conosco se você fugir?

Katherine encolheu os ombros. Havia sangue em seu nariz.

– Para começar, vamos ser surradas até ficarmos roxas.

– E depois vamos ter que voltar a lavar as roupas. Portanto...

Katherine compreendeu. Ela pegou seu próprio batedor e uma camisa e começou a trabalhar, e desde então os dias tinham sido mais ou menos iguais. Agora, entretanto, é a semana que antecede a Páscoa, primavera, quando a água ao redor dos seus joelhos já deixou de queimar a sua pele e as varinhas dos espinheiros ao longo da margem oposta estão em flor. A jornada de trabalho é maior e a névoa aparece mais tarde. Ao final do dia de trabalho, Katherine está exausta. Hoje, ela arrasta os pés e o cesto até o portão dos pedintes onde a irmã Matilda a espera, remexendo-se com impaciência.

— Depressa, depressa — ela diz. — Leve o cesto para cima, para o dormitório. Para o dormitório, agora. Não para o claustro. O dormitório.

Katherine percebe que algo está acontecendo. O pátio foi varrido e há carne cozinhando, apesar de ser Quaresma. No claustro, duas irmãs trabalham com vassouras, enquanto outra tem uma velha asa de ganso e está removendo os ninhos de andorinhas e as teias de aranhas das calhas e uma quarta está tirando os varais de secar roupa. A agitação a faz se lembrar do dia em que esperavam a visita do bispo de Lincoln, quando limpavam todo o priorado, do dormitório à bacia de lavar louça, sabendo o tempo inteiro que ele jamais testemunharia o esforço delas, e ainda ficavam decepcionadas quando ele não vinha ao priorado, nem mesmo para ver o prior do outro lado do muro divisório.

Então, ela compreende. Se o bispo está vindo, deve ser para supervisionar seu julgamento pela morte de Joan. Não pode haver outra explicação. Nesta noite, ela mal dorme, apesar do cansaço. Pergunta-se quando ele virá. Se estão fazendo a limpeza neste dia, então provavelmente ele virá no dia seguinte? Ele chegará no final da tarde, antes das Vésperas, e tendo cavalgado até ali, ou tendo sido carregado em sua liteira, o que é mais provável, ele não vai querer tratar de nenhum negócio neste dia, e sim começar no dia seguinte, certo?

Ela começa a imaginar como um julgamento deve ser conduzido. Na nave da igreja, talvez? O bispo deve fazer suas perguntas por cima do muro ou escrevê-las e passá-las através da janela giratória. Mas, então, como irá respondê-las? Passando suas respostas de volta através da janela giratória? Ou poderá falar na igreja como nenhuma irmã jamais fez? Ou o julgamento será realizado em outro lugar? Mas se assim for, por que ela ainda está ali? Por que está mantida ali quando o bispo sem dúvida teria convocado sua ida a Lincoln? A menos que não possa, porque precisa da enfermeira e da prioresa para agir como testemunhas do que aconteceu e não pode chamá-las para fora do claustro.

A menos, é claro, que não seja o bispo quem está vindo.

Mas, então, quem?

Katherine começa o dia seguinte carregando seus cestos para o barraco onde guarda a barra de sabão de lixívia. Curiosamente, ela gosta do processo, já que sabe que é a última vez que executará esta tarefa e que, a esta hora amanhã, ela será lançada fora desta rotina e sua vida estará em jogo mais uma vez.

Um dos cestos está estranhamente pesado, como se tivessem escondido uma pedra ali dentro, e ela começa a vasculhar as roupas com a testa franzida. Elas são do claustro dos cônegos, e quando levanta uma camisa seus olhos são imediatamente atraídos para algo estranho: um tecido com uma cor diferente, marrom-avermelhado, incomum ali onde todas as peças de roupas são pretas ou brancas. Ela a retira do cesto e fica ainda mais surpresa pelo seu peso e volume. Há placas de metal costuradas no forro. Uma jaqueta de soldado. O leve cheiro acre do metal dentro do forro e um agradável cheiro de poeira. Cheira a homens, ela pensa.

Uma das irmãs leigas – a que tem sempre um ar apavorado, parada na mesma margem que Katherine – aproximou-se para ver o que era. Ela própria tendo passado tantos anos lavando roupa, também é uma especialista em linho e qualquer diferença desperta a atenção. As duas seguram a jaqueta no alto. É grande, com tecido suficiente para fazer um casaco para cada uma e ainda sobrar.

– Não é pesada? – ela diz. – Deve pertencer ao que é perturbado.

– Perturbado? – Katherine pergunta. – Quem é perturbado?

– Ele – a irmã diz, balançando a cabeça na direção do claustro dos cônegos. – Para quem rezam todas as missas. Aquele que chegou em um cavalo e parece um louco.

Sendo apóstata, Katherine não tem permissão de frequentar a missa, logo não sabe que estão rezando por alguém em particular. No entanto, ao examinar a jaqueta, ela sente uma chance se aproximando e seu coração bate um pouco mais rápido.

– Por quanto tempo ele vai ficar aqui? – ela pergunta.

A irmã leiga dá de ombros e deixa cair a ponta da jaqueta que segurava.

– Até morrer, eu acho.

Ela está prestes a se afastar para sentar-se no velho toco quando Katherine pergunta se é por isso que estão limpando o claustro.

– Não – a mulher responde –, não é para ele, sua idiota. É para o Prior de Todos, não? Primeira vez que ele vem aqui desde que qualquer uma de nós nasceu.

Katherine sente-se cambalear, como se o chão tivesse se inclinado, e sua cabeça repentinamente parece cheia. Então, é isso. O Prior de Todos.

– Quando ele vem? – ela pergunta. Mas a irmã leiga dá de ombros e se afasta. Katherine volta à jaqueta e parte dela não pode deixar de ver a ironia em tudo aquilo. Ela conseguiu fugir do priorado e passou todos aqueles meses fingindo estar a caminho para ver o Prior de Todos para apelar contra sua expulsão injusta do claustro, e agora ali está ele, vindo julgá-la por assassinato.

– Ande logo com isso – a irmã leiga grita para ela.

Mas aquela jaqueta lhe deu uma ideia. Um vislumbre, ao menos. Ela olha rapidamente para a irmã leiga, em seguida volta-se novamente para a jaqueta, examinando-a à procura de manchas. Ela mergulha os punhos e a parte de baixo das mangas na urina e despeja um pouco mais no ombro, onde a alça de uma bolsa desgastou e manchou o tecido, e em seguida deixa-a de lado para que a urina faça efeito enquanto ela continua com o resto das roupas do cesto. Não há nada de especial ali, até ela chegar ao fundo e encontrar um par de meia-calça masculina, de lã azul. Está muito manchada onde o homem sentava na sela de um cavalo e há crostas de lama nos joelhos. Ela mergulha a peça na lixívia junto com todas as demais roupas e em seguida agita a mistura com seu batedor de roupas.

É final da manhã, quase o momento da Hora Sexta, e a luz do dia e uma brisa fracas chegam do leste, de modo que, depois de ter lavado e ensaboado, inclusive a jaqueta e a meia-calça, ela trabalha com força no mourão – difícil com as placas de metal – e em seguida prende as roupas nos espinheiros.

Ao final da tarde, Katherine para de bater a roupa, pretensamente para descansar as costas. A luz do sol desapareceu e o céu de onde sopra o vento é cinzento, nublado, e ela sabe que logo irá chover. Ótimo, pensa, e começa a bater as outras roupas, uma batida forte atrás da outra. Quando a chuva chega, as irmãs leigas gritam para ela, que larga o batedor e corre para recolher a roupa ainda molhada. As irmãs leigas a observam por um instante, depois se juntam e se encolhem contra a chuva. Katherine se apressa, as mãos práticas escondendo a jaqueta e a meia-calça entre vários calções e túnicas. Quando termina, nenhuma das duas peças pode ser vista.

Então, ela retorna ao córrego e continua, enquanto a chuva bate nas suas costas e respinga na água à sua volta. Neste dia, o sino da noite toca antes de a névoa começar a se levantar do rio e, enquanto toca, Katherine volta ao priorado carregando o cesto onde a jaqueta e a meia-calça estão escondidas. A irmã Matilda está no portão, chave na mão, remexendo-se, impaciente.

Ainda há mais trabalho a ser feito, o que significa que o Deão de Todos ainda não chegou. É um adiamento de execução, mas apenas até amanhã. Seu coração acelera quando ela sobe correndo os degraus e, ao passar por sua cela, ela pisa em falso, coloca o cesto no chão e recupera o equilíbrio. Ninguém está olhando. Ninguém se importaria, de qualquer modo. Ela pega a jaqueta e a meia-calça de baixo da pilha e entra na escuridão de sua cela. Desenrola o colchão de palha em que dorme e o enrola outra vez com as roupas dentro. Então, já está fora da cela outra vez, carregando o cesto pelo pátio e pela escada acima. Ninguém a viu.

Após cinco viagens para cima e para baixo das escadas, não há mais espaço nos varais no dormitório e, após um pouco de sopa, pão e cerveja, a irmã Matilda rapidamente a empurra para fora, para sua cela, coloca a trava na porta e ela fica mais uma vez condenada à sua escuridão. Mas agora seu coração bate com força e sua respiração está irregular enquanto aguarda o tempo que levaria para rezar a ave-maria. Em seguida, desenrola o colchão e tira dali a jaqueta pesada e úmida. Ela a experimenta. Seu peso pressiona seus ombros, como o peso de uma criança, ela pensa. A bainha atinge seus joelhos e ela tem que enrolar cada manga até à metade para poder usar as mãos. Com um cinto ao redor da cintura, convence a si mesma de que não vai parecer muito uma fugitiva.

Mas como usá-lo? Não lhe serve de nada enquanto estiver trancada em sua cela. Ela percorreu o piso, bateu nas paredes e tentou arrancar a argamassa entre as pedras, mas nada cedeu. Então, ela tem uma ideia. Tira a jaqueta e a abre. Trabalhando no escuro, ela abre uma costura sob a qual imagina que fique o braço e tateia até encontrar as tiras de metal dentro do forro. Cada placa tem as bordas irregulares, é forte demais para entortar e tem um furo no meio por onde é costurada no tecido. Ela escolhe uma e a torce até que os fios de linho arrebentam e ela se solta. É uma peça do tamanho de sua mão, com dois dedos de largura. É perfeita.

Ela retorna a jaqueta para seu esconderijo no colchão e vai tateando o caminho até a porta. Está tão escuro que não consegue ver sua mão diante do rosto, mas vai tateando pelo umbral da porta, até alcançar a pedra em que a trava está montada. Ela se pergunta se conseguiria raspar o cimento ao redor da pedra, depois se pergunta se poderia arrastar a tranca para trás. Ela enfia a placa de metal no vão entre a porta e a pedra e ergue-a até ela bater na barra. Há talvez a largura de uma moeda na qual trabalhar. Ela pressiona o aço na madeira e arrasta-a da esquerda para a direita. Faz isso muito lentamente, inúmeras vezes, e pressiona o olho na fenda da porta, imaginando que, se alguém se aproximar, virá trazendo uma luz e que ela a veria antes que a pessoa visse a tranca movendo-se pouco a pouco.

Ela continua com isso durante tanto tempo que suas mãos doem. Então, ela vê a vibração de uma luz através da brecha entre a porta e o batente, uma linha minúscula, quase invisível, e ouve passos conforme alguém se aproxima. Ela se atira no colchão e esconde a placa sob ele. Ela finge dormir enquanto a trava é puxada para trás, a porta é aberta e ela nunca ficará sabendo até onde conseguiu levar a barra para trás antes de ser puxada até o fim. Não o suficiente para levantar suspeitas, pelo menos. A irmã Matilda está ali, com a vela de junco.

– Venha – ela diz. Seu rosto está inexpressivo e abatido de cansaço e ela arrasta os pés diante de Katherine conforme descem para o claustro e percorrem as alas impecavelmente limpas até a nave da igreja onde ficam de pé e ouvem o leitor prosseguir em seu ritual. Quando termina e é devolvida à sua cela, Katherine decide tentar a porta outra vez. Ela pega a placa de metal embaixo do colchão, embora desta vez, ao invés de ir direto para a porta, ela passe algum tempo amolando a ponta da placa contra o umbral de pedra, lentamente produzindo uma borda cortante.

Ela adormece enquanto faz isso, ainda de joelhos no chão de pedra, a cabeça encostada à porta, e só é acordada pelo barulho de tamancos de madeira do lado de fora. Ela esconde a placa de metal rapidamente na manga de sua batina e caminha para a nave segurando os dois cotovelos.

– O que há de errado com sua cabeça? – Matilda pergunta. – Está toda listrada.

Após a observância da hora, ela sente-se cansada demais para recomeçar a trabalhar a placa ou a porta. Deixa-se cair no colchão e dorme como se estivesse morta até ser acordada com um chute ao amanhecer para a Prima. Fica nervosa o dia todo, consumida por uma ansiedade que contamina tudo que faz. Qualquer alteração imposta à sua rotina assume um potencial sinistro, mas o dia passa sem nenhum transtorno. Nesta noite, ela começa a trabalhar na tranca outra vez, fazendo-a deslizar para trás uma lasca de cada vez. Ela trabalha mais depressa agora, consciente de que dispõe apenas de três horas até ser acordada outra vez para assistir à Prima, consciente de que não tem como medir este período de tempo além do instinto.

Ela continua até sua mão doer de cãibra e sua visão oscilar. Finalmente, a barra deixa seu engate com um leve suspiro e a porta desaba sobre suas dobradiças com um rangido não lubrificado. Seu coração bate acelerado, mas ela permanece imóvel no silêncio. Em seguida, ela empurra a porta. Ali fora está quase tão escuro quanto dentro de sua cela e ela permanece ajoelhada com a placa estendida à sua frente como uma faca, esperando, sabendo que se alguém chegar agora ela terá que matá-la.

Nada. Nenhum movimento. Após um longo instante, ela retorna para seu colchão, afastando-o para tirar a jaqueta ainda úmida. Ela tira sua bata, ficando apenas em sua combinação de linho como uma camisa e suas calçolas. Veste a jaqueta. É muito pesada. Ela se pergunta se no final das contas a jaqueta será de alguma ajuda. A meia-calça é mais complicada. Ela a veste ainda molhada, esforçando-se no escuro, puxa-a para cima nas pernas e enrola a borda em um cordão grosso ao redor da cintura. Quisera ter um gibão para mantê-la no alto. Em seguida, enfia a placa de metal em sua fenda no casaco, sob o braço, e retorna para a porta. Ela a levanta o máximo que pode, para que não force as dobradiças e ranja enquanto se abre. Sai para o corredor. Fecha a porta e desliza a barra, trancando-a outra vez. À esquerda, fica a subida para o dormitório das irmãs, à direita, as escadas para o pátio embaixo.

Um ar frio sobe dessa direção e ela se vira e vai tateando seu caminho para baixo, deixando a mão deslizar nas pedras até sentir a brisa que vem de baixo. Ela está no topo das escadas. Então, começa a descer, devagar, cuidadosamente, a pedra fria sob as solas de sua meia-calça. Embaixo, a porta está trancada com uma barra. Ela tateia até encontrá-la e a desliza de seu engate para trás. Então, sai para o pátio. A lua está alta no céu, atrás do véu transparente de uma nuvem, lançando uma vaga claridade que vem e vai.

Ela atravessa o pátio até o portão dos pedintes. Puxa a barra da tranca de volta ao seu suporte e tenta abrir o portão. Ele permanece no lugar. Ela puxa outra vez, mas o portão não se move. Santo Deus. Ela se esqueceu da nova tranca. É inquebrável. Ela recua. O muro é muito alto. Então, ela se lembra de Thomas e de sua fuga deste mesmo lugar, a primeira vez em que o viu. Ela atravessa até a pilha de lenha e se ergue por cima do beiral do telhado. As telhas ali são escorregadias, mas sua meia-calça molhada ajuda. Ela avança desajeitadamente, em seguida agarra o parapeito e sobe nele. É fácil, ela pensa. Ela olha para baixo. Ali fica o cemitério da igreja, onde os cônegos e as irmãs são sepultados. Ela passa as pernas por cima e desce, as bordas de pedra ásperas cortando as palmas de suas mãos. Ainda tem mais uma queda a enfrentar, e ela salta, aterrissa pesadamente e rola na terra. Ela se levanta, manca por um instante e em seguida espera o luar voltar. As sepulturas são assinaladas com lápides escuras, todas planas, apenas com o nome do falecido gravado. Naquela claridade, parecem raios de luz lançados para dentro das sepulturas. Ela estremece. Joan deve estar lá. E Alice.

Ela precisa continuar em frente. Há um portão na outra extremidade do cemitério. Deve levar a algum lugar. Ela dá a volta, uma das mãos nas pedras ásperas do muro, e quando chega ao portão, descobre que também está trancado. Mas é baixo, de madeira, e ela pode trepar nele e pular. Ela se estica e olha por cima. Do outro lado, há um pequeno pátio. Ela aguarda um instante. Tudo está quieto. Atravessar o portão irá colocá-la no mosteiro dos cônegos e ela compreende, enquanto escala o portão, que o que ela está fazendo não poderá mais ser desfeito.

Ela deixa-se cair silenciosamente na mistura de lama e palha do pátio e o atravessa para o local sombrio que supõe que deva assinalar a entrada para o pátio interno, no meio dos quatro corredores dos claustros. Ela contorna os claustros, mantendo a mão na balaustrada, e percebe que se perdeu. Onde está o portão dos pedintes? Ela passa do pátio interno para o externo e lá, sob o luar fugaz, ela para por um longo instante. À direita, fica a casa da troca, o outro lado da grande roda giratória através da qual passa toda a roupa suja e lavada de um claustro para o outro, depois a esmolaria e a casa capitular. À frente, está o portão e à esquerda estão os estábulos, a despensa e a adega, e logo em seguida o refeitório e o dormitório dos cônegos em cima. Ela se aproveita das sombras da lua e atravessa o terreno rapidamente até o portão. A barra que trava o portão é enorme, um tronco de árvore aparado, normalmente movido por dois homens.

Ainda assim, ela tenta deslocá-lo centímetro por centímetro quando... passos. Um cônego está acordado, caminhando devagar pelo primeiro pátio. Ele carrega uma lanterna de vigia. Uma porta é aberta. Um breve clarão de luz, em seguida uma voz. Então, a porta se fecha. Em seguida, novamente apenas escuridão e silêncio. Ela treme em suas roupas úmidas e ergue os olhos para as nuvens correndo céleres pela face da lua. Há um vento e de repente ela fica aterrorizada, não de ser pega, mas de ficar lá fora no escuro. Depois da cela, tudo é tão imenso, tão aberto. Ela se sente exposta e vulnerável, uma presa de tudo e de todos.

E agora não sabe o que fazer. Os muros são altos demais para escalar e há alguém acordado no claustro, então ela não pode retornar por onde veio. Está presa numa armadilha.

Então, a porta se abre outra vez, uma mancha de luz em algum lugar nas entranhas do primeiro pátio. A porta se fecha, mas a luz permanece, cintilando como se estivesse se movendo. Duas lanternas agora e duas vozes. Homens conversando e aproximando-se rapidamente. Ela corre para os estábulos. Santo Deus. A porta está trancada. Ela desliza a barra da tranca e entra. Não há nenhum relincho reconfortante de um cavalo ou mula, apenas silêncio ali dentro. Sente-se aliviada. Ela puxa a porta e entra na escuridão ao lado dela. Seu coração está martelando acima do barulho de sua respiração e há um zumbido em seus ouvidos. Ela vê a luz atravessar a fenda entre a porta e o batente e incidir na palha do chão. As vozes se aproximam.

Santo Deus, ela pensa. Não podem tê-la visto. Ela foi muito rápida. Ainda assim, ela tateia e pega a placa afiada sob seu braço e a retira com dedos trêmulos. Segura-a à sua frente e se prepara para matar quem vier.

Estão vindo. Ou um deles está, resmungando a respeito de alguma coisa. Ele não parece estar desconfiado ou mesmo levemente assustado. Ele soa mais como se estivesse aborrecido. Ela prende a respiração. A porta bate em seu batente como se o testasse e em seguida é aberta. A luz se espalha pelo chão.

Katherine encolhe-se na escuridão.

O homem fica parado do lado de fora, uma das mãos no batente da porta. Ele está muito perto. Ela poderia tocá-lo. Ele ergue a lanterna e um retângulo de luz enche o estábulo. Mas há uma fatia de escuridão onde Katherine está pressionada contra a parede.

O homem resmunga alguma coisa, um vago ruído de alívio, e em seguida dá um passo para trás e fecha a porta. A tranca é puxada e engatada em seu suporte.

– Algum idiota esqueceu a tranca – ele diz, a voz abafada, e do outro lado do pátio o outro homem resmunga algo para sugerir que está acostumado com tal incompetência.

– Ele está lá? – ele pergunta, de longe.

– Ele está bem.

Ouve-se novo resmungo e eles continuam com sua ronda, o som de suas vozes desaparecendo com a luz, até que Katherine fica na mais absoluta escuridão. Ainda assim, ela não se move. Continua pressionada contra a parede. Ela mantém a placa de metal afiada à sua frente, tremendo. Mal consegue respirar, aterrorizada.

Porque há um homem no estábulo com ela.

7

Thomas pisca os olhos. Pergunta-se se estaria imaginando aquilo: um rápido vislumbre, na claridade da lanterna do vigia, mas os detalhes permanecem vívidos mesmo depois que o homem foi embora e o silêncio retornou. Um garoto em um casaco comprido, com um estranho cabelo irregular, em placas, e rápido e silencioso como uma enguia. Thomas sacode a cabeça. Ele não imaginou aquilo. Coisas assim... você simplesmente não as imagina. Ele não se move. Ele presta atenção e ouve a respiração do garoto.

– Quem é você? – ele pergunta, com a voz calma. Conspiratória. O inimigo de seu inimigo deve ser seu amigo. Mas não há nenhuma resposta. Então, ele pergunta outra vez. Novamente, nenhuma resposta.

– Sei que você está aí – ele diz, mas agora, de repente, já não tem certeza. Santo Deus, ele pensa, estou enlouquecendo outra vez. Têm razão de me manter preso aqui. Formas estranhas se agitam na escuridão à sua frente. Ele começa a suar. Ele inicia o pai-nosso, silenciosamente, e então ouve algo novamente.

– O que você quer? – ele pergunta. – Diga-me. Quem é você?

De novo, nenhuma resposta, mas o leve sopro de uma respiração que está sendo presa.

Será que o inimigo de seu inimigo também é seu inimigo?

– Se não disser alguma coisa, eu vou gritar – ele diz. – Então, os cônegos virão correndo.

Sente-se um tolo no momento mesmo em que diz isso. Imagine alguém ouvindo-o. Ainda, o garoto não diz nada. Passa-se um longo momento. Thomas decide fazer algo. Ele tira o cobertor, rola para fora do seu colchão e se move devagar, os olhos fixos naquele ponto junto à porta. Ele controla a respiração e dá um passo. Sua visão evoca estranhas formas outra vez. Mesmo assim, ele dá outro passo pela palha, tocando o ar à sua frente. Um terceiro passo, então para. Figuras desenrolam-se na escuridão. Ele fecha os olhos com força.

Em seguida, dá outro passo.

– Para trás! – o garoto rosna. – Eu tenho uma faca.

Thomas dá um salto para trás. Ele imagina um movimento na escuridão, um golpe com um braço, a queimação de uma lâmina raspando sua carne.

– Pelo amor de Deus – ele sussurra. – Não quero machucá-lo.

– Não diga mais nada – o garoto ameaça. – Se gritar, eu o mato antes que os irmãos possam chegar aqui.

Thomas se pergunta se o garoto pode vê-lo. Ele não pode ver o garoto, apesar da fatia de luar. Ele percebe que está parado sob a tira estreita de luar, que o garoto pode vê-lo, então ele dá um passo para o lado e mergulha na escuridão. Ele ouve o garoto prender a respiração. Ótimo, ele pensa.

– Quem é você? – ele pergunta. – Se vamos compartilhar uma cela, deveríamos nos conhecer.

O garoto não quer falar. Thomas recua alguns passos. Ele estende o braço para sua caneca no chão, onde sabe que ela está. É de couro, não é pesada, mas servirá como distração.

– Você é alguma espécie de oblato? – ele pergunta. – É por isso que está fugindo? Ou o quê? Um ladrão? Se for, escolheu a porta errada, irmão, pois não há nada de valor aqui, e também nenhuma saída. Eles tomaram tudo que eu tinha, até mesmo minhas roupas.

O silêncio continua. Thomas ouve. Está tão familiarizado com a cela que sabe exatamente onde atirar a caneca. Assim, ele se prepara, amarrando as saias de sua batina em volta da cintura. Ele finca os pés no chão. Leva a caneca para trás. Gotas de cerveja escorrem pela sua manga, frias em sua axila. Então, ele a joga. E ao mesmo tempo ele salta todo o comprimento do estábulo e colide contra o garoto. Sente um corpo firme e pequeno sob suas mãos, um ombro rijo. Ele ataca, apodera-se do braço e desfecha um golpe. O garoto grita e algo voa de sua mão e atinge o pé de Thomas. Ao passar as costas da mão pelo corpo, sentindo a rigidez das placas de metal do casaco, Thomas logo prende o rapaz pelos dois braços.

É então que o garoto dá uma joelhada em seus testículos.

Por um instante, não dói mais do que qualquer outro golpe a qualquer outra parte de seu corpo, mas logo um grande enjoo se avoluma dentro dele. Ele tosse e solta o garoto. Cambaleia e cai de joelhos, depois se arrasta, rastejando na palha, até o canto de onde saiu. Tem vontade de morrer. Ele vomita silenciosamente, uma espuma densa de pão e molho mal digeridos.

Thomas pode ouvir o garoto tateando o chão, procurando sua faca. Ele gostaria de ter sua garganta cortada, ele pensa, ficaria feliz em morrer, para que tudo se acabasse logo. Ele deita de lado com as pernas dobradas para cima, tem ânsias de vômito, engole. Nem tenta afastar o rosto do vômito escaldante e escorregadio que cheira tão mal. O enjoo só parece piorar, tomando conta de todo o seu corpo.

– Desgraçado – ele diz, gemendo –, desgraçado.

Ainda, o garoto não diz nada. Thomas permanece ali deitado por tanto tempo que por fim é abençoado com o alívio do sono. O enjoo vai e vem, cede, e ele resvala para a inconsciência.

Quando Thomas acorda, o sino está tocando e a aurora chegou. Ele abre os olhos. Uma luz cinzenta enche o estábulo. Ele permanece absolutamente imóvel, mexendo apenas os olhos. Está deitado de lado com os joelhos puxados para cima, as mãos enfiadas entre as pernas. Há vômito por toda parte. Os acontecimentos da noite anterior retornam para ele, irreais, e no entanto lá está o vácuo em suas entranhas e o fedor penetrante do montículo cinzento de comida mal digerida na palha. Quando o sino para de tocar, ele ouve um zumbido fino, regular e sereno. Ele estica o pescoço, ergue a cabeça e olha ao redor. Não vê o garoto. Então, ele se estende devagar e rola sobre o corpo.

O garoto dorme, caído em um canto, a cabeça abaixada, as pernas estendidas e a lâmina no colo, nas mãos frouxamente curvadas. Ele ronca suavemente. Thomas vê que o casaco que está usando é uma jaqueta parecida com a que ele tem, ou tinha, e meia-calça também, idêntica à sua, e que ambas são grandes demais para o garoto. Ele estica as pernas, ergue-se, sem tirar os olhos do garoto até ficar agachado. Então, ele se levanta e, em poucos e rápidos passos, atravessa o estábulo. Ele se inclina e pega a faca.

O garoto acorda.

Thomas estende a mão com a faca.

O garoto ergue os olhos.

Eles olham um para o outro.

Thomas deixa a faca cair.

Os olhos de Katherine se arregalam, sua boca se abre e seus olhos se fecham com força outra vez. Thomas cai de joelhos. Ela ergue as mãos. Por um instante, ela segura a barba dele nas mãos.

– Thomas – ela diz. – Oh, Thomas.

E eles se entreolham por um longo tempo.

– Katherine.

Ela afasta as mãos e sacode a cabeça. Fecha os olhos, como se não acreditasse no que está vendo.

– Não – ela diz. – Não pode ser.

Thomas não consegue falar. Sente todos os pelos do corpo se arrepiarem em uma grande onda, como capim no vento. Ele abre a boca para dizer alguma coisa, mas não consegue encontrar palavras.

– Por onde você andou? – ela pergunta. – Pelo amor de Deus! Onde você estava?

– Eu não sei – ele diz. – Eu não sei.

Ele estende os braços para envolvê-la, para abraçá-la, como deseja, mas ela se esquiva. Ele mal sabe quem ela é, sabe apenas que sente um grande júbilo ao vê-la.

– Não – ela diz. – Não. Diga-me. Diga-me por onde você andou.

Ele deixa as mãos penderem ao lado do corpo.

– Não sei – repete.

– Achamos que estava morto.
– Não – ele diz. – Ou, pelo menos, ainda não.
Ela olha fixamente para ele, examinando-o enquanto ele a analisa.
– O que é isso?
Ela aponta para os cabelos brancos em sua têmpora. Ele conta o que aconteceu. Ela coloca os dedos no local. Ele explica. Katherine balança a cabeça.
– Mas por que você está aqui? Aqui no priorado outra vez?
– Eu voltei – ele diz.
– Por quê?
Ele encolhe os ombros.
– Eu tinha que começar por algum lugar. Eu me lembrava daqui. Meu irmão disse que eu era como um pássaro retornando no verão: eu não sabia descrever para onde eu tinha que ir, mas eu reconhecia os lugares quando os via.
– Sim – ela imagina.
– Por que você está aqui? – ele lhe pergunta. Ela olha para ele por um longo tempo, como se tentasse decidir por onde começar, antes de admitir que se tratava de uma longa história.
– Mas você não está...? Estava se escondendo dos vigias ontem à noite?
Ela balança a cabeça e encolhe os ombros.
– Como eu disse – ela explica. – Uma longa história.
– E por que está usando as minhas roupas? – ele pergunta.
– São suas? – ela diz com uma risada. Ela puxa o tecido da jaqueta.
Ele vê que a ponta de sua orelha foi cortada e lhe pergunta sobre isso.
– Foi você quem fez isso – ela diz com um sorriso forçado, e ele nega, mas ela lhe diz como ele foi obrigado a fazer isso pelo conde de Warwick e, quando ele está prestes a negar de novo, ele para.
– Shhhhh – ele diz de repente. Ele estende a mão, para que ela faça silêncio. Há passos correndo lá fora. Então, alguém grita rapidamente uma lista de instruções. Um sino toca, um som nítido e agudo, convocando os irmãos leigos de seus campos e granjas. O sol já está acima da linha dos telhados, lançando um quadrado de frestas de luz fraca na parede oposta do estábulo.

– Você não pode ficar aqui – ele diz. – Eles vão vir me buscar daqui a pouco.

Ele olha ao redor do estábulo. Não é a primeira vez que ele procura um meio de fuga, é claro, mas, como em todas as outras buscas, esta também não lhe revela nenhum. Katherine pega a lâmina da mão dele e aproxima-se da porta. Ela desliza a lâmina na fenda e está prestes a levantá-la para a barra da porta quando ouvem vozes lá fora. Ela retira a faca e agacha-se em seu canto novamente. Segura a lâmina junto à coxa. Está pronta para usá-la. Mas o barulho é no estábulo ao lado, onde o cavalo de Thomas está guardado. Uma porta bate e homens começam a chamar com urgência. Alguém leva seu cavalo para o pátio e logo há mais homens se aproximando. Thomas reconhece a voz de Blethyn.

– Ela deve ter ido para leste – ele diz aos outros. – Para Cornford. Verifiquem cada vala. Cada moita. Tudo.

Eles esperam em silêncio enquanto o cavalo é conduzido para fora do pátio e com isso as vozes dos homens esvaecem.

– Você? – ele pergunta.

Ela balança a cabeça.

– Eu esperava estar em Cornford a esta altura – ela diz. – Eu não consegui sair do claustro das irmãs. Eles têm uma tranca na porta agora.

Thomas espreita através da brecha entre porta e batente. Após algum tempo, ele se volta para ela.

– Eles se esqueceram de mim – ele diz. Ela ainda está olhando fixamente para ele, como se não pudesse acreditar que ele estava de volta, e ainda segura a faca improvisada junto ao quadril.

– Vai funcionar? – ele pergunta, indicando a lâmina com a cabeça.

– Tente – ela diz, oferecendo-a a ele. Ele fica parado, ouvindo, o olhar de volta à fenda de luz entre a porta e o batente. Então, depois de um instante, ele enfia a lâmina na fenda, exatamente como Katherine havia feito, e levanta. A tranca do estábulo é ainda mais fácil, pois a porta não se ajusta bem e há ao menos a largura de um dedo com a qual trabalhar. Ele move a barra para trás, depois para a frente.

– Ah! – exclama. – Eu poderia ter feito isso praticamente com qualquer coisa.

Em seguida, ele olha à volta. Nada.

— Logo estará na hora da reunião do cabido – ele diz a ela. – Então, iremos.

Ela balança a cabeça, assentindo. Faz sentido, ao que parece.

— Por que o mantêm aqui desta forma? – ela pergunta. Thomas dá de ombros.

— Dizem que sou um apóstata – ele diz. – E Barnaby quer mostrar a alguém, o Prior de Todos, eu acho, que estou bem seguro de volta ao claustro, e não lá fora no mundo, envergonhando a mim mesmo e a eles.

Novamente, ela balança a cabeça.

— E querem que eu termine um Livro de Salmos em que trabalhei antes – ele continua, erguendo um dedo manchado de tinta. – Mas ainda não o confiam a mim. Acho que têm medo de que eu vá rasgá-lo em pedaços, de forma que, em vez disso, me dão infindáveis textos das Escrituras para praticar as letras e os adornos.

Ela dá uma risadinha zombeteira.

— Eu lavo roupas desde a Candelária – ela diz, erguendo as próprias mãos. Estão vermelhas, os dedos esfolados. Então, enquanto aguardam, ela lhe conta tudo. Conta como se conheceram, como Giles Riven de Barnaby a atacou e como ele – Thomas – a salvou. E ela diz que ele um dia travou um duelo com esse homem, embora ela mesma não tenha presenciado, e depois como conseguiram escapar do gigante num barco, como encontraram o perdoador e então pegaram um navio para Canterbury para encontrar o Prior de Todos para explicar o caso deles, mas o navio foi capturado por sir John Fakenham e levado para Calais, "que fica do outro lado do Canal da Mancha, na França".

Ela lhe conta que voltaram e foram viver em Marton Hall com Richard Fakenham, o cavaleiro da história de Barnaby, diz-lhe que eram felizes. Então, fizeram uma jornada ao País de Gales e seus amigos foram mortos, um a um, por um gigante e o filho de Giles Riven. Depois conta-lhe como Margaret Cornford morreu na neve certa noite e como, em seu lugar, ela se tornou Margaret Cornford.

Ele está perplexo, mas pensa, esta podia ser uma história do Velho Testamento, do Livro dos Reis, talvez, pois todos os nomes e lugares que ela menciona estão tão distantes para ele quanto Jerusalém.

Ela continua, conta-lhe como Richard Fakenham acabou cego e como foram juntos para o norte, todos eles, com um martelo de guerra, pretendendo encontrar e matar o gigante, e Giles Riven, e até mesmo seu filho se pudessem, e ele quase ri. Então, ela relata como foi para ela durante a batalha, como removeu uma flecha da coxa do conde de Warwick, e os dias e os meses depois disso.

— Pensei que você estivesse morto – ela diz. – Todos nós achamos que você estava morto. Nós o procuramos. Richard, Mayhew e eu. A noite inteira. Havia tantos mortos... Todos aqueles homens. Você deve ter visto. E se tornou...

Ela sacode a cabeça. Não consegue descrever o que vê. O ato de se lembrar quase a sufoca e por um instante ela não consegue continuar. Ele estende a mão para tocá-la, mas ela afasta seus dedos. Então, ela se recompõe.

— Pensamos que o tínhamos encontrado – ela diz. – Alguém chamou meu nome. Katherine. Mas acabou sendo... acabou sendo um galês, também chamado Thomas, casado com uma mulher chamada Katherine também. Richard e Mayhew ficaram confusos. Por que eu responderia a um homem chamando por Katherine quando sabiam que eu era Margaret? Mas, naquela noite, eles ficaram confusos por não saber por que estávamos lá, para começar. Eu disse a eles que você havia me salvado da morte certa e era minha chance de fazer o mesmo por você.

"Assim, ficamos com William Hastings", ela continua. "Em sua casa em Londres, e esperamos, mas durante todo o tempo eu me perguntava, quais são as chances? Se Thomas está desaparecido há todo esse tempo, então ele morreu. Caso contrário, ele já estaria aqui."

Então, ela conta a ele como veio a se casar com Richard Fakenham, porque como poderia não o fazer? E como Richard insistira para que tomassem posse de Cornford, já que esse era o propósito final, e o que seu pai queria, embora ela não fale com muita segurança. Em seguida, descreve como deixaram o séquito de Hastings em Londres e, com alguns poucos homens e uma carroça cheia de presentes de casamento, foram para leste, para Cornford.

— E Richard Fakenham pensou esse tempo todo que você era Margaret Cornford? Ele não sabia que você era... você?

Ela sacode a cabeça melancolicamente.

— Não – ela diz. – Fiquei presa na armadilha da mentira inicial e a cada instante eu ficava mais presa.

Em seguida, ela descreve o dia em que matou Agnes Eelby.

— Tenho me perguntado tantas vezes o que mais eu poderia ter feito, se tivesse meu tempo de volta. Claro que eu teria chamado a parteira há mais tempo. Teria buscado um conselho, mas sendo apenas aquele dia em que tudo realmente aconteceu, então, e todos os santos são minhas testemunhas, eu teria feito o mesmo de novo.

Ela diz isso como se ele pudesse duvidar, mas ele não duvida, pois pode ver que ela acredita ter feito o que era certo. Depois disso, cada qual olha para um lugar diferente do chão do estábulo. Em seguida, quando o sino para a reunião do cabido toca, eles se dirigem à porta, ombro a ombro, em silêncio, Thomas coloca o olho na fenda, esperando. Ele pode ver os cônegos dirigindo-se à casa capitular, e por fim os sons de passos apressados desaparecem e, exceto pelo cacarejar das galinhas, o silêncio é completo.

Eles permanecem em silêncio pelo tempo que deveria levar para rezar o rosário e, durante todo o tempo, Thomas quer tomá-la nos braços, mas teme que ela tente matá-lo se ele arriscar. Ele acha que não consegue aguentar nem mais um instante, mas ao invés de tentar, ele pega a faca e a usa para deslizar a barra para trás e cuidadosamente abre a porta. O pátio está deserto. Nem mesmo as galinhas estão por ali. Estão prestes a sair, quando Thomas retorna ao colchão e pega a bolsa de couro com o livro-razão do perdoador.

— Ah! – ela exclama, satisfeita em vê-lo. – Graças a Deus que você ainda o tem. Eles o tiraram de mim quando me trouxeram para cá e pensei que nunca mais o veria.

Thomas passa a bolsa para ela, enquanto desliza a enorme tranca do portão de volta em seus suportes. Ela a segura, depois ele pega a bolsa de volta e a pendura no ombro, exatamente como o viu fazer uma centena de vezes. Ele abre metade do portão e, assim, estão fora do priorado e de volta ao mundo.

PARTE TRÊS

Rumo a Marton Hall, Marton, condado de Lincoln, final de maio de 1463

8

— Corra agora – ele diz, e é o que fazem, o mais rápido possível com seus pés descalços, ao longo da estrada poeirenta, esburacada e cheia de valas, por uns cem passos, até o moinho ao lado da ponte recém-construída, onde a roda d'água foi calçada a fim de parar de rodar e a água escorre ruidosamente pelo riacho. O moleiro está ausente, assim como o barqueiro.

— Procurando por você, imagino – Thomas diz.

Está quente. O sol bate em seus rostos, há enormes nuvens carregadas a leste e as cores dos brejos parecem estranhamente vívidas. Logo cairá uma tempestade, ele pensa. Ele está usando quase exatamente o que usava na última vez em que esteve ali, mas o que é diferente a respeito dele é que desta vez ele é muito mais forte. Pode virar o barco com uma única mão, apesar de ser novo e mais pesado, e enquanto ela vai buscar a vara de empurrar o barco, ele desliza a pequena embarcação para baixo até a beira do rio. Ele para, olha ao redor, como se uma ideia tivesse lhe ocorrido. Ela o observa por um breve instante.

— Foi aqui que o gigante o pegou – ela lhe diz, tocando sua pálpebra direita. – Eu o derrubei com algo como isto – ela diz, passando-lhe a vara – e devíamos tê-lo matado ali mesmo naquela hora. Agora sabemos disso.

Ela entra e se instala no barco. Ele o empurra para a água e salta para dentro também. Mais uma vez, ele fica na parte detrás do barco, empurrando-o com a vara, fazendo a embarcação oscilar e entrar na corrente.

Então, eles ouvem o grito.

– Santo Deus – ela exclama, apontando. – São elas.

Três irmãs leigas vêm correndo do priorado, pelos sulcos de arado da plantação de cevada. Elas carregam batedores de roupas e suas saias estão voando. Elas chegam depressa. A primeira entra na água sem fazer uma pausa e fica até a cintura antes de perceber que o rio é mais fundo ali do que está acostumada, e ela não sabe nadar. As outras duas avançam para dentro da água com o mesmo ímpeto, mas nenhuma das duas tampouco sabe nadar e param junto à primeira. A água mancha suas batas na cintura e juntas elas começam a gritar para Katherine, ordenando que volte. Ameaçando matá-la se não voltar.

– Me deixem em paz – Katherine grita. – Voltem para casa e me deixem em paz!

Uma delas atira seu batedor de roupas em Thomas. Ela erra o alvo e atinge a outra extremidade do barco com um barulho ressonante. Katherine impede que o batedor caia para fora da borda e o ergue no ar em uma saudação irônica. As irmãs percebem que estão perdendo, viram-se e arrastam-se pela água com dificuldade, de volta à margem e pelo barranco acima. Estão encharcadas, as saias pesadas, os pés descalços marrons com a lama aderente. A mais jovem está enfeitada de plantas aquáticas verdes, brilhantes e gotejantes. Após uma breve discussão, ela é enviada de volta, correndo, ao priorado em busca de ajuda, enquanto as outras duas acompanham Thomas e Katherine ao longo da margem do rio.

– Elas não vão nos alcançar – Katherine diz a Thomas, procurando tranquilizá-lo. – Já viemos por aqui antes, perseguidos pelo gigante, lembra-se?

Thomas balança a cabeça, embora na verdade não se lembre bem.

– Aonde estamos indo? – ele pergunta.

– Cornford – ela lhe diz.

Cornford, ele pensa. O castelo. Depois disso, ela fica em silêncio, perdida em seus pensamentos. As irmãs ainda estão lá na margem, exatamente como o gigante. Pararam com suas ameaças e agora estão meramente pedindo a Deus e aos mártires para assisti-las, enquanto saltam por cima de cercas de salgueiro e arrastam os pés pelas águas das valas que drenam os campos. A cabeça de Katherine está virada e ela olha para o outro lado, por cima dos charcos, em direção ao castelo. Há um instante em que a luz do sol brilha e Thomas vê o quanto ela está pálida, como uma pétala de margarida, e como suas feições estão angulosas e agressivas, com a testa franzida e o nariz empinado. Isso o faz sorrir por algum motivo e por um instante ele se sente intensamente protetor.

Eles chegam ao lugar em que as margens se afastam uma da outra e diante deles surge o vasto corpo d'água, liso, marrom e fluindo mais rápido. O barco é arrastado pela corrente mais forte.

– Não vou sentir falta delas – Katherine diz, sem olhar para trás. Ela puxa os joelhos mais junto ao peito e olha fixamente para o sul. Thomas observa-a ali sentada, o batedor de roupas sobre as pernas, e ele pode ver sua orelha cortada e o quanto ela parece impaciente e aflita, mas ela não parece ter pena de si mesma, o que, ele acha, se estivesse no lugar dela, ele teria. Após algum tempo, eles passam por um vilarejo e Katherine aponta para um lugar na margem um pouco mais abaixo.

– Aqui é o fim do escoadouro de Cold Half-Hundred – ela diz. – Podemos caminhar a partir daqui.

Thomas afunda a vara nas águas e o barco dá uma guinada em direção à margem. Após um momento, o barco começa a entrar devagar e se encaixa em uma moita de juncos. Katherine agacha-se na proa e salta em terra firme, consciente agora do valor de ter mantido sua meia-calça seca. Em seguida, ela se vira para tirar o barco para fora da água. Thomas une-se a ela e juntos eles o arrastam pelo meio dos juncos, deixando-o com sua vara para que o barqueiro o encontre. Ele sobe com dificuldade o barranco feito pelo homem e, no topo, depara-se com o escrutínio de algumas ovelhas que se movem entre os juncos. São feias, enlameadas, com semblantes tristes e lã emaranhada da cor de nuvens de neve.

Katherine para, olhando ao redor deles, recuperando o fôlego.

– O que está procurando? – ele pergunta.

– Coelhos – ela diz. Então, ela pergunta se ele tem alguma coisa de comer. Ele sacode a cabeça. Ela dá uma risadinha.

– É sempre igual, não é? – ela diz. – Nada muda.

Eles partem, Thomas com a sacola pendurada no ombro como acha mais confortável, e eles seguem a trilha tosca acima da margem. De um lado: o lodaçal dos pântanos, cintilando ao sol. E do outro: as águas mais rápidas, pontuadas de ervas aquáticas, do escoadouro. Gaivotas circulam no alto e o ar cheira a lama e podridão. Ela caminha à frente, encolhida em seu casaco forrado de placas de metal, enrolando as dobras ainda úmidas ao redor do corpo exíguo.

– A que distância está o castelo? – ele pergunta.

– Depois daquelas árvores lá – ela diz, apontando para frente, além de uma extensão de terreno pantanoso que parece intransponível, para um amplo bosque de pujantes salgueiros, acima dos quais ele agora pode ver os detalhes escuros de uma torre de pedra. Katherine olha ao redor, franzindo o cenho para os trechos de juncos e bambus, para as poças de lama negra por onde aves de pernas longas vadeiam, mergulhando o bico à cata de alimento. Há uma eclusa com a comporta quebrada, deixando a água do escoadouro gorgolejar para dentro de um campo de lama líquida.

E ela acelera, apressando o passo, golpeando a lama com o batedor de roupas a cada passo, fazendo isso para se tranquilizar, enquanto os guia através do pântano, sua meia-calça tornando-se pesada e encharcada, de modo que ele pensa que ela deveria seguir com as pernas nuas. No entanto, continuam andando, mantendo o escoadouro à direita, seguindo-o até um longo trecho de água pontuada de juncos, onde há um outro barco de madeira em cima da margem, no qual se assenta um pato. Thomas gostaria de ter um arco e flecha. Eles contornam o lago onde há um píer quebrado para um pescador, e seguem um caminho que sobe pelo meio do mato até uma larga estrada construída em cima de aterro, alinhada com algumas casas. À medida que se aproximam, não têm nenhuma visão reconfortante como seria de esperar, como fumaça de lareira, crianças, cachorros, mulheres trabalhando.

– Onde estão todos? – ela se pergunta, em voz alta.

– Procurando por você? – Thomas sugere.

– Não – ela diz. – Eles são minha gente. Há algo errado.

Thomas segue Katherine pelo dique acima até a estrada, de onde têm uma visão do castelo. Thomas espera enquanto Katherine espreita dentro de uma cabana à beira da estrada. Não há muito para ver, nenhum sinal de que alguém more ali. Na cabana seguinte, o mesmo. Ela olha para ele, em busca de apoio. Ele consegue apenas encolher os ombros. Ela segue em frente, depressa. Seu olhar agora está fixo no telhado do castelo, acima do qual parece haver uma tênue fumaça, como se ele, ao menos, estivesse ocupado. Thomas a segue. Eles emergem em uma clareira e ele vê que o castelo fica em uma ilha, onde se chega por uma ponte de uma primeira ilha, na qual há o que parecem ser estábulos, em seguida há uma outra ponte, virada em ângulo para a direita, para a guarita do castelo. Eles atravessam juntos a primeira ponte, sobre as águas negras e imóveis do fosso, e encontram o estábulo vazio e, sob os pés, somente esterco de gado velho, nenhum fresco. Eles atravessam a segunda ponte, uma ponte levadiça, e entram na sombra fria e úmida da pequena guarita, onde os portões permanecem abertos, um deles quebrado. Eles entram no pátio, onde há uma explosão de latidos, e dois cachorros voam para eles, arranhando o chão e arreganhando os dentes. Suas correntes se retesam, fazendo-os estancar, mas Thomas e Katherine dão um salto para trás.

– Santo Deus!

Os cachorros ficam em pé, presos em suas correntes, rosnando e tentando saltar, a saliva escorrendo, mandíbulas grandes e assustadoras, estrábicos, do tipo que serve de chamariz para ursos, o cheiro suficiente para fazer um curtidor de couro sentir náusea. Por trás deles, um homem aparece no vão de uma porta que dá para o pátio. Ele é redondo como um barril e furtivo, um pedaço de carne cozida na mão, gordura nos pelos curtos e grisalhos da barba em seu rosto gordo e manchado de vermelho pelo vento. No começo, ele se mostra cauteloso, mas quando reconhece Katherine fica perplexo, em seguida parece se recobrar. Ele desce desajeitadamente um degrau e atira a carne entre os cachorros, que começam a brigar.

Katherine volta-se para ele.

— Por que você está aqui de volta, Eelby? — ela pergunta. — E onde estão todos? Onde está meu marido?

Eelby para, abana a mão lentamente e fala através de lábios franzidos.

— Sua Senhoria partiu para Londres — ele diz em uma voz estranha —, acompanhado de seu cirurgião pessoal em busca de seu velho amigo lorde Chamberlain, lorde Hastings, na esperança de que ele cuidará com carinho do problema de Sua Senhoria e usará sua influência na questão de minha mulher assassinada.

Ele rosna ao dizer as últimas palavras e Katherine suspira ruidosamente, como se impaciente por já terem discutido isso antes.

— E quanto a John? — ela pergunta, ignorando o ataque dele. — E seu filho? Onde ele está? E os outros?

Eelby não responde. Seu rosto se enruga e ele enfia as mãos sob as axilas manchadas e começa a fingir que está achando muita graça.

— Você não sabe! — ele diz, com um riso abafado. — Você realmente não sabe, não é?

— Eu não tenho tempo para isto — ela murmura.

— Não — ele diz. — Não. Você não tem tempo para mais nada agora.

Thomas pode ver que Eelby quer dizer alguma coisa, mas Katherine vira as costas para ele. O homem continua a rir, fechando os olhos, o corpo inteiro sacudindo-se com seu riso falso, e Thomas pressente confusão, mas ele se demora demais. Katherine dá alguns passos rápidos e faz o batedor de roupas cortar o ar antes que Eelby abra os olhos de novo, mas também ele se demora demais. Ele consegue erguer o braço e o golpe o atinge com um estalo que faz os cachorros saltarem e começarem a latir outra vez. Eelby grita e agarra seu braço. Katherine ergue o batedor outra vez, mas Thomas interfere e Eelby olha para ela com um medo patético. Então, ele se vira e corre.

Para um homem gordo com um braço ferido ele é surpreendentemente rápido. Ele atravessa o pátio, passa pelos cachorros e sobe atabalhoadamente os degraus de pedra que levam a uma porta na torre antes que Katherine comece a persegui-lo. Thomas corre para alcançá-la.

— Espere — ele grita. Mas ela já foi, deslizando pelo vão da porta e subindo uma escada em espiral atrás de Eelby. Thomas os segue. Ele ouve passos em uma disputa na escada de pedra em espiral, em seguida um berro dissonante. Uma porta se abre com estrondo e a luz jorra para fora. Ele corre, galgando os degraus, até alcançar uma porta que dá para a luz do dia no teto murado da torre.

É um espaço quadrado, com dez passos de lado, piso de lajes de pedra, emoldurado por merlões regulares e com um braseiro de ferro enferrujado, em brasa, em um lado. Katherine encurralou o sujeito em um canto. Seu rosto está vermelho, suando, e ele segura o braço à sua frente, que Thomas pode ver que está curvo, como se estivesse tentando dobrar uma esquina sem o dono. Katherine tem o batedor erguido no ar, mas nenhum está olhando para o outro: ambos estão com a cabeça virada, fitando pelas ameias os campos distantes.

Thomas também espreita. Homens a cavalo. Soldados. Ele reconhece o tipo imediatamente, embora não saiba de onde. Estão em coluna de dois, lado a lado, serpeando pela estrada que passa pelo priorado, com arcos atravessados sobre a sela e muitos com lanças longas fincadas em seus estribos. Deve haver cinquenta ou mais. Segue-se uma longa fila de carroças carregadas, puxadas por parelhas de bois.

– Quem são? – Katherine pergunta.

No começo, parece que Eelby está sibilando através dos dentes, sofrendo de dor, mas na realidade ele está tentando rir outra vez. Apesar da dor, ele está desfrutando o momento. Katherine levanta o batedor, pronta para espancá-lo outra vez.

– Quem são? – ela pergunta outra vez.

Mas Eelby mostra-se mais corajoso.

– A senhora tem olhos tão bons, milady – ele diz. – Diga-me você.

Katherine olha atentamente a distância. Então, abaixa o batedor de roupas e agarra o merlão de pedra.

– Deus misericordioso – ela diz, ofegante. – Não pode ser.

Eelby tenta rir outra vez, mas seu rosto empalidece com nova dor e seus olhos se reviram nas órbitas. Ele balbucia alguma coisa através dos lábios espessos e as pontas dos dedos de seu braço quebrado estão arroxeadas.

– Quem são eles? – Thomas pergunta.

Ela olha para ele por cima do ombro.

– É Riven – ela lhe diz.

– Riven? – ele repete. – Giles Riven?

Ela balança a cabeça.

– Barnaby disse que ele estava morto – Thomas diz.

Eelby está rindo. Katherine vira-se para ele.

– Por que ele está aqui? – ela grita. – Por que ele está aqui? Ele está morto!

– Não é ele! É Edmundo. O filho. Veja por si mesma. Ele está vindo reclamar o que é seu.

– Mas não é dele – Katherine retruca.

– Tente lhe dizer isso – Eelby diz, erguendo a cabeça e balançando-a, indicando os soldados. – Seu pai tentou isso certa vez, não foi? E veja o que aconteceu a ele.

Ao invés de golpeá-lo, Katherine encara-o e em seguida olha novamente para os homens.

– O que devemos fazer? – ela pergunta a Thomas, que também está espreitando por cima da muralha para a coluna que avança.

– Feche o portão – ele sugere. – Afinal, este é um castelo.

– O portão está quebrado – Eelby diz. – Não impediria nem um gatinho de entrar. Não, milady e quem quer que você seja, é melhor irem embora antes que eles os peguem.

Ele começa a rir outra vez.

– Para onde foram os outros? – ela pergunta. – Onde está o bebê?

A dor faz Eelby engolir em seco. Ele está muito pálido e o suor brilha em seu rosto gordo e esverdeado. Depois que se recobra, ele responde.

– Foram com aquele idiota apanhador de enguias, de volta para o norte. Ele tem dinheiro para encher a barriga deles.

– Você deixou seu filho ir com outro homem?

– Por que não? Ele pode ficar com o garoto até eu precisar dele.

Katherine levanta o batedor de roupas outra vez.

– Katherine – Thomas diz. – Temos que ir.

Ele coloca a mão em seu braço.

– Por que você a chama assim? – Eelby pergunta.

– Cale-se – Katherine lhe diz. – Nem abra a boca.

– Vamos – Thomas diz. – Antes que seja tarde demais.

Katherine ameaça Eelby uma última vez, pelo prazer de vê-lo se encolher, e eles partem.

– Adeus, milady – ele grita, revertendo para a voz aguda, distorcida, de antes. Katherine quase volta para espancá-lo outra vez, mas Thomas segura seu braço e arrasta-a pelo vão estreito da porta e pela escada em espiral. No pátio, os cachorros tentam atacá-los outra vez, forçando-os para um dos lados, e Katherine os ameaça, mas logo atravessam os portões da guarita, em seguida a primeira e a segunda pontes. Os soldados ainda estão a uma distância de um tiro de flecha, ao longo da estrada sobre o dique, mas bastante perto agora para Thomas ver a insígnia preta no peito das jaquetas brancas. São conduzidos por um homem com o que parece ser uma atadura no rosto.

Ele para, olhando fixamente para eles, Katherine junto ao seu ombro.

Então, ouvem Eelby gritando das ameias. Os cavaleiros diminuem a marcha para ouvi-lo, mas não conseguem, nem ele pode apontar porque segura o braço quebrado. Assim, quando os homens compreendem para onde devem olhar, já é tarde demais. Thomas e Katherine já desapareceram.

9

Quando voltam ao barco, encontram o cônego de barba ruiva examinando-o como se ele estivesse de algum modo decepcionado.

– Oh, Santo Deus – Thomas exclama ao vê-lo. – Me passe isto.

Katherine entrega-lhe o batedor de roupas. O cônego ergue os olhos para eles, depois para o batedor. Ele se mantém calmo.

– Achei que deviam ser vocês – ele diz.

– Deixe-nos – Thomas diz – e não haverá nada disto.

Ele ergue o batedor.

– Não quero impedi-los – diz o cônego.

Thomas abaixa o batedor.

– O que é, então?

– Levem-me com vocês.

– Não sabe para onde vamos – Katherine diz.

– Nem vocês – diz o cônego.

Thomas olha para ela.

– Não – ela tem que admitir. – É verdade.

– E eu tenho comida – o cônego diz. Ele exibe um grande frasco de cerveja que carrega preso à cintura e abre sua bolsa para mostrar um quarto de pão preto. Katherine não consegue se conter: dá um passo à frente para pegar o pão, parte-o em pedaços e dá uma mordida. O pão é arenoso de sal. Ela mastiga até seu maxilar doer e em seguida bebe avidamente a cerveja, gole após gole. Thomas segura seu pedaço e olha para trás, por cima dos juncos, até as árvores distantes. Eles já deviam ter ido embora, ela pode ver que ele está pensando. Ele chega a uma decisão e passa seu pão para ela.

— Ajude-me, então — ele diz ao cônego, e juntos eles empurram o barco pelo meio dos juncos, de volta às águas pardas do rio. Katherine pega a faca do cônego e corta os pés de sua meia-calça, e quando está prestes a jogá-los fora, ele pega as meias de lã e coloca-as em sua bolsa. Em seguida, ele dá um nó em sua batina, tira os tamancos e atira-os dentro do barco. Depois pisa na lama para segurar o barco enquanto Katherine sobe a bordo.

— Muito bem, filho — ele diz.

Ela hesita, insegura, e olha para ele. Ele evita seu olhar e espera por Thomas. Ninguém diz nada. Será que ele realmente *não* sabe quem ela é? Ele não dá nenhuma indicação se sabe ou não, apenas segura o barco com firmeza enquanto Thomas sobe a bordo. Em seguida, ele pega a vara de empurrar o barco, ele próprio sobe a bordo, e empurra-os ao largo. Thomas, por um instante, não sabe o que fazer.

— Para onde vamos? — o cônego pergunta.

Ela pensa. Se forem corrente abaixo, irão parar em Boston. Mas que ajuda ela poderá obter lá? Nenhuma, na verdade. Ela não conhece ninguém lá, exceto a viúva Beaufoy, e não é provável que consiga a ajuda dela. Não. Na verdade, há apenas um lugar.

— Vamos atravessar — ela diz, e aponta para a outra margem do rio, para os caniços do outro lado.

O cônego resmunga e conduz o barco para dentro da corrente. Ele é um homem grande, forte e corpulento, com pés largos e dedos sujos de lama que parecem agarrar a borda do banco do remador. Ele direciona o barco com habilidade pela água, como se tivesse feito aquilo a vida inteira, mas após um instante ele olha para baixo e surpreende o olhar de Thomas.

— O que ele fez com você não foi cristão — ele diz. — É isso o que eu penso do padre Barnaby: ele não age como um cristão.

Thomas ergue a mão da beirada do barco, em concordância.

— Qual é o seu nome? — Katherine pergunta.

— Robert — ele diz.

Faz-se uma pausa.

– E o seu, filho? – ele pergunta. Katherine estreita os olhos para ele outra vez. Ele estaria brincando com ela ou sinceramente não sabe quem ela é? Ela não sabe. Ele permanece ali parado, paciente, silencioso, conduzindo o barco, e a necessidade de uma resposta se torna premente. Ela olha para Thomas em busca de orientação, mas ele também não parece saber e, por fim, ela diz:

– Kit. Meu nome é Kit.

– Kit – Robert murmura. – Como o padroeiro dos viajantes. Bem, somos nós, eu acho.

E mais uma vez, em um instante, fica decidido: ela será Kit. Nada mais é dito. Ouve-se apenas o barulho da vara com que Robert empurra o barco e a leve batida da água contra a lateral do barco. Após algum tempo, ele parece encontrar uma língua de terreno firme no meio do pântano da margem oriental e eles saltam do barco e o rebocam para fora da água para escondê-lo entre as moitas de junco.

– Só por precaução – Robert diz.

Eles se viram e partem pelo pantanal, sempre cautelosos com a lama de crosta verde. O ar está denso de insetos e estranhos pássaros de bico vermelho fogem precipitadamente à frente deles.

– Edmundo Riven – ela diz. – O maldito Edmundo Riven.

– Era ele? – Thomas pergunta. – O homem com a bandagem?

Ela dá um grunhido em confirmação.

– Como ele pode estar aqui? – ela pergunta a si mesma. – Sua família foi desonrada, privada de todos os direitos! Eu estava lá em Westminster no dia em que isso aconteceu! Richard disse que isto assinalava a morte legal daquela família, de todo Riven que já tivesse vivido, ainda vivesse ou viesse a viver no futuro.

Nem Thomas, nem Robert dizem nada. Como poderiam saber?

Ela terá que perguntar a sir John Fakenham, ela pensa, é só o que resta fazer, pois ele é o único homem que lhe diria como tudo aconteceu, mas agora que pensa nele, e em Marton Hall, ela sente uma excruciante mistura de culpa, temor e vergonha. Ela pensa em como o tratou: como mentiu para ele desde o começo, como se fez passar por outra pessoa e como se casou com o filho dele enquanto pretendia novamente ser uma outra pessoa. E tudo que ele sempre demonstrou em relação a ela – em qualquer de seus disfarces – foi caridade.

Mas ainda há um resquício, ela pensa, um resquício de algo que se aproxima do consolo, ou ao menos da esperança, e ela pensa novamente no dia da batalha em Towton, quando ela era Margaret Cornford e estava cuidando de sir John depois que ele fora trazido do campo de batalha, fora de si com a cabeça quebrada. Ninguém achou que ele fosse sobreviver. Eles o colocaram no chão e ele agarrara sua mão e a chamara de Kit. Ele até mesmo agradecera a Deus por ela – ele – estar ali. E quando ela o corrigiu, dizendo-lhe que ela era lady Margaret Cornford, ele dissera que sabia o que sabia, e que ela não deveria perder tempo com ele, mas deveria ir ao encontro de Thomas. Saia e vá ficar com Thomas, foram suas palavras. Ela não compreendera na ocasião, nem compreendera o que ele sabia ou como ele sabia, mas ela saiu à procura de Thomas, e somente mais tarde tentou perceber um significado mais profundo nas palavras do velho Fakenham. Elas significariam que ele sabia desde o começo que ela era uma jovem fingindo ser um rapaz e que naquele momento, no hospital, ela era a mesma garota, só que agora fingindo ser uma outra jovem? Ou talvez ele achasse que ela era, e sempre fora, Margaret Cornford, e que ela fingira ser Kit para fugir do País de Gales? Ela lutara com esses pensamentos durante todo aquele verão depois que Thomas fora considerado morto, repassando a cena incessantemente, sem parar, observando a expressão de sir John em busca de alguma pista, mas o assunto não foi mais abordado e ela nunca encontrara uma resposta satisfatória, nem mesmo no altar, quando fez votos diante de Deus e do Homem, e tomou o filho de sir John como seu marido.

Assim, agora, ela balança a cabeça e diz:

– Marton Hall, em Marton, é para lá que devemos ir. – Pois de qualquer forma, depois de tudo isso, o que mais restava? Sir John é tudo que lhes resta. Devem procurá-lo e buscar sua proteção. É seu último – e único – recurso.

Eles passam a primeira noite em um celeiro onde um moleiro os deixa dormir em uma plataforma, alcançada por uma escada, onde a palha está empilhada em cima de um estrado de espinheiro, acima de dois bois de cheiro forte. No meio da palha, estão algumas maçãs de casca grossa que eles comem rapidamente, avidamente, com culpa. Um instante depois, Robert adormece em suas roupas molhadas, roncando alto, aparentemente esparramado pelo lugar inteiro, de modo que, para onde quer que se virem, eles têm que tocar nele.

Katherine e Thomas ficam sentados juntos, as costas contra uma viga, as pernas penduradas para fora da plataforma. Ela tirou seu casaco e eles podem ouvi-lo gotejar na escuridão.

– Vai fazer frio esta noite – ele diz.

– Já passamos por pior – ela diz, e o faz lembrar a noite nas montanhas do País de Gales, na neve, a noite em que a verdadeira Margaret Cornford tossiu até a morte.

Ele fica satisfeito por não conseguir se lembrar.

– Como era Margaret Cornford?

– Oh, ela era muito nova – Katherine lhe diz. – Com muito a aprender. Mas isso era outra coisa estranha.

– O quê?

– Eelby ainda achava que eu era lady Margaret, não é? Seria de se imaginar que o prior deixaria que todo mundo soubesse que eu não era, não?

– Talvez porque não saibam quem você realmente é? – Thomas pergunta e ela responde com um grunhido. Ela não vê como isso poderia fazer alguma diferença.

Thomas fica em silêncio na escuridão. Ela não pode vê-lo, mas pensa em como acordou esta manhã e o encontrou, no estábulo, sua expressão tão perplexa e confusa. Ela pensara que ainda estava dormindo, é claro, e imaginara que aquele era apenas mais um sonho, um sonho insistente, do qual não conseguia acordar. E considerou, por um instante, que talvez estivesse louca ou doente, como disseram que estava, mas quando sentiu os pelos macios de sua barba, concluíra, oh, não, meu Deus, é ele, ele está aqui, vivo. Ela quase chorara, não de felicidade, ou alívio, como teria feito um dia, mas pela loucura de tudo aquilo.

Com isso, ela pensa em Richard, seu marido, e se pergunta por onde ele andaria e o que estaria fazendo. Pensa nele vagando por Londres com Mayhew, o tímido e ansioso Mayhew, temeroso de homens com poder, homens com roupas de veludo e botas de montaria, homens com comitivas e armas, e ela se pergunta o que irá lhes acontecer, mas já a história deles lhe parece distante, e o destino deles, de certa forma, não é mais um problema seu.

– Então, você vai continuar como lady Margaret por enquanto? – ele pergunta.

– É o mais fácil – ela supõe, e ele dá um grunhido em concordância.

– Teríamos que contar ao Robert aqui – ele diz.

– Isso não é nada – ela diz.

– Mas, então – ele continua –, Edmundo Riven não iria tentar matá-la, assim como tentou matar a verdadeira Margaret Cornford?

Ela pensa nisso por alguns instantes e vê que Thomas tem razão. Edmundo seguiu-os até o País de Gales para fazer exatamente isso.

– Então, o quê?

– Bem, você está vestida como Kit. Robert a conhece como Kit.

– Kit, então?

– Não sei.

Thomas deitou-se e em um instante ele já está respirando regularmente, adormecido. Ela deita-se ao seu lado, como um dia costumava fazer, e pode sentir seu cheiro. Ela pretende oferecer-lhe uma prece de ação de graças, um *te deum* talvez, mas não o faz. Então, nas primeiras horas da noite, quando está muito escuro e eles deveriam estar nas Matinas, ela é acordada por algo não familiar, e sente que Thomas passou o braço à sua volta como, novamente, ele costumava fazer. É reconfortante, porém mais tarde da noite, ela é acordada, mais uma vez, por uma pressão estranha em seu cóccix, e ela sente Thomas pressionar-se contra ela. Ele ainda está adormecido e quando ela sussurra seu nome, por que motivo ela não sabe, ele retira o braço, afasta o corpo, e o sonho dele, o que quer que fosse, segue outra direção. Só lhe resta a impressão do corpo dele e ela não se move até ser acordada pelo barulho da porta do celeiro em suas dobradiças e dos gritos do garoto conduzindo os bois para fora de seu cercado embaixo.

Eles caminham pela manhã sob um céu pálido, a brisa às suas costas pressionando o tecido frio na pele, e não encontram nem uma alma. Antes do meio-dia, veem a agulha da torre da catedral de Lincoln e o castelo no alto da colina acima da névoa. Agora ela sabe que não pode mais adiar a resposta à pergunta crucial: o que deve dizer a sir John?

Ela realmente pode voltar a ser Kit? Sir John aceitará o rapaz de volta? Tudo a que ela pode se apegar é a estranha esperança de que ele já saiba que ela não é quem diz ser e que ele... o quê? Não se importa? Acha que é importante? Ou ele também estará fazendo um jogo desconhecido, alguma maquinação sofisticada, cujas vantagens ela não consegue ver?

Ela quase grita com a frustração que sente. Talvez não devesse ter fugido do priorado? Talvez devesse ter permanecido lá para enfrentar o Prior de Todos, ser enforcada pelo assassinato da irmã Joan? Então, ao menos, ela não estaria levando suas mentiras para a vida das outras pessoas.

Mas nesse momento ela se lembra da prioresa. Das surras. Das crueldades. Lembra-se da gentil Alice, primeiro estuprada, depois deixada para morrer e finalmente assassinada em sua cama por aquelas que juraram protegê-la. E lembra de Giles Riven, de sua maldade tanto fortuita quanto calculada. Lembra do gigante que queria arrancar o olho de Thomas, que cegara Richard, assassinara Geoffrey. Lembra do rapaz Edmundo que um dia a caçara por prazer, depois a sério. Pensa em Eelby e em seu rosto sujo, com aquele sorriso falso e triunfante quando ela foi expulsa do mundo porque tentou salvar seu bebê, quando ele próprio não levantara um dedo por sua mulher. E quando pensa nessas pessoas, quando pensa no mal que fizeram, vê que fica tão furiosa que ultrapassou Robert e Thomas na estrada, que está açoitando seu batedor de roupas no chão a cada passo e que seu corpo vibra com uma fúria reprimida e com o desejo de viver, sobreviver, prosperar, nem que seja para derrotá-los, destruí-los, e finalmente ver todos eles mortos. Meu Deus! Faria qualquer coisa para isso.

Quando chegam ao vilarejo já é fim de tarde. Há porcos e cabras em seus cercados, alguns gansos e um garoto com um cajado de pastor está atirando pedras com um estilingue em melros em um terreno ao lado da igreja.

— Afinal, quem é que vai ser? — Thomas pergunta serenamente.

Ela faz uma rápida pausa e responde:

— Kit.

E assim ficou decidido.

A última vez que surpreenderam sir John, ele estava embarricado atrás da porta com um arco pronto para matar o próximo homem que visse. Ele estava em péssimo estado, Katherine lembra-se, cheirando a um texugo, a propriedade estava saqueada e Geoffrey jazia morto em um campo. A situação agora já parece melhor e, conforme se aproximam, ela vê — com um olhar apreciador, uma vez que ela mesma já tentara fazer isso — que as cercas estão consertadas, as cercas vivas bem-cuidadas e um novo barraco está sendo construído em meio ao bosque de aveleiras recentemente podado. Ela sente cheiro de fumaça de lenha de ameixeira, da lareira, e ouve uma risada: de mulher. Quando se aproximam, um cachorro late. Não é o latido rouco e sonoro dos cães de caça que costumavam correr por ali, mas algo menor e, um instante depois, um terrier vem correndo pelo portão de entrada do pátio e para diante deles, latindo furiosamente, a língua muito rosada, os olhos muito negros. Robert balança a vara alegremente para o cachorro e murmura algumas palavras apaziguadoras. Um instante depois, ela ouve a voz de sir John, elevada em uma pergunta. Thomas faz um último sinal com a cabeça para ela enquanto ela engole em seco. Ela puxa sua brigandina para baixo e sua meia-calça para cima, exagerando na exibição de ausência de volume nos genitais, e dá um passo à frente.

Sir John está sentado sob o último raio dourado do sol da tarde, em um tronco de árvore junto ao degrau onde eles costumavam amolar facas. Em frente a ele, está uma mulher de vestido verde, também sentada em um tronco, e ambos bebem de canecos e erguem os olhos de um tabuleiro de xadrez. Faz-se um longo momento de silêncio enquanto o velho sir John encara o olhar fixo de Katherine. Ela sente suas entranhas se desfazerem e lágrimas brotam em seus olhos. Ela tem vontade de se virar e correr. Isto foi um erro.

– John – a mulher diz –, quem são estes homens?

Sir John permanece boquiaberto, o rosto branco, toda expressão desfeita pelo choque. Por um instante, ele não faz, nem diz nada. Em seguida, murmura:

– Por todos os santos.

– Sir John – Katherine começa a falar, com um nó na garganta, lágrimas nos olhos. – Sinto muito...

– Por todos os santos – ele repete. – É você. E você. Santo Deus. Kit. Thomas. Eu... Santo Deus!

Ele se levanta. Parece cambalear, perdido, trôpego, desajeitado, como um urso, ela pensa. Seus olhos rasos d'água estão fixos nela, depois se voltam para Thomas, retornam a Kit, e ela, por sua vez, apoia-se num pé e depois no outro, com vontade de se virar e correr, mas não pode deixar de rir, as lágrimas tremem em suas pálpebras, transbordam e escorrem pelo seu rosto, e sir John dá um brado de alegria.

– Meu Deus – ele grita. – Deus Todo-Poderoso. É você! Você! De volta dos mortos! Santo Deus! E Thomas! Oh, meus rapazes. Nunca pensei... ah, ver vocês novamente. Pensei que os tivessem rolado para dentro de algum buraco no País de Gales, com Walter e aqueles rapazes galeses. E você! Tínhamos certeza de que havia morrido em Towton!

Lágrimas escorrem pelas rugas fundas de seu rosto e acumulam-se em sua barba recém-aparada. Ele cambaleia para a frente e envolve Katherine com seu braço direito e Thomas com o esquerdo, e os aperta com todas as suas forças. Ele cheira a alguma erva adocicada e agora os três têm seus braços um em volta do outro e choram incontrolavelmente.

Finalmente, sir John se afasta. Ele a segura pelos ombros com os braços estendidos e a examina. Ele está fungando, mas um ar de preocupação faz seu cenho franzir ligeiramente.

– O que é isso, em nome de Deus?

Ele dá um tapa em seu peito com as costas dos dedos. Ela se encolhe e agora, Santo Deus, acha que vai arder de vergonha, mas logo o rosto de sir John se enruga em uma risada.

– Uma brigandina! – ele grita. – Uma brigandina! Pelo amor de Jesus Cristo, rapaz! Você ainda não tem barba e aí está você pavoneando-se de um lado para o outro como um galo de briga!

Sir John volta-se para a mulher que está parada com as mãos em sua larga cintura, um rosário enrolado no cinto, e uma tira de linho amarrada em volta da cabeça para formar um toucado.

– Isabella! – ele grita. – Isabella! Este é Kit, este pequeno aqui, e este é Thomas, este grandalhão aqui.

Ele bate no ombro de Thomas e em seguida franze o cenho outra vez.

– Quem é você?

Thomas apresenta Robert.

– Que Deus o ilumine, sir – Robert diz.

– Ele já fez isso! – sir John diz com um grande e luminoso sorriso. – Olhem! Esta é minha mulher, Isabella. Minha *mulher*, ouviram?

Ele sorri para ela, depois para eles, inflado de orgulho, e ela sorri pacientemente para ele. Ela não sabe ao certo a posição social deles e assim sorri para todos, mas não se aproxima, e por que o faria, já que parecem pedintes, e é somente por causa da reação de seu marido à presença deles que ela olha duas vezes para eles.

– Eu já lhe falei deles! – sir John insiste. – Não se lembra? Sobre o tempo que passamos em Calais? Como este aqui salvou primeiro o jovem Richard quando foi atingido por uma flecha, e depois como me operou? Eu até já tentei lhe mostrar o... mas, de qualquer modo! Aqui estão eles. Vivos. Em carne e osso, embora... olhe para eles! Em terríveis circunstâncias, como sempre estiveram. Olhem para vocês. Imundos como corvos. E o que em nome de Deus aconteceu com seus cabelos? Você mesmo os cortou? Por Deus, vou adorar ouvir tudo que aconteceu desta vez!

– Sir John – Katherine diz –, estamos mortalmente famintos. Tem alguma coisa que possamos comer antes de contar toda a história?

Sir John volta-se para Isabella. Ela sorri.

– Temos alguns capões – ela diz – e um pouco de peixe. Ervilhas também. Ainda temos bastante cerveja e até mesmo um pouco de vinho tinto de Gascony.

– De Gascony! – sir John repete, voltando a sentar em seu tronco de árvore, esfregando as mãos e revirando os olhos. Katherine fica com a boca cheia d'água à ideia de carne. Isabella se retira para dentro da casa, chamando alguém.

— Ela não é maravilhosa? – diz sir John, olhando para suas costas, conforme ela se afasta. Em seguida, ele abaixa a voz. – Ela é a viúva do velho Freylin, sabe. Nós nos casamos depois da Anunciação no ano passado. Pode-se dizer que foi repentino, sim, mas vou lhes contar. Estava fadado a ser. E ela é rica! Como Creso! Freylin deixou-lhe mansões por todo o país... e olhem.

Ele estende as pernas para a frente para lhes mostrar seus elegantes sapatos, balançando os bicos extraordinariamente finos, e rindo, encantado.

— E também – ele acrescenta em tom conspiratório, rindo e erguendo as sobrancelhas para cima e para baixo algumas vezes – faz a devida observância de festividades depois da hora de recolher.

É incrivelmente bom ver o velho sir John tão feliz e saudável. O vinho é trazido por uma jovem que sir John chama de Meg. Eles sentam-se e bebem, enquanto sir John ri e conta que mandou rezar missas por suas almas mortais, inutilmente, como se vê. Conta ainda como deu um pouco do dinheiro de Isabella para a pintura de uma imagem de São Cristóvão na igreja, e como ele e Isabella costumam ir até lá para ver a imagem, porque traz sorte. Ele continua a falar, sobre a propriedade, e que, se não fosse por ter que criar terriers em vez de cachorros decentes, como os talbots que tanto amava, então ele iria acreditar que estava vivendo em um paraíso na terra.

— Mas, sir – Katherine diz –, e quanto a Richard? Onde ele está? Esperávamos encontrá-lo aqui.

Sir John para de rir e olha fixamente para ela. Thomas sacode a cabeça quase imperceptivelmente, com pesar, como se já soubesse mais do que ela, e ela se pergunta o que fez de errado.

— Você não gosta de perder tempo, não é, Kit? – sir John diz.

Ela pensa que, se for apenas isso, mudar a tônica de uma noite, então ela não se importa muito, mas agora sir John inclina-se para a frente, afastando as pernas e olhando fixamente para o chão entre seus pés.

— Richard está em Londres – ele diz. – Com seu cirurgião, chamado Mayhew. Estão buscando ajuda no problema de sua mulher. Lembra-se dela, não? Margaret? Que vocês trouxeram do País de Gales? Bom, ela se meteu em... em algum problema. Ela tem uma espécie de poder de cura, esta Margaret. Mais como uma cirurgiã, com um dom quase tão grande quanto o seu, Kit. Ela até salvou minha vida depois da Batalha de Towton.

Ele retira seu gorro e mostra uma região sem cabelos do tamanho de uma maçã silvestre, dentro da qual se vê uma cicatriz branca e circular, como um verme. Katherine não consegue deixar de erguer as mãos, querendo tocá-la. Ela resiste.

– Uma tonsura quase igual à sua, hein, cônego? – sir John ri antes de recolocar o gorro. Robert sorri, mas não diz nada. Ele é uma presença reconfortante, como um cachorro grande, feliz em ficar sentado, ouvindo, feliz em estar com eles.

– Enfim – sir John continua. – No ano passado, Margaret cortou uma mulher que estava morrendo ao dar à luz. Ela salvou a criança, aparentemente quase um milagre, mas não a mulher. Então, é claro, teve que haver um inquérito. Nós dissemos a ela que devia procurar alguém influente a fim de que o *coroner* soubesse com quem estava lidando, mas ela é teimosa, esta Margaret, até Richard diz isso, embora ele ainda esteja tão apaixonado pela jovem que ache isso encantador. De qualquer modo, ela não seguiu nosso conselho. E Richard nada pôde fazer, já que é cego. Você sabia?

Katherine balança a cabeça, confirmando.

– Sim – sir John continua. – Assim, o inquérito foi feito e ela foi pega. Alguma outra pessoa influenciou o júri. Comprou-o ou subornou-o, não sei. Assim, o *coroner* considerou a ação, a intervenção, a operação, como queira chamar, como um assassinato e ela foi presa. Está definhando em algum convento fechado, algum buraco sagrado naquela parte do país, aguardando os juízes do rei aparecerem por lá e julgarem seu caso.

– E a quem Richard está solicitando sua soltura? – ela pergunta.

– William Hastings. Lembra-se dele? Ele o salvou de ser enforcado daquela vez, quando teve sua orelha cortada. Um bom homem, Hastings, mas muito ocupado. Ele subiu na vida, Santo Deus, de uma maneira impensável. Ele é camareiro do rei, podem acreditar?

Nesse momento, Thomas ergue os olhos e fixa o olhar ao longe, além de Katherine.

— Conte-nos a respeito disso outra vez, Kit — ele diz, um pouco alto demais. — Conte-nos como isso aconteceu.

Ela olha ao redor, vê Isabella de pé, fitando-a, e compreende. Ela lhes conta a história de como tentou fugir do acampamento do conde de Warwick naquela vez em que voltaram de Calais e como os homens do conde a pegaram e como o conde queria que ela fosse enforcada como um exemplo para outros que pensassem em desertar.

— Isso mesmo! — sir John exclama, rindo. — E lorde Hastings, como agora ele é, salvou o dia! Fez a sentença ser mudada para o corte da orelha de Kit. Ninguém queria fazer isso, então o Tom aqui foi quem fez. Com tesouras em brasa! Eu me lembro. Nossa!

Thomas revira os olhos e encolhe os ombros, como se dissesse, bem, qualquer homem faria o mesmo. Katherine, então, afasta seus cabelos para trás para revelar o que restou da parte de cima de sua orelha.

— Foi um corte de cabelo bem rente! — sir John diz. — Rente demais. Ha, ha! Bella, meu amor, venha para cá. Venha. Ouviu isso? Uma piada!

O olhar de Isabella se mantém fixo em Katherine. Acabou, Katherine pensa. Esta é a mulher que vai me desmascarar. Descobrir meu segredo.

— Posso? — Isabella pergunta. Ela possui uma voz suave, aveludada, que é amável, e ela parece ser alguém que ri muito, mas não é nenhuma tola. Katherine pode apenas encolher os ombros. Isabella inclina-se sobre ela e Katherine sente o cheiro das mesmas ervas aromáticas que perfumam sir John. Ela pode ver a textura rústica do linho do vestido e do avental de Isabella. O corpo de Katherine se encolhe e se contrai quando Isabella ergue a mão e toca os dedos na ponta de sua orelha, mas ela permite.

— Dói? — Isabella pergunta.

— Dói no frio — Katherine murmura, a voz brusca de nervosismo.

— Todos nós sentimos dores no frio! — diz sir John, com uma risada. E continua: — Pare de remexer aí, Bella, e venha tomar um pouco mais de vinho. Kit e Thomas podem nos contar tudo.

Isabella não se senta com eles, apesar das súplicas de sir John, e os deixa. Katherine sente-se aliviada e agora ela pode desviar a conversa de sua história inventada – que ela estava em um barco que se perdeu no mar, tentando voltar para Pembroke, e velejaram para a Irlanda, onde novamente ela se perdeu – sem nenhuma dificuldade.

– Mas Richard enviou alguma notícia de Londres? – ela pergunta.

Sir John resmunga.

– Pelo amor de Deus – ele murmura. – Richard escreveu, ou melhor, Mayhew o fez, há algumas semanas, para dizer que o duque de Somerset está de novo nas graças do rei. Pode acreditar nisso? O rei Eduardo *perdoou* o homem que matou seu pai! Ele perdoou o homem que matou seu irmão! O homem que colocou a cabeça deles em pontas de mastros em exibição no portão de entrada de York! O duque de Somerset comandou as tropas do rei Henrique em Northampton, lembram-se? E nós o derrotamos na ocasião, e ele as comandou outra vez em Towton, e nós os derrotamos lá também, mas, é verdade, foi por pouco.

"E toda vez ele conseguiu escapar. E agora o canalha fez isso de novo. Ele foi preso em um desses castelos no norte, algum buraco de onde nem mesmo um rato com prática como ele consegue escapar, então ele se rendeu. E o rei Eduardo aceitou! Se o velho Warwick estivesse lá, ou Montagu, que Deus nos livre, ou qualquer outro, qualquer um, eles teriam decepado a cabeça dele. Ali mesmo, na hora."

Ele faz o movimento de um golpe com as mãos e imita a cabeça quicando duas vezes.

Toma um grande gole de vinho, coloca o caneco na mesa com uma batida e serve mais vinho. Thomas brinca com uma peça do jogo de xadrez, sem levantar os olhos. Katherine repentinamente tem certeza de que sir John não sabe nada a respeito do retorno de Edmundo Riven.

– Mas não o rei Eduardo – sir John continua. – Não. Na realidade, não só ele reverteu a sentença de morte do duque de Somerset que ele havia decretado, não só restituiu todas as suas terras e títulos, mas até, e vocês não vão acreditar, até o nomeou camareiro do rei!

A expressão dos rostos de Thomas e Robert continua inexpressiva. Katherine está igualmente no escuro.

— Ele dorme com ele na mesma cama! — sir John lhes diz. — Na mesma maldita cama! Nu! Sem faca, nem espada! O rei Eduardo e o duque de Somerset! O pai do rei Eduardo matou o pai do duque e o duque matou o pai do rei Eduardo, e agora eles se deitam juntos na mesma cama!

Isabella retorna, andando rápida e silenciosamente. Senta-se ao lado de sir John e coloca a mão de forma tranquilizadora em seu braço, e ele coloca sua mão sobre a dela.

— Quem perdoa uma ofensa mostra que tem amor — Robert diz.

Faz-se um silêncio geral por um instante. Sir John olha para ele com um ar maligno, mas Isabella sorri.

— Amém — ela diz.

— Eu sei — sir John diz. — Eu sei. Eu sei. Sei que tem razão. Mas eu perdi amigos e homens que eu admirava e homens cujas famílias precisavam deles. Não veem? Tudo isso... essa... essa merda que homens como Eduardo de York e o maldito duque de Somerset fazem... isso não os afeta como afeta ao resto de nós.

Tendo se explicado, ele se acalma, mas Katherine precisa saber.

— Richard não disse nada sobre... nada sobre Edmundo Riven?

Isabella fica repentinamente imóvel, completamente alerta, a cabeça empinada, os olhos esbugalhados como duas moedas: uma corça pressentindo a presença de um caçador.

— Santo Deus — sir John murmura —, este é um nome que eu esperava nunca mais ouvir nesta mesa.

Faz-se um longo momento de silêncio.

— O que tem ele? — sir John finalmente pergunta.

— Ouvimos dizer que também ele... também ele está de volta — Thomas diz.

— De volta? — sir John pergunta. — De volta de onde? Dos mortos? Giles Riven está morto. Sua família caiu em desgraça, perdeu todos os direitos. Não há volta para ele, a menos que... o que é que vocês sabem? Por que estão dizendo isso?

Katherine hesita por um instante.

Então, ela diz:

— É Edmundo Riven, o filho. Ele voltou com o duque de Somerset. Ele tomou o Castelo de Cornford.

Por um momento, sir John fica imóvel e em silêncio. Em seguida, ele explode. Com uma varredura do braço, ele limpa as peças do tabuleiro de xadrez, os canecos e a jarra de vinho, lançando-os estrondosamente pelo chão. O cachorrinho que estava sentado aos pés de sua mulher sai correndo, ganindo, e todos se põem de pé. Sir John está berrando e Isabella tenta acalmá-lo, até que Robert adianta-se, segura sir John firmemente pelos ombros e começa a falar suavemente com ele. Após alguns longos instantes, quando parece que sir John procura algo para matar, ele se acalma um pouco e Robert o deixa ofegando, revirando os olhos e espumando ao redor da boca.

Isabella o abraça e o conduz para dentro.

Thomas e Katherine abaixam-se para pegar os canecos e as peças de xadrez. Por um instante, não conseguem encontrar o rei preto, mas logo lá está ele, caído de lado.

Mais tarde, quando estão dentro do solar, junto à lareira, e os ossos das aves e espinhas dos peixes já estão limpos na tábua, sir John desce outra vez, agora sem Isabella, e senta-se onde sempre costuma se sentar. Ele parece muito mais velho do que quando o viram pela primeira vez naquela tarde, ela pensa, e também há algo que ele perdeu: aquele brilho da felicidade recém-encontrada. Ela se sente envergonhada e se pergunta se ele não teria preferido viver na ignorância. Mas, por outro lado, alguém teria lhe contado. O velho sir John não diz nada por algum tempo, apenas fica sentado, fitando o fogo. Então, estende a mão para pegar uma das peças de xadrez que eles trouxeram para dentro: é o rei branco. Ele começa, em voz baixa:

— Não me importa que tenham feito isso comigo – ele diz, apontando para sua cabeça. — Não me importa que tenham tomado o castelo que deveria ser do meu filho. Não me importa ter passado minha velhice pulando de um lado a outro do país procurando por ele para que a justiça fosse feita. Realmente, não me importa. Mas o que me importa, o que realmente me importa é que ele roubou minha casa. O que realmente me importa é que ele tenha matado tantas pessoas que me eram caras, e o que realmente me importa, realmente me importa, é que tenha cegado meu filho. Meu único filho! Com isso eu me importo. Com isso eu me importo, ouviram?

Thomas e Katherine podem apenas balançar a cabeça. Pouco importa que tenha sido o pai e não o filho quem cegou Richard.

– Assim, não posso deixar as coisas como estão – sir John continua. – Não posso simplesmente me deitar e presumir que tenha sido a vontade da providência divina. Minha mulher diz que aqueles a quem Ele ama, Ele primeiro purifica nas chamas do sofrimento, e tenho que admitir que isso pode ser ou não verdade, mas não sou tão vaidoso a ponto de acreditar que tudo tenha sido feito por mim, entendem? Não posso acreditar que aquele maldito Riven, ou seu rebento, sejam instrumentos de Deus. Não posso acreditar que aquela família foi enviada aqui apenas para testar a mim e aos meus, nos forjar como malditas pontas de flechas no fogo, só para se certificar de que merecemos nosso lugar no Reino dos Céus. Não creio que seja assim.

Agora, Robert balança a cabeça, com aprovação.

– Assim, não vou agir como um santo. Não vou suportar essa provação. Vou me revoltar. Vou me levantar e esmagar a cabeça da serpente sob meu calcanhar, entenderam? Vou esmagar cada membro da família dele, para que o nome Riven seja extinto por toda a eternidade. Ouviram bem?

10

Thomas não sabe o que há de errado com ele. Não sabe o que aconteceu. Às vezes, ele olha para ela e sente o sangue subir às suas faces, seu peito se apertar e, pior ainda, mais vergonhoso ainda, ele tem ereções que enchem sua braguilha e o obrigam a se sentar por algum tempo. Elas sobrevêm o tempo todo, desencadeadas por qualquer motivo: o som da voz dela, um vislumbre de sua pele, seu cheiro, seu sorriso. É pior à noite, é claro, quando ela dorme ao seu lado perto da lenha que estala, e o som de sua respiração pode ser submerso pelo barulho de seu coração pulsando em seus ouvidos.

Ele não se lembra se foi sempre assim, se ele sentia tudo isso antes de ir embora. Acha que não. Volta a pensar no momento em que a viu no estábulo naquela noite e se lembra de que seu sentimento por ela era... o quê? O que quer que fosse, não era isso. Não envolvia seus genitais.

E agora isto. Se ela o toca, por mais leve que seja, por mais acidentalmente que seja, seu calcanhar escorregando de um colchão para tocar sua perna, por exemplo, ele experimenta um sobressalto por todo o corpo que o mantém acordado durante horas. E não, ele não consegue conter um suspiro e, virando-se no colchão e suspirando inúmeras vezes, ele não descansa enquanto ela não acorda. Às vezes, ela lhe pergunta o que há de errado e ele lhe diz que não há nada de errado, e às vezes ela murmura alguma coisa, estende a mão em um gesto que considera reconfortante e a coloca em seu ombro, digamos, e ele fica ali deitado com a respiração presa e o coração martelando na escuridão, desejando que ela retire a mão e a coloque em outra parte de seu corpo. Por fim, sua agitação a perturba tanto que ela retira a mão, e ele então, em um êxtase de frustração, se levanta e sai para o pátio, ignorando os latidos do terrier de Isabella no quarto em cima, ignorando a escuridão. Ele permanece o mais imóvel possível, deixa a friagem da noite penetrar em seus ossos e tenta reconstruir exatamente o que o prior costumava dizer quando ensinava aos noviços sobre o infrutífero derramamento de sêmen.

Mas por Cristo, é difícil.

Ele se pergunta se seria mais fácil se Katherine fosse reconhecida como mulher. Ele simplesmente agiria como supõe que outros homens agem e a chamaria para ir se deitar com ele no bosque? Ele pensa em seu irmão e em sua Elizabeth, já que esse é o único exemplo de namoro que ele viu se desenrolar. Como seu irmão conseguiu que ela se casasse com ele? Ele a pediu em casamento, supõe, ou talvez os pais deles pediram aos pais dela, antes de seus pais terem ido para a França. Depois, quando eram marido e mulher... bem, os dois garotos, Adam e William, eles tiveram que vir de algum lugar, não?

Ele não pode pedir a Katherine que se case com ele. E pelo amor de Deus! Ainda que pudesse, se pudesse ser revelado que ela não era Kit, mas Katherine, e mesmo que ela um dia também quisesse se casar com ele, ela teria que dizer não, porque já era casada. Com Richard Fakenham.

Às vezes, ele geme tão alto, lá parado sob os beirais da casa, que o cachorro acorda outra vez e retoma seus latidos, e de manhã sir John está de mau humor e preocupado com intrusos à noite. Sir John sugere colocar um vigia noturno e acomodar os gansos para dentro, apesar de odiá-los, embora realmente sejam saborosos e a gordura seja útil para pomadas e outros fins – mas será que realmente precisam de um vigia?

Ele e Katherine estão em Marton Hall há três meses e agora é a semana após a Assunção, no meio de agosto. Nesse período, eles foram alimentados e vestidos, e ajudaram a colher a safra de ervilhas, lavar e tosar as ovelhas, até mesmo a dar início a um chiqueiro novo e maior para o grande número de porcos que nasceram. Katherine teve que contar sua história dos meses em que esteve ausente três ou quatro vezes, cada versão minuciosamente questionada por Isabella, que também inspecionou o próprio ferimento de Thomas como se não acreditasse que fosse verdadeiro.

Sir John está preocupado. Enviou mensagens para Richard em Londres e recebeu algumas de volta, escritas por Mayhew, e toda vez que recebe uma, ele a lê em voz alta e fica tão mal-humorado que Isabella tem que mandá-lo ficar no andar de cima, de onde ele só emerge no dia seguinte ou no outro depois desse.

– É porque não há nada que ele possa fazer – Katherine diz. – Ele se sente impotente.

E Thomas sufoca uma risada.

Quando não estão ganhando seu sustento na fazenda, ele tem praticado com o arco, tentando reconquistar aqueles músculos perdidos, redescobrir aquela técnica, mas também está tentando se cansar.

– Tenho que lhe arranjar um arco adequado – sir John diz. – Pode dar este para Robert.

Então, teremos uma companhia de dois homens, Thomas pensa. Desde a noite em que proclamou seu desejo de matar Edmundo Riven, sir John aparentemente levou em consideração a precaução de Isabella contra qualquer ação, mas o velho sir John está impaciente por notícias e todo dia ele está lá fora, deprimido, andando de um lado para o outro pela entrada da propriedade, pronto para interceptar qualquer mensagem que venha de seu filho Richard em Londres. Que informação ele estará esperando?, Thomas se pergunta. Ele não consegue decidir se Isabella está sendo cautelosa porque não quer que sir John meta seus homens em uma casa de marimbondos ou se ela é mais inteligente do que isso, como Katherine parece acreditar, e sabe que há mais de uma maneira de se alcançar um objetivo.

Enquanto isso, ele e Katherine fizeram incursões no campo à volta de Marton Hall, procurando Stephen, o apanhador de enguias.

– Por que você está tão empenhada em encontrá-lo? – Thomas pergunta e, quando as palavras saem de sua boca, ele acha que soam de uma maneira rude e se preocupa que ela pense que ele está com ciúmes. Logo ele pensa em como isso é uma tolice porque ela não sabe como ele se sente em relação a ela, portanto por que o acharia enciumado? Devia achar que ele estava com fome, ou cansado.

– Não é por causa de Stephen – ela lhe diz. – Ou talvez seja, um pouco, já que ele era um bom trabalhador, mas é o bebê, na verdade.

Ele tenta imaginar como deve ter sido, abrir a barriga da mulher e retirar a criança. Não consegue imaginar. Ao menos, não com clareza. E se sente aliviado.

Eles tentam outros vilarejos, no caso de alguém por lá ter ouvido falar de Stephen, mas não descobrem nada, então tentam mais longe, e é nessas incursões que a mente de Thomas se mostra mais efervescente, como se as paisagens que vê começassem a recarregar sua mente com lembranças de sua infância e de seu irmão e de seu pai indo para a França. Ele lembra de seus primeiros dias no priorado, do ano em que as águas subiram tanto que inundaram a cripta até a borda e os caixões vieram para cima e ficavam batendo no chão da nave. Lembra das primeiras lições enfadonhas em escrita e da subsequente descoberta de seu dom para decorar a página simples com pinturas de animais, plantas e até insetos. Lembra de pegar a pena e, às vezes, olha para suas mãos, de certa forma esperando vê-las manchadas de tinta. Às vezes, fica impressionado ao vê-las tão grandes, calejadas e musculosas. Ele compra um pouco de papel de um homem em Gainsborough e um pouco de uma tintura rala de casca de carvalho de dois garotos que a fizeram e não eram muito bons nisso ainda. Depois, ele mesmo faz um pincel de penas e começa o fraco desenho de um caracol com uma vistosa concha. Ele tenta escondê-lo quando Katherine o vê, não sabe por quê, mas quando o vê, ela sorri para ele e ele experimenta a sensação que já lhe é familiar.

É no caminho de volta de uma dessas incursões ao norte que atravessam um vilarejo que Thomas acha que talvez lhe seja familiar.

– É onde Little John Willingham morava – ela lhe diz. – Ele é o único da companhia de sir John que eu não tenho certeza se está morto.

E de fato, lá está ele, Little John Willingham, à porta da cabana de sua família, segurando uma foice de cabo longo, talvez depois de ter trabalhado em uma cerca viva, discutindo com uma velha senhora que só pode ser sua mãe. Quando ele vê Thomas e Katherine, ele se encolhe e faz o sinal da cruz, como se eles fossem fantasmas, mas depois que aceita que eles são mortais, e ainda vivos, e depois de tê-los saudado com uma sonora risada, parece haver algo errado com ele. Seu rosto está magro e pálido, com olheiras escuras ao redor dos olhos. Ele se mostra nervoso e inquieto, mas quando eles dizem que estão à procura de um sujeito chamado Stephen, ele fica agradecido e aliviado.

– Pensei que fosse pelo que aconteceu lá no norte – Little John admite. – Quando vocês vieram pela estrada e eu os vi, pensei, lá vamos nós, eles souberam, e vieram me pegar.

Nem Katherine, nem Thomas entendem o que ele quer dizer.

– Talvez seja melhor assim – ele diz, mas ela pode ver que ele quer lhes contar algo, confessar.

– O quê? Do que você está falando?

– É que eu estive... eu estive no campo de batalha de Towton – ele murmura.

– Esteve? Mas com quem? Qual companhia?

Faz-se uma longa pausa. Little John olha para a direita e para a esquerda, para cima e para baixo, mas não há como fugir. Ele não tem escapatória.

– Giles Riven – ele admite.

Diante disso, nem Thomas, nem Katherine sabem o que dizer.

– Foi... foi depois. Bem, achei que sir John tinha morrido. Achei que todos vocês tinham morrido. Foi o que ouvi dizer. Foi o que me contaram. Disseram que ele estava morto, assim como todos os outros.

– Então, você achou melhor se unir a eles? – Katherine pergunta.

– Não foi assim. Eu... foi porque eu estive com sir John no verão, não é? O trigo aqui estava todo apodrecido, não foi guardado adequadamente. A cevada estava úmida, o feno estava úmido. O boi também morreu. Tudo estava perdido.

Ele sacode o polegar por cima do ombro indicando sua mãe, menor do que ele, curvada, as saias maltrapilhas e os pés descalços.

– Então, Giles Riven precisava de mais homens e estava oferecendo seis centavos por dia para arqueiros que vestissem o seu uniforme. Ele precisava substituir alguns que haviam morrido. Pensei que tivesse sido em Wakefield, mas foi por toda parte, como fiquei sabendo, e alguns deles por sir John. Bem. Ele precisava se quisesse cumprir sua obrigação com o duque de Somerset, que era seu senhor. Vocês sabem como é. Assim, eu me juntei a eles. Eu praticamente não podia me negar. Não tinha dinheiro, não tinha comida, e ali estavam dez ou quinze homens com espadas e elmos, parados ali onde cresce a hortelã.

Ele balança a cabeça, indicando a frente da cabana.

– Eu tinha que ir – ele assegura a si mesmo. – Eles me matariam se eu não os seguisse.

Katherine e Thomas balançam a cabeça.

– E como foi? – Thomas pergunta.

– Foi... bem, daqui fomos para o norte, até Doncaster, sabe, depois para o sul. Foi uma loucura. Todo tipo de homens, alguns não estavam lá por causa da luta. Escoceses, alguns deles. Do tipo que roubava o que podia e assassinava os que perdiam. A companhia de Riven era melhor do que a maioria. Ingleses, em sua maioria, embora tivessem aquele gigante irlandês que parecia um animal. Um cachorro. Dormia onde caía, pegava comida dos pratos dos outros homens. Ao menos, eu acho que ele era irlandês. Ele nunca dizia nada e... carregava seu machado de guerra, Thomas. Foi por isso que achei que você estivesse morto. Sabia que você jamais o largaria se não estivesse.

Thomas não se lembra de nada a respeito de nenhum machado de guerra.

– Bem. Riven não queria que nenhum de nós carregasse qualquer coisa que achasse ou roubasse, e não queria que ninguém acabasse morrendo em uma briga por causa de um porco ou coisa que o valha, para que não tivesse que se apresentar ao duque de Somerset desfalcado. Assim, ele nos mantinha em rédea curta. Fornecia comida. Lenha. Até mulheres. Bem, uma.

Ele se contrai de remorso ao se lembrar dela.

– E assim fomos para Londres todos juntos, mas o conde de Warwick, lembram-se dele? Ele apareceu e enfileirou seus homens contra nós. Perto de um lugar chamado St. Albans, não muito longe de Londres. Bem, foi uma loucura. Ninguém sabia o que estava acontecendo. Achamos que o patife estava nos atraindo para uma armadilha e que tinha alguma tropa secreta escondida em algum bosque, e que ele era um gênio, mas não era nada disso. Era... ele estava... apenas olhando na direção errada, não é? E todos os seus arqueiros estavam em um único lugar, o lugar errado, como se viu, e todos os seus soldados estavam em outro, igualmente errado. Bem. Seja como for. Toda vez que eu atirava uma flecha, eu dizia a mim mesmo, esta é pela orelha de Kit, seus filhos da mãe.

Ele sorri de maneira hesitante, querendo agradar, mas não soa bem, Thomas pensa.

– E depois disso... bem. Nós os botamos pra correr. Um inferno. Foi... estranho. Eles correram. Milhares deles, e deixaram o rei, rei Henrique devo dizer, lá sentado embaixo de uma árvore. Então todos nós pensamos, bem, então é isso, acabou. Podemos ir para Londres e nos divertir. Só que, é claro, eles não iriam abrir os portões, não é? Assim, ficamos por ali algum tempo, mas estávamos ficando sem comida e todos os escoceses haviam fugido com tudo que conseguiram roubar, então nós voltamos. Para cá. Tivemos que nos deslocar muito depressa porque não havia mais nada para comer a essa altura e as terras que estávamos atravessando na volta eram as mesmas que havíamos atravessado na ida, de modo que... vocês sabem.

Ele gesticula para mostrar que era inútil. Katherine balança a cabeça. Os olhos escuros de Little John estão mais evasivos do que nunca agora e ele engole em seco, esfrega o queixo de barba curta e olha ao redor, como se buscasse algo para beber.

– Depois, naquele dia em Towton – ele diz.

– Estávamos lá – Katherine diz. – Embora Thomas não consiga se lembrar de nada.

– Oh – Little John diz. – Por quê?

Thomas retira seu gorro e indica a mecha de cabelos brancos em sua têmpora.

– Levei um golpe na cabeça – ele diz a Little John.

– E não se lembra de nada? Pelo amor de Deus, Thomas, você tem sorte. O que eu não daria para esquecer aquele dia. Por todos os santos e mártires, sim. Eu daria qualquer coisa.

Faz-se uma longa pausa. Little John parece angustiado.

– Como você conseguiu sobreviver? – Katherine pergunta.

Ele encolhe os ombros.

– Só Deus sabe – ele diz, e parece querer deixar o assunto morrer aí, mas Katherine pressiona. Little John cede.

– Estávamos no *front*, alinhados e prontos, quarenta e oito flechas por pessoa, em formação, prontos para fazer o pior, mas nesse instante o vento mudou de direção. E as saraivadas de vocês nos atingiram primeiro, levadas pelo vento, e antes de atirar sequer uma flecha, fui atingido, no elmo.

Ele bate no gorro com as pontas dos dedos.

– O golpe me derrubou. Não como você, Thomas, não de tal modo que eu esquecesse tudo, mas caí de costas na neve, o sangue escorrendo pelo meu rosto e no instante seguinte um filho da mãe enorme caiu em cima de mim com uma flecha no rosto. Ele estivera diante de mim e a flecha o fez rodopiar, atravessou-o, bam!, assim mesmo.

Ele bate as mãos.

– A flecha atravessou seu queixo e seu pescoço e ele caiu em cima de mim como uma saca de algo terrível. Ficamos nos encarando, olho no olho, eu e esse homem morto, com as penas na minha orelha e o sangue dele e o meu se misturando por toda parte. Mas a essa altura, as flechas estavam chegando, não? Elas escureceram o céu. Meu Deus. Vocês nunca viram nada parecido, estar sob elas quando aterrissam. Cada uma como a batida de um ferreiro, mas rápidas como gotas de chuva em uma tempestade de verão. Tantas assim. E vocês sabem o quanto tínhamos de armaduras, apenas elmos e jaquetas, e depois de um minuto eu pude ver que todos os outros estavam sendo mortos e os que não estavam tentavam se virar e fugir correndo do alcance das flechas, mas os homens atrás não podiam se mover para deixá-los passar e as flechas continuavam caindo. Sempre dizem que é como uma nuvem, uma tempestade de flechas ou algo assim, mas era como a noite. O crepúsculo, pelo menos. E não paravam de vir. Todo mundo gritava e tentava correr, mas não havia nada que pudéssemos fazer. E o barulho! Santo Deus.

"Eu me encolhi embaixo daquele sujeito. O sangue dele escorria quente por cima de todo o meu corpo, e ele havia defecado e urinado, mas eu não me importava. Eu me enterrei embaixo dele. Ele era como um desses escudos grandes, sabem como é? Esses escudos enormes e côncavos que os malditos besteiros usam. Agradeci a São Jorge por ter feito aquele sujeito tão grandalhão. As malditas flechas não paravam de cair e uma atravessou-o direto e perfurou minha manga, bem aqui."

Ele enrola a manga de sua camisa para cima para mostrar-lhes uma cicatriz brilhante, cinzenta e endurecida no braço pálido.

– Depois, eles começaram a lançar nossas próprias flechas de volta. Eu podia vê-las no chão e nos corpos ao meu redor, com as penas estragadas, e faziam um som característico quando aterrissavam. Então, compreendi que eles haviam esgotado suas próprias flechas. Em seguida, finalmente, os nobres do lado da rainha, o duque de Somerset, finalmente fizeram soar a trombeta e todos os soldados desceram a colina. Tiveram que passar por cima de tudo aquilo... de todos nós, caídos por terra, gritando, berrando. Havia sangue por toda parte. Chuviscava sangue! Os flocos de neve estavam vermelhos de sangue. Jamais esquecerei aquilo. Nunca. Até o fim dos meus dias.

"Fiquei lá deitado, rogando a Deus que ninguém me visse. Ninguém iria me levantar e tentar me mandar fazer alguma coisa. Acho que eu também havia me cagado todo, mas a essa altura, quem se importava? Todos tinham feito a mesma coisa. Ou se mijado. Pouco depois, os arautos e os padres e os malditos ladrões vieram e um deles tentou roubar meu arco. Eu reagi. Dei-lhe um chute. E o desgraçado ficou em pé em cima do sujeito morto e tentou me afogar ou esmagar ou sei lá o quê. Um frade de cinza tirou-o dali, graças a Deus. Disse-lhe que haveria pilhagens melhores mais tarde, em outro lugar, se ele deixasse em paz esse humilde arqueiro, eu, vivo. Sou grato a ele, quem quer que seja. Ele salvou minha vida, arrastou o sujeito morto de cima de mim e ficou com seu hábito coberto de sangue e de não-sei-mais-o-quê fazendo isso. Quando fiquei de pé, vi o vapor começar a se levantar do chão de tanto sangue que havia. Não se podia evitar respirar aquele ar. Meu Deus do céu, preciso de um pouco de cerveja."

Ele vai buscar um jarro de madeira, serve-se em um caneco grande e bebe tudo de uma vez como se quisesse lavar a boca, antes de lhes oferecer a bebida. Thomas aceita o caneco, deixa Little John servir-lhe um pouco da cerveja e a bebe. É rala e amarga.

– Não havia mais nada que eu pudesse fazer depois disso – Little John admite. – Não era de arqueiros que precisavam, especialmente um com o braço como o meu estava. Fiquei com as carroças de cerveja e depois até ajudei alguns frades com os feridos, embora tudo que fizéssemos era levá-los de um lugar onde poderiam morrer e colocá-los em outro lugar onde realmente morriam. Era como se estivessem arrumando-os, na verdade, só isso.

Ele toma outro grande gole de cerveja e não se dá ao trabalho de limpar a boca depois. As palavras saem em meio à espuma da cerveja.

– Até o meio-dia, estávamos certos de que iríamos vencer, e eu estava pensando que se Riven sobrevivesse, eu estaria bem. Ganharia minha recompensa e poderia voltar para casa, para cá, como um homem rico, e poderia esquecer toda essa droga. A neve diminuiu por volta dessa hora e podia-se ver o quanto o exército do rei havia avançado, e todos os corpos em pilhas, amontoados por toda parte pelo campo. Pensei, maldição, não devem restar muitos mais homens na Inglaterra que não estejam mortos ou lutando por nós, do nosso lado. Então, alguém disse que Eduardo de March estava morto e foi uma aclamação geral, mas logo se soube que não era verdade. Então, alguém disse que Trollope estava morto, e eu comemorei isso interiormente. Vocês se lembram por quê? Ele foi o desgraçado que trocou de lado antes de irmos para Calais. Ou talvez isso tenha sido antes de vocês se juntarem a nós. Bem, seja como for.

Um burro zurra em algum lugar fora de vista.

– Em seguida, os homens do duque de Norfolk chegaram, pouco antes do crepúsculo, e isso fez a balança pender para o outro lado, não foi? Podíamos sentir isso, dali de onde estávamos, e de repente as carroças de cerveja estavam derramando sua bebida e açoitando os bois para fugir, como se já soubessem que estava tudo perdido, e eles também estariam perdidos, se não fugissem dali o mais rápido possível. Eu subi em uma delas. Me escondi em um barril. São as vantagens de ser pequeno.

Quando finalmente me acharam, já era tarde demais. Me jogaram na estrada, mas nessa hora os nobres estavam passando por ali, a cavalo. Fugindo a toda brida pela estrada para York, sem armas e sem arreios, os cavalos com os olhos esbugalhados, enlouquecidos, espumando e suando mesmo na neve.

"Eu corri também, o máximo que pude, mas me deparei com um rio e virei no sentido da correnteza. Achei que se pudesse encontrar um barco, qualquer coisa, eu ficaria bem. E encontrei. Um bote. Eu o roubei. Empurrei-o para dentro do rio e rezei a Deus para conseguir escapar antes que os homens de Eduardo chegassem, ou qualquer um dos nossos também. Eles estavam se matando só para conseguir passar. Bem. Adormeci no bote, como Deus é testemunha, apesar do meu pavor e do frio, e quando finalmente acordei, eu estava... bem. Não sei. A oeste de York, em uma margem de cascalhos, sendo observado por dois garotos e um cachorro e... bem, este é o fim da história, na verdade. Saltei do bote, cambaleei até o terreno firme e adormeci ali mesmo. Pela manhã, eu mal conseguia me mover, minhas roupas estavam duras de sangue seco."

Faz-se um longo silêncio. Little John está farto de tudo aquilo, exausto pela recordação daquele dia, e ele não pergunta sobre eles. Não está interessado em saber por onde andaram ou como sobreviveram. Tendo falado durante tanto tempo, ele quer somente o silêncio.

– Você vai voltar? – Katherine pergunta.

Little John se surpreende, como se tivesse se esquecido de quem eles são. Somente então, ele pergunta por sir John e pelos homens que conheceu. Quando fica sabendo quem está vivo e quem morreu, sente pesar e alívio ao mesmo tempo.

– Riven está à sua procura? – Katherine pergunta.

Little John fica alarmado.

– Não sei. E ele está vivo? Ele sobreviveu?

– Ninguém sabe – Katherine responde. – Mas o filho está.

Little John fica com medo.

– Edmundo? – ele pergunta. – Edmundo Riven está vivo?

Katherine balança a cabeça, confirmando.

– Oh, meu Deus – ele diz, e quase faz o sinal da cruz.

– Então, você vem conosco? Se juntar novamente à companhia de sir John Fakenham?

– E ir contra Edmundo Riven? Não. Não. Acho que não. Não há a menor possibilidade. Tenho que ficar aqui com minha mãe.

Thomas fica consternado.

– Ele é tão mau assim?

– Ele é o diabo em forma de gente. Ele tem um ferimento aqui – ele indica seu olho – que não sarou e está sempre escorrendo uma substância amarela, com sangue, e o cheiro é capaz de fazer o leite coalhar, juro. Faz você ter vontade de vomitar. Ele limpa a ferida com um pano e o cheiro gruda e até os porcos se afastam.

John quase tem uma ânsia de vômito à lembrança.

– E tudo que ele fala é em cortar homens, cegá-los, como ele é cego de um olho, e em estuprar mulheres.

Ele sacode a cabeça.

– Desculpem-me – ele diz –, não vou me colocar contra ele, não a menos que sejamos muitos. Ele é um filho da mãe muito cruel.

Quando retornam a Marton Hall é final de tarde e sir John está no pátio com Robert. Sir John tem um curioso par de óculos de metal sobre o nariz e outra carta de Richard na mão, entregue pelo mesmo comerciante que lhe vendeu os óculos.

– Ele também negocia com diversos artigos que alega serem ricos em mágica natural – Isabella lhes diz, e indica uma pequena pedra cinza entre as peças do xadrez. Não é lapidada, tem o tamanho da ponta de um polegar de homem e é perfurada no meio, por onde alguém passou um fio de corda de arco.

– Custou caro – ela diz, através de lábios apertados.

Sir John também tem um ar sério. Ele ergue a carta.

– Está confirmado – ele diz. – Cornford deve ser doado àquele maldito Riven. Quer dizer, o filho, como você disse, Kit, o rapaz sem um olho. Richard diz que houve algumas conversas iniciais no conselho. Lorde Hastings está fazendo tudo que pode para impedir isso, segundo ele disse a Richard, mas está pessimista quanto às suas chances, porque o rei

Eduardo ainda está em bons termos com o duque de Somerset, e Somerset ainda está em bons termos com Edmundo Riven. O duque de Somerset afirmou que sendo Margaret acusada de assassinato e Richard sendo cego, a justiça natural devia seguir seu curso, e o castelo e suas terras deveriam reverter para Riven. Justiça natural! Pelo sangue de Jesus ressuscitado, o que o maldito duque de Somerset sabe a respeito da maldita justiça natural? Se soubesse, já teria se enforcado há muito tempo e levado aquele filho da mãe do Riven com ele.

Sir John amassa a carta e a atira no fogo.

– Richard acha que há uma última chance, e depois... – diz, com ar de escárnio.

Faz-se um longo silêncio.

– O que é isso realmente? – Thomas pergunta. Ele aponta para a pedra sobre o tabuleiro de xadrez. Isabella suspira.

– Para mim é um dinheiro jogado fora – ela diz –, mas para o mascate é uma magnetita, uma pedra com poder de atração.

Sir John a segura perto da fivela do cinto de Isabella. A pedra se balança em seu cordão e bate com um estalido contra o metal. Sir John sorri distraidamente.

– Para que serve? – Katherine pergunta.

– Diga-me você – Isabella murmura. Ela retira a pedra de seu cinto e em seguida segura-a perto de uma das facas de mesa. A faca se move por conta própria.

– Ela busca certos metais – diz sir John. – Ela os atrai, sabe, mas o mascate disse que é útil para achar seu caminho. Algo a ver com a Estrela do Norte e com se orientar no mar.

Sir John olha para Katherine e quase ri.

– Você devia ficar com ela, Kit – ele diz. – Assim, você não se perderá de novo.

Ele lhe passa a pedra. Ela cora um pouco, provavelmente se lembrando de sua fraca história de ter se perdido no mar da Irlanda, e agradece.

– Coloque-a no pescoço – ele diz – e assim você não vai perdê-la.

Novamente, ela agradece. Não é algo que ela realmente queira, Thomas percebe, mas seria errado recusar um presente, e ela a pendura no pescoço e a coloca para dentro de sua camisa. Thomas não pode deixar de imaginá-la pendurada entre seus seios achatados. Tenta pensar em algo diferente, qualquer outra coisa.

Eles recaem mais uma vez em um longo e tenso silêncio, que sir John quebra praguejando contra Riven outra vez e contra o duque de Somerset, e contra o rei Eduardo por ser tão tolo.

— Quando você pensa em tudo que fizemos por ele, todo o sangue que derramamos...

— Deve haver algum outro meio — Katherine diz.

Sir John volta-se para ela.

— Você sempre esteve convencido de que as guerras recomeçariam, Kit — ele diz. — E você tinha razão, não é? Em mais de uma ocasião. Mas eles virão outra vez? Teremos outra chance de mudar tudo e tirar Riven do caminho?

Ele gesticula, indicando o tabuleiro de xadrez, onde permanecem apenas os dois reis e um punhado de outras peças.

— Não sei nada a respeito deles agora — ela admite.

Faz-se mais um longo e frustrado silêncio. Sir John suspira e começa a brincar com as peças de xadrez, removendo-as e deixando apenas os dois reis em extremos opostos do tabuleiro. Ele se recosta em sua cadeira e os examina, erguendo o canto da boca com desdém.

— Reis — ele diz. — Reis e malditos duques.

Thomas inclina-se para frente e pega uma peça da pilha descartada.

— Talvez o duque de Somerset venha a ser um falso amigo do rei Eduardo? — ele diz, e ele coloca um cavaleiro negro ao lado do rei negro. — Talvez ele se passe novamente para o lado do rei Henrique?

— Mas por que ele o faria — sir John pergunta — quando o rei Eduardo é o todo-poderoso?

E ele devolve algumas das peças brancas para o tabuleiro, de modo a que ultrapassem em número as duas peças negras, cinco para um, e em seguida ele move o cavaleiro negro que estava subordinado ao rei negro para um quadrado ao lado do rei branco, e vira a peça de tal modo que os dentes do cavalo fiquem voltados para o rei negro.

— E — ele acrescenta — quando todo o restante do exército do rei Henrique está emparedado em dois ou três castelos inúteis no norte?

Ele coloca duas torres negras no tabuleiro, ao lado do rei negro. Todos eles olham fixamente para o tabuleiro, como se ele fosse revelar a resposta. Mas não o faz.

— Portanto, se não houver nenhuma chance de separar a lealdade do duque de Somerset do rei Eduardo — Katherine arrisca, tocando o cavaleiro negro e o rei branco —, há alguma maneira de separá-la de Edmundo Riven?

Ela coloca um peão negro no tabuleiro, ao lado do cavaleiro negro, e em seguida o retira. Faz-se um novo silêncio, mas um a um eles sacodem a cabeça.

— Não vejo como — sir John diz.

— Se não consegue separar este Riven do duque de Somerset e não pode separar o duque de Somerset do rei Eduardo — Robert diz, reunindo o peão negro e o cavaleiro negro sob a sombra do rei branco —, então você tem que sofrer em silêncio ou...

E ele move um cavaleiro branco do lado branco do tabuleiro para o lado negro, e vira-o de frente para o rei branco.

— Ou o rei Eduardo se torna seu inimigo e o rei Henrique se torna seu amigo.

Faz-se um novo e longo silêncio. Eles podem ouvir a respiração ruidosa de sir John.

— Lembro-me de Richard ter sugerido o mesmo — Katherine diz — quando o conde de Warwick concedeu o castelo a Riven depois de Northampton. Você disse que não iria mudar de lado. Disse que não iria se tornar um traidor.

Novo silêncio. Todos os olhos estão concentrados em sir John, para ver se ele move o cavaleiro branco de volta para o rei branco. Ele estende a mão e seus dedos trêmulos pairam sobre a peça. Ele tenta retirar a mão sem tocá-lo, mas, por fim, não consegue. Ele move o cavaleiro de volta.

— Já derramei tanto sangue pela Casa de York — ele diz — que dar as costas a ela agora parece uma traição não apenas a eles, ao rei Eduardo, mas àqueles que perdi a seu serviço: a Walter, a Geoffrey, a todos aqueles malditos Johns. Não posso simplesmente trocar de lado em um momento de raiva, por pior que seja a provocação. Portanto, vamos ver. Vamos esperar para ver se este último apelo ao bom senso do rei Eduardo nos traz o Castelo de Cornford, a liberdade de Margaret e a volta de Richard. Devemos orar por tudo isso e se nossas preces não forem atendidas, então teremos que repensar.

E com isto ele guarda as peças de xadrez e o toque de recolher é anunciado.

11

A produção de feno envolve oito deles, trabalhando com gadanhas afiadas em uma fileira irregular pelo campo. Thomas é o mais forte e vai na frente, na ponta direita da fila, depois Robert, à esquerda e um pouco atrás dele. Katherine começa na extremidade esquerda da fileira, já que é considerada a mais fraca de todos, mas ela é mais rápida e mais forte do que parece, graças aos meses com o batedor de roupas e, à medida que a manhã transcorre, ela é movida pela fileira acima, até que fica à esquerda de Robert. Quando o primeiro campo está terminando, eles se sentam à sombra de um freixo, em grandes rolos de feno, e tomam cerveja. Robert diz a eles que devem se alongar ou vão ficar enrijecidos do extraordinário esforço que a ceifadeira coloca nos músculos.

Mais tarde, ela caminha com Thomas até o rio e eles seguem uma trilha pedregosa usada por cavalos, ao longo da margem do rio. Ela pensa que eles recuperaram aquela velha descontração que tinham um com o outro e caminham como costumavam fazer antes daquele último e terrível inverno. Thomas parece menos atormentado do que estava, ela pensa, menos tenso. Seria algo sazonal? Mas ela se preocupa com ele. A maneira como ele se levanta no meio da noite e retorna gelado até os ossos. Quando está acordada, ela pergunta a ele onde esteve e ele lhe diz que estava lá fora, mas sua voz é um sussurro, como se ele estivesse triste, e ele se vira de costas para ela e não diz mais nada. Ela se lembra de quando ele pressionou o corpo dele contra o seu naquela noite no celeiro, e certa vez, quando ele se levantou à noite, ela o seguiu, achando que talvez ele fosse ver uma das jovens criadas de sir John, e ela sentiu uma terrível pontada de ciúme, pensou que seria capaz de gritar se isso fosse verdade, mas não. Não era isso. Em vez disso, ele ficou parado sob o beiral do telhado, ao luar, tão tenso e imóvel que parecia estar esperando uma raposa passar. Ela imagina que tenha a ver com suas lembranças transitórias, retornando em sonhos, e às vezes ela tenta acalmá-lo com um toque, mas isso só parece piorar as coisas, e ela pode senti-lo deitado ali como um arco esticado, vibrando e tão quente sob as pontas de seus dedos que ela tem que retirar a mão. Embora, imagina, isso possa ser útil no inverno.

– Logo Richard chegará de Londres – ele diz.

Ela acha que ele tem razão, mas ela não quer pensar em Richard. Ela está contente apenas de ficar com Thomas, quando ele está feliz, e ela imagina que ele também está satisfeito com isso.

– O que você vai fazer então? – ele pressiona. – Quando ele chegar? Você irá para ele?

Ela suspira. Ela tem adiado ao máximo possível qualquer pensamento sobre isso, mas agora Thomas parece decidido a se sentir infeliz e fazê-la se sentir assim também.

– Não sei – ela diz. – Você sabe disso. Eu acho... acho que terei que ir embora. Não posso ficar e ser sua mulher outra vez.

– Sir John diz que Richard ainda está apaixonado por você.

– Sim – ela concorda –, mas ele está apaixonado por Margaret Cornford, que era sua mulher, não por mim.

– Mas você é a mulher dele – ele diz.

– Sou? – ela pergunta. – Sim. Creio que sim. Mas Thomas, é como eu digo: eu não sei. Não sei o que fazer. Nada disso foi... bem, eu não planejei isso.

Ela suspira. Ela sabe que a fuga é a única opção. Para isto, ela tem economizado dinheiro, pequenas quantias, um centavo aqui, um centavo ali, conduzindo uma barganha mais difícil do que o necessário no mercado, aceitando a segunda opção do feirante e guardando a diferença. Isabella notou que algo não está certo no saldo total das contas, ela tem certeza disso, mas Isabella não disse nada até agora.

Ela se pergunta se Thomas iria com ela quando ela partisse. Ou se ficaria com sir John, que o ama como a um filho, onde ele tem casa e boa comida e onde – exceto em seus estranhos estados de humor – ele é feliz.

Repentinamente, ela precisa saber.

– Se eu for embora, você virá comigo?

Ele se vira para ela. Parece assombrado com alguma coisa. Não é quem costuma ser.

– Para onde? – ele pergunta.

– Para onde? Eu não sei.

Ela pode sentir a sua respiração acelerada. Sente-se afogueada e muito ansiosa. Ele dá um passo solene, mas não diz nada.

– Você não tem que ir – ela diz. – Tenho certeza de que você terá uma vida planejada aqui. Sem... sem todas essas complicações.

Ele para e olha para ela com os olhos apertados.

– O que quer dizer?

Ele está sendo evasivo, deliberadamente obtuso.

– Esqueça – ela diz, e continua andando.

Ele a alcança e a segura pelo braço. Ela o retira.

– Espere! – ele diz.

– Olhe, Thomas – ela diz, virando-se para ele. Não faz a menor ideia do que vai dizer. As palavras saem aos borbotões. – Sei que eu só lhe trouxe problemas. Sei que sem mim você seria um... um... um... cônego, ainda, feliz, decorando seu livro de salmos, mas eu... eu... oh, meu Deus!

E agora, malditas sejam, as lágrimas enchem seus olhos, ela mal consegue respirar e sente um grande calor crescendo dentro dela. Ela não consegue dizer que não pode contemplar a vida sem ele ao seu lado. Mas pode pedir a ele que vá com ela, que cuide dela, que a proteja como sempre fez, e em troca de quê?

Certa vez, ele disse que a amava, mas isso foi há muito tempo, e isto é agora e ele é ele, e ela é ela. Este é o problema. Ela é ela.

– Sinto muito – ela diz, fungando e limpando o rosto com a manga da camisa.

Mas agora ele olha para ela como se ela estivesse louca. Ele aproxima-se dela e a envolve nos braços. Ela o abraça, pressiona o rosto contra seu peito e inala aquele seu cheiro de terra. Ela pode sentir os lábios dele pressionados no topo de seu gorro, e ela deseja que ele... Então, ela sente: seu membro rígido, pressionando-se contra ela, e ela prende a respiração.

Ela se deitou com Richard Fakenham em muitas ocasiões desde a noite de seu casamento, quando sabia o que viria, e assim forçou-se a tomar muito vinho. William Hastings estava lá, entre outros, e tudo parecia predeterminado. Deve ser feito assim! Então isto acontecerá, depois isto. Então, o lençol foi estendido em uma cama grande, de colchão de penas, em um quarto privado, algo em que ela nunca dormira antes. E tudo foi aspergido com água benta e depois ela foi instruída a formalmente guiar Richard no ato, mas ele também bebera vinho demais, o que um dos homens de Hastings disse que era ruim para um cego, especialmente em sua noite de núpcias. E ele fizera gestos estranhos, confusos, com suas mãos e dedos, bem diante do rosto de seu marido, de modo que ela fechou a porta na cara dele e o ouviu dar risadas do outro lado.

O que aconteceu então não foi tão humilhante ou desagradável quanto temera que poderia ser. Ela se despiu e depois o ajudou. Ele tinha um cheiro ácido e argiloso; não muito agradável, mas ela imaginava que devia ter o mesmo cheiro. Ele perguntou se ela queria apagar a luz e ela o fez, mas não antes de ver seu pênis projetando-se de seu ninho de pelos, e vendo aquilo, ela não sentiu a repulsa aguda que pensou que sentiria, mas teve vontade de rir. Então era sobre isso que aquelas freiras falavam quase com mais reverência e veneração do que o corpo consagrado de Cristo? Isto?

Richard sabia o que fazer. Deitou-se ao lado dela e colocou a mão em seu púbis, no lugar errado, e em seguida foi tateando cautelosamente entre suas pernas. Ela permaneceu imóvel, os olhos vendo formas estranhas no escuro, e ele foi não só gentil, mas titubeante, e embora nunca tenha sido tão prazeroso quanto a irmã Joan sugeria que devia ser, não foi uma provação. Então, depois que ele achou que havia feito alguma coisa, ou o suficiente de alguma coisa, embora ela não soubesse o quê, ele colocou-se em cima dela, pressionando-a nos lençóis, os ossos de seu quadril e seu fraco pênis pressionando-se em seu corpo. Em seguida, ele apoiou seu peso nos cotovelos, colocou a boca na sua e a manteve lá, quente e azeda, novamente por um período de tempo que parecia predeterminado e necessário – o tempo que levaria para rezar a ave-maria, talvez – e ela compreendeu que Richard também era novo naquilo, seguindo instruções, ou um conjunto de instruções, tão planejadas quanto a própria missa, e que lhe haviam sido dadas, tinha que presumir, por William Hastings. Estranho tê-lo no quarto, ela pensou, quase como se estivesse espreitando por cima do ombro de Richard.

Ela, então, abriu as pernas e, após alguns momentos de tentativas – e ela inesperadamente sabendo erguer os quadris e afastar os joelhos – sentiu uma dor aguda, nada que gostaria de experimentar outra vez, mas novamente não tão doloroso quanto tantas outras coisas que já havia suportado, antes ou depois, e ele penetrou mais fundo dentro dela, uma experiência estranha, continuamente dolorida, uma sensação de atrito e de exploração. Ela sentiu, então, a respiração dele se acelerar e houve um momento de grande tensão no ar logo acima de seu rosto, depois um gemido e uma grande baforada quando ele soltou a respiração. Um instante depois, a cabeça dele estava em seu ombro e ele murmurava o nome de Margaret, repetidas vezes, enquanto ela lutava para respirar, até que ele rolou para o lado, deixando-a com uma substância desconhecida entre as pernas.

E isso foi tudo. Até a próxima vez, na noite seguinte, quando tudo se repetiu, embora sem toda a cerimônia da noite anterior.

Aquilo se tornou um pouco mais agradável com o passar do tempo, mas nunca foi nada parecido com os prazeres que as irmãs sugeriam quando sussurravam no dormitório no priorado. Acontecia com bastante regularidade e às vezes ela até ansiava por isso, mas por fim, após seis, sete meses talvez, em que ele tentava engravidá-la e ela menstruava no mês seguinte, Richard pareceu se recolher sobre si mesmo e preferia ser deixado sozinho bebendo vinho a ir para a cama. Esse foi o começo de seu declínio e, antes de tudo isso, ela costumava se preocupar que fosse culpa sua, que houvesse alguma coisa que ela não estava fazendo, e que esta era a razão por não serem abençoados com um filho.

Agora, no entanto, aqui está Thomas.

Ela ergue os olhos para ele em meio ao círculo de seus braços.

– Thomas?

E ele se afasta, com um movimento estranho dos quadris, e deixa os braços caírem. Agora é a sua vez de se desculpar.

– Sinto muito – ele diz. – Não posso fazer nada. Simplesmente acontece.

Ele fica intensamente ruborizado.

– Está tudo bem, Thomas – ela diz. – Eu compreendo.

– É que...

Mas ela não o solta. E, após um instante, ele se inclina para beijar seus lábios. O beijo prolonga-se por um pouco mais do que deveria se fossem apenas amigos, e então, finalmente, ambos compreendem o que está acontecendo e suas mãos estão por toda parte, eles estão puxando nós e cordões, enquanto todo o tempo seus lábios estão colados e os dois têm os olhos abertos. Ele começa a tirá-la da trilha, levando-a para o capim alto, quando a sensação de estar sendo tocado lá por outra mão se torna demais para ele. Ela vê seus olhos se arregalarem e se revirarem. Thomas desprende-se dela, arquejante como se estivesse sendo estrangulado.

– Thomas! – ela exclama. – O que é? O que está acontecendo?

Ele treme violentamente, quase incapaz de se manter de pé.

– O que houve? Santo Deus! Devo ir buscar ajuda?

– Não! – ele diz. – Não! Só. Um momento.

Há uma pausa. Então, ela compreende.

– Oh – ela exclama, e não consegue deixar de rir, mas ela também está, inesperadamente, furiosa.

– Sim – ele diz. – Desculpe. Eu... bem, não estou acostumado com isso.

– Pensei que você estivesse morrendo. Pensei que tivesse pisado em uma lâmina ou em um desses estrepes.

Ele ri.

– Não, não – ele diz. – Foi... Santo Deus.

– Vamos nos sentar – ela diz. Ela começa a amarrar seus cadarços outra vez, puxando a meia-calça para cima com força para amarrá-la ao seu gibão. Ele faz o mesmo. Feito isso, ela senta-se na margem do rio, com os sapatos acima das águas marrons deslizantes. Ela sente uma pontada de tristeza. Não sabe o que dizer. Mas ele não parece triste. Senta-se ao seu lado, mais perto do que normalmente o faria, com o ombro contra o dela. Ela sorri para ele. Ele passa o braço ao redor de seu ombro. Bem, isto é bom, ela pensa. Ele ri.

– É sempre assim? – ele pergunta. – Quero dizer, isso acontece o tempo todo?

– Acho que não – ela diz. – Mas talvez cada pessoa seja diferente, não?

Ele suspira.

– Você... você alguma vez... com Richard? – ele pergunta.

E ela fica em silêncio por um instante, triste.

– Sim – diz, depois de algum tempo. – Eu estava casada com ele, então obviamente tínhamos que fazer isso.

– Mas você nunca teve um filho?

– Não – ela diz. – Não. Eu sempre me perguntava por quê. Costumava dizer a mim mesma que era porque, porque não estava certo. Porque eu não era quem eu disse que era, e assim Deus não nos contemplou com um filho, Richard ou eu, nem abençoou a união. Eu não me importava. De verdade. Embora eu às vezes pensasse, pensasse que seria bom. Ter um filho. Eu teria lhe dado o nome de Thomas.

Ele a puxa para si.

– Sinto muito – ele diz.

– Hummm – ela concorda.

Pássaros cantam, um único pombo-torcaz, e a água continua correndo. Ela não tem certeza se compreende o que está sentindo, este intenso mal-estar emocional, como se seu coração estivesse descontrolado, batendo forte e parando, descompassado, mas ela sabe que tem a ver com Thomas.

– Mas eu também estou contente – ele diz.

– Por quê? – ela pergunta.

Ele olha para ela, surpreso.

– Porque... porque... você não sabe?

Mas, na verdade, ela sabe, e ela vê que a meia-calça dele está se avolumando e sente que também ela gostaria de se pressionar contra alguma coisa. Ela coloca a mão na coxa dele e se estica para beijá-lo outra vez e novamente eles têm pressa em desatar os cadarços novamente, ela salta para retirar um dos sapatos e retirar a meia-calça e os calções, ele diz como seria mais fácil se ela estivesse vestida como mulher. Logo, ela está deitada de costas e ele está em cima dela e desta vez é melhor, ela não pode deixar de ofegar de prazer. Enquanto dura, é maravilhoso, mas não dura muito tempo e ele grita o nome dela enquanto estremece. Depois, quando ele está deitado em cima dela com todo o seu peso de modo que ela mal consegue respirar, ela não pode deixar de sorrir ao ver uma fileira de gansos passar voando bem alto. Ela sente não só o calor do que acabaram de fazer, mas uma ausência de frieza, e apesar do peso dele pressionando-a para baixo, ela se sente nas alturas e pensa que logo gostaria de fazer isso outra vez.

Em seguida, porém, eles ouvem um grito do rio e ele ergue os ombros e se vira, e ela pode ver uma vela na água. Thomas está prestes a se levantar e correr, mas ela o segura com força com seus braços e pernas, olha dentro de seus olhos iluminados pela luz do sol, e o mantém ali. Ele sorri para ela, abaixa-se para beijá-la e – meu Deus! – eles ignoram os barqueiros que passam com gritos e aclamações, alguma coisa é atirada na direção deles, mas Thomas continua e, um instante depois, ela sente que vai explodir com tudo aquilo.

Quando termina, finalmente, e eles estão amarrando seus cadarços outra vez, ela pergunta se ele se lembra da primeira vez que estavam na margem de um rio e ele sorri.

– "Melhor é serem dois do que um" – ele cita – "porque têm melhor paga do seu trabalho. Se um cair, o outro o ajudará a se levantar."

– "Mas ai do que estiver só quando cair" – ele continua – "pois não haverá outro que o levante."

Então, eles começam a voltar, caminhando juntos, nunca deixando de se tocar. Ele exibe um largo sorriso no rosto e ela sente que já deviam ter feito isso há muito, muito tempo. Ela se sente ao mesmo tempo plena e vazia, e, por alguns deliciosos momentos, não se importa onde estão, quem ela é, nem o que acontecerá. Basta que estejam juntos e que ela finalmente tenha feito Thomas feliz.

A segunda carta de Richard chega algumas semanas depois, quando o feno já foi guardado e os primeiros sinais do outono estão no ar. Sir John está no pátio, com uma caneca de vinho quente. Ele usa um casaco sobre seu gibão e desistiu de seus extravagantes sapatos de bico fino em prol de lustrosas botas de montaria, que ele usa com a borda virada no joelho, e agora ele sempre está com seus óculos.

– O que temos aqui, hein? – ele pergunta, rompendo o selo e desdobrando a carta. É curta, embora não seja escrita com nenhuma pressa de Londres, mas é bem serena, bem pensada e contém três notícias: a primeira faz sir John rir até as lágrimas chegarem à sua barba, a segunda o faz dar um berro de raiva e a terceira o faz crispar o rosto de tristeza.

– O povo de Northampton se rebelou e tentou enforcar o duque de Somerset! – ele diz, rindo. – Santo Deus! Eles não esqueceram o que ele e seus homens fizeram antes da batalha lá naquele verão! Vocês se lembram? Eles incendiaram o lugar! Como se fosse a França! A própria cidade deles! Bem, imagino que alguns deles fossem escoceses, então não se pode culpá-los inteiramente, mas oh, meu Deus!

"Ao que parece, os moradores da cidade só foram persuadidos a desistir de enforcar o desgraçado por algumas palavras apaziguadoras do próprio rei Eduardo e um barril de vinho aberto na praça central! Agora, Somerset foi enviado para algum castelo no País de Gales onde o rei Eduardo espera que ele esteja a salvo. Espero que ele esteja enganado! Pode-se confiar em um galês para fazer o que tem que ser feito!"

A segunda notícia contida na carta é a que eles estavam esperando e é tão ruim quanto temiam: a última tentativa de lorde Hastings de reverter a posse do Castelo de Cornford para Richard fracassou. Edmundo Riven teve o confisco dos bens revertido e agora é livre para desfrutar o direito e o título da dita propriedade, sem restrições de hereditariedade, e pode destiná-la a qualquer de seus herdeiros ou outra pessoa de sua escolha.

Sir John coloca a carta no tronco onde o tabuleiro de xadrez está esculpido, retira os óculos e esfrega o rosto com as duas mãos.

— Bem — ele diz. — Acabou. Fomos fodidos pelo rei. Estou falando a sério, Isabella, e quero que suas meninas me ouçam dizer isso. Fomos fodidos pelo rei. Fodidos por um rei. Entendeu? O chefe da casa real. Por seus próprios e mesquinhos interesses, o rei Eduardo doou nossa propriedade, *nossa* propriedade, àquele merda traiçoeiro, assassino, traidor, o maldito Edmundo Riven.

Ele gesticula, indicando o tabuleiro, lembrando-se da conversa anterior que haviam tido, embora hoje as peças estejam guardadas.

Isabella suspira.

— Não tem importância — Isabella diz. — Não precisamos do castelo.

Sir John fica furioso.

— Não é por causa do maldito castelo — ele diz. Em seguida, pede desculpas e admite que é por causa do castelo. Isabella o desculpa e pergunta o que mais diz a carta.

Sir John pega a carta novamente. Ajusta os óculos.

— Vejamos, vejamos. Oh, meu Deus. Ouçam. Agora é Mayhew quem escreve por conta própria. "Guardei a pior notícia para o fim", ele escreve. "Nossa querida Margaret Cornford está morta. O prior de St. Mary enviou uma mensagem dizendo que ela morreu tentando fugir do priorado e que o barco que havia roubado foi mais tarde encontrado à deriva, vazio, no rio que atravessa a cidade de Boston no condado de Lincolnshire. Ele incluiu uma conta pelos custos incorridos em sua hospedagem, pela comida e outras necessidades, e pela busca subsequente à sua partida. Richard está inconsolável e chora a perda de Margaret mais do que lamenta a perda de Cornford. Eu o estou mantendo sob vigilância constante, porque ele está mais infeliz do que um pobre miserável e pode até pegar em armas contra todos e qualquer um, inclusive contra si mesmo."

Sir John abaixa a carta. Ele chora abertamente e Katherine também não consegue impedir que as lágrimas assomem aos seus olhos quando pensa no mal que causou. Ela sente a culpa pesar em seus ombros. Toda felicidade que vinha sentindo se desfaz.

Eles permanecem sentados em silêncio por algum tempo.

— Então, o que Richard vai fazer agora? — Thomas não pode deixar de perguntar.

— Vir para casa, imagino — sir John diz. — Santo Deus. Vai ser bom ver o garoto, mas quisera que fosse em outras circunstâncias. Quisera... bem, Isabella tem razão. Não adianta ficar remoendo esta questão. Fato é fato. Não há nada que possamos fazer, nada que possa mudar a situação.

Naquele momento, Robert volta do bosque por onde caminhava. Sua tonsura já cresceu e ele se acomodou no ambiente doméstico de sir John sem nenhuma dificuldade. Ele usa roupas de tecido rústico castanho-avermelhado dos pés à cabeça e carrega um cajado e uma sacola pendurada no ombro. Ele tira a sacola e abre-a para exibir uma boa quantidade de lustrosas castanhas, mas Thomas fica de pé instantaneamente.

— Por que levou minha sacola? — ele pergunta. — E o que fez com o livro?

Robert fica surpreso, mas logo se lembra do apego de Thomas ao livro-razão.

— Desculpe-me, irmão Thomas — ele diz. — Não achei que fosse se importar que eu tomasse emprestada a sua sacola. Coloquei seu livro bem a salvo no cofre lá dentro, onde os cachorros não possam pegá-lo. Eu precisava de uma sacola, só isso.

Sir John solta o ar, com ironia.

— Você não tocou no seu livro-razão sagrado, não é, Robert? Ele não iria gostar nem um pouco.

— Está bem seguro — Robert protesta.

— Ótimo — sir John diz. — Ele nunca se separou dele, não é, Thomas? Até levou-o à Batalha de Towton, embora por que eu nunca soube.

Thomas também não tem ideia da razão de ter feito isso. Robert leva as castanhas para a cozinha e retorna com a sacola vazia e o livro-razão. Coloca o livro dentro da sacola e passa-a a Thomas. Ela fica entre eles e sir John franze o cenho, fitando-a.

— Pertencia ao seu velho mestre, não é? O velho Dowd, o perdoador? E ele o considerava valioso?

— Ele esperava vendê-lo por uma fortuna na França — Katherine diz. — Embora nunca soubéssemos para quem ou por que alguém iria pagar por ele.

— Um mistério, então? Posso?

Thomas deixa que sir John pegue o livro-razão. Ele o abre e o segura no alto, à luz fraca do entardecer, examinando-o através de seus óculos.

– É só uma lista de nomes? – ele pergunta. – Homens que serviram na França. Alguns eu conheço. Sim. Sim. Hummm. Sim. Todos os seus movimentos naqueles anos. Mas por que isso seria de algum valor para alguém?

– Não sabemos – Katherine admite, dando de ombros. – Red John disse certa vez que isso deve provar que alguém estava em algum lugar em que não deveria estar ou não estava onde deveria estar.

Os olhos de sir John estão radiantes. É a primeira vez que ele se interessa pelo livro. Talvez porque não reste quase mais nada em que possa se interessar.

– Mas você disse que o velho Dowd achava que isso lhe daria uma fortuna, não foi? Então, pense bem. Não pode haver nada de valor em descobrir que, digamos, este sujeito, Thomas de Hookton, estava aqui, digamos, e não lá, pode? Ninguém pagaria nem um centavo para descobrir por onde andava um simples arqueiro de Hampshire.

Katherine solta um gemido. É tão óbvio. É claro que só pode ter sido alguém de posses! Ela se sente completamente tola.

– O duque de York – ela diz. – O pai do rei Eduardo. Ele é mencionado.

Sir John balança a cabeça.

– Bem – ele diz, franzindo o nariz –, ele está morto, é claro, portanto seu livro deve ser de pouco ou nenhum valor agora, mas vamos dar uma olhada assim mesmo.

E ele começa a examinar o livro do começo.

– Portanto, onde ele estava, então, que não deveria estar? Ou onde ele não estava que deveria estar? Vamos começar do começo, Dia de São Eduardo...

– É o dia 18 de março – Robert enuncia.

Todos olham para ele. Ele sorri ligeiramente.

– Padre Barnaby nos fazia decorar todos eles – ele diz. – "O conhecimento da vida dos santos e mártires é o que nos separa dos pagãos e dos animais selvagens."

Eles olham fixamente para ele por um instante, imaginando se isso seria verdade. Então, após alguns instantes, sir John continua.

– O Dia de São Eduardo, no décimo nono ano do reinado do velho rei Henrique. Então, bem, o que o nosso velho amigo o duque estava tramando, hein?

Ele lê, movendo os lábios, mas em um silêncio enervante, e o ombro de Thomas toca o dela e ela devolve um leve empurrão.

– Aha – sir John exclama após um instante. – Aqui está. Diz que o duque está na guarnição militar em Rouen, com sir Henry Cuthbert de Gwent, três companhias de soldados e quatro de arqueiros de Cheshire e de várias outras partes do reino. Ele participa da missa com Cecily, duquesa de York.

Ele vira a folha e lê o verso.

– E ele ainda está em Rouen... sim. Ele vai ficar lá todo este mês, até a primeira quinta-feira depois do Dia de São Jorge.

– Que é o dia 23 de abril – Robert diz.

– Sim, sim – sir John concorda, ligeiramente impaciente agora –, quando o duque parte para La Roche-Guyon. Eu me lembro de La Roche! De qualquer modo, ele não se demora muito, porque está de volta a Rouen para a missa que marca a Descoberta da Verdadeira Cruz...

– Que é o segundo dia de junho.

– ... na catedral, novamente com a duquesa, e ele fica lá até... até a última semana antes da festa de São Pedro e São Paulo.

– Dia 29 de junho.

– Após o que ele vai para um lugar chamado Pontours, não é? Sim. Pontours. Fica na Aquitânia, eu acho, bem pequeno. Eu mesmo nunca estive lá. Mas o duque está lá, por quê? Ah. "Para resistir aos inimigos do rei", ou como ele diz, lutar contra os franceses. De qualquer forma, ele está lá na companhia de Gui de Alguma Coisa, não consigo ler o sobrenome, um cavalheiro de Gascony, com uma companhia incompleta de soldados e duas igualmente incompletas de arqueiros, e ele fica lá até...

Sir John vira algumas páginas e ajusta seus óculos de aro de metal.

– Até – ele diz – a semana seguinte à festa de Assunção.

– É em 15 de agosto.

– Quando ele está de volta a Rouen cinco dias depois, levando consigo, "pela graça de Deus Todo-Poderoso, duas mil e quatrocentas das melhores flechas, vinte e dois soldados e quarenta e três dos melhores arqueiros do rei".

Ele vira as páginas e continua a descrever os movimentos do duque durante todo aquele ano. Ele volta a Rouen no Dia de São Lucas ("dia 18 de outubro", diz Robert) e permanece lá a maior parte do tempo, saindo apenas para dar uma volta de vez em quando, mas aparentemente sem nenhum incidente. Ele mantém-se principalmente dentro dos muros do castelo durante todo o Advento até a época do Natal. Após a Candelária ("o segundo dia de fevereiro"), ele parte para a Inglaterra, "sob as bênçãos de Deus, rumo aos terríveis perigos do Canal da Mancha, do porto de Honfleur ou das proximidades".

– Ele volta três semanas mais tarde – sir John continua – e está de volta a Rouen para o começo da Quaresma e, sim, olhem aqui. Em abril, uma rosa, na margem, branca, naturalmente, para comemorar o nascimento de seu filho no Dia de São Vitalis.

Thomas se inclina para a frente para examinar a rosa e não fica impressionado com a qualidade do desenho.

– Esse é o rei Eduardo? – Katherine pergunta.

– Eduardo? Sim – sir John diz. – Lembro-me de que ele era tão doente quando nasceu que não achavam que iria conseguir sobreviver àquela noite, assim o batizaram às pressas em uma das capelas laterais da catedral. Meu Deus! Ninguém imaginaria isso vendo-o agora, não é?

Sir John ri. Katherine lembra-se de Eduardo: um homem enorme, um gigante, mais alto e mais forte até do que Thomas, musculoso por causa dos treinamentos, mas com o tipo de pele que você só mantém se tiver a sorte de conseguir se abrigar quando chovesse.

– Bem – diz sir John. – O duque fica lá por um mês. Está presente à cerimônia religiosa de agradecimento pelo parto da duquesa, depois parte novamente, com todos esses homens, olhem só para eles, retornando a... – Ele franze o cenho outra vez, olhando para a página, antes de continuar. – Pontours outra vez. Uma longa viagem. Devo dizer que não me lembro de ter havido tanta ação naquela parte do país, não naquela época, mas já faz muito tempo.

Depois disso, a lista continua. O duque se manteve ativo naqueles meses, percorrendo a França inglesa, raramente se demorando em um único lugar por mais de uma semana de cada vez.

— E isso é tudo — sir John diz, fechando o livro. Ele olha à sua volta, para os rostos sem expressão, e suspira. — Não sei — ele diz.

Faz-se uma longa pausa. Como aquilo pode ter algum valor?, ela pensa. E, no entanto, deve haver alguma coisa ali. Ela tenta olhar a questão da mesma maneira que sir John: quem é a pessoa mais rica mencionada ali? O duque de York. O que mais importaria para ele?

Katherine pede para ver o livro-razão outra vez. Sente uma sensação eletrizante percorrê-la. Ela sabe o que é. Agora, ela sabe.

— Eduardo nasceu em abril — ela diz, apontando para a rosa branca na margem. — Dia de São Vitalis.

— Em 28 de abril — Robert anuncia.

Ela vira as páginas de volta ao começo do livro. Suas mãos tremem, os outros se inclinam para a frente, aguardando.

— Onde fica Pontours? — ela pergunta, apontando para o livro.

— Na Aquitânia — diz sir John. — Como eu disse.

— É longe de Rouen?

Ele olha para ela, tendo se esquecido de que ela não sabe quase nada.

— Duas semanas? — ele calcula.

— Então, o duque está lá do final de junho e só está de volta a Rouen na semana seguinte à Assunção, portanto mais ou menos pelo dia 20 de agosto, digamos.

Sir John concorda.

— E onde estava a duquesa todo esse tempo? — Katherine pergunta.

Sir John olha como quem considera que aquela é uma pergunta complexa, com muitas implicações.

— Não sei — ele murmura. — Ela devia estar em Rouen. Ela não teria arriscado viajar a Pontours com ele, por mais homens que ele levasse. Pela estrada, seria horrível, e por barco, bem, aquela costa estava infestada de piratas, sempre esteve.

— Pode ser provado que ela permaneceu em Rouen? — Katherine pergunta.

Sir John dá de ombros.

– Creio que sim – ele responde. – Deve haver registros de família.

– Então, é isso.

Os homens não entendem.

– Não se trata do duque de York – ela diz. – É sobre a duquesa. É preciso contar os meses, entenderam? Olhem para trás, a partir de abril, quando Eduardo nasceu. Nove meses, que é o tempo que uma mulher carrega uma criança, e assim chega-se a julho do ano anterior.

Os homens continuam com um ar inexpressivo. Olham para ela, à espera de uma explicação.

– Significa – ela diz – que Eduardo foi concebido em julho. Mas onde estava o duque em julho?

– Em Pontours.

– E onde estava a duquesa?

– Em Rouen.

Eles se entreolham na penumbra. Sir John fica estupefato. Thomas leva a mão à boca.

– Deus misericordioso! – exclama sir John, soltando a respiração, os olhos arregalados de perplexidade. – O garoto é um bastardo.

PARTE QUATRO

O Norte, após o Dia de São Miguel Arcanjo, 1463

12

O caminho começa a subir de forma íngreme aos seus pés, pela grama áspera, aparada pelas ovelhas, e através do emaranhado de faias, onde o vento ruge nos ouvidos de Thomas e faz as abas de seu manto baterem. Nuvens negras e azuladas esvoaçam de oeste para leste, tão baixas que se poderia tocá-las, e a chuva açoita suas faces.

– Quanto ainda falta? – Katherine grita atrás dele.

Os cabelos dela estão soltos em sua testa, por baixo do gorro, e gotas de chuva agarram-se às suas sobrancelhas e à ponta do nariz.

– Até o topo – ele grita. – Depois do topo, até embaixo.

Ele aponta. Cada movimento permite que a água da chuva penetre no calor de sua pele.

– E depois outra vez até o topo e embaixo? – ela grita de volta, e ele tem que balançar a cabeça.

Foram cinco dias a pé de Marton Hall e ainda têm mais cinco pela frente, antes que, Thomas imagina, estejam perto dos castelos onde esperam encontrar alguém que possa levá-los à presença do rei Henrique para que possam lhe mostrar o livro-razão. Cinco dias a pé, do alvorecer ao pôr do sol, através de uma chuva forte e constante, mas ao menos estão a sós, sem serem observados pelo cônego Robert, Isabella ou mesmo sir John, e no primeiro dia eles até encontraram uma estalagem onde tiveram uma cama própria, em um quarto particular. No começo, ficaram tímidos, mas pela manhã, acordando com a pele pressionada contra o outro, quiseram poder ficar mais duas, três ou quatro noites.

— Devíamos ter pedido vestido ou uma bata — ele dissera, vendo-a amarrar sua meia-calça ao gibão. — Ao menos, poderíamos viajar como homem e mulher.

Ela concordara.

— Mas o que iríamos dizer a sir John ou Isabella? Que havíamos desperdiçado o dinheiro deles em roupas de mulher ao invés destas e que eu na verdade me chamo Katherine?

— Temos que contar a eles um dia — ele dissera.

— Eu sei — ela murmurara. — Eu sei.

Thomas rezava para que encontrassem outra hospedaria esta noite com uma cama igualmente vazia, mas não encontraram. Após mais dez horas andando penosamente para o norte, chegaram à noite ao Mosteiro de St. Nicholas, ao lado de uma ponte sobre um rio muito largo, e eles passaram a noite em um dormitório frio com cinco ou seis outros viajantes, em que todos eles roncavam. De manhã, quando foram acordados para a Prima e foram conduzidos pelo claustro à porta da capela, mais lembranças voltaram a Thomas e ele se viu agarrando Katherine com força, quase esmagando seu punho.

— Mais — ele lhe disse, com o olhar fixo na grama. — Lembro-me de mais. Lembro-me da luta agora. Santo Deus. Um homem com um bordão. Santo Deus. Ele tinha um rosário de contas. E havia feito alguma coisa a... era você? Ou? Não. Era outra irmã. Santo Deus. Ele a havia matado. Sim. Lembro-me dele. Era Riven?

Mais tarde, eles seguiram a estrada para o norte, em direção a Towton, refazendo seus passos de quase três anos antes, nenhum dos dois dizendo uma única palavra. Thomas percebera que Katherine estava observando-o para ver se ele se lembrava de mais alguma coisa, mas durante algum tempo nada mais veio à sua lembrança além de uma imensa tristeza que parecia infiltrar-se em sua recém-encontrada felicidade. Ele não quer que nenhuma outra recordação amarga venha macular o prazer que sente só de caminhar ao lado dela, sem realmente ter que fingir nada para ninguém.

Então, as lembranças começam a retornar. Quando atravessaram uma ponte entre alguns salgueiros, eles pararam e fizeram orações em uma pequena capela perfurada com marcas distintas de flechas, e quando olhou para baixo, para as águas borbulhantes sob os vãos da ponte, Thomas se viu tremendo e emocionado até as lágrimas, lágrimas que não conseguia explicar.

Haviam passado pelo campo de Towton um pouco depois do meio-dia. O sol de outono lançava suas sombras bem à frente deles e pouco havia lá para fazê-lo lembrar do que ele havia feito e do que tinha sido feito a ele. Uma charneca árida, uma árvore na linha do horizonte. Eles haviam parado e olhado, mas nada veio à lembrança de Thomas.

– Talvez seja para a proteção de sua própria alma, não? – ela sugeriu.

A Catedral de York irrompeu no horizonte um pouco depois. Eles atravessaram os portões da cidade e passaram sob as muralhas dos castelos em uma penumbra cada vez mais escura, mas pararam de repente quando viram a catedral por inteiro. Permaneceram em silêncio, imóveis, não só por causa do próprio edifício, ou pelo fato de as janelas estarem iluminadas de dentro por cem velas, mas pelo número de pessoas do lado de fora. Podiam ver mais pessoas com um único olhar a uma única rua do que veriam em um mês inteiro em Marton. Então, foram abordados por um rapaz que queria lhes mostrar a nova safra de cabeças expostas no Micklegate Bar por uma ninharia, mas eles não aceitaram o convite. Naquela noite, tiveram que dividir uma cama com um comerciante de chumbo de Gloucester. Quando acordaram, Thomas e Katherine estavam entrelaçados, como haviam ficado quando ela virou-se para ele durante a noite. O comerciante lançou-lhes um olhar intrigado e eles saíram às pressas pelo North Gate da cidade sem o café da manhã.

Desde então, eles viram Durham com sua catedral e castelo erguidos com tal imponência e arrojo que só podiam inspirar reverência e estupefação. Depois, chegaram a Newcastle, onde era fácil acreditar que as muralhas e portões haviam sido construídos por gigantes, como diziam os homens, e ficaram paralisados, olhando fixamente por tanto tempo que os homens da guarda da cidade começaram a prestar atenção neles. Eram homens de aparência severa, Thomas pensou, velhos soldados, em casacos de uniforme vermelho e negro, com o que parecia um cachorro alado como insígnia.

– Homens de lorde Montagu – alguém lhes disse. – É melhor saírem daqui.

O mesmo tipo de guardas estava lá na manhã seguinte, no West Gate, aquecendo as mãos sobre um braseiro cheio de carvão incandescente. Arqueiros, Thomas pensou.

– Onde vocês estão indo? – um deles perguntou, e Thomas sabia que devia responder Carlisle, e não Alnwick ou Bamburgh. O homem resmungou alguma coisa e não disse mais nada.

A chuva começou logo depois que deixaram Newcastle e os seguiu quando voltaram para leste, para encontrar a estrada que os levaria ao seu destino, e agora ali estão eles, com o terreno se elevando à sua frente e cada passada levando-os para mais perto do inverno. Thomas está satisfeito por sir John ter providenciado roupas novas para eles – compradas com dinheiro de Isabella de um alfaiate em Lincoln – e botas adequadas e impermeabilizadas com óleo contra a chuva. Ele também comprou uma espada para cada um – "Um alfanje, Thomas. Uma espada adequada a um arqueiro" – e Thomas carrega ainda um bordão de combate.

Eles também têm pão e cerveja e, ao abrigo de um pequeno bosque atravessado por um antigo muro de pedra, Thomas tira a rolha da garrafa e passa-a a Katherine. Depois que termina e limpa a boca, ela lhe pergunta, como se aquilo tivesse acabado de lhe ocorrer, como ele pretendia conseguir uma audiência com o rei Henrique.

Ele encolhe os ombros.

– Certamente ele vai querer nos ver quando souber que temos algo tão valioso para a sua causa, não?

Ele bate no livro-razão. Ela imagina que sim.

– Mas uma pessoa não pode simplesmente conversar com um rei, pode? Ainda que ele esteja no exílio. Teremos que passar por todo tipo de servidor e cortesão, não é? E eles vão tentar roubar o livro de nós. Fazer parecer que foi descoberta deles.

Isso não havia lhe ocorrido. Não fora mencionado quando o plano foi engendrado, naquela noite, depois que a carta de Richard chegara de Londres dando a notícia de que o rei Eduardo havia tomado partido contra eles. Foi somente depois desse terrível momento que eles adivinharam o segredo do livro, e assim que ele proferiu as palavras, sir John fechara o livro com um gesto violento e apressadamente o recolocara na sacola.

– Meu Deus, rapaz! – ele exclamara. – Você anda carregando isso por aí com você todo esse tempo? Mostrando-o às pessoas?

Thomas balançara a cabeça.

– É realmente tão perigoso assim? – ele perguntara, embora devesse saber a resposta: só de pensar que o rei Eduardo pudesse ser ilegítimo era traição.

Sir John inclinara-se para a frente apoiando-se em um cotovelo e mantivera a voz baixa.

– Se ficarem sabendo que temos isso – ele explicara –, queimarão nossos pés até dizermos onde o conseguimos e quem mais sabe a esse respeito. Então, depois de termos dado a eles todo e qualquer nome em que possamos pensar, eles vão pegá-los e queimar seus pés, e pegar todos que eles conhecem e fazer o mesmo. Depois, todos nós nos reencontraremos no cadafalso onde seremos quase enforcados, estrangulados quase até à morte, sabe, mas pouco antes de morrermos, eles nos tirarão da forca, abrirão nossa barriga, arrancarão nossas entranhas que serão queimadas diante de nossos olhos; ou enroladas em volta de uma roda de amolar até que a gente engula a própria língua; e depois, e somente depois, é que seremos cortados em pedaços com um machado cego e essas partes de nós serão submersas em alcatrão fervente e enviadas a Devon, York, Kent e o maldito País de Gales para serem dependuradas em portões e advertir a outros que nem tenham tais pensamentos. Portanto, sim, jovem Thomas, *você pode* dizer que é bastante perigoso.

Eles haviam se sentado junto ao fogo na penumbra e bebido mais vinho, enquanto os cachorros caçavam coelhos em seu sono. Todos ficaram em silêncio por algum tempo, cada qual com seus próprios pensamentos, sir John bebendo com mãos rápidas. Franzindo o cenho, Isabella disse que ia dormir.

– Mas primeiro rezarei por Richard – ela dissera – e sugiro que façam o mesmo. Preces e fé em Deus levaram tudo a ficar bem com meus filhos e tenho certeza de que será o mesmo com o seu.

Sir John levantou-se para beijá-la, mas ela afastou-se dele e, após um instante de hesitação, sua mão ficou suspensa no ar e ele sentou-se com um pesado suspiro. Ele tomou um novo e longo gole de vinho e, durante todo o tempo, seus olhos acima da caneca estavam fixos no livro-razão. Então, ele bateu com a caneca na mesa.

– Estou farto disso – ele começara a dizer. – Estou farto, ouviram? Estou farto de ver outras pessoas prosperarem à nossa custa. Não se trata apenas de Riven, mas de todo o bando. O conde de Warwick, o duque de Somerset, todos eles tramando, todos progredindo, esfregando duas moedas para fazer três. Pelo amor de Deus! Disseram que o rei Henrique e seus conselheiros eram como pulgas nas nádegas de um viajante, sugando toda a seiva boa, mas eu lhes digo, estes novos homens são piores, pois são mais vorazes por serem mais desprovidos. Santo Deus, quando penso no sangue que derramamos por eles... e para quê? Para nada. Não. São homens como nós que têm sofrido e digo que já sofremos o bastante. Está na hora de cuidarmos de nós mesmos, já que ninguém mais fará isso por nós.

– Então, o que devemos fazer? – Thomas perguntara.

E sir John indicara o tabuleiro de xadrez, trazido do pátio, e se as peças não tivessem sido guardadas, ele teria movido o cavaleiro branco pelo tabuleiro até o rei negro e suas duas torres negras, e ele teria virado o cavalo do cavaleiro para que ele ficasse com os dentes arreganhados para o rei branco.

– A Providência colocou uma arma poderosa em nossas mãos – ele dissera. – Se ficarem sabendo que o rei Eduardo é um bastardo, nenhum homem no reino ficará ao seu lado. Todos os seus condes e duques e lordes disso e daquilo se voltarão contra ele e o expulsarão de seu palácio, onde ele estaria sem dúvida na cama com a mulher de algum homem de sua corporação de qualquer modo, e eles levarão sua coroa e seu cetro e este será o fim de Eduardo Plantageneta. Assim, leve seu livro ao rei Henrique, Thomas. Leve-o a Alnwick ou Bamburgh ou onde quer que ele esteja. Mostre-o a ele e imagino que até ele será capaz de fazer alguma coisa com isto. Se não, a rainha fará. Mas, por Deus, desta vez vamos garantir que nenhum serviço nosso não seja recompensado, ouviram? Desta vez não seremos menosprezados!

E assim, deixando Robert com sir John para proteção mútua, Thomas e Katherine partem quase no dia seguinte, primeiro para Lincoln, onde compraram as roupas novas, e depois pela estrada para o norte. E agora ali estão eles, no vento e na chuva, em algum lugar, ele acredita, de Northumberland, encharcados até os ossos, exaustos, pouco armados para enfrentar até mesmo um texugo, se algum aparecer.

Pior do que isso, no entanto, é que eles não sabem exatamente como agir.

— Temos que esperar para ver quem é quem antes de oferecermos o livro a quem quer que seja — ela diz.

— Mas eles vão se perguntar por que estamos vindo nos juntar a eles — Thomas diz.

— Poderíamos dizer que estamos vindo nos unir ao verdadeiro rei, como aqueles homens que atacaram a sua fazenda, não?

Ele balança a cabeça, concordando.

— É melhor comprarmos uma torta, então — ele diz, e ela olha para ele ansiosamente, como se ele pudesse estar louco. Ele não explica. Eles continuam a andar. Depois do meio-dia, a chuva cessa, o céu fica pálido e eles encontram a estrada para o norte correndo por lavouras desertas e campos amenos. Eles caminham até as mãos e os pés de Katherine ficarem dormentes de frio e gradualmente o dia se esvair e a lua se erguer no céu, uma lua crescente perfeitamente iluminada na noite tingida de violeta. Eles chegam a um vilarejo onde um ferreiro os deixa pernoitar por um certo valor. Eles dormem juntos com ele e seus filhos em sua oficina, aconchegados contra as pedras onde há mais calor, e pela manhã acordam observados por três cabras, um cachorro e um gato, ali por alguma razão.

O ferreiro diz que eles estão a um dia de distância de Alnwick, onde fica o castelo.

— Não vou perguntar o que pretendem fazer lá — ele diz, e seu filho de olhos escuros observa-os ao partirem, bombeando seu fole sem uma palavra. Eles caminham a manhã inteira, até pouco depois do meio-dia, quando encontram uma cervejeira com sua vassoura anunciando que tem cerveja para vender e também possui um pouco de pão. E ela lhes conta que não resta nenhum homem no vilarejo.

— Todos se foram – ela diz.

— Para onde?

Ela aponta para cima.

— Vocês dois deviam ficar aqui – ela diz. – Muitas jovens viúvas ansiando por um homem.

Mas eles continuam, pela estrada, atravessando outros vales e cadeias de montanhas, até verem seu caminho barrado por um rio sinuoso correndo para leste, a corrente tão letárgica em algumas partes que a água marrom parece cerveja em um barril. Como não podem atravessá-lo, seguem rio acima pela margem até encontrarem uma passagem a vau onde a água espuma entre pedras. Eles retiram as botas, enrolam a meia-calça para cima e ele a ajuda a atravessar, saltando de uma pedra para outra. Depois de novamente vestidos, na margem norte, seguem a trilha até encontrarem um povoado deserto, onde as casas foram saqueadas e desmanteladas para serem usadas como lenha.

— Já devemos estar perto – Thomas calcula. Ele afrouxa a espada em sua bainha e ela faz o mesmo.

— Lembre-se – Thomas lembra a si mesmo –, trata-se do rei Henrique, não de Henrique de Lancaster. Rei Henrique. Rei Henrique. Lembre-se disso.

É quando ouvem os cavalos. Eles se entreolham uma última vez. Ele toma a mão dela.

— Sempre podemos fugir, sabe? Não temos que fazer isso, não é?

Mas, ele pensa, já viemos de tão longe...

Ela aperta a mão dele.

— Não – ela diz –, porque, então, o que restaria?

Ele balança a cabeça, assentindo. Realmente, não há mais nada para fazer.

Os cavaleiros, todos soldados, descem a estrada que se estende à frente. Eles freiam e se espalham pela estrada em seus pôneis de pelos longos e emaranhados. Não é fácil distinguir seus uniformes, já que usam uma desencontrada variedade de casacos emprestados ou doados, com cachecóis em volta do rosto como um protetor de pescoço ou um gorjal, e gorros de lã puxados sobre as orelhas. O líder – um homem de rosto fino, há algum tempo sem fazer a barba – usa luvas grossas, uma das quais ele retira para flexionar os dedos pálidos.

– Que Deus lhes dê um bom dia – ele diz.

Thomas respira fundo. Lá vamos nós, ele pensa, e aproxima-se, uma leve arrogância no jeito de andar.

– Quem são vocês? – ele pergunta, cheio de uma fingida confiança. – Não reconheço o uniforme.

O capitão fica ligeiramente desconcertado.

– Sou John Horner – ele diz. Ele procura em seu casaco e puxa para fora uma aba de tecido onde se vê uma insígnia prateada. Ele a exibe a Thomas, que não consegue vê-la.

– Sou capitão da guarda em Alnwick – Horner diz –, a serviço de sir Ralph Grey do Castelo de Heaton, também a serviço do rei Henrique. Quem é você, senhor, e a quem serve?

– A ninguém – Thomas diz. – Ou não mais, de qualquer forma. Costumávamos servir na comitiva de um cavalheiro de Lincolnshire, cujo nome não repetirei, que era partidário do duque de Somerset, mas ele, como o falso duque, se passou para o lado do traiçoeiro conde de March, que agora se denomina rei Eduardo IV.

Um dos homens cospe, mas um outro esporeia o cavalo para a frente e se coloca ao lado de Horner.

– Conheço este homem – o segundo cavaleiro diz.

Horner olha para ele. Thomas faz o mesmo.

Oh, meu Deus, Thomas pensa, é ele. Aquele rapaz, o da fazenda, o que se escondeu no pomar. O que estará fazendo aqui? Ele nunca deveria tê-lo deixado ir embora. Devia ter matado os dois. Será tarde demais para fugir?

– Ah, é? – Horner pergunta. – Quem é ele?

– Não sei – o rapaz diz. – Nunca disse seu nome, mas ele é útil com um arco, tenho que reconhecer. Ele matou cinco homens antes que qualquer um deles pudesse atirar uma flecha ou colocar a mão nele.

– Eu... foi em defesa própria – Thomas diz, sua confiança destroçada, o papel que está representando completamente mudado. Ele tenta fazer um sinal a Katherine para correr.

– Um deles era meu tio – o rapaz continua.

Thomas consegue apenas repetir que foi em defesa própria.

O rapaz apeia do cavalo. Eles se entreolham, olho no olho. Passa-se um longo instante. Thomas olha fixamente para o rapaz, mas está contando os outros. Quantos serão? Dez. Demais para um único homem.

No entanto, neste momento, o rapaz estende a mão.

– Eu odiava meu tio – ele diz.

E a Thomas resta apenas apertar a mão dele. Ele sente um tremor de surpresa e esperança.

– E você salvou minha vida daquela mulher – o rapaz acrescenta.

Thomas sorri. O rapaz faz o mesmo.

– A mulher do meu irmão – Thomas diz, apertando sua mão. – Você tinha acabado de matar o filho dela.

É a vez do rapaz parecer envergonhado.

– Eu estava mirando em você – ele diz.

Thomas quase ri.

– Escorreguei na merda – ele diz.

O rapaz ri também.

– Maldição! – ele exclama. – Eu pensei que você tivesse algum poder sobrenatural! Eu nunca teria desistido se soubesse que era *merda*!

Os homens riem. A tensão se dissipa, lentamente, como fumaça em um aposento fechado.

Então, um dos homens na retaguarda pergunta.

– Tem alguma comida aí?

Thomas tem a torta, comprada exatamente para facilitar este tipo de situação, e Katherine reconhece sua perspicácia quando os homens – até Horner – desmontam e se reúnem para parti-la. Depois de dividida e enfiada em bocas famintas, Horner se lembra de seu propósito.

– Então? – ele pergunta. – O que veio fazer aqui?

– Nós viemos nos juntar ao verdadeiro rei – Thomas diz, retomando um pouco de autoridade.

– Nós?

Horner olha para Kit.

— Este é Kit — Thomas diz. — É um cirurgião. Capaz de remendar qualquer ferimento.

— Menos aqueles que são fatais — ela acrescenta.

Os homens olham para ela, em dúvida. O largo sorriso de Thomas está fixo em seu rosto. Ela não é boa neste tipo de coisa. Após um instante, Horner diz:

— É mesmo? Bom. Bom.

Então, ele se volta para Thomas.

— Nosso cirurgião... ele fugiu. Ele conhecia o mapa astral de cada um e as propriedades curativas de diversas pedras, é verdade, e era um desgraçado para tirar urina, mas era útil em uma emergência. Ele pode dar uma olhada em Devon John — diz um dos homens.

Horner concorda.

— Então, é melhor vocês virem conosco.

Eles tornam a montar em seus pôneis peludos e deixam Thomas e Katherine caminhar ao lado deles. Thomas vê que os cavalos não estão em bom estado e quando olha mais atentamente para os homens, percebe que estão emaciados, até mesmo esqueléticos, e que suas roupas estão surradas e as peças de metal manchadas de ferrugem.

— Qual é o seu nome? — o rapaz pergunta.

Thomas responde.

— E o seu?

— John Bradford, de Dorset. Meus amigos me chamam de Jack.

— Sinto muito por seu tio — Thomas diz.

— Ele era um filho da mãe — Jack diz. — Ninguém lamentou sua morte. Nem mesmo seu cachorro. Sinto muito por seu sobrinho.

— Sim — Thomas diz. — Bem. E quanto ao seu irmão? Ele está bem?

Jack sacode a cabeça.

— Morto — ele diz. — Há poucos dias. Que Deus o tenha. Tivemos um embate com alguns dos homens de Montagu.

— Montagu?

— Lorde Montagu controla Newcastle para o falso rei Eduardo. Ele é irmão do conde de Warwick, sabia? E não é amigo do rei Henrique, nem de nós.

Thomas pensa naqueles homens no portão de Newcastle. Ele não iria gostar de um embate com eles.

– Lamento – ele diz.

– Há muita coisa para se lamentar hoje em dia, não é?

Eles atravessam um bosque de freixos finos e compridos, acima dos quais podem ver torres escuras e recortadas de ameias e, um pouco depois, dão em uma charneca semeada de vestígios de antigos acampamentos, onde árvores foram derrubadas para lenha e onde a grama ainda deverá crescer novamente através dos círculos de fuligem de antigas fogueiras. À frente, está o grande volume do edifício do castelo, assomando ao longe, enchendo o horizonte.

– Meu Deus – Thomas exclama.

– Sim – Jack diz. – Bem-vindo a Alnwick.

Katherine fita o estandarte hasteado na torre de menagem.

– Não se vê o estandarte real – ela diz. – O rei Henrique não está aqui?

– O rei Henrique? – Horner diz. – Não. O rei Henrique está na Escócia.

Quando entra nas sombras dos muros do castelo, Thomas olha à sua volta como se procurasse uma rota de fuga, mas não há nenhuma, e atrás, da floresta, vem outro piquete, cujo líder ergue o braço em uma saudação e é reconhecido por Horner e seus homens, e portanto agora já é tarde demais. A ponte levadiça do castelo está arriada e em um instante eles já estão sobre ela, seus passos vigorosos sobre as madeiras escorregadias. Os enormes portões são abertos e eles são atraídos para a obscuridade da barbacã. Os homens do outro piquete entram atrás deles, formando uma espécie de fila. Katherine ergue os olhos e vê que estão sendo observados através de seteiras, dos buracos assassinos e por cima das muralhas de ameias por quatro ou cinco homens de rosto encovado e usando elmos. Por trás deles, os portões se fecham novamente com um estrondo surdo, encerrando-os ali dentro.

Após um longo instante, o próximo conjunto de portões se abre diante deles e eles avançam para a amplitude do primeiro pátio murado, onde ovelhas de aparência infeliz estão guardadas em cercados, vigiadas contra ladrões por homens mal barbeados que nem parecem cristãos, portando ferramentas de poda. Grandes partes do resto do pátio estão entregues à folhagem crespa de tubérculos. Eles são alvo dos olhares famintos dos poucos miseráveis de rosto pálido e suas desesperadas mulheres e filhos. Cachorros estão acorrentados aos muros e o lugar cheira a pedra úmida, roupas mofadas, carne estragada, latrinas sujas.

– Você acha que isto é ruim – Jack murmura para Thomas. – Eles já estão comendo sapos em Dunstanburgh.

À frente, está a maciça torre de menagem. É enorme, como um rochedo, erguendo-se acima deles em um monte íngreme e plano no topo, protegida por torres de ameias nas quais ele vê apenas um guarda descansando nos cotovelos.

– Quem é o castelão aqui? – Thomas pergunta a Horner.

– Sir Ralph Grey – Horner diz, indicando a torre de menagem. – Ele é o meu senhor.

Horner havia deixado seu cavalo com o cavalariço e agora caminha com sua capa aberta, revelando um casaco de cor clara dividido em quatro pela cruz vermelha de São Jorge, e no cinto um punhal escocês e uma bolsa de dinheiro que obviamente está vazia. As solas de suas botas de montaria estalam a cada passo como se ele estivesse a caminho do sapateiro.

– Foi ele que desertou em Northampton? – Katherine pergunta.

– Não – Horner responde. – Esse foi Grey de Ruthyn. Este é Grey do Castelo de Heaton. Ele só mudou de lado no ano passado e ele mudou ao contrário, de Eduardo para o rei Henrique. Por causa de uma ofensa, dizem. Ele foi preterido para um comando e não aceitou a ideia de ficar à sombra do outro. Bem. Você verá como é.

– Humm – Thomas resmunga.

Horner os conduz através de uma passagem lamacenta que dá para o segundo pátio murado, onde mais ovelhas de lã cinzenta pastam na grama escassa. Alguns poucos homens perambulam pelo terreno enlameado, mas não há nenhuma sensação de pressa, nem de coletividade.

— Sir Ralph deve estar em seus aposentos — Horner diz, erguendo os olhos para uma série de janelas envidraçadas que deveriam ser do solário da torre de menagem. — Ele não gosta de se afastar muito daqui.

— Vocês não parecem ter bastantes homens — Katherine diz.

— Não — Horner concorda. — Há mais em Bamburgh. E temos outros castelos também, ao longo do caminho.

Ele abre uma porta com dobradiças rangentes e para na obscuridade fétida do vão das escadas.

— Um aviso — ele diz. — Sir Ralph Grey é... bem, ele pode ser imprevisível.

Ele acredita que disse o máximo que ousa dizer e agora ele os conduz para dentro da escuridão e por uma escada em espiral de onde emergem em um solário, ocupado por um homem pequeno e redondo como um barril, com um ar feroz e vestido de preto. Ele está em pé — um pouco vacilante — com as costas voltadas para um fogo mirrado de lenha verde sibilando na chaminé e segura uma pequena caneca de barro. Ele ergue a cabeça, os olhos flamejantes.

— Horner! — ele exclama. — Por onde, em nome de Deus, você andava? E quem, pelo amor de Cristo, são estes dois? Pelo amor de Deus! Mendigos? Mendigos! Você ousa me trazer mendigos?

— Sir — Horner retruca. — Estes dois vieram se juntar à nossa companhia.

— Ah, é mesmo? — Grey diz com desdém, como se esse tipo de acontecimento ocorresse todos os dias. — Bem, eu não os quero, compreendeu? Leve-os embora. Mas não o grandalhão. Ele parece útil. Já atirou com um arco? Claro que já. Claro que já. Mas e quanto ao nanico aí? Droga, Horner, você não consegue fazer nada direito?

— Ele diz que é um cirurgião — Horner arrisca.

— Um cirurgião, hein? Parece um garoto da cavalariça. Aposto que teve a orelha cortada.

Katherine se contém para não tocar em sua orelha.

— Ele já salvou muitas vidas — Thomas diz.

— É mesmo? — Grey diz, levemente acalmado. — Já fez isso?

Então, ele toma um gole de sua caneca e atravessa o aposento até a mesa sob a janela, onde a coloca desajeitadamente e despeja dentro dela algo de um jarro. Meu Deus, Katherine pensa, ele está bêbado. Em seguida, ele se aproxima andando de lado pela palha, chutando-as com impaciência, até ficar a uns dois passos de distância. Ele exala um cheiro forte e adocicado, e inflamável, também, e há um brilho perturbador em seus olhos. Ele olha para ela por um longo instante, depois sorri como se tivesse um segredo e dá uma pancadinha no lado do nariz.

– Aha! – ele diz, e Katherine tenta se contrair, fazer seu corpo se encolher dentro de suas roupas. Ele vai ver, ela pensa. Ele vai ver. Não porque seja inteligente, mas por acaso, porque ele é um bêbado. Ele ri para ela de um modo enviesado, os dentes tortos, os olhos azuis da cor do céu, lacrimejantes e congestionados. Ele está mal barbeado.

– Então – ele diz com um sorriso, insinuando que conhece o jogo dela. – Um cirurgião, hein? Um cirurgião. Hummm. Diga-me. O que um cirurgião realmente faz, hein? Um cirurgião, hein? Salvou vidas, você diz? Vidas de homens? Homens que talvez eu conheça?

Katherine continua olhando diretamente à sua frente, impassível. Seria perigoso encará-lo, ela pensa.

– Sim, senhor. Não sei se o senhor...

– Olhe, bem – Grey a interrompe. – Olhe aqui. Tive uma ideia. Uma ideia. Que tal esta?

Eles permanecem em silêncio, aguardando. Ela pode ouvi-lo respirar. Então, ele desvia o olhar e vira-se para Horner.

– Horner – ele diz. – Horner, Horner, Horner. O que devemos fazer com você, hein? Olhe. Vou lhe dizer. Vamos, você e eu, fazer uma pequena aposta.

Horner revira os olhos.

– Não tenho nada para apostar, sir – ele diz.

– Ah, não precisa ser grande coisa – Grey diz. – Não precisa ser grande coisa. Não, não, não. Nada demais. Um *noble*?

Horner engole em seco. A moeda de um *noble* tem muito valor.

– Em que devemos apostar, sir?

Grey levanta o dedo e ri maliciosamente para Horner por um instante. Em seguida, atravessa o aposento cambaleando pela palha, até a bancada sob a janela envidraçada e encontra um pedaço de papel entre os vários espalhados ali.

– Quem era aquele rapaz? – ele pergunta por cima do ombro. – Aquele que foi ferido na briga com os homens de Montagu.

– John, este é o seu nome – Horner diz a Grey. – John, de Devon.

Grey fica imóvel por um instante, a cabeça inclinada, pensando.

– John, de Devon – ele murmura. – John *de* Devon? Um nome interessante, hein? Ainda está vivo?

– Até onde eu saiba.

Grey vira-se e senta-se de costas contra a bancada.

– Ótimo – ele diz. – Bem. Leve este cirurgião até ele, sim? Por mim? Leve-o com você até este John. Este John de Devon. Este John de Devon. E, bem, vamos colocar da seguinte forma: se ele conseguir salvar a vida do rapaz, então ele é um cirurgião, certo? Hummm? E muito bom, eu diria. Tem que ser.

"Mas se o rapaz morrer, bem, então, talvez este seu cirurgião, talvez ele não seja um cirurgião, afinal de contas, não é? Já pensou nisso? Talvez seja algum tipo de espião, enviado por Montagu? É bem o tipo de coisa que aquele filho da mãe faria, não é? O que acha? Não sei. Não sei. Você sabe? Hein, Horner? Você sabe? Não? Não? Claro que não. Ninguém sabe. Está vendo? Este é o problema. Ninguém *sabe* de nada. Mas se ele não for. Se ele não for um cirurgião, quero dizer, então nós... o quê? Vou lhe dizer o quê! Se ele não for um cirurgião, o que vamos fazer com ele é que vamos enforcá-lo! *Podemos* enforcá-lo? Não sei. Mas poderíamos, não? Dizem que a forca é boa demais para eles, sabe? Dizem, não é? Mas eu não sei. Eu não sei."

– Kit não é um espião – Thomas diz. – Pelo amor de Deus. Viemos aqui para ajudar.

– Sim, sim – Grey diz. – É claro que você diria isso. *Eu* diria a mesma coisa, em seu lugar. Se eu estivesse aqui de pé. Qualquer cristão diria o mesmo, é ou não é? Mas olhe. Esqueça tudo isso. Vá em frente, Horner, faça a aposta. Dissemos um *noble*, não foi? Mesmo que isso dê em nada, hein? Vai ser divertido, não vai? Você e eu? Uma aposta? Por que não? Será divertido. E... e não precisamos, sabe, não *precisamos* de um pouco disso? Por aqui? Agora? Sim, precisamos. Precisamos. Não é?

Ele contraiu o rosto, parecendo implorar. Em seguida, toma mais um gole de sua bebida.

– Digamos, se o rapaz viver para ver... o quê? Dia de Todos os Santos? Ou, espere! Dia de Finados? Não. Você tem razão. Dia de Todos os Santos. Se ele estiver vivo até Todos os Santos, então vamos presumir que você sabe o que está fazendo, que você é um cirurgião, como alega, e eu deverei lhe dar, Horner, um *noble*. Que tal isso? Hein? Parece justo, não? Mais do que justo, eu diria.

Horner balança a cabeça, assentindo. Seu rosto parece uma máscara.

– Então, prossigam – Grey diz. – Caiam fora daqui. Caiam fora e vão fazer o que quer que vocês fazem.

Eles deixam a torre de menagem e atravessam novamente o pátio externo, ao longo de caminhos lamacentos entre os cercados de ovelhas, passando pelas gaiolas dos falcões, que cheiravam mal, em direção a uma guarita isolada no muro norte.

– Ele falava a sério? – Thomas pergunta.

– Bem, ele tem uma certa razão – Horner diz. – Você apareceu do nada. E ademais ele gosta de uma aposta.

Ele indica a forca de um lado do pátio.

A porta para a pequena e atarracada torre de pedra gira pesada em suas dobradiças e é escuro ali dentro, mas lá está outra vez: aquele mau cheiro. Parecia se desprender dali, frio, pungente e espesso o suficiente para revestir sua língua, de modo que os três dão um passo para trás e tampam o rosto com as mãos.

– Santo Deus!

– Ele começou a cheirar muito forte – Horner admite.

Um guarda ri do baluarte acima.

– Não vai levar muito tempo mais, pobre coitado.

A guarita consiste em um único aposento, quadrado, com cerca de dez passos de lado, sem janelas, mas com uma escada de madeira para o teto, até uma porta de alçapão, que dá para outro aposento idêntico em cima. Este, por sua vez, tem duas seteiras na muralha externa, extremamente grossa, e duas portas, uma de cada lado, abrindo-se para o passadiço do baluarte e de sua muralha, chamada cortina, recortada de ameias. Há quatro ou cinco dessas torres nas muralhas ali, cada qual posicionada entre as torres das quinas da muralha, onde os guardas podem se abrigar no mau tempo.

Esse John de Devon tem todo o aposento térreo para si. Quando seus olhos se acostumam à escuridão, Katherine vê, à luz que penetra pela porta, que ele está sobre um monte de palha e, apesar do frio, ele usa apenas seus calções e ainda assim sua pele está molhada de suor. Ele tem um pano de linho amontoado sobre o rosto e, junto ao corpo, seu braço esquerdo está inerte, como se não fosse dele, mas pertencesse a outra pessoa. O ferimento, logo acima do punho, está enrolado em uma atadura com uma crosta negra de sangue seco, mas, acima da atadura, o braço do rapaz está inchado, a pele esticada, e está vermelho-escuro, quase preto. Isso se estende até o cotovelo.

Oh, meu Deus, ela pensa, vou ter que amputá-lo.

– O que acha? – Horner pergunta da porta.

Katherine não diz nada. Ela prende a respiração e toca o braço. Está escaldante ao toque. Ela o levanta. O rapaz geme. Há um fio de conexão de algo entre o braço e o lençol manchado embaixo, e uma gosma fina de pus aguado escorre para os punhos de Katherine. Ela solta o braço. Corre para a porta, abre caminho entre os outros e vomita na grama. Ela ouve homens rindo enquanto vomita. Após cinco ou seis ânsias de vômito secas e dolorosas, ela para. Jack aproxima-se e lhe oferece um pouco de cerveja de seu frasco.

– Vou precisar de mais luz – Katherine anuncia. – E de ar fresco. É melhor o trazermos para fora.

– Não deveríamos esperar até amanhã?

– Não – ela diz. – Tem que ser logo, se quisermos salvá-lo. Esta noite.

Thomas e Jack trocam um olhar, em seguida amarram um pedaço de pano tampando a boca e voltam para o interior do aposento. Eles o trazem para fora. Jack o segura pelos tornozelos e Thomas pelas axilas.

O braço do rapaz descansa sobre sua barriga pálida. Eles o colocam na grama irregular. As ovelhas observam em silêncio. A respiração do rapaz está acelerada. Ela morde o lábio e retorna ao ferimento. Usando sua própria faca, ela tira a atadura. É um corte, agora preto, seco nas bordas, úmido no meio. Mas já não importa a sua aparência, pois agora ela vê que o inchaço se estende além do cotovelo. Ela vai precisar de um serrote.

– Quando isso aconteceu? – ela pergunta.

– Há três dias – Horner diz. – Foi um desses infortúnios. Os homens de Montagu. Eles estavam muito ao norte. Nós estávamos muito ao sul...

Ele encolhe os ombros.

– Vai ter que ser amputado – Katherine lhes diz. – Aqui.

Ela indica o lugar no braço, um dedo acima da marca da descoloração. Ela tira o pano do rosto do rapaz. Ele já parece meio morto. Homens começam a se reunir no baluarte acima.

– Mate-o agora – um deles grita. – Você estaria lhe fazendo um favor.

– Você tem ferramentas? – ela pergunta a Horner. – Uma faca. Um serrote. Uma agulha. Uma agulha curva, se tiver, e um fio de rabo de cavalo de bom tamanho. Limpo, veja bem, e uma boa e nova corda de arco. E vinho. E urina, fresca.

– Sei com certeza que não temos nenhum vinho – Horner diz. – Já acabou há meses, mas temos um pouco da bebida alcoólica de sir Ralph. Os monges em Hulne fazem para ele. Quanto a urina, pode ter a quantidade que quiser. Agora mesmo, se desejar.

Ela se lembra de Mayhew cortando um osso depois de Towton.

– E vou precisar de uma vela de cera de abelha. Tem que ser cera de abelha. E um braseiro aceso.

Horner balança a cabeça.

– Muito bem. Vamos tentar a cozinha primeiro.

Ele a conduz às cozinhas da torre de menagem. É sombrio ali embaixo, com janelas altas permitindo a entrada de um pouco de ar e de luz, e tem um cheiro forte de gordura de carneiro, mas ao menos é quente e Katherine encontra o que está procurando: uma faca bem afiada, embora sem lâmina curva, e até um serrote de açougueiro. Há um par de tesouras grande e forte, suficientemente cega para os seus propósitos, e ela pega também uma colher grande. Ela espera a água ferver no fogo. Um garoto de olhos grandes – um subempregado virador de espeto – a observa das sombras com ar lúgubre até a água ferver. Ela está prestes a mergulhar os implementos na panela quando Horner pergunta por que ela os está lavando.

– Eles vão se sujar de novo – ele diz.

Ela olha, estarrecida, para a lâmina preto-azulada, para os resíduos agarrados aos dentes do serrote. Por que ela os limpa? Ela realmente não sabe. Parece o certo a fazer. Ela mergulha os instrumentos e os mexe na água, depois os envolve em um pano de linho limpo. Ela pega um pequeno atiçador junto ao fogo também. Enquanto isso, Horner organiza a urina.

– Vamos lá, todo mundo. No pote.

Ele recolhe meio galão em um jarro vitrificado verde.

– Nada mau – ele diz, erguendo o jarro e sacudindo a outra mão para secá-la.

Eles se levantam e saem para a fraca luz do sol de outono, até onde o rapaz está estendido. Ela ergue os olhos para a torre de menagem para ver a figura indistinta de Grey à sua janela e vê nuvens no reflexo, correndo céleres, de oeste para leste, e o sol se esconde outra vez.

Thomas está olhando para ela.

– Como você se sente?

Ela não sabe ao certo. Não experimenta aquela sensação que já sentiu antes – de certeza. Ela ergue as mãos pálidas. Estão serenas, mas parecem pesadas, como se estivessem – mortas. Por um instante, ela duvida de si mesma.

– Não sei – ela diz.

– Vai doer? – Jack pergunta.

– Claro que vai, rapaz – Horner diz. – Embora primeiro a gente deva deixá-lo desacordado com uma bebida destilada de sir Ralph, não?

Ele ergue um frasco de cerâmica. Thomas pega-o, tira a rolha, sente o cheiro e tosse. Seus olhos lacrimejam.

– É forte – Horner ri. – Devo mandar buscar mais? Ou um padre? Ou os dois?

– Não – Thomas diz, tampando o frasco. – Ele não vai precisar de um padre. Ele vai viver.

Thomas sorri para ela. Tem orgulho dela. Meu Deus, ela pensa, espero que isto dê certo.

– Vamos começar, então – Horner diz.

Homens começam a se reunir ao redor, unindo-se àqueles no baluarte acima, embora alguns se afastem novamente quando sentem o mau cheiro do braço. A ferida exala um denso miasma.

– Não respire este fedor – um deles diz. – Vai matá-lo com tanta certeza quanto o machado de um carrasco.

Um dos homens de Horner traz um pequeno braseiro perfurado nas mãos enroladas em uma manta. Ele ilumina seu rosto quando ele o coloca no chão, ao lado dela, e por um instante o cheiro do carvão em brasa mascara o do braço em decomposição do rapaz. Ela passa o atiçador para ele.

– Deixe-o em brasa – ela diz. Ele o enfia no meio do carvão e começa a soprá-lo. Fagulhas se elevam no ar.

Depois de começar, Katherine se vê agindo sem parar para pensar. Primeiro, ela deixa Thomas despejar um pouco da bebida entre os lábios rachados do rapaz. Isso o faz tossir, mas eles o seguram e o fazem beber mais. E mais ainda. Ela quisera ter um pouco da beladona que tinha para operar sir John, ou um pouco daquele soporífero da parteira, mas esta bebida vai ter que servir. Além do mais, ela está convencida de que a rapidez é essencial ali. Ela se ajoelha ao lado dele na grama e vê imediatamente que a pele acima do inchaço enegrecido está adquirindo um tom róseo, e ela imagina que isto seja um prenúncio do negrume, conforme ele se espalha pelo membro acima a partir do ferimento. Ela se pergunta o que irá finalmente matar o rapaz. Será que a infecção entra no sangue e de lá chega ao coração? Será isso? Então, o coração fica negro como o braço inchado? De qualquer modo, ela sabe que deve amputar o braço bem acima das bordas rosadas do inchaço se quiser evitar a morte do rapaz, e deve fazer isso depressa.

Após alguns instantes, o homem parece inconsciente outra vez. Ele começa a ressonar, emitindo longos e excruciantes roncos. Ótimo, ela pensa.

Primeiro, ela passa a corda de arco em volta do braço, acima do volume do músculo, dá três voltas, amarra com um nó apertado, insere a colher sob a corda e a gira, apertando de tal forma as voltas de corda de arco que elas penetram na carne. Em seguida, para e apalpa o braço. Ela sabe que deve primeiro encontrar a artéria. É o maior vaso sanguíneo. Ela já a viu ser cortada e o sangue espirrar do corte até respingar o teto. Ela pressiona os dedos no músculo. Lá está. Ela sente a pulsação da artéria. Ótimo.

– Thomas – ela diz. – Gire a colher.

Thomas se inclina para a frente e faz o que ela pede. Ela mantém os dedos na artéria.

– Outra vez – ela diz. – E outra vez.

O salto do pulso do rapaz arrefece, a força diminuindo. Finalmente, para.

Thomas a observa atentamente.

– Tudo bem?

Ela balança a cabeça. Ela pega a faca e faz uma incisão, superficial, cortando a pele acima do cotovelo, acima da parte enegrecida. É logo abaixo da parte mais volumosa de seu braço, onde o músculo é maior. Ela corta diretamente em volta e pensa, é por isso que as facas de Mayhew são curvas. Em seguida, ela corta para cima, em direção à sua axila. O rapaz se contorce.

– Está tudo bem – Thomas diz.

– Não solte esta colher! – ela adverte.

Ele retorna à sua responsabilidade.

Ela descasca a pele da carne de seu braço e o rapaz realmente dá um pinote.

– Você não tem que esfolá-lo – Horner diz.

– Dê alguma coisa para ele morder – Jack diz. – Podemos usar isto?

Ele segura a tira de couro da sacola que contém o livro-razão.

Thomas dá de ombros. Por que não?

– Primeiro, dê a ele um pouco disto – Horner sugere, e ele inclina o frasco de modo que o rapaz tem que engolir mais uma dose da bebida ou se afogar.

Depois que o rapaz bebe e fica inerte outra vez, Jack coloca a tira de couro entre seus dentes.

Katherine agora está completamente alheia a qualquer coisa que esteja acontecendo à sua volta. Só existem ela e o rapaz sob sua faca. Ela despeja um pouco de urina no ferimento, lavando o sangue. Ela viu Mayhew fazer isso depois de Towton. Ela procura a artéria, a mais grossa, que carrega o sangue sob pressão. Ela corta, bem devagar. Fatia por fatia, delicadamente, a borda da lâmina deslizando na carne de seu braço. E lá está ela, a artéria, flácida agora. Ao lado dela, aninhado na carne rosada do músculo, está o outro vaso sanguíneo ainda cheio de sangue. É flexível sob a ponta de seu dedo.

– Desfaça a colher, uma volta – ela diz. Thomas afrouxa o torniquete. Imediatamente, a grossa artéria se estufa novamente e surge sangue no ferimento. Ótimo, ela pensa.

– Aperte outra vez – ela diz. Thomas faz o que ela pede. A artéria desinfla.

Em seguida, ela pega a agulha curva que Horner arranjou com o seleiro. Ela passa a agulha por trás da artéria, dá uma volta, depois dá um nó apertado e corta o fio. Em seguida, faz o mesmo procedimento outra vez, à largura de um dedo mais abaixo. Faz o mesmo com a grossa veia azul ao lado. São as duas com que deve ter cuidado, ela pensa.

– Está vendo? – Thomas diz a Horner. – Ele realmente sabe o que está fazendo.

Horner resmunga.

Com a faca, ela corta a carne ao redor da veia e da artéria. O rapaz está rígido de dor. Ela morde o lábio. Pronto. Com dois puxões rápidos para cima, ela corta os dois vasos entre os nós. Cada qual derrama um pouco de sangue, mas logo para. Ela observa fixamente. Graças a Deus.

– Urina – ela diz, e despeja mais no ferimento. Agora, ela corta rapidamente, através do músculo e dos ligamentos duros e brancos, até o osso. Mais sangue. Demais? Ela não sabe. Os vasos pequenos têm que ser selados.

– Me passe o atiçador – ela diz, e o homem junto ao fogo faz o que ela pede. A ponta do atiçador está vermelha e brilhante. Ela o segura e o pressiona na carne. Há um som sibilante e cheiro de carne. Eles se inclinam para trás para deixar um caracol de fumaça erguer-se no ar e desaparecer no céu.

– Bacon! – alguém diz.

– Cale-se – outro murmura.

Ela esquenta o atiçador outra vez e passa-o novamente sobre a carne rosada, tornando-a cinzenta e marrom. Agora o cheiro é insuportável.

– Afrouxe o torniquete – ela diz a Thomas. Ele desfaz uma volta. Ainda há sangue de um ou dois dos vasos sanguíneos. Ela pega a tesoura cega, puxa-os para fora e em seguida os amarra com o pelo de cavalo. É difícil, complicado, com o sangue e a urina.

– São necessárias três mãos para este trabalho – Jack murmura. Ele acaricia a cabeça do rapaz, distraidamente mantendo-o calmo, sem perceber que ele já desmaiou.

Mais urina.

A carne está inteiramente cortada agora e tudo o que resta é o osso.

– Onde está a vela? – ela pergunta. Horner a exibe.

– A última que temos – ele diz.

– Acenda-a, sim? – ela lhe diz. Ele a leva ao braseiro.

E agora, aqui está o serrote: uma longa lâmina com um cabo de madeira curvo. Ela move o braço de modo que fique perpendicular ao corpo.

– Segure-o, sim?

Horner olha para ela.

– Não vou tocar nisso.

– Apenas fique de pé em cima dele.

Ele obedece, com cuidado, e quando ele pisa na mão, o pus aguado borbulha pela pele enegrecida e rompida. O mau cheiro é muito forte, quase esmagador, e Horner se engasga e tem ânsias de vômito. Ela deixa o serrote se mover. Ele corta quando é puxado. Ela trabalha rápido. O rapaz está acordado de novo, gritando, se debatendo contra Thomas e Jack. São necessários cerca de dez cortes do serrote antes de Katherine terminar e o braço se desprender em uma poça de sangue escuro. Algo solta vapor nos dentes do serrote.

– Livre-se disso, sim?

Horner chuta o braço cortado pela grama, os dedos sacudindo-se. Alguns na plateia riem, mas outros soltam gemidos. Ela pega a urina e despeja-a sobre o toco do braço de onde o sangue flui livremente. Ela aperta um pedaço de pano contra ele. Como Mayhew faz isto? Como? Com a lâmina da faca.

– Traga a vela! – ela grita. – Segure-a no alto. Agora, incline-a para que a cera pingue.

A cera pinga sobre o lado da faca que ela segura sob o osso. A vela queima depressa, a cera pingando rapidamente. Quando já obteve cera suficiente e ela está começando a endurecer, Katherine a pressiona contra a cavidade do osso e pressiona o pano de volta em cima.

– Continue – ela diz.

É necessário repetir o procedimento quatro vezes, pressionando a cera até ela começar a entupir os espaços entre os filamentos na cavidade óssea. Ela olha fixamente para o resultado antes de soltar a respiração. O sangramento estancou.

– Nossa! – um dos homens murmura. – Inacreditável.

Mas ainda não terminou. Ela diz a Thomas para desamarrar a corda de arco. Ele o faz. Ela fita o ferimento pelo tempo que levaria para rezar o credo e espera ainda mais um momento antes de balançar a cabeça. Ele remove completamente a corda de arco. Jack pega a colher. Katherine está nauseada de nervoso. Ela tateia, buscando mais pelos de cavalo e a agulha outra vez, em seguida puxa para baixo as abas de pele, dobra-as sobre o corte e começa a costurá-las. Antes de terminar de fechar o ferimento, ela para.

– Apague-a – ela diz, indicando a vela. Horner o faz e começa a guardá-la em sua bolsa.

– Não – ela diz. – Preciso do pavio.

Ele resmunga, mas quebra a vela para ela. Ele segura as duas partes separadas para que ela possa arrancar o pavio. Ela dobra o pavio e coloca a ponta dobrada dentro do ferimento. Foi algo que ela viu Mayhew fazer. Parece que isso retira qualquer secreção maligna. Ela dá um último ponto na pele para segurar o pavio no lugar e puxa-o muito de leve. Ele cede a contragosto. Perfeito, ela pensa.

Em seguida, ela enfia um pedaço de pano no jarro de urina, embebendo-o. Pressiona-o contra o ferimento. Um pouco de fluido rosado enche o pavio e pinga no chão. Mas não há mais sangue.

O rapaz se estica e fica imóvel.

— Não está morto ainda — Thomas diz, encorajando-a.

Ela faz uma nova bucha de pano e pressiona-a contra o ferimento. Ela se lembra do caos em Towton e do dia anterior à batalha, quando removeu uma flecha da coxa do conde de Warwick e pensou que tivesse cortado o vaso sanguíneo principal. Mayhew ficou ao seu lado, a mão em seu ombro, até o sangue estancar e eles saberem que o conde ao menos não iria sangrar até a morte no chão de terra batida do celeiro. Ela imagina o que aqueles que estão ao seu redor agora diriam se ela lhes contasse que teve a vida do conde em suas mãos e a salvara.

Alguns dos outros rapazes estão brincando com o braço agora. Eles o arrastaram para mais longe e estão batendo nele com paus e gritando de prazer. Então, um cachorro aparece, agarra o braço e o arrasta para longe com os garotos correndo atrás dele, praguejando. Antes, porém, que possam recuperá-lo, outros cachorros aparecem e a disputa é tão grande, com rosnados e mordidas, que os garotos desistem e voltam para observar.

Ela permanece ali, de pé, as mãos cobertas de gordura e sangue seco, e olha à sua volta, para os homens em círculo ao redor dela e do rapaz ferido. Grey continua à sua janela, uma vela acesa por trás dele, lançando sua sombra contra a vidraça. Ela o vê erguer a mão e tomar um gole de sua bebida.

— Santo Deus — Horner exclama. — Eu jamais teria acreditado se não tivesse visto com meus próprios olhos.

— Eu lhe disse — Thomas diz. — Kit é um cirurgião. O melhor.

— Vamos levá-lo para dentro — ela diz, indicando o rapaz com um movimento da cabeça. Ele está mortalmente pálido, os cabelos encharcados de suor, a respiração forte e irregular. Seus olhos estão cerrados.

— Está um pouco mais leve do que antes — Jack diz, quando o levantam.

O cômodo da guarita ainda cheira a decomposição, mas eles conseguem algumas velas de junco e logo o cheiro se mistura a sebo.

– Pior ainda – Thomas diz. – Não há umas ervas que possamos queimar?

– Ervas? – Horner ri. – Isto aqui é Northumberland. Ouça. Sir Ralph quer que você seja vigiado dia e noite, então vou deixar Jack aqui com você. Vocês podem conversar sobre os velhos tempos. Como vocês mataram a família um do outro.

Depois que ele se vai, Jack pergunta se o rapaz irá sobreviver.

Ela não sabe.

– Bem, ele ainda não está morto – Thomas diz.

– Ainda não – Jack concorda –, mas quantos dias faltam para Todos os Santos?

13

Os primeiros dias após a operação são os piores. Katherine e Thomas estão confinados ao cômodo da guarita e têm que se revezar tomando conta do rapaz. Ela sente o cheiro do ferimento quase a cada hora e retira o curativo diariamente para puxar, em minúsculos avanços, o pavio da pele suturada, deixando o ferimento cicatrizar por trás dele. O rapaz sofre o tempo todo, delira, grita, se contorce de dor, e não há nada que possam fazer exceto segurá-lo, impedir que tente arrancar o curativo e tentar forçá-lo a engolir um pouco da bebida de sir Ralph. Quando conseguem fazê-lo ingerir o bastante, parece que conseguem colocá-lo em algum lugar entre a vida e a morte.

– Será que ele está no purgatório? – Jack sussurra.

Katherine coloca a mão no pescoço do rapaz para sentir alguma coisa, em seguida sacode a cabeça.

– Ainda não – ela diz.

Jack continua com eles e ela fica surpresa de ver que não se incomoda, nem teme sua companhia quanto imaginava. Ele tem até mesmo se mostrado protetor, mandando outros embora, até mesmo um homem que queria que ela o acompanhasse para curar seu irmão que tinha lepra. Ele geralmente é animado e otimista, e se houver alguma dificuldade a ser superada, ele sempre sabe de algum lugar onde a situação é pior. "Escócia!", ele diz. "Oh, Santo Deus! Vocês tinham que ver as mulheres de lá!", ou "Escócia! Eles comem morcegos lá. Morcegos!"

Quando precisam de alguma coisa – mais da bebida destilada – ou têm fome, mandam Jack ir falar com Horner, que vem ver o rapaz, trazendo um pão e um pouco de cerveja aguada, e sempre com alguma nova história sobre Grey para contar: "Ele quer que eu encontre uma mulher para ele", diz. "Não uma mulher qualquer, mas uma negra!" Ou: "Ele quer tinta verde." "Uma tartaruga viva." "Alguém para lhe ensinar genovês."

Eles sacodem a cabeça e se solidarizam com ele. Às vezes, ouvem Grey gritar durante a noite. Ele sai para as ameias no alto da torre de menagem com um frasco de bebida e seu falcão, e fica berrando todo tipo de obscenidades cômicas, em geral sobre o conde de Warwick, ou o conde de March, às vezes sobre Horner, frequentemente sobre alguém chamado Ashley. Na manhã seguinte, um pálido Horner aparece com olheiras sob os olhos.

– Como é em Bamburgh? – Thomas pergunta.
– Melhor – Horner admite.

Certa manhã, quando está mais fresco e parece que vai chover, Grey atravessa o pátio, não completamente estável em seus passos, as faces febrilmente afogueadas, cheirando à sua bebida e com Horner em seus calcanhares. É a primeira vez que o veem desde a operação e ele veio ver o rapaz, que permanece deitado em sua cama úmida na obscuridade, tendo piorado em sua condição. Grey cutuca-o com a ponta do pé.

– Parece que vou vencer minha aposta – ele lhes diz. – Apesar de que vocês fizeram um bom espetáculo. Se estiverem vivos ao final disto tudo, sabem que estou inclinado a aceitá-los? Que tal isso, hein, rapaz? Cirurgião do homem mais poderoso de toda a região de Northern Marches e mais além? Poderia acontecer, sabe? Hummm? Poderia.

Horner fecha os olhos e Katherine olha para Thomas. Ele sabe exatamente o que ela está pensando: eles realmente não podem mostrar o livro-razão a Grey. Ele vai perdê-lo, queimá-lo, jogá-lo pela calha por onde descem as fezes de sua privada em seu quarto no alto da torre. Ou, pior, vai compreender do que se trata de uma maneira inábil, vai levá-lo, ele mesmo, ao rei Henrique, e reivindicar alguma vantagem apenas para si mesmo, esquecendo Katherine, Thomas e sir John Fakenham, se o plano de proclamar Eduardo ilegítimo vier a dar certo.

– Meu confessor me disse que hoje é o Dia de São Lucas – Grey continua, batendo as mãos enluvadas. – Portanto, temos apenas duas semanas até o grande dia, depois do qual saberemos se Horner me deve um *noble*, ou eu a ele, e se vocês dois deverão ou não ser enforcados como espiões.

No dia seguinte, todos estão lá para ver o rapaz abrir os olhos e ouvir as poucas palavras que balbucia. Ele xinga e se empina de dor, puxando o toco do seu braço como se quisesse arrancá-lo. Thomas e Jack rapidamente saltam sobre ele e o prendem à cama, enquanto Katherine o força a engolir um pouco da bebida de Grey.

Depois que ele está suficientemente atordoado, eles relaxam.

– Ele vai viver – ela anuncia.

– Meu Deus! – Thomas diz. – Você é um fazedor de milagres.

Ele não pode deixar de abrir um grande sorriso para ela e Jack se sente desconfortável, como se estivesse se intrometendo em alguma coisa, e os deixa a sós.

Ela sente falta de estar a sós com Thomas, mas embora Devon John esteja inconsciente, ela ainda fica ansiosa quando ele passa os braços ao seu redor.

– Se alguém nos pegar, Thomas... – ela diz.

– Não posso me conter – ele diz.

E ela tenta imaginar o que aconteceria. Tem certeza de que a forca seria uma misericórdia.

Ele a solta e afasta-se, caminhando de um lado para o outro desajeitadamente.

– Não viemos aqui para isso – ele diz. – Não viemos para apodrecer aqui com Grey. Temos que sair. Encontrar o rei Henrique.

Ela balança a cabeça.

– Mas como? – ela pergunta, olhando à volta para as paredes úmidas da muralha. – Parece tão fácil escapar de um castelo quanto invadi-lo.

A guarita fortificada dos portões está sempre fechada e guardas armados com arcos preparados para atirar patrulham os passadiços, para deter tanto invasores quanto desertores. A única esperança deles é serem enviados em uma patrulha com Horner, e tentar escapulir quando a oportunidade surgir, mas até agora não tiveram permissão para sair da enorme muralha que cerca todo o castelo.

– E ainda que conseguíssemos, teríamos que ir para a Escócia.

A Escócia parece uma horrível possibilidade, e terrivelmente longe.

Mas nesse exato instante os sinos da igreja começam a tocar e Horner se aproxima, atravessando o pátio a passos largos, com determinação e com um ar satisfeito.

– Finalmente – ele fala de uma certa distância. – Finalmente! O rei Henrique está vindo a Bamburgh.

Eles se entreolham. É estranho.

– Por quê? – ela pergunta.

Horner não fica desconcertado, porque para ele não é preciso uma razão para o rei Henrique ir a Bamburgh. Mas Katherine se pergunta se isso significa que os escoceses o expulsaram, como foi ameaçado, e assim não haverá mais ajuda para a causa de Henrique daquela fonte, e os poucos suprimentos de que dispõem, bem, logo eles se esgotarão, não? E depois que se esgotarem, o que acontece? Mas Horner não está interessado nisso.

– Agora tudo de que necessitamos é de uma centelha! – ele diz. – Apenas uma centelha pequenina para incendiar o país, para fazê-lo se levantar em apoio ao rei Henrique e expulsar esse usurpador Eduardo de March.

Faz-se um momento de silêncio. Thomas não pode deixar de olhar para o travesseiro em que o rapaz está deitado, inconsciente. Horner também olha para baixo.

– Meu Deus, ele parece bêbado – diz. – Ele vai sobreviver?

– Acredito que sim – Katherine diz.

– Sir Ralph vai ficar satisfeito – Horner diz.

– Por quê? Achei que ele estava ansioso para nos enforcar como espiões.

– Tudo isso acabou agora – ele diz. – Um dos camareiros do rei Henrique tem uma ferida que até agora vem desafiando seu médico, e sir

Ralph tem se vangloriado de que você é um fazedor de milagres e pode curá-lo.

Katherine fica nervosa.

– Eu? – ela pergunta. – Não posso simplesmente...

Horner ri de sua aflição, depois os deixa.

Katherine senta-se de repente, exausta, aos pés do monte de palha imunda, sua pequena estrutura oculta em meia-calça e gibão muito largos, um gorro antigo de linho cobrindo suas orelhas, os dedos delgados na ponta do queixo anguloso, imersa em pensamentos ansiosos.

– Ao menos, ficaremos perto do rei Henrique – ele diz.

Ela olha para ele e, naquele momento, é banhada por um sopro da fraca luz de outono que entra pela porta, e ela parece tão etérea, tão delicadamente bela, aos olhos de Thomas, que ele quase ri.

– Mas, Thomas – ela diz. – Será que ainda devemos dar o livro ao rei Henrique?

– Por que não?

– Porque... porque se formos julgar a saúde desta causa por este lugar, então não posso imaginar que ele algum dia vá vencer o rei Eduardo. Você se esqueceu, mas eu nunca esquecerei daquele exército subindo a estrada para Towton. Levava um dia para cavalgar de uma ponta à outra, sabia? E olhe para o que sir Ralph Grey tem aqui. Duzentos homens? Trezentos?

– Mas o rei Henrique deve ter um grande poder em Bamburgh, não?

– Sim – ela diz com tristeza. – Talvez.

Faz-se um longo silêncio.

– Bem, veremos – Thomas diz. – Veremos que exército ele tem, depois decidiremos.

Ela balança a cabeça, assentindo.

– E enquanto isso – ela diz –, temos esse cavalheiro ferido, o camareiro do rei.

– Talvez ele venha a ser um canal mais confiável para nos levar ao rei Henrique do que sir Ralph – Thomas sugere. – Devemos mostrar isso a ele, que por sua vez poderá mostrar ao rei Henrique, e então esta será a centelha de Horner, a que vai incendiar o país a favor de Lancaster.

Ele diz isso para tranquilizar a si mesmo, mas ela balança a cabeça, concordando.

– Ele não pode ser pior do que sir Ralph – ela diz.

Então, finalmente, é Dia de Todos os Santos.

Eles acharam um pouco de palha fresca e um cobertor limpo e, depois da missa, Devon John, o rapaz, está sentado, sem camisa, esperando que Grey venha constatar que ele está vivo. Ele não consegue parar de olhar para o toco de seu braço, que segura como a nadadeira de um peixe, mas ele está definitivamente, desafiadoramente vivo. Está sempre praguejando – sobre o toco do braço, sobre a dor que ainda sente, sobre o homem que o feriu com a foice de combate – com um sotaque que só se ouve em lugares na periferia de Londres, e não para de pedir mais da bebida de Grey, para a qual desenvolveu uma dependência.

Por fim, Grey chega, mais ou menos sóbrio, espreita o toco do braço de Devon John, fecha os olhos e imita um estremecimento de repugnância.

– Santo Deus – exclama. – Entretanto, está tão bom quanto qualquer coisa que o rei Henrique terá visto na Escócia nos últimos meses, disso podem ter certeza. Muito bem. Tirem-no da cama, vistam-no e o deixem preparado para cavalgar antes do meio-dia.

– Hoje? – Katherine pergunta.

– Sim – Grey responde. – Hoje. Esta manhã. Ordem do rei Henrique. E você tem que vir também. E você, qualquer que seja o seu nome. E você também. Ajuda a fazer número.

– Ele ainda não está suficientemente forte para andar mais do que até a latrina. Como vai aguentar uma cavalgada sob chuva?

Mas Grey já se virou e abana o braço levemente enquanto se afasta com passadas arrogantes, exatamente quando o sino da capela toca outra vez.

Somente algumas horas mais tarde, logo depois do meio-dia, é que eles partem em cavalos emprestados, sob nuvens correndo céleres em um céu cinza-escuro como ardósia. Devon John está arriado em um pônei com as costas curvadas, entre Thomas e Jack, o rosto da cor de gordura de ganso, e Katherine o observa ansiosamente. Ele está cheio até a borda da bebida de sir Ralph, mas mesmo assim uma viagem como esta pode ser o seu fim.

— Ele está bem? — Thomas pergunta.

— Não importa, de qualquer jeito — Jack diz. — O Dia de Todos os Santos já passou. Você ganhou sua aposta.

Eles passam pelos muros cobertos de musgo da barbacã e pela ponte. Embaixo deles, o fosso está pontilhado pelas gotas de chuva e um garoto tenta pescar algo nas águas fétidas. Antes de terem percorrido o alcance de uma flecha, Grey faz o grupo parar enquanto ele destampa seu frasco de bebida e toma um gole. Será a imaginação de Thomas ou o ar realmente ondula acima do frasco quando é aberto? Parece que sim. Eles continuam cavalgando, três lado a lado. A despeito de si mesmo, Thomas descobre que há algo de especial a respeito de cavalgar em um grupo assim. Ele se sente vigiado, temido e muito importante. Tem um ar determinado e seu olhar está fixo a distância. Mas ele imagina que logo se acostumaria e passaria a achar aquilo entediante.

O mar surge novamente ao seu lado direito, agitado, cinzento e marcado de ondas grandes e franjadas de espuma. É então que veem o Castelo de Dunstanburgh pela primeira vez, situado acima do mar, em uma borda de penhascos negros, em torno dos quais gaivotas voam em círculos.

— Já viu um lugar como este? — Horner murmura. — Eu não iria querer estar lá quando o vento sopra, sabe.

Thomas nunca viu nada semelhante antes. De um lado está o mar, batendo contra os rochedos negros e verticais, do outro, um longo declive em direção a três ou quatro lagos grandes, através dos quais uma estrada estreita tem que fazer voltas para chegar à barbacã guarnecida de torres. Deve ser inexpugnável.

Eles continuam cavalgando, descendo pelo meio de pedregulhos negros espalhados, até uma praia de areia fina, onde as ondas estrondeiam e lançam nuvens de respingos do mar. Eles seguem por ali, fazendo a volta, açoitados pelos borrifos marinhos e, em seguida, novamente pelo meio de dunas esparsas, e a distância vê-se outra enorme pilha de pequenas torres e uma torre grande e quadrada por trás das muralhas defensivas externas.

– Bamburgh – Horner anuncia. Ele tem tanto orgulho do castelo como se ele mesmo o tivesse construído, e é possível ver por quê. Situado bem à beira-mar, é uma sucessão perfeita de muralhas com ameias, encimadas pela maciça torre de menagem. Parece enorme assim que o veem, e eles levam o resto da tarde para alcançá-lo.

Quando chegam, já é noite, hora das Vésperas, e Devon John está praticamente morto. Se devido ao frio ou aos prolongados choques da amputação, Katherine não sabe. Grey também está bastante embriagado, tagarelando sem parar, e envia um cavaleiro à frente para anunciar sua chegada. Quando param sob a barbacã inferior do castelo, os portões se abrem e eles passam normalmente ao pátio de entrada. O portão é abaixado com um estrondo atrás deles e eles ficam presos no pátio úmido, enquanto muitos olhos os espreitam. Thomas sempre detesta esta parte: ficar ali parado, examinado, esperando que não sejam mortos.

– Andem logo com isso – um dos homens de Horner grita e, após uma pausa, as correntes começam seu lento rangido conforme o portão levadiço interno, de grade de metal, é levantado. Após alguns instantes, os enormes portões mais além são abertos. Thomas esporeia seu cavalo e segue em frente, passa por uma pequena escada que leva à torre de menagem, e entra no pátio cercado interno, agora imerso na obscuridade, mas apinhado de homens que vêm pegar pão e cerveja, e encontrar um lugar quente e seco para passar a noite.

Ninguém presta muita atenção aos recém-chegados. Eles aproximam-se da enorme porta da torre de menagem onde lanternas iluminam um grupo de guardas reunido nos degraus. Grey consegue desmontar, agarra-se à sela por um tempo mais longo do que deveria, em seguida se apruma e parte para os degraus com grande determinação. Após um instante, ele para e espera por Horner, que retirou sua capa para mostrar as cores de seu uniforme. Thomas pode ouvir a indagação, a resposta, a conversa abafada que se segue. Ele ouve um tom de irritação de Grey, em seguida um murmúrio grave e autoritário. Um recado é enviado. Há um momento de espera. Mais homens vêm pela porta. Um figura esbelta aparece em roupas melhores do que os outros e eles recuam um passo, respeitosamente. Explicações são oferecidas, um mal-entendido esclarecido.

Enquanto isso, Katherine desce de seu cavalo, Jack também, e eles ajudam Devon John a apear de sua sela. Ele está mudo e inerte, o rosto muito branco na penumbra, os olhos cerrados.

– Precisamos de um fogo – ela diz. – Um lugar para aquecê-lo.

Horner desce os degraus sozinho. O rei Henrique não receberá Grey hoje, mas ele deve encontrar um lugar em um colchão na torre e é convidado a jantar na mesma sala do rei, ainda que não na mesma mesa. Enquanto isso, seus homens deverão ser alojados em um lugar que chamam de a grande poterna externa, o mais distante da torre de menagem que é possível estar ainda dentro dos limites do castelo, e terão que achar comida por conta própria. Após longos momentos, em que a bagagem de Grey é retirada das mulas, eles montam outra vez e descem o pátio interno, seguindo um ajudante de passos lentos, trajando um uniforme claro, que os guia até a poterna interna, atravessa-a e entra no pátio cercado externo, onde agora há ovelhas – guardadas especialmente à noite por soldados com foices de guerra e arqueiros –, assim como as ruínas de barracos e estábulos, desmontados para alimentar as lareiras e fogueiras. É um mau sinal.

– E vão nos dar tarefas – Horner admite. Ele está deprimido. Esperava uma guarnição próspera, pronta para partir em uma expedição para a retomada da Inglaterra para o rei Henrique. Não isto.

A poterna externa está fechada e trancada com barras, e não há ninguém nos cômodos inferiores da guarita, onde há poças e palha apodrecida nas lajes do assoalho e as paredes são verdes e lustrosas da água corrente. Horner torce o nariz. É como uma caverna, Thomas pensa. Acima das escadas em espiral, está o mecanismo de manivela do portão levadiço, duas grandes pilhas de correntes enferrujadas e uma longa barra de ferro usada como alavanca. O vento assovia o tempo todo nos buracos assassinos. Eles sobem o próximo lance de escadas e a razão para o abandono dos andares inferiores fica clara: há um forno de pão, grande e redondo, que domina o aposento, do tipo onde caberia facilmente um homem, até mesmo três. E há três homens sentados na borda ao redor do forno, com as costas apoiadas contra ele, as pernas estendidas, os tornozelos cruzados, um deles dormindo, os outros disputando uma espécie de jogo de dados. Suas armas – uma foice de guerra, três arcos não preparados, um feixe de flechas e uma espada de lâmina curta e afunilada – estão bem fora do alcance das mãos.

– Graças a Deus – um dos jogadores de dados diz quando eles anunciam que ele já pode deixar seu posto. Ele acorda seu companheiro. – Vamos, John – ele diz. – Eles vieram nos render.

Enquanto um sobe as escadas para dar a notícia ao seu colega no topo da torre, os outros reúnem seus poucos pertences, levando suas armas, suas canecas e tigelas, um lençol de linho encerado e pendurando os colchões grosseiramente enrolados em cima do ombro.

– Que Deus os abençoe – diz o sentinela ao retornar. Ele está completamente encharcado, o rosto pálido como pergaminho. Ele para e pressiona as palmas das mãos contra as pedras do forno já quase frias. – Vocês vão precisar disto aqui – acrescenta.

Depois que ele sai, Thomas e Jack ajudam Katherine a trazer Devon John pelos toscos degraus e recostá-lo contra o forno, exatamente onde os outros homens relaxavam. Thomas desbloqueia a porta do forno. O interior está cheio de cinza, umas poucas brasas cintilantes e os ossos do fogo do dia anterior. Obviamente, não há nenhum pão.

– Bem – Horner diz, estendendo as mãos sobre o fogo inexistente. Thomas já sente falta da guarita em Alnwick.

Ao amanhecer, no dia seguinte, é a vez de Thomas ficar de sentinela. Ele acorda, levanta-se, sobe os degraus e empurra a porta guarnecida de ferro contra o vento. Ele emerge no longo espaço retangular, com o vento fresco no rosto, enfia o gorro na cabeça e olha à volta. Horner está ali, com ar cansado. Ele se vira e examina Thomas por cima do ombro por um segundo, resmunga alguma coisa e vira-se de costas novamente. As pedras da muralha estão verdes de musgo e líquen, cobertas de crostas de fezes de gaivotas. Sob os pés, os homens também se aliviaram em uma calha e, apesar do vento, o cheiro é forte e viscoso. Para além da muralha, de onde vem o vento, vê-se uma larga faixa de dunas e, mais além, a praia de areias brancas, levando ao mar, agora cinza-esverdeado, envolto em névoa, subindo e descendo como se respirasse. Há gaivotas por toda parte, flutuando no ar com seus gritos esganiçados, o barulho mais alto do que o do badalo de qualquer sino. Para o norte, perdendo-se na distância, fica uma extensão de terras pantanosas incultas, e para oeste, mais ou menos a mesma paisagem, a não ser por um povoado bem junto às muralhas do castelo, entre as ruínas enegrecidas de um vilarejo maior em que ao menos a torre da igreja fora poupada. É engraçado olhar para isso de cima, ele pensa.

Horner se junta a ele, as pontas dos dedos verdes com o líquen das pedras.

– Os escoceses fizeram isso no ano passado – ele diz, indicando os muros incendiados do antigo vilarejo. – Ou talvez tenham sido o conde de March e seus homens no ano anterior.

– Que pena – Thomas diz.

– Sim – Horner murmura. – Santo Cristo. Que lugar. Eu imaginara, sabe... mais, mais homens. Menos, menos merda.

– Sim – Thomas diz.

Começa a chover. Ambos se enrolam mais em suas capas.

– Será que poderíamos encontrar um pouco de lenha? – Thomas sugere.

– Vou mandar uns homens lá fora – Horner se lamenta –, mas o lugar já foi vasculhado centenas de vezes.

– É melhor eu levar Jack e ver se podemos encontrar um pouco de pão e cerveja, não acha? – ele sugere.

– Você pode tentar – Horner concorda – conseguir um pouco de pão. Não biscoitos de aveia. Ouviu? Se começarmos a comer só biscoitos de aveia, pode ter certeza de que as coisas estão piores do que pensávamos.

Thomas encontra Jack junto ao forno de pão e o conduz pelas escadas e para fora da casa de guardas, refazendo os passos pelos caminhos lamacentos do pátio cercado externo, observados pelas ovelhas e seus pastores armados. Há algumas tendas de um lado, de onde se elevam ondas de uma fumaça oleosa, e em suas aberturas, seus habitantes, homens e mulheres de rostos sujos, algumas crianças, parecem hostis. Mais adiante, estão algumas barracas de feira, onde há penas e tecidos de linho à venda, sapatos, roupas velhas, maços de palha e colchões já prontos, e velas. Thomas pode sentir os cheiros de vinagre, carne putrefata, pedra úmida e fossa.

E agora pode ouvir a batida rítmica de homens praticando sua luta, algo que Jack aprecia, tanto participando quanto observando, e a seu lado o rapaz apressa o passo, caminhando na ponta dos pés, já que alguém lhe disse que é assim que os lutadores caminham. Eles atravessam a poterna interna, em seguida sobem para o pátio interno, onde de fato encontram homens com casacos de vários uniformes praticando com diversas armas, e o barulho e o cheiro fazem Thomas se lembrar de dias passados, antes... antes de quando? Algo retorna à sua mente, outro fragmento de tempo: em um pequeno castelo, em uma colina acima do mar, atirando flechas sem parar, o dia inteiro, todo dia, adormecendo no jantar com os músculos das costas doídos e queimando. Lembra-se de gritarem com ele, de ser forçado a correr, forçado a lançar suas flechas. Mas lembra-se de risos também. E de outra coisa. Algo que permeava tudo. Uma claridade como a da luz do sol, algo como aquele primeiro instante em que se percebe de um dia para o outro que a primavera realmente chegou.

– Você está bem, Thomas? – Jack pergunta e Thomas retorna ao aqui e agora.

– Sim – ele responde. – Desculpe-me.

Jack dá um tapinha em seu ombro. Thomas fica satisfeito pelo fato de Jack estar ali, satisfeito por não tê-lo matado no pomar de seu irmão meses atrás, satisfeito por tê-lo salvado da vingança de Elizabeth.

Ao redor deles, homens de infantaria armados de foices e machados de combate estão sendo treinados em companhias, pequenos grupos de soldados de armadura fazem movimentos complexos e simultâneos pelo gramado irregular e falhado do pátio interno, e outros grupos lutam com as armas envolvidas em panos. Outros se aglomeram à volta, gritando, incentivando os combatentes, e há um grupo de arqueiros reunidos na outra extremidade, revezando-se em atirar suas rombudas flechas de treinamento nos alvos pregados em tocos apoiados na muralha de cortina. Horner ficaria feliz em ver este grupo, Thomas pensa, mas quem são todos eles, em seus variados uniformes?

– Aqueles lá são os homens de lorde Hungerford – Jack diz a ele – e aqueles pertencem a lorde Roos. Aqueles são de lorde Tailboys. Aqueles eu não conheço. Mas, olhe. Lá estão os homens do rei.

Thomas olha na direção indicada. Não parecem muito diferentes dos outros homens que estão ali, mas em seus casacos de couro, com a insígnia da Cruz de São Jorge, eles se destacam um pouco, como se fossem especiais e, mais uma vez, lhe parecem ligeiramente familiares. Ele tem que sacudir a cabeça para evocar outras revelações ou clareá-la inteiramente.

Eles continuam andando, o chão de terra batida duro sob seus pés, e entram na sombra da torre de menagem, a parte baixa da fachada crivada de seteiras e janelas estreitas, um guarda espreitando para baixo entre dois merlões no topo. Passam pela torre de menagem, entram em uma área de serviço onde ficam as cozinhas e ouvem um alarido de vozes alteradas. Uma multidão de homens está reunida, todos usando variados casacos de uniforme e insígnias, agora em número bem maior do que antes, muitos dos quais Jack nunca viu, todos de costas para eles esperando impacientemente por algo para comer. E conforme Thomas caminha em direção a eles, vê algo que faz seu coração começar a bater com força e um ruído ensurdecedor explodir em seus ouvidos. Ele cambaleia.

– Santo Deus – ele balbucia.

– O que há de errado, Thomas? – Jack pergunta.

Thomas respira como se tivesse corrido cem passos. O que é? O que é? Seus olhos estão fixos nas costas dos homens aglomerados, e então lá está. Ele reconhece: uma visão de relance de algo pálido, branco, com um desenho de uma figura escura. Ele sabe o que a figura representa: é um esboço aproximado de um pássaro, um corvo. Mas não, agora que ele conhece mais a respeito desses emblemas, ele sabe que é mais um esboço aproximado não de um corvo, pois quem iria querer isso? Não. Em vez disso, é uma piada, um gracejo heráldico, um trocadilho, pois o pássaro não se assemelha a um corvo simples, é da mesma espécie, mas é uma ave de rapina maior, mais cruel: é um *raven*.

Riven.

— Thomas! Minha Nossa! O que há de errado com você? Oh, Santo Deus! O que foi?

Ele sente a mão de Jack em seu braço e tenta livrar-se dela.

— Não — ele diz. — Não.

Além do mais, há dois deles neste uniforme.

Parte dele está aterrorizada. Ele sabe que deve fugir, sabe que aqueles homens vão feri-lo, mas parte dele está pensando, calculando. Jack tem uma vasilha para cerveja e uma faca de comer provavelmente cega. A faca de comer de Thomas definitivamente é cega. Um dos dois homens no uniforme com a ave de rapina carrega uma foice de guerra com uma lâmina polida, o outro tem uma espada presa ao quadril, e embora não possa vê-los, Thomas supõe que cada um também carregue um punhal. Não, parte dele pensa, não é hora para lutar e nem são esses os homens contra os quais deve lutar.

Eles continuam em direção ao amontoado de homens, Thomas aproximando-se dos dois com o uniforme, apesar de que, agora, haja mais deles, definitivamente um encontro. Santo Deus. Ele sente que estão se fechando ao seu redor, prendendo-o em uma armadilha, como se soubessem quem ele é, mas seus passos parecem levá-lo em direção a eles. Ele não consegue se controlar. Sente que começa a desmaiar. Não esperava por isso. Ele olha à procura de um escape, de meios de fuga, mas ainda assim continua em frente. E agora, em toda a sua volta, estão homens armados naquele uniforme branco com os pássaros pretos: alguns com casacos inteiros, outros com tabardos sem manga, sujos, manchados, e também eles são homens com ar cansado.

— Tudo bem, Thomas — Jack diz. — Está tudo bem. Nós só estamos aqui pelo pão, hein? Pão e cerveja. Só isso. Depois voltaremos para Kit. Ele pode cuidar de você. Pão e cerveja, hein?

Thomas se vê na fila com os outros homens. Eles não o notaram. Jack está ali, ainda falando. Thomas o ignora. Ele quer ouvir o que os homens estão dizendo. Eles querem carne e cerveja, e estão se queixando com alguém. Em seguida, ganham alguma coisa e se afastam para o lado, ainda que de má vontade. Há uma obscura ameaça de grande e repentina violência. As mãos de Thomas estão tremendo. Sente dificuldade em respirar. Permanecer em pé parece mais difícil do que se deixar cair estatelado no chão. Ele se concentra no chão de terra sob os bicos gastos de suas botas. Depois de alguns passos arrastados, lá está uma meia-porta, como em um estábulo, e atrás dela uma mulher robusta com um vestido rústico verde, toucado branco, avental marrom, e por trás dela um homem que poderia ser um irmão gêmeo, ou seu marido, ambos, nenhum dos dois muito pacientes com idiotas, embora eles próprios fossem tolos, provavelmente. A mulher fala. Faz uma pergunta. Mas as palavras soam remotas, distantes, não dirigidas a ele, e ele não consegue deixar de se virar, olhar fixamente para os dois homens, agora a cinco passos de distância, voltados novamente para a mulher atrás da porta, e além deles, há outros vestidos com o mesmo uniforme. Um deles segura um disco de alguma coisa marrom que ele morde com dentes podres. O outro possui cabelos ruivos sob um chapéu de feltro tão achatado quanto seu biscoito de aveia. Thomas não consegue desviar os olhos.

Jack está ao seu lado. Ele se inclina pela frente de Thomas, colocando-se entre ele e os homens, e estende a bolsa para a mulher atrás da meia-porta. Ele diz alguma coisa e a mulher responde de maneira ríspida e indiferente, e atira punhados dos discos marrons no fundo da bolsa. Thomas não consegue desviar o olhar fixo dos homens. Então, o primeiro homem se vira. Ele se depara com o olhar de Thomas e joga a cabeça para trás. Diz alguma coisa que Thomas não compreende. Um desafio. Em um instante, ele se aproxima de Thomas, peito estufado, queixo empinado, a mão no punho da adaga que Thomas agora pode ver, e provavelmente há uma outra arma que ele não pode ver. O homem grita a mesma frase, uma pergunta, para a qual Thomas não sabe a resposta. O segundo homem, o ruivo, o rosto mais fino do que uma lâmina, também se adianta. Ele também tem uma faca, presa a uma tira de couro em seu peito, e a espada. Seus olhos são extraordinariamente azuis, mesmo à luz cinzenta de um fim de tarde chuvosa, como os de um daqueles cachorros. Outros homens recuam instintivamente, encantados, formando um círculo irregular, os olhos brilhantes de expectativa. A mulher por trás da meia-porta fecha-a com uma batida.

Thomas permanece imóvel, incapaz de se mover, mas Jack se vira e consegue se interpor entre ele e os dois homens.

– Ei! Ei! Ei! – ele grita. Ele tem os braços esticados, afastando-os. – Só estamos pegando pão, senhores – ele diz. – Só isso. Meu amigo, ele não quer causar nenhum mal. Ele sofreu uma pancada na cabeça. Olhe para ele. Olhe para a mecha branca. Há um buraco ali atrás por onde você pode tocar em seu cérebro, se quiser. Ele olha esquisito para as pessoas. Às vezes, fica maluco. Vamos. Vamos, pelo amor de São Columba, vamos nos acalmar, hein? Reservar nossa paixão para nossos reais inimigos.

Outro homem aparece. Um capitão.

– O rapaz tem razão – ele diz. – Parem de fazer besteira. O primeiro homem a puxar a espada terá o pescoço esticado antes do sol se pôr.

Há um momento de tensão. Thomas ainda não consegue falar, nem deixar de olhar fixamente para os dois homens. Muito devagar, Jack se vira e leva Thomas dali. Ouvem-se grunhidos de decepção da multidão e alguns pedidos para que fiquem e lutem, mas os homens de Riven permanecem silenciosos, o olhar fixo, registrando, e suas mãos não se afastam de suas armas.

– Pelo amor de Deus, Thomas – Jack diz, soltando a respiração –, o que está fazendo arranjando briga com homens como esses?

Momentaneamente, Thomas se pergunta onde Jack soube que tipo de homens são esses, vivendo em uma fazenda de ovelhas no meio do nada, mas o rapaz é vivo e, sem ele, Thomas sabe que poderia muito bem estar estendido no chão, sangrando até a morte, enquanto os homens passavam por cima dele para pegar biscoitos de aveia e cerveja.

– Temos que voltar – Thomas diz. – Temos que contar para Kit.

Quando conta, ela mal consegue acreditar.

– Não!

– Mas eu os vi – ele afirma. – Estão aqui. No castelo.

– Mas Riven estava em Cornford! Ele não pode ter vindo até aqui! Ele não viria.

Thomas sacode a cabeça. Ela tem razão. Por que ele o faria?

– A menos que ele tenha homens nos dois acampamentos, não?

– Isso é possível. Você viu algum capitão ou vintenar entre eles? Qualquer coisa que sugira que eles estejam aqui na comitiva de alguém?

Thomas sacode a cabeça.

– Mas havia muitos deles – ele diz, e conta como se sentiu ao vê-los. – Era como se eu estivesse sufocando.

– Ele ficou completamente branco – Jack acrescenta. – E estava olhando fixamente para aqueles dois. Por Deus, você devia ter visto aqueles homens, Kit. Eram ferozes. Escoceses, eu acho.

O dia se arrasta. Horner envia alguns homens – nem Thomas, nem Jack – para vasculhar a praia à cata de madeira de naufrágio trazida pelo mar, e outros com alguns centavos para comprar mais cerveja, já que sem ela vão secar e definhar a troco de nada. Os dois grupos retornam com um sucesso bastante escasso: a cerveja é rala e os poucos galhos e o pedaço de tronco prateado não queimarão sem desprender uma grossa nuvem de fumaça preta e um odor fétido. Assim, eles sentam-se e comem biscoitos de aveia e bebem cerveja reunidos ao redor do fumarento forno de pão, enquanto Devon John continua dormindo, vivo, mas inconsciente. Eles não têm nenhuma notícia de Grey e Thomas o imagina na torre de menagem à mesa com o rei Henrique e seus condes, lordes e assim por diante, e todos falando como se fossem vencer esta guerra, mas após uns instantes sua mente retorna àqueles dois homens de uniforme de Riven e sobre o que eles estariam fazendo ali. Do outro lado do aposento, sentada, curvada em sua capa, ao lado de Devon John, Katherine está recostada nas pedras quentes do forno e também ela tem a testa franzida, imersa em seus pensamentos.

À noite, o sino na torre da igreja bate as horas e é a vez de eles subirem a escada para a noite, para o seu turno de vigia ao redor do topo da torre. Eles têm uma lamparina redonda de junco para guiá-los, e quando emergem no alto da torre, sentem um vento frio e forte vindo do mar com um cheiro bom e não há nada a ser visto além das luzes de lanternas semelhantes nas outras torres do castelo e o brilho fosco das janelas da torre de menagem.

– Estão tão desesperados quanto nós sempre estivemos – Thomas diz. – Não conseguem alimentar a si próprios, quanto mais seus cavalos, e há pouca ou nenhuma lenha para as fogueiras dos guardas...

Katherine responde com um grunhido. Ela não está disposta a falar, permanecendo absorta em seus pensamentos. Thomas direciona a luz para o mar. Inútil. Alguém sinaliza para ele de outra torre. Ele sinaliza de volta. Eles estão igualmente entediados. Ele percorre a torre. Algumas partes são mais fedorentas do que outras. Ele espreita a noite. Quase uma hora depois, Katherine limpa a garganta e ele vira a lamparina para ela, a luz ocre revelando queixo, nariz, maçãs do rosto e fronte, deixando seus olhos na escuridão.

– Thomas – ela começa a dizer –, e se esses homens que você viu hoje não forem de Edmundo Riven?

– Mas eram – ele diz. – Tenho certeza. Eu não conhecia a insígnia, ou não sabia que a conhecia, mas, quando a vi de novo, soube quem eles eram. Soube que eram homens de Riven.

– Não estou dizendo isso – ela diz. – Não estou dizendo que não eram homens de Riven.

– Então, o quê?

– E se eles não forem homens de Edmundo Riven? E se forem homens de *Giles* Riven?

– Homens de Giles Riven? Do pai, você quer dizer? Mas como poderiam ser? Ele está morto!

– Está mesmo?

– Você me disse que estava.

– Eu sei – ela diz. – Eu sei. Mas... mas somente porque era o que pensávamos. Nós não vimos, nem ouvimos dizer que ele tenha sobrevivido àquele dia em Towton, e tantos foram mortos que era natural presumir que ele tivesse sido também. Mas... e se ele não foi morto? E se sobreviveu àquele dia?

– Você quer dizer, e se ele estiver vivo?

– Sim. Sei que você foi até lá para... para se certificar de que ele fosse morto, Thomas, mas você é um único homem e havia milhares lá naquele dia, não é? E você não consegue se lembrar de nada. Acho que presumimos isso porque você estava morto, ou assim pensávamos, quero dizer, é absurdo, mas foi isso que pensei, achamos que você também estava morto. Não sei por quê. Tornava mais fácil aceitar, imagino. Mas e se você tivesse sido derrubado antes de conseguir matá-lo? E se isso tivesse acontecido? Quero dizer, é mais provável, não?

Thomas não diz nada. Ele às vezes tem uns lampejos de flocos de neve no crepúsculo; de estar deitado de bruços sobre um homem sem maxilar, com uma barba de sangue coagulando-se como um verniz em sua placa de aço rasgada. Ele sente espasmos de dor também, nas costas e no lado da cabeça, e às vezes acorda com os ouvidos ressoando de gritos e o ruído estridente de lâmina de metal contra lâmina de metal.

– Está dizendo que, assim como eu não estou morto, ele também não está?

– Bem – ela diz –, eu não coloco assim. Tudo que estou dizendo é que pode ser que nenhum de vocês dois tenha morrido.

Naturalmente, aquilo faz sentido. Por que deveria ser diferente? Mas não explica por que há homens usando o uniforme dele no pátio embaixo.

– Mas por que eles estão aqui? Deveriam estar com Edmundo Riven.

– A menos... a menos que estejam com Giles Riven.

– Mas isso significa – ele diz –, isso significa, o que você está dizendo é que se eles forem homens de Giles Riven, então Giles Riven está aqui. Neste castelo. Ele está na torre de menagem agora mesmo, com Grey e com o rei Henrique?

Ela balança a cabeça e ele sente um calor tomar conta de seu corpo, apesar do frio do vento e das pedras que o cercam, e de repente ele tem certeza disso. Meu Deus, ele pensa, Giles Riven está aqui.

14

Eles ainda estão de plantão à hora da Prima, de sentinela na aurora cinzenta, ouvindo o balido das ovelhas e os gritos das gaivotas, assistindo ao mundo emergir através das nuvens escuras lá fora no mar, vendo a luz encher o castelo e revelar seu mundo próprio: um acampamento, um vilarejo de tendas de onde a fumaça das fogueiras sussurra em fitas trêmulas. A chuva fina persiste. Logo, o sino na igreja da vila toca o Angelus, com um som oco no frio da manhã. Katherine não consegue deixar de estremecer, como um cão de caça, e Thomas lhe diz que isso é um bom sinal.

– É quando para de tremer que você deve se preocupar – ele diz.

Está tudo bem para ele, ela pensa. Ele parece imune ao frio. Ela se pergunta se seria porque ele foi criado naquela fazenda, naqueles montes, ou porque ele é tão grande. Sem dúvida, não é por acaso que só se vê pessoas magras – e cachorros magros – tremerem. Thomas possui um corpo compacto e musculoso, e sempre, mesmo nas circunstâncias mais adversas, ele parece estar em perfeitas condições. É quase impossível sentir pena dele, nesse aspecto pelo menos.

Claro, ele parece infeliz agora; ambos estão. Passaram a noite acordados, andando de um lado para outro no passadiço, quebrando a cabeça, tentando se lembrar do que aconteceu naquele dia em Towton, tentando visualizar um conjunto de circunstâncias que pudesse colocar um supostamente morto, mas que estaria vivo, no centro da corte de um rei exilado. De madrugada, ela se convenceu de que devia estar enganada a respeito dele e de que Riven devia estar morto, devia ter sido enterrado com todos os outros que nas semanas seguintes à batalha foram rolados para dentro de enormes covas fétidas, exatamente como ele merecia. Mas agora, ao amanhecer, ela acredita que está certa: que Riven está vivo e que ela – e sir John e Richard Fakenham – viveram estes últimos anos no paraíso dos tolos, baseando sua crença de que ele estava morto em uma frágil esperança e uma obstinada suposição, em uma ausência de prova em vez de uma presença.

Ela observa enquanto uma parelha de bois puxando uma carroça de fumegantes dejetos noturnos é açoitada para atravessar a poterna interna; há fileiras de homens no passadiço urinando sobre as muralhas de cortina e ela procura algum de uniforme branco com aquela inconfundível insígnia do pássaro negro, mas não vê nenhum.

– Mas se Giles Riven estiver vivo – Thomas diz, como se respondesse a um comentário que ela tivesse feito –, ele não estaria aqui, não é mesmo? Estaria com seu filho. Estaria em Cornford.

É uma pergunta que eles se fizeram inúmeras vezes, a noite inteira, e ainda assim permanecem incrédulos.

– Mas, por outro lado, o que aqueles homens estão fazendo ali, se ele não está?

– Talvez aquele uniforme seja tudo que lhes tenha restado? Pareciam gastos.

Ela balança a cabeça.

– É possível – ela imagina –, mas certamente teriam se juntado a um outro senhor, não? Alguém que olharia por eles e lhes daria seu uniforme para usar em troca.

É a vez de Thomas balançar a cabeça, concordando.

– Mas se Giles Riven está aqui, isso significa que ele está com o rei Henrique, enquanto seu filho está com o rei Eduardo. Um pai contra o filho? Não é normal!

– Mas talvez – ela diz –, talvez não estejam um contra o outro. Talvez estejam esperando para ver para que lado a árvore vai cair.

Thomas considera a hipótese e sacode a cabeça. É astúcia demais para ele.

– Não – ele diz –, isso já seria demais, não acha? E o rei Henrique iria confiar no pai sabendo que o filho apoia o rei Eduardo? Não. Nem o rei Eduardo confiaria no filho enquanto o pai está ao lado do rei Henrique. Eles só podem... só podem ter pegado em armas um contra o outro, por mais absurdo que pareça.

Ela tenta imaginar como isso poderia acontecer e se lembra do momento em que o pai e o filho a atacaram, na neve, há anos, e pensa que homens desse tipo poderiam facilmente se virar um contra o outro e, neste caso, logo puxariam as espadas. Talvez Thomas tenha razão.

– Saberemos quando Jack voltar – ela diz.

Ela olha para baixo e vê Horner atravessando o pátio, deixando um rastro no chão molhado de orvalho. Ele vai à frente de Jack e de outro homem que carrega o balde de cerveja e a saca de pão em direção às cozinhas. Já não confiam em que Thomas faça este serviço sem provocar uma briga. Enquanto isso, Thomas olha para o mar, de onde se ergue a batida rítmica das ondas, imerso em seus pensamentos, novamente introvertido e distante. Todo momento que têm juntos a sós é precioso, de modo que este tempo parece desperdiçado. Ela se une a ele junto à muralha e coloca a mão em seu ombro, ciente de que alguém – qualquer um – poderia vê-los. Ele passa a mão ao redor de sua cintura.

– Mesmo quando ele não está aqui, mesmo estando morto, ou podendo estar morto, ele estraga a nossa vida – Thomas diz.

Eles ficam ali parados, em silêncio, por um longo momento. Ela descansa a cabeça em seu ombro. Apesar de tudo, ela se sente tranquilizada, consolada por ele, e se afasta com relutância somente muito depois, quando Jack sobe os degraus com um frasco de cerveja e biscoitos de aveia.

– E então? – Thomas pergunta.

Jack balança a cabeça.

– Eles estão com esse Giles Riven – ele diz –, como vocês imaginaram. E eles também não são uma companhia amistosa, devo avisar, mas ouça, Thomas, aqueles dois com quem você cruzou no pátio... eles estão à sua procura, segundo os outros, pretendendo cortá-lo da virilha à boca do estômago, então é melhor não sair por aí atrás de um jogo de xadrez ou de damas.

Embora a confirmação não venha a ser nenhuma surpresa, Katherine sente um peso de tristeza e desesperança. Ela fecha os olhos momentaneamente e vira-se de costas.

– Onde eles estão alojados? – ela ouve Thomas perguntar a Jack.

– Na guarita principal – Jack lhes diz, com um gesto para o alto da colina. – Mas Riven não está com eles. Ele está com o rei Henrique e os outros nobres na torre de menagem. A companhia dele é formada principalmente de escoceses, nisto pelo dinheiro, é claro, alguns homens de Lincolnshire e alguns franceses também, com armas de fogo.

Jack dá uma mordida no biscoito de aveia e toma um grande gole de cerveja. Em seguida, os deixa, descendo os degraus e saindo para ver os exercícios no pátio interno, na esperança de que alguns dos atiradores da Borgonha estejam lá para dar uma demonstração. Katherine e Thomas continuam por ali, já que não têm nenhum outro lugar para onde ir.

– Santo Deus – ela murmura. – As coisas nunca melhoram, não é?

Thomas não diz nada e após algum tempo ela coloca a mão em seu braço, exatamente como viu Isabella fazer com sir John, e ele coloca sua mão sobre a dela, exatamente como viu sir John fazer com Isabella, e por um instante ambos ficam imóveis e ela sente um curioso contentamento melancólico, um curioso retorno ao que era antes. Eles observam Jack caminhar de volta pelo pátio interno.

– Vou ter que encontrá-lo e lutar com ele novamente – Thomas diz. – Riven, quero dizer, e desta vez, por Deus, eu... eu o matarei.

– Mas como? – ela pergunta. – Ele estará cercado por seus homens, ou se não seus homens, certamente os do rei Henrique. Você nunca vai conseguir se aproximar dele.

Ela tenta imaginar Thomas desafiando-o para algum tipo de julgamento por combate, ou golpeando-o com um punhal quando estiverem andando lá fora, mas ele nunca conseguirá chegar perto o suficiente para isso, não com Riven na torre de menagem no alto da colina, e além do mais, ela não consegue imaginar isso. Esse não é Thomas. Ele não é um assassino.

– Se eu o vir com seus homens, digamos, no pátio, devo derrubá-lo com uma flecha? – Thomas sugere, imitando a ação de atirar com o arco, embora sem muito entusiasmo, sabendo que jamais poderia.

Há esta opção, ela imagina, mas novamente, não.
– Deve haver algum jeito – ele diz, embora se sinta perdido.
– Haverá um jeito – ela diz. – Tem que haver.

Faz-se um longo silêncio. Eles observam as idas e vindas no pátio externo. Há uma atmosfera estranha neste castelo, ela pensa, e se pergunta se seria comum a todos os castelos ou se seria próprio deste. Apesar de não estar sob ataque ou sitiado, parece sob cerco, sob risco, e até os homens que estão praticando sua luta, ela percebe agora, executam seus movimentos com pouca convicção. E quantos homens há ali? Centenas? Milhares, talvez. Mas quantos mil? Um? Dois? Há mais homens nos outros castelos, é claro, mas suficiente para formar um exército? E quanto a todos os outros necessários em um exército? Os cozinheiros e cervejeiros para manter os homens vivos, os cavalariços para os cavalos e tantos outros? Os ferreiros, os armeiros, os fabricantes de arcos, de flechas e de cordões? E quanto a eles?

– Não é como eu imaginei quando pensamos em entregar o livro-razão ao rei Henrique – ela diz. – Achei que teríamos um exército adequado, algo com que desafiar Eduardo.

Thomas resmunga.

– Sim, mas agora você sabe o que isso significa, não? Com Giles Riven aqui, do lado do rei Henrique, qualquer coisa que façamos para beneficiar o rei Henrique, irá beneficiá-lo, ao passo que qualquer coisa que não façamos, se não dermos o livro ao rei Henrique, irá beneficiar o filho.

Seus pensamentos são circulares, repetitivos, sempre voltando à mesma coisa.

– Sim – ela diz. – De qualquer forma, nós perdemos.

Ele suspira outra vez, e ela também.

– Eles mantêm um pé em cada campo – ele diz –, esperando para ver para que lado o vento sopra.

Eles fazem silêncio por algum tempo, cada qual imerso nos próprios pensamentos.

– Mas... mas e se... – ela começa – e se pudéssemos provocá-los para retirar um pé? Fazer com que um deles saltasse para o outro campo?

– Como? – ele pergunta. – E em qual campo queremos ver os dois?

– O livro-razão – ela diz. – É tudo que temos. E ele só enfraquece o rei Eduardo e fortalece o rei Henrique, assim temos que usá-lo para atrair Edmundo Riven para o lado de seu pai.

– Aqui?

Eles olham ao redor. Não é encorajador.

– Sim – ela diz, pensativamente. – O livro vai mudar a maré, Thomas. Você vai ver. Isso vai atrair novos homens. Isso é tudo que falta. É como Horner diz.

– E quando Edmundo Riven achar que o rei Henrique vai vencer, ele vai pular para dentro do campo dele?

– Sim – ela diz.

– E então torcemos para que os dois Riven lutem ao lado do rei Henrique e então o rei Eduardo os derrote, como fez em Towton?

– Sim – ela acredita. – Mas se ele não o fizer, e se o rei Henrique vencer, ele naturalmente nos recompensará por lhe dar o livro-razão.

– Com Cornford?

– No mínimo – ela diz.

Ela pensa em todos os homens que perderão suas vidas se este plano vingar. Ela pensa em outra batalha como Towton. Santo Deus. Santo Deus.

Eles ouvem os passos de Horner subindo as escadas.

– Aí está você – ele diz. – Sir Ralph tem se gabado de você para o rei Henrique, Kit, e sobre o braço de Devon John, e agora o rei Henrique quer vê-lo. Ou o que resta dele. Portanto, limpe-o, sim? Uma camisa limpa, ao menos, e vamos apresentá-lo ao rei Henrique no grande salão antes que o sino toque a Sexta. Haverá um bom fogo lá, de qualquer forma, e devemos encontrar algo para comer.

Assim, eles se lavam em uma água dolorosamente fria e, em seguida, cada um recebe de Horner um tabardo do uniforme de sir Ralph, nunca antes usado, e guardado para um momento como este. Eles vestem as roupas de lã e as amarram na cintura. É agradável estar usando algo, tocar em algo, verdadeiramente novo e usado pela primeira vez. Ela fica satisfeita em ver que o seu é bem longo e cai bem abaixo de sua virilha.

– Você não precisa se barbear, Kit? – Horner diz. Em parte é uma pergunta e em parte uma observação.

– Não – ela diz. – Ao menos, não com frequência. Não precisamos, em minha família.

– Que sorte – Horner resmunga. Nada mais é dito.

– Bem, vamos, então – ele diz, virando-se, mas há uma pequena pausa.

Katherine sente seu coração bater forte e tem consciência da importância do momento. Thomas e ela se entreolham. Farão isso realmente? Levarão o livro-razão ao rei Henrique? Lançarão os dados? Arriscarão a última cartada?

Ela abre a boca para dizer alguma coisa – não sabe bem o quê – mas Thomas já se inclinou e pegou o livro em sua bolsa, passou as tiras pela cabeça, de modo que o livro fica pendurado, como sempre, às suas costas, entre as omoplatas. Em seguida, cada um segura Devon John por baixo de um braço e o colocam de pé. Suas pernas estão muito fracas.

– Ah! – Horner exclama com uma risada. – Ele parece um potro recém-nascido.

Mas eles levam Devon John pela escada em espiral e continuam amparando-o até atravessar a poterna interna, passar pelos homens que estão de volta ao pátio interno, de volta ao seu treinamento de luta, o barulho amortecido de seus instrumentos protegidos competindo com as instruções gritadas pelos vintenars e capitães e o som fanhoso das cordas dos arcos. No entanto, Katherine não vê nenhum homem com o uniforme de Riven até chegarem às cozinhas, onde quatro deles ameaçam um garoto por causa do preço de um porco com cerdas tão vermelhas quanto as de um esquilo. Ela começa a respirar mais rapidamente na presença deles, como se de algum modo estivesse ali para ser descoberta.

– O que você fará se ele estiver na sala? – ela pergunta a Thomas em voz baixa. – Se ele estiver sentado à mesa com o rei Henrique?

– Não sei – Thomas admite. Ele parece ansioso. Ela tenta novamente imaginar Thomas matando um homem sentado à mesa de jantar, mas não consegue. Thomas não é esse tipo de homem. Riven teria que atacá-lo primeiro, e então ela pensa, meu Deus, e se Riven reconhecer Thomas? Ele o atacaria, sem dúvida. Riven é exatamente esse tipo de pessoa.

– Não sei se ele o faria – Thomas arrisca. – Faz cinco anos que ele me viu pela última vez, quando eu era um cônego com tonsura...

– Mesmo assim – ela diz. – Você lutou com ele, não foi? Olho no olho. E você o deixou viver. Isso... ele jamais se esquecerá disso.

– Neste caso... – Thomas diz, e ele abre sua couraça para lhe mostrar a lâmina que ela própria amolou quando estava no priorado, escondida dentro do forro, embaixo de seu braço. Ela solta o ar dos pulmões. Santo Deus, pensa, se Riven reconhecer Thomas e isso for tudo que ele tem, então estaremos todos mortos, de um modo ou de outro.

– Somos como Daniel – ela diz, e ele concorda.

– Sim, embora estes leões estejam armados com espadas.

A subida para o grande salão torna-se uma tarefa sombria, mais parecida à aproximação do cadafalso do verdugo, e Horner pergunta por que eles estão tão taciturnos. Eles não respondem. Thomas permanece mudo e carrancudo, o rosto contraído, amparando Devon John, por sua vez pálido como cera, silencioso, concentrando-se em não cair, ou em não vomitar, é difícil dizer. Nas escadas para o salão, o capitão da guarda os detém. Tendo ouvido falar na amputação de Devon John, ele está tão interessado no ferimento quanto ficaria qualquer homem com razão para temer a mesma sorte.

– Doeu muito? – ele pergunta antes de deixá-los passar. Devon John admite que não se lembra de nada. Ele tem uma fala arrastada e baixa que o faz parecer um retardado, mas Katherine o ouviu praguejar e balbuciar enquanto dormia, gritando por alguém chamado Meg e também por alguém de nome Liz, e ela sabe que ele tem seus segredos. Devon John mostra o toco de seu braço ao guarda, o que tanto o deleita quanto repugna. Ele se inclina para a frente para cutucá-lo com o dedo apontado.

– Pela cruz, homem! Isto é nojento. Esconda isso. E andem logo. Estão atrasados. Logo o rei Henrique vai estar em oração.

Ele se vira e os conduz escada acima, ao longo de um corredor escuro e por uma porta lateral onde se deparam com um grande pano escuro em uma moldura de madeira. Um músico de verde está sentado em um banco nas sombras, taciturnamente mastigando uma crosta com seu instrumento apoiado contra o joelho. Ele observa com uma expressão intrigada quando Thomas estende o braço e dá um aperto encorajador no ombro de Katherine. Em seguida, sem um momento de hesitação, Horner os tira da escuridão de trás da tela para dentro do espaço propriamente dito do salão, onde seu canhestro surgimento silencia o murmúrio das conversas, faz os criados apressados pararem e vinte pares de olhos entediados se voltarem para eles.

O olhar de Katherine vasculha o aposento rapidamente. Onde está ele? Onde está Riven? Qual deles é ele? Será ela capaz de reconhecê-lo? Ou ele a reconhecerá primeiro? Seu olhar salta de rosto a rosto. Ela sabe qual será a expressão de seu rosto, ela tem certeza, mas não. Não é nenhum daqueles e, ao seu lado, Thomas, que talvez reconheça o rosto do homem com o qual lutou quase até a morte, suspira, soltando uma longa baforada de alívio. Riven não está ali. Graças ao bom Deus. Ela solta a respiração e vê Thomas fechar mais seu casaco para esconder melhor a lâmina desnecessária.

A mesa está arranjada em forma de ferradura e ao longo de toda a extensão os homens olham fixamente para Katherine, Thomas, Horner e Devon John com negligente hostilidade. São homens de uma certa idade, em sua maioria, embora haja um ou dois jovens entre eles, e são, também em sua maioria, de um certo tipo – lábios cerrados nas faces largas e lisas daqueles que não precisam passar seus dias além do solado da porta – e, exceto pelos sacerdotes, estão vestidos da mesma forma, com chapéus sofisticados, e seus ombros são ampliados pelas ombreiras que forram seus casacos.

Sentado em um tablado, semioculto atrás de um saleiro dourado do tamanho da cabeça de uma criança, está o homem que devia ser o centro de tudo: o rei Henrique. Mas de todos os presentes, inclusive os dois padres, um a cada lado do rei, ele é o que causa a menor impressão. O rosto acima dos ombros exageradamente ampliados é comprido e suave, e ele parece hesitante, como se achasse que devia pedir permissão para fazer isto ou aquilo, e ele nunca está imóvel, mas brinca com os anéis nos dedos, com seu lenço de linho, com a gola de sua camisa de linho simples, até mesmo com o aro de ouro em sua cabeça.

O grande salão tem o pé-direito extremamente alto, elaboradamente sustentado por vigas, com grandes tapeçarias de lã nas quatro paredes e janelas afuniladas, inteiramente envidraçadas, acima. Há um espaço para uma lareira do tamanho de algumas casas que ela conhece, e em suas profundezas as chamas melancolicamente consomem uma lenha ainda verde, que assobia e solta fumaça, mas não libera nenhum calor. As mesas ao longo de cada parede são cobertas de toalhas muito brancas que descem até quase o chão e, sobre elas, veem-se várias travessas, tigelas e tábuas empilhadas com iguarias, saladas e o que parecem pãezinhos.

Sir Ralph Grey está na ponta da mesa à esquerda, as faces coradas da bebida, e de repente ele salta e move-se rapidamente para o espaço entre as duas alas de mesas, com suas canelas finas e a barriga protuberante que se projeta por cima do cinto como uma panela. Ele faz uma grande mesura ao rei Henrique, e este sorri, vacilante, em resposta.

– Vossa Graça! – ele começa. – Cavalheiros! Permitam-me compartilhar com os senhores esta maravilha da arte do cirurgião!

Ele apresenta Devon John, ou melhor, o toco do braço de Devon John, já que o próprio Devon John não é de nenhum interesse para o grupo ali reunido, e prossegue fazendo extravagantes alegações quanto ao seu papel na amputação. Então, ele exige que Devon John mostre o toco, o que Devon John faz, levantando a manga da camisa para expor o que parece o topo da cabeça de um bebê. Ouve-se uma barulheira de facas e colheres e o afastar de tigelas e pratos, e o homem mais próximo ao toco murmura alguma coisa sobre o amor de Deus. Mas o rei Henrique fica interessado.

– Podemos ver? – ele pergunta. Ele olha à sua volta, como se pedisse permissão aos padres e cortesãos, e Grey empurra Devon John na direção do rei Henrique. Devon John transpõe os poucos passos, o toco à frente. A expressão do rei Henrique acima da cabeça de Devon John é difícil de interpretar. Se ele não fosse o rei, Katherine poderia pensar que ele estava tentando se solidarizar com Devon John, tentando imaginar como seria perder um braço. Após um instante, ele se pronuncia:

– Temos um médico – ele diz em voz trêmula – que conhece o movimento dos planetas e pode avaliar o equilíbrio de nossos humores só pelo cheiro de nossa urina.

O sacerdote imberbe bate palmas de forma encorajadora e sorri para o rei Henrique como se tal capacidade fosse algo grandioso. Os demais à mesa permanecem em silêncio.

– Estivemos doentes – continua o rei Henrique, dirigindo-se a Devon John agora. – Nos dizem que não movemos sequer um músculo o ano todo. Como se fôssemos de pedra, disseram, como a imagem esculpida de um santo ou mártir em uma de nossas catedrais. Mas o fato é que éramos frágeis. Nossa esposa, a rainha, que Deus a guarde, rezou por nós, e nós voltamos para ela e nosso milagroso filho Eduardo, que Deus o abençoe. Mas eles estão na França agora, sabe? Realizando sua grande missão. Gostaríamos de estar com eles. Ou que eles estivessem conosco. Ou que estivéssemos todos em Windsor, juntos.

O padre imberbe está encantado com tal eloquência. Entre os demais, o silêncio persiste.

– Gostaria de conhecer meu médico? – o rei Henrique pergunta a Devon John. – Seu nome é mestre Payne. Um bom nome para um médico, não acha?

Devon John vira-se para Grey em busca de orientação. Grey, que cerra os dentes manchados e balança a cabeça o suficiente para fazer com que a borla do seu gorro continue sacudindo muito tempo depois que ele para de se mexer. Devon John diz que sim. O rei Henrique ergue os olhos para um criado próximo como se eles doessem, como se ele estivesse gripado, e o criado sai. O rei Henrique volta o olhar para Devon John. Ele sorri quase como se pedisse desculpas, mas não diz nada, e o silêncio continua. Até mesmo Grey não diz nada.

Após algum tempo, ouve-se o arrastar de pés, o barulho de um instrumento musical batendo no chão e, em seguida, detrás da tapeçaria de onde eles próprios haviam entrado antes, surge um homem alto em um traje azul-claro com uma estampa suave e uma gola de pele cinzenta. Ele é alto, de ombros largos, com uma barba cuidadosamente aparada que lhe cai bem e uma expressão animada em suas bonitas feições. Seu gorro, alto e vermelho, obviamente caro, provavelmente um presente, está empoleirado em seus belos cabelos negros, usados mais longos do que os dos outros homens, quase até a gola de pele, e ele se move agilmente, sem estar atravancado com as couraças, armaduras ou armas que parecem pesar sobre os outros homens. A lã de sua meia-calça é muito refinada e seus sapatos maravilhosamente pontudos, sem nunca terem conhecido lama.

– Sinto muito, Vossa Graça! – Payne diz. – Eu estava atendendo um paciente.

Ele possui uma voz bonita e as palavras são cuidadosamente enunciadas. O rei Henrique sorri para ele complacentemente, mas há um retesamento de espinhas dorsais ao redor da mesa, como se esses homens não aprovassem nem o paciente, nem o médico.

– Como ele está hoje? – o rei Henrique pergunta, cego à reação dos demais. – Está bem-humorado?

Há um momento de hesitação antes de Payne responder:

– Graças às vossas preces, Vossa Graça, e à infindável misericórdia divina, é claro, ele está toleravelmente confortável.

O rei Henrique inclina a cabeça para aceitar o elogio. Não se trata, Katherine pensa, de puro elogio, mas, ao invés, nota-se um quê de cansaço.

– Você é modesto demais, mestre Payne – ele diz. – É em parte devido às suas habilidades que ele se mantém conosco, tenho certeza, e com as bênçãos do bom Deus, ele se recuperará e retornará para nós ainda mais determinado a servir. Mas, falando de ferimentos, por favor, dê uma olhada nisto. O toco, onde antes havia o braço de um homem. Não sei nada a respeito dessas coisas, mas me dizem que foi feito com muita habilidade.

Payne olha para Devon John, em seguida para o toco de seu braço. Ele olha mais atentamente. Seus olhos se aguçam.

– Ah – ele diz, aproximando-se para segurar o toco na mão. – Foi, sim. De fato, foi feito com muita habilidade. Nenhuma queimadura, nenhum banho de alcatrão, apenas costurado. Exemplar.

– Sim – Grey intervém. – Meu cirurgião fez a amputação, com uma lâmina de prata abençoada pelo próprio papa.

— Achei que você tivesse dito que tinha sido o bispo de Toledo – murmura o homem à cabeceira da mesa.

— Eu disse que isso foi o serrote – Grey diz.

— E quem é seu cirurgião? – Payne pergunta.

— Aqui – Grey diz. – Dê um passo à frente, por favor, mestre.

Nesse momento, o sangue aflora às faces de Katherine. Ela não havia pensado nisso. Ela não esperava por isso. Ela não pode ficar sob o exame de todos estes homens. Alguém dirá alguma coisa. Ela não se move. Mas Grey insiste.

— Vamos, mestre – ele incita. – Ele é modesto, Vossa Graça.

O rei Henrique sorri como se dissesse que era assim mesmo que devia ser, mas aguarda, e todos aguardam também. Payne ergue uma das sobrancelhas. Ela deve se apresentar. Katherine sente-se nua, como se fosse uma daquelas mulheres no mercado, e ela se encolhe, desejando que não sentisse suas roupas, desejando que fosse libertada e pudesse sair correndo dali. Mas não pode e Grey sorri furiosamente. Ela dá um passo à frente. Ouve-se um murmúrio de incredulidade dos homens às mesas.

— Este garoto?

— Este moleque?

— Está brincando?

Mas Payne a examina e inclina a cabeça para o lado.

— Hummm – murmura, e ela espera o que deve vir pela frente, o que ele vai dizer, pois ela tem certeza de que é ele o homem que irá ver diretamente através de seu traje tolo, e parte dela, Santo Deus, parte dela quer que ele o faça! No entanto, em vez disso, ele cruza os braços, toca os lábios com um dedo e não diz mais nada, mas há um sorriso em seu rosto que se recusa a desaparecer.

O rei Henrique, por sua vez, também não diz nada, mas ela pode ver que ele está igualmente surpreso, e deve estar mesmo, ela pensa, pois está mais malvestida do que o rei Henrique. Ela usa um velho gorro de linho para esconder a orelha, um tabardo largo demais, que cai solto até abaixo da braguilha, e sua meia-calça se dobra frouxamente nos joelhos. Somente suas botas são boas. Ela permanece em pé e tem a sensação de oscilar dentro delas. Ela pode sentir o suor pingando e pinicando na magnetita que traz ao pescoço. Quisera estar em qualquer outro lugar que não ali.

Ela inclina a cabeça para o rei Henrique.

– Vossa Graça – ela diz.

E o rei Henrique sorri novamente sem muita convicção, mas Grey continua.

– Asseguro-lhes, senhores – ele diz. – Eu vi com meus próprios olhos. O garoto cortou o braço, primeiro com uma faca, depois com um serrote.

– Um assombro – Payne diz. O rei Henrique volta-se para ele.

– Sir Ralph Grey do Castelo de Heaton nos pede que permita que seu cirurgião veja o paciente – ele diz a Payne, e Payne fecha os olhos por um instante, mais de pesar do que por qualquer outro motivo. Ela vê que ele na realidade se ressente da desfeita, mas, ela pensa, está acostumado a este tipo de coisa, como se, na verdade, já estivesse à espera disso. Ela está pisando nos calos dele, pensa, e quisera não estar.

– Posso fazer uma pergunta ao mestre, Vossa Graça? – Payne pergunta.

O rei Henrique consulta o padre barbudo se ele deve permitir e o padre balança a cabeça impacientemente sem parar de comer. O rei, então, permite que a pergunta seja feita. Payne volta-se para ela. Ela mal consegue engolir em seco por causa do nó que sente na garganta e seu rosto fica afogueado. É agora, ela pensa, é agora. O que ela fará? Correr. Voltar para o pátio e depois... não faz a menor ideia.

– Quem foi o seu mestre? – ele pergunta.

Ela mal consegue balbuciar uma resposta.

– E então? – Payne insiste.

– Eu não fui treinada por um mestre – ela diz. – Mas eu li. Muito. E trabalhei em inúmeros hospitais.

– Hospitais – ele diz. – Onde?

Ela está prestes a responder quando no último instante percebe que se colocou em nova armadilha. Se responder Hereford, onde acredita que aprendeu a maior parte do que sabe, tratando os feridos depois da Batalha de Mortimer's Cross, os homens que ali estão naturalmente saberão que ela estava salvando a vida de homens que lutaram contra o rei Henrique. E agora, ela compreende, também não pode dizer Towton, pela mesma razão. Mas Thomas também viu o perigo.

– O senhor disse que faria apenas uma pergunta – ele intervém, usando um tom de voz confiante.

Payne volta-se para ele.

– E quem é o senhor?

– Apenas uma pergunta – Thomas repete.

Payne apela para o rei Henrique.

– Mas, Vossa Graça – ele protesta.

O rei Henrique dá uma risadinha abafada. O padre sem barba dá uma risada.

– É como pediu, mestre Payne – diz o rei Henrique. – Apenas uma pergunta.

Payne não diz nada. Ele fecha os olhos e dá um passo para trás. O rei Henrique é infantil, ela pode perceber que é isso que ele pensa. Ele faz uma graciosa mesura, acintosamente exagerada. Katherine volta-se para o rei Henrique outra vez. Ela deve falar agora, pensa. Deve lhe mostrar o livro-razão. Nunca mais terá outra chance. Ela estende a mão para o livro-razão que Thomas começa a tirar do ombro.

– Vossa Graça – ela começa –, se me permite...

Mas neste instante, um sino toca acima da capela distante e faz-se um momento de absoluto silêncio na sala, enquanto todos se certificam de que estão ouvindo o que acham que estão ouvindo. O rei Henrique se levanta e um instante depois se ouve o arrastar dos bancos empurrados para trás, conforme todos o seguem. Em seguida, todos se viram para a direita e o rei começa a sair do salão por uma porta, na direção do sino que está soando. Os padres o seguem e, atrás deles, os demais homens que estavam à mesa. Eles formam uma fileira atrás do rei Henrique, cada rosto a imagem da impaciência, ou da frustração, ou da resignação, exceto sir Ralph, que olha furiosamente para eles como se de algum modo eles o tivessem decepcionado. Os criados – a maioria de jovens rapazes que parecem que se transformarão na mesma espécie de homens que agora estão marchando atrás do rei Henrique – esperam até que as costas do último homem desapareça pela porta e logo há um alvoroço repentino de ação violenta, conforme eles se atiram sobre os restos de comida, agarrando pães e tigelas de ensopados de caldo grosso da mesa. Os vitoriosos protegem os frutos de sua pilhagem e afastam-se, retirando-se para diferentes pontos do salão a fim de devorar seu espólio.

15

A convocação de sir Ralph veio logo depois que Thomas e Katherine acabaram de comer o que haviam roubado da mesa do rei Henrique e o gosto da crosta de pão embebida no molho mal ter desaparecido de seus lábios. Eles estavam sentados junto ao forno quase frio outra vez quando Horner subiu a escada em espiral.

– Sir Ralph quer falar com você, Kit – ele lhes diz. – Algo para discutir. Sinto muito.

Sir Ralph Grey os encontra no grande salão onde eles foram apresentados ao rei Henrique mais cedo naquele dia. As mesas foram retiradas, partículas de poeira giram em redemoinho na luz mortiça de outono que entra pelas janelas altas e o fogo se extinguiu na lareira. Grey, que comemora o sucesso de sua audiência com o rei Henrique, está sentado em uma arca, sorrindo calorosamente para um cachorro de focinho comprido ocupado com um osso de boi.

– Ahhh – ele diz ao vê-los. – Aaaahhhh.

Ralph levanta-se e senta-se outra vez, de modo que sua cabeça fica ligeiramente mais baixa do que a deles. Seus olhos remelentos espreitam para cima como os do cachorro e ele cheira fortemente à sua bebida.

– Garoto – ele diz, dirigindo-se a Katherine. – Quero dizer, ahhh, mestre. Quero que você atenda esse paciente do rei. Eu... para dizer a verdade, a verdade absoluta. Não. Não. Quero que você o cure. Compreendeu? Cure. Por quê? Por quê? Bem. Eu nunca o vi. Não posso falar em seu favor. Ele pode ser um bom cristão. Pode não ser. Como eu digo. Eu não o conheço. Nunca o vi. Não posso julgar. Mas o problema agora é que eu preciso que você... hummmm?

Ela precisa se manter calma.

– O que ele tem? – ela pergunta.

– O que ele tem? – Grey repete. – O que ele tem? Não há nada de errado com ele. Ele é o maior cristão que já andou por esta terra de Deus. Ouso dizer. É como eu digo. Sei que as pessoas falam coisas a respeito dele. Como ele virou casaca e traiu seu rei, mas eu lutarei contra quem disser que há algo de errado com... com... com ele.

Ele coloca a mão no punho de sua adaga, mas não a retira da bainha. Em seguida, muda de atitude, adotando um tom de confidência.

– Não – ele diz. – A verdade é que, quero dizer, esqueça-o. A verdade é que fiz uma pequena aposta. Com Tailboys. Vocês o conhecem, hummm? O homem do dinheiro, é como eu o chamo. Sempre tem ouro. Tesoureiro do rei. Será que é mesmo? Não sei. Digam-me vocês. Enfim. Mas, é como eu digo. Se puderem curar o paciente, colocá-lo em pé, forte o suficiente para montar um cavalo... sem ajuda, vejam bem, sem ajuda. Não é uma tarefa fácil... isso na melhor das hipóteses. Então... bem. Eu posso ganhar muito. E estou falando de muito mesmo. Dinheiro.

Ele fala arrastado e dá umas pancadinhas no lado do nariz. Distraidamente, ela se surpreende de que aquilo possa ser verdade. Não parece verossímil que haja muito dinheiro por ali.

– Mas, sir Ralph – Thomas começa. – Qual é a doença dele? Kit... mestre Kit... não pode curá-lo se ele estiver... não sei. Ele não pode curar tudo. Algumas coisas não podem ser curadas.

– Não diga mais nada! – Grey interrompe, erguendo a mão. – Não diga mais nada. Entendo perfeitamente. Entendo perfeitamente. Não pode curar tudo. Não é um milagreiro. Sem dúvida. Entendi. Mas há esse caso, devo dizer, em que o médico do rei, o maldito cheirador de urina, me fez pensar: que você não é um verdadeiro cirurgião.

Há um momento de silêncio. Ela se esquece de dizer que é, porque, pelo amor de Deus, ela não é.

– E eu estava me lembrando – Grey continua – de como vocês dois invadiram o castelo, em Alnwick. Contando uma história sobre como vocês foram derrubados em Towton, não é? Sem nenhum uniforme e ninguém para mantê-los, a não ser uma conversa sobre um cavalheiro de quem ninguém nunca ouvira falar. Quero dizer, não consigo... me lembrar, não é? Você consegue, Horner? Não. Estão vendo? E assim ficamos imaginando se vocês realmente são quem dizem ser. Ou se são, o quê? Espiões. Enviados pelo maldito John Neville, o chamado, hummm?, lorde Montagu. Sim. Bem. Se forem. E eu não estou dizendo nada. Eu não julgo. Eu não julgo. Julgo? Mas eu estava pensando. Se fosse este... o caso. Se vocês forem espiões. Se você não for o cirurgião que diz ser, então devemos chamar o carrasco, aqui mesmo em Bamburgh? Acho que eles já têm uma forca montada.

Ele balança a cabeça para indicar algum lugar lá fora no pátio.

– Mas Kit curou o rapaz! – Thomas diz. – Ele curou Devon John! Certamente isso é prova suficiente!

– Oh, que nada! – Grey rejeita a objeção. – Pode ter sido sorte. O rapaz poderia ter sobrevivido de qualquer modo. Seu braço poderia ter simplesmente caído. Ah!

Eles não dizem nada.

– Portanto, você deve provar suas habilidades de novo – Grey diz. – Deixar o patife forte o suficiente para montar em uma sela, hein? É tudo que o rei Henrique mais fervorosamente deseja. Sim. Estão vendo? Então, teremos dinheiro, ou eu terei, de qualquer modo, e podemos... bem, vou lhes dizer o que farei. Eu pagarei, e estou dizendo que pagarei, um padre. Não. Não. É justo. Têm razão. Pagarei dois padres para rezar uma missa pela alma de vocês, se vierem a precisar de preces por suas almas, por toda a eternidade. Que tal?

– Uma oferta generosa – Horner acrescenta.

– Mas... – Thomas começa a falar.

– Não é mesmo? Não é mesmo? – Grey interrompe. – Então, está combinado. Vocês irão ver este desgraçado que se faz passar por doente. Vocês o farão subir em seu cavalo. Quero dizer, vão curá-lo do que quer que esteja errado com ele. E então... veremos, veremos, hein? Hummm? Hummm?

Como poderá evitar isso?

— Não tenho instrumentos — ela lhe diz.

— Facas e coisas assim? Pensei que tivesse. Não. Não. Eu vou arranjar. Não se preocupe. Pedirei ao... como é o nome dele? O cheirador de urina?

— Mestre Payne — Thomas diz.

— Mestre Pain? — Grey dá uma risada. — É este o nome dele? Mestre Dor! Estão vendo? O nome dele é Dor! Mestre Pain, o cheirador de urina. Essa é boa!

Quando para de rir, ele grita chamando um criado, que surge após um instante e aguarda sem se incomodar de disfarçar a impaciência. Katherine vê que Grey já colocou todo mundo contra ele. Ele diz ao criado para pedir — em nome do rei Henrique — ao cheirador de urina Payne para emprestar seus instrumentos a Katherine.

— Mestre Payne está com o paciente agora — o criado informa.

— Está? Está? — Grey diz, os olhos se iluminando. — Muito bem então, nos leve até ele! Não há hora melhor do que agora!

— Espere — ela diz. Mas Katherine não consegue pensar em nada para dizer.

— Para quê? — Grey quer saber. — Pelo amor de Deus, rapaz! Ande logo com isso. Não podemos ficar aqui o dia todo. O sujeito pode morrer antes que você se decida a salvá-lo, e aí em que situação a gente fica? Pendurados de uma corda, sem nenhuma missa por sua alma imortal! É assim que vão ficar. Podem passar o resto da eternidade no purgatório. Mais do que isso, minha bolsa ficará murcha e ficaremos presos aqui para sempre. Isso será a morte de todos nós.

— Kit precisa comer, senhor — Thomas diz. — Não pode trabalhar sem sustento.

Grey entende, volta-se para o criado.

— Traga comida, sim? Cerveja e tudo o mais. É o que gente como vocês mais gostam, não é? Hein? Cerveja?

Ao final da conversa, parece que Grey está quase sóbrio, e ela se pergunta até que ponto ele estava bêbado antes? Eles seguem o criado para fora do salão e ao longo de uma passagem de chão de pedra, passando por pequenas celas com portas abertas onde estão homens esparramados ou encolhidos junto ao fogo, sem fazer nada ou jogando dados. Então, sobem, depois descem alguns degraus, até estarem nas profundezas da torre de menagem. Ele os direciona para uma escada em espiral, que ficou irregular pelo desgaste ao longo dos anos e onde é tão escuro que há lamparinas de junco acesas nas paredes.

– Ao menos, está quente, hein? – Grey diz por cima do ombro. – Horner já arranjou seus alojamentos. Eu não os aprecio. Especialmente não nesta época do ano.

O criado permanece em silêncio até chegarem ao terceiro andar, quando os conduz da escada ao longo de novo corredor e em seguida por outro mais estreito, mais úmido, com pedras nuas, mais brutas, e lá, no final, onde é ainda mais escuro, vê-se uma mancha de algo pálido – um homem, virando-se para eles, em um casaco branco – e Katherine é tomada pela certeza imediata e absoluta de que ela não quer ir até lá. Ela começa a recuar e Thomas colide contra ela. Então, ele vê o que ela havia visto, e também ele suspende a respiração. Nenhum dos dois diz nada.

Grey e o criado bloqueiam a passagem até que ela não possa ver o homem, mas ele está lá, ela sabe, e sabe o que ele está usando. Ele usa o uniforme de Riven e, com uma súbita precipitação de adrenalina, ela tem a mais absoluta certeza, finalmente, de quem é o paciente do rei.

– Meu Deus – ela diz. – É Giles Riven.

Os olhos de Thomas se arregalam na semiescuridão e ele solta uma arfada:

– Não!

E enquanto olham fixamente ao longo da passagem, um terrível pensamento vem à mente de Katherine. E se aquele homem for o gigante?

– Venham! – Grey chama. – Pelo amor de Deus!

E agora Horner está atrás deles, forçando-os a prosseguir, e é como se ele também nunca tivesse confiado neles. Ela se pergunta se poderia se virar, passar por ele e correr de volta para a torre, e dali, de alguma forma, fugir, embora saiba que não é possível. Mas ela não pode passar por Horner e Thomas está bloqueando seu caminho também, tateando em sua couraça para encontrar aquela lâmina. Agora, ele está tentando passar por ela, chegar ao gigante, e ela sabe que o gigante o matará se ele tentar. Assim, ela se vê presa no meio de todos eles e agarra o braço de Thomas.

– Não – ela lhe diz. – Não. Não tente. Não tente. Apenas passe por ele.

Ele liberta seu braço, respirando furiosamente, ensandecido.

– Thomas – ela diz. – Thomas.

Subitamente, ele parece sair do transe, se acalmar, e após um instante, ele balança a cabeça e devolve a lâmina à sua couraça. Grey está chamando-os e Horner olha para eles como se ambos estivessem loucos. Assim, ela se vira, se recompõe, respira fundo e tenta parar de tremer. Ela caminha para a frente e, conforme segue, a passagem parece se estreitar, fechando-se sobre ela, sua visão se contraindo como se ela estivesse entrando em um buraco. As batidas de seu coração parecem retumbar e ela mal consegue respirar. E então lá está ele, só que, graças a Deus, não é ele: não é o gigante. É outro homem. Não tão grande, embora ainda assim alto demais para ficar ereto no corredor. Ele assoma sobre as pequenas figuras do criado e de Grey, que olham para cima, falando com ele, exigindo que abra a porta. No entanto, ele somente o faz quando tem certeza de que eles estão a serviço do rei, que vieram "salvar seu mestre e senhor".

Ele abre a porta e uma luz cinzenta se infiltra no corredor. O guarda entra no aposento, e o criado e Grey o seguem. Ela ouve dois homens falando e fica ali parada. Naquele momento, sua mente parece se esvaziar e ela se vê concentrando-se em coisas sem importância, como a construção da porta, que é grossa e reforçada com taxas, com dobradiças de ferro brutas e uma trava. Ela sabe que está a apenas alguns passos do homem que um dia tentou matá-la e lhe causou mais sofrimento do que qualquer outro homem vivo, o homem que ela odeia mais do que ama a própria vida. Ela fica paralisada, mal consegue respirar. Ele está ali. No quarto, a menos de dez passos de distância. Ela provavelmente pode sentir seu cheiro.

– Vamos, vamos – Grey chama de dentro do quarto. Ela pode ouvir a respiração acelerada de Thomas atrás dela. Ela não quer entrar, mas agora é a vez de Thomas virar-se para acalmá-la. Ele coloca a mão em seu ombro. Ele não a empurra, apenas descansa a mão em seu ombro por um instante e o calor da sua palma é suficiente. Ela respira fundo e entra no pequeno quarto.

E, depois de tudo isso, lá está ele. Giles Riven. Em um colchão sobre um estrado rústico de madeira. Ele está deitado de bruços. Com a cabeça virada para o outro lado, para a parede, mas, ainda assim, ela sabe. Sabe que é ele. Ele tem cobertores até a cintura e um lençol de linho até os ombros, mas dele sai seu braço direito, estirado estranhamente para fora, por cima da beira da cama, descansando sobre um banquinho de ordenha. Seus cabelos castanhos estão sujos, cortados acima das orelhas, como se usasse um gorro de lã. Ele não se move. Poderia estar dormindo.

Thomas está ao lado dela, atrás dela, igualmente paralisado, o olhar igualmente fixo, a boca aberta. Ela olha para ele e, após um instante, ele também olha para ela. Meu Deus, é absurdo. O homem que há tanto tempo vêm tentando matar, o homem que ambos juraram matar, jaz inerte, de costas para eles, nu como um verme, e Thomas tem aquela lâmina escondida em sua couraça. Mas Payne está lá, segurando uma jarra de vidro contra a luz fraca da janela, e o guarda, com uma espada curta e um punhal, bem como Grey e o criado também, e o aposento está tão apinhado que eles quase se tocam. Do lado de fora, Horner aguarda, esticando o pescoço, espreitando pela porta, tentando ver o paciente do rei.

– Ah – Payne diz –, então aqui está ele, o famoso barbeiro-cirurgião da poterna externa.

Katherine não diz nada, mas não pode deixar de sorrir levemente. Thomas franze a testa. Grey faz o mesmo e está prestes a dizer alguma coisa quando ele ouve o criado dirigindo-se a Riven como se ele fosse surdo, ou idiota.

– Sir Giles? – o criado diz. – Sir Giles? O rei Henrique enviou seu cirurgião.

Diante disso, Grey volta-se para ele.

– O cirurgião *dele*? – berra. – O cirurgião *dele*? Ele é o *meu* maldito cirurgião! Ouviu? Mas que droga! Qual é o seu nome? Ele é *meu* cirurgião. Ele pertence a *mim*. A sir Ralph Grey de Heaton. Me ouviu? Não vou tolerar isto nem mais um minuto. Por tudo que é sagrado! Sou desconsiderado a todo instante! Por toda parte.

O criado espera o desabafo passar, com um olho no cinto de Grey, de onde sua adaga está pendurada, embora Grey seja mais de gritar do que de atacar. No entanto, a explosão de raiva de Grey desperta Riven, que lentamente vira a cabeça. O coração de Katherine pulsa em sua garganta e ela não consegue desviar os olhos dele, embora saiba que vai se denunciar. Ela vê seu rosto e não pode deixar de soltar uma arfada. É quase exatamente como ela imaginava que seria: esquelético, abatido, os lábios descascados, os dentes cerrados do prolongado sofrimento. Ele nem sequer olha para ela. Nem para Thomas. Olha apenas para Grey através dos olhos semicerrados.

– Grey – ele sussurra. – Grey.

Sir Ralph está recuperando o fôlego para continuar gritando e ouve a voz baixa. Ele para, abaixa os olhos para o homem na cama.

– Cale a boca – Riven diz. Em seguida, vira-se novamente para a parede, deixando apenas o crânio voltado para eles. Faz-se um momento de silêncio, quando Grey fica vermelho e ferve de raiva outra vez.

– Você! – ele grita. – Você! Seu maldito filho da mãe! Seu maldito vira-casaca! Não me diga o que fazer. Não diga a sir Ralph Grey do Castelo de Heaton o que fazer. Me ouviu, vira-casaca?

Riven permanece imóvel. O único som é o da respiração de Grey, o leve estalido da sola da bota de Payne, um sino distante. Após um instante, Grey ergue os olhos. Seu olhar cruza com o de Katherine e ela vê a dúvida nele. Ele não sabe o que fazer. Assim, ele se vira e marcha para fora do quarto, deixando-os em silêncio, ouvindo os passos se afastando, uma discussão, resmungos e, em seguida, uma batida de porta. Uma gota de água pinga por trás de outra porta menor, que leva à latrina, onde também são pendurados casacos e roupas. O criado tosse.

– Você pode nos deixar agora – Payne lhe diz e, quando ele sai, depois de erguer as sobrancelhas para eles uma ou duas vezes, Payne diz que ele supõe que ela gostaria de ver o que há para ser visto do ferimento e, quando ela balança a cabeça, assentindo, ainda incapaz de falar, ele se inclina e afasta as cobertas que cobrem Riven. Ela pode ver os músculos de suas costas se flexionarem conforme ele respira. Sua pele parece grande demais para ele, como se ele tivesse murchado por dentro, mas lá está o ferimento, uma espiral de pele espessa, como se alguém tivesse pegado um pedaço de pau e feito um buraco em suas costas, de diâmetro maior do que o da boca de uma caneca.

– Aí está – ele diz, gesticulando com a mão aberta. – Faça o que quiser.

Ela permanece parada ao lado de Thomas e eles continuam a olhar fixamente para Riven. Faça o que quiser. Faça o que quiser! Quantas vezes ela desejou poder fazer exatamente isso? Quando pensava em Walter, Dafydd, Owen, Geoffrey. Quando pensava na sra. Popham e em sua filha Elizabeth. Quando pensava no pobre Richard, cego. Quando pensava em Riven atacando-a naquela vez, tantos meses atrás, fora do priorado, na neve. Quando pensava em Alice.

Mas ela continua ali parada, as mãos tremendo ao lado do corpo. Ela fecha os olhos e solta a respiração, e compreende que já é tarde demais. Ela não pode fazer isso. Abre os olhos e vira-se para Thomas. Ele está pálido, aterrorizado, a mão no queixo, e parece que vai chorar. Ela sabe que também ele descobriu que não pode simplesmente matar um homem deitado em sua cama.

Deviam ter feito isso no primeiro instante, sem pensar, ela percebe. Deviam ter entrado, fechado a porta atrás deles e o esfaqueado. Cortado sua garganta. Enfiado a lâmina entre suas costelas. Teria havido uma luta com Payne. Teriam tido que matá-lo também, talvez, e Cristo, os outros também: Horner, Grey e o guarda. E então, poderiam ter coberto o corpo de Riven com o cobertor e ido embora, dizendo a quem encontrassem que ele havia dormido, e depois... bem, eles seriam presos e enforcados, mas ao menos teriam feito o que tinham que fazer, ao menos teriam feito! E o futuro que se danasse.

– E então? – Payne diz. Ela respira fundo, engole em seco, aproxima-se de Riven. Seus nervos estão à flor da pele. Ela pode sentir tudo. Pode ver suas mãos tremendo. Ela se inclina e toca nele, toca sua pele nua, algo que ela nunca pensou em fazer sem algo como uma lâmina de aço, mas agora ali está ela. Ele está frio sob as pontas de seus dedos e ela os recolhe. Ele já é quase um cadáver, ela pensa, e se lembra de como o corpo de Richard mudara depois que ele desistira de toda prática de espada, como os músculos definharam e ele acumulara gordura, fria ao toque exatamente como Riven, até que também ela se desfez por falta de alimento.

Payne não diz nada. Ele a fita intensamente.

– É este o ferimento? – ela pergunta. Sua voz soa alta e esganiçada. Payne continua fitando-a. É, obviamente, o ferimento. Então, Riven vira o rosto no lençol outra vez e olha para ela por baixo daquelas pálpebras semicerradas, como se estivesse interessado em qualquer pessoa tão tola a ponto de fazer tal pergunta. Ela não consegue encará-lo. Desvia o olhar, abaixa os olhos para o assoalho, ergue-os de volta ao seu ferimento, em seguida rapidamente o fita nos olhos e desvia os seus outra vez.

– Quem é você? – ele pergunta. Sua voz é mais suave, e mais fraca naturalmente da que ela se lembra ter ouvido pela última vez, mas tem um certo tom, um certo poder maligno que a faz sentir que deve fitá-lo nos olhos.

– Meu nome é Kit – ela responde. – Tenho experiência em ferimentos como o seu. Operei muitos homens, salvei suas vidas. O rei Henrique me pediu...

– Kit o quê? – ele pergunta.

Ela hesita e não diz nada, porque não sabe. Ela não tem sobrenome. Olha à volta em busca de inspiração. O aposento está vazio, a não ser por uma arca onde estão várias travessas, dois ou três potes tampados, uma faca para a sangria e um ramo de ervas secas que ela não reconhece. Há uma sacola no chão – os instrumentos de Payne, ela supõe – e um colchão enrolado, onde talvez Payne durma. Atrás de outra porta, ela imagina a latrina, com seu buraco até a fossa, e as imaculadas roupas de Riven, e talvez de Payne, em seus ganchos.

– Kit o quê? – Riven repete. Ela se vira para olhar para ele e ao fazê-lo quase não a vê. Mas, não. Lá está ela, uma arma muito distinta para ser ignorada ou passar despercebida. Ela vira a cabeça com um movimento brusco e olha fixamente para ela, encostada no canto arredondado do aposento, algo de valor e de propósito definido, se não beleza, e apesar de seu olhar sobre ela, ela prende a respiração ao vê-la e não consegue deixar de levar a mão à boca. Meu Deus, pensa. Meu Deus.

É o machado de guerra de Thomas. Ela estremece ao ver o esporão da arma. Ela se lembra claramente da arma, como sempre pareceu ter vida própria, pensa, uma espécie de força interior, e ela se lembra dos homens que Thomas matou naquele barco, quase como se ele não quisesse, como se a arma tivesse feito isso por conta própria, e ela se lembra de ameaçar o outro médico com aquele machado, de brandi-lo para Fournier.

Riven acompanha o olhar dela.

– Você gosta do machado de guerra? – ele lhe pergunta. – Que estranho. Há uma história por trás dele, sabe? Eu o perdi certa vez, mas ele voltou para mim. Assim é. As coisas têm o hábito de voltar para mim. As pessoas também...

– Onde você o encontrou? – Thomas interrompe. Ele também está olhando o machado, confuso. Ele se lembrará melhor dele se o segurar, imagina. Espera que ele não o faça, ou não por enquanto. Riven volta o olhar para Thomas, e Thomas devolve o olhar. Faz-se um longo instante em que eles se encaram, até Riven piscar.

– Quem é você?

– Thomas Everingham.

– Thomas Everingham? Hummm. Não. Não conheço este nome, mas eu conheço você. Mas de onde, Thomas Everingham?

Thomas não pode deixar de olhar para ela antes de responder. Riven jaz ali, examinando Thomas de cima a baixo, avaliando minuciosamente seu valor e sua posição.

– Não, não conhece – Thomas diz.

– Oh, conheço, sim – ele diz. – Sim. E alguém como você se lembraria de alguém como eu, portanto obviamente você não quer que eu me lembre de você. Bem. O que isso pode significar?

Thomas não diz nada.

– Você mudou, não foi? – Riven continua. – Sim. É isso. Eu conhecia você como outra pessoa, talvez? Mas, quem? Ou, mais provável, o quê? Não. Mas eu vou me lembrar. Vou me lembrar. Aos poucos.

Então, ele fecha os olhos e vira o rosto para a parede outra vez. Thomas olha para ela. O que ele deve fazer? Ele fica ali parado, com os braços ao longo do corpo. Todas as vantagens que ele tem sobre Riven se foram, precisamente porque tem tantas, e portanto não irá usá-las. Esta é a diferença, ela pensa, entre um homem como Riven e um homem como Thomas. Uma súbita imagem lhe ocorre: de como seria se fosse o contrário e fosse Thomas quem estivesse deitado ali e Riven tivesse vindo para matá-lo. Ela pode ver a cena com assustadora clareza: Riven andando depressa, silenciosamente, Thomas não tendo tempo nem para gritar antes que um punhal se abatesse sobre ele. Ou ele teria aquele machado de guerra. Santo Deus. Pode imaginar facilmente o barulho que faria e o sangue nos lençóis e nas paredes talvez. Ela fecha os olhos com força.

– O que acha? – Payne pergunta, sinalizando com a cabeça para o ferimento esquecido. Ela leva um susto e olha para o ferimento outra vez.

– Um ferimento de flecha – ela diz.

– Não diga! – Payne exclama, com uma risada.

– Mas não inflamou?

– Ah, não – ele diz. – Nenhuma gangrena. Essa é uma morte terrível e depois, sabe, quando o paciente está morto, pode-se retirar o fígado, que também estará completamente negro, e colocá-lo sobre um mármore, e ele fervilhará, como um pano molhado sendo torcido.

Ela não consegue acreditar no que está ouvindo.

– Você... abriu um homem para examinar seu fígado? – ela pergunta.

– Em Cambridge – Payne diz, como se todo mundo tivesse feito isso. – E depois novamente em Bolonha.

Ela esfrega o queixo, olha para o ferimento outra vez e em seguida novamente para Payne. Ele está se gabando ou mentindo. A igreja certamente não permitiria tais coisas. E o que ou onde é Bolonha? Ela não ousa perguntar. Existe algo de muito estranho a respeito de Payne, ela pensa. É como se ele tivesse uma outra vida, uma vida paralela da qual ela nada sabe.

– Mas não há nada que você possa fazer por ele? – ela pergunta.

– Ah, eu mantenho seus humores equilibrados – Payne lhe diz, indicando com o frasco de líquido turvo a tigela de sangria em cima da arca e as ervas secas – e o rei Henrique tem mandado rezar missa, duas vezes por dia.

– Missa – ela diz.

– Sim – Payne retruca, virando-se com um sorriso irônico. – A oração é muito eficaz, não acha? Nosso Senhor Jesus Cristo é o sanguessuga celestial. Ele tudo pode curar e com suficientes orações tenho certeza de que a ponta da flecha sairá por conta própria.

– Já soube de algum caso em que isso tenha acontecido? – ela pergunta.

– Não – ele admite. – Mas isso não quer dizer que não acontecerá no futuro.

– Então, por que abrir um homem para ver como ele é construído, se tudo de que se precisa é de fé? – ela pergunta.

– De fato – ele concorda. – Mas vamos falar disso mais tarde. Temos que discutir este paciente. O rei Henrique se deixou levar pela extraordinária eloquência de sir Ralph e ordenou que eu o ajude no que ele acredita que será a remoção da ponta da flecha e a restauração da saúde física, se não espiritual, de sir Giles. Ele espera que você seja bem-sucedido. Prometeram a ele que você conseguirá.

– Você examinou a ponta da flecha? – ela pergunta.

Payne sacode a cabeça.

– O ferimento se fechou antes de ele vir para as minhas mãos – ele diz, reanimando-se, incapaz de resistir a exibir seus conhecimentos. – Mas trata-se de um caso interessante. A ponta da flecha ainda está dentro de sua carne, presa no osso, talvez. Acredito que tenha ficado presa quando a flecha foi arrancada, para ser usada outra vez, acredito, ou é de um formato curioso, ou talvez tenha sido lançada de grande distância e, assim, em vez de matar o paciente, como o arqueiro provavelmente pretendia, ela quebrou a espádua... aqui.

Ele coloca as mãos nas costas de Riven. Ele possui dedos longos e elegantes, afilando-se em unhas imaculadamente limpas e bem-cuidadas.

– Creio que se sir Giles tivesse buscado ajuda na ocasião, de um cirurgião, talvez a ponta da flecha tivesse sido removida com menos dificuldade, mas sendo como foi, ele não pôde e desde então o osso, eu acredito, absorveu a flecha. É como se ele tivesse crescido de novo e envolvido a ponta da flecha, sabe? Ou talvez a flecha tenha resvalado pelo osso e esteja enterrada por baixo dele ou mesmo acima, ou talvez de um lado ou talvez do outro. Não sei dizer. Onde quer que esteja, ela travou seu braço nesta posição. Veja, ele não consegue movê-lo, ou ao menos não sem sentir muita dor.

Ele puxa a junta e Riven se retesa. Após um instante, ele exala um longo suspiro e relaxa.

– Removê-la agora pode exigir a quebra do osso, o que não faz parte da minha esfera como médico, mas por outro lado a ponta da flecha pode estar alojada perigosamente junto aos vasos sanguíneos que se reúnem perto dos pulmões ou até mesmo do coração. Se um deles for cortado, o paciente sangrará até a morte em poucos instantes e tudo estará acabado.

Ela ouve atentamente. Tais coisas estão além de sua capacidade, ela sabe disso, mas quando olha para o ferimento, para a carne sob ele, quase pode sentir a ponta da flecha, vê-la em sua bolsa de carne rasgada, e pode imaginar-se cortando a pele e extraindo-a, provando para aqueles idiotas no salão, os homens que quase zombaram dela, que ela pode realizar o que é, ou será, um milagre.

– Com a sua assistência, mestre Payne – ela diz –, eu gostaria de tentar retirar a flecha.

Payne pestaneja.

– Eu não achava que você tivesse escolha.

16

A operação é marcada para a segunda semana depois de Todos os Santos, quando Payne lhes diz que as posições dos planetas serão mais propícias para uma operação que pode tocar o coração e os pulmões.

– Mas trata-se de Giles Riven – Thomas repete. – Giles Riven! Durante todo o tempo não quisemos nada além de sua morte e no momento em que temos a chance perfeita, nós vacilamos, e pior ainda. Você agora deve salvar a vida dele ou perder a sua na tentativa!

– Eu sei – Katherine diz. – Eu sei.

Eles estão de volta à torre da guarita, fitando a torre de menagem do outro lado do pátio.

– Ele teria agido assim! – Thomas diz, estalando os dedos. – Se fosse você ou eu na cama e Riven quisesse nos matar, ele teria entrado e simplesmente...

Ele imita um golpe de punhal.

– Mas nós não somos assassinos – ela diz quase tristemente. – Além do mais, teríamos sido mortos caso você sequer tivesse tentado. Você viu o guarda. Mestre Payne diz que ele fica ali dia e noite para impedir que qualquer homem cujo pai ou filho tenha morrido em Northampton vá se vingar.

Mas Thomas continua decepcionado consigo mesmo e assim, no dia seguinte, enquanto Katherine conferencia com mestre Payne, ele vai para a praia com Jack e o resto dos homens de Grey. Eles se alternam, lançando um feixe de flechas atrás do outro pelas dunas, enterrando-as nos montes de areia que servem de alvos a duzentos, trezentos e quatrocentos passos de distância. Não tem sido fácil encontrar arcos e os que aqueles homens possuem não são de boa qualidade. Vários racham e se quebram no frio, deixando todos, particularmente Thomas, nervosos, mas eles persistem. Ele descobriu que os homens de Grey, em sua maioria, são pobres arqueiros, capazes de lançar flechas, mas incapazes de avaliar distâncias, de modo que não conseguem atirar em grupo como os arqueiros das outras companhias. Horner se mantém animado, mas ele é brando demais, ou suas expectativas são baixas demais, e Thomas se vê gritando com os homens, fazendo-os praticar o dia inteiro e mandando o mais lento correr pela areia para recolher as flechas e em seguida correr de volta.

Ele os ouve se queixando dele, desejando que ele não tivesse vindo, mas ele não se importa. Sente uma ferocidade peculiar. Ele quer se exercitar até à exaustão, para não ter que pensar na peça cruel que Deus pregou nele e em Katherine; então, pela manhã, após uma noite sem dormir de especulação quase infrutífera, eles voltam à prática, sob chuva, tudo igual, e no dia seguinte as melhorias são perceptíveis, apesar das rajadas de vento. Horner passou o comando do treino inteiramente para ele e, no terceiro dia, à ordem dele, os homens podem fazer suas flechas aterrissarem em uma linha perfeita a cem passos de distância, em seguida cento e cinquenta passos, depois duzentos passos. Na primeira vez que conseguem fazer isso em sequência, ficam encantados consigo mesmos e Thomas corre para recolher as flechas para eles, em recompensa. Então, eles repetem o exercício. E outra vez. E quando o sino da noite toca, Horner desce da guarita do portão com três enormes pães de cevada e um caldeirão de ensopado, e diz que Grey lhe deu para distribuir entre os homens.

Horner volta com Thomas para a poterna externa. Eles veem Katherine na torre, observando-os. Horner acena. Ela acena de volta.

– Pequeno, não é? Kit? – Horner começa a dizer.

Thomas balbucia em concordância.

– Bem, se continuarmos assim – Horner diz –, teremos uma companhia de arqueiros tal que estaremos em Londres antes da época do Natal.

Thomas não diz nada. Suas botas fazem barulho no solo arenoso.

– Tudo de que precisamos é de uma centelha, Thomas – Horner continua. – Uma única centelha! E realmente acredito que podemos devolver o trono ao rei Henrique. Podemos expulsar aqueles malditos aproveitadores yorquistas e restabelecer o legítimo rei.

Mas Horner não sabe de onde virá esta centelha e Thomas pensa no livro-razão, lá em cima, escondido na palha do seu colchão. Ele se dá conta de que precisa achar um lugar melhor para escondê-lo, até encontrarem um jeito de mostrá-lo ao rei Henrique. Eles precisam de alguém que os ajude a levar o livro ao rei. Payne é uma possibilidade, ele pensa subitamente. Talvez se o mostrassem primeiramente a Payne, e explicassem o caso, ele pudesse ser a pessoa a efetuar o contato. Thomas sente-se mais animado. Há uma maneira de fazer isso, afinal.

Mas Horner abaixou a voz, adotando um tom de confidência.

– A questão, Thomas – ele diz –, a questão é que não temos um líder natural. O rei Henrique é... bem. Você viu. Ele é... nós precisamos de alguém mais afeito à guerra para o que está envolvido aqui. Os outros, lorde Hungerford e lorde Roos, eles são... bem. Não sei. Falta a eles a centelha vital. E eu não quero falar mal de sir Ralph Percy ou do nosso próprio sir Ralph Grey, é só que... . Não devo dizer mais nada. Eu só queria que tivéssemos mais homens como eles.

– Eles?

– Os yorquistas. Eles têm problemas de excesso de lideranças. O próprio rei Eduardo, é claro. Ele conduziu homens em batalhas, e as venceu. E se não bastasse ele, ainda têm o conde de Warwick.

Thomas se lembra do conde de Warwick, ligeiramente.

– E depois, se não bastasse *ele* – Horner continua –, têm lorde Montagu.

– Lorde Montagu comanda Newcastle, não é?

– Sim – Horner confirma –, para o rei Eduardo. Ele é irmão do conde de Warwick. Mau como uma víbora e seus homens são mais resistentes do que couro curtido.

Thomas lembra-se dos homens da guarda fora do portão de Newcastle. Eram verdadeiros soldados.

– E o fato de o duque de Somerset também ter se juntado às suas fileiras é simplesmente mais sal na ferida. Em certa época, ele foi um forte aliado do rei Henrique, sabe, e um bom líder, mas agora... pfft. Ele se tornou camareiro do rei Eduardo. Eles dormem juntos, na mesma cama, nus como no dia em que nasceram, mas ele ainda não se deu ao trabalho de matá-lo.

Thomas resmunga.

– Não, a verdade, Thomas – Horner continua –, é que precisamos de alguém que pegue o touro à unha, que pegue os poucos homens que temos e faça alguma coisa com eles. Mas de onde virá este homem? De algum lugar aqui perto?

Ele abre os braços e dá uma volta sobre si mesmo, fincando os calcanhares na areia. Gaivotas circulam no alto, no céu cinzento. Não há nada, por quilômetros e quilômetros.

No quarto da guarita, Thomas fica inesperada e estranhamente aliviado por encontrar o livro-razão onde o deixara: na bolsa de couro ensebada, escondida no colchão de palha enrolado. Ele a retira de seu esconderijo e a pendura no ombro. Thomas pergunta-se onde Katherine estará e, então, ouve Devon John subindo rapidamente os degraus. Os homens trocaram o nome de Devon John, já que se soube que ele nunca havia estado em Devon, mas é proveniente de Essex, e agora o chamam de John Stump, por causa do toco de seu braço. Ele está ofegante e carrega uma panela junto ao peito com seu braço bom. Dali vem um cheiro de carne de porco cozida e outro mais exótico e adocicado, que Thomas tem certeza de que nunca sentiu antes.

– Onde você conseguiu isso? – Thomas pergunta.

– Estava lá para quem pegasse – John Stump diz com um largo sorriso, e ele balança a panela para a frente para mostrar um ensopado que brilha de gordura. – Peguei para Kit. Achei que ele parece um pouco fraco. Você também, já notou?

– Santo Deus, é verdade – Thomas diz. John coloca a panela na borda do forno. Um filete de fumaça se eleva no ar.

– E ainda está quente – ele diz. Em seguida, ele se contrai e golpeia o braço ausente.

– Meu Deus! Posso sentir meu braço.

– Mas isso é impossível – Thomas diz.

– Ainda assim – John Stump diz –, posso senti-lo. Posso sentir minha braçadeira bem no alto. Dói muito.

Ele move o toco como faria para estender o braço e mostrar a Thomas onde a tira de couro usada para proteger o punho do golpe da corda do arco estaria. Ele acha que assim Thomas vai entender o que ele quer dizer.

– Vamos levar isto lá para cima, para Kit – Thomas sugere. – Ele está de vigia.

– Outra vez? – John Stump diz. – Vocês dois sempre estão de vigia juntos. Não sei como aguentam as noites.

Thomas esconde seu rubor, mas está satisfeito por ninguém notar nada de estranho neles, satisfeito por ninguém imaginá-los enrolados em suas capas, dormindo ao lado um do outro, ou em cima um do outro, os pés dele contra as tábuas da porta para impedir que possa ser aberta. Esses momentos a sós são íntimos e furtivos, aterrorizadamente arriscados, mas... o que mais podem fazer?

A operação de sir Giles Riven é realizada logo depois da Hora do Angelus, quando o dia ainda não está claro e enquanto o quarto de Riven, agora atulhado de gente, está denso com os eflúvios noturnos e o fedor da latrina emana forte por baixo da porta no canto. Criados com velas postam-se ao lado e o quarto rapidamente se aquece com seu calor e com a mistura de hálitos. Payne está ali, Grey também, que ainda não foi para a cama, e outro homem, William Tailboys, com quem Grey fez sua aposta. Não há sinal do rei Henrique. Katherine escondeu o livro-razão na latrina, em um gancho, embaixo das muitas roupas penduradas de Payne.

– É o local perfeito – ela diz.

Mas agora ali está Grey, abrindo caminho para a frente.

– Ele vai sobreviver? Ele vai sobreviver? – ele pergunta, com a fala arrastada. – Vá para o inferno! Por que não me responde? Devia tê-lo enforcado no instante em que o vi. Eu sabia! Olhe só para você! Não consegue nem ter barba, quanto mais operar um homem. Ele vai sobreviver?

Katherine o ignora e vira-se para Tailboys, elegante em um traje de lã muito escura, quase preta, sem nenhuma mancha e obviamente de excelente corte. Ele está recém-barbeado e perfumado com alguma erva, com um leve sorriso cúmplice nos olhos.

– Barbeiro-cirurgião, hein? – ele pergunta.

– Barbeiro, não – ela responde.

Riven está na mesma posição de sempre, de bruços, absolutamente imóvel, aparentemente sem se importar com toda aquela gente em seu quarto. Ela não consegue tirar os olhos da cicatriz em suas costas. O criado de Payne o banhou e os lençóis estão manchados e cheirando a urina fresca. Eles também puxaram a arca para perto da cama e encheram a jarra com mais urina coletada naquela manhã, para o que ela contribuiu alegremente. Há vasilhas com vinho morno fornecido pelo rei Henrique do fim de seu estoque, claras de ovo e água de rosas. Há uma coleção de fios de crina de cavalo e de cabelo humano, uma longa sonda para feridas, de ferro, três agulhas de prata, uma delas curva, também uma lâmina curva como a que ela gostaria de ter tido quando operou Devon John e duas navalhas retas enroladas em um pano de linho fino, do qual também há um bom suprimento. Há um par de tesouras e um alicate de ferreiro.

– Só isso? – Payne pergunta. – Não necessita de nenhuma pomada? Nem de sedativo?

Ela hesita.

– Você tem um sedativo?

– Não – ele responde. E isso é tudo.

Ela olha para Riven.

– Bem – ela diz –, preciso de outro homem para prendê-lo à cama.

Payne ergue as sobrancelhas para indicar um dos homens do rei Henrique, um arqueiro a julgar pela aparência, vestindo apenas, como Thomas, seu gibão e meia-calça. Os dois homens têm as mangas arregaçadas até os cotovelos e a cabeça descoberta, como se fossem iniciar uma luta livre. De um lado está o padre barbudo. Ele aspergiu água benta sobre as costas de Riven, nos instrumentos que ela está prestes a usar e nas costas de sua mão. Também ungiu as têmporas de Riven com um crisma de cheiro forte e rezou o pai-nosso, que ainda está sendo rezado do lado de fora pelo padre sem barba, enviado e pago pelo rei Henrique. Não resta mais nada que possa protelar a operação.

Ainda assim, ela não se sente confiante. Talvez seja a presença de Payne, de veludo azul e, por incrível que pareça, um avental de mulher de pano de saco, forrado com excelente linho. Ela ficou ao seu lado nos últimos cinco dias, tentando arrancar dele informações do tipo que ele não parecia disposto a divulgar, sobre questões como suas dissecações do corpo humano, a disseminação da gangrena, o movimento do útero de uma mulher, enquanto ele se concentrava em se livrar de suas perguntas com longas explicações sobre o movimento das estrelas e a influência que elas exercem sobre os vários órgãos do corpo, a melhor maneira de equilibrar os humores com sangrias e aplicação de cataplasmas, e as propriedades de diversas ervas e especiarias das quais ela nunca ouviu falar, como cominho e sândalo. Ele alega que uma casca de árvore marrom chamada canela flutua rio abaixo do Jardim do Éden.

– Você acredita nisso? – ela perguntara, e ele sorrira para ela.

– Mas é claro – ele dissera, fingindo-se chocado, e ela começara a ver que talvez ele não acreditasse em nada daquilo.

Entretanto, depois dessa rápida explicação, ele desviara a conversa para outro assunto, quase sempre falando em latim, uma língua que ela reconhecia, mas não compreendia, antes de continuar, explicando a eficácia de determinados ciclos de orações para determinadas queixas: a ave-maria para isso, o pai-nosso para aquilo. Por fim, no entanto, olhando à sua volta para se certificar de que não estava sendo ouvido, ele começou a compartilhar seu conhecimento dos órgãos internos de um corpo, como estão dispostos e as teorias quanto à função de cada um. E uma vez que começou, uma vez que cedeu a isso, ele falou com grande urgência em compartilhar seu conhecimento, até ela perguntar sobre mulheres e como diferiam dos homens. Ele ficou agitado e, quando ela voltou à questão do útero e tentou falar de parto, em particular da operação na pobre Agnes Eelby, foi demais. Ele reuniu seus livros, levantou-se e deixou o aposento, e Riven, que eles haviam ignorado, mas que estivera ouvindo o tempo todo, virou a cabeça e olhou para ela naquele seu jeito lento, e ela se obrigara a devolver-lhe o olhar até ele fechar os olhos e virar-se novamente para a parede, sem dizer nada.

Então, pela primeira vez, embora ela pudesse ouvir o guarda arrastando os pés e pigarreando do outro lado da porta, ela estava sozinha com ele. Era quase como se ele estivesse lhe oferecendo as costas, nua, rosada, com manchas avermelhadas, para ser apunhalada, quase como se dissesse, aqui estou, mate-me agora se tiver estômago para isso. E ela começara a andar de um lado para outro, para cima e para baixo no quarto, reunindo coragem para fazer exatamente isso. A sacola de Payne estava no chão. Ela podia pegar a navalha e cortar a garganta de Riven ou podia simplesmente dar alguns passos, pegar o machado de guerra e golpeá-lo na parte detrás da cabeça, exatamente como vira muitos homens fazendo no campo de batalha em Towton. Podia imaginar o machado em sua mão, o cabo liso em sua palma, aquele peso que parece puxar o espigão da ponta para onde ele não devia ir. A simples ideia já fizera seu coração dar um salto e ela podia sentir o sangue fervilhando em seus ouvidos. Faça isso, dizia a si mesma, faça. Pense em todo o mal que ele já causou. Tudo que ela teria que fazer era deixar a arma cair sobre ele, apenas colocá-la perto dele e dar um passo para atrás, deixá-la cair e matá-lo. É o que iria fazer. Sem dúvida.

Mas, nesse instante, Riven soltou um longo suspiro na cama. Foi uma expressão de dor e resignação tão lastimosa que instantaneamente o tornou humano outra vez, alguém de carne e osso, e ela teve que fechar os olhos, imobilizar sua mão e afastar-se.

E assim, ali estavam eles agora.

– Ande logo com isso – Grey ordena. E não resta nada a ser feito. Ela se benze, como esperam que faça, e pega o instrumento que lhe é oferecido: uma faca de cabo de osso, bem balanceada, com uma lâmina pontiaguda tão afiada que vibra em sua mão. Ela a mergulha no vinho morno, faz um sinal com a cabeça para Thomas e o outro homem de prontidão ao lado para que se lancem sobre Riven, e ela se aproxima daquela área de pele nua e lavada. O padre começa suas preces. De repente, há incenso no ar e, através de suas espirais, Grey exibe um sorriso forçado para ela.

– À prova de erro – ele diz, com um olhar malicioso para Tailboys, que demonstra desagrado. Ela posiciona a faca acima do ferimento e Riven se retesa. Uma gota de vinho enche a cavidade que ela faz na pele. Então, ela pressiona. Riven se contrai. O sangue aflora na picada da lâmina. A cabeça de Riven se ergue, músculos ociosos ondulam sob a pele de suas costas. Ele agarra os lençóis, mas não grita. Ela continua a cortar, permitindo-se pensar na pobre Alice, morta, no pobre Richard, cego, em Geoffrey Popham, em Elizabeth Popham, mas é difícil não se concentrar no que está fazendo. Quando atinge o tecido da cicatriz, sente que ele é mais resistente, mais parecido com um couro fino, depois da flexibilidade da pele acima.

Riven arqueia as costas e os dois homens que o seguram preparam-se para pressioná-lo para baixo e mantê-lo imóvel, mas ele se endireita e volta a ficar estendido, apenas agarrando os lençóis novamente. Ele respira muito rápido e uma película pegajosa de suor recobre sua pele.

— Pano — ela diz, e Payne lhe entrega um chumaço de linho, primeiro mergulhado em vinho e depois bem torcido. Ela enxuga o sangue e no instante imediatamente antes do sangue aflorar outra vez, ela pode ver a segunda camada esbranquiçada de gordura embaixo da pele, que, embora esteja retorcida e dobrada, fica endurecida como um nó de madeira por baixo da cicatriz. Ela passa a lâmina pela marca de novo, lentamente desta vez, e a qualquer momento ela espera sentir o tinido da lâmina contra a ponta de flecha. Não acontece. Ela tem que cortar mais fundo. Ela enxuga o sangue outra vez e ergue os olhos para os dois homens que devem segurar Riven quando ela mandar. Ela faz sinal com a cabeça. Eles se preparam. Ela corta. Riven retesa o corpo, mas não faz nenhum outro movimento. Ainda nenhum sinal da flecha.

Payne espreita por cima das mãos dela. Eles se entreolham. Ele também está preocupado.

— Deveria estar aí — ele diz.

Ela fará mais uma passagem da lâmina. O sangue flui livremente agora. Ela pede um pouco de urina.

— Depressa agora — ela diz.

A urina lava o sangue, deixa os lençóis cor-de-rosa. Desta vez ela imagina que verá a ponta escura da flecha projetando-se do osso, mas novamente ela não está lá. Ela corta outra vez, ainda mais fundo, e Riven emite um pequeno ruído. A esta altura, é um ferimento grande e há muito sangue.

— O que está fazendo? — Grey pergunta. — Trata-se apenas de uma maldita ponta de flecha, do tamanho do meu maldito polegar. E não... não... — o quê? Um pé? Pelo amor de Deus!

— Sir — Payne diz.

— Ah, então é assim, hein? Vai me ensinar o que devo dizer ao meu próprio cirurgião? Maldito cheirador de urina. Eu devia mijar em você agora, ver se você iria gostar.

Mas ele fica em silêncio depois disso.

Payne se inclina para a frente.

— Mais fundo? — ele pergunta. — Vai chegar ao osso. Certamente, não pode ir mais fundo do que isso, não é?

Ela balança a cabeça. Gostaria de coçar o nariz, mas suas mãos estão cobertas de sangue, até os punhos. Riven vibra como a corda de um arco, mas se mantém em silêncio, sem emitir nenhum som, e os dois homens que o seguram ficam impressionados.

Ela corta outra vez. Desta vez, na carne rosada, correndo a ponta da faca contra o osso chato. Ela sente leves ressaltos e nódulos interrompendo a passagem da lâmina que, de outra forma, deslizaria suavemente. Nada, porém, como a ponta de uma flecha. Ela para.

— Me passe isso, por favor.

Payne lhe entrega a sonda. Ela lava o instrumento e usa-o para examinar o corte que fez. Há alguns daqueles cordões brancos e duros atravessados. Ela não os corta. Riven sua abundantemente, os cabelos castanhos agora pretos, encharcados de suor, o pescoço vermelho e congestionado pelo esforço para não gritar. Como ele consegue? Como consegue suportar a dor? Ela devia estar sentindo prazer naquilo, ela sabe, mas não está. Em vez disso, trabalha o mais rápido possível.

Não está lá. Não há nenhum sinal da ponta da flecha.

— Bem, então... onde está? — Payne pergunta, esticando-se para espreitar o corte. Seus olhos estão arregalados, examinando o ferimento, genuinamente preocupado, genuinamente intrigado.

— Tem certeza de que estava ali? — ela pergunta. — Que não era algum outro tipo de ferimento?

– Ele me disse... – Payne se empertiga para se dirigir a todos no aposento. – Ele me disse que foi depois do desastre em Towton. Ele disse que havia conseguido atravessar o rio quando a confusão da derrota se instalou e que, então, foi derrubado por uma flecha lançada de cima do barranco. E disse que ele mesmo conseguiu quebrar a haste da flecha, mas não conseguiu tirar a ponta e, depois, não conseguiu encontrar nenhum cirurgião, médico ou mesmo um barbeiro para tratá-lo, não até chegar à Escócia, quando então o ferimento havia cicatrizado, e ele não confiava em nenhum daqueles açougueiros de cabelos ruivos para cortá-lo.

– Mas onde ela está agora? – ela pergunta, quase retoricamente. – Pode ter atingido o osso sem quebrá-lo? Pode ter escorregado para fora?

Ela despeja mais urina sobre o ferimento, lavando-o para poder ver a textura da carne. Não há nada de singular, nenhum entalhe ou lasca arrancada na superfície rósea do osso para sugerir que tivesse sido marcado pela passagem de uma flecha. Riven respira pesadamente.

– Apenas ache onde ela está – ele diz. – Ache onde ela está e prossiga do seu jeito.

Os espectadores amontoam-se em torno dela, fascinados. Ela imaginou que alguns deles achariam aquilo nauseante, mas todos são homens vividos, alguns já lutaram em batalhas. Já devem ter visto coisas piores.

– Fazer um corte transversal? – Payne sugere.

Ela ergue os olhos para ele. Lembra-se de ter cortado a mulher de Eelby de lado a lado. Lembra-se de como aquilo terminou. Mas se ela se demorar, hesitar, Riven morrerá. E Grey está olhando para ela como se ele próprio fosse enforcá-la, então ela corta. Faz o corte transversal, mais firme agora, cortando a gordura e a carne em um único talho. Ela faz uma cruz. Com isso, Riven finalmente desmaia, e somente sua respiração arfada, a distensão constante de suas costas, a contração e a extensão dos músculos sob a pele ensanguentada, encharcada de urina, lhe dizem que ele está vivo.

– Mais urina – ela diz a Payne, que a despeja no ferimento.

Por um instante, ela acha que está ali, um pedaço de metal preto incrustado na carne escura, mas não. É outra coisa, um coágulo que é levado pela urina. A ponta da flecha não está lá. Payne está errado, ou mentindo. Ela começa a suar. Está quente demais no quarto.

— Este garoto é tão cirurgião quanto eu — declara Tailboys. — Grey, meu velho, deixe-me lhe dizer uma coisa: acho que você vai acabar o dia perdendo seu dinheiro!

— Se eu perder meu dinheiro, este garoto vai perder a maldita cabeça, pode acreditar!

Tailboys dá uma risada estranha, como o canto de uma coruja, mas ela ergue os olhos e vê que Grey está falando sério. Seu rosto miúdo está brilhante de suor e contraído. Ela se pergunta quanto dinheiro ele teria apostado. Mas está desorientada. Não pode abrir as costas dele de cima a baixo, não é? Ou será que pode? Ela já cortou uma enorme cruz em sua pele e virou os bordos para trás, expondo quase toda a omoplata. Ela supõe que a flecha tenha resvalado deste osso e dado a volta nele, inserindo-se mais fundo no corpo, e que agora esteja alojada em algum lugar nos músculos que...

Não é assim que deve ser feito. Portanto, a ponta da flecha deve ter ido mais fundo, é a única possibilidade. Mas onde? Será que ela pode simplesmente ir cortando até encontrá-la? Não. Isso significaria seccionar todos os ligamentos que unem esta parte de seu corpo.

Payne recua alguns passos. Ele alisa a barba, alinhando seus fios, e quando seu olhar encontra o de Katherine, ele ergue uma das sobrancelhas. Será que ele desistiu? Isso a deixa ainda mais determinada. Certo, ela pensa, eu vou lhe mostrar. Mas, pelo amor de Deus, está quente aqui. Quisera estar usando apenas uma camisa, sem nenhum gibão, mas nesse caso sua meia-calça cairia até os tornozelos, mas ela pode abrir a gola. Ela mergulha as pontas dos dedos no vinho, seca-os em um pedaço de linho limpo e abre a gola. Seus dedos tocam o fio de couro de sua magnetita.

E ela pensa.

Meu Deus. Meu Deus.

E ela tira a pedra por cima da cabeça.

— Em nome de Deus, o que ele está fazendo agora? — Grey pergunta, sem se dirigir a ninguém especificamente. — Um maldito pingente da sorte não vai ajudar nenhum de vocês dois agora, rapaz, ainda que abençoado pelo próprio São Gregório.

Ela fecha os olhos com força e tenta estabilizar sua mão. Ela segura a pedra à distância de um dedo acima do ferimento aberto e se concentra. Faz-se um silêncio tenso e pesado no quarto conforme cada homem se inclina para a frente ou fica na ponta dos pés para ver por cima dos ombros de outros. Meu Deus, ela pensa, será que vai funcionar? Ela não tem a menor ideia. Apenas segura o cordão imóvel, deixa a pedra também se estabilizar. Leva um longo instante até também ela se imobilizar completamente. Nada acontece. Ela respira devagar. O suor escorre pelos seus olhos.

Ela pode ouvir Tailboys dar uma risadinha sibilante e Grey estalar a língua ruidosamente.

Ela abaixa a pedra, até ela quase tocar a pele. Ainda assim nada acontece. Ela segura o punho com a outra mão para imobilizá-lo. Nada ainda. Um leve estremecimento, talvez. Uma lenta rotação. Tudo se aquieta outra vez. Ela desloca a pedra para outro ponto, mais abaixo nas costas de Riven e... o que foi aquilo? Houve alguma coisa? Ela não sabe. Ela não seria capaz de descrever o que percebeu, mas sentiu um leve puxão nos dedos. Muito leve. Ela afasta a pedra. Ali. Desta vez. Um claro puxão.

O silêncio no quarto é absoluto agora. Ela pode ouvir a respiração de Payne. Pode ouvir a respiração de Riven. Ela move a pedra. Outra vez. O cordão parece se esticar. A pedra está puxando para um lado. Ela a desloca para o outro lado, mais próxima da axila. A pedra puxa de volta. Ela a desloca para baixo. A pedra descreve um pequeno círculo e para de uma maneira extraordinariamente rápida, como se quisesse ir para um determinado ponto. É logo abaixo do corte feito por ela.

Payne solta uma pequena exclamação de espanto.

– Santa Maria – sussurra.

Ele é o único que realmente compreendeu o que aconteceu. Ele passa a ela a agulha mais comprida. Ela a golpeia na pele de Riven, abaixo do corte que ela fez. Uma gota de sangue aflui. Ela empurra a agulha mais fundo, através da carne fibrosa, com o coração martelando em seus ouvidos e o suor ardendo em seus olhos, e nada acontece, até que... sim. Lá está: um som ressonante, abafado.

– Deus seja louvado! – Grey exclama. – Ele conseguiu encontrar a flecha.

E de fato conseguiu. Ela não consegue deixar de erguer os olhos para Payne, que parece envergonhado, mas ele estava certo no que disse, que Riven devia estar em pé quando a flecha foi lançada e que ele devia estar posicionado bem no final do arco descrito pela flecha. Ela o teria atingido quando estava descendo e o impulso a teria feito resvalar pelo osso. A flecha deve ter se incrustado no emaranhado de músculos abaixo.

E ali estava sua ponta. Bem ali.

Ela deixa a magnetita de lado e pega a faca. Estende o corte, em seguida corta outra cruz na carne sob a gordura da pele. Depois desliza a sonda de ferro para separar as fibras dos músculos umas das outras e, finalmente, avista a ponta de flecha, um pedaço de ferro escuro e retorcido, profundamente embutido. Ela pega o alicate, mergulha-o no vinho, insere o instrumento na pequena cavidade e pinça o tampão escuro da ponta da flecha. Ela mantém a peça presa pelo alicate e começa a puxá-la lentamente para fora. Riven se retesa, mesmo em seu sono. A peça finalmente é liberada com um último e relutante estalido. Ela a segura no alto para que todos vejam. É uma ponta de flecha do tamanho de um dedo, com duas protuberâncias pontiagudas como as asas de um pássaro em seu mergulho. Ela a solta em uma pequena vasilha e atira o alicate para o lado. O sangue começa a jorrar abundantemente em seguida, como se a ponta de flecha estivesse agindo feito uma tampa em algum vaso sanguíneo. Ainda não terminou.

– Pano! – ela diz.

Desta vez, Payne age rápido. Ele lhe passa um chumaço e ela pressiona o local de onde o sangue está brotando. O sangue encharca a primeira, a segunda e a terceira bucha de pano, mas na quarta o fluxo diminui. Ela manda Payne pressioná-la no lugar, enquanto ela despeja mais urina no pano e novamente Riven se retesa. O pano fica rosa. Payne franze a testa.

– Continue pressionando – ela diz.

Ele continua pressionando. Após um certo tempo, ela deixa que ele afrouxe a pressão e, mais tarde ainda, ela começa a costurar o ferimento. Ela corta uma vela no comprimento para extrair o pavio e o deixa como o rabo de um rato, saindo da fileira de pontos. Ao terminar, ela ergue os olhos. A maioria dos homens já saiu, restando apenas Payne, Thomas, o outro homem que ajudou a segurar Riven e o padre do rei Henrique. O guarda está postado junto à porta. Os demais saíram.

– Ele vai sobreviver? – o padre pergunta.

Ela abaixa os olhos para Riven outra vez, ali estendido entre os lençóis sujos, olha para a cruz dupla da costura perfeita que marca suas costas, para as bordas roxas da carne magoada, e pensa, sim, apesar das emanações, apesar daquela negritude que incha e se alastra por sua pele, ele sobreviverá. Ela salvou a vida dele. Salvou a vida de Giles Riven. E agora é fim de tarde e a fraca luz de inverno penetra pela abertura na parede e recai como uma cruz assimétrica na parede ao fundo do quarto, como um reflexo da cruz das costas de Riven, e ela se pergunta mais uma vez o que foi exatamente que ela fez.

17

— Estamos presos aqui há semanas – Thomas diz a Katherine – e não estamos nem um pouco mais perto de nosso objetivo. Na verdade, estamos cada vez mais longe.

Uma semana se passou desde a operação e eles estão junto às ameias da torre outra vez, olhando para a torre de menagem do outro lado do pátio. Faz um frio terrível. O gelo brilha nas pedras negras e a respiração deles cria nuvens diante de seus rostos. Para além das muralhas, tudo está imóvel, congelado, e a neblina se ergue bem cedo nas noites de céu cor-de-rosa.

– O rei Henrique não foi ver Riven – ela diz, tentando acalmá-lo. – É apenas isso. Assim que ele o fizer, eu lhe mostrarei o livro-razão.

– Mas e quanto a Payne?

– Eu não contei a ele – ela admite. – Não que eu não confie nele ou ache que não ajudaria. É que ele é simplesmente outra pessoa para superar e, de qualquer forma, ele próprio não pode falar com o rei sem primeiro passar por um intermediário como Grey ou Tailboys.

– E onde está ele? – Thomas parece em pânico. Para começar, ele não queria deixar o livro com ela.

– Eu o pendurei em um gancho na latrina, escondido por baixo das roupas dele.

– E isso será suficiente?

Ela balança a cabeça. Ainda assim, ele não se sente seguro.

– Pode acreditar – ela diz, e sorri, passando o braço pelo dele. E eles permanecem assim, ousadamente juntos.

– Por favor – ele diz, repentinamente ansioso. – Se chegar alguém... Ela ri.

Um sino soa, estridente e distante.

– Tenho que ir trocar o curativo dele – Katherine lhe diz.

– Mestre Payne não pode fazer isso?

– Ele pode, mas não quer, porque não é cirurgião, e além do mais ele diz que o rei Henrique deve ir lá hoje.

– Hoje? Devo ir? Devo estar lá?

– Não teme que Riven o reconheça?

– Iria forçar um desfecho, ao menos. Então, estaria resolvido, de um jeito ou de outro.

Mais provavelmente de outro, ele sabe, mas mesmo assim seria melhor.

– Mas nós estamos perto, Thomas – ela lhe diz. – Tudo que eu preciso fazer é ver o rei Henrique, e então...

Ela encolhe os ombros. Ele sabe que ela tem razão. Mas, por Deus, é difícil. O dia inteiro neste castelo, confinado por estas altas muralhas de pedra, nunca fora de sua sombra ou da vista de outros homens, o tempo inteiro sabendo que as chances de Katherine ser descoberta como mulher aumentam diariamente. Logo será inevitável um pequeno escorregão. Santo Deus!

– O que vai dizer a ele? – Thomas pergunta.

– Ao rei Henrique? Exatamente o que combinamos. Apenas direi a ele que temos algo que prova que o rei Eduardo é bastardo. Então, quando ele pedir para ver a prova, eu lhe direi que você a mantém escondida e que temos que receber a promessa de um prêmio e de uma recompensa pelas nossas perdas.

Thomas balança a cabeça.

– Mesmo assim – ele diz. – Gostaria de poder estar lá.

– Eu sei, mas com Riven lá também?

E mais uma vez ele se imagina um rato encurralado, com os homens de Riven vindo atacá-lo, e ele quase pode sentir a queimação de suas espadas em sua barriga.

— De qualquer forma — ela diz —, temos que ir. A missa acabou e o rei Henrique pode ir direto para lá.

Assim, eles deixam o passadiço da torre e descem a escada em espiral.

— Riven está falando? — ele pergunta.

— Um pouco, mas ele ainda sente muita dor.

— Ótimo.

Ele a deixa nos degraus da torre de menagem e em seguida dirige-se aos estábulos. Há alguns homens de Riven ali e ele não pode deixar de se retesar quando os vê. Ele fica parado, observando-os, aguardando para ver se os dois que queriam cortá-lo da virilha à boca do estômago estão lá, mas ele está com sorte, e eles não, e Thomas passa por eles com a cabeça abaixada até encontrar Horner, que já está montado ao lado de Jack e de três outros homens da companhia de Grey.

— Thomas! — Jack chama. — Thomas! Temos permissão para sair. Venha. Vamos fazer uma patrulha, como se fôssemos piqueiros.

Jack usa um casaco longo, bem como um cachecol e um chapéu, que ele puxa bem baixo sobre as orelhas, então só o que se pode ver são seus olhos brilhantes de empolgação à ideia de sair de dentro das muralhas do castelo. Horner, ao seu lado, faz um gesto impaciente e Thomas recebe um cavalo próprio. Um pônei de pelos emaranhados. Eles saem, atravessando a guarita principal, e cavalgam para o sul, em direção a Dunstanburgh. Os cavalos soltam nuvens de vapor no ar gelado e os lagos estão parcialmente congelados, talvez um homem pudesse até patinar neles. Ninguém diz nada. Eles cavalgam durante uma hora. Ninguém vê nada. Santo Deus, é bom estar longe do castelo, longe do seu cheiro, da ansiedade das aglomerações e do medo constante da descoberta. Thomas respira profundamente, até ver os outros fitando-o com estranheza.

Estão prestes a voltar, quase mortos de frio e fome, quando veem três homens a cavalo. À distância de dois tiros de arco.

Horner ergue a mão. Os homens estão apenas parcialmente vestidos, sem armas. Parecem desesperados.

— Santo Deus — ele diz. — Era só do que precisávamos. Outro bando de pedintes.

— Devemos simplesmente deixá-los? — um dos outros pergunta.

– Talvez você tenha razão – Horner diz. – Olhem para aquele. Gritando para nós. Por Deus, devíamos simplesmente acabar com eles.

O homem que cavalga à frente parece ter as pernas nuas. Ele tem a cabeça descoberta e está acenando e gesticulando, enquanto esporeia seu cavalo, fazendo o pobre animal exausto andar o mais depressa que consegue.

– Ele vai querer nos vender alguma coisa – Horner diz. – Mas o quê? O que ele pode ter? Não parece muito sobrecarregado.

Eles nem se dão ao trabalho de sacar suas espadas. O homem continua a gritar para eles enquanto se aproxima, e ele também está rindo. Está encantado em vê-los. Eles veem de longe que ele tem um cobertor rústico em volta dos ombros e que suas pernas e pés estão enrolados em panos, mas quando ele se aproxima, alguma coisa nele lhes diz que não se trata de um mero pedinte.

– Senhores! Senhores! – ele grita. – Pela graça de Deus e do acaso! Ainda bem que apareceram.

Há algo na voz daquele homem, Thomas pensa, que confirma a impressão de que ele não é um pedinte. Sua voz é firme, distinta e imponente. E o modo como seus companheiros olham para ele deixa claro que ele é o líder. Horner não sorri.

– Que Deus o proteja – ele diz, dirigindo-se ao líder. – Você parece mal preparado para este tempo.

O homem solta uma risada rouca e vira-se para seus dois companheiros.

– Ah! Isto é engraçado! Mal preparado! Mal preparado!

Eles também riem. Eles estão apenas um pouco mais vestidos do que o seu comandante.

– Isto é... um camisolão que você está usando? – Horner continua.

– Isto? De fato, é. Do mais fino tecido. Era tudo que eu tinha no corpo quando fui acordado à noite e forçado a fugir da estalagem onde estava hospedado. Tive que fugir pela janela.

– Não pôde pagar sua conta?

Novamente, a risada.

– Não foi isso, embora seja verdade, eu não podia pagar. Não. O problema é que uma companhia de arqueiros pertencente ao meu lorde

Montagu veio de Newcastle para me prender e me levar diante de seu senhor, que com toda probabilidade não hesitaria em separar minha cabeça dos meus ombros.

Mais risadas. Horner se mantém surpreendentemente impassível.

– Por que ele faria isso? – pergunta.

– Por quê? Por quê? Santo Deus, homem! Acabo de perceber. Eu não me apresentei, não é mesmo? Nem perguntei seu nome.

Seus companheiros parecem muito satisfeitos por alguma razão e o homem abre a boca como se estivesse prestes a começar a dizer alguma coisa maravilhosa e, em seguida, fecha-a outra vez, olha para eles, que abafam o riso e exibem um sorriso afetado, obedientemente. Thomas se pergunta se teriam tempo a perder, quando o homem finalmente lhes diz quem ele é.

– Eu – ele diz. – Eu sou Henry Beaufort. Henry Beaufort, conde de Dorset, duque de Somerset. Sou um homem que certa vez traiu seu rei, mas não continuará assim nem mais um segundo. E agora, em nome de Deus Todo-Poderoso, quem são vocês? E têm alguma coisa que um homem possa razoavelmente comer?

A princípio eles não acreditam no homem. Sabendo o que sabem, não podem acreditar que o duque de Somerset iria abrir mão de seu conforto na corte do rei Eduardo em favor das magras perspectivas oferecidas pelo rei Henrique. Eles não acreditam que a consciência de um homem poderia perturbá-lo tanto e são necessários longos instantes até Horner ficar satisfeito, mas, uma vez convencido, ele salta do cavalo para apertar a mão do duque e lhe dá seu próprio casaco, que o duque aceita com agrado, bem como seu chapéu e seu cachecol, que o duque igualmente fica contente em usar.

A seguir, eles começam a voltar para casa, Horner obrigando seu cavalo a trotar rapidamente. Ele quer ser o primeiro a dizer ao rei Henrique que o duque de Somerset está ali, arrependido de seu flerte com a Casa de York, humildemente buscando a graça de seu soberano ungido por Deus, que ele veio para liderá-los para fora daquele castelo e levá-los para o sul, de volta a Londres, para expulsar aquele usurpador, o conde de

March. E o duque também quer escapar dos homens de Montagu, é claro, que ele supõe que penetraram muito ao norte em busca de um prêmio extraordinariamente valioso. Ele quer ficar em um lugar com um teto sobre sua cabeça, uma fogueira junto aos seus pés e vinho em sua barriga antes da neve que ameaça cair.

– É o duque de Somerset! – Horner sussurra para Thomas enquanto cavalgam. – Exatamente o que precisamos. Exatamente a centelha que pode inflamar o país e nos ajudar a sair daqui. Por esta época no ano que vem, o rei Henrique estará em Westminster e o maldito conde de March estará morto, ou apodrecendo na Torre, e todos os seus homens estarão lá com ele. Derrotado! Por nós! E todos aqueles que morreram na Batalha de Towton serão vingados e nós voltaremos aos nossos solares, homens ricos, com esposas ricas.

Eles passam por Dunstanburgh e veem Bamburgh ao longe.

– Horner! Horner, lá! – Somerset grita, e Horner fica estufado de prazer ao reduzir a marcha de seu cavalo e se interpor entre Somerset e seus dois companheiros silenciosos, um dos quais é um criado e que possui roupas melhores porque estava dormindo com elas quando foram perturbados na estalagem. O outro, talvez um cavaleiro inferior, é um jovem sério, alto e magro, com um sotaque galês. Thomas desacelera seu próprio cavalo e fica a uns dois passos à frente de Horner quando Somerset pergunta pela disposição do exército do rei Henrique, pelas provisões dos castelos e pelo moral das tropas. Horner mente com fluência e Somerset fica encantado.

– E eu tenho a palavra de vinte dos homens mais importantes no País de Gales de que eles se levantarão contra o falso rei – ele diz – e há outros no sul e no oeste que também estão conosco. E Bellingham virá, ele afirma, bem como Neville de Brancepeth, é claro, embora sua presença seja mais um martírio do que uma providência de Deus. Oh, tudo é maravilhosamente esperançoso. Se nós ao menos conseguirmos agora apoio de outras partes, da França ou da Borgonha ou mesmo daqueles filhos da mãe na Bretanha, e eu ainda não desisti da Escócia, então nós os teremos na mão, ah, sim!

Thomas não consegue tirar os olhos do duque. Ele tem cabelos escuros, um rosto largo, olhos azuis muito vivos e um peito musculoso e bem delineado, como se fosse ser chamado a lutar ou dar uma cambalhota ou saltar sobre o dorso de um cavalo.

Mas o que ele acaba de dizer? Algo no que ele disse chama a atenção de Thomas. É isso. Outros no sul e no oeste. Homens que se levantariam contra o rei Eduardo. Santo Deus! Edmundo Riven estaria entre eles, certamente, não? Se o duque de Somerset mudou de lado, então, sem dúvida, Edmundo Riven mudará também. Ele nunca foi leal ao rei Eduardo, somente a Somerset. Se for este o caso, então ele já terá saltado de um campo para o outro. Eles não precisam mais mostrar o livro-razão ao rei Henrique. Na verdade, Santo Deus, eles não devem, de maneira alguma, mostrar o livro a Henrique! Fazer isso agora seria apenas ajudar os Riven e garantir seu prestígio.

– E quando o povo vir isto – Somerset está dizendo –, eles vão se sublevar em todo o país, ouviram? Vão se levantar em bloco para expulsar o falso rei e restabelecer a Casa de Lancaster.

Ele bate com o punho cerrado em sua sela e seu cavalo aumenta o passo colina acima.

– Não é um cavalo ruim, este aqui – ele diz.

Será que Thomas pode perguntar a Somerset? Não vê por que não.

– Edmundo Riven? – Somerset diz. – Você quer saber se Edmundo Riven está entre aqueles que se colocariam ao lado do rei Henrique contra o falso rei Eduardo? Pode pensar em alguma razão para que ele não o faça?

Isso dificilmente responde à pergunta, Thomas pensa, mas antes de poder pressionar, Somerset já se voltou novamente para Horner e está lhe contando seu plano para atacar o rei Eduardo nas duas extremidades do reino simultaneamente: ali em Northumberland e também em Pembroke.

E novamente ele dá um soco na sela e fica encantado ao ver que o cavalo ainda consegue apressar o passo.

– Ha! – exclama.

Eles chegam a Bamburgh exatamente quando o sino soa o toque de recolher, mas ao ouvir que Horner está lá fora e que ele está com o duque

de Somerset, os guardas abaixam a ponte levadiça e abrem os portões. |
A guarnição militar reaviva as fogueiras já abafadas e espalha a notícia de que o duque de Somerset está ali, tendo vindo liderá-los em direção ao sul. Os sinos da capela recomeçam a tocar e os homens se enfileiram nas muralhas para vê-los lá embaixo, enquanto eles esperam para atravessar os portões. Todos riem, acenam e gritam "Somerset!" e "Beaufort!". Depois de atravessarem os portões, eles se dirigem ao pátio, que está apinhado de mais homens acenando os braços e gritando o nome do duque. Somerset cavalga com ostentação, faz seu cavalo empinar, em seguida o controla novamente, fica em pé nos estribos e faz uma mesura. Ele cavalga ladeira acima em direção à torre de menagem, tocando as mãos estendidas dos homens enquanto passa. Horner observa com um sorriso como se estivesse testemunhando – ou mesmo como se fosse o responsável – por um grandioso acontecimento.

– Ele é a nossa centelha, Thomas, nossa centelha!

Ele é como o Messias, Thomas pensa, que veio conduzi-los à Terra Prometida.

18

Apesar da promessa de Payne, o rei Henrique ainda não foi ver seu camareiro, embora Payne suponha que ele deva ir no dia seguinte, e assim no dia seguinte Katherine chega à torre de menagem exatamente quando o sino está tocando a Sexta, com um único pensamento em mente: recuperar o livro-razão.

– Parece que vai nevar – o capitão da guarda diz. É o mesmo homem que desde o começo ficou tão interessado no toco do braço de Devon John, e ele está lá outra vez, batendo as botas no chão, esfregando as mãos, olhando para cima e inspirando fundo, e ela lhe diz que não tem a menor dúvida. Ele se afasta para o lado, para deixá-la passar, e ela continua escada acima, atravessando as portas e percorrendo os diversos corredores e passagens que passou a conhecer bastante bem desde que começou a tratar de Riven. Quando passa pelo segundo guarda no corredor, ele a cumprimenta e pergunta se ela tem alguma notícia do mundo lá fora.

– Parece que vai nevar – ela repete, e ele emite um som sibilante por entre os dentes, mostrando seu desagrado.

– Pobre coitado – ele diz. – Eu não gostaria de estar viajando neste tempo.

– Não – ela concorda, sem entender muito bem o que ele está querendo dizer, e abre a porta. A porta raspa o chão de pedras e o quarto ecoa o ruído de forma estranha, oca e vazia. Payne está lá, em pé, em suas botas de montaria e um casaco de viagem. Ele tem uma expressão severa no rosto e ela percebe que está furioso com alguma coisa.

– Aí está você – ele diz.

Ela acha que deve estar atrasada para um encontro, mas não se lembra de ter marcado nenhum compromisso. Atrás de Payne, seus pertences – potes, ervas, sacolas, jarros e vasilhames, sua coleção de facas – foram empacotados e suas duas arcas estão uma em cima da outra. Há algumas sacolas grandes também.

– Vai a algum lugar? – ela pergunta.

– Sim – ele diz. – Algum lugar onde minhas habilidades sejam apreciadas e meus pertences não sejam vasculhados e roubados.

Ele gesticula, indicando Riven, adormecido em sua cama, o rosto virado para a parede. Seu curativo precisa ser trocado.

– O que foi roubado? – ela pergunta.

– Isso não importa – ele diz. – O que importa é o fato em si.

De repente, ela se dá conta. O livro-razão.

– Um instante – ela diz.

Ela abre a porta da latrina que também raspa ruidosamente as pedras do assoalho. As roupas dele foram todas retiradas e a fileira de ganchos onde ficavam penduradas para aproveitar os vapores de amônia está vazia. O livro-razão desapareceu.

Ela volta ao quarto de Riven. Riven se virou, mas seus olhos ainda estão fechados.

– Você viu um livro? – ela pergunta a Payne.

– Um livro? Eu tenho dois.

– Um livro em particular. Pendurado em um gancho lá dentro. Estava em uma bolsa de couro que tinha um furo.

Payne sacode a cabeça.

– Não.

– Tem certeza? Era mais ou menos deste tamanho.

Novamente, ele sacode a cabeça.

– Tenho certeza de que me lembraria se o tivesse visto. Era um livro de quê?

– De... bem, não tinha um título. Era uma... uma lista. Nomes, em sua maioria. Mas havia um buraco nele. Disso é o que você mais se lembraria.

Ela não pode deixar de olhar para o machado de guerra em seu canto enquanto diz isso. Ela se pergunta, aposta, imagina, tem certeza, de que o buraco foi feito pela ponta da arma.

– O livro tinha um buraco? Ou a bolsa?

– Ambos.

Payne faz uma careta.

– E você o deixou aqui? Por quê?

– Para... para ficar seguro – ela diz.

– Ah – ele exclama. – É mais tolo do que eu. Eu perdi uma caneca, de prata, e uma adaga que ganhei do duque de Devonshire, bem como um gorro forrado de pelo de marta e... e... e outros objetos, de cujo paradeiro este vilão é incapaz de saber, apesar de estar aqui deitado quando os roubos ocorreram.

Mas por que o livro-razão?

Santo Deus! O que Thomas vai dizer? Ela sente-se nauseada só de pensar. Zonza. Como se fosse desmaiar a qualquer instante. Primeiro, Payne vai embora, e agora o livro-razão desapareceu! O livro-razão. Oh, Santo Deus. Ela tenta se concentrar. Pensar em Payne.

– Para onde você vai? – ela pergunta.

– Para o sul – ele diz. – Para Bywell em Tynedale. Um caso de mal de urina.

– Mal de urina? É grave? – ela pergunta. Parece ser.

– Claro.

– Você vai voltar?

– Depois que a doença tiver seguido seu curso e se o rei Henrique quiser, sim, mas não se for para tratar deste homem.

Ele faz beiço, apontando para Riven. Então, ela olha para Riven, só para vê-lo não olhando para Payne, que acabou de insultá-lo, mas para ela, e ela compreende, ela sabe, que ele tem o livro-razão.

Payne se despede. Dois dos homens do rei vêm pegar as arcas e sacolas e há uma troca de gracejos bem-humorados entre eles e o guarda de Riven. Depois de terem partido, depois de se despedir de Payne e agradecer por tudo que ele lhe mostrou, e depois de Payne a ter abraçado em um momento emocionado, ela volta para trocar o curativo de Riven.

Os olhos dele estão fechados outra vez. Ela trabalha rapidamente, ajeitando o pavio um pouco mais longe do ferimento. Suas mãos estão trêmulas.

– Um livro, hein? – ele pergunta.

Ela faz uma pausa.

– Sim – diz. – Sabe onde está?

Ele não diz nada. Ela expõe o ferimento ao ar. Está cicatrizando muito bem, ela pensa, e o pavio está limpo. Ela pressiona de leve o polegar na carne onde está rosada e se pergunta, por um instante, por um único instante, se poderia simplesmente... lhe causar dor. Obrigá-lo a falar. Mas não. Lembra-se de como ele suportou a dor quando ela o operou. Além do mais, seria inútil. Ele está deitado com os braços estendidos ao longo do corpo hoje. Eles moveram o braço para baixo na semana seguinte à operação e, por ter ficado tanto tempo naquela única posição, ele sentiu tanta dor a ponto de desmaiar, mas nunca gritou, exceto uma única vez, emitindo um pequeno guincho, como junco fresco sob os pés.

– O que você quer com um livro? – ele pergunta.

– É que... ele pertenceu a meu pai.

– Seu pai?

– Sim – ela diz. – Ele já morreu.

– Ah – ele diz. – Seu pai está morto. O que ele era? Igualmente um barbeiro-cirurgião?

Por um instante, ela não sabe o que dizer. Nunca imaginou o que ele possa ter sido e feito.

– Sim – responde. – Igualmente.

– E como foi que este livro veio a ser furado?

Ela alega não saber.

– Você o viu? – ela pergunta. – Você o pegou?

Riven suspira.

– É como eu disse àquele chato, mestre Payne – ele diz. – Eu durmo. Não percebo homens indo e vindo. E se eles pegam coisas para vender e comprar comida...

– Mas você tem um guarda!

– Ele também precisa comer.

– Mas por que um livro? Por que levar isso? Não tem valor algum.
– No entanto, você parece aborrecido com seu desaparecimento.
– É como eu digo – ela lhe diz. – Pertenceu ao meu pai.
– Estranho – ele diz. – Eu me pergunto se meu filho seria tão sentimental a respeito de uma coisa tão sem importância se me pertencesse.
– Seu filho?
– Tenho um.
Ela não sabe o que dizer.
– Diga-me – Riven continua –, o seu assistente. Ele já foi um monge? Um frade ou algo assim?
– Não – ela diz. – Não, nada do tipo. Agora, ouça. Por tudo que eu fiz por você. Onde está aquele livro-razão?
– Um livro-razão, é? – Riven diz, mas ao fazê-lo ele fecha os olhos e vira o rosto para o outro lado. Nesse exato instante, como se convocado por um sinal secreto, o guarda escancara a porta e espera para que ela saia. Ele é um homem muito alto e forte, ela vê. Um arqueiro provavelmente, com aqueles punhos. Ela só pode obedecê-lo, mas depois que deixa o quarto e a porta se fecha atrás de si, ela pergunta a ele a respeito dos roubos. Ele finge ignorância, mas ambos sabem.
– Olhe – ela diz –, eu não me importo com a faca, a caneca ou o que quer que seja, só estou preocupado com um livro.
Mas agora ele está genuinamente intrigado. Ele realmente nada sabe a respeito do livro.
– E... sir Giles saiu da cama? – ela pergunta. – Andando e tudo o mais?
– Oh, sim – o guarda diz. – Não se pode manter um Riven na cama, é o que ele diz. Mas ele não vai muito longe, veja bem. Eu cuido disso.
Ela encontra Thomas de vigia no topo da torre outra vez. Ele mantém o gorro bem puxado para baixo sobre os olhos e seu corpo quase não tem forma por causa das roupas que usa sob a capa.
Quando ela lhe conta, ele não consegue acreditar.
– Está com Riven? Tem certeza?
– Tenho.
Ele esfrega o queixo e desvia o olhar para longe. Ela não consegue ouvir a palma de sua mão contra os pelos curtos da barba por causa do vento e das gaivotas com seus gritos estridentes, brincando no alto.

– Santo Deus – ele diz. – Santo Deus.

– Eu sei.

– O que ele fará com o livro?

– Não sei – ela diz. – Acho que ele só sabe que tem valor para mim, até aqui, e não vai necessariamente descobrir sua importância, não é? Por que... por que, bem, por que ele o faria? Ele pensa que pertenceu a meu pai e que é por isso que eu o quero de volta.

Thomas balança a cabeça. Seus olhos lacrimejam no vento frio.

– Como podemos consegui-lo de volta?

– Não sei – ela admite. – Não estava lá no quarto, então eu não posso simplesmente pegá-lo quando ele estiver dormindo. E se eu demonstrar o quanto o quero de volta, só o deixarei mais determinado a não me devolvê-lo. Ele é assim.

– Mas temos que encontrá-lo. Pode imaginar o que sir John diria se nós aparecêssemos lá tendo perdido o livro-razão e salvado a vida de Giles Riven?

Ela olha para ele, transtornada, já que sente que a culpa é toda sua.

Então, ele começa a rir e coloca a mão sobre a dela.

– Vai dar tudo certo – ele diz. – "Confia em mim", diz o Senhor. Não será o que queremos, ou achamos que queremos, mas vai dar tudo certo.

Agora, ao ouvi-lo falar tal tolice para reconfortá-la, ela tem vontade de chorar.

– Plano de Deus? – ela pergunta.

Ele sorri outra vez, agora ainda mais amplamente, uma fileira de dentes brancos na barba escura, e passa o braço ao redor de seus ombros, puxando-a para si, e embora naquele exato instante flocos de neve comecem a esvoaçar e se assentar ao redor deles, ela sente, meu Deus, talvez ele esteja certo.

A neve não cessa e, na semana seguinte, é o Dia de São Thomas, o mais curto do ano, e a maioria dos habitantes do castelo que não se chama John comemora o dia de seu nome. Horner permite que Thomas vá com ele e alguns outros, e eles saem dos muros do castelo. Após um dia vasculhando o campo, arrastam para dentro um tronco verde da altura e da largura de um homem. Eles o enfiam no forno de pão, mas não conseguem fazê-lo queimar ou liberar nenhum calor. O tronco arde lentamente, úmido, sibilando durante três dias e três noites, até que eles finalmente desistem, arrastam-no para fora, cortam-no em pequenos tocos e os queimam com algumas vigas que roubaram de uma cabana na vila.

– Você está bem, Thomas? – Horner pergunta quando estão sentados junto às chamas. – É que você parece... assombrado. Como se alguém estivesse querendo matá-lo?

– Bem, eles estão – ele diz. – Todos os homens de lorde Montagu. Santo Deus. A maior parte da Inglaterra.

– Sim, sim, mas estamos seguros por trás destas muralhas – Horner o tranquiliza. – A menos que alguém aqui dentro esteja ameaçando matá-lo?

Thomas sacode a cabeça, mas Katherine pensa nos dois que estão atrás dele para cortá-lo da virilha à boca do estômago. Eles são a razão de Thomas não ter descido à guarita principal, onde os homens de Riven estão posicionados, para ver se há algum vestígio do livro-razão.

– A menos que tenha sido queimado, usado para acender um fogo, esse é o único lugar onde pode estar – ele disse a Katherine.

Mas, à medida que a semana passa e não há sinal do livro, e Thomas não pode ir à guarita principal para procurá-lo, a tensão começa a crescer, agravada pelas privações do jejum do Advento, durante o qual viveram de uma sopa intragável e uma cerveja igualmente insuportável. Eles só pensam no final do Advento e no próprio Natal e, quando acordam na manhã do esperado dia, descobrem que a primeira nevasca forte do inverno começa a se instalar do lado de fora, lacrando-os no seu mundo já reduzido. Entretanto, apesar das rajadas de neve, os homens e as poucas mulheres do castelo se reúnem no pátio depois da primeira missa do dia para ver as velas serem acesas e sua luz brilhar através das janelas da capela. Eles estão ali para aclamar o rei Henrique quando ele lhes concede licença para sair e caçar os cisnes migrantes que se instalaram no lago abaixo das muralhas do castelo e qualquer outro peixe ou ave que puderem encontrar.

– Eu venho observando aqueles cisnes o mês todo – Jack diz. – A cada dia ficando mais gordos, enquanto nós definhamos com esse fedorento ensopado de peixe que não serve nem para um mendigo.

Mas nem Thomas, nem Katherine, nem Jack estão entre os caçadores indicados. Horner ordena que eles fiquem de vigia no alto da torre da poterna externa, onde um dos homens colocou uma trepadeira entre as ameias, enquanto aparentemente todos os demais homens da guarnição estão percorrendo o terreno lá embaixo.

Thomas aproveita a oportunidade para visitar a guarita do portão principal. Katherine o observa mover-se furtivamente pelo pátio, mantendo-se junto aos muros, e ele já parece suspeito, como um ladrão. Ela se pergunta se ele não deveria ir diretamente para os degraus como se devesse estar ali. Ela aguarda, o olhar fixo na guarita, e vê que começa a tremer enquanto murmura preces para a sua volta em segurança. Ao fim da tarde, ele retorna, de mãos vazias, exatamente quando os caçadores marcham de volta em bando pelas trilhas recém-desenhadas nos campos cobertos de neve, convergindo para o portão com sua carga: a maior parte de cisnes, todo tipo de patos e gansos, uma raposa, três garças, uma fileira de papagaios-do-mar e até uma gorda foca que os homens de Tailboys mataram entre as rochas na ponta de terra ao norte. Eles carregam esta excentricidade pendurada de uma longa lança apoiada em seus ombros e todo mundo reage àquilo ao seu próprio modo.

Naquela noite, eles entoam canções e suas barrigas estão cheias de suculentos guisados de carne e uma cerveja com gosto de urtiga, trazida por um navio mercante da região do Báltico, enviado por um duque francês de algum lugar, que também trouxe barras de ferro para os ferreiros, trigo e sal para os padeiros do rei. Um dos barcos que descarregavam o navio afundou nas águas agitadas quando estava carregado, levando com ele os remadores, e sabe-se com certeza o que ele transportava, embora alguns dissessem que era malte.

Katherine continua a cuidar de Giles Riven durante toda a época do Natal. O rei Henrique, através de sir Ralph Grey, forneceu-lhe mais panos de linho, vinho e óleo de rosas. Urina, naturalmente, ela pode conseguir praticamente em qualquer lugar. A cicatriz está secando, embora ela ainda não saiba se ele poderá mover o braço.

Em certa manhã, ele está dormindo quando ela entra e acredita que ele continua assim, então procura novamente sob o estrado da cama, onde Payne costumava guardar seu colchão, mas o livro-razão não está ali e, quando ela ergue os olhos, ele está acordado, olhando fixamente para ela.

– Onde está? – ela pergunta.

Mas ele quer uma conversa diferente.

– Você não trouxe o seu assistente – ele diz.

– Nem trarei, enquanto você não me devolver meu livro.

Ele zomba.

– Você sabe de onde eu o conheço, não é? – ele pergunta. – Mas não quer me contar.

Na manhã da Epifania, ela vai vê-lo de novo e se surpreende ao ver que o guarda não está em seu posto. Ela abre a porta com cuidado e o encontra em pé no meio do quarto, usando apenas seus calções, esperando por ela. Ele está extremamente pálido, uma notável fileira de costelas e uma pélvis curva, com a barriga afundada e a pele flácida, pendendo frouxamente como um pano, e pernas e braços, especialmente o braço direito, secos e atrofiados como galhos finos. Ele exibe um largo sorriso para ela com seus dentes escuros e seu rosto parece de cera, coberto de gotas de suor. Seus cabelos castanhos também estão molhados de suor.

– O que acha? – ele pergunta, ofegante, através da dor. – Não se pode manter um Riven na cama.

Seu guarda, afinal, está ali dentro, atrás da porta, pronto para segurá-lo, caso ele caia.

– Você parece um dos Cavaleiros do Apocalipse – ela diz.

Ele dá uma risadinha sibilante. Ela pode sentir o bafo de seu hálito. Como deve ser o cheiro de um caixão, ela pensa.

– Eu sou a Fome? – ele pergunta. – Ou a Guerra? Ou eu sou simplesmente a Morte?

– Não importa – ela diz, porque, afinal de contas, ele não é um deles. Ela não vai demonstrar medo. Não vai.

– Diga ao seu assistente que eu estou quase pronto – ele diz. – Diga a ele que não sou afeito a teatro, que não me deixo enganar por disfarces. Diga a ele que logo eu me lembrarei.

Katherine o ignora. Ela adota uma atitude prática e pede para ver a cicatriz, mas ele não se vira, sabiamente, já que está tão instável em suas pernas de potro recém-nascido, e assim, em vez disso, ela tem que entrar e se posicionar atrás dele. Suas mãos estão trêmulas. É o fato de vê-lo de pé, pensa, que a faz ter consciência de sua presença. Ela retira o curativo. A cicatriz está seca e a pele rosada, enrugada e sedosa. Ela sabe que não há mais nenhuma necessidade para que ela volte a examiná-la outra vez.

– Suas mãos estão frias – Riven diz.

– Está nevando – ela diz.

Ele não exprime nada, mas após um longo instante exala um triste suspiro e ela pode apenas imaginar seus pensamentos. Ele não diz mais nada até ela terminar o curativo e fazer menção de sair.

– Deixe a porta aberta – ele pede.

Mas ela não o faz. Ela o fecha dentro do quarto e apressa-se a sair dali, decidida a não mais voltar.

A neve dura o mês inteiro, caindo, derretendo-se, congelando, caindo outra vez, noite após noite, dia após dia, e os pingentes de gelo que se dependuram sob os drenos nas paredes do castelo e das bocas das gárgulas na torre de menagem tornam-se cada vez mais grotescos. Os homens espalham areia da praia nos passadiços e topos de torres e a brancura da neve serve para enfatizar a imundície que se acumula sob as muralhas do castelo.

– É por isso que se precisa de um fosso – Horner sugere.

Por toda a volta das muralhas do castelo, as poucas sentinelas de patrulhamento movem-se como monturos de roupas sob suas capas pesadas e chapéus de lã que logo se encharcam de umidade. Abaixo deles, o pátio está deserto, a não ser pelas ovelhas em seus cercados, comendo pontas de nabos e feno racionados e balindo constantemente durante todos os dias curtos e cinzentos.

E ainda nenhum sinal do livro-razão, nem de Edmundo Riven.

– Ele vai esperar até a primavera, não acha? – Katherine diz. Ela se lembra de sir John Fakenham recusando uma convocação para passar o inverno no Castelo de Sandal há alguns anos, uma decisão que, na verdade, salvou sua vida. Por que um homem iria querer congelar até à morte em um castelo quase sem provisões em um lugar tão gélido, se poderia estar em casa ao lado de sua própria lareira?

Thomas concorda, mas ainda assim seria melhor saber com certeza, de uma maneira ou de outra, e nesse ínterim, eles estão presos no castelo, e os nervos e o humor começam a se esgarçar à volta deles.

– Quanto tempo isto vai durar? – Jack pergunta. – Arrebanhar ovelhas é mais divertido.

Ele conseguiu persuadir uma mulher nas tendas embaixo a tricotar um cachecol oleoso, que cheira mais a bode do que a ovelha, e isso lhe acarretou uma erupção embaixo do queixo que ele não para de coçar. Katherine está com ele agora, olhando para o sul, além do pátio murado, além de seu pequeno mundo, observando os pastores armados se reunirem em sua tenda tentando inutilmente queimar esterco, e mais além, as luzes fantasmagóricas nas janelas da torre de menagem, onde ela imagina que o livro-razão ainda esteja hoje.

– Tudo depende – Horner lhes diz – se os escoceses vão fazer um acordo com o falso rei Eduardo. Se fizerem, nós vamos tê-los às nossas costas, vindo do norte para nos atacar, e lorde Montagu nos atacando do sul. Seremos pegos no meio, compreenderam?

Ele demonstra sua tese raspando o gelo com um dedo enluvado. É perfeitamente óbvio.

– Pensei que os escoceses e o rei Eduardo já tivessem assinado um tratado e que por essa razão o rei Henrique teve que deixar a Escócia e vir para cá, não?

– Sim – Horner admite, vagamente, já que as informações de que dispõe são incompletas e sua compreensão é limitada. – Mas isso foi apenas para fazê-los expulsar o rei Henrique da Escócia. Este tratado é para fazer com que eles, os escoceses, se unam a Montagu em nosso encalço.

– Então, o que fazer? – ela pergunta.

Horner lhes diz que o duque de Somerset concluiu que a única maneira de impedir um tratado entre os escoceses e o conde de March é garantir que seus negociadores nunca se encontrem e que ele está tentando descobrir o paradeiro desses homens, a fim de capturá-los, ou matá-los, ninguém sabe bem o quê.

– Seria uma boa ideia matar os escoceses? – Thomas arrisca. – Então, eles não se tornariam seus inimigos?

– Nossos inimigos – Horner corrige, mas concorda.

Patrulhas são enviadas para fora, para a neve. Sir Ralph Grey não oferece seus homens.

– Exercício inútil – ele diz. – Nós não vamos simplesmente topar com os desgraçados, não é?

Mas as patrulhas obtêm informações e voltam com notícias. Os escoceses estão enviando seus negociadores para o sul a partir de sua capital para esperar uma escolta dos homens de Montagu em um lugar chamado Norham, no rio Tweed. É um castelo para o norte de Bamburgh, mantido por homens leais ao rei Eduardo. Lorde Montagu viajará para o norte saindo de Newcastle através dessa área controlada, ainda que parcamente, pelo rei Henrique, para recolher os negociadores escoceses e levá-los de volta a Newcastle, através das mesmas terras outra vez, para conduzir a situação com os negociadores do rei Eduardo, que por sua vez estão subindo de Londres para encontrá-los lá.

Enquanto isso, notícias piores são confirmadas: o rei Eduardo também está negociando com os franceses e com os borgonheses, que no passado foram amigos do rei Henrique, e se ele conseguir isso, então tudo estará acabado: não restará esperança para os Lancaster. Não serão apenas promessas de longa data em que confiaram nesses últimos meses, anos até, que eles perderão: serão as necessidades do dia a dia, como trigo, aveia, cerveja, e sem elas... – no que diz respeito aos homens de Bamburgh e Alnwick, de Dunstanburgh e das inúmeras fortalezas pequenas espalhadas por Northern Marches – nem mesmo sapos e morcegos os sustentarão. Eles terão que abandonar sua resistência e fazer as pazes com os mesmos yorquistas que mataram seus pais e seus irmãos em Towton. Sabedor disso, o rei Henrique envia cartas e mensagens para sua esposa, o pai de sua esposa, o mesmo duque que lhe enviou suprimentos no Natal, ao rei da França, ao duque de Borgonha, a qualquer um que possa aceitar suas cartas e possa dispor de *"un peu d'argent"*, implorando-lhes para não fazer acordo com a Casa de York, para não abandonar a Casa de Lancaster. É, em resumo, tudo o que ele pode fazer.

E em vez do afluxo de homens passando para o lado do rei Henrique, como Somerset havia prometido, se eles existiam, o número diminuiu sensivelmente. Dois ou três ao dia e nenhum deles com muitos em sua comitiva, e quanto mais o tempo passava, depois da Candelária e até o fim de fevereiro, mais convencida Katherine ficava de que Edmundo Riven não se juntaria a seu pai, mas permaneceria em liberdade, desfrutando das graças do rei Eduardo. Sabendo do estado calamitoso do mundo do rei Henrique, era a única coisa que um homem em seu juízo perfeito poderia fazer.

Quando os recém-chegados percebem as condições do rei Henrique, decepcionam-se, e ela pode vê-los recuando pouco a pouco para ir embora, para retornar ao que quer que tenham deixado, mas o duque de Somerset, ele próprio um terrível fugitivo, apertou a segurança, e agora todos os antigos soldados que permaneceram fiéis ao rei Henrique no exílio, homens que não têm mais nada a perder, agem como carcereiros dos recém-chegados.

– Por todos os santos! – exclama Jack, batendo o punho cerrado contra as pedras molhadas. – Quando? Quando? Droga! Jamais sairemos deste maldito lugar!

PARTE CINCO

Para o sul, rumo a Tynedale,
Northumberland,
antes da Páscoa de 1464

19

Os vintenars da companhia estão com seus homens nos campos de treinamento e, nas dunas, de manhã à noite, chova ou faça sol, bem como no pátio, sempre se ouvem gritos e a reverberação constante de homens praticando com foices e machados de guerra. Thomas observa-os por algum tempo e vê como os melhores são rápidos e ágeis, repetidamente torcendo os punhos uns dos outros, mudando seus ângulos de ataque, usando suas armas de maneiras inesperadas e passando pelas lâminas dos inimigos para golpeá-los. Agora que já tiraram os casacos, é possível ver as cores de seus uniformes e os homens de Riven estão entre eles, Thomas vê, e suas escaramuças – "lutas" seria uma palavra grandiosa demais para tais embates rápidos – são modelos de brutalidade e implacável economia: um dos homens ataca, o outro se esquiva, se contorce e gira a ponta de seu machado sobre o elmo do primeiro homem. Poderia facilmente ter atingido seu olho.

– Eles não ficam por aí à toa, hein? – Jack observa.

– Hum-hum – Thomas concorda –, mas quem são todos esses outros?

– Os que estão de vermelho e verde são homens de lorde Hungerford, e os de azul e amarelo são de Roo. Eles devem ficar bem preparados, não? Não acha? Não parecem muito ruins, não é?

Thomas não tem tanta certeza. Ele dá de ombros.

– Imagino que ainda haja tempo.

Mas não há. Ao menos, não muito. A notícia se espalha de que sir Humphrey Neville de Brancepeth deve conduzir um grupo para o sul, para tentar interceptar lorde Montagu, enquanto Montagu marcha para o norte, a caminho de recolher os negociadores escoceses. As terras de Humphrey Neville ficam ao sul de Newcastle e ele deve conhecê-las, de forma que é lá que ele pretende plantar a armadilha. Ele e seus homens levam o máximo de flechas e a maior parte da aveia restante para se manterem vivos no campo.

– Que alívio ele ter ido – Horner lhes diz – porque ele faz sir Ralph parecer moderado em suas loucuras.

Enquanto isso, o resto da guarnição, com quase todos os demais homens no norte que ainda são leais ao rei Henrique, deverá se reunir em Bamburgh, pronto para partir em apoio aos pequenos levantes que brotam em toda a região. Horner está satisfeito.

– Agora, sim – ele diz. – É agora ou nunca, entrar em ação ou morrer. É a hora em que o rei Henrique contará com seus amigos fiéis e, no futuro, ele se lembrará de nós. Vocês deviam ouvir sir Ralph falar. Ele acha que, ao final disto tudo, não só ele será castelão de Alnwick, Bamburgh e Dunstanburgh, como será o conde de Northumberland, em posição mais alta do que os Percy e os Neville! Ele tem grandes planos para um novo uniforme, que será... bem, parece fantasioso, é tudo que posso dizer.

E ainda Edmundo Riven não chega.

– Onde ele está? Quando virá? – Thomas sempre pergunta a Katherine, mas ela não sabe.

– E onde está o livro-razão? Por que não apareceu? Acredita que ainda possa estar com ele?

Ele sabe que está deixando sua frustração crescer, mas depois da longa hibernação durante todo o inverno, o duque de Somerset está preparando seu exército para lutar e a vaga ansiedade de Thomas ao pensar nisso, em ir lutar contra os homens de Montagu, se transforma em medo. Ele não quer ir a parte alguma, não só com estes homens, que não lhe inspiram nenhuma confiança, mas com *nenhum* homem. Mais do que isso, ele não quer mais ter que cavalgar e lutar contra quem quer que seja, muito menos com os homens de Montagu, de quem ele se recorda vividamente controlando os portões de Newcastle. Ele não menciona isso para ninguém, nem mesmo para Katherine, por receio de que ela o julgue um covarde, mas ele não foi parar ali para lutar ao lado de homens contra os quais já pode até ter lutado no passado, e ele dá mais valor à sua vida do que àquela causa. Santo Deus, pensa, ele dá mais valor às suas botas do que a esta causa.

Mas eles ainda são apanhados, mais uma vez, como sempre foram, na mesma armadilha que os manteve presos desde que chegaram a Alnwick, há meses. Não se trata apenas de conseguir transpor as muralhas, embora isso já seja bastante difícil, nem meramente a questão de encontrar cavalos depois que estiverem lá fora, embora também isso já seja bastante difícil. O problema é, na verdade, passar pelas patrulhas que Somerset despacha, conduzidas por homens que mais se parecem aos homens que chamam de piqueiros, que vagam pela retaguarda de um campo de batalha e cuja função é incutir mais medo a um homem do que o inimigo que ele tem que enfrentar, seja quem for esse inimigo.

– O que vamos fazer? – Katherine pergunta, adivinhando seus pensamentos. – Não podemos nos unir a este grupo em sua luta, não é? Quero dizer, é isso que você quer fazer? Eu não. E não quero que você o faça. Sei que serei deixada na retaguarda e farei o melhor possível para tratar os feridos, mas olhe para eles. Não são bons arqueiros, até eu sei disso. São garotos de fazenda, se fazendo passar por soldados. Aquele lá. Olhe para ele. Não tem nenhuma braçadeira. Estará gritando de dor depois de lançar dez flechas. E aquele... tem um arco de caça! Você estará enfrentando arqueiros bem treinados, equipados com arcos apropriados e atirando flechas apropriadas.

Ele faz Horner convocar os homens para o campo de treinamento de arco e flecha outra vez e eles passam os dias seguintes lá, atirando, recolhendo, atirando, recolhendo, lançando as flechas em ondas precisas, cada vez mais rápido e mais longe do que antes. Mas é apenas com seus homens que ele pode fazer isso. Os outros – os homens de Hungerford e de Roos – ficam observando-os mais atrás, e admiram ou riem de seus esforços, mas apenas isso, até que um dos homens de Horner se mete em uma briga com um deles e tem que ser afastado à força enquanto ambos ainda tentam liberar suas adagas de seus cintos, e isso por si só já é deprimente.

Pouco depois, Humphrey Neville de Brancepeth retorna da emboscada que montou para Montagu sem uma única baixa e é possível imaginar como, por um instante, os guardas nos portões devem ter pensado que ele armara sua emboscada de maneira tão inteligente que deve ter aniquilado os homens de Montagu, mas logo a notícia se espalha de que os batedores de Montagu detectaram a emboscada e que em consequência Montagu a evitou e chegou a Newcastle sem ser perturbado.

Disseram que Somerset ficou furioso e que, portanto, agora ele decidiu que eles têm que arriscar tudo e, assim, ele marca o dia de Santo Ambrósio, no começo de abril, para iniciar a marcha. Eles se reúnem no pátio em suas companhias, com seus uniformes, prontos para deixar o castelo e interceptar Montagu em sua marcha para o norte. Há uma empolgação contagiante entre os homens e até mesmo uma noção de propósito, e pela primeira vez Thomas é capaz de ver aquele exército pequeno e acossado como uma irmandade forjada pela tolerância comum de tempos difíceis. Ele pode ver que os homens compartilham uma espécie de união, uma sensação até mesmo de camaradagem, quando a maioria das desconfianças é posta de lado e homens de uniforme vermelho e verde se perfilam com satisfação ao lado de homens de azul e amarelo, ou mesmo dos de branco com suas toscas insígnias de aves de rapina no peito, e fala-se do pai do rei Henrique, que levou seu próprio exército, pequeno e debilitado, através da França. Assim, no fraco sol de primavera, chega-se quase a achar que quase tudo é possível.

Mas essa camaradagem não contagia Thomas. Ele pensa em apenas duas coisas, a primeira das quais é a oportunidade de que esta iniciativa oferecerá de lançar uma flecha desgarrada onde não deveria: nas costas de Giles Riven. E a segunda, que necessariamente deverá se seguir à primeira: fugir. Ele não sabe como, nem quando, mas sabe que a oportunidade se apresentará. E quando o fizer, ele vai agarrá-la e atirar a flecha, depois fugir a cavalo, exatamente como devia ter feito há meses. Ele conversou com Jack e com John Stump sobre ir embora – não chamou a isso de deserção – e eles querem ir com ele e Katherine. Quatro é melhor do que dois. É verdade que ele está desistindo do livro-razão, mas realisticamente, quais as chances de já não ter sido queimado? Não pode imaginar por que alguém iria roubá-lo, para começar, quanto mais guardá-lo, em vez de alimentar o fogo. No entanto, ele observa os homens de Riven carregando sua carroça, empilhada bem alto com todo tipo de sacas, sacolas e caixas.

O livro-razão poderia estar lá? Ou o deixariam para trás?

– Será que o próprio Riven irá? – ele pergunta.

– Não sei – ela diz. – Não o vejo há um mês. Mas duvido que possa ter se recuperado a ponto de poder cavalgar, quanto mais lutar. Ele pensa na aposta de sir Ralph Grey com William Tailboys: de quanto seria se Riven pudesse montar um cavalo?

Logo se ouve um som fraco de trombeta vindo dos merlões da torre de menagem e, da porta de entrada, saem nada menos do que duas colunas de homens de sir Giles Riven. Eles emergem lá de dentro e se dividem – dez homens para um lado e dez para o outro, até formarem uma fileira, um pano de fundo, de cada lado da entrada. Em seguida, após uma pausa, o rei Henrique surge, usando um elmo de rosto descoberto com um diadema cravado do que pareciam ser pedras preciosas – vermelhas e verdes.

– Ele poderia vender aquilo – alguém murmura. – Pagar uma rodada de cerveja para todos nós.

O rei Henrique age como se devesse haver uma aclamação agora, mas não há, e Thomas pode ver pela expressão do rei que ele está meramente cumprindo ordens, talvez de Somerset, que Thomas pode imaginar que deve estar esperando lá dentro, gritando ordens através da entrada, e que o rei Henrique preferia fazer qualquer outra coisa a estar ali, preferia sair furtiva e silenciosamente para as preces.

Fora o elmo, ele está usando o que parece ser uma batina de monge, e os homens no pátio se calam. Não são homens sofisticados, Thomas imagina, e tudo que precisam ver é alguém que achem que vale a pena seguir. O rei Henrique não é esse alguém. Ele parece lamentavelmente insignificante, incapaz de inspirar os súditos, e ele sabe disso. Ele balbucia alguma coisa em forma de desculpas que só pode ser ouvida pelos homens mais próximos. Há uma desanimada espécie de aclamação e, em seguida, da torre de menagem surge sir Giles Riven, que apesar de tão diminuído como está pelo seu ferimento, ainda exsuda alguma atração, algo que o rei Henrique não possui. Ainda assim, pode não ser o que os homens no pátio desejam, já que há vaias quando ele surge, como acontece quando Belzebu aparece em uma peça de atores mascarados.

Ele olha furiosamente para a multidão abaixo dele, buscando encontrar alguém que ouse se levantar e dizer alguma coisa, mas nenhum homem o encara e, depois que as vaias arrefecem, o silêncio se instaura outra vez, ainda mais opressivo. O rei Henrique se agita, diz alguma coisa novamente e Grey, com seu rosto vermelho, coloca-se ao seu lado, assim como aquele saltitante padre imberbe. Ambos riem, como se nunca tivessem ouvido algo tão engraçado, e Riven vira-se devagar para os dois, que imediatamente se calam.

Riven continua de pé, aguardando, nem paciente, nem impaciente, mais como se tolerasse o que tem que ser tolerado. Por baixo de sua capa de viagem, ele tem um cinto de espada à cintura e usa botas de montaria, dobradas até os joelhos, luvas e um chapéu puxado sobre as orelhas. Parece que ele passou tanto tempo entre quatro paredes, que não está mais acostumado ao frio e seus olhos estão lacrimejando na brisa gelada.

Então, ele também está indo, Thomas vê, e sente seus dedos agarrarem seu novo arco, como se fossem eles que odiassem Riven, como se seu corpo se lembrasse do motivo por que odeia tanto aquele homem, ainda que sua mente tenha esquecido. No entanto, ele sabe que desta vez terá uma chance e que desta vez será fácil, e ao menos quando retornarem a Marton terão conseguido alguma coisa. Uma flecha. Naquele momento de caos, se conseguirem encontrar os homens de Montagu, e se conseguirem travar uma batalha com eles. E se não, então... de algum outro jeito. Mas a oportunidade se apresentará, ele tem certeza, lá fora, e ele guardará uma flecha para esse momento. Ele tem um feixe das melhores junto a seus poucos pertences em uma pequena carroça, vigiada por John Stump, e ele quase pode ver a que ele vai atirar nas costas de Riven. Ele acha até engraçado que vá substituir uma ponta de flecha por outra. Mas quando está rindo, ele desenterra uma outra imagem, uma lembrança, em que ele está em pé na encosta de uma colina, ao anoitecer, e enverga um arco para atirar uma flecha através de um vale coberto de neve. Ele atinge um homem, derruba-o e acha que errou o alvo. Ele estremece, como se fosse do frio. A mão de Katherine pousa em sua omoplata e ele sente que ela está preocupada. Outros também se viraram. Ele deve ter gritado.

Agora, entretanto, o rei Henrique está falando outra vez, dizendo alguma coisa que Thomas não consegue ouvir porque o rei Henrique não possui uma voz possante. Mas enquanto ele fala, surge um ajudante levando um cavalo selado para o alto dos degraus, onde Riven está com os lábios crispados, e um bloco para ajudar a montar um cavalo, um largo toco de árvore, é trazido e colocado ao lado do animal. Por um instante, ninguém pode ver o que está acontecendo porque o rei Henrique e sir Giles Riven estão ocultos atrás do cavalo, mas parece que o próprio rei Henrique está ajudando Riven a montar, com um criado e o ajudante ao lado, as mãos prontas para segurar se ele vier a cair. Perto dali, todos os homens do rei observam com expressões mistas. Grey está lá, com um largo sorriso e saltitando de um pé para outro, enquanto Tailboys tem um ar ameaçador.

– Espero que o miserável caia da sela – murmura um dos homens perto de Thomas.

Uma vez montado, Riven volta-se para a multidão e olha fixamente para ela como se tivesse feito isso para humilhá-la. Em seguida, usa os calcanhares para tocar o cavalo e, com isso, Grey venceu sua aposta e Tailboys perdeu a sua. John Stump olha ao redor em busca de Katherine.

– Kit! – ele grita. – Foi Kit!

E Kit ergue os olhos de seu lugar junto à carroça e uma ruga se forma em sua testa, mas John continua gritando como era ela – ele – quem deveria receber os créditos. Horner interrompe e diz como tinham sorte de ter um cirurgião tão talentoso acompanhando-os à batalha, e que se por algum azar eles se vissem feridos ou machucados, eles sabem que terão a assistência do homem que ensinou uma ou duas coisas ao médico do rei, e o que poderia ser melhor do que isso? Montagu teria tal recurso? Não.

Não chega a ser empolgante, Thomas pensa, mas os homens parecem ligeiramente mais reconfortados, ainda que mais por seus amigos, pois nenhum homem entra em uma batalha achando que será ele a precisar de um cirurgião. Isso demonstra, ainda, que Horner é ao menos atencioso, não apenas no que se refere a seus homens, mas também quanto a quem merece o crédito. Katherine fica ruborizada, até à ponta de seu pedaço de orelha.

Assim, conduzidos pelo rei Henrique e sir Giles Riven, pelo duque de Somerset e demais lordes – Roos e Hungerford –, por sir Ralph Percy, sir Ralph Grey e sir Humphrey Neville, eles marcham pelas sombras úmidas do barbacã e finalmente para a claridade do sol de primavera. O duque, que arranjou arreios novos, deixa o sol refletir nas partes polidas, e seu cavalo é bom e está ansioso para se exercitar. O longo estandarte do rei é agitado pelo porta-bandeira e eles descem a colina, afastando-se do castelo. O longo rastro de homens em marcha se estende atrás deles, com cada um desejando que tivesse seu próprio cavalo.

Eles marcham a manhã inteira, movendo-se à velocidade da carroça mais lenta, e apesar de ninguém, exceto Somerset, parecer ter uma ideia muito clara de para onde estão indo ou quanto tempo levará para chegarem ao destino, todos concordam que é melhor que não seja muito longe e que tenha bastante provisões, pois não estão sobrecarregados de bagagem. Há algumas carroças transportando barris de cerveja, algumas carregadas de sacas de aveia que não parecem bem secas e desprendem um odor de apodrecimento. Cada companhia traz uma carroça empilhada de flechas, bagagens pessoais e armas, mas isso é basicamente tudo. Não é suficiente para mantê-los no campo por muito tempo, apesar de serem poucos.

– Santo Deus – Horner exclama –, é bom estar fora, hein?

É verdade. As muralhas de um castelo começam a se fechar sobre as pessoas após algum tempo. Suas sombras são compridas, frias e profundas, mesmo em um dia de primavera como este, mas agora eles estão a céu aberto na charneca, seguindo uma trilha arenosa através de ondulantes planícies de urzes, caniços, tojos e até giestas. Os homens pegam raminhos de giesta e os colocam em seus chapéus como os primeiros

Plantagenetas, mas, conforme caminham, o alívio de estar fora dos muros do castelo definha e a ansiedade de Thomas começa a florescer.

Ele olha à sua volta, para os homens com quem está caminhando, e tudo que realmente quer é estar longe dali, agachar-se no meio das árvores que ladeiam a estrada, levar Katherine com ele e retornar a uma vida normal, a que ele imagina que tem direito, com uma casa junto a um córrego, com alguns acres de sua propriedade, com vacas, ovelhas, colmeias, um pequeno lago. Santo Cristo! Uma roda de fiar e alguns porcos.

Um homem começa a tocar uma flauta e outros se juntam a ele, logo alguém começa uma canção que sugere um melancólico desejo de estar em outro lugar e fala de campos da terra natal quando chega o verão, de amores, de calor e abundância. Logo outros se juntam ao coro, até que chega a ordem para parar e surgem vintenars a cavalo ameaçando os homens para que calem a boca. Os rapazes recebem ordem de tocar os tambores e é o que fazem. Seus tambores, ou o que quer que sejam, são tocados em um ritmo vigoroso, e os campos e namoradas são esquecidos, conforme os homens apressam o passo e seguem em frente.

– É sempre assim? – Thomas pergunta a Katherine e ela sacode a cabeça.

– Quando viemos para Towton, foi a jornada mais implacável que já se viu. Todo homem estava armado e fazia tanto frio que você não acreditaria que já era quase o dia da Anunciação. E éramos milhares. Milhares. Quantos você acha que somos agora?

– Horner diz que somos quase cinco mil, mas eles esperam que mais venham se unir a nós pelo caminho.

Eles se movem para o sul, passam por Dunstanburgh de onde um pequeno contingente se une a eles.

– Vocês estavam mesmo comendo sapos? – Jack pergunta a um deles.

– Sapos, não – ele diz. – São venenosos. Mas qualquer outra coisa, sim. Gaivotas são horríveis, mas tínhamos muitas, então...

Eles marcham o dia inteiro, até que a noite começa a chegar e eles armam um acampamento em um terreno razoavelmente plano. Há exatamente oito barracas e eles recolhem lenha, samambaias e urzes suficientes para uma grande fogueira de vigilância, e os homens dormem ao seu redor, o mais perto possível das barracas. O melhor lugar é embaixo das carroças, onde ficarão secos se chover e o sereno não deixará úmido o lugar onde dormem. Os homens de Riven estão do outro lado do acampamento, igualmente reunidos em volta de sua própria carroça, mas Riven deve dormir em uma das barracas, junto com sir Ralph Grey e outros. Horner vai até lá e volta impressionado.

— Ele é frio e distante, mas pode calar sir Ralph com um único olhar.

Thomas permanece acordado, sentado, atento à barraca onde ele supõe que Riven está, e fica observando os homens de Riven do outro lado do acampamento. Eles não se misturam com os outros, ele nota, e fica satisfeito com isso, mas se pergunta se esta atitude teria algum significado. Ele também se pergunta se poderia ir até lá e dar uma olhada para ver se encontra o livro-razão.

Katherine parece ler sua intenção.

— Acha que estará bem na porta da barraca, dentro de uma sacola, pronto para ser recuperado? — ela diz, em tom de zombaria.

Ele admite que é improvável. Está se convencendo de que ele já foi queimado, senão por que outra razão o guardariam?

Pela manhã, faz frio outra vez e batedores são enviados à frente, enquanto os padres do rei conduzem a tropa restante em oração. Rezam a ave-maria, o credo, o pai-nosso e o De Profundis, antes de comerem biscoitos de aveia. Em seguida, desarmam as barracas e retomam a caminhada, ao longo de uma trilha sinuosa em direção a oeste, o mar por trás deles, a brisa no rosto, desfraldando suas bandeiras, puxando as mangas de seus casacos.

— É mais fácil vir pelo outro lado — Horner diz a Thomas —, mas ao menos o rei Henrique pode cavalgar sem ter que sentir nosso cheiro.

Ele tem razão, Thomas pensa. Eles realmente deixam um rastro, como ratos migrando de celeiro em celeiro no outono, e é melhor estar contra o vento para não sentir o cheiro de nossas roupas mofadas e de nossos corpos sujos.

Durante o dia inteiro, eles viajam para oeste, sob nuvens céleres. Os tocadores de tambor não mostram mais tanto entusiasmo quando o aguaceiro começa e eles removem a pele de seus instrumentos. Os homens prosseguem, arrastando-se pela lama que se forma rapidamente, com a cabeça baixa e gotas de chuva ressoando em seus chapéus e ombros. O problema é que eles não parecem ter um destino. Parecem estar vagando pelo campo, movendo-se de oeste para leste, de leste para oeste, esperando que alguma coisa aconteça e que pode não acontecer.

Então, o rei Henrique os deixa, partindo em busca de melhores instalações, e é escoltado por uma companhia de homens de sir Giles Riven. Assim, Thomas e Katherine ficam parados na chuva, observando-os se afastar.

– Santo Deus – Thomas exclama. Chega quase a desejar que estivesse cavalgando com eles.

Por dois dias seguidos, eles permanecem no mesmo acampamento, vasculhando o terreno ao redor, até a manhã do terceiro dia, quando levantam acampamento e começam a refazer seus passos. Os batedores vêm e vão, portando relatórios conflitantes. Às vezes, Montagu ainda está em Newcastle e os escoceses retornaram para Edimburgo. Às vezes, Montagu e sua tropa estão marchando para oeste, via Carlisle, e os escoceses também estão se dirigindo para lá, para se encontrar com eles em Kelso. Às vezes, Montagu leva muitos homens, uma grande força de bombardas e uma força de milhares de arqueiros. Às vezes, ele está se locomovendo rapidamente com um grupo de não mais do que quarenta homens a cavalo. Ninguém tem certeza de nada. O moral declina. Brigas começam a irromper. A chuva cai sem tréguas.

Mais dias se passam e eles estão agora a oeste de Bamburgh, ao norte de Alnwick, em um terreno pantanoso, inóspito, recortado de córregos, oferecendo pouco abrigo sob espinheiros raquíticos, esculpidos pelo vento. Pássaros disparam acima de suas cabeças, reunidos em bandos pelas rajadas de vento do oeste, e o céu cinza-chumbo anuncia mais chuva. Sir Ralph Grey aproxima-se a passos largos através das urzes, à procura de Thomas e Horner.

– Não aguento mais isto – ele diz. – Não devia ter deixado Bamburgh. Meu Deus! Não devia ter deixado Alnwick. E aquele maldito traidor, Riven, escapuliu com o rei Henrique, para não ter que ficar aqui. – Portanto, Riven foi embora e com ele a melhor esperança de Thomas de uma oportunidade de matá-lo. Meu Deus, ele pensa, se esta é uma missão divina, Ele não está tornando as coisas mais fáceis.

– De qualquer modo – Grey continua –, aqui estamos nós. Maldito covarde filho da mãe. Mas isso não importa. Quero que você vá a Hulne para mim. O prior já teve tempo de destilar um pouco mais de seu... seu... o que quer que sua bebida seja chamada. Na verdade, quando estiver lá, pergunte-lhe como é chamada, sim? Descubra se tem um nome.

– Posso levar Kit e Jack? – Thomas pergunta.

– Não – Grey responde. – Eles devem ficar.

Assim, não só Riven escapuliu, como ainda não confiam neles.

Ele, Horner e dois outros homens partem na manhã seguinte. É a primeira vez que ele vai ficar longe de Katherine desde aquele dia na margem do rio no verão, e ele sente sua partida como uma dor física, pensa em si mesmo como um caroço sendo arrancado da polpa de uma ameixa. Eles encontram alguns momentos a sós enquanto Thomas finge urinar. Eles ficam lado a lado na margem do rio e ele diz que não vai demorar muito tempo.

– E se você se deparar com Montagu? – ela pergunta.

– Não vai acontecer – ele responde. – Horner diz que Montagu fez uma volta para oeste, para Carlisle.

Assim, Thomas, Horner e os outros quatro montam e estão seguindo rumo ao sul por uma das estradas antigas, pavimentadas com grandes blocos de pedra plana, séculos atrás, e que segundo Horner leva a Morpeth, quando eles veem, à sua frente, um grande grupo de cavaleiros, amontoados, possivelmente todos de preto e vermelho.

– Santo Deus! – Horner grita. – São eles! São eles! Voltem! Vamos!

Eles viram seus cavalos, enfiam os calcanhares nos animais e galopam de volta pela estrada. Os homens de Montagu não saem em sua perseguição.

– Trouxeram o que pedi? – Grey pergunta quando entram no acampamento e desmontam bruscamente. Quando lhe contam o que sabem, Grey fica decepcionado, mas Horner é levado diante de Somerset.

– Só contei a ele o que vimos – ele diz a Thomas quando retorna.

As trombetas soam. Os tambores acompanham. Os vintenars se posicionam entre eles outra vez com suas varas e paus, gritando, perseguindo-os. Há um tumulto entre os homens de lorde Roos: uma briga, uma espécie de motim, rapidamente abafado. Novas patrulhas são enviadas. Thomas termina sua cerveja e o restante de seus biscoitos de aveia. Pensa que teria sido bom se eles tivessem conseguido chegar a Hulne, onde ele poderia encontrar alguma comida, ainda que fosse apenas sopa de peixe e pão. Os batedores voltam. Eles estimam que Montagu tenha quatro mil homens, um número apenas ligeiramente menor do que o deles. Há aproximadamente mil arqueiros entre eles.

São feitos os preparativos.

– Santo Deus – Thomas exclama. – Nós vamos ter que lutar contra eles!

– Não temos que fazer isso – Katherine sussurra. – Você não precisa. Você deve fugir. Hoje. Neste instante.

Mas os piqueiros já estão lá, montados, em grupos, esperando que um deles tente fazer exatamente isso. Ele sente que esteve adormecido e agora acordou, vendo-se perfilado com os demais homens, o arco agarrado na mão, preparando-se para lutar por homens que mal conhece contra homens que mal conhece. Ela olha para ele com os olhos cheios de lágrimas e ele não consegue fingir que tudo vai ficar bem, que nada irá acontecer a ele, porque tudo pode acontecer a ele e nada ficar bem. Katherine toca-o na manga do casaco.

– Kit – ele diz. Ela olha para ele e percebe o que ele quer dizer: que ela é Kit, não Katherine, mesmo agora, e ela retira a mão.

Katherine permanece ali parada. Está muito pálida. Ele olha para ela e promete a si mesmo que se lembrará dela assim, aconteça o que acontecer. Ela veste um casaco que vai até o meio da coxa, meia-calça folgada, botas ainda boas e usa seu gorro de linho por baixo de um tubo de lã de confecção simples que ela dobra na borda, para trás. Ela usa um cinto no qual está sua bolsinha, onde leva seu rosário e sua faca. Sobre os ombros, carrega uma saca de aniagem que, no momento, está parcialmente cheia de biscoitos de aveia.

– Bem – ela diz. Katherine estende a mão e ele a toma na sua. Eles se entreolham por um tempo mais longo do que deveriam e ele sente, meu Deus, já tivemos outras despedidas como esta. Ele continua segurando sua mão. Sua respiração está acelerada. O que ele mais queria era puxá-la para si.

Ela parece saber, mas não há nada a ser feito e, a seguir, vêm as despedidas usuais, de vai com Deus, que Deus o guie, que Deus o proteja, e finalmente Thomas solta sua mão e desvia os olhos. Horner ainda está ali, virado para o outro lado, olhando para onde os homens estão se reunindo no cume de uma pequena elevação próxima. A bandeira do rei está lá, embora Thomas imagine que o próprio rei não esteja. Assim como o estandarte de Percy, à direita, embora os outros – Somerset se uniu aos homens do rei vestindo apenas seu camisolão de dormir – não tenham as suas. Assim, um pedaço de linho foi pintado com as cores de Beaufort e tremula na brisa. No alto, um bando de gansos selvagens passa voando em uma perfeita formação em V, em direção ao norte, para o verão.

20

O padre barbudo conclama-os a se aproximar e, do chão de uma carroça, ele os conduz em um ciclo de orações que poucos podem ouvir e durante o qual há um apelo pela intercessão da Virgem Maria e de São Eduardo, em particular para preservar o direito divino do rei Henrique de governar seu próprio povo. Segue-se um novo ciclo de orações, antes de terem permissão de se dispersar para suas próprias carroças e seus próprios pequenos acampamentos, seguir suas próprias rotinas, encontrar seus próprios consolos e buscar seus próprios encorajamentos. Agora, os que têm couraças e armaduras as colocam, criados e mulheres começam a se agitar pelo local, enquanto os homens ficam cada vez mais silenciosos.

Grey forneceu a cada um de seus homens uma túnica de seu uniforme e um elmo, todos no mesmo estilo, feitos pelo mesmo armeiro, bem como um casaco acolchoado, mas Thomas não precisa de casaco. Ele puxa o uniforme sobre sua couraça e ajeita seu elmo. Ele é bem ajustado à cabeça, bom para atirar com o arco, mas dificulta a audição e, por alguma razão, fica difícil avaliar espaço e distância ao redor do acampamento. Em seguida, ele amarra sua braçadeira, pega a espada curta que adquiriu e a prende ao cinto e, depois, o pequeno escudo que Grey também forneceu. Por fim, pega seu arco e dois feixes de flechas.

Agora, não há mais nada que possam dizer. Em Hedgeley Moor, os tambores soam sem parar, os homens gritam uns pelos outros, ouvem-se clarins e trombetas, e cavalos são conduzidos aos seus donos para que também eles possam seguir para as fileiras. Os piqueiros cavalgam em grupos de quatro ou cinco, longas lanças apoiadas na proteção das botas, procurando homens nas sombras, embaixo de carroças, perto do rio, no meio dos arbustos, qualquer um que pareça tentado a fugir.

Em seguida, Horner chega, esbaforido, corado de prazer com seus trajes. Ele usa placas de proteção nos braços e nas pernas, boas luvas de aço, um belo elmo, com uma proteção para o rosto que ele pode levantar, e um protetor do pescoço. Ele também usa uma placa por baixo do casaco do uniforme e, com seu machado de guerra, para Thomas ele parece um garoto vestido para lutar, e lembra-se de já ter pensado isso de outra pessoa antes, mas quem? Ele não sabe. Ele se pergunta pela primeira vez qual seria a idade de Horner.

– Nós devemos ficar no centro – Horner lhe diz. – Na própria estrada. Somerset conduzirá dali, com os homens de Percy na vanguarda e Hungerford e Roos à esquerda.

– E o rei? – John Stump pergunta e há um momento embaraçoso de silêncio.

– Os arqueiros ficarão na frente – Horner continua. – De frente para o sul, vento do oeste, como sempre. O que quer que aconteça se Montagu sobreviver ao fim do dia, ele sabe que vai ter que passar por nós, e nós o deteremos aqui, e então teremos ganhado o dia.

Mas aquelas bandeiras... Elas apontam para os homens de Roos e Hungerford, em vermelho e preto e em azul e amarelo, e Thomas não pode deixar de pensar que não gostaria de estar onde eles estão, naquela ala do front. Mas ele vê os homens de Riven entre eles e fica satisfeito. Ele imagina que os homens que quiseram matá-lo estarão sob a nuvem de flechas quando ela vier. Lembra-se do que Little John contou, de estar sob uma chuva de flechas e repentinamente sua boca fica seca de pavor. Como tudo foi chegar a este ponto?, ele quer saber. Ele busca uma fuga, uma forma de escapar dali, mas não há nenhuma. Ele se pergunta exatamente em que momento ficou tarde demais. No momento em que encontrou Horner, imagina, seis meses atrás.

Thomas se despede de Horner com um rápido aperto de mãos metálicas e, em seguida, vai avançando lentamente pela beirada da multidão de soldados e alabardeiros em direção ao front, para se unir a Jack e aos outros, os arqueiros, seus arqueiros, que se alinham a boa distância uns dos outros, a fim de poderem atirar com os arcos, alguns deles com seus feixes de flechas no chão, outros carregando-os à cintura. Estão visivelmente confiantes e prontos para a batalha, e por um instante Thomas se sente reconfortado por estar entre eles, já que sabe que estão bem treinados e que farão o melhor possível. Ele assume seu lugar entre eles, atrás do homem que sempre ficou em último lugar nos torneios de arco e flecha, tendo escolhido este lugar porque prefere estar atrás dele do que na sua frente. Seu nome é John, um cuteleiro de Sheffield. Um bom homem, bem-intencionado, porém mais obtuso que uma vaca.

Jack está mais adiante na linha, esticando o pescoço para ver o inimigo, ainda muito infantil apesar de tudo. Thomas se inclina à frente para chamar a atenção dele e, quando o faz, Jack responde com um sinal da cabeça, mas ele está distraído. Thomas espera que ele fique bem hoje. Pensa na primeira vez que o viu, entrando e saindo do meio das árvores no pomar de seu irmão, e percebe o quanto passou a gostar do rapaz. Ele o vê contar uma piada a um outro homem ou alguma coisa que o faz rir, e sente-se curiosamente orgulhoso. Ele é como o quê? Não um filho. Jack é apenas alguns anos mais novo do que Thomas, mas definitivamente ele é como um sobrinho. Como o filho de seu irmão; o que sobreviveu.

Thomas volta-se para o front e espreita por cima da figura acolchoada de John, o Cuteleiro, e ele vê pela primeira vez a linha distante das tropas de Montagu. Em momentos como este, um homem vê seu inimigo e pensa que, se ele próprio sobreviver, vai ter que matar cada um deles – é ele contra eles. No momento, à primeira vista, isso não parece possível. Os homens de Montagu locomovem-se em um bloco compacto, com o que parecem arqueiros no front, como de costume, seguidos de uma multidão de soldados. No centro, estão as figuras lustrosas dos capitães de Montagu, movendo-se rapidamente, Thomas constata. Então, param. Há um breve instante em que eles se reorganizam. Uma trombeta estrondeia. Eles continuam.

– Chegou a hora, rapazes – alguém diz. – Façam suas preces.

Ouve-se um sussurro e um murmúrio começa a se espalhar entre os homens. Thomas une-se a eles balbuciando um pai-nosso e em seguida há um alvoroço de braços fazendo o sinal da cruz sobre o peito. Um ou dois dos mais velhos dobram o joelho e marcam seu lugar com uma cruz na terra sob as raízes das urzes. Alguns pegam um pequeno torrão desta terra e o colocam na boca, mas os arqueiros mais novos não se preocupam com isso. Deve ser algo da França, Thomas pensa, quando os ingleses lutaram contra os franceses, em vez de lutarem uns contra os outros.

Outro clangor de trombeta. Gritos distantes na tarde fria e cinzenta.

Neste momento, Somerset impele seu cavalo pelo meio das fileiras e afasta-se um pouco, antes de virar-se de frente para os homens. Seu elmo está levantado e o protetor do pescoço está aberto, ele carrega um martelo de cavaleiro, mas trata-se apenas de aparência, já que todos sabem que ele deverá desmontar, enviar seu cavalo de volta e lutar a pé como um verdadeiro inglês. Mas, por enquanto, é útil, algo para ele brandir enquanto fala, algo para enfatizar sua retórica.

– Homens de Lancaster! – ele começa, erguendo o martelo de combate. – Homens da Inglaterra! Neste dia, nesta hora, agora, o destino do reino, nosso reino, está em jogo. Se deixarmos passar este bando de traidores enviados pelo traiçoeiro duque de York buscar o socorro dos inimigos de nosso amado e temido rei Henrique, nós perderemos. Não apenas o dia, mas tudo. Perderemos nossos nomes, nossas terras, nossas vidas. E todas as dificuldades que compartilhamos ao longo dos anos, todas as privações, todos os sacrifícios, todo o tempo que renegamos às nossas terras, nossos lares, nossos cachorros, nossas mulheres... terá sido em vão. Todo o sangue que derramamos. Todo o sangue que nossos pais derramaram, todo o sangue que nossos filhos e irmãos derramaram... terá sido em vão. Mas se nós os detivermos aqui hoje, se nós os mandarmos de volta para o lugar de onde vieram, então a notícia deste feito do dia de hoje ressoará por toda a Cristandade. Nós viraremos a mesa e mostraremos ao mundo que nós, homens do norte, somos iguais e melhores do que qualquer coisa que queiram nos impingir, e que permanecemos fiéis. Permanecemos firmes onde outros vacilam e somos os verdadeiros corações pulsantes desta nossa terra.

A oratória de Somerset é enfraquecida pela visão de um cavaleiro semelhante a ele, em armadura parecida, destacando-se da multidão para se dirigir às suas próprias tropas do outro lado do pântano. Devia ser Montagu, Thomas supõe, e é fácil imaginá-lo fazendo o mesmo tipo de discurso. Por fim, Somerset termina com um apelo a São Jorge para que os guie em segurança para a vitória. Segue-se uma ruidosa aclamação, repetida ao longe, como um eco, um instante depois, pelas fileiras inimigas. Enquanto Somerset galopa ao longo do front de seu exército, Montagu faz o mesmo, e os dois homens cavalgam pelas brechas abertas para eles nas fileiras de soldados. Não resta nada a fazer senão esperar o sinal para dar prosseguimento ao embate.

Thomas deseja mais do que nunca que ele tivesse um pouco de cerveja. Todos precisam disso, na verdade, para enfrentar o que vem pela frente. A bebida lhes dá força física, lhes dá não só a energia para fazer o que têm que fazer, como também o estado de espírito necessário. Ele espreita à sua frente. Provavelmente, estão no meio da tarde, o céu ainda está mudando rapidamente, ainda de oeste para leste, mas não parece que vai chover. Os homens de Montagu avançam rapidamente e Jack está na ponta dos pés espreitando por cima dos ombros, para ver se a artilharia de Riven vai abrir fogo logo.

Thomas procura controlar sua respiração.

– Deixe-os vir – ele diz. – Nós temos a altura a nosso favor.

Embora saiba que essa vantagem é quase desprezível e talvez até revertida por ter tão poucos homens com bons arcos, é algo que ele deve dizer. Sua boca está terrivelmente seca. O suor escorre do forro de couro de seu elmo. Ele se distrai ocupando-se de suas flechas. Ele deixa um saco de linho com elas no chão junto aos seus pés, mas certifica-se de abrir o cordão, e pega o outro saco e sacode as flechas para fora, depois arruma doze delas com a ponta para a frente no chão e prende outra dúzia no cinto. Olha rapidamente ao redor, para onde estão os homens de Hungerford e de Roos, para onde estão os homens de Riven e, embora saiba que Riven não está lá, ele se lembra daqueles outros dois e desliza duas flechas ao redor do cinto, para que fiquem às suas costas. Elas são pesadas, com longas pontas afiladas, e ele vai guardá-las, por precaução. Em seguida, prepara seu arco. É difícil. Ele precisa de todo o seu corpo para fazer a madeira envergar o suficiente para ele passar a corda pela ponta, mas, quando consegue, o arco parece ficar vivo em suas mãos, tenso e retinindo com sua própria energia. Ele pega a primeira flecha e a encaixa na corda. Boas penas, ele pensa. Penas de gansos cinzentos. Amarrações tingidas de verde. Muita cola. Uma haste pesada, de álamo, bulbosa perto de uma das extremidades, e uma flecha estreita e pontiaguda, bruta, de ferro, na outra.

Os homens de Montagu estão a menos de quinhentos passos. Eles são notavelmente bem treinados, mantendo a formação enquanto avançam, movendo-se em bloco. Thomas já viu isto antes, em algum lugar. Homens locomovendo-se desta forma. Mas nevava, na ocasião, e estavam em uma ponte? Não consegue se lembrar. Eles se desviam de um córrego, um regato, na verdade, sem nenhum aglomeramento, e depois disso prosseguem sem nenhuma hesitação. Eles estão se espalhando agora, ao longo de um front tão largo quanto o de Somerset. É como se Somerset os tivesse convidado para algo – uma dança – e eles tivessem aceitado o convite. É muito estranho pensar em tantos homens marchando de tão longe, como se tivessem marcado um encontro para matar uns aos outros.

Mas, de repente, algo estranho acontece e, por um instante, os homens hesitam, até os de Montagu, e alguns param. Um murmúrio se espalha ao longo do front e os homens abaixam suas armas, porque entre as fileiras convergentes algumas lebres gigantescas emergiram do meio das urzes e tojos. Elas correm de um lado para o outro, saltando umas sobre as outras como se lutassem, uma estranha e cômica simulação do que estava para acontecer, e é tão bom de ver, elas são tão despreocupadas e livres, que há uma pausa e um homem mais velho grita que ele apostaria um saca de sêmola de que a lebre da esquerda venceria a fêmea. Há um momento de especulação e, então, ao ouvi-los, as lebres param e se viram, parecem farejar o ar. Em seguida, todas desaparecem ao mesmo tempo com um único movimento e, após um instante de silenciosa contemplação, os homens dos dois exércitos parecem soltar um suspiro.

Os tambores voltam a ressoar e os soldados abaixam suas viseiras, aqueles que as possuem, e dão um passo à frente.

– Preparar!

Este é um momento fácil de orquestrar. Todos sabem como preparar uma flecha. A de Thomas é mantida frouxamente nos dedos da mão direita, as partes dianteiras pousadas na ponte da articulação do dedo da mão esquerda onde ela segura o arco. Ele comprime os ombros, gira-os para cima até as orelhas. Lá vão eles. Uma respiração funda. Murmúrio de preces. Risos nervosos. Algo dito por Jack. Em seguida, um momento de profunda tensão, até que:

– Apontar!

Eles se inclinam para a frente, colocam o peso na perna esquerda, em seguida erguem os arcos para trás, equilibrando seu peso, e para cima, puxando a corda para trás, deixando que ela corte seus dedos apesar das proteções de couro, puxando, puxando, puxando, os músculos das costas se aquecendo instantaneamente, sua visão focalizando-se ao longo da haste da flecha e da corda. Então, pelo canto do olho, ele percebe, sem ver, setecentos ou oitocentos arcos de madeira clara, suas linhas curvas atravessadas pelas linhas retas das flechas, e antes que alguém tenha tempo de dar a ordem, eles atiram.

As cordas estrondam e estalam contra os braçais e as flechas saltam para o céu, fundindo-se em uma faixa da cor da ardósia, como um bando de estorninhos. Elas param no meio do voo, no topo de seu arco, e se os arqueiros já não estivessem aprontando o arco e puxando suas cordas outra vez, poderiam ter tempo para parar e admirar o momento, que tem a duração do intervalo entre duas batidas do coração, quando as flechas parecem hesitar no céu antes de começar a cair, ganhando velocidade conforme mergulham para estrondar nas cabeças dos homens embaixo.

Mas não é apenas em uma direção. Os arqueiros de Montagu lançaram suas próprias flechas e há um perceptível escurecimento do céu onde as nuvens de flechas se cruzam e algumas colidem e se derrubam, caindo no chão.

– Lá vêm elas!

Repentinamente, as flechas enchem o ar à sua volta, barras inclinadas, pálidas, bem diante de seus olhos, enterrando-se no chão com um som seco e oco. Ouvem-se gritos e movimentos súbitos de pessoas debatendo-se. Soa como uma oficina de ferreiro movimentada. Alguns homens param de atirar e encolhem os ombros. Tentam se transformar em uma coluna o mais estreita possível embaixo de seus elmos. Esses são sempre os homens com aqueles elmos de abas largas, os elmos antigos, já que com tal proteção a tentação de fazer isso é muito grande. Este é o motivo pelo qual qualquer um com um séquito próprio não distribui esse tipo de elmo e pelo qual eles se tornaram impopulares, pois são um sinal de covardia futura. Somente o mais corajoso dos corajosos pode usá-lo e continuar a atirar, e ninguém é tão corajoso assim.

Thomas aponta e atira, aponta e atira, e o arco se torna mais fácil de manejar à medida que ele se aquece, mas em toda a sua volta há homens sendo atingidos pelas flechas dos arqueiros de Montagu. Eles são lançados para trás ou espetados, e raramente caem em silêncio. Há gritos, não só de dor, já que se sabe que isso vem depois, mas de raiva ao ver seu braço perfurado, os ossos quebrados, ao ser atirado para trás, aterrissando sentado ou de costas, ao ser atingido no elmo e ter os ouvidos retinindo e a visão turva, ao ter que cambalear como um bezerro e soltar os intestinos, ao ver uma flecha espetada em sua coxa e seu sangue de repente espalhando-se por toda parte, sem parar, diante de seus olhos, e como arde!

A dor de atirar com o arco se avoluma devagar pelas costas e braços de Thomas. As pontas de seus dedos estão dormentes, seu punho está machucado apesar do protetor. Ele lançou vinte flechas. Ele viu cinco de seus próprios homens derrubados no chão; dois deles estão mortos, mas John, o Cuteleiro, não é um deles, nem Jack, que está suando e com o rosto afogueado do esforço, mas exibe um sorriso infantil, os dentes à mostra, os olhos tão brilhantes que ele parece imaginar que pode ver exatamente onde está mirando suas flechas.

Ele vê que o vento está arrastando a nuvem de flechas para um lado, curvando-as em pleno voo, de modo que caem de um ângulo de quarenta e cinco graus. Vê ainda que as flechas de Montagu caem do mesmo modo, como previsto, e que a nuvem converge sobre os homens à sua esquerda, sobre os homens de Roo e de Hungerford, sobre os homens de Riven. Parte dele comemora o fato. Parte dele ri. Os homens de Riven estão lá. Eles estão recebendo a maior parte das flechas. Acumulando baixas. É possível saber sem saber realmente que algo pior do que o de costume está acontecendo em um campo de batalha, saber sem saber realmente que alguém em algum lugar está com mais dificuldades do que você, e todos sabem que o flanco esquerdo está sofrendo, enquanto o flanco direito ainda não se mobilizou.

Restam-lhe apenas quatro flechas.

Ele olha ao longo da linha. Jack já lançou sua cota e graças a Deus que ele já se foi. Ele é rápido, Thomas pensa, melhor do que eu. Ele curva as costas outra vez. Mais uma flecha, depois outra, depois outra, até, finalmente, a última. Ele fez tudo que se pode esperar que faça e, se ficar preso entre as duas linhas de soldados, ele é um homem morto, de modo que não olha ao seu redor, entre os moribundos no chão, em busca de mais flechas. Ele já abusou da sorte. *Ave Maria, gratia plena, Ave Maria, gratia plena*. Mas o inútil e estúpido John, o Cuteleiro, ainda é o mais lento. Ele tem mais seis flechas enfiadas no cinto.

– John! – ele grita. – John! Deixe-as.

John, o Cuteleiro, olha à sua volta e mais tarde Thomas se pergunta se o rapaz não riu para ele, mas quando John se volta novamente para o que está fazendo, uma flecha o atinge na ponta do queixo, estilhaçando-o, e atravessa sua garganta. Uma ponteira negra surge entre suas omoplatas com um jato de sangue escuro, e ele cai, como se caísse do alto, com os pés e as mãos lançados para a frente, deixando o arco tombar. Por um instante, ele fica sentado ereto, depois se atira para trás no chão, aos pés de Thomas, batendo a cabeça, os braços para cima. O entalhe da flecha presa em sua garganta apresenta-se a Thomas, oferecendo-se, como se ele fosse querer arrancá-la e encaixá-la em sua própria corda. Acima da flecha, ou abaixo dela, os olhos de John ainda estão abertos e até se movem, e parecem se focalizar em Thomas, como se ele tivesse dito algo ofensivo. Então, eles flutuam e se reviram como se rolassem na água, e John, o Cuteleiro, está morto. O sangue gorgoleja do ferimento, borbulhando ao redor da haste da flecha, manchando-a e a seu cachecol, enquanto seus intestinos dão um estranho estalo.

Thomas nada pode fazer. Ele se vira e corre. Abre caminho pelo meio dos soldados e dos alabardeiros, que agora rosnam e tentam se preparar para o que deverão fazer em seguida. Ele sai pela retaguarda e atravessa as poucas linhas dos homens sem uniforme, dirigindo-se para onde deveriam estar as carroças de cerveja, para os arqueiros saciarem sua sede antes de pegar mais flechas, que deveriam estar empilhadas ali, e lançá-las por cima das cabeças dos soldados, até as fileiras do inimigo que se aproxima. Mas não há nenhuma flecha. Alguns arqueiros estão parados por ali, lamentando a oportunidade que se perde, enquanto outros já não são capazes de lutar e espalham-se pelo chão, alguns respingados de sangue, outros vergonhosamente sujos, andando com as pernas abertas e chorando. Alguns estão atordoados, enquanto outros sentam-se e observam, e entre eles os feridos gritam enquanto se arrastam em busca de ajuda, ou de cerveja, ou exalam o último suspiro atolados no próprio sangue. Outros permanecem de pé com as mãos nos joelhos, fumegando com o esforço realizado, enquanto ainda outros procuram estender as costas, gemendo com o doloroso prazer.

Há algumas mulheres ali, as gorduchas seguidoras de acampamentos com seus aventais e toucas, tão resistentes quanto os homens que seguem, mas não há cerveja, somente água do riacho, e elas a estão distribuindo ou ajudando os homens no chão, até que, após um instante, torna-se evidente que há mais alguma coisa acontecendo. As mulheres param, endireitam as costas, erguem os olhos para o flanco esquerdo. Thomas vira-se para olhar e vê homens correndo. Seria possível que suas linhas já tivessem se desintegrado? Ninguém consegue acreditar. Um murmúrio chocado se avoluma, transformando-se em uma gritaria. É quase inacreditável. O flanco esquerdo está batendo em retirada. A linha se desfez. Os homens estão fugindo, embora ainda não tenham travado combate com os soldados de Montagu.

Mas lá estão eles: os homens de Hungerford e de Roo, de azul e amarelo e de vermelho e preto, deram as costas aos homens de Montagu e estão abandonando suas linhas. Não isoladamente ou em duplas, não aos poucos, mas todos eles, às centenas, jogando fora suas armas e correndo.

E eles estão sendo conduzidos pelos homens de Riven, que fogem mais rapidamente do que qualquer um dos outros, capazes de tomar a dianteira, e não parecem estar sobrecarregados com suas armas ou quaisquer outros acessórios comuns ao campo de batalha. Alguma coisa a respeito deles faz Thomas pensar que aquela fuga é organizada, planejada, intencional.

– Santo Deus! – um homem grita. – Eles debandaram!

Todos que veem aquilo sabem o que deverá acontecer em seguida e, assim, eles reúnem tudo que podem, viram-se e fogem. Os mortos e feridos são rapidamente roubados de qualquer objeto de valor – moedas, contas de rosário, anéis, qualquer coisa que possa ser instantaneamente levada – ou qualquer coisa útil. Qualquer arco de boa qualidade, alabarda ou espada é arrancada de mãos fracas; um par de botas, uma capa, um bom elmo, um cantil de couro cheio de cerveja. Despedidas são feitas. Feridos suplicam para serem levados. Na retaguarda do acampamento, homens empurram mulheres do caminho, que por sua vez atropelam os rapazes que pisoteiam as garotas para conseguir fugir. Todos correm, os olhos arregalados de pânico.

Thomas pensa em Katherine. Ele começa a correr. Ele fica ombro a ombro com arqueiros em fuga e os homens sem uniforme que também viram o que estava acontecendo e estão debandando às centenas. Ele tropeça nas urzes, cambaleia, endireita-se, tem que saltar por cima de um morto, livrar-se da mão de um ferido que o agarra, até chegar à beira do córrego e... onde ela está?

Onde ela está?

Ele a encontra onde a deixou, usando apenas sua meia-calça suja de sangue e seu gibão, o casaco deixado de lado, as mangas da camisa de linho enroladas para cima e as pernas encharcadas até os joelhos. Ela tem uma faca na mão ensanguentada e uma flecha quebrada na outra, e há um homem deitado de costas na margem do córrego, gritando enquanto seus amigos o seguram e pressionam uma estopa embebida em urina sobre o ferimento. Ela e John Stump ignoram os gritos e estão olhando para as águas do rio, para os homens que fogem do campo de batalha, vendo-os arrancar seus casacos dos uniformes, jogar fora seus elmos, cortar as tiras que prendem as peças das placas de armadura que passaram tanto tempo amarrando. Eles vêm correndo, chapinhando pela água, precipitando-se a toda velocidade do meio das árvores. Ela dá um passo para o lado antes que seja derrubada.

Ela se assusta quando vê Thomas, deixa a flecha ensanguentada cair.

– Eles debandaram! – ele grita. – Venham!

Não é preciso dizer duas vezes a John Stump o que isso significa. Ele já viu uma derrota deste tipo antes. Ele joga fora o pote preto de fuligem que está segurando na água corrente, vira-se e começa a correr.

– Venham! – Thomas grita, e ele pretende passar correndo por ela, agarrar sua mão e arrastá-la para longe dali, para a mata de onde poderão iniciar sua fuga, mas ela permanece parada, liberta a mão da dele com um violento puxão.

– Onde está Jack? – ela grita. Ele para.

Meu Deus, ele pensa. Jack. Onde ele está? Onde Jack está?

John Stump parou com um dos pés na margem oposta. Ele se vira para olhar para o campo onde a confusão e o barulho aumentam conforme os homens remanescentes de Somerset, os que ficaram, os que ainda vão debandar, gritam seus derradeiros desafios e rugem para o inimigo. O inimigo ruge de volta e, a qualquer momento, as duas linhas se encontrarão com aquele estrondo de metal resvalando contra metal.

Jack ainda poderia estar lutando lá atrás? Oh, Jesus!

Thomas olha para Katherine e ela para ele, e John Stump para os dois, e ninguém diz nada, mas Thomas sente a luz se esvair, a tristeza se infiltrar em sua alma.

– Atravessem as árvores – diz a eles. – Vão o mais longe possível para o norte. Nós iremos ao encontro de vocês.

– Não – ela diz. – Nós vamos esperar.

John Stump olha para ela como se ela estivesse louca, e ela é uma tola, todos eles sabem disso, mas Thomas sabe que ele tem que encontrar Jack e sabe que ela não irá embora, e assim não perde tempo discutindo. Além do mais, agora vêm os piqueiros, descendo a encosta a toda brida pelo flanco direito, na outra extremidade do rio, para tentar impedir que o flanco esquerdo se desintegre. Thomas pode sentir as batidas dos cascos de seus cavalos através das solas de suas botas e um deles tem um chicote de couro. Ele está açoitando os arqueiros em fuga e os seguidores de acampamento de cima de sua sela, mas não está parando para enviá-los de volta, porque ele tem que chegar à frente da tropa fugitiva para cortar seu avanço. Os arqueiros e os seguidores de acampamento deixam-se atrasar para evitar o chicote, para que ele e os outros passem, e em seguida pressionar em frente. Thomas observa-os por um instante enquanto escalam desajeitadamente o barranco da margem do córrego e continuam a correr, suas costas subindo e descendo como coelhos no meio das urzes, em direção ao bosque de árvores de folhas claras e agitadas pela brisa.

Thomas queria que Jack estivesse entre eles, mas não está. Ele se vira e olha para os que vêm em sua direção e passam por ele. Não tenta impedir nenhum deles. Estão aterrorizados demais e serão capazes de atacar qualquer um que se interponha em seu caminho com qualquer arma que tiverem à mão. Nenhum deles é Jack. Onde ele está? Poderia ainda estar lá? Ele tenta pensar. Quando ele desviou o olhar, Jack desapareceu. Ele não foi atingido, disso Thomas tem certeza. Mas estará ferido agora?

E por onde começar a procurá-lo? Lá. Onde os feridos estão se arrastando pelas urzes, onde se estendem no chão por trás das costas dos soldados. Ele tira sua adaga da bainha e ele tem o escudo. Nunca usou um escudo antes. É pequeno e redondo, pouco maior do que seu punho cerrado, mas ele pode ver sua utilidade. Um homem o agarra.

– Ajude-me!

Thomas não pode, mas o homem se recusa a soltá-lo. Seus dedos agarram seu rosto, seu protetor de pescoço. Somente um golpe de lado com seu escudo consegue soltá-lo. Ele dá um soluço quando é atingido, rola de lado no chão e continua choramingando. Thomas deixa-o e continua a avançar pelo meio dos outros. Alguns têm o uniforme de Grey. A maioria pode ser reconhecida ou identificada; alguns estão sentados, atordoados com flechas em seus elmos, outros sangram por toda parte e alguns já estão mortos e abandonados por seus amigos. Ele examina alguns rostos. Nenhum deles é Jack. E aquele lá? Um corpo estendido nas urzes, de bruços, como se tivesse sido jogado ali. Ele vira o corpo para cima. Uma haste de flecha estilhaçada enterrada em sua face, um dos olhos abertos, dentes quebrados como lascas de pedra branca no meio do sangue escuro. O homem está quase irreconhecível, mas não é Jack.

Ele para e ergue os olhos. Para a sua esquerda, a onda de homens em fuga mostrou ser forte demais para os piqueiros. O piqueiro com o açoite teve seu instrumento arrancado e foi derrubado do cavalo, enquanto os outros não fizeram mais do que matar um ou dois dos fugitivos ao passar, até também eles serem arrancados de suas selas, e não é difícil imaginar o que aconteceu a eles.

Agora, inevitavelmente, os homens na divisão de Somerset também estão começando a se virar, antes mesmo de se encontrarem com a linha de Montagu. Aqueles na extremidade esquerda, as bordas do centro mais próximas das companhias de Hungerford e de Roo, repentinamente se viram na extremidade do flanco esquerdo de Somerset, e já estão sendo flanqueados pela direita de Montagu. Tudo que Montagu tem que fazer agora, se ele pudesse ver o que estava acontecendo, se pudesse acreditar nisso, é enviar seus homens para a frente, para encerrar a batalha. Vendo isso e sabendo disso, os homens sob o comando de Somerset começaram a se virar e, com os piqueiros mortos ou ocupados, nada pode impedi-los.

Thomas vê acontecer.

O centro começa a se esgarçar.

Santo Deus!

Agora os homens estão realmente correndo em sua direção. Tentando seguir em frente. É até mesmo perigoso ficar parado, de frente para eles, pois qualquer um é capaz de atacá-lo por medo de que ele esteja ali para impedi-los. Mas o que pode fazer? Ele precisa encontrar Jack. Ele dá um passo à frente, golpeia um homem com seu escudo para tirá-lo do caminho. Em seguida, usa o escudo para aparar um golpe de um alabardeiro. Ele rechaça e se desvia de outros homens. Ele é o único que está indo para a frente.

Após um instante, ele fica completamente isolado, sozinho, uma única figura em destaque, e observa a distância entre ele e as tropas de Somerset mais próximas ampliar-se de dez, para quinze, para vinte passos, à medida que cada homem percebe que foi desertado pelo seu vizinho, e ele também deve correr.

Mas Thomas tem que ir em frente, para o local onde os arqueiros estavam, onde os mortos e moribundos estão espalhados entre as rêmiges das flechas. O cheiro é forte ali. Ele é observado pelos homens de Montagu, ele supõe, e imagina-os subindo a encosta correndo em sua direção, e se ele ficar preso entre eles e os homens de Somerset, será morto em um instante, com ou sem placas de metal em seu casaco. Mas eles não parecem estar se locomovendo com rapidez, certamente não com a mesma velocidade que a divisão de Somerset está debandando. Uma flecha aterrissa com um sopro seco ao seu lado, um tiro muito bom da linha de Montagu, ele não pode deixar de notar, e ele abaixa a cabeça, mas ainda assim precisa seguir em frente, voltando para o lugar onde viu Jack pela última vez.

– Jack! Jack!

Ele mal espera uma resposta e cada passo revela algo que ele preferia não ver. Mas ele encontra o local onde acha que Jack estava e vê que as urzes estão amassadas e que o arco de Jack está no chão. Logo ele encontra Jack deitado de lado, o pé descrevendo um círculo no solo, tentando se livrar dos emaranhados de urzes. Seus dentes estão cerrados, ele sibila de dor e olha furioso, sem conseguir acreditar, para a flecha enterrada em sua coxa, projetando-se do tecido de lã logo acima do joelho esquerdo.

– Thomas! – ele grita ao vê-lo. – Olhe!

E ele aponta para o ferimento, como se Thomas não o tivesse visto. Há sangue, muito sangue, mas Thomas não faz a menor ideia do quanto seja demais e não parece estar jorrando como poderia estar. Outra flecha aterrissa com um baque surdo.

– Onde está Kit? – Jack grita. – Onde ele está? Pelo amor de Deus! Olhe. Eu preciso dele.

Thomas livra-se do seu escudo e da espada inútil que vem carregando, se ajoelha e passa um braço por baixo das costas de Jack. Ele ergue o olhar para ver quanto tempo ainda tem antes que os homens de Montagu os alcancem. Ele franze a testa. Os homens de Montagu não avançaram. Por que não? Não estão se apressando a aproveitar sua vantagem, mas na verdade estão se reagrupando, se reorganizando. Estão se virando para a esquerda, para a divisão de Percy, no começo da subida da encosta. Por quê? Por que não estão aproveitando a vantagem que têm? Thomas não consegue adivinhar, mas é um alívio.

Ele ajuda Jack a ficar em pé. Ele avalia a possibilidade de carregá-lo, mas Jack pode andar ou saltitar.

– Espere – Thomas diz, e ele se inclina para quebrar a haste da flecha, mas ela é grossa e resistente, e ele não consegue quebrá-la com facilidade. A flecha penetra mais fundo no ferimento e o sangue flui rapidamente. Jack urra de dor. Em seguida, ela se quebra e Thomas joga fora a maior parte da haste.

– Vamos – ele diz. – Passe o braço à minha volta.

Jack se apoia em Thomas e ele praticamente o arrasta, saltando em um pé só, de volta para a retaguarda. Nenhuma outra flecha aterrissa perto deles, mas o terreno é irregular, as urzes se enroscam no pé de Jack fazendo-os cambalear e eles têm que se desviar dos mortos. O ferido está lá outra vez, ele grita algo para Thomas e Jack grita de volta a ele.

– Economize suas forças – Thomas murmura.

Jack resmunga outra vez. Sua perna está lustrosa de sangue e suas botas estão vermelhas. Ele mantém a perna esticada e solta uma arfada a cada salto. Um homem esbarra neles, mas eles não caem, e o homem segue em frente atabalhoadamente. Eles estão ficando para trás, Thomas pensa, e logo Montagu sem dúvida trará seus cavaleiros pela subida da encosta.

Estamos quase chegando, Thomas diz a si mesmo. Quase chegando.

Ele não pensa no que possa estar acontecendo atrás deles. Tenta não imaginar como será o golpe do martelo de guerra de um cavaleiro no topo de sua cabeça, com ou sem elmo, ou qual a sensação do impacto de uma flecha quando ela o arranca do solo. Em vez disso, ele se concentra em levar Jack até Katherine e na crença de que ela o salvará.

Ele vê o rosto pálido de Katherine espreitando-o acima das urzes onde ela ainda está, à margem do rio. Ela perdeu seu gorro e seus cabelos estão soltos. Sua testa está suja de sangue e uma mancha roxa se espalha sob seu olho direito. John Stump está lá. Ele tem uma espada na mão e está lhe dando cobertura.

Quando os vê, ela se arrasta pelo barranco acima para ajudar.

– Não – Thomas diz a ela. – Vamos levá-lo para o meio das árvores primeiro.

John Stump ajuda-os a descer e juntos eles carregam Jack pelo rio até a margem oposta e para baixo das copas das árvores, quase no ponto exato em que pensavam se reunir antes de iniciar a fuga. Eles o colocam no chão, sentado com as costas apoiadas contra um tronco e Katherine rapidamente se inclina sobre ele. Thomas primeiro remove seu elmo, em seguida o de Jack e atira ambos no meio dos arbustos. O rapaz está pálido e suando, mas Katherine age com rapidez. Ela coloca suas sacolas e vasilhas sobre as folhas, em seguida pega a faca que John Stump estava amolando e corta a meia-calça de Jack acima do joelho. Ela examina o ferimento, apanha alguma coisa dali.

– Consegue mover o pé? – ela pergunta, e ele consegue, ainda que não sem sentir muita dor. Ele ergue os olhos lacrimejantes para eles, como um cachorro que acha que chegou a sua hora.

– Ótimo – ela diz. – Segure-o, Thomas, sim?

Eles trocam um olhar. Aquilo vai doer. Ela tem um jarro de urina. Ela despeja uma boa dose sobre a flecha quebrada e o ferimento acima do joelho. Quando Jack começa a se encolher e recuar com a dor que sente, ela faz uma rápida incisão embaixo do joelho, um pequeno corte na pele que faz Jack rugir de dor e surpresa.

Mas ela o ignora.

– Penetrou bem fundo – ela diz, como se ele tivesse feito algo inteligente. – Quase saiu do outro lado.

Jack franze a testa para ela entre as lágrimas. Como isso pode ser ótimo?

– É uma ponta de flecha com farpas – ela diz. – Se eu a remover assim... – Ele conhece as flechas com pontas de farpas. Ele próprio já atirou muitas flechas desse tipo. São projetadas para penetrarem fundo onde quer que atinjam.

Ainda há muito sangue, Thomas pensa. Ainda flui copiosamente, mas Katherine não parece preocupada. Ela apara o toco da haste quebrada, retirando a parte mais longa, nivelando-a o máximo possível. Em seguida, arregala os olhos para Thomas e ele entende que deve segurar Jack pelos ombros com força e John Stump fica bem perto de Katherine, pronto a segurar o pé de Jack quando chegar a hora. Katherine pega o jarro de cerâmica com urina, despeja-a sobre o ferimento, em seguida levanta-o e bate com sua base no toco da haste. Jack grita e se contorce, mas Thomas o mantém no lugar e John também ajuda a imobilizá-lo. Katherine enfia a mão embaixo da perna e puxa a flecha para fora. Há um jato de sangue. Ela joga a ponta da flecha no meio das folhas, agarra dois chumaços de estopa embebida em urina e pressiona um no ferimento atrás do joelho e o outro no ferimento em cima.

– Segure-os no lugar – ela diz.

Thomas faz isso e ela corta o forro do casaco que ela já destruiu, faz duas ou três tiras que rapidamente emenda com nós para formar uma única tira comprida. Ela a enrola duas vezes na perna, cobrindo as mãos ensanguentadas de Thomas. Quando ela dá o sinal, ele as retira, enquanto ela aperta a tira sobre a estopa. Ela continua puxando a tira até que sangue diluído começa a escorrer pela perna dos dois ferimentos. Em seguida, dá mais duas voltas na atadura, depois mais duas outra vez e, então, ergue os olhos.

Eles estão amontoados na escuridão das árvores e, enquanto cuidavam de Jack, as duas linhas restantes se uniram, um pouco mais acima da encosta onde a divisão de Ralph Percy manteve a posição. Os homens de Montagu, em vez de sair em perseguição aos homens de Somerset, viraram-se para os homens de Percy. Agora que Thomas removeu seu elmo, ele pode ouvir o ruído ressonante do confronto. Dessa distância, não é possível determinar sua verdadeira natureza: os muitos golpes e gritos tornaram-se um único ruído, combinando-se para formar um barulho nem mais alto nem mais ameaçador do que ondas quebrando-se em uma praia rochosa. Katherine ergue os olhos e há um longo momento de silêncio enquanto ouvem o chocalhar das armas. Após alguns instantes, ela sacode a cabeça e olha novamente para Jack.

– Ele vai ficar bem? – Thomas pergunta.

– Acho que sim – Katherine diz. – Ele teve sorte. Dói muito?

Jack está surpreso.

– Na verdade, não muito – ele diz.

– Vai doer – ela diz.

– Isso foi... incrível – Thomas diz.

– Já fiz isso antes – ela diz. – Para o conde de Warwick.

– Não – eles dizem em uníssono.

Ela não pode deixar de sorrir.

– E agora? – John Stump pergunta.

Eles olham à volta. A luta continua de forma esporádica a céu aberto, mas ali, na floresta, há muitas sombras movendo-se em suas profundezas. Os homens estão retornando envergonhados e agora Thomas vê que eles têm uma plateia. Alguns dos homens de Grey voltaram sorrateiramente, bem como alguns de Tailboys. Há até mesmo um que jogou fora seu uniforme, mas usa a insígnia de Hungerford. Nenhum de Riven.

– Por que Montagu não veio atrás de nós? – um deles pergunta. – Não faz sentido.

– Se eles viessem em nossa perseguição – um outro homem, mais velho, observa –, iriam ficar espalhados por toda a região de Northumberland, não é? Nunca conseguiriam chegar à Escócia desse jeito. Trata-se de uma boa disciplina, isso é o que é.

Eles ficam impressionados e observam em silêncio os homens de Montagu cercarem a divisão de Percy. Eles sentem pena dele e de seus homens e cada homem ali sente que tem motivo para se envergonhar.

– Foram aqueles desgraçados de uniforme branco que começaram – um deles balbucia. – Aqueles com a insígnia de um corvo. Quem são eles? Correram assim que as flechas foram lançadas. Como se já tivessem tudo planejado.

– Riven – diz outro com desdém. – Nunca confiei neles. Nunca. Eu estava em Northampton. Foi lá que ele trocou de lado. Provavelmente fez o mesmo agora.

Não demora muito. O exército de Montagu subjuga a pequena tropa de Percy – tudo que restou do exército de Somerset – e embora alguns homens possam ser vistos correndo da retaguarda e cavalos estejam sendo trazidos para ajudar na fuga, só poderá haver um resultado.

– Santo Deus – um deles exclama. Segue-se um silêncio nervoso na mata que somente cessará quando o último homem a oferecer qualquer resistência for morto em combate ou o último homem tiver corrido em fuga. Ninguém entre as árvores consegue ver quem é. Katherine, que tem vista boa, não quer ver. Ela já viu isso antes. Ela fica com Jack, que está muito pálido agora, como se tivesse desmaiado, e quer dormir. Ela o mantém aquecido com todos os casacos deles e lhe deu o último gole de cerveja de que dispunham. Ela tenta mantê-lo acordado. Ainda assim, ele treme.

– Tem certeza de que ele vai sobreviver? – Thomas pergunta.

– Acho que sim – ela diz –, mas ele não pode cavalgar. Não tem forças para isso.

Thomas balança a cabeça, concordando. Sente-se nauseado. Ele estende a mão e aperta o ombro de Katherine. Ela encolhe os ombros e vira-se para Jack outra vez. Assim, após alguns instantes, Thomas retorna para a margem da floresta, onde os homens ainda estão reunidos, observando, e a algazarra da luta diminui, depois se torna mais inconstante, o que estranhamente é mais terrível, porque passa a ser possível distinguir um som em particular – como, por exemplo, o baque de um machado de guerra – e imaginar a ferocidade por trás do golpe, seu significado e o que ele faz ao homem que o recebe. Um pai, um filho, um irmão, um marido. Por fim, todo barulho cessa.

– É melhor irmos embora daqui – diz um arqueiro. – Olhem.

Ele aponta para onde estão os escudeiros de Montagu e os garotos que levam os cavalos para os seus senhores.

– Depois que montarem, virão atrás de nós.

Mas eles permanecem, para observar por mais alguns instantes os seguidores de acampamento de Montagu chegarem ao campo de batalha, vindos do sul da estrada, e começarem a vasculhar os mortos à cata de objetos de valor. Thomas imagina que não deve haver muito a ser saqueado hoje, já que poucos homens de Hungerford e de Roo ficaram para serem mortos, nem a tropa de elite de Somerset portou-se como seria de esperar. Ele imagina que, fora os mortos de Percy, a maior parte dos poucos corpos que restaram no campo deve ser os de infelizes arqueiros, carregando bem pouca coisa de valor além de seus arcos.

– Onde estão os nobres? – Thomas pergunta. – Onde está Grey? Onde está Somerset? Alguém os viu partir?

– Eles fugiram tão rápido quanto nós – um dos homens murmura – e para mais longe.

– Devem ter parado apenas para pegar seus apetrechos e para dar as boas novas ao rei Henrique.

– Ele vai ficar muito deprimido – diz um outro.

– Se há um homem que já está acostumado a esse tipo de notícia – diz John Stump –, esse homem é o rei Henrique.

Eles reúnem o que podem na obscuridade do cair da tarde, ajudam a colocar Jack em pé e se afastam silenciosamente, atravessando a trilha e penetrando no meio das árvores do outro lado. Eles o carregam por quase dois quilômetros, seguindo as trilhas que fizeram pela manhã, sem serem molestados por nenhum piqueiro de Montagu, até se defrontarem em um declive com um piquete de homens de Roos. Há algum ressentimento e uma troca de acusações veladas, mas não há nada que ninguém possa fazer, e uma batalha, todos sabem, é apenas uma batalha.

– Não havia nada que pudéssemos fazer – diz um deles. – Foram aqueles desgraçados de branco, com os malditos corvos. Assim que a primeira flecha cravou na terra, eles saíram correndo. E todo aquele treinamento que fizeram, hein? Quem diria? Mas quando chegou a hora, eles simplesmente debandaram, nos deixaram sozinhos no flanco, e nós então... bem.

Ele termina encolhendo os ombros.

Eles entram no acampamento do rei Henrique pelo lado oeste e têm que passar pelos homens de Riven, que ao que parece tiveram tempo de caçar um veado e o estão assando em um espeto sobre brasas. O cheiro é delicioso, eles têm canecas de cerveja nas mãos e, embora estejam em silêncio, não parecem tão envergonhados quanto Thomas supõe que aqueles que desertaram e fugiram de um campo de batalha deveriam estar.

Parecem homens que acabaram de completar uma tarefa juntos: a tosa de um rebanho, digamos, ou a construção de um muro.

– Desgraçados – murmura um dos homens de Roos, porém de forma quase inaudível.

Eles encontram Horner, sentado na carroça deles, parecendo muito deprimido à luz de uma fogueira fraca. Ele se livrou de sua armadura e está mais à vontade em botas de montaria e casaco de viagem. Fica satisfeito em vê-los.

– Alguma novidade? – Thomas pergunta.

Horner encolhe os ombros.

– Não foi um desastre completo – ele mente. – Ainda esperamos ter homens suficientes para pegar Montagu e seus escoceses em sua jornada para o sul, de volta a Newcastle.

– E Percy? – alguém pergunta.

Horner abaixa a cabeça.

– Não havia nada que pudéssemos ter feito – ele diz, repetindo o que obviamente haviam lhe dito. – E além do mais, sua morte, no mínimo, levantará o Norte.

21

No dia seguinte, há alguns feridos a serem tratados – homens que se arrastaram até o acampamento do rei Henrique ou foram carregados até ali pelos amigos e, se conseguiram se manter vivos até agora, então há uma chance de que sobreviverão. Assim, Katherine está ocupada pela manhã com a agulha que aprendeu a afiar e o enchimento de outro casaco que teve que cortar. Mas não há muito que ela possa fazer pelos ferimentos, além de limpá-los e obrigar os homens a mantê-los limpos e rezar para não começarem a exalar mau cheiro ou exsudar secreção purulenta. Seus olhos se enchem de lágrimas quando um garoto morre de uma facada no estômago, pouco antes do meio-dia, embora seu fim tenha sido na verdade uma misericórdia. Um frade veio e é capaz de oferecer algum consolo espiritual, o que quer que isso valha.

Ao fim das contas, ela acha que Grey perdeu cinco homens e se a pestilência negra não acometer aqueles que ela costurou, serão apenas esses.

– Não foi muito ruim – Horner diz.

– Nós vamos voltar a Alnwick? – ela pergunta. – Ou Bamburgh?

– Nem um, nem outro – Horner admite. – Devemos continuar em movimento.

Ela fica decepcionada. Está cansada de dormir no chão, de acordar cheia de dores pelo corpo além da rigidez de costume, começar de novo a competição diária para encontrar algo para comer antes do anoitecer. E embora todos os dias eles enviem patrulhas em busca de novos suprimentos de pão, cerveja e biscoitos de aveia, eles já limparam a região de praticamente qualquer coisa comestível. Apenas o mar provê alimento agora: intermináveis sopas de peixe que eles têm que reforçar com punhados de salsa-dos-cavalos e urtigas. O gosto é tão ruim que ela quase não consegue mantê-la no estômago, embora os outros consigam, e riam dela, dizendo que ela é tão exigente quanto um comerciante diante de uma tábua de carnes, mas a verdade é que aquilo a faz ter vontade de vomitar. Uma vantagem da dieta pobre é que sua menstruação parou outra vez, e ela fica satisfeita com isso. Um acampamento precário como aquele não é lugar para os subterfúgios necessários para esconder isso.

As patrulhas também devem ficar atentas a Montagu e seu exército, que em breve estarão voltando da Escócia com os negociadores escoceses, embora ela não possa imaginar o que eles farão se conseguirem encontrá-los, já que o exército do rei Henrique está agora muito reduzido depois daquele dia no campo em Hedgeley Moor. Alguns homens estão, como John Stump costuma dizer, "mortos demais para lutar", enquanto outros conseguiram o que eles não puderam conseguir e foram desaparecendo durante as noites subsequentes. O rei Henrique deixou o acampamento, é claro, embora se diga que esteja por perto, e Somerset tomou a precaução de enviar o resto dos homens de Riven ao encontro dele onde quer que esteja, para que não entrem em confronto com os demais homens que os consideram covardes por terem fugido em Hedgeley Moor e os culpam pela derrota. Tailboys também está lá, embora tenha uma barraca própria, e ele mantém sua companhia perto dele.

Os outros se amontoam em troncos serrados ao redor dos círculos carbonizados das fogueiras da última noite e, como não estão acostumados a dormir no chão, mesmo no final da primavera, eles sofrem e tornam-se pesarosos e desanimados. Os escalões inferiores, os soldados mais humildes, os arqueiros, os alabardeiros e as mulheres e crianças que prestam serviços parecem se sair melhor, pois estão acostumados a este tipo de adversidades, tendo passado longas semanas a céu aberto e, ao invés de meramente tentarem permanecer quietos até o tempo passar, eles enfrentam o sofrimento como se ele não existisse.

Entretanto, ainda assim, todos estão à espera, à espera de alguma coisa.

Thomas está à espera de Jack.

– Quando ele estará bastante forte para cavalgar? – pergunta a ela.

Ela só pode responder que não sabe. O rapaz ainda não está bem. Ainda está quente ao toque e às vezes começa a delirar.

– Montagu vai voltar logo – Thomas diz – e haverá um novo ataque.

– Não podemos colocá-lo em uma carroça? E levá-la?

– Não iríamos além do topo da colina até os piqueiros virem em nosso encalço – ele diz a ela, indicando o pé da colina onde dois homens a cavalo montam guarda, sentinelas olhando nas duas direções.

– Outros têm conseguido – ela diz.

– Não em uma carroça.

Ela olha para Jack, deitado embaixo da carroça deles, coberto por um monte de capas, com a cabeça recostada em um toco de árvore, a pele porejada de suor, e ela sacode a cabeça.

– Não podemos deixá-lo aqui – ela diz.

– Não, não podemos – Thomas concorda, embora o faça através de dentes cerrados.

Ela queria saber o que há de errado com ele. Queria que mestre Payne estivesse ali. Ele saberia o que fazer.

Três dias mais tarde, na data em que o padre barbudo aparece entre eles a fim de conduzir uma celebração para comemorar a descoberta da Verdadeira Cruz, quando Jack não está melhor nem pior, o exército de Montagu faz sua reaparição, exatamente como Thomas havia previsto. São alguns dos homens de Roo – liderados pelo próprio irmão de Roo – que fazem a descoberta, ou vestígios dela: um grande sulco de pegadas humanas e de cavalos na lama da estrada e as marcas de rodas de carroças. Mas até a notícia ser enviada a Somerset, Montagu, seu exército e seus escoceses já foram embora, desapareceram para o sul, para Newcastle, onde se encontrarão com os negociadores do rei Eduardo. É fácil imaginá-los rindo enquanto avançam.

Alguns fingem que a passagem desimpedida de Montagu é um duro golpe e falam em lamentar a oportunidade perdida, mas Katherine está começando a acreditar que é somente o duque de Somerset quem realmente quer enfrentar os homens de Montagu outra vez. Se fossem sinceros, admitiriam querer fazer as pazes com ele e buscar a bênção do rei Eduardo, querer desistir de tudo isto e voltar para casa outra vez.

Voltar para casa, ela pensa. E não consegue pensar em nada. Ela não tem nenhuma casa, lembra-se, e nada que a prenda a algum lugar. Ela percebe uma ponta de arrependimento pela segunda morte de lady Margaret Cornford.

Thomas volta do estábulo improvisado. Ele parece sombriamente determinado.

– Vamos partir – ele diz. – Para o sul.

Locomover-se para o sul significa que irão tentar levar Montagu para o campo de batalha outra vez. Assim, na manhã seguinte, o estado de ânimo no acampamento é estranho, incerto e instável. Vai ser bom sair dali, Katherine imagina, onde ficaram tempo demais, lambendo suas feridas como cachorros e onde o moral definhou por completo. No entanto, saber que estão indo para o sul para lutar contra um inimigo que parece invencível significa que ela e muitos dos demais homens não têm energia, nem entusiasmo para levantar acampamento. A situação piora quando mais tarde naquela manhã Thomas volta, mais desgostoso do que nunca, com a notícia trazida por um mensageiro que acaba de chegar, que o rei Eduardo está saindo de Londres rumo ao norte, com um enorme exército e com o que ele chama de "artilharia pesada".

– O que isso significa?

– Canhões – ele diz. – Canhões enormes sobre rodas. Ele os está trazendo da Torre de Londres.

Bem, ao menos, ele levará semanas para chegar, ela pensa.

– O conde de Warwick também está vindo – ele continua – e William Hastings. – Este é um nome que ela não houve há muito tempo. Sente mais uma pontada de tristeza, de pesar por algo que se foi.

Com homens como esses a caminho, ela pensa, a situação terá que ter um fim, de um jeito ou de outro, e olhando para os homens à sua volta, ela sabe que na verdade será apenas de um jeito e não de outro. É curiosamente deprimente. Todos estes homens, ela pensa, logo estarão mortos e das mais terríveis maneiras, a menos que façam alguma coisa a respeito. Ela está há tanto tempo com eles, que já se tornaram conhecidos, já se tornaram sua família, mas agora que pode sentir o mundo se fechando sobre eles, agora que pode sentir tudo chegando ao fim, experimenta uma patética nostalgia por essas últimas semanas que se passaram.

Ela pede a Thomas para ajudar a colocar Jack na carroça.

– Por quanto tempo viajaremos? – ela pergunta. Não quer que Jack fique sacolejando pelas estradas por muitos dias. Três dias, ele imagina, e ela não pode deixar de se preocupar. Resta apenas um boi aos carroceiros, o outro da parelha foi morto em circunstâncias tanto misteriosas quanto óbvias, e o boi remanescente deve estar sentindo falta de seu companheiro, pois parou de comer e começa a apresentar falhas no pelo. Mesmo assim, eles o açoitam até ele começar a puxar a carroça, que vai rangendo ao longo do caminho em direção à estrada que corta Hedgeley Moor. Chegam ao local onde a maioria fugiu dos homens de Montagu e caminham o dia inteiro para o sul. A estrada é plana, mas a cada buraco ou pedra do calçamento deslocada, a carroça lança Jack no ar e ele geme e estremece. Katherine caminha ao lado da carroça, com a mão em seu ombro.

Horner vem anunciar que encontraram um lugar para acampar durante a noite. Ele parece muito entusiasmado com alguma coisa e está prestes a contar o que é quando vê Jack e parece hesitar.

– Ele vai sobreviver?

Ela balança a cabeça afirmativamente.

– Ótimo – ele diz, soltando a respiração. – Ótimo. Vamos precisar dele. Houve levantes em Tynedale. O povo de lá. Eles estão conosco.

– Tynedale? – A palavra lhe é familiar. – É onde Bywell está, não é?

– Você conhece? Não é um grande lugar, não é mesmo? Inacabado. E úmido?

– É para onde o mestre Payne foi enviado.

Ela explica que gostaria que Jack visse Payne. Horner olha para Jack em sua capa.

– Toda essa viagem de um lugar para outro – ela diz. – Não é bom para ele.

– Não é bom para ninguém – Horner diz –, mas não podemos abrir mão de nenhum de vocês, porque vamos estar ocupados, se o que eu ouvi for verdade.

Não é verdade, é claro. Eles levam três dias para chegar lá – primeiro percorrendo aquela estrada para o sul, depois para oeste por outro caminho de gado, depois para o sul novamente, em mais uma daquelas antigas estradas romanas, rangendo por pedras talhadas do calçamento até encontrarem uma outra que os leva para oeste mais uma vez.

Mas o fato é que, ao chegarem à cidade murada de Hexham, com suas muralhas de pedra cinzenta, onde lhes prometeram que encontrarão pão e cerveja e, possivelmente, uma grande tropa de escoceses que vieram ajudá-los contra Montagu, ficam sabendo que não há nada disso. Além do mais, quaisquer tentativas de rebelião que possam ter irrompido a favor do rei Henrique foram silenciosamente abandonadas diante das notícias de que o rei Eduardo, seus nobres e seus canhões estavam vindo para o norte, notícias que foram suficientes para mandar a maioria dos homens de volta aos seus campos e solares. Torna-se óbvio instantaneamente que os habitantes da cidade só estão esperando que eles partam para poderem retomar sua vida normal.

– Por todos os santos! – Horner exclama.

Mas não há nada a fazer, então eles passam rapidamente pela abadia, saem pelo portão do leste, descem a colina e atravessam a ponte para montar o acampamento na margem distante do pequeno rio turbulento que os homens dali chamam de Devil's Water, a Água do Diabo, embora ninguém saiba dizer por quê. Assim, quando a noite cai e a neblina se ergue, eles retomam seus hábitos normais.

O dia seguinte é o da celebração da Ascensão do Senhor e Katherine acorda se sentindo enjoada. Tem náuseas. Vômito marrom. Uma pequena poça. Também sente dor de cabeça e o corpo muito cansado.

Thomas fica assustado. Ele lhe traz um pouco de cerveja.

– É alguma coisa que você pegou do Jack? – ele pergunta.

Ela não sabe, mas, Santo Deus, ela se sente muito mal. Ela vomita a cerveja, amaldiçoando o desperdício. Tudo que quer fazer é ficar deitada e fechar os olhos. Sente-se no mar outra vez. Girando, virando, mergulhando. Thomas segura o caneco de cerveja junto à sua boca. Cheira a couro velho, sujo, e tem um gosto pegajoso. Ela o afasta e tem várias ânsias de vômito secas. Ele senta-se a seu lado e lhe dirige algumas palavras. Ela preferia que ele não o fizesse. Ela se pergunta se seus humores estariam desequilibrados. Os sinos da abadia tocam e os homens começam a subir a colina para a missa.

– Jack vai ficar bom? – Thomas pergunta. – Ele não parece muito bem.

Ela olha para o rapaz. Ele está pálido, azulado. Santo Deus, ela pensa. O que há de errado com ele?

– Temos que ver Payne – ela diz.

Thomas fica satisfeito em ter uma tarefa a cumprir.

– Posso ir buscá-lo? Bywell não fica longe daqui, segundo Horner. Ou poderíamos levar você até ele? Aliás, por que ele foi para lá?

– Tinha que atender uma jovem com mal de urina.

A luz fraca cai inclinada através da confusão de brotos verdes e folhas novas, atingindo Thomas no rosto, onde sua barba se torna mais espessa a cada dia. É de um vermelho muito escuro, ela pensa, como a cauda de um esquilo. Sente-se agradecida por ele estar ali, agradecida por sua proteção novamente, e gostaria de demonstrar um pouco dos mesmos cuidados com ele, mas ali não é lugar para isso. As pequenas trocas amorosas, as pequenas considerações que um homem deve ter com sua mulher, e vice-versa, são para outro momento, outro lugar, e ela sente que, talvez, possivelmente, até mesmo para outras pessoas. Além do mais, se ela se mover, vai vomitar outra vez.

Pouco depois, apesar disso, ela vomita de novo.

Isso faz Thomas se decidir. Ele se levanta.

– Vou pedir a Horner – ele diz. – Está decidido.

Ela se vira de lado no capim alto e úmido e tem vontade de morrer. Thomas retorna com um ar satisfeito.

– Eu disse a ele que vocês dois deviam estar com lepra – ele diz.

Ela não reage.

– Então, ele me disse para levar vocês dois daqui, encontrar Payne. Devemos partir agora. Ele diz que Bywell fica a apenas meio dia de viagem rio abaixo. Devemos ir ao encontro de Payne, ouvir o que ele aconselhar e voltar para cá. Ele diz que não devemos ficar fora mais do que um dia. E se for necessário, então eu devo voltar sozinho.

– E Jack? – ela murmura. – Ele não pode cavalgar.

– Foi o melhor que pude fazer. Tailboys não empresta nem uma mula.

Vale a pena o risco? Ela não sabe.

Jack fica em silêncio quando Thomas e John Stump o levantam.

– Está tudo bem, Jack – Thomas tenta acalmá-lo. – Vamos, eu caminharei ao seu lado.

Assim, observados a uma distância segura por Horner e o resto dos homens, eles colocam Jack na sela do cavalo de Horner, amarram o pé bom no estribo e a perna ferida, mantida esticada, é amarrada às tiras de sua sela.

– Eu o segurarei – ela diz.

– Ainda bem que você é tão pequeno, Kit – John Stump comenta, enquanto a ajuda a subir na sela atrás dele, mas o cavalo tem um cheiro tão forte que ela não suporta e desliza de novo para o chão e vomita bílis nas pontas de suas próprias botas. Os demais olham, em um silêncio assustado. Depois de limpar a boca, ela se despede e eles deixam o acampamento, seguindo a estrada para leste, virando à esquerda na encruzilhada e em seguida rumando para o norte, em direção à cidade de Corbridge. Thomas leva Jack à frente, ela segue atrás. É um dia ensolarado, perto de meio-dia, embora cedo no ano, de modo que suas sombras estendem-se, longas, à sua frente, e à medida que o dia passa, ela começa a se sentir melhor. Talvez seja a viagem? Talvez o fato de estar fora do acampamento? Longe de Grey, Horner e dos outros?

Eles atravessam terras públicas ao lado da estrada, um pasto acidentado onde se veem algumas poucas ovelhas gordas e mal-encaradas, com sua capa de lã oleosa, e muitos coelhos gordos. As suaves colinas têm o topo coberto de árvores, os vales são lavrados e cultivados, terra vermelha encoberta de rebentos verdes de uma plantação de ervilhas ou cevada. Há alguns rapazes nos campos, mantendo os coelhos afastados com cajados de pastor e, ao longe, há casas e fazendas de contornos suavizados pela névoa. Tudo serve para fazê-la se lembrar de Cornford. Ela sente uma explosão de raiva e sentimento de perda, e vê que seus dedos apertam as rédeas com força.

Eles encontram a ponte onde Horner sugeriu que estaria e não param para fazer uma prece na capela na ponta sul, mas seguem em frente pela extensão enfeitada de bandeiras em direção à pequena cidade na outra extremidade, onde têm que pagar pedágio a um homem com um seboso avental de linho que cheira a curtidor de couro, mas possui uma alabarda, uma espada, um martelo de guerra, duas adagas e um bom arco com um feixe de flechas no pequeno abrigo de madeira em que monta guarda.

– Está bem preparado, hein? – Thomas comenta. O homem resmunga. Mais adiante, a pequena cidade de Corbridge tem portas e janelas bem fechadas e toda casa parece uma fortaleza em miniatura. Eles compram um pouco de cerveja de um homem que a serve através de uma pequena abertura na parede grossa de sua casa na encruzilhada, mas não há ninguém para lhes vender pão. Eles bebem sua cerveja e descobrem que os canecos estão forrados de alcatrão ou cera no fundo e que eles receberam meia dose, mas algo a respeito do local os impede de reclamar.

– O Castelo de Bywell fica longe?

– Sigam a estrada – diz o homem, apontando para leste, e é o que fazem, deixando a cidade por outra estrada antiga, através de terras públicas onde há mais ovelhas comendo a grama da primavera e o céu está repleto de gralhas barulhentas, até verem o que acham que deve ser o castelo: uma torre quadrada, de pedra cinza, que um dia deve ter tido o objetivo de ser a guarita de um portão, se o construtor tivesse por fim construído aquilo para o qual o portão serviria. Em vez disso, ficou erguida ali, isolada, como um toco de árvore, perto do rio.

– Estranho – Thomas diz. – Eu esperava que estivesse semideserta.

Há um grupo de homens no portão e dois ou três em cada um dos dois torreões. Há uma bandeira em uma delas, amarrada ao cata-vento, tremulando ao vento. Parece a bandeira do rei Henrique.

– Será possível que ele esteja aqui? – ela pergunta.

– Logo vamos descobrir – Thomas diz quando dois homens a cavalo vêm em direção a eles.

– Oh, meu Deus – ela diz. – Vejam.

São homens de Riven.

– O que, em nome de Deus, eles estão fazendo aqui?

Os homens usam elmos e várias placas de armadura, como se esperassem que algo logo viesse a acontecer, ou temessem que acontecesse. Estão bem armados, com espadas nos quadris, machados de guerra e arcos atravessados na parte detrás de suas selas. Seus casacos de uniforme são novos e limpos, portanto é fácil ver os corvos levantando voo contra o tecido branco. O contraste com as divisões maltrapilhas, de rostos emaciados, de Somerset é marcante. Os dois cavaleiros param com um chocalhar metálico. Um deles apeia do cavalo. O outro permanece na sela. São bem típicos: homens grandalhões, grosseiros, do tipo que frequenta estalagens procurando briga, mulheres ou trabalho, ou apenas algo para fazer. Um deles tem o nariz achatado de quem passou muitas manhãs no castigo público. Eles a reconhecem, mas não a Thomas.

– Que Deus lhe dê um bom dia, mestre cirurgião – diz o homem no cavalo. – O que o traz aqui?

Ela aponta para Jack, que está arriado na sela, e explica por que vieram.

– Mestre Payne está com o rei Henrique na missa – diz o cavaleiro, gesticulando para o sul, para indicar a torre quadrada de uma igreja entre as copas de árvores bulbosas.

– O rei Henrique está aqui?

O cavaleiro balança a cabeça, confirmando.

– Sim – ele diz.

– E sir Giles Riven também está aqui? – Thomas pergunta.

– Não – responde o que está a pé –, ele já partiu.

– Para onde? Você sabe?

– Na verdade, não sei – ele responde. Mas ela tem certeza de que ele sabe.

– De qualquer forma – ele diz –, seu médico ficará satisfeito por vê-lo chegar com um novo paciente. O último paciente dele morreu há menos de duas semanas.

Katherine pede para ser direcionada para perto de uma lareira, a menos que queiram ter o sangue de Jack em suas mãos e, embora eles não pareçam se importar com isso, conduzem o cavalo de Jack pelo calçamento de pedras para dentro do pátio onde outro dos homens de Riven emerge dos estábulos para ajudar Thomas com Jack, enquanto outro surge para levar o cavalo para ser escovado e alimentado. É melhor ali do que no acampamento.

Com o outro homem, Thomas ajuda Jack a subir os degraus e entrar no salão onde há um fogo aceso há pouco tempo na lareira, embora o aposento ainda não esteja aquecido. Um criado coloca pratos nas mesas, aprontando-as para o retorno do rei depois da missa, enquanto um outro acende velas contra a escuridão, e os cheiros que vêm de trás da cortina lhe dão ânsia de vômito. Mas o pior é o cheiro da vela de sebo. Ela parece vomitar ar do fundo de sua garganta quando sente seu cheiro e todos os homens na sala voltam-se para ela.

– Santo Deus, garoto! – diz um deles. – Você está *verde*.

Ela desmorona no banco ao lado do lugar onde colocaram Jack, senta-se com os braços ao redor dos joelhos, fita o chão entre seus pés e pensa que, se estiver muito doente, não vomitará outra vez. Mas quando ouvem o rei Henrique voltando pelas portas e entrando no salão, Katherine sabe que deve se levantar e esperar por uma audiência na extremidade fria e escura do salão, e ela mal consegue se aguentar em pé. Ele entra, parecendo bem, ela tem que admitir, ainda que não pareça muito real, ou mesmo muito mais do que um clérigo em suas vestes marrons. Atrás dele vêm alguns homens que ela reconhece do salão em Bamburgh, vários camareiros, ela imagina, assim como o padre sem barba. Payne também está ali, de casaco azul, meia-calça de lã muito justa e sapatos pontiagudos, e, quando a vê, ele fica surpreso e se desvia na direção dela, sem se importar com o protocolo.

– Mestre – ele diz.

– Não – ela diz, sacudindo o dedo. Ela quer que ele compreenda que ela acha que ele é o mestre, não ela. Foi ele quem esteve em Bolonha.

– Mas você está com uma aparência horrível – ele diz.

Ele a faz se sentar. Toca em sua testa, murmura alguma coisa. Ele tem um cheiro de limpeza.

– Não sou eu – ela diz. – É Jack.

Payne olha para Jack e dá uns tapinhas sobre a atadura de sua perna para ver se ele reage. Ele franze a testa quando vê que Jack não mostra nenhuma reação. Agora, entretanto, o rei Henrique demonstra preocupação e chama Payne em sua voz trêmula. Payne se aproxima da mesa à qual o rei Henrique está sentado, ele explica e pede licença. O rei Henrique mostra-se amável e os dispensa com um criado levando uma lamparina de junco e um jarro de vinho quente, que Payne diz que irão precisar para o paciente.

O criado vai à frente, saindo do salão e subindo a espiral apertada de degraus de pedra que sobe por um dos torreões no canto do castelo. Mestre Payne ajuda Thomas com Jack, enquanto Katherine segue atrás. Quando chegam ao andar seguinte, o criado abre uma porta pesada com um barulhento mecanismo de fechadura e os leva a um solário. Ele atravessa o piso sem palha para acender uma vela, o cheiro de sebo chega até ela, que tem ânsias de vômito. Katherine tem que pedir-lhe para apagá-la e Payne olha para ela na claridade da única lamparina de junco. Ela o vê erguer as sobrancelhas. O criado acha outra lamparina de junco e a acende. Então, ela pode ver que estão em um solário, com uma lareira no meio do assoalho, onde o fogo está apagado, e no canto uma pilha de colchões de palha onde dois gatos estão enroscados, observando. A cena a faz se lembrar de Cornford e ela tem vontade de chorar.

– Eu não tenho um quarto próprio – Payne diz, encolhendo os ombros. – O rei Henrique dorme aqui em cima com seus cavaleiros e... bem.

Ele deixa a frase morrer. Thomas enxota os gatos, puxa um colchão para baixo e o deixa cair ao lado do fogo. Eles acomodam Jack no colchão. Payne pede a Thomas que segure a lamparina e abre um dos olhos de Jack, em seguida cheira seu hálito e torce o nariz.

– Você tem uma amostra? – ele pergunta, fazendo sinal para a parte inferior de Jack.

Ela sacode a cabeça.

– Podemos obter uma pela manhã – Payne arrisca. – Enquanto isso, tenho algo para ele, eu acho, e talvez para você também. – Ele pega a lamparina, atravessa o aposento até sua arca e retira dali alguns objetos – vasilhas de sangria, o rolo de facas, a jarra de urina. O médico encontra um frasco de barro com alguma substância e traz até eles. Payne devolve a lamparina a Thomas e à sua luz pinga algumas gotas em um vasilhame e despeja vinho por cima. Ele diz a ela que é filipêndula, funcho e algumas outras plantas.

Ele levanta Jack um pouco e o faz tomar uns goles da poção. Em seguida, deita-o de novo. Eles o observam por alguns instantes.

– Acho que ele vai ficar bem – Payne diz. – Ele precisa de comida. Melhor do que ele vem obtendo. Pão de trigo é melhor para este tipo de mal. E frango. Aves dos prados também, do tipo de bicos estreitos, ao invés de patos, embora ovos de pata também fossem bons. Cozidos. E ele precisa descansar. Tem que ficar quieto por alguns dias. E não levado de carroça pelo campo.

Em seguida, Payne senta-se direito. Ele olha para ela.

– Bem – ele diz –, o que quer fazer?

– Sobre o quê? – ela pergunta.

– Sobre você – ele diz.

– Oh – ela exclama. – Não é nada de mais. Uma febre. Algo que comi, provavelmente.

Ela já mentiu assim mais de mil vezes, mas agora se sente constrangida e solta as palavras atabalhoadamente. Quando ergue os olhos, ele a está fitando atentamente.

– Mesmo assim – ele diz, bem devagar, cautelosamente. – Eu gostaria de ver sua urina.

Ela faz um movimento com a mão, descartando a ideia, mas ele insiste.

– Na realidade – ele diz –, eu gostaria de vê-lo urinando neste jarro. Quero ver você fazer isso.

Ele retorna à sua arca, encontra seu famoso jarro de urina e o entrega a ela. Thomas está na ponta dos pés, o pescoço esticado para olhar dentro da arca, na esperança de ver o livro-razão, e não percebe o que está acontecendo.

– Vamos – Payne diz. – Vamos.

Agora, porém, Thomas ouve e vira-se de modo brusco. Payne olha fixamente para ela, desafiando-a a mentir de novo. Ele gesticula com o jarro. Ela sente seu coração batendo com muita força, sente-se zonza e acha que vai desmaiar. Payne estende o braço com o jarro, uma das sobrancelhas erguida, esperando.

Ela lhe diz que acabou de urinar e nada tem a oferecer agora. Ele suspira, como se já tivesse ouvido esse tipo de desculpa antes. Ele coloca o jarro de volta em cima da arca. Não pode fazê-la urinar no jarro, todos eles sabem disso. No entanto, faz-se um longo silêncio. E ela sabe, de repente, mas com absoluta certeza, que acabou. Seu tempo acabou. Não há mais nada a fazer.

Ela olha para Payne e ele também olha para ela.

Então, ele faz, muito serenamente, uma pergunta direta.

– Então, quem é você? – ele pergunta. – Quero dizer, de verdade.

Thomas tosse. Ele começa a dizer alguma coisa, algo que espera poder distrair Payne, mas Payne não desvia os olhos dela. Ela suspira. Ela sabe, e já há algum tempo, que ele adivinhou que ela é uma mulher.

– Meu nome é Katherine – ela diz.

Jack resmunga no colchão. Todos olham para ele. Ele parece um cachorro perseguindo coelhos em seus sonhos. Payne volta sua atenção para ela.

– E? – ele pergunta.

– Eu não... bem, eu não sou um homem, obviamente. Você adivinhou isso.

– No instante em que a vi, acredito – ele lhe diz.

– Então, por que não disse nada? – Thomas pergunta.

Payne olha para ele, em seguida volta-se novamente para Katherine.

– Todos nós temos algo a esconder – ele diz. – Todos nós.

Ela não tenta imaginar o que ele quer dizer, embora perceba que significa muito para ele. Ela se pergunta se sente alívio por ter contado a alguém, mas não sente, não especialmente.

– Então, o que vai fazer? – ela pergunta. – Vai dizer ao rei?

– Por que o faria? Ele não vai se importar com isso. Ele não vai nem mesmo... Mas, diga-me. Por quê? Por que anda por aí assim? Você corre algum perigo? É isso? Você... o quê? Está sendo procurada por alguém?

Você tem marido? Bem. Vejo que tem. Isso é óbvio. Mas por que você veio para Bamburgh, se fazendo passar por homem?

– É uma longa história – ela diz.

– Qual é? – Jack murmura de seu colchão. – Conte-nos.

– Sim – Payne diz. – Vamos. Conte-nos.

Mas ela está exausta. Cansada demais até para se importar e tudo que quer é dormir, ficar longe desses homens.

– Sente-se – Payne diz. Ele arrasta um banquinho das sombras e o coloca contra a parede ao lado da chaminé. Ela senta-se com as costas contra a pedra e anseia por um pouco de cerveja, ou mesmo apenas água.

– Você conta para eles, Thomas? – ela pergunta.

Thomas coça a cabeça.

– Santo Deus – ele diz –, por onde é que um homem começa?

Payne olha para ele.

– E quem é você em tudo isso? – ele pergunta, e então seu rosto se desanuvia. – Ah – ele diz. – Claro. Você é o pai.

22

Thomas não dorme naquela noite. Nem Katherine, ele acha, embora não possa ter certeza, porque ela está deitada de costas para ele.
– Thomas? – Jack sussurra.
É uma surpresa ouvir sua voz após tanto tempo e ele considera isto como uma prova da capacidade de Payne.
– O quê? – Thomas pergunta.
– É tudo verdade?
Ele suspira.
– A maior parte, eu acho – ele diz.
Mas ele não quer mais falar sobre isso. Ele já falou a noite toda e, então, ele se vira, a palha suspirando sob ele, e vê, ao luar frio que atravessa os postigos semiabertos, que Payne também está acordado, olhando para ele como se ele tivesse feito alguma coisa errada. Thomas suspira, vira-se, deita-se de costas, ergue os olhos para a noite e se pergunta o que, em nome de Deus, ele deve fazer agora.
Ele pensa em ser pai. Os homens geralmente se alegram quando ficam sabendo que outro vai ter um filho pela primeira vez, mas isso é quando têm um nome ou algo para legar, e isso é quando têm uma esposa que usa sua aliança e vive sob seu teto, mas o que Thomas tem de todas essas coisas? Nada. Em vez disso, o que ele tem? Uma mulher – uma apóstata – casada com outro homem, ainda que sob outro nome, disfarçada como um rapaz e que está, Payne supõe, grávida de três meses. Ela é acusada de assassinato, embora afirme que isso é injusto. Ela teve a orelha cortada

por deserção, embora isso pouca importância tenha. Eles possuem bem poucas moedas de prata em suas bolsas e estão alistados em um exército já parcialmente derrotado e prestes a ser completamente aniquilado, mas do qual não conseguem se desembaraçar. E agora, ainda que pudessem ir embora, não resta nenhum lugar para onde possam ir, já que mentiram sistematicamente para as únicas pessoas que os acolheram e, mais do que isso, é a uma dessas pessoas com que ela, Katherine, cujo nome de família ninguém sabe, se casou fraudulentamente enquanto se fingia passar por uma mulher por cuja morte ele não pode deixar de, em parte – ou inteiramente? –, se sentir responsável.

Colocado dessa forma, quando repassa cada golpe de sua má sorte, em vez de chorar, ele vê um pequeno sorriso começar a se espalhar pelo seu rosto e uma risada profunda, sonora, começar a se formar em seu peito. Ela emerge em uma série de soluços e suspiros, depois gradualmente se torna tão alta que ele tem que cobrir o rosto com o cobertor.

É absurdo. Absurdo.

Por fim, ele para de rir e logo vê que está chorando.

Oh, Santo Deus, ele pensa, o que em nome de Deus eu devo fazer?

Quando chega a manhã, infiltrando-se lentamente, ressoando com o canto dos pássaros, ele ainda não tem nenhuma resposta. Katherine tem enjoos novamente e mal consegue se mover. Ele se lembra de uma época distante, no País de Gales, supõe, já que isso foi o que ela lhe disse, em que ele velou por ela durante uma semana ou mais, enquanto ela se recuperava lentamente, e ele se prepara para fazer isso de novo, sentar-se ali e esperar, tomar conta dela enquanto ela geme em sua cama e o criado anda vagarosamente pelo solário, guardando as cobertas e os outros colchões. Ele usará bem o tempo, pensa, e terá alguma ideia. Algum plano.

Payne retorna da cozinha com mais vinho para misturar com sua tintura e faz tanto Katherine quanto Jack tomarem um pouco. Mais tarde, Thomas acha que ela tem um cheiro peculiar, mas ao menos ela dorme e parece tranquila. Payne diz que não há mais nada que ele possa fazer por ela por enquanto e, assim, quando o sino toca chamando para a missa, ele vai com Payne à igreja, caminhando uns vinte passos atrás das costas estreitas do rei Henrique e seu pequeno séquito de cavaleiros.

– Como vai o futuro pai hoje? – Payne pergunta com um sorrisinho.

Thomas olha para ele e pergunta a si mesmo se, em vez de vergonha, ele deveria sentir orgulho do que fez. Talvez se ele fosse Jack, digamos, e Jack fosse ele, então ele sentiria inveja do rapaz? Até veria algo admirável no que ele fez? De que somente ele no castelo tivera uma mulher com ele durante todo esse tempo, bem embaixo do nariz de todo mundo, enquanto os outros sofriam seus espasmos de desconforto ou, pior ainda, visitavam a prostituta do vilarejo? Ele se apega a esse pensamento, mas conhece a verdade e sabe que ela não é tão simples.

Quando retornam da missa, Katherine está sentada, sentindo-se melhor, ela diz, mas ainda titubeante, movendo-se como se estivesse machucada, e, por um curto espaço de tempo, eles se sentem tímidos um com o outro, e sua conversa é formal e contida.

– Quer um pouco de cerveja?

– Um pouco, por favor. Obrigada.

Thomas pergunta a Payne o que ele fará agora e Payne lhes diz que ele está preso ao rei Henrique e que irá aonde quer que ele vá.

– Até atravessar o mar? – Thomas pergunta.

– Você não coloca muita fé no duque de Somerset para derrotar lorde Montagu e conduzir o rei Henrique a Londres em triunfo, não é?

Thomas pouco se importa com o que aconteça ao rei Henrique e ao duque de Somerset. Ele só consegue pensar no que ele e Katherine podem fazer agora.

– E quanto a vocês? – Payne continua. – O que os novos e orgulhosos mamãe e papai farão agora?

Thomas olha para Katherine. Ela parece interessada em sua resposta.

– Não sei – Thomas admite.

– Vocês têm algum dinheiro? – Payne pergunta.

Thomas sacode a cabeça.

– Nada de valor?

– Somente o livro-razão, que de qualquer forma não temos mais.

– O livro roubado? Hummm. E quanto a esse sir John Fakenham? Ele os aceitaria de volta?

Thomas e Katherine se entreolham por um instante.

– Provavelmente não.

– E então?

– Então, temos que encontrar o livro-razão – Thomas diz. – É tudo que nos resta. Nossa única opção.

Entre os muitos choques que Payne tem que sofrer com a história contada por eles na noite anterior, este foi o mais perigoso.

– Mas está com Riven – Katherine diz. – Tenho certeza disso.

– Então, temos que encontrá-lo. Descobrir para onde ele foi. Recuperá-lo, se ele não o tiver queimado, e então...

A discussão que se segue transcorre muito rapidamente, explodindo de repente no ar.

– E se isso acontecer...? – Katherine pergunta.

– Encontramos o livro e o entregamos ao rei Henrique!

– *Se* conseguirmos encontrá-lo – Katherine diz. – E *se* pudermos entregá-lo ao rei Henrique. O que ainda não conseguimos, mesmo quando o tínhamos em nossas mãos! E mesmo assim, só terá valor se... *se*... a causa do rei Henrique ainda for válida!

– Ainda há esperança – Thomas diz. – E nós podemos...

– Não! – Katherine grita. – Thomas. Isto... não pode continuar! Não podemos viver assim! Não compreende? Não se lembra que eu sei o que acontece em uma gravidez? Eu não quero passar por isso. Não quero passar por isso, passar por isso, sozinha. Ficar à mercê de uma parteira que coloca sua fé em pedras, ossos e certificados de vendedores de indulgências.

– Eu já fiz o parto de muitos cordeiros – ele diz, e por um instante ela parece tão feroz que ele acha que ela vai tentar esfaqueá-lo, e ele dá um passo atrás.

– Foi o que Eelby disse a respeito da mulher dele! – ela brada colericamente.

Ele ergue as mãos no alto.

– Desculpe-me! – ele diz. – Eu não quis dizer...

– O que foi que você quis dizer?

– Nada – ele responde. – Nada.

Mas o calor da discussão se abranda com a mesma rapidez com que explodiu.

– Então, você quer voltar para Bamburgh? – ele pergunta.

– Quero ficar perto do mestre Payne – ela diz.

Ele olha para o mestre Payne, que parece estranhamente enigmático.

– E onde você estará? – Thomas pergunta.

– Estou ligado ao rei Henrique – ele repete –, de modo que, Deus nos livre, se York derrotar Lancaster no campo de batalha, então deve ser Bamburgh, imagino, já que será tudo que nos restará, mas se Lancaster derrotar York, imagine! Então, ele poderá ir para qualquer lugar. Para Coventry. Eltham. Windsor. Westminster.

Ele sorri com o pensamento, como se já sentisse o sol do sul em suas faces, mas Thomas tem a forte sensação de que a próxima viagem do médico provavelmente será para o norte, para Bamburgh. Ao menos então há uma chance, ainda que ínfima, de que possam encontrar o livro--razão, ele imagina. Podem vendê-lo e, com o dinheiro... Ele para. É um voo da imaginação, ele sabe disso, em seu íntimo. Porém, o que mais podem fazer? Santo Deus, se ao menos tivessem algum dinheiro! Se ao menos não tivessem que depender da caridade alheia.

Payne parece estar pensando com afinco e, em seguida, ele fala, devagar, revelando uma nova e horrível possibilidade.

– Mas se York derrotar Lancaster no campo de batalha, ele vai perseguir o rei até Bamburgh, não? E se Bamburgh cair, como deverá acontecer, então é melhor vocês rezarem para os seus santos padroeiros para que seu livro não esteja mais lá. Que tenha sido queimado, o que é mais provável, ou tenha sido reaproveitado e escrito por cima.

– O quê? Por quê?

– Por quê? Porque se estiver em Bamburgh, como vocês imaginam, então mais cedo ou mais tarde ele cairá nas mãos do rei Eduardo, não? E se o rei Eduardo encontrar o livro, se o livro lhe for mostrado, ele vai querer saber como ele foi parar ali e logo estará prendendo qualquer um que saiba o que ele representa. Inclusive nós.

Ele aponta para cada um no aposento. Jack começa a tossir. Katherine fica pálida outra vez e vira-se para Thomas, os olhos arregalados.

– Lembre-se do que sir John disse – Katherine diz. – Que se descobrissem que sabíamos o que o livro prova, teríamos nossos pés queimados, depois seríamos enforcados e estripados como um caçador faz com um veado, e o mesmo aconteceria a todos que conhecemos!

– Ele está certo! – Payne diz. – Ele está certo!

– Mas o rei Eduardo não saberá que fomos nós que trouxemos o livro! – Thomas diz.

Ela volta-se para ele, horrorizada.

– Seu nome está no livro! – ela diz. – Está lá, escrito sob a rosácea que você desenhou certa vez. Você ficou satisfeito com o desenho e escreveu *"Thomas Everingham fecit"* embaixo.

Ele olha para ela, espantado. Santo Deus, ela não podia ter mencionado isso antes?

– Sinto muito – ela diz, abaixando os olhos com um ar infeliz, sentindo-se culpada.

– Bem – ele diz. – Seja como for, temos que retornar a Bamburgh, não? Temos que encontrar o livro-razão!

– Mas como eu posso voltar? – ela pergunta, colocando a mão sobre o ventre, que Thomas jura que não estava tão redondo um instante atrás. – Tudo bem agora, talvez, mas logo serei um cirurgião que está grávida de cinco ou seis meses. Não posso! Não posso voltar e dar à luz uma criança na poterna externa! Não vou fazer isso!

Thomas não sabe o que fazer ou dizer, mas Payne olha atentamente para ela, depois se volta para Thomas.

– Thomas – ele diz. – Pode nos deixar a sós um instante?

E Thomas, que pode sentir o peso de tudo aquilo se abatendo sobre ele, impedindo-o de pensar, fica satisfeito em sair.

Ele os deixa e sobe o lance da escada em espiral que se perde no alto, no escuro, até que ele vê os contornos de uma porta decorada com iluminuras que o leva para fora, para o topo do torreão. Ali ele ficará sozinho, ele pensa, e terá espaço para respirar e pensar. Ele emerge no dia de primavera, onde a fresca luz do sol brilha e os pássaros cantam. Mas há um guarda ali, um rapaz nas cores de Riven, cores vivas em roupas novas, com uma franja que quase encobre seus olhos e um arco que não atira uma flecha a cem passos.

– Quem é você? – o garoto pergunta.

– Thomas Everingham.

Não significa nada para ele. Por que deveria? Thomas, por sua vez, não pergunta o nome do rapaz. Ele não está interessado e não quer saber.

– O que você quer? – o rapaz pergunta.

– Sinceramente? Que você cale a boca.

O rapaz ergue as sobrancelhas e murmura uma blasfêmia que poderia em determinadas circunstâncias causar a sua morte, mas Thomas não está com disposição para isso e, de qualquer modo, um garoto é apenas um garoto. Ele parece nervoso e, após alguns instantes, não consegue permanecer calado.

– Ainda não foram avistados – ele diz.

– Não – Thomas concorda. Ele olha para toda a extensão do vale. A névoa já se dispersou e a água do rio desliza, marrom, pelo funil de suas margens verdes. Onde as margens são rasas, as vacas foram enlamear a água, mas não há nenhuma lá agora. Ele olha para o sul, para a pequena igreja em seu pátio, os montículos de terra das sepulturas, o velho teixo que deve estar ali há duzentos ou trezentos anos. Ele se pergunta se o rei Henrique deve estar lá agora, de joelhos diante do altar. Apesar de todas as suas preces, Thomas pensa, este rei não parece ter muita sorte.

O topo do torreão é pequeno, apenas alguns passos de diâmetro, as paredes grossas, de pedra, os merlões altos. É uma boa guarita, Thomas pensa. Ele permanece ali parado e sente que tem areia em suas meias. Ele se pergunta quando foi a última vez que tirou suas botas desconfortáveis, quando trocou suas roupas de baixo pela última vez, e sabe que precisa de um banho também, por Deus, precisa fazer a barba e precisa de um sono longo em uma cama de feno. Ele sente a necessidade de que algo de bom aconteça a ele hoje, mas não consegue descobrir o quê. E depois, há outra coisa incomodando-o.

– Quem é que ainda não foi avistado? – ele pergunta, percebendo que o que o garoto disse ainda permanece entre eles como uma pergunta não respondida e que é isso que o está incomodando.

– Os homens de Edmundo – diz o rapaz.

– Os homens de Edmundo.

– Sim. São esperados antes de o sol se pôr.

Quem, em nome de Deus, é Edmundo?, Thomas se pergunta. O rapaz olha para ele como se ele fosse um idiota.

– Estarão usando nosso uniforme – o rapaz continua, puxando o tecido do próprio tabardo. – Onde está o seu?

– Lá embaixo – Thomas diz. Ele olha ao longe, para as árvores do outro lado do rio. Há alguma coisa errada, ele pode sentir isso. Edmundo. Não é um sobrenome como Everingham, mas um nome próprio. Edmundo. Com o uniforme de Riven. Santo Deus. Só pode significar uma coisa. Edmundo Riven. Ali. Ou a caminho.

– O que acha que farão quando chegarem aqui? – ele pergunta ao rapaz e novamente o rapaz olha para ele como se ele fosse estúpido.

– Bem, eles levarão o rei Henrique... lá para baixo... não é?

– E para onde o levarão?

De volta a Bamburgh, ele supõe, mas o garoto zomba da ideia.

– Não é nada provável – ele diz. – Não depois de tudo isso. Não. Vão levá-lo para Newcastle e depois para Londres, eu imagino.

Era como se as pedras do piso sob seus pés estivessem se mexendo e trocando de lugar. Ele sabe que vai se expor, mas não consegue se conter. Precisa ter certeza.

– Edmundo Riven está vindo pra cá para levar o rei Henrique para Newcastle e entregá-lo a Montagu como prisioneiro?

O rapaz está orgulhoso do plano como se ele mesmo o tivesse inventado. Ele exibe dentes malignos.

– Dizem que o fedor do ferimento de Edmundo Riven é capaz de deixar as ovelhas estéreis – o garoto diz. – Mas eu não acredito nisso, veja bem.

– E é de lá que eles devem vir? – Thomas pergunta, indo se juntar a ele, ficando perto de seu ombro e olhando para baixo do rio.

– Sim – ele diz. – De Newcastle.

Thomas precisa aplacar a desconfiança do rapaz, mas ele também precisa de tempo para pensar. Pensar no que isso significa. Então, algo lhe ocorre.

– Você é um dos homens de sir Giles, não é? – Thomas continua. – E esteve em Hedgeley Moor?

O rapaz admite.

– Engraçado, sair correndo daquela maneira, não é? – ele diz. – Tudo que lhe disseram sobre nunca fugir, nunca virar as costas. E tudo que dizem sobre Towton, quero dizer, e depois nós, fugindo como coelhos assim que as primeiras flechas foram lançadas, e todo mundo vindo atrás de nós. Mas funcionou, não é?

Thomas balança a cabeça, confirmando, e une-se à risada do rapaz. Então, ele pensa, foi como os homens de Roo disseram: os homens de Riven debandaram primeiro e levaram a linha inteira com eles. Deviam estar do lado de Montagu desde o início, Thomas conclui, mas então por que não se uniram aos homens de Montagu e se voltaram contra os de Roos e Hungerford? Porque estavam em menor número? Pode ter sido essa a razão? Não, Thomas pensa, não foi porque estavam em menor número. Foi porque essa era apenas a primeira parte do plano de Riven. Seus homens não queriam se voltar contra os homens de Roos e Hungerford porque ainda havia outra coisa a fazer, uma segunda parte do plano, que requeria que eles parecessem leais ao rei Henrique e sua causa.

E essa segunda parte estava sendo executada neste exato momento, diante de seus olhos: a traição e captura do próprio rei Henrique.

Santo Deus! Thomas se pergunta que preço Riven cobrou por isso ou que vantagem ele espera obter, e de quem? Uma coisa é certa: deve ser mais do que a simples retenção do Castelo de Cornford.

O rapaz finalmente lê a expressão de seu rosto corretamente.

– Quem você disse que era? – ele pergunta, e agora ele sabe que cometeu um erro, mas é tarde demais. Thomas terá que matá-lo, mas ele não é capaz. Ele se vira, atravessa a porta e a tranca, passando a barra de travamento e colocando-a em seu suporte na pedra. Ele ouve os passos do rapaz e em seguida seus gritos e batidas nas tábuas grossas da porta. Thomas hesita, em seguida desliza a barra de travamento para trás outra vez e afasta-se para o lado para deixar a porta se abrir. Ela abre abruptamente e bate com força contra o batente. O rapaz emborca repentinamente para a frente. Tudo que Thomas precisa fazer é dar-lhe um empurrãozinho. O rapaz grita enquanto se esparrama pela escada em espiral. Ele grita de raiva e só para no segundo patamar, onde fica estendido, aturdido, mas ele é um garoto, é claro: eles podem cair de escadas. Thomas o coloca de pé puxando-o pelo tabardo e o empurra pelo próximo lance abaixo. O rapaz bate a cabeça na parte de baixo da escada com um baque surdo, suas pernas voam no ar e ele cai no lance seguinte como um saco arremessado escada abaixo.

Payne abre a porta, olha para baixo, para o rapaz no chão, em seguida ergue os olhos para Thomas que vem descendo os degraus.

– O que houve? – ele pergunta.

– Riven está a caminho – Thomas diz. – Ambos. Pai e filho. Temos que ir embora.

– Espere – Payne diz. – Um momento.

Ele não permite que Thomas entre no aposento.

Pouco depois, ele deixa.

Thomas empurra a porta, e para.

Katherine está parada junto à lareira fria. Olha fixamente para ele, um pouco ansiosa, um pouco desafiadora, mas não é isso que o faz parar de repente. Ela está de vestido. Ele possui um corpete azul e saias azuis, com mangas pretas, um cinto vermelho e rendas também vermelhas na frente. Um longo lenço branco envolve sua cabeça e é quase impossível ver nela o rapaz que era Kit. Thomas fica repentinamente sem palavras. Ela está linda. Ele olha fixamente para ela por um longo instante. Ela enfrenta seu olhar e empina o queixo de forma provocativa.

– O que foi? – ela pergunta.

Ele se recompõe.

– Riven está vindo para cá – diz a eles. – Giles Riven traiu o rei Henrique e todos nós, e o vendeu a Montagu.

Há um momento de silêncio. Katherine fita-o, surpresa.

– Você tem que contar a ele – Payne diz. – Não pode deixá-lo cair nas mãos de Montagu. Ele vai matá-lo.

Thomas olha para Payne. Ele está genuinamente transtornado.

– Conte você a ele – Thomas diz. – Leve-o daqui. Já estou farto de tudo isto.

– E quanto a Jack? – Katherine pergunta. – Não podemos deixá-lo aqui. Eles o matarão também.

Thomas olha para Jack. Não parece em muito mau estado, pensa.

– Então, ele tem que estar disposto a cavalgar – Thomas diz a ela. – Mestre Payne pode dar a ele um pouco daquele remédio e vocês dois poderão cavalgar.

Jack endireita-se devagar, rola o corpo sobre um dos joelhos e, ainda mantendo a perna ferida esticada, fica em pé. Ele solta a respiração, praguejando em um suspiro longo e incoerente. Katherine aproxima-se dele. Jack fica absolutamente imóvel em sua presença, esperando que ela se afaste.

– Ainda continuo sendo a mesma, Jack – ela diz, e embora ele esteja impressionado com o fato de que ela agora é uma verdadeira mulher, ele cede e deixa que ela o ampare. Ele se endireita e permanece em pé, enquanto ela se afasta dele e ajeita o vestido pouco familiar. Thomas não consegue impedir que seus olhos percorram seu corpo e ele vê que ela agora preenche o vestido nos lugares que devem ser preenchidos.

– Onde você conseguiu isto? – ele pergunta.

– Pertencia a Cecily – ela lhe diz. – A paciente do mestre Payne.

Outro vestido de uma jovem morta.

– Você pode pegar o mal de urina das... das roupas de uma vítima? – ele pergunta.

Payne inclina a cabeça.

– Não que a gente saiba.

Não que a gente saiba. Santo Deus.

– Então, quem é você agora? – Thomas pergunta, repentinamente furioso outra vez... – Não pode se passar por outra jovem morta, não é?

– Não – ela diz, abaixando os olhos. – Eu sou Katherine.

Há um longo momento de silêncio. Payne e Jack ficam calados, observando.

– Katherine o quê? – ele pergunta.

– Sou Katherine Everingham – ela diz, erguendo os olhos. – Sou sua mulher.

Ele para, o coração estanca, e eles se entreolham. Ela parece tímida, em busca de sua aprovação, como se achasse que ele pudesse não aceitá-la. Em um segundo, seu mundo vira de cabeça para baixo outra vez e ele se arrepende de cada palavra áspera, cada pensamento pouco caridoso. E ele pensa que nunca a amou tanto quanto agora.

De repente, o semblante de Katherine adquire um tom estranho. Suas bochechas se estufam, ela se curva e vomita uma gosma rala e cinzenta em suas saias.

23

A princípio, o rei Henrique não acredita neles. Ele volta das preces com seus cavaleiros, com uma aparência extraordinariamente régia em uma capa de veludo azul protegendo-o do frio da manhã. Ele faz perguntas naquela sua voz ranzinza e logo toda a ilusão de realeza se esvai. Detalhes e questões insignificantes. Ele não entende a gravidade do que Payne está dizendo e seus homens não param de interromper, gritando acima dele, exigindo respostas de Payne e Thomas, depois tendo que pedir desculpas ao rei Henrique por sua falta de modos. A maioria é de opinião que Payne está mentindo. Somente um quer atacar os homens de Riven ali mesmo.

– Devíamos matar todos eles agora – ele diz.

– Por favor, senhores – Thomas diz –, estamos em grande desvantagem. Se quisermos sair desta situação, vamos precisar de rapidez e astúcia.

Thomas não consegue deixar de olhar para o rei Henrique. Ele não parece personificar nem uma, nem outra.

– Você trouxe este para mim? – o rei Henrique pergunta, indicando o cavalo que Thomas encontrou para ele. – Ele parece maior... maior do que eu estou acostumado, e eu nunca fui um bom cavaleiro.

– Nem Sua Graça jamais fez uma viagem destas a cavalo – diz um de seus homens. – Por que deveria começar agora?

– E se ele representa tal perigo para nós, então por que este homem está usando as cores de Riven? – um outro pergunta, indicando Jack, que está usando o tabardo do rapaz que Thomas atirou pelas escadas. Ele agarra as rédeas de seu próprio pônei para se encorajar, enquanto atrás dele Katherine já está montada em uma égua castanha, suas saias amarradas ocultas sob um longo casaco de viagem, e ela está curvada sobre uma braçada de ervas que Payne lhe deu contra o cheiro do cavalo.

– Milorde Montagu é cristão – um deles diz. – Ele não ousaria ofender a pessoa do rei. Nunca, nem em mil anos.

Thomas está começando a perder a paciência. Está começando a pensar que talvez fosse melhor se Montagu prendesse o rei e estes homens também, e fizesse com eles o que bem entendesse. Afogá-los como gatos.

– E para onde iríamos? – um outro pergunta. – Não estamos preparados para uma viagem. Sua Graça o rei...

– Sua Graça o rei não será mais Sua Graça o rei se ainda estiver aqui quando os homens de Montagu chegarem – Thomas diz –, portanto se Sua Graça o rei quiser continuar a ser Sua Graça o rei, então é melhor que ele suba neste cavalo e saia daqui o mais rápido que puder. Queira me desculpar, Vossa Graça.

Faz-se um momento de silêncio. Os homens se comportam como se devessem ter o monopólio da grosseria com o rei, mas o rei Henrique não está muito preocupado com isso.

– Eu preciso buscar meu outro saltério – ele balbucia. – Está lá dentro.

Ele indica a pequena torre de menagem.

– Como a coroa do rei! – outro exclama. – É tudo que nos resta de algum valor.

Thomas lembra-se das joias no elmo do rei. Poderiam resgatá-las? Ele olha para o portão do castelo. Os homens de Riven estão se reunindo nos degraus. Cerca de dez deles. Um dos homens aponta para eles. Outro é enviado para ir buscar alguém. Eles perceberam que alguma coisa está acontecendo.

– Temos que deixá-los – Thomas diz. – E partir. Agora.

O rei Henrique se convence.

– Milorde de Montagu sempre foi... brusco – ele diz, trêmulo. – Eu não gostaria de cair em suas mãos e ter que contar com sua compaixão cristã.

Ocorre a Thomas que ele já viu o rei Henrique antes, há muito tempo, antes de tudo isso, e ele se pergunta onde, depois se lembra e sabe até o nome do lugar. Foi em Northampton. Diante de uma barraca. Thomas sangrava, sentia muita dor. Seu ombro. E havia mortos a seus pés, uma pilha deles em armaduras ensanguentadas, rachadas, quebradas, amassadas, e mais homens arrastavam-se para as sombras das árvores para morrer em paz, enquanto outros corriam furiosamente pelo local com martelos e adagas, e havia uma barulheira ensurdecedora. Parecia ter sido há séculos, e ainda assim, apenas ontem.

– Everingham? Você está bem?

É Payne, franzindo a testa. Thomas afasta seus devaneios. Eles têm que agir depressa.

– Posso trocar as capas, senhor? – ele pergunta. – A sua... pela dele?

Ele escolhe um homem entre eles que tem a mesma altura e compleição do rei, usando uma capa castanho-avermelhada e um cachecol.

– Ah, sim – diz o rei Henrique. Ele parece querer livrar-se da capa azul e usar a castanho-avermelhada, mais humilde. Payne posiciona-se atrás dele, abre o broche e remove a capa do rei. Um dos homens fica furioso porque isso deveria ser trabalho dele. O homem da capa castanho-avermelhada rapidamente pega a capa do rei. Ela é forrada, e não apenas nas bordas, de uma pele macia. Ele a faz girar, abrindo-a em um círculo enquanto a coloca sobre os ombros.

O rei Henrique veste sua nova capa e a ajeita. Com ela, ele parece bastante comum, uma pessoa humilde, um sacerdote talvez, e ele tem o rosto de um homem a quem você jamais iria querer fazer uma pergunta, por medo de que ele a respondesse. Thomas ajuda-o a subir em sua sela. Ele é fraco, de ombros estreitos, frágil como um passarinho e igualmente leve. Ele tem um cheiro estranho, Thomas pensa. De fungos.

– Lembrem-se, senhores, só estamos saindo para um passeio – Thomas lembra, enquanto ele próprio sobe em sua sela.

– O que devemos fazer? – pergunta o homem que queria atacar os homens de Riven. – Não queremos cair nas mãos de lorde Montagu tanto quanto você ou o rei.

Thomas olha para seus rostos voltados para cima, todos crispados, lívidos e ansiosos, e ele lhes diz para serem vistos indo para a capela para rezar, depois saírem pela porta da sacristia e subirem o rio até encontrarem a cidade de Corbridge.

– Atravessem o rio lá e quando estiverem do outro lado, tomem a direção oeste. Dirijam-se a Hexham. Não é longe. Mais ou menos uma hora de caminhada. O exército do duque de Somerset está acampado a um quilômetro e meio ao sul. Não tem como errar.

Não parece um grande plano, nem para ele, nem para nenhum dos outros, mas não é pior do que o seu próprio plano para tirar o rei Henrique dali vestindo-o como um homem comum e, na realidade, até melhor, e ele se pergunta por um instante se todos eles não deveriam fazer isso. Mas Jack não consegue caminhar, Katherine está prestes a desmaiar e tudo é melhor quando se tem um cavalo. Ouvem-se alguns resmungos, algumas bocas abertas para protestar, mas os homens de Riven estão começando a se mover.

– Temos que ir – Thomas diz.

E o rei, um terrível cavaleiro, deixa Thomas segurar a rédea de seu cavalo e fica sentado em sua sela, nervosamente fingindo ser outra pessoa. Eles começam a seguir o caminho, as rédeas não muito soltas nos polegares, afastando-se do portão do castelo, esperando a qualquer momento um grito vindo de trás e o retumbar de cascos em perseguição.

– Preparem-se – Thomas diz.

Mas nada acontece. Eles se afastam, seguindo a trilha que atravessa o portão da paliçada de aveleira e entrando no pasto acidentado – ainda assim, nada. Então, eles passam por trás de uma tela fina de choupos recém-cobertos de brotos e chegam à estrada. Nada acontece e eles acreditam que conseguiram.

– Pode tirar o cachecol agora, Vossa Graça – Payne lhe diz. Mas o rei Henrique usa o cachecol como um distintivo de humildade, como um pobre peregrino. Eles continuam a viagem e Thomas nunca viu alguém tão desconfortável em cima de um cavalo – ele senta-se na sela como se estivesse no banquinho da latrina. Eles refazem os passos do dia anterior em direção à cidade de Corbridge, o mais rápido que ousam, tendo que evitar as pedras soltas do chão da estrada e olhando constantemente para trás, por cima dos ombros, para ver se há algum sinal de que estejam sendo perseguidos. Thomas não consegue evitar um sorriso. Tirar o rei Henrique debaixo do nariz de Riven é uma pequena vitória em sua campanha contra ele, mas já é alguma coisa, e ele tenta imaginar a cena em que Montagu chega e descobre que ele foi embora.

Mas para onde levá-lo?

— Não podemos voltar a Bamburgh — ele diz a Katherine. — Isso seria entregá-lo a Giles Riven como um presente de seu santo padroeiro.

— Mas não há nenhum outro lugar para onde ir, a não ser o duque de Somerset — ela diz.

Alguns moradores da cidade saíram de suas casas e observam. Assim também alguns rostos nas janelas e um bode malhado, em pé em cima de um barril de aro vermelho perto dali, que também olha fixamente para eles com seus diabólicos olhos dourados. O rei Henrique não gosta de ser observado por bodes e começa a balbuciar uma prece. Ainda é Thomas quem tem que tomar uma decisão.

— Não há ninguém para se opor a Riven agora — Katherine murmura. — Ninguém, a não ser Somerset. Ele é nossa única esperança.

E ela parece tão desamparada que ele tem vontade de chorar. Mas Thomas pensa, sim, há — eu mesmo. Posso fazer o que me propus fazer há todos esses anos. Eu mesmo posso matar Riven. Talvez eu possa começar pelo filho.

Então, o bode sobre o barril levanta seu queixo barbudo e olha ao longe, como se farejasse o vento, e após um instante, ele desce com um salto e desaparece com um tamborilar de cascos. Os cavalos viram a cabeça, param de mastigar e ficam imóveis. Em seguida, uma nuvem de pássaros passa voando no alto, gralhas talvez, e um sino toca a leste, mas que horas são?

— Devem ser eles — ele pensa, em voz alta. Imagina Edmundo Riven e seu olho fétido cavalgando para Bywell, certo da vitória, e descobrindo que sua presa escapou, e nisso, para Thomas, há um tom sombrio de silenciosa satisfação.

— Vamos — ele diz, virando seu cavalo para o sul. Ele esporeia o animal e atravessa a cidade em direção à ponte, puxando o rei Henrique atrás dele. Ele paga o pedágio para todos eles com suas últimas moedas e, enquanto atravessa a ponte, Thomas olha por cima do ombro esquerdo, ao longo da margem em direção a Bywell, mas não há nada a ser visto. Logo deixam a ponte e seguem pela estrada em direção ao sul, refazendo seus passos pelas pastagens da margem sul. Quando alcançam o acampamento improvisado de Somerset, são parados por uma patrulha. Os homens se mostram desconfiados e têm que ser persuadidos de que o rei Henrique é realmente o rei, mas vendo seus anéis e uma curiosa pedra vermelha que ele usa como pingente, veem que ele deve ser alguém importante e concordam em levá-lo à presença de Horner, ao menos, que poderá atestar que dizem a verdade. Eles o encontram mais acima do rio, sentado, pescando.

– O dia inteiro e nenhum mordeu a isca – ele diz. Então, ele vê o rei e se levanta.

– Vossa Graça – ele faz uma mesura. Em seguida, ele vê Katherine e olha atentamente para ela.

– Mas vocês tiveram mais sorte – ele diz, soltando a respiração pela boca aberta, fitando-a enquanto ela desmonta. O rei Henrique volta-se para ela e finalmente vê que ele estava viajando com uma mulher.

– Oh – ele exclama.

Katherine fica ali de pé, parada, diante deles, naquele vestido. Ela toca a manga de seu braço esquerdo. Está se sentindo melhor, certamente está menos pálida, e ela volta-se para Thomas para que ele explique, e o mesmo fazem Horner, Payne e até mesmo o rei Henrique em seu modo ausente. Thomas sente como se sua cabeça estivesse cheia de estopa, quase a ponto de explodir, e se pergunta por que não pensou em alguma explicação com antecedência, mas não consegue pensar em nada e assim ele diz apenas as primeiras palavras que vêm à sua boca.

– Esta é a minha mulher – ele diz e, apesar de tudo, não consegue evitar que seus olhos fiquem rasos d'água e ele se sinta muito reconfortado por esse pensamento, como se de certo modo isso bastasse, não só para ele, como para todos eles, mas Horner só consegue continuar olhando fixamente para Katherine.

– Sua *mulher*? – ele pergunta. – Mas ela é... ela é... Onde está Kit?

Thomas sente que é melhor contar a eles, já está farto dessa história, e ele ainda não consegue pensar em nada. Mas agora Katherine entra com uma mentira que o faz parar e sorrir outra vez, apesar de tudo.

– Meu irmão ficou em Bywell – ela diz.

– Seu *irmão*?

Jack começa a tossir. Katherine não diz nada. Horner olha fixamente para ela. Ela o encara até que ele fecha os olhos e belisca a ponte de seu nariz.

– Por todos os santos – ele exclama. – Vocês realmente... se parecem.

Ela não diz nada.

– Você é tão boa cirurgiã quanto ele? – ele pergunta.

– Duas vezes melhor – ela responde.

Horner olha para Payne, que encolhe os ombros.

– É o que ela diz – ele murmura.

– E você não nos disse que Kit era irmão de sua mulher?

– Não – Thomas diz. – Você não perguntou.

– Mas todo esse tempo?

– O que posso dizer?

– Pode nos dizer por que a trouxe para cá agora? – Horner pergunta.

– Montagu está vindo – Thomas diz, sem responder a pergunta. – Hoje. Ele partiu de Newcastle.

Katherine é esquecida. Assim como o rei.

– Temos que contar a Somerset – Horner diz. – Me acompanhem.

Thomas balança a cabeça, assentindo. Eles dão as costas ao rei Henrique e atravessam o acampamento juntos. Thomas explica o estratagema de Riven. Horner parece não saber o que dizer. Não acredita nele. Nem o duque de Somerset. Ele os faz ficar parados à entrada de sua barraca enquanto ele come uma espécie de ave, assada. Grey está ali dentro, sentado em um banquinho desmontável, e Tailboys também, igualmente sentado, e atrás deles estão lordes Hungerford e Roos. Todos sofreram as privações dos últimos meses: estão mal barbeados, com os olhos empapuçados, em roupas sujas de lama e a ponta de um dos sapatos de bico fino de Tailboys está quebrada e virada para baixo. A barraca cheira a água fria do rio, mofo e corpos não lavados. Nem mesmo o jantar do duque tem um cheiro bom.

— Oh, pelo amor de Deus — Somerset diz. — Como ele poderia, seu idiota? Riven passou os últimos três anos deitado de bruços em uma cama, sofrendo metade das agonias do inferno, e não enviando cartas a seu filho ou fazendo pactos com os inimigos do rei. Santo Deus.

E ele deve saber, Thomas pensa, mas ainda assim...

— Onde está o rei Henrique agora? — Tailboys pergunta, olhando por cima dos ombros deles à procura de seu horrível soberano e, pela maneira como ele fala, o rei Henrique é obviamente um fardo de que eles podem prescindir.

— Ele está com mestre Payne — Horner lhes diz. — Rezando.

— Ele precisa ir embora — Somerset diz. — Temos que tirá-lo daqui, esta noite, de volta a Bamburgh. Se o perdermos, ficaremos sem nada.

Sir Ralph Grey está sóbrio nesta manhã e consegue se antecipar a Tailboys.

— Eu fornecerei uma escolta — ele diz. — Eu mesmo irei. Levarei vinte homens.

Os outros olham para ele.

— Não lhe agrada a perspectiva de um encontro com lorde Montagu? — Tailboys pergunta.

— Só fiz uma oferta — Grey rebate. — Não podemos enviar o rei Henrique sozinho. Ele é o rei da Inglaterra, afinal, e deve viajar acompanhado e com certa pompa.

— Sou eu quem deve levá-lo — Tailboys contesta.

Grey resmunga com desdém.

Somerset acaba com a discussão.

— Vou comunicar a vocês quem deverá escoltá-lo — ele diz. — Só podemos dispor de poucos homens para isso, e nenhum que seja útil. Aleijados e assim por diante. E devemos fazer isso sem nenhum estardalhaço. Sua presença aqui é uma dádiva para os homens e sua perda será sentida. Portanto, nem mais uma palavra sobre o assunto.

Thomas é empurrado para fora.

Dali em diante, o acampamento fica atarefado. Os homens cuidam de suas armas e armaduras como sempre, ajustando, alargando, polindo e afiando. Fogueiras são acesas. Caldeirões fervem e as mulheres lavam roupas no rio, estendendo tantas peças nas árvores e arbustos que Thomas imagina que elas jamais poderão secar antes de terem que ser guardadas às pressas. Um ferreiro ferra um cavalo e um amolador montou sua roda de afiar de onde voam fagulhas. Mas um homem ali – um dos homens de lorde Roo – tenta vender um pequeno falcão e um outro sua barraca. Eles esperam reduzir sua bagagem, para que possam fugir às pressas, se necessário.

Thomas fica tentado a comprar a barraca, não a ave, para Katherine, mas nesse caso também ele ficaria sobrecarregado com ela e, como estes homens, eles também têm que viajar com pouca bagagem, pensa, se quiserem fugir. Sua mente já está se voltando para uma fuga.

Assim, neste momento, ele olha à sua volta, tenta ver para onde deverão correr quando chegar a hora. Estão acampados em terreno plano, numa curva do rio, no fundo do vale, ao sul da estrada e de sua ponte sobre o rio que chamam de Devil's Water, e que flui sobre um leito rochoso em seu caminho para se juntar ao Tyne ao norte. Além da ponte, há uns dois cruzamentos a vau ao longo de sua extensão, onde a profundidade da água atinge os jarretes dos cavalos, ele imagina, mas todo o resto do curso é muito mais profundo, e a correnteza, depois das chuvas, é forte o suficiente para criar uma nuvem agitada de névoa acima da baixa cachoeira a montante. Do outro lado do rio, para oeste, a estrada corta uma colina íngreme e densamente arborizada em seu caminho de volta a Hexham e para leste a estrada que vem de Corbridge serpenteia para o sul, até alcançar um cruzamento: a estrada oeste vem de trás de outra colina, na maior parte uma terra pantanosa acidentada, exatamente como em Hedgeley, e que os homens chamam de Swallowship Hill. Se Somerset se instalasse lá em cima, Thomas pensa, no alto da colina, ele poderia ter uma chance, mas ali embaixo? Ele é um pato na água.

– Sua mulher?

É John Stump. Santo Deus! Ele havia se esquecido de John Stump. Agora John o cutuca com o cotovelo que lhe resta e exibe um sorriso significativo. Apesar de suas divagações, Thomas não consegue evitar um sorriso também.

– O que tem ela? – ele pergunta.

– Ora, vamos – John diz. – Tenho observado aquelas mãos trabalhando durante todas estas semanas. Aquela não é outra que não Kit.

Thomas fica assustado. Ele abre a boca para dizer alguma coisa, mas o quê?

– Que esperto, hein? – John continua. – Com ela aqui o tempo todo. Bem embaixo de nosso nariz. Mas ouça. Você não acha isso um pouco estranho? Você sabe. Parecer tanto com Kit? Deve ser engraçado, quando estão cara a cara, não?

Thomas não sabe exatamente o que John Stump quer dizer, mas pode imaginar.

– Enfim – John diz –, Horner está à sua procura.

Quando o encontram, Horner está ajudando um dos homens a escovar os cavalos roubados. Ele parece alegre e até otimista.

– Somerset acredita que Montagu não sabe onde estamos – ele diz – e provavelmente está determinado a tomar Hexham, assim amanhã ocuparemos o topo daquela colina lá – ele aponta para Swallowship Hill – e o pegaremos em movimento e, com a bênção de Deus, desta vez alcançaremos tal vitória que o país inteiro se levantará pelo rei Henrique.

Thomas imagina se deveria perguntar sobre a última vez que pegaram o exército de Montagu em movimento – atravessando Hedgeley Moor – mas não quer aborrecer ou decepcionar Horner, e assim fica de boca fechada.

– Thomas – Horner continua –, você deve levar os arqueiros para o front como antes.

– Temos bem poucas flechas – Thomas adverte. – Não chega a doze por arco.

Horner fica espantado, pego de surpresa. Obviamente, ele não tinha a menor ideia de que a situação estivesse tão ruim.

– De qualquer modo – ele diz após um instante de ansiedade –, atirem e em seguida se retirem. É o plano do duque.

Então, é um plano tolo, Thomas pensa, que não leva em conta a realidade da situação, mas isso é típico de Somerset, Thomas pensa, e ele fica satisfeito, porque é o que esperava. Fará o que tem que fazer, mas não podem esperar que faça mais do que isso.

Ele vai à procura de Katherine. É curioso, ele pensa enquanto atravessa o acampamento, que agora que ela está vestida como mulher, ele tenha que se preocupar mais com ela, ou ser visto se preocupando mais com ela, do que quando era um rapaz, embora na realidade ela agora corra bem menos perigo. Ele nunca se esqueceu de que a bruxa francesa Joana foi queimada por ter se vestido de homem.

Ele a encontra parada, frente a frente com sir Ralph Grey. Sir Ralph está absolutamente sóbrio. Ele tem as mãos nos quadris e inclina-se para a frente para olhá-la atentamente. Está incrédulo.

– Seu irmão, você diz?

Katherine balança a cabeça, confirmando. Ela está aguentando a inspeção tolerantemente, o que Thomas acha que ela não faria se já não soubesse que Grey era praticamente inofensivo. Talvez seja melhor assim.

– Você é irmã daquele garoto? – ele continua.

– Sim – ela diz, o rosto inalterado.

– E você é casada com aquele arqueiro que o auxilia em seu... seu... seja lá o que for que ele faz?

– Sim.

Grey inclina-se para trás.

– Bem – ele diz, como se agora já tivesse ouvido tudo.

Ele percebe a aproximação de Thomas e volta-se para ele.

– Esta é sua mulher?

– Sim – Thomas diz.

– Mas como, em nome de Deus, você diferencia um do outro no escuro?

Assim como aconteceu em relação a John Stump, Thomas não sabe ao certo o que Grey quer dizer. Sente-se em terreno minado.

– A necessidade nunca se apresentou – ele diz.

Ninguém diz nada por um instante. Grey fita-os intensamente, olhando de um para o outro. Ele sabe que alguma coisa está errada e que eles estão esperando que ele vá embora antes de adivinhar o que é.

– Bem – ele diz –, espero que você seja tão habilidoso com uma faca quanto seu irmão. Vamos precisar de um ou dois cirurgiões amanhã, eu creio.

24

O enjoo a acorda quando ainda está completamente escuro. Thomas está ao seu lado e ela pode sentir seu cheiro, e o que antes tinha um odor agradável de terra tornou-se menos agradável agora, e ela rola para o outro lado, mas ali está Jack, soprando ritmicamente um bafo forte em seu rosto. Ela notou que quando um homem não teve o suficiente para comer, como Jack não teve, seu hálito torna-se muito ruim, como o dele agora. Assim, ela vira-se novamente, ergue os olhos para a parte de baixo da carroça e tenta fazer de conta que, se não se mover, ela não vomitará, e isso funciona e a náusea diminui. Ela permanece deitada sem se mexer por um instante, as mãos sobre o ventre, deixando os olhos se acostumarem à escuridão. A maioria dos homens tem medo da escuridão, considerando-a uma presença, em vez de uma ausência, mas ela nunca se sentiu assim e costumava zombar das irmãs no priorado que viravam seus tamancos durante a noite, por medo de que se enchessem de escuridão e, assim, se tornassem malignos.

O bebê chegará em setembro, ela acredita, e ela pensa na mulher de Eelby e como deve ter ficado deitada assim alguma vez, talvez ao lado daquele seu marido que mais parecia um porco do mato roncando, e se pergunta, com um sobressalto, o que teria acontecido ao filho, o milagroso bebê. Ela não pensou nele desde que foram enviados para o norte, desde que vieram para Alnwick. Santo Deus. Ela sente que, de alguma maneira, traiu o menino, agora, ao ter seu próprio filho, e antes de ter conseguido encontrá-lo naquelas terras desertas, sem rastros, em que o apanhador de enguias havia desaparecido. Ela imagina como o menino seria agora. Estaria andando, talvez? Aprendendo sua primeira palavra? "Enguia", provavelmente.

Ela vai encontrá-lo, pensa, quando isto tiver terminado. No próximo ano, talvez. Quando seu próprio filho já tiver nascido. Ela vai apresentá-los um ao outro. Ou isso é bobagem? De qualquer forma, onde ela estará? Não consegue imaginar. Não consegue nem adivinhar onde estará na próxima semana, já que qualquer coisa pode acontecer hoje, amanhã, depois de amanhã.

Então, ela tem que arquitetar um plano. Mas qual? Sua mente não parece tão afiada como já foi um dia, ela nota, e acha que a causa pode ser as noites maldormidas e a pouca alimentação. Foi por isso que ficou tão satisfeita em anunciar que era a irmã de Kit, apesar de achar estranho: as palavras saíram de sua boca antes que ela pudesse pensar.

Ao ouvir, mestre Payne apenas sacudira a cabeça, em parte de tristeza e em parte de admiração. Ela pensa nele agora e reza para que ele permaneça com o exército de Somerset, permaneça com ela, mas ela sabe que ele é o médico do rei e tem que ir aonde o rei for. Gostaria que ela e Thomas pudessem ir com ele para Bamburgh, talvez, por mais incerto que esse futuro possa ser, e que ele estivesse ao seu lado quando chegasse a hora. Ele não iria querer isso, é claro, e alegaria não conhecer o corpo feminino, mas como podia ser, ela pensa agora, quando ele detectou o seu estado antes que ela mesma o fizesse? Com uma única olhadela? Ele é um excelente médico, ela pensa, e talvez exista alguma coisa em suas teorias sobre planetas e sua posição no céu, pois afinal, o que ela sabe? Ela foi aprendendo ao longo do tempo, com velhas mulheres e com Mayhew, enquanto mestre Payne esteve em países distantes onde cristãos se reúnem em busca do conhecimento, para dissecar corpos a fim de compreender como funcionam quando vivos. Tal profundidade de conhecimento é... é algo valioso.

O acampamento acorda à sua volta, animando-se enquanto já não é mais noite, mas não é completamente dia, e há uma curiosa delicadeza no suave ar da manhã. As vozes são abafadas, a consideração e a acomodação permeiam todo comportamento, conforme filas de homens e mulheres avançam entre as lonas úmidas das barracas até o rio lá embaixo, para ali conduzir suas abluções com um arremedo de privacidade. A calmaria do começo da manhã dura apenas até a chegada de pão e cerveja, trazidos do alto da colina por carroças provenientes de Hexham, e segue-se uma disputa enlouquecida durante a qual cada homem tem que se empenhar para conseguir o que precisa.

Thomas retorna com uma grande jarra de cerveja e a crosta de cima de um pão que devia ter sido do tamanho de um homem. Ele a divide de forma desigual a favor dela, e Jack ri. Ele já parece bem melhor. Ela se pergunta o que o terá acometido. Algum miasma vindo do rio? Ele ainda não tem mobilidade suficiente para lutar e tanto ele quanto John Stump recusaram-se a partir com o rei Henrique e sir Ralph Grey na noite anterior. Assim, eles deverão permanecer no acampamento, para guardar o comboio de bagagem que possuem, e ela fica satisfeita. Eles estarão com ela. Ela se apresentou como voluntária para cirurgias, mas há ainda menos trabalho do que havia em Hedgeley Moor. Ela se pergunta como poderá ser útil, além de ficar sentada com a mão na testa de um homem à beira da morte, e até isso a preocupa.

Depois de comer, Jack se afasta mancando e Thomas o observa com um cumprimento da cabeça que lhe parece mais calculado do que sincero, e ela se pergunta o que Thomas estaria tramando. Nesse instante, porém, surge Horner, seguido de outros homens com o uniforme de Grey. Ele usa uma armadura pontilhada de ferrugem, que ele não precisou de muita ajuda para vestir. Em uma das mãos, traz um machado de guerra que Katherine nunca viu antes e com a outra segura o elmo junto ao peito. Outros passam por eles, deixando o acampamento em suas companhias: aos homens de Hungerford e Ross, ainda não confiáveis depois de Hedgeley Moor, cabe a posição mais distante, já que devem tomar o flanco direito, de frente para o norte, em direção a Corbridge, enquanto os homens de Somerset devem dominar o centro.

– Nós devemos ficar à esquerda, Thomas – Horner diz –, com os homens de Tailboys e de Neville de Brancepeth. Devemos empurrar o flanco de Montagu de volta para o rio.

Thomas apenas balança a cabeça, assentindo. Pela maneira como Horner fala, é como se ele acreditasse que fosse possível, embora no instante seguinte ele recomende a John Stump que cuide da bagagem e dos seguidores.

– Caso Montagu envie piqueiros por aí – ele diz –, mas ele não fará isso.

John Stump balança a cabeça alegremente.

– É bom ter alguma coisa pra fazer – ele diz.

– Onde está Jack? – Horner pergunta. John Stump dá de ombros e resmunga que está por ali e não deve ir muito longe, não com aquela perna.

Então, ao longe, ouve-se um toque de corneta. Os homens param e se entreolham com um olhar inquiridor.

– O que é isso? – ela pergunta.

– Um alarme.

– Será que eles...? Será que Montagu já está aqui?

O alarme continua, é acompanhado por trombetas mais próximas.

– Santo Cristo! Devem ser eles!

O acampamento explode em um frenesi de agitação. Um tambor soa. Em seguida, outro. Depois, outro. Estão se aproximando. Assim como os alarmes, conforme as notícias se espalham. Lorde Montagu e pelo menos cinco mil de seus homens atravessaram o Tyne em Corbridge e estão se locomovendo para o sul e para oeste disciplinadamente. Agora, cada homem começa a correr, alguns correm com outros que ainda estão tentando entender o que está acontecendo, e há um grande e confuso esforço para subir a encosta e chegar ao topo da colina antes de Montagu.

– Eu o vejo depois disso – Thomas diz a John Stump, enquanto força seu elmo a entrar na cabeça. John balança a cabeça, assentindo.

– Estaremos aqui – ele diz. – Eu e Jack. Apesar de sermos dois aleijados, nós tomaremos conta dela.

Thomas apenas balança a cabeça e então se volta para ela, e pela primeira vez ele pode beijá-la na frente de todos aqueles homens. Ele abre os braços para envolvê-la, para de fato se despedir adequadamente. Mas ela tem que se esforçar para permitir que ele o faça, porque ele cheira a suor, cavalos e ferrugem, e suas entranhas começam a se revolver. Assim, esse primeiro beijo de despedida é superficial, *pro forma*, e ela sabe que se arrependerá mais tarde se, Deus os livre, alguma coisa acontecer a um dos dois.

– Vá com Deus, Thomas – ela diz.

Ela percebe que está chorando e gostaria de não estar, gostaria de não estar se sentindo tão mal, gostaria de se despedir dele como ele merece e ela queria, mas não consegue. A seguir, o rapaz com o tambor sai do meio das árvores e para perto deles, as baquetas tamborilando sem parar, e ele ri para eles. Ela pensa que ele deve ser louco, ou retardado, e após um instante, Horner bate no ombro de Thomas com seu machado de guerra, diz alguma coisa e indica a subida da colina com a ponta de sua arma. Thomas entende o que ele quer dizer e se vira, e assim eles se separam, pela primeira vez como marido e mulher, ele indo em uma direção para lutar com todos os outros homens que passam por eles a passos largos e pesados encosta acima, enquanto ela e John Stump vão no sentido contrário, caminhando contra a corrente, de volta ao meio das árvores, em direção ao rio e ao acampamento.

Quando chegam lá, os homens de Tailboys estão carregando suas bagagens em mulas. Sacas pesadas que deixam os animais cambaleando. Todos os demais – mulheres, crianças, aleijados e velhos – seguem a corrente rio abaixo, acompanhando suas curvas, mais ou menos uns mil passos, apressando-se para onde as árvores começam a se espaçar e o terreno se eleva, e de onde podem ver a colina a leste, onde os homens estarão. Uma vez lá, ela sobe em um toco de árvore, desajeitada em suas saias, com John Stump pronto a ampará-la caso ela caia. Ela protege os olhos contra o sol nascente e observa as figuras dos homens correndo encosta acima, em direção ao cume. Após um instante, John Stump sobe no toco ao seu lado. Outras mulheres do acampamento se juntam a eles, esticando o pescoço. O que ela pode ver? O que ela pode ver? Há centenas de homens movendo-se como um enxame de formigas colina acima. Há poucos indícios de qualquer organização, mas há bandeiras e estandartes, e grupos de homens de uniformes semelhantes reunindo-se em um front que se distancia do ponto onde ela está.

Enquanto esperam, ela se pergunta se haverá alguma mulher a quem possa pedir conselhos sobre seus enjoos. Atrás deles, um pouco adiante ao longo do rio, há uma capela ligada a uma pequena guarita ou castelo, não muito diferente de Bywell, ela pensa, só que até menor, com um único torreão, repleto naquele momento de uma multidão de homens e mulheres observando, como se estivessem assistindo a um espetáculo.

– Por Deus, vejam – John grita, apontando. – Ele conseguiu!

Ouve-se um murmúrio de aprovação e admiração. Somerset e seus homens conseguiram chegar ao alto da colina. Ainda há muitos correndo para se unir a eles, mas um grande número conseguiu chegar ao topo e agora suas bandeiras e estandartes são erguidos no alto da colina. Ela pode ouvir os tambores e trombetas, eles também estão lá em cima, soando energicamente. Agora, ao pé da colina, ela observa que novas bandeiras vão surgindo e imagina que sejam de Montagu e seus homens, embora por enquanto estejam escondidas atrás da elevação.

Ela se lembra da única outra batalha que observou desta forma – fora de Northampton, parada com todas as mulheres e aquele bispo italiano, junto à cruz de pedra, na chuva – e percebe que há um ritmo nessas coisas. Depois que os homens já assumiram suas posições, há uma pausa para preces e em seguida um instante para alguma outra coisa. Reflexão? Reconsideração? Arrependimento? O quê? Ela não sabe. Então, quando isso está terminado, o comandante deve dizer alguma coisa para encorajar os homens e instilar neles uma certeza quanto à justiça de sua causa, que Deus está do lado deles e que Ele os protegerá. Em seguida, os arqueiros dão um largo passo à frente e a batalha começa.

Ela pensa em Thomas lá em cima e em como ele deve estar se sentindo, e reza sem rezar por ele. À sua volta, todas as mulheres parecem conhecer as bandeiras que os cavaleiros carregam e elas próprias estão reunidas em grupos, de modo que todas as mulheres dos homens de Tailboys ficam juntas, todas as mulheres dos homens de Roos ficam juntas, e parecem conhecer praticamente todo aspecto do que está para acontecer: disposição das tropas e direção do vento, posições favoráveis, onde a pressão primeiro se fará sentir, depois onde será mais sentida. Elas têm uma opinião negativa sobre os homens de Roos e de Hungerford – apesar da presença de suas mulheres – e não têm nenhuma inibição em proclamá-la.

– Covardes – uma delas diz. – Eles vão debandar hoje, sem dúvida.

– Esperemos que corram para o outro lado desta vez.

Cabeças se viram e sente-se a hostilidade no ar.

Katherine fica surpresa de ver que elas não estão especialmente preocupadas com a segurança de seus homens. Ou será que não falam sobre isso? Mas estão na ponta dos pés, os pescoços esticados, como crianças assistindo a uma pantomima e, então, uma delas diz:

– Lá vamos nós.

Todas prendem a respiração e, depois disso, há um silêncio total, enquanto elas observam as flechas voarem. Àquela distância, as flechas apenas mancham o céu distante, um fenômeno atmosférico, como vapor no outono, mas as mulheres sabem o quanto esses momentos são cruciais. Katherine lembra-se de Walter – foi ele? – dizendo-lhe que toda batalha era decidida nesses primeiros momentos. Se tudo o mais fosse igual, ele disse, aquele que tivesse lançado mais flechas mais depressa venceria.

Hoje, aqueles que estavam lançando suas flechas colina abaixo, com o sol às suas costas e até mesmo – será possível? – um vento muito suave, deveriam prevalecer, deveriam infligir tal dano aos que vinham ao seu encontro subindo a encosta desde o sopé da colina, que a batalha terminaria quase antes mesmo de começar. Uma das mulheres, uma mulher mais velha – avental manchado, vestido verde, mangas enroladas para cima, revelando braços grossos como pernas, e um grande lenço de linho apertado em volta do rosto –, diz que sempre se sabe quem vencerá a batalha mais ou menos nesta hora, e ela estala os dedos. Embora John Stump diga que isso é bobagem, Katherine observa a expressão da mulher e vê suas rugas se aprofundarem conforme ela franze a testa diante do que está vendo. Em seguida, quando compreende o que vê, ela sacode a cabeça e faz um som sibilante com os dentes que lhe restam.

– As flechas deles acabaram – ela diz.

E não diz mais nada. Todos compreendem. Os arqueiros de Somerset atiraram todas as flechas que tinham – muito poucas – e deixaram os homens de Montagu se salvar de uma enrascada. Agora, são os homens de Montagu que mantêm seu ataque e é fácil imaginar o que isso fará aos arqueiros de Somerset. Ouvem-se gemidos entre as mulheres. Choros e lamentações também.

– Devemos estar preparados – diz a mulher mais velha. – Haverá muitos feridos.

Mas não há nada a preparar. Esta batalha não deveria acontecer hoje, todos disseram isso, e não houve tempo de coletar urina, fazer ataduras e assim por diante. John Stump está trêmulo e com os olhos brilhantes de empolgação, energizado por uma estranha espécie de prazer, batendo o toco de seu braço como se fosse uma asa. Ele não quer ir cortar panos para ataduras. Ele quer assistir à batalha.

Neste momento, ouve-se um rugido crescente vindo da colina e novamente as mulheres à sua volta prendem a respiração. Ela olha para trás e pode ver que os homens de Montagu estão se deslocando para a frente do mesmo modo que fizeram em Hedgeley Moor – implacáveis, organizados, inexoráveis. Ela pode ver seus estandartes e bandeiras oscilando e se pergunta, por um instante, se lá, entre elas, estaria vendo aquela bandeira branca com os corvos negros, mas imagina que se trate apenas de sua imaginação e, de qualquer forma, ela está longe demais para ver detalhes desse tipo. Ela observa os homens do duque de Somerset deslocando-se para baixo, ao encontro de Montagu. Estão menos organizados, mais espalhados. Em número bem menor. Então, as duas linhas se encontram e um instante depois ela ouve um lento estrondo metálico, com um efeito propagador, e que irrompe em seus ouvidos como uma onda se quebrando ao longo de uma praia de seixos.

Junto ao rio, preces começam a ser ouvidas, um murmúrio suave, e mãos e rosários se entrelaçam. Um garoto de rosto pálido – deve ter uns oito anos e ainda muito novo para carregar aljavas, se houvesse alguma a ser carregada – faz o sinal da cruz, repetidas vezes, enquanto uma garota ao seu lado beija a cruz de um rosário de contas de madeira. O pai-nosso é iniciado e todos se unem na prece.

Mas, no final das contas, não é suficiente.

Nem todos os homens de Somerset se empenham na defesa da colina e, embora ela não consiga compreender, ou distinguir com clareza, ela pode detectar o tom das perguntas que as mulheres fazem umas às outras. Uma incredulidade natural se transforma em incredulidade forçada, conforme se recusam a aceitar o que estão vendo, e em seguida se transforma em raiva.

– Eles estão, sim! Eles estão! Olhem. Oh, os desgraçados. Eles estão debandando. Covardes filhos da mãe!

Ela vê primeiro um único homem correndo pela retaguarda do campo. Ele se afasta do combate, vem correndo ao redor da colina, atravessando desajeitado as urzes e o capim alto. Em seguida, surgem outros. Todos eles vêm da extremidade oposta da linha de Somerset e eles vêm correndo pela encosta abaixo, em direção ao acampamento. Ela está prestes a perguntar quem são eles e o que estão fazendo, mas há um certo nervosismo entre as mulheres e algumas já se viraram e estão correndo de volta em direção ao acampamento. John resmunga.

– Aqueles filhos da mãe – ele diz. – Aqueles filhos da mãe.

– O que foi?

– Eles debandaram – ele diz. – Hungerford e Roos. Igual à outra vez.

– Onde estão os piqueiros? – uma mulher grita. – Por que alguém não os impede?

– Não temos homens suficientes para piqueiros – John diz à mulher, mas ela apenas olha para ele como se fosse culpa dele.

– Será que os outros vão resistir? – Katherine pergunta.

– Veremos – John resmunga, parecendo duvidar. Eles observam. Nada está claro. Longos momentos se passam. Há tumulto na frente e na retaguarda das linhas de Somerset. Centenas de homens correm de um lado para outro. A maioria deve ser de arqueiros, muitos são os que abandonaram as fileiras.

– Thomas já deve ter saído de lá, não é? – ela pergunta.

E John balança a cabeça, mas não olha para ela.

– Sim – ele diz. – Provavelmente. É melhor que já tenha saído mesmo. Ele é um sujeito corpulento, mas sem nenhuma armadura, não vai querer ficar preso lá.

Eles veem mais homens de Hungerford e Ross virem correndo e, um pouco mais abaixo no rio, suas mulheres começam a correr de volta ao acampamento, ao encontro deles. Eles parecem culpados, mas também aliviados, e ignoram os insultos abafados da melhor forma possível, mas ninguém tem tempo para brigas agora e a maioria dos olhos está voltada para o campo de batalha lá em cima.

– O duque vai manter a posição! – uma mulher grita. – Ele vai resistir!

– Deus seja louvado!

Mas as preces batem em ouvidos moucos, pois os homens continuam a se desgarrar e voltar pela colina abaixo. Logo há mais homens atrás da linha de combate do que nela e fica claro que Somerset não consegue manter a posição. A notícia acaba se espalhando por toda a extensão do front e, instantes depois, os que estão atrás das divisões, do flanco esquerdo ao direito, começam a se virar e fugir enquanto ainda podem, deixando os que estão no front para lutar sozinhos. Agora, os homens à esquerda, a ala de Thomas, começam a se desprender, voltam suas costas aos homens de Montagu e correm. Logo o exército inteiro está batendo em retirada, deixando a colina negra como um formigueiro, correndo e tropeçando, inclinando-se para oeste, de volta ao acampamento e à linha de água corrente do Devil's Water.

– Oh, meu Deus – John Stump exclama. Ela olha para baixo. A maioria dos outros se foi. Restaram apenas ela, John Stump e algumas poucas mulheres. Uma delas ergue os olhos.

– É melhor ir embora, querida – ela diz. – Logo isto aqui não vai ser lugar para uma jovem bonita.

E Katherine sabe que ela tem razão. À volta deles, as mulheres se viraram e correm para as passagens a vau no rio atrás. As saias são puxadas para cima, punhos cerrados agitam-se de um lado para outro e as mais fracas são empurradas e enxotadas no tumulto. As mulheres vadeiam pela água marrom, braços e pernas levantando água, para escalar a margem oposta, apenas para fugir e tentar desaparecer no campo.

– Precisamos estar do outro lado antes que eles cheguem – John diz. – Vamos! – E ele a agarra pela mão e a puxa de cima do tronco de árvore.

– E Thomas? – ela grita.

– Ele iria querer que você fosse embora daqui.

— Não – ela diz. – Não o deixarei outra vez.

— Mas você tem que sair daqui! Vamos!

— Não! Ele não o deixaria se você estivesse lá!

Ela liberta o braço com um safanão. Mas agora os homens já estão chegando, passando correndo por eles, exatamente como em Hedgeley Moor. Katherine volta-se para dentro da multidão, sobe de novo a colina, mas logo, inacreditavelmente, ali está Thomas, ou um homem com a forma de Thomas, vindo depressa, livre do elmo, os cabelos esvoaçando, e ela vê, com uma grande onda de alívio, que é ele. Ele agarra seu arco, ainda preparado para atirar, e seu rosto está vermelho do esforço, ombro a ombro com outros homens da companhia de Grey. Ele parece mais determinado do que amedrontado. Ele começa a gritar para eles conforme avança, gesticulando com o arco, apontando para o sul, na direção do acampamento, como se achasse que encontrariam seus cavalos onde os deixaram.

— Os cavalos!

Logo ele está ao lado deles e não chega a parar. Agarra a mão dela e a puxa, quase a derrubando.

— Venha! – ele grita.

— Por aqui! – ela chama, indicando as passagens a vau que as mulheres estão atravessando.

— Não! – ele grita, e a puxa para o sul. John os segue. Eles correm, de volta à subida, o rio gorgolejando ao lado. Homens e mulheres vêm em sentido contrário. Eles colidem e ricocheteiam uns contra os outros conforme avançam. Às vezes, ela fica sem ar, as saias pesadas, mas se ela não colocar um pé à frente do outro, ele vai arrastá-la. Logo eles estão no meio das árvores mais densas e em seguida no acampamento, agora abandonado, tudo levado, exceto tendas e panelas, uma única carroça com a roda quebrada. A roda de afiar do moleiro está caída no chão. Homens chegam empurrando-se, os olhos arregalados, atacando qualquer um que tenha uma espada ou faca na mão que possa tentar barrá-los. Thomas também não para. Ele continua correndo, puxando-a com ele. Ele está arfando e ela mal consegue respirar. John vem mourejando atrás, esforçando-se para acompanhá-lo. É difícil correr com um só braço.

Eles alcançam a ponte onde é maior a aglomeração de pessoas e onde ninguém hesitaria em atacar com uma espada se achasse que isso poderia ajudá-lo a avançar. Qualquer coisa poderia acontecer em meio àquele pânico.

– Fique comigo – Thomas diz a ela, e ela se agarra à sua aljava vazia enquanto ele abre caminho pela multidão. Ela empurra uma mulher que ameaça se interpor entre eles e leva um soco em retaliação, mas John está lá, enfurecido, rosnando como um cão, ameaçando homens e mulheres que empurram de trás. Eles alcançam a ponte e começam a atravessá-la, ombro a ombro, peito contra costas, joelho com joelho, uma massa compacta de carne humana. O cheiro é de roupas mofadas, suor, corpos sem banho e alguém está sangrando.

– Depressa, pelo amor de Deus!

Ouve-se um urro, um grito e o barulho de algo batendo na água. Um homem ri. Katherine vê uma mulher debatendo-se na corrente por um instante, antes de se agarrar a um tronco encharcado e conseguir içar-se para fora da água, as roupas parcialmente arrancadas. Ela se vira e roga pragas terríveis, gesticulando, para aqueles que se empurram em cima da ponte. Ninguém lhe dá ouvidos. Então, Katherine fica imprensada, quase no escuro, entre dois homens corpulentos vestindo casacos de uniforme azul e amarelo e ela é quase levada pela corrente humana como a mulher na correnteza do rio. Ela confia em Thomas, agarra-se a ele com força, mantém a cabeça abaixada e segue em frente arrastando os pés. É uma horda de cotovelos pontudos e ameaças violentas.

Finalmente, chegam ao outro lado da ponte e à frente deles as pessoas estão começando a se espalhar, a caminhar mais rápido, a agitar os braços e, em seguida, a correr outra vez, ofegantes, subindo a íngreme encosta da colina.

Mas Katherine para. Ela solta a aljava de Thomas.

– Onde está Jack? – ela grita.

Thomas se vira. Ele mal consegue ouvi-la acima da gritaria, das batidas dos pés, o rugido constante da água nas pedras embaixo. Ele gesticula para a frente e estende o braço para tomar sua mão outra vez. Ela tenta arrancá-la, mas John surge ao lado deles, gritando algo em seu rosto e apontando com sua única mão para o topo da colina.

– O quê? – ela grita.

– Ele já está lá em cima.

E eles a empurram e arrastam colina acima, para o topo, onde alguns correm para a floresta e outros sobem a estrada para Hexham. Ao lado da estrada, há trouxas de roupas e casacos de uniformes descartados, e garotos da cidade já estão trocando socos para pegá-los para suas mães e irmãs aproveitá-los.

Thomas segue em frente, correndo. Ela mal consegue respirar. Seus sapatos estão largos e ela está mancando, e de repente sente o fardo extra de seu corpo em crescimento.

– Só mais um pouco – Thomas diz, tentando encorajá-la.

E lá, entre as árvores, estão os cavalos, à espera. Quatro deles. E ela pensa: meu Deus! O segundo milagre do dia. É Jack. Esperando por eles. Ele ri, um largo sorriso, e sobe desajeitadamente em sua sela. Thomas a ajuda a subir em sua sela e ela se ajeita, com as saias amarradas. Ela não tem tempo para se preocupar com o cheiro e na verdade nem o sente. Eles sacodem as rédeas, fincam os calcanhares e cavalgam velozmente pela estrada acidentada, fazendo homens, mulheres e crianças dispersarem-se à sua frente com mais impropérios. Ela vê que Jack e Thomas cavalgam perto dela, um de cada lado, e que todos eles têm suas espadas sacadas. Isso ainda não terminou.

A multidão desenfreada flui em sua maior parte pela estrada acima, para os portões de Hexham, mas Thomas conduz os cavalos para fora da estrada e pelas pastagens de ovelhas, cercados de porcos e terrenos recém-plantados, e dirigem-se à estrada do outro lado da cidade, que corta para o norte depois da ponte, onde uma multidão bem menor já se concentra. Quando chegam lá, entretanto, o coletor de pedágio já foi derrubado e está estendido ao lado da estrada, pálido e possivelmente morto. Eles continuam em frente, atravessam a ponte, e os homens e as mulheres que estão ali gritam para eles conforme são forçados a se afastar para os lados. Pedem para serem levados com eles, perguntam se podem lhes dar alguma ajuda, mas logo a multidão fica para trás e eles continuam ao longo da antiga estrada para o norte, até alcançarem outra encruzilhada.

Thomas olha para ambos os lados – leste e oeste – antes de seguir em frente.

Após algum tempo, eles diminuem a marcha e prosseguem dois a dois, ofegantes. Ela cavalga ao lado de Thomas.

– Então, o que aconteceu? – ela pergunta, e ele suspira.

– O mesmo de sempre – ele diz.

Ele não quer falar muito. Sua face está suja de sangue e com uma mancha roxa.

– Você viu Horner?

Ele balança a cabeça.

– Ele estava no front – ele diz.

Ela sabe o que isso significa.

– Era um bom homem – Jack diz. – Foi absolvido.

Mas a questão não é a absolvição, não é? Não em um dia como este. Tem a ver somente com sobrevivência.

– Então, estamos indo para Bamburgh também? – ela pergunta. Ela pensa no mestre Payne e em seus cuidados. Ela não acredita que Thomas concordará, mas ele balança a cabeça outra vez.

– Não há nenhum outro lugar para onde ir, no momento – ele diz. – Para começar, Montagu vai enviar seus piqueiros com toda fúria por esta estrada, então nós vamos nos desviar para oeste e depois cortar para o norte. Eles não vão imaginar isso.

Assim ele espera. Um pouco depois, ele os tira da estrada, os conduz ao longo de uma trilha, em direção oeste, e eles seguem o caminho sinuoso em meio às árvores verdejantes da primavera, pelo tecido macio e dourado das folhas mortas do ano anterior. Eles cavalgam em silêncio, até Thomas parar seu cavalo e desmontar. Estão em um desfiladeiro estreito, uma dobra na terra, repleto de freixos altos, de tronco cinzento. O sol não penetra até o chão do vale onde as folhas foram reviradas recentemente e uma trilha sinuosa, longa e lamacenta, foi cortada pelo vale à frente.

– Mulas – Thomas diz, endireitando-se e olhando à volta em busca de alguma pista.

– Poderia ser o rei Henrique no caminho de volta a Bamburgh? – John Stump sugere.

– Não passaria por aqui – Thomas murmura.

– Tailboys – Katherine diz. – Seus homens estavam carregando algumas mulas hoje de manhã, lembram-se?

– Ele devia ter mantido o flanco esquerdo! – Thomas diz.

– Talvez – ela diz –, mas ele sem dúvida estava no acampamento hoje de manhã, carregando quatro ou cinco mulas.

Thomas olha para os rastros outra vez com o cenho franzido.

– Bem, eles estão indo na mesma direção que nós, ao que parece – ele diz.

– Por Deus, espero que não nos encontremos com eles – John diz. – O tipo de homens que o cortam em pedacinhos assim que olham para você.

Thomas balança a cabeça, concordando, e monta em sua sela outra vez. Continuam cavalgando um pouco, cautelosamente perscrutando o horizonte.

Thomas para outra vez.

A trilha de pegadas de mulas se desvia para fora do caminho, para um outro menor, que penetra mais fundo na ravina.

– Sente o cheiro deles? – Jack pergunta, e todos farejam o ar. Ela não consegue sentir cheiro de mais nada além do seu próprio cavalo e suas próprias roupas imundas, mas os outros alegam detectar uma leve diferença entre as mulas e seus próprios cavalos.

– Não estamos muito longe deles – Jack diz.

– Vamos, então – Thomas diz. – Vamos seguir em frente.

Eles continuam ao longo do caminho original, as folhas do chão quase intocadas, e cavalgam até ela sentir o frio da noite e achar que vai desmaiar de fome. Quando pergunta se podem parar, Thomas enche-se de cuidado e atenção.

– Vamos seguir aquela trilha – ele diz. Eles desmontam e conduzem seus cavalos por uma trilha menor que os leva um pouco acima na encosta e através de algumas árvores, onde encontram um pequeno córrego que desce do alto da colina. Eles tornam a encher suas garrafas enquanto ela come mais pão.

– Como se sente? – Thomas pergunta.

– Melhor.

– Vamos ter que dormir ao relento esta noite – ele diz a ela –, mas amanhã podemos virar para o norte e serão apenas mais um ou dois dias até chegarmos ao castelo.

– Então, estamos realmente voltando para Bamburgh?

– Sim – ele diz. – Pensei que era lá que você queria estar. Com mestre Payne, não?

Ela balança a cabeça outra vez, porque ele está certo. Mas a ideia de alguns dias na sela... Enquanto isso, Jack encontrou uma mina de carvão, abandonada. Ele deixa cair uma pedra dentro do poço da mina. Deve ter uns dez metros de profundidade. Mais adiante, há uma minúscula cabana, de pedras encaixadas, o telhado afundando, mas melhor do que nada. Provavelmente, o antigo alojamento dos mineiros, abandonado ao mesmo tempo que a mina.

– Thomas – ela diz. – Acho que não consigo cavalgar mais.

Thomas fica ansioso.

– O que você acha, Jack? John? Já estamos bastante longe?

Eles não sabem ao certo, mas também estão cansados, e a cabana está cheia de folhas secas e, embora cheire a raposa, cada um imagina deitando-se para passar a noite. Eles concordam, ainda, que os homens de Montagu provavelmente não ficarão na floresta procurando homens como eles, mas estarão dando buscas ao longo da estrada ou comemorando sua vitória e saboreando as delícias de Hexham.

– Vamos, então – ele diz. Eles amarram os cavalos atrás da cabana onde há vários ossos espalhados. São ossos cobertos de musgo de Deus sabe que animais. Os homens unem-se a Jack junto à mina de carvão, atirando pequenos gravetos dentro do poço, até que o ar fica ainda mais frio, à medida que o crepúsculo se transforma em noite. Então, eles se unem a Katherine na cabana, todos com os pés entrelaçados, e terminam o pão e a água. Thomas lhes conta seu papel na batalha que eles testemunharam: como ele lançou metade de suas flechas, desta vez sempre com um olho no que estava acontecendo atrás dele e, então, sentiu alguma coisa, uma falta de disposição nos outros. Ele viu o que estava acontecendo atrás dele e começou a correr, e foi Horner quem lhe deu passagem, e ele não sabe o que teria acontecido a ele, só sabia que queria sair dali. E, assim, ele correu.

– Você acha que alguém como Somerset terá abandonado o campo?

– Não em sua indumentária completa, creio que não.

– Será que ele se rendeu? Foi a Montagu de joelhos, em busca da graça do rei novamente?

– Vou lhes dizer – John Stump avisa –, Montagu não é de fazer amigos.

– E quanto a todos os outros?

– Acho que vamos ver alguns deles em Bamburgh.

– Se conseguirmos chegar lá.

Ela é a primeira a adormecer, enrolada em sua capa de viagem e encostada em Thomas, o braço dele em volta de seus ombros, as costas de sua mão em seu colo.

25

Chove torrencialmente naquela noite e Thomas é acordado logo antes do amanhecer, molhado, deitado em uma poça d'água. Katherine ainda dorme em folhas secas ao seu lado, apenas uma trouxa de roupas, e John Stump e Jack estão aconchegados para se aquecerem no outro lado da cabana de paredes baixas. Eles também estão secos. Thomas se levanta, vai até o regato e agradece a Deus por sua salvação no dia anterior. Ele reza uma prece pelas almas de John Horner em particular e dos demais da companhia de Grey em geral.

Seus pensamentos se voltam novamente para Giles Riven. Será que o sujeito realmente utilizou-se de uma manobra tão astuciosa? Tirar o rei Henrique da presença de seus partidários mais próximos e colocá-lo em uma armadilha a ser acionada pelo próprio filho, sem que ninguém jamais suspeitasse, e tudo isso de seu leito de enfermo? Ou talvez ele não estivesse tão ferido quanto fingia estar. Talvez tenha se deixado ficar por lá para evitar a corte do rei Henrique ou para evitar ser enviado em alguma incursão militar inútil durante a qual ele ou seus homens poderiam ser feridos. Será que foi isso? E quando o rei Eduardo tiver o rei Henrique preso em sua masmorra, o que fará para recompensar o homem que ajudou a colocá-lo lá? O Castelo de Cornford será a menor das recompensas, isso é óbvio.

Então Thomas pensa, olhe só para mim. Agachado aqui, ao lado de um riacho lamacento com a roupa encharcada, sem um centavo na bolsa e uma mulher com quem não posso me casar e que está esperando um filho meu para daqui a alguns meses. Não tenho nenhuma perspectiva de colocar um teto acima de sua cabeça, quanto mais de uma criança, quanto mais da minha. Sou perseguido por homens determinados a me matar e meu único recurso é retornar a um castelo que certamente está prestes a ser sitiado e no qual devo servir a um lorde maluco que bebe demais e que por sua vez serve a um rei e a uma causa na qual não tenho nenhum interesse, nem nada a perder.

Nesse exato momento, Katherine acorda. Ela desce até o regato, com o semblante pálido, até mesmo verde, cai de quatro e vomita. Ele se ajoelha ao seu lado, lhe dá água nas mãos em concha, afaga suas costas e segura seus cabelos. Por fim, ela estremece.

– É um castigo – ela diz, depois de lavar a boca na água. – Pelo que eu fiz. Com você.

Ele se levanta, oscilando um pouco.

– Não – ele diz. Mas não consegue pensar em mais nada para acrescentar e ela olha para ele. Agora, depois de vomitar, ela está muito pálida, quase translúcida, e parece muito frágil.

– Eu sou casada. Aos olhos de Deus e dos homens, sou casada com Richard Fakenham, e assim devo ser castigada pelos meus pecados.

– Não – Thomas diz. – Margaret Cornford está morta. Morta! Compreendeu? Ela morreu duas vezes, mais uma vez do que qualquer outra pessoa que eu conheça, e assim ela nunca mais poderá voltar.

Ela olha para ele com firmeza.

– Bem, isso é bom – ela diz.

Ele suspira.

– Eu só quis dizer... – ele começa e, em seguida, encolhe os ombros. – Desculpe. Não sei o que dizer. Sabe que eu farei qualquer coisa por você. Você só precisa dizer o quê.

– Eu gostaria de uma cama onde pudesse me deitar.

E ele se sente ainda pior.

– Temos que ir ao encontro de mestre Payne e você terá uma cama e até um teto sobre sua cabeça.

Ele se lembra de sir John mencionando que aqueles a quem Deus ama são os primeiros que Ele forja nas chamas. Bem, ele pensa, Deus deve amar muito ele e Katherine, pois Ele os testa incessantemente, ao passo que Ele deve detestar a família Riven, pois dá a eles tudo que está em Seu poder. Por um breve instante, Thomas se pergunta se não seria melhor ser amado um pouco menos por Deus.

Katherine olha para ele e seus olhos se enchem de lágrimas, e ele compreende que ela está aterrorizada. Aterrorizada com tudo. Ele se aproxima, passa os braços ao seu redor e a aperta contra si. Ela está rígida e tensa, e ele repete sem cessar:

– Tudo vai dar certo. Tudo vai dar certo.

Ele a está abraçando assim e ela está começando a relaxar em seus braços, a se acalmar, quando ouvem gritos na trilha lá embaixo.

Ele a solta.

– Rápido – diz, e juntos correm agachados, de volta ao abrigo. Jack e John ainda estão meio adormecidos. Ele faz sinal para que fiquem em silêncio. Ele saca a espada e Jack faz o mesmo. Eles aguardam em silêncio, os olhos arregalados e brancos na semiescuridão.

A gritaria continua. Alguém está apressando outra pessoa, instando-a a seguir em frente. Gritando para fazer o grupo continuar, pelo amor de Deus. Os gritos estão se aproximando, ficando mais distintos.

O que está acontecendo? Thomas observa por cima da parede.

Santo Deus!

Há homens lá embaixo, começando a subir a trilha. Mais do que um punhado. Ele faz sinal para John e Jack: abaixem-se. Eles se entreolham e erguem as sobrancelhas, com ar inquiridor. Thomas espreita novamente por cima da parede em ruínas.

Estão muito mais perto agora e, oh, meu Deus! É Tailboys! Tailboys e seus homens. Estão subindo a trilha na direção deles, mourejando com suas mulas. Por que estariam ali? Para onde estão indo? Thomas não faz a menor ideia. Tailboys continua gritando.

– Andem logo! – ele grita para seus homens. – Vamos!

Thomas olha para seus próprios cavalos. Estão cansados, com frio, com sede, provavelmente. Poderiam ultrapassar Tailboys em suas mulas? Talvez. Se saíssem correndo agora. E se Tailboys não tiver nenhum arqueiro com ele. Mas Thomas tem certeza de que a trilha em frente leva apenas a outra mina de carvão. Poderiam se esconder lá? Talvez. Mas não com os cavalos e de qualquer modo, não, olhem, é tarde demais. Tailboys está lá, com seu próprio cavalo.

– Use a vara! – ele está gritando para um homem que bate em uma mula. – Ande!

E a chuva começa a tamborilar entre as folhas nas copas das árvores acima, depois enche o ar, prateada, ao redor deles. Os homens por trás das mulas continuam a tocar os animais para a frente, batendo em seus traseiros com varas e até mesmo com a parte chata das lâminas de suas espadas. Outros puxam os animais pelas cordas amarradas em volta de seus pescoços, mas as mulas estão entrando em pânico. Os homens escorregam nas folhas, praguejando, amaldiçoando os animais, mas não conseguem ir mais depressa porque estão sobrecarregados com sacas enormes e pesadas. Os homens obviamente estão exaustos e ainda assim Tailboys continua gritando com eles para fazer com que continuem.

Jack sacode a cabeça, perplexo, e Thomas também não sabe o que pensar.

Os homens de Tailboys continuam a subir a trilha. São quatro mulas maltratadas por oito homens, com Tailboys em seu cavalo, à frente. Outros dois homens deixaram-se ficar para trás e esticam o pescoço, olhando intensamente por cima do ombro, como se estivessem sendo seguidos. Cada um carrega um arco preparado e uma aljava.

Tailboys grita por cima das cabeças dos tropeiros.

– Algum sinal?

E um dos dois homens na retaguarda responde que não há nenhum até agora. Tailboys grita novamente com os tropeiros e a procissão acaba de passar pela cabana quando uma das mulas, a última da fila, parece cambalear, como se estivesse à morte de tanto trabalhar, ela tropeça e as pernas dianteiras cedem sob seu peso. O homem com a corda tenta fazê-la se levantar, mas de nada adiantam seus esforços e a mula se inclina para o lado. Em seguida, a terra parece ceder sob o animal, pois no instante seguinte ele vai escorregando de lado em um emaranhado de cascos. O homem com a corda salta para trás e a deixa ir deslizando pelas suas mãos, e logo a mula desaparece, deslizando, escorregando, caindo desastradamente com um ruído surdo nas profundezas da mina de carvão.

Tailboys se vira e emite um rugido de tal raiva que Thomas se encolhe.

– Vá pegá-la! – ele grita. – Desça lá e trate de pegá-la!

Mas neste momento o homem à retaguarda emite um som sibilante para que todos fiquem em silêncio e, embora Tailboys esteja roxo de raiva, e salivando, não pode dizer nada. Ele salta do cavalo com um pulo e caminha a passos largos e pesados pelas folhas, até o lugar onde a mula escorregou e desapareceu de vista. Ele espreita para baixo no fosso da mina. Ele olha para os homens que deixaram o animal cair e por um instante parece que vai empurrar um ou dois lá dentro, atrás do animal, mas o bom senso prevalece. Ele olha para os outros homens acima dele e eles realmente parecem tão sanguinários quanto John sugerira e, assim, Tailboys não pode dizer nada. Ele se vira e caminha de volta para seu cavalo. Sobe em sua sela, gesticula com a mão para a frente e o pequeno grupo parte atrás dele da melhor maneira que pode.

Um longo instante depois, eles desapareceram ao longo do caminho, mergulhando nas árvores, e faz-se um silêncio completo na ravina.

– Santo Deus – Jack murmura.

Ele começa a se levantar, mas rapidamente se abaixa outra vez.

– Meu Deus, meu Deus, meu Deus – ele diz.

– O que foi?

Thomas espreita por cima da parede e vê que, da trilha lá embaixo, um grupo de cavaleiros vem escolhendo seu caminho pelo meio das árvores. Vestem uniformes vermelhos, têm elmos e armaduras condizentes, todos carregando lanças, movendo-se silenciosamente. São piqueiros de Montagu e estão no rastro de Tailboys e seus homens.

Ninguém respira.

Thomas os observa se aproximarem. Têm um ar severo, cruel e implacável, rostos empedernidos, e é claro que sabem o que procuram, mas, por causa da chuva durante a noite, os rastros de Thomas, Katherine, Jack e John Stump foram esmaecidos e as folhas tornaram a encobrir suas pegadas, de modo que a cabana mal atrai um olhar e, com os cavalos escondidos nos fundos, tudo que Thomas pode fazer é rezar para que façam silêncio por um instante, e graças a Deus eles estão quietos. Após uma pausa momentânea, quando é quase possível sentir os homens de Montagu olhando para a cabana, os soldados viram e continuam sua subida atrás dos rastros deixados por Tailboys e seus homens. Um deles para e nota os arranhados na superfície da lateral do poço da mina, mas ele não diz nada e não consegue ver nada lá embaixo de cima da sela de seu cavalo. Após um longo instante, eles se vão, desaparecendo entre os freixos.

— Depressa — Thomas diz aos outros. — Temos que ir. Outros virão. Ou eles vão voltar.

Eles correm para os fundos da cabana para pegar os cavalos. Ele ajuda Katherine a subir em sua sela.

— O que eles estavam fazendo? — ela pergunta.

— Só Deus sabe — Thomas admite —, mas boa viagem para todos eles. Já vão tarde. Vamos! Depressa!

Eles rumam para o norte assim que encontram um caminho e esse caminho leva por toda a cadeia montanhosa de terras selvagens e acidentadas, até à muralha construída pelos romanos. Eles a atravessam e acampam embaixo dela nesta primeira noite, sem conseguir concordar sobre o lado da muralha em que devem se instalar para evitar o vento. Pela manhã, chove um pouco, depois o sol brilha, chove de novo e o sol brilha de novo. Permanece assim o dia inteiro. O vento é constante.

Nesse dia, eles veem homens a cavalo movendo-se pela vegetação. Estão longe demais para que seu uniforme possa ser reconhecido, mas cavalgam em um bloco compacto, sem pressa, e só podem ser homens de Montagu. Eles param e ficam observando sob a proteção de algumas árvores, até os cavaleiros desaparecerem, fundindo-se à paisagem distante.

— Acho que estão se dirigindo a Alnwick — Thomas diz. — Talvez o exército do rei Eduardo já tenha chegado com todos os seus canhões.

Eles cavalgam durante todo aquele dia e o dia seguinte. Veem mais homens de Montagu e, para evitá-los, são forçados a dar uma grande volta que significa que não podem usar uma ponte, mas devem encontrar uma travessia a vau no rio, ficando mais uma vez encharcados. E têm que passar uma noite extra a céu aberto, mas encontram alguns homens que, após um momento de tensão, admitem pertencer à comitiva de Humphrey Neville de Brancepeth. Eles concordam em viajar juntos.

— Acho que sir Humphrey conseguiu escapar — um deles diz —, mas nós o perdemos na confusão que veio depois. Foi o caos. Os homens de Montagu chegaram a Hexham antes do fim da manhã e havia grupos deles percorrendo o campo por toda parte.

Ele está coberto de vergonha e mal pode olhar Thomas nos olhos, mas os outros estão fascinados por Katherine, é claro, e aproximam-se dela em uma tentativa de entabular conversa, mas Jack e John Stump, que conhecem esses tipos de homens, os afastam rapidamente.

Na noite do quarto dia, eles finalmente avistam o castelo.

— Lá está ele — John Stump diz, apontando para os sólidos contornos de pedra de Bamburgh. — Parece melhor na primavera, não é? Um pouco mais acolhedor.

Eles tomam a estrada que leva à imponente guarita principal pouco antes do toque de recolher e, no crepúsculo, o castelo está rosado e as gaivotas que flutuam no alto estão igualmente coloridas. É bom sentir o cheiro do mar outra vez, Thomas pensa, mas ainda assim ele freia um pouco seu cavalo, os outros também diminuem a marcha, depois param e ficam olhando as muralhas do castelo sem dizer nada durante algum tempo.

— O estandarte do rei Henrique — Katherine diz, indicando a bandeira entre as ameias da torre de menagem.

— Então, ele conseguiu voltar.

— Vamos — dizem os outros homens, passando por eles e aproximando-se da guarita e gritando para que os portões sejam abertos. Surgem alguns homens nas ameias acima.

— De quem eles são? — John Stump pergunta.

— São de Grey — ela diz. — Sir Ralph Grey.

— Graças a Deus — Thomas diz.

Katherine está pálida, os olhos imensos. Os últimos dias não lhe fizeram nenhum bem. Os portões são abertos e eles entram, continuando pelo barbacã e parando atrás do portão de grade levadiço. Thomas reconhece um dos homens que estava com ele na batalha perto de Hexham, bem como um dos outros que foi embora com sir Ralph Grey e o rei Henrique na noite anterior ao confronto.

– Sir Ralph ficará feliz em vê-lo – diz o primeiro. – Ele está se sentindo em desvantagem.

– O que quer dizer?

– Giles Riven está lá em cima – o segundo responde.

– Giles Riven! Ele está aqui?!

O nome cai como um raio.

– Sim – o primeiro guarda responde. – Esteve aqui o tempo inteiro. Poderia ter sido útil tê-lo em Hexham.

– Ele só teria tido que correr na charneca de Hedgeley – diz o segundo guarda. – Ou virado casaca como fez em Northampton. – O primeiro guarda resmunga em concordância.

– Mas o que ele está fazendo aqui? – Thomas pergunta. – Ele deveria... deveria estar com Montagu! Ele devia ter passado para o outro lado!

Os guardas ficam perplexos.

– Não sei como ele poderia ter feito isso – diz um deles. – Ele ficou aqui o tempo todo e agora tem o rei Henrique como seu hóspede na torre de menagem.

O que isso pode significar? Será algum tipo de novo elemento nas maquinações de Riven ou alguma alteração depois do fracasso em Bywell?

– Quando o rei Henrique chegou? – Thomas pergunta. Ele está desnorteado, ele sabe.

– Há alguns dias – o guarda supõe. – Ele veio com sir Ralph e alguns de nossos homens.

– E Giles Riven já estava aqui?

O guarda começa a ficar impaciente com ele.

– É o que eu digo – ele afirma. – Ele se achava o castelão do castelo e, ao que parece, houve uma discussão entre aqueles dois. Sabe como eles são, gente desse tipo. Exibindo-se pelo lugar como dois galos em um galinheiro. Dizem que Riven achou que ele era governador por direito de ocupação e precedência, só que sir Ralph fizera o rei Henrique prometer a posição para ele no caminho para cá. Giles Riven não ficou muito satisfeito com isso.

Thomas olha para Katherine. Desta vez, ela parece igualmente confusa. Por que ele está ali? Por que sir Giles está em Bamburgh?

Thomas agradece aos guardas e leva Katherine, Jack e John Stump para cima na escuridão crescente até os estábulos vazios e abandonados, onde tiram os arreios de seus cavalos e os alimentam com as últimas raspas de feno na manjedoura.

– Onde estão todos? – Jack pergunta. – Acha que o castelo todo está assim?

– Pode ser – John Stump diz. Ele precisa de ajuda com sua sela. – Ao menos teremos nosso antigo alojamento de volta. Já estava me acostumando com ele, antes de partirmos.

Assim, eles atravessam a pé o pátio interno onde só se veem bem poucos homens, bem menos até mesmo do que antes, e não há nenhuma lanterna acesa, exceto no primeiro solário da torre de menagem e na igreja, nem há fogueiras nas torres de vigia. Na poterna interna, que por sinal está aberta, há apenas um único homem solitário. Além do portão, no pátio externo, onde as ovelhas costumavam pastar e havia ferreiros e fabricantes de flechas, e mulheres e homens em tendas de lona, não há mais nada.

– Santo Cristo – Jack diz. – Não há ninguém aqui.

– Eles devem ter corrido de volta para casa – John Stump diz. – E quem pode culpá-los?

Eles caminham em silêncio.

– Você está muito calado – John Stump diz a Thomas. Thomas resmunga.

Qual é o plano de Riven? Por que ele não está com seu filho e com Montagu? O que será que está tramando?

– Ele está tentando tomar o castelo – Katherine diz de repente. – É isso. Enquanto seu filho toma o rei, o pai toma o castelo.

É preciso um instante antes de Thomas perceber isso e, uma vez percebido, é tão óbvio que se torna impossível imaginar qualquer outra explicação. Afinal, se Giles e Edmundo Riven entregarem o rei Henrique e o Castelo de Bamburgh no colo do rei Eduardo, então é razoável que esperem uma recompensa que faria o Castelo de Cornford parecer uma estrebaria. No mínimo, seriam nomeados condes e receberiam as propriedades de homens como Grey, Roos e Hungerford, que não precisariam mais delas, é claro, por estarem mortos.

– Então, o que devemos fazer? – ele diz, mais para si mesmo do que para Katherine, porque, é claro, ele sabe o que deve fazer: matar Giles Riven. Ele não pode deixar de dar um sorriso tenso. Giles Riven se colocou nas mãos dele. E se puderem recuperar o livro-razão ao mesmo tempo, tanto melhor.

– E agora ele está esperando – ela diz. – É o que ele está fazendo. Depois de Bywell, ele teve que adaptar seus planos, mas tudo leva ao mesmo fim, de qualquer modo.

Thomas resmunga de frustração.

– O tempo todo – ele diz. – Maldito seja.

Por um longo instante, ele se imagina empoleirado no topo de uma torre com seu arco e um punhado de flechas, e pode ver Riven muito nitidamente no pátio, sozinho, em seu uniforme. Ele se imagina encaixando a flecha e lançando-a – um tiro difícil para baixo em um espaço determinado, mas ele conseguirá. Ele conseguirá. E não haverá nenhum erro desta vez. Ninguém diz mais nada conforme eles se dirigem ao arco familiar da poterna externa onde se vê uma claridade fraca através da janela. Thomas vai à frente, caminhando a passos largos, agora controlado, pronto para o que deve vir. Ele não olha para Katherine outra vez. Pensa somente em matar Riven. Ele abre com um empurrão a porta do térreo da guarita da poterna externa. Os quatro entram, em fila, para a escuridão, e sobem os familiares degraus desgastados até o aposento em cima, aquele com o forno de pão.

Conforme galgam os degraus no escuro, Thomas não pode deixar de se lembrar de todas as vezes que se acasalaram, em segredo, ele com os pés pressionados contra a porta em cima, e agora Katherine está pagando o preço, ele imagina, enquanto ele – bem, ele está inteiramente exausto e mal consegue erguer os pés, mas ao menos há uma luz no aposento em cima. Ele sobe e abre a porta, e então para.

Há três homens reunidos no clarão da boca do forno de pão, jogando dados. Todos eles erguem os olhos. Todos usam barba. Thomas não reconhece nenhum deles. Um se levanta. Ele usa um tabardo branco de uniforme e, à luz que se derrama do forno, Thomas pode ver que ele está usando a insígnia do corvo. Da ave de rapina. Ele é um dos homens de Riven. Todos os três são homens de Riven. Dois são os homens que prometeram cortar Thomas da virilha à boca do estômago.

– Ora, vejam só – diz um deles. – Se não é o maluco.

A luta é muito rápida. Os três homens vêm para cima deles quando ainda estão no vão da porta, mas não estão tão bem armados quanto Thomas, ou Jack, e primeiro têm que pegar suas adagas. Dois deles estão de camisa e, quando convergem para a porta, eles se atropelam. Thomas recua para fora, sobe a escada. Jack recua para baixo e desce os degraus, mas saca sua espada, apontando-a para cima, e é muito rápido: ele corta para cima um dos punhos estendidos, ouve-se um grito e de repente o ar se enche daquele terrível, vergonhoso cheiro de sangue. Jack lança-se para a frente, desfechando golpes. Um dos homens se joga contra a porta. Jack é lançado para trás. Thomas chuta a porta. Ela atinge um dos homens. Thomas a empurra ainda mais, fazendo o homem sair cambaleando. O homem ferido afasta-se, girando, agarrando o braço, e Thomas irrompe na sala usando-o como escudo. Os outros dois não podem atingir Thomas, mas Thomas pode atacá-los, e ele desfecha um golpe e atinge um deles. Ele empurra o homem ferido para longe exatamente quando um deles tenta atingir os olhos de Thomas, mas é abalroado pelo homem ferido e perde o equilíbrio. Depois disso, é simples. Thomas aproxima-se e enfia sua lâmina para cima, na axila do sujeito. Sua espada é levada para o lado. Ela desliza entre as costelas do homem. Ele empurra a espada. Dois palmos. O homem sufoca, gagueja. Ele e Thomas estão cara a cara, o homem olhando para Thomas pelo canto do olho. Uma bolha de sangue cresce e estoura sob sua narina. Não há nenhuma mudança em sua aparência, mas Thomas sabe que ele está morto. A ponta da lâmina de Thomas está bem em sua garganta. Thomas retira sua espada e é como se ela fosse a única coisa que estivesse mantendo o homem em pé.

A sala parece muito pequena agora e o homem ferido berra a plenos pulmões. Ele agarra seu braço da mesma maneira que Eelby agarrava o dele quando Katherine o golpeou com seu batedor de roupas, e ele grita para o ferimento parar de sangrar, mas isso não acontece. O sangue está jorrando, escuro, por toda parte, e ele sabe, como todos ali, que ele é um morto em pé.

Agora, o último vivo e sem ferimento, se recompôs e movimenta sua lâmina rapidamente, arremetendo-se para a frente, sempre em perfeito equilíbrio, como se estivesse brincando, e Thomas pode ver o quanto ele é hábil. Diante dele, Thomas sente-se desajeitado, seus movimentos pesados. O homem lança-se para a frente e, com um rápido movimento, golpeia o braço de Thomas. Thomas sente um puxão em sua manga e uma dor excruciante no punho. Antes de compreender o que aconteceu, o sangue morno pinga das pontas de seus dedos.

– Venha, vamos, retardado – diz o homem. – Já poupei você uma vez, não vou fazer isso de novo.

Então, do seu lado, Thomas vê o homem ferido levantando a própria adaga desajeitadamente com sua mão esquerda e ele está prestes a atacar Thomas quando Jack intervém, quase indolentemente, como uma precaução, estendendo sua espada para manter o homem para trás, mas o movimento torna-se um golpe indireto que para dentro do pescoço do homem, talvez em sua espinha dorsal. Ele cai de joelhos com um grito embargado e uma confusão de sangue espumante. Mas a distração é suficiente e o último deles volta-se novamente para Thomas, que é muito vagaroso. Seus braços estão pesados, seu corpo parece muito grande e ele não é um lutador, não como aquele homem, por mais sorte que tenha tido no passado. Ele sente um soco no peito que o faz tossir e recuar um passo. Ele olha para o rosto crispado do sujeito, espreitando-o com um esgar selvagem de prazer e vitória. Mas sua expressão muda quando percebe que não atingiu Thomas embaixo das costelas, como esperava, mas ele deslizou sua adaga contra uma das placas de metal do casaco de Thomas. Thomas passa os braços ao redor dele em um abraço que o imobiliza, de modo que ele não pode sacar sua adaga de onde ela está presa, e Thomas o vira para que ele fique de costas para Jack. E Jack o apunhala, com um golpe curto e certeiro.

O homem se enrijece nos braços de Thomas, que acha aquilo repulsivo, ele não quer estar perto dele quando ele morrer. Assim, ele o empurra para o canto da sala, onde ele se contorce, cai de frente e fica estendido com as pontas dos dedos dos pés tateando irregularmente nas poças de sangue nas lajes de pedra bruta do assoalho.

Após alguns instantes, não há mais nada a ouvir que não o sopro de madeira verde queimando no forno e sua própria respiração pesada. Então, Jack ri sem abrir a boca. Eles não dizem nada por algum tempo. Thomas limpa sua lâmina no primeiro morto e em seguida a faz deslizar para dentro da bainha. Ele observa Jack limpar a própria espada, em seguida fazer o sinal da cruz com ela, murmurando uma bênção, e em seguida guardá-la para a próxima vez. Sua pele parece lívida contra o sangue e agora ele treme.

– Obrigado, Jack – Thomas diz. Jack abana a mão: não foi nada. Katherine e John Stump estão no vão da porta. Katherine cobriu a boca por causa do cheiro. Ela pega a adaga que ainda está presa no casaco dele e corta um pedaço de tecido de uma camisa mais limpa. Então, ela lhe passa um jarro de cerveja.

– Urine nele – ela diz de trás de sua mão.

Thomas obedece.

– Tudo bem, tudo bem! Chega!

Ela o faz despejar um pouco da urina sobre o ferimento em seu punho e em seguida o amarra bem apertado com um chumaço de linho embebido em urina pressionado no corte. Ela corta as pontas da atadura com a adaga que o teria matado e em seguida a enfia em sua própria bainha.

– Acho que não vamos querer parar aqui esta noite, afinal de contas – John diz. Há sangue no teto, por todas as paredes, empoçado nas lajes do chão. Thomas faz uma busca nos pertences dos homens, inspecionando no escuro, vasculhando suas roupas usadas, seus escassos bens: canecas, tigelas, colheres, rosários. Somente um deles tem uma camisa extra. Ele não esperava achar o livro, é claro, nem acha, mas ainda assim...

– Thomas – John Stump diz, indicando Katherine com um sinal da cabeça. Ela está arriando de fadiga e ele passa o braço bom ao redor dela. Ela se encolhe, mas depois lembra e permite que ele a ajude, e ele quase tem que carregá-la.

– Ela está bem? – John Stump pergunta.

– Não – Thomas diz. – Temos que encontrar mestre Payne primeiro.

– E antes que encontremos qualquer outra pessoa que não nos veja com bons olhos – Jack acrescenta.

– Ele deve estar na torre de menagem – diz John Stump. Jack lança um olhar para Thomas e eles fazem um sinal com a cabeça um para o outro. Eles – ele – agora deve enfrentar Giles Riven. Ele afrouxa a espada na bainha outra vez e se pergunta se aquele deve finalmente ser o momento. Ele sente seu coração palpitar. Ele sabe que não está em condições físicas de lutar com Riven e vê que ele próprio será provavelmente abatido pelos homens de Riven antes ou depois de tê-lo matado – e ele se pergunta onde isso deixará Katherine. Mas, por outro lado, que escolha tem? Ele precisa encontrar Payne. Ele tem que tratá-la ou ao menos conseguir uma cama para ela, e se para isso for necessário confrontar Riven... ele termina com uma contração mental dos ombros. Santo Deus, ele pensa, eu já estou quase morto de qualquer forma.

Há luzes ardendo na torre de menagem e Thomas visualiza o grande salão com a lareira acesa e todo tipo de torta e outros pratos espalhados nas mesas, e ele quase pode sentir o gosto da cerveja que imagina que estará jorrando. Está escuro agora e eles não têm ideia a que ponto conseguiram se livrar do sangue, até tentarem negociar sua subida pelas escadas da torre de menagem, passando pela guarda, onde o capitão, um dos homens do rei, não quer saber de conversa.

– Por todos os santos! – ele diz. – Não quero vocês lá dentro. O verdadeiro rei da Inglaterra está aqui, sabiam? E vocês surgem por aqui parecendo açougueiros saídos do matadouro? Vieram direto de Hexham?

– Encontramos alguns dos piqueiros de Montagu na estrada – John diz. – É por isso que estamos atrás de mestre Payne.

O capitão olha cautelosamente para o sul como se pudesse ver os cavaleiros de Montagu através das muralhas de cortina.

– Meu Deus – ele diz. – Já estão aqui?

Ele se vira e começa a subir as escadas, a caminho de relatar a notícia para alguém lá dentro, gesticulando para dois outros guardas e indicando que não podem deixar Thomas entrar.

– Mas e mestre Payne? – Thomas chama. – O médico? Ele está lá dentro?

Um dos dois guardas sacode a cabeça.

– Tente a guarita leste – ele murmura. – Ele está com sir Ralph Grey, porque nenhum dos dois gosta da companhia aqui dentro.

Assim, eles se viram e marcham pela escuridão do pátio interno para a guarita do portão leste, uma versão menor da torre de menagem, construída dentro da muralha de cortina, de onde uma trilha leva para baixo, em direção à praia e ao mar mais além. Ali também há luzes ardendo e o guarda – um dos homens de Grey desta vez – os reconhece e os deixa entrar. Eles galgam os degraus para a fonte de luz mais forte no solário no primeiro andar, até serem interceptados pelo próprio sir Ralph Grey, que vem andando tropegamente em direção a eles ao longo de um corredor, acompanhado por um homem com uma lamparina de vidro. Ele está agarrado a um caneco e uma garrafa de bebida.

– Ho, ho! – ele exclama. – Quem é que temos aqui?

Ele está no estágio eloquente e saltitante da embriaguez e volta-se diretamente para Katherine, erguendo seu caneco oscilante na direção dela.

– Sra. Everingham! – ele exclama. – Sra. Everingham! Estou encantado em vê-la novamente, aqui em nosso castelo. Temi por sua segurança depois das notícias do último fracasso de milorde Somerset! Temi que seus abundantes encantos físicos fossem uma tentação demasiado grande para os soldados comuns de milorde de Montagu e que a intimidade indiscriminada usual fosse imposta sobre sua pessoa, mas não! Aqui está você, hein? Sã e salva nos braços de seu... seu... seu marido aqui.

Não fica claro se ele acredita que Katherine seja mulher de Thomas e agora ele a olha fixamente sem nenhum comedimento, enquanto toma mais um gole de sua bebida. Depois que Thomas pergunta se ele sabe o paradeiro de Payne, é como se os lábios de Grey estivessem dormentes e ele não consegue formular a palavra "médico". Após algumas tentativas, ele para, ri para eles inexpressivamente, faz uma mesura e gesticula, indicando que eles devem seguir em frente e subir as escadas até o solário. Quando passam por ele, Grey faz uma desajeitada tentativa de agarrar Katherine, mas Thomas a protege, e Grey erra o alvo, cambaleia, e eles o deixam rindo, encantado, para a parede, apoiado contra ela com um dos braços, exatamente como se estivesse urinando no chão.

Eles encontram Payne no solário em cima, sentado sozinho a uma mesa, à luz turva de uma lamparina de junco.

– Quem é? – ele pergunta, e acrescenta em seguida, quando eles entram no círculo de luz da lamparina e ele os identifica: – Deus misericordioso. O que me trouxeram desta vez?

– Ela está... eu não sei.

– Façam uma cama – ele diz. – Cuidadosamente.

Thomas, Jack e John Stump com seu único braço começam imediatamente, encontrando e desenrolando um colchão de palha de um canto e colocando-o junto ao fogo baixo no lugar da chaminé. Eles observam enquanto Payne conduz Katherine a um dos colchões e a faz se deitar com suas botas fora da extremidade oposta para mantê-lo limpo.

– Venha – ele diz a Thomas – e segure isto.

Ele lhe passa uma lamparina de junco. Thomas a segura acima de Katherine e, em sua claridade soturna, Katherine parece pronta para ser lavada para a sua mortalha.

– Ela vai ficar bem?

Payne resmunga. Ele começa a tocar partes de seu corpo.

– O que você andou fazendo com ela? – Payne pergunta.

– Tivemos que fugir de Hexham – ele diz.

– Vocês cavalgaram? Ela cheira a cavalo. Todos vocês. E por Deus, o que andaram fazendo? Vocês estão cobertos de sangue. Olhem para vocês.

— Encontramos um homem que achou que tínhamos um desequilíbrio de humores — Jack diz e Payne ergue os olhos para ele de baixo de suas sobrancelhas.

— Flebotomia não é algo com que se deva brincar — ele diz.

Jack ri.

Payne pressiona o ouvido sobre os seios de Katherine. Quando ajoelha e ergue a cabeça, ele vê sua adaga no cinto dela. Ele a pega e levanta no ar.

— Minha — ele diz.

— Nós a tomamos de um homem que tentou nos matar — Jack diz.

— Um homem de Riven? — Payne pergunta.

Thomas balança a cabeça.

— Por que ele está aqui? — ele pergunta. — Por que ele não se revelou a favor do rei Eduardo?

Payne dá de ombros.

— Ganhando tempo, imagino.

— Santo Deus — é tudo que Thomas consegue dizer.

— Quando chegamos aqui, o rei ficou extremamente satisfeito em ver Riven, sabe? Abraçou-o e chamou-o de seu súdito amado e assim por diante, e seus homens, e ele só tinha alguns poucos, ficaram olhando, estarrecidos. Eles estavam guardando o castelo quase sozinhos e teria sido óbvio deixar Riven como castelão deste lugar, mas Grey conseguira arrancar uma promessa do rei Henrique na estrada para cá de que ele seria nomeado castelão e, ao menos desta vez, o rei Henrique cumpriu sua palavra. Portanto, agora Grey é o castelão, o que eu achei que seria um golpe para Riven, mas Riven apenas riu, o que fez Grey levar a mão à sua adaga. Você sabe como ele é. Ele não a sacou realmente, é claro. O rei Henrique tratou de acalmá-lo, da melhor maneira que pôde, mas agora Grey se mantém aqui, enquanto Riven está assentado com o rei na torre de menagem.

— Quantos homens ele tem?

— Riven? Não sei dizer. Nenhum dos dois possui o suficiente para apoderar-se do castelo sozinho contra o outro. Acho que é a única coisa que mantém a paz.

– Eles podiam matar um ao outro – Jack diz –, Riven e Grey, e todos nós poderíamos ir embora.

Payne escarnece da ideia.

John Stump pergunta se ele tem alguma notícia de Hexham.

– Bem, o duque de Somerset travou sua última batalha – Payne lhes diz. – Foi pego na floresta, bem perto do campo de batalha, e desta vez não houve misericórdia. Montagu mandou decepar sua cabeça desde os ombros logo no dia seguinte, no mercado central de Hexham.

– Ha! – John exclama, ao ver confirmadas suas suspeitas.

Então, Payne se volta para Thomas, enquanto seus dedos apalpam sob o maxilar de Katherine. Ele cheira seu hálito e franze a testa.

– Quando ela comeu pela última vez?

Thomas encolhe os ombros.

– Tem sido difícil – ele diz.

Payne resmunga.

– Hungerford e Roos também foram capturados, sabiam? – Payne diz. – Eles vão buscar a misericórdia do rei Eduardo, é claro, e provavelmente a obterão, por toda a vantagem que permitiram a Montagu.

– E Tailboys? – Thomas pergunta.

– Tailboys? Não tive nenhuma notícia sobre ele desde a última vez que o vi em Hexham, mas ele sempre teve sorte, não é? Conhecendo-o bem, ele provavelmente foi levado para o sul em uma liteira coberta com tecido dourado. Agora. Ouçam. Todos vocês. Saiam daqui. Eu preciso colher a urina da Sra. Everingham e ela não vai me agradecer se eu fizer disso um espetáculo público.

Enquanto se dirigem para a porta, Thomas pergunta mais uma vez se ela vai ficar bem.

– Não sei, Thomas – Payne lhe diz. – Mas ela está grávida e enquanto ela devia estar vivendo com cuidado, guardando suas forças para o que está por vir, ela tem vivido em más condições nos últimos meses. Pode-se dizer mesmo nos últimos anos. Você viu as cicatrizes em suas costas? Não. Bem. Ela tem o espírito forte, todos nós já vimos isso, mas seu corpo está muito depauperado e ela precisa recuperar suas forças.

Precisa de cerveja, pão e carne. Coisas que a alimentem. Não vamos encontrá-las aqui.

– Farei o que estiver ao meu alcance – Thomas diz, e Payne balança a cabeça.

– Ótimo – ele diz. – Ótimo.

Mas Thomas pode ver que ele tem dúvidas.

– Volte pela manhã – ele diz, e eles se entreolham. Thomas se lembra do que Payne disse, que todo mundo tem algo a esconder. Ele balança a cabeça e se afasta, confiando inteiramente em mestre Payne.

26

Ela não se lembra de quase nada sobre como foi parar embaixo de um cobertor, em lençóis de linho, sob o reboco liso e branco de um teto abobadado. Somente quando vê Thomas de pé junto à janela alta e estreita, olhando para o sul, o sol em seu rosto, os cabelos castanho-avermelhados com sua mecha branca, recém-barbeado, em roupas bastante limpas que ele deve ter pegado emprestado de outro homem, é que ela se lembra de mais alguma coisa.

Ela não diz nada. Quer ficar deitada, imóvel, e observá-lo, lembrar-se dele assim, lembrar-se dele calmo, aparentemente em paz consigo mesmo. Ele observa alguma coisa com interesse. O tempo passa. Ela pode ouvir pássaros e homens conversando não muito longe dali e, em seguida, o lento sussurro do mar quebrando na praia. Uma brisa suave penetra pela janela e um raio de sol inclinado bate no assoalho e ilumina uma parte de uma das arcas de Payne. Sobre ela, há uma caneca e um ramo de ervas secas amarradas pelos talos com um outro talo. Ela se pergunta o que seriam, mas apenas vagamente.

– O que está acontecendo lá fora? – ela pergunta. Sua voz falha e escorrega. Não é usada há muito tempo.

Ele se volta para ela com um largo sorriso.

– Você acordou – ele diz, sorrindo do comentário bobo.

– Sim – ela diz. – Ufa. Quanto tempo dormi?

– Bastante tempo – ele diz.

– Estou com fome – ela comenta.

— Nós só lhe demos cerveja — ele diz. — Nada sólido.

Ela tenta se lembrar. Vê apenas vagos interlúdios, povoados por sombras vagas, Payne e Thomas, talvez, empurrando-a, puxando-a, levantando-a, deitando-a, um sussurro baixo de vozes graves e sempre, até agora, um reconfortante retorno ao sono profundo.

Ele leva para ela um pouco de cerveja e também pão.

— Então, não é de admirar — ela diz, rasgando um pedaço de pão. Sente os dedos fracos e os dentes moles. Ela deixa a cerveja amaciar o pão antes de engolir. Thomas ainda sorri para ela, mas ouve-se um barulho lá fora e seu olhar é atraído na direção da janela.

— O que está acontecendo lá fora? — ela pergunta.

Ele se levanta e volta à janela estreita.

— O conde de Warwick está posicionando os canhões, acho eu.

— O conde de Warwick? Ele já está aqui? Com seus canhões?

Ela tenta se sentar, mas está fraca demais. Pergunta-se há quanto tempo estaria ali.

— Ele passou a manhã inteira trazendo-os. — Thomas diz. — Mas fique aí. Mestre Payne faz questão. Eu os descreverei para você. Há dois muito grandes, verdadeiros monstros, cada qual precisando de três parelhas de bois para serem movidos. E há muitos outros, menores, mas igualmente compridos, e capazes de lançar um projétil ainda mais longe, creio eu. Deve haver uns vinte no total. E há milhares de homens e de cavalos também.

— Santo Deus!

— Ah, não se preocupe — ele diz. — Não serão disparados. Estão aqui só como demonstração de força. Para provar que Warwick está falando sério. Agora, ele oferecerá seus termos e sir Ralph Grey os aceitará, pois não tem outra escolha, e receberá as graças do rei Eduardo, assim como todos nós, e então os portões serão escancarados e finalmente poderemos deixar este lugar. Todos nós poderemos ir para casa.

Casa. Onde fica isso? Ela cerra os olhos outra vez por um instante. Não quer pensar nisso.

— E quanto ao rei Henrique? — ela pergunta. — O que acontecerá a ele?

— Ele já nos deixou — Thomas diz, encolhendo os ombros. — Há três dias. Depois da capitulação de Dunstanburgh. Grey insistiu que ele ficaria mais a salvo em outro lugar, e assim ele partiu à noite, apenas com um punhado de cavaleiros e aqueles dois sacerdotes. Ninguém diz para onde, mas não pode haver muitos lugares, não é? Não neste país, de qualquer forma, nem do outro lado do Canal da Mancha.

Ela fica em silêncio por alguns instantes, pensando. Tentando imaginar a cena.

— O que Riven disse quanto a isso?

— Não havia nada que ele pudesse fazer — Thomas diz. — Ele estava em desvantagem, havia o dobro de homens contra os seus. E, depois, o próprio rei Henrique queria partir. Riven não teve coragem de ser visto causando mal ao rei ou aos seus interesses, assim ficou de dentes cerrados vendo tudo acontecer. Essa visão tem me dado alento, isso eu posso lhe dizer.

Ela consegue dar uma risadinha sibilante. Thomas volta a olhar pela janela. Ela ergue os braços. Eles estão envoltos em linho. Por um instante, ela não sabe se é um homem ou uma mulher.

— Que dia é hoje? — ela pergunta.

— Ontem foi dia de São João — ele diz.

Ela mal pode acreditar que tanto tempo tenha se passado.

— O que você andou fazendo durante todo esse tempo? — ela pergunta. Ele está com boa aparência, ela pensa, como se estivesse se alimentando bem agora.

— Tenho caçado todos os dias, mesmo no sabá. Payne deu a ordem e Grey me autoriza, sabendo que você está aqui e que eu não tentarei fugir para o sul. Isso também tem me permitido evitar Riven e seus homens.

— Mas e o cerco? Os homens de Warwick?

— Eles só se reuniram aqui nestes últimos dias. Estavam em Dunstanburgh, e agora é a nossa vez. É... civilizado.

— Isso é um alívio. E mestre Payne? Como ele está?

— Ele está bem. Vem aqui todos os dias. Cuida de você pessoalmente.

Ela compreende, e se sente vagamente envergonhada. Ela deixa a mão pousar em seu ventre. Está um pouco mais arredondado e ela, que melhor conhece seu próprio corpo, sente outras pequenas mudanças também. Ou é isso ou o fato de ter sido alimentada com cerveja de March por um mês. Chegara a pensar por um instante, ao acordar, que talvez não estivesse grávida ou que talvez tivesse perdido o bebê, ou diversas outras alternativas, mas quando elas foram descartadas, uma a uma, e só lhe restou a certeza de que o bebê ainda estava lá, ela sentiu, pela primeira vez provavelmente, uma sensação de satisfação e até mesmo de prazer.

Ela tenta se levantar outra vez e Thomas vem para o seu lado e a ajuda, e desta vez ela consegue. Anda com dificuldade até a janela, sente o corpo mole e fraco. Ela descansa na pedra do peitoril da janela e olha para fora.

– Santo Deus – ela diz.

– Sim – ele concorda. – Eles são muitos.

Através do arco de pedra, a uma distância de dois tiros de arco, vê-se um mar de homens, uma onda deles girando em torno das pedras daqueles enormes canhões, e suas barracas, centenas delas, estendem-se quase a perder de vista. À frente, estão os canos compridos de cinco ou seis canhões, mas dois são muito maiores do que os outros, e eles estão sendo penosamente remanejados sobre rodas puxadas por lentas parelhas de bois, e ela se pergunta se pode ouvir os chicotes dos carroceiros dali onde está. Há homens entrincheirando a traseira dos canhões, abaixando a parte posterior e empilhando pedras e terra na frente, erguendo a parte dianteira acima da barricada de galhos entrelaçados. Logo ela estará olhando dentro das enormes bocas negras dos canhões.

– Como pode ver, estamos cercados – Thomas diz. – Eles têm até navios lá fora no mar.

– Mas você diz que não devo me preocupar?

– Grey diz que o rei Eduardo não vai querer danificar este castelo de modo algum. Ele diz que fica perto demais da Escócia para isso e que é necessário para a defesa do reino, portanto...

Thomas dá de ombros.

– É apenas algo que eles têm que fazer, ele diz. Diz que eles, o conde de Warwick e o rei Eduardo, oferecerão termos, exatamente como fizeram em todos os outros castelos, Alnwick e Dunstanburgh, que já abriram seus portões para o rei Eduardo. E agora que o rei Henrique se foi, Grey aceitará os termos deles. Ele admite que, de certa forma, será obrigado a fazê-lo, sejam quais forem, e então teremos que entregar nossas armas, abrir os portões e ir embora. E os soldados de Warwick estarão lá para zombar de nós e tudo o mais, mas depois disso estaremos livres.

Ela assente e repara que ele não usa a palavra "casa" outra vez. Mas, ainda assim, a pergunta do que acontece depois disso paira entre eles, e ela sabe, instintivamente, que desde a última vez em que falaram sobre isso Thomas não arquitetou nenhum outro plano além de "tudo vai dar certo". Ela o observa examinando a vista da janela, vê como seus olhos estão brilhantes e imagina o que ele está vendo – supõe que seja o exército do conde de Warwick. Ela é levada de volta a um verão anterior, uma época feliz e aparentemente despreocupada, quando estavam com a companhia de sir John Fakenham e tudo parecia tão simples. Ela se lembra do pequeno e agitado conde de Warwick com certa aversão, mas depois se lembra do rapaz que agora se tornou o rei Eduardo, e de um jovem magricela com um brilho nos olhos. Tudo parecia uma grande brincadeira para ele, ela pensou, até não ser mais e se tornar mortalmente sério. Ele dera valor a Thomas, ela se lembra, e se pergunta se Thomas estaria pensando nele agora. Imagina que ele gostaria de não estar preso ali, com ela, quando poderia estar lá fora.

– Tem alguma notícia do livro-razão? – ela pergunta.

– Não – ele diz, abaixando o olhar. – Embora o rei Henrique tenha partido, a torre de menagem ainda está guardada e se eu subir lá, o capitão me reconhecerá. A última vez que o vi eu estava todo sujo de sangue dos homens que nos atacaram na torre da poterna externa.

Ela não consegue se lembrar de quase nada da luta e ele lhe mostra a cicatriz em seu braço como prova do que aconteceu.

– E Jack não se feriu? – ela pergunta.

– Não – Thomas diz. – Temos caçado juntos, um de nós à espreita de algo em que possamos atirar, o outro vigiando para ver se algum dos homens de Riven está em nosso encalço.

– Eles sabem que foi você quem matou aqueles três homens? – ela pergunta.

— Ainda não — ele diz. — Riven acusou Grey de ter dado a ordem para isso, o que Grey negou, é claro, mas ele não tentou descobrir a verdade. Ele também nos viu naquela noite, com o sangue deles sobre nós, mas ele estava bêbado e não se lembra, ou prefere não se lembrar, então tudo que temos feito é evitar o capitão da guarda da torre de menagem.

— O que significa que você não esteve na torre para procurar algum sinal do livro-razão.

— Exatamente.

— Eu sei que está com Riven — ela diz. — Eu sei. Não sei por quê, eu apenas sei.

Ele conta a ela que a adaga que pegaram dos homens de Riven era a mesma que foi roubada de mestre Payne. Ela balança a cabeça. É como eles suspeitaram. Os homens de Riven tiveram livre acesso aos pertences de mestre Payne e pegaram o que quiseram.

— Mas por que o livro-razão? Parecia sem valor e havia todas as roupas de mestre Payne penduradas lá. Suas capas. Suas camisas. Tudo. Tudo isso muito mais desejável do que um velho livro surrado.

Thomas dá de ombros.

— Devem tê-lo levado para acender o fogo — ele diz outra vez.

Ela sacode a cabeça.

— Ele disse alguma coisa. — Ela se esforça para lembrar.

— Mas se estiver com ele — Thomas diz —, ele não pode ter adivinhado seu significado. Se tivesse, ele já o teria levado ao rei Henrique, não? E agora ele se foi, portanto...

Ele encolhe os ombros.

— O que ele faria agora — ela começa —, se percebesse seu significado? Riven.

Eles fazem silêncio por alguns instantes, pensando, e ela supõe que, com o poder do rei Henrique tão diminuído, não resta ninguém para fazer uso do segredo do livro.

— Ele deveria destruí-lo — Thomas diz. — Se já não o fez. Ele não vai querer que o rei Eduardo descubra que ele conhece um segredo como esse.

Ela balança a cabeça, lembrando-se das ameaças de arrancar a língua e queimar os pés, e vê que isso faz sentido, mas... mas agora que seus outros planos não deram em nada e Riven não tem nem o rei, nem Bamburgh nas mãos, ele não se apegaria a essa última arma? Não esconderia o livro em algum lugar, guardando-o contra as incertezas do futuro? Afinal, não se sabe para onde o rei Henrique foi. Pode ter sido para além-mar, para encontrar aliados na França ou na Borgonha, pode ter sido para a Escócia. E não há nenhuma garantia de que o levante pelo país, tão desejado por Horner, não acontecerá, especialmente se puder ser provado que o rei Eduardo não é filho de seu pai e não deveria ocupar o trono. E se fosse do conhecimento de todos, como então o conde de Warwick se sentiria apoiando um rei sem direito à coroa? Se o segredo do livro-razão viesse à tona, isso não causaria uma cisão entre o rei Eduardo e seu poderoso súdito?

— Assim, ele está instalado na torre de menagem — Thomas diz —, mantendo-se longe de confusão até Grey capitular ao conde de Warwick. Então, ele marchará para fora conosco, só que ele será recebido pelo seu filho. E será homenageado e recompensado por ter ao menos tentado entregar o rei Henrique e no mínimo tentado tomar Bamburgh para eles.

— E sua recompensa será o Castelo de Cornford.

— Não é uma recompensa tão grande quanto ele esperava, talvez, mas é o suficiente.

— Sim — ela diz. — Suponho que seja, mas onde isso nos deixa?

— Não sei — ele diz —, mas vai dar tudo certo. Tenho certeza.

Ela olha para ele, em seguida para fora, para os canhões e todos os milhares de homens e seus estandartes que se agitam na brisa do mar. Santo Deus, ela pensa. Santo Deus. Espero que você tenha razão.

— Acho que preciso me deitar agora — ela diz. Ele a leva de volta ao seu colchão e a cobre com o cobertor.

— Tem certeza de que os canhões não serão disparados? — ela pergunta. Ele sorri para ela de uma maneira que ela sabe que tem a intenção de ser tranquilizadora, em seguida ele se inclina, beija sua testa e diz que tem absoluta certeza de que os canhões não serão disparados. Ela sorri, pois confia nele ao menos nisso. Ela coloca a mão sobre o ventre, fecha os olhos e adormece.

A primeira pedra é disparada pouco antes do meio-dia do dia seguinte. O barulho da explosão no canhão estrondeia sobre eles como um trovão que parece ir e vir, demorando-se estranhamente demais, fazendo as gaivotas saírem em revoada, gritando acima das cabeças dos homens, que tampam os ouvidos. Cai bem perto do alvo, mas não é um inteiro desperdício, pois a pedra – negra e redonda e suficientemente grande para que somente um homem alto pudesse abraçá-la – resvala pelo chão entre as poças d'água e atinge a base da muralha de cortina voltada para o sul com um baque agudo e força suficiente para provocar um esguicho de poeira e pedras mais alto do que as ameias acima. O choque do impacto reverbera pelo castelo com um tinido de blocos de pedra soltos e uma nuvem de poeira. O primeiro cheiro é de pedra quente e lascada, mas é substituído por um odor sulfuroso que faz todos pensarem no próprio inferno.

– Haha! – Grey ruge. – Haha! Eles não têm elevação suficiente!

– Lá se foi uma cabeça – um homem ao seu lado murmura.

Grey volta-se para ele.

– Cale a boca! – Grey grita. – Droga! Cale a boca!

O próximo tiro, do segundo dos dois canhões grandes, é mais retumbante do que o primeiro, e desta vez o lançamento é aperfeiçoado ou o ângulo é corrigido, e o projétil ressoa no trajeto. Atinge a muralha de cortina sul mais ou menos no meio da altura, a cem passos à direita deles. Há uma explosão imediata de pó e o ar enche-se de mísseis sibilantes – grandes pedaços de cimento e pedra fraturados. As muralhas do castelo estremecem e, em seguida, há um deslizamento de pedras ressonantes do ponto em que a pedra colidiu contra a muralha. Os blocos maiores caem no solo com um baque surdo que Thomas pode sentir através das solas de suas botas.

– Duas cabeças – outro homem murmura.

– Desgraçado! – Grey urra. – Eu próprio vou arrancar a cabeça do próximo homem!

Thomas e Jack já estão se perguntando se eles querem permanecer no topo da torre quando um terceiro canhão é disparado. Esse é menor e arremessa uma pedra menor, que eles ouvem pulsando pelo ar, passando por cima de suas cabeças. Eles giram nos calcanhares para vê-la atingir um muro interno com outro redemoinho efervescente de poeira e pedras. Ninguém se fere, porque não havia ninguém por perto, mas quando a poeira assenta, a cratera no muro é da altura de um homem, de uma pedra muito clara, e após um instante a linha de alvenaria acima dela desaba, suas pedras talhadas deslizam para a frente e o muro inteiro desmorona ao longo de seu comprimento.

– Pelas chagas de Cristo – alguém murmura. Eles se entreolham. Em seguida, para Grey, que ainda está ali, brandindo os punhos cerrados para os canhões, berrando algum desafio incoerente. Nenhum dos demais homens se une a ele e, após um instante, um a um, eles começam a sair, passando pela porta e chegando aos degraus que os levarão para baixo do topo da torre, para a segurança embaixo. Thomas e Jack unem-se a eles.

– Acho que poderíamos rezar para cair uma chuva – um homem murmura.

– Ou por um tiro de sorte que levasse sir Ralph pelos ares – diz um outro.

– Por Deus – um outro acrescenta –, jamais deveria ter chegado a este ponto.

E ele tem razão.

Quando o arauto de Warwick atravessou o acampamento até o castelo, no dia anterior, Thomas estava por trás das ameias da guarita principal, com sir Ralph Grey e o homem que ele nomeara seu representante no lugar de Riven: sir Humphrey Neville de Brancepeth, que chegara ao castelo por último e fora responsabilizado pela primeira emboscada fracassada a Montagu, antes da batalha de Hedgeley Moor. Ambos bebiam a bebida destilada de Grey e já estavam completamente bêbados quando observavam os arautos vindo pelo caminho, liderados por um homem com o brasão do conde de Warwick em seu tabardo e um outro carregando a bandeira de seu senhor.

Grey não permitiu a entrada dos homens no castelo, para que não vissem como eram parcas suas provisões, tanto de homens quanto de material. Assim, o arauto de Warwick freou seu cavalo embaixo da guarita do portão principal e esticou o pescoço para as ameias acima. Seu casaco era ofuscantemente ornamentado, uma composição de antigos brasões que serviam como um testamento dos antepassados de seu senhor, e exibia uma elegante armadura, apesar de não portar nenhuma arma. Era escoltado por mais dez homens em simples uniformes vermelhos de Warwick, igualmente bem protegidos com armaduras, igualmente desarmados, mas em bons cavalos ruões. Cavalos combinando era um toque típico de Warwick, Thomas pensou, até Grey chegar com alguns de seus cavaleiros e ele ser afastado para o lado, para dar lugar a que homens mais importantes pudessem ter uma visão melhor. Ele foi sentar-se com Katherine e, assim, ouviu as negociações se desenrolarem sentado no colchão dela, a mão em seu tornozelo.

Grey e o arauto já se conheciam e, assim, começaram com uma tensa troca de amabilidades formais, irritante para ambos. Então, o arauto de Warwick pediu as chaves do castelo em nome de seu honorável soberano Eduardo, legítimo rei destas Ilhas e da Comunidade Britânica. Grey, ainda não muito eloquente pelo efeito da bebida, retrucou que não podia compreender uma palavra do que ele estava dizendo porque a boca dele estava cheia de merda. O arauto de Warwick perguntou, então, se Henrique de Lancaster, o antigo rei, estava no castelo. Novamente, Grey alegou não conseguir compreender o que o sujeito estava dizendo.

O arauto de Warwick manteve a paciência. Ele apontou para a linha de homens e canhões de Warwick que podiam ser vistos e lembrou Grey de seu poder. Grey dera uma risada e perguntara o que tal poder poderia fazer a muralhas daquela espessura e, em seguida, se jactara de que possuía milhares de homens e provisões suficientes para aguentar um cerco indefinidamente.

— Eu não fui enviado para discutir com o senhor — o arauto gritara para cima. — Estou aqui para transmitir a oferta do rei.

— Muito bem — Grey gritara para baixo, fingindo tédio. — E qual é?

— Que em troca das chaves dos portões, Sua Graça o rei Eduardo concederá vida e liberdade a todos os homens que depuserem as armas e buscarem sua misericordiosa graça.

Houve uma pausa durante a qual sir Humphrey Neville disse "Ha!" e ambos, ele e Grey, soltaram um reprimido suspiro de alívio.

Mas o arauto de Warwick não havia terminado.

– Exceto – ele continuou com sombrio deleite –, exceto as pessoas de sir Ralph Grey e sir Humphrey Neville de Brancepeth, que continuarão fora das graças do rei Eduardo e sem redenção.

Grey e Neville se entreolharam. Ambos estavam muito pálidos, mas pequenas manchas avermelhadas animavam as faces encovadas de Grey e, de repente, ambos se arremeteram para a jarra de bebida ao mesmo tempo e cada qual cedeu a vez ao outro, como se uma demonstração de gentileza agora pudesse de certa forma redimi-los. Depois que Grey bebeu, ele se preparou, agarrou com força o caixilho da janela e esticou a cabeça para gritar o mais alto possível para o arauto.

– Para o inferno com seu conde de Warwick! Maldito! Mil maldições sobre sua maldita cabeça! – berrou ao arauto. – Está me ouvindo? Quero que ele morra. Quero que vá para o inferno! Vou vê-lo apodrecer! Vou vê-lo enforcado na maldita praça! Vou ver seu cadáver destroçado por cães nos quatro cantos do reino! Ele que venha! Ele que tente nos pegar! Por Deus! Por Deus! Por Deus!

– Então, não vai capitular?

– Não! – Grey gritou em resposta. – Faça como quiser, cachorro! Filho de uma puta pretensioso! Covarde traiçoeiro! Faça como achar melhor! Meus homens são leais e minhas muralhas mais fortes ainda. Portanto, não! Eu não me rendo.

– Muito bem – o arauto retrucou. Ele se afastou alguns passos das muralhas do castelo e, então, virou seu cavalo de novo, como se quisesse se dirigir a todos lá dentro.

– Então, ouçam isso! – ele gritara. – Todos vocês. Cada homem. Ouçam isto, porque diz respeito a todos vocês. Como estamos tão próximos de nosso antigo inimigo, a Escócia, nosso magnífico soberano lorde rei Eduardo deseja, em especial, manter intacta esta joia de castelo.

Ele gesticulara para trás, indicando os canhões.

– Se vocês forem a causa de nossos canhões serem disparados contra estas muralhas, para cada tiro um de vocês terá a cabeça arrancada dos ombros. Ninguém está isento. Do castelão ao último servente da cozinha!

Fez-se um silêncio sepulcral. Até os pássaros silenciaram. E cada homem viu o arauto de Warwick dar meia-volta e retornar ao seu acampamento com sua escolta. Não havia um só deles que não desejasse estar entre eles.

E então, agora, o quarto projétil é disparado. Este fracassa pelas poças. Não chega sequer a atingir a encosta, mas lança um grande lamaçal para os ares e mais uma vez os pássaros levantam voo e ficam mudando de direção no alto, gritando.

– Este não conta – Jack diz.

Mas o quinto atinge a muralha sudeste novamente e desta vez Thomas sente o impacto em seus dentes.

– Santo Deus! – ele exclama e, em seguida, há uma cascata de pedras da construção. Uma brecha aparece na muralha, através da qual eles podem ver a praia. Pelo terreno alagadiço há um vagalhão de fumaça preta deslocando-se lentamente por cima das tropas.

– Katherine! – Thomas diz.

E ele e Jack descem correndo a escada em espiral.

– Podemos levá-la para a torre de menagem – Jack diz.

Thomas pensa em Riven, espreitando de lá como uma aranha.

Mas quando chegam, Katherine já está em seu vestido azul e com um toucado de linho na cabeça. Ela está sem firmeza nos pés, depois de ficar tanto tempo de cama, e está evidentemente assustada. Payne está ao seu lado, com os braços carregados com seus pertences. À volta deles, os criados de Grey correm de um lado para outro reunindo livros, jarros, um prato de estanho, e atirando-os em baús de vime.

– Estamos indo para o portão norte – ela diz.

Ouve-se uma nova e tremenda explosão vinda dos campos e os criados se agacham. A pedra atinge a parede embaixo e um castiçal salta em cima de uma arca.

– Por todos os santos – exclama um deles. – Mais uma cabeça!

– Por que ele está fazendo isso? – Katherine diz. – Warwick é louco. Tudo que ele tinha que fazer era dizer a Grey que ele seria poupado. Ele podia ter mentido. Ele podia ter evitado tudo isso.

Ele toma a sua mão exatamente quando outra pedra desbasta as ameias da muralha sul e um jorro de escombros e poeira densa desloca-se no ar como uma chuva forte. Alguém começa a gritar.

— Devemos ajudar? — Katherine pergunta.

— Não se pode fazer nada — Payne lhe diz.

Grey sobe os degraus. Ele está afogueado da bebida e em seu pior estado de fúria, atacando Riven, que não os deixa se mudar para a torre de menagem.

— Santo Deus! — exclama. — Ele era muito mais tolerável quando suava de dor naquele seu quartinho fedorento. Agora está forte o suficiente para praticar esgrima, já o viram? Lá no pátio com uma espada ou com aquele maldito machado de guerra, fazendo todos aqueles movimentos grotescos, como se ele fosse um mestre de dança alemão.

— Ele está lá fora agora?

— Não, se você não o viu. Filho da mãe. Ele provavelmente está mergulhado até as orelhas em um leitão assado. Tenho que confessar: ele é a única razão para eu ainda estar aqui. Se cada uma dessas malditas pedras significar que um de seus homens perderá a cabeça, que assim seja! Nós finalmente conseguiremos pegá-lo!

Ele faz um criado parar, remexe em um dos baús de vime e retira de lá um grande cantil.

— Droga! Estou quase na minha última garrafa.

Ele o destampa e eles sentem o cheiro da bebida.

Outro pedregulho estronda contra as muralhas. Cai poeira do teto.

— Este foi perto — Grey diz. — Acho que foi um dos grandes. "Newcastle", talvez, ou "Londres". O próximo será "Dijon", aposto.

Thomas sente areia na boca.

— Não podemos ficar parados aqui — Payne diz. Ele está mortalmente pálido, trêmulo.

Grey toma um grande gole, quase esvaziando a garrafa. Em seguida, dá uma arfada e estremece. Seus olhos tornam-se imediatamente brilhantes e sua visão clareada.

Outra pedra.

— *Jesu!* — Payne grita. Ele chora.

– Controle-se, homem – Grey diz. – Tome um pouco disto.

Ele passa a garrafa para Payne, que a leva aos lábios franzidos e toma um pequeno gole, que o faz tossir e faz seus olhos lacrimejarem. Ele passa o cantil a Thomas.

– Deveríamos nos armar – Grey declara. – Vestir armaduras e partir. Poderíamos enfrentá-los em um local de nossa própria escolha. E não ficar presos aqui como arganazes em um balde.

Thomas bebe e é forçado a arfar.

– Bom, hein? – Grey diz. – Sabem, se eu sair daqui vivo, vou entrar para o comércio. Abrir o negócio com um filho, talvez, ou uma filha, e vender a bebida por um bom dinheiro. Um saco de sêmola a dose. Como fazia o próprio São Cristóvão. Por que não?

Outro estrondo faz todos darem um salto. Grey sacode o cantil. Está vazio.

– Patife! – ele diz a Thomas. – Acabou com meu estoque! Ainda bem que tenho uma reserva. Ahah!

Ele se vira quando dois outros criados passam com outro baú fechado. Ele os faz parar, abre o baú e tira dali uma bolsa. É uma bolsa de alça comprida, lustrosa do uso, com um buraco remendado do lado. Katherine solta uma arfada e Thomas descobre tarde demais que ele dera um passo à frente e arrancara a bolsa das mãos de Grey.

– Mas que diabos...? Você! – E Grey pega sua adaga, mas Thomas o ignora. Seu coração está retumbando, mas quando ele começa a abrir a bolsa, já sabe que não é o livro que está ali, pelo peso e pela forma do objeto. Na verdade é uma garrafa de couro, um cantil com a bebida de Grey. Ele não faz nenhum movimento, mas continua agarrando sua adaga e olhando furiosamente para Thomas, com as narinas dilatadas e a arma tremendo em sua mão.

Thomas devolve a bolsa e o cantil.

– Desculpe – ele diz –, pensei que...

– O que você pensou, seu patife! Arrancando-o de mim deste jeito. Eu ia lhe oferecer um pouco, como um cavalheiro cristão, mas acho que agora não vou mais.

– Poderia nos dizer onde conseguiu a bolsa? – Katherine pergunta.

Grey se acalma com a maneira educada de Katherine.

— Isto? Por quê?

Outra pedra atinge o castelo, bastante perto para fazer a mesa saltar, e Thomas pensa que pode ouvir as pedras da parede e do teto rangerem umas contra as outras como dentes frouxos. Um pouco de areia cai das vigas do teto. Payne começa a rezar.

— Continha algo que perdemos — Katherine diz a Grey, endireitando-se de onde havia se agachado. — Algo muito valioso para nós.

— Algo que *vocês* achavam valioso?

— Era nosso — Thomas diz, inadvertidamente.

Grey olha para ele através dos olhos estreitados.

— Eu peguei com Giles Riven — ele diz.

— Ele a roubou de nós.

— É mesmo? Ele fez isso?

Grey olha fixamente para eles. Está tentando chegar a uma conclusão sobre alguma coisa.

— Trata-se apenas de um livro — Thomas diz.

Grey solta o ar com desdém.

— É mesmo? Apenas um livro? Como ele foi parar com você?

Thomas e Katherine se entreolham. Será possível que Grey conheça o seu valor?

— Nos foi dado — Katherine lhe diz.

— Dado! Dado! Por quem? Um homem? Um homem que vocês conheceram? Em uma hospedaria?

Nenhum dos dois diz nada.

— Mas vocês sabem o que é? O que mostra?

Novamente, nenhum dos dois responde.

— Santo Deus — ele diz. — Vocês sabem! Vocês o trouxeram para cá e vocês... Santo Deus. Então. É verdade. Levei algum tempo para ver o que era, sabem? Mas eu sabia o que devia procurar. No instante em que o vi, pensei, ahhhh! Sir Ralph, é isso. É isso. Agora, você pode verificar, ver se aquele maldito francês estava dizendo a verdade.

Ele deixa a bolsa cair junto aos seus pés e enquanto destampa a garrafa, ele os observa com olhos vidrados, o pomo de adão movendo-se duas, três vezes. Santo Deus, Thomas pensa, como ele aguenta? Quando termina, ele limpa a boca com as costas da mão.

– Sabe o que ele me disse? – ele diz. – Aquele francês? Billbourne? Blayburgh? Um nome assim. Ele me disse algo que eu nunca esquecerei. Na ocasião, pensei que estivesse mentindo. Quase o matei por causa disso, embora ele fosse um sujeito grandalhão. Pensei, não. Ele é um mentiroso. Não a duquesa de York, a orgulhosa Cecília. Ele se refere à mulher de algum outro lorde. Ela não iria se deitar com um animal como esse. Não um animal francês como ele. Blaybourne?

Ele olha para a garrafa outra vez. Sorri para ela. Depois, ergue os olhos para eles.

– Acha que o conde de Warwick me deixará viver? Eu estava pensando. Se eu lhe desse esse livro. Eu o guardei aqui em algum lugar.

Ele olha em volta. Há cada vez menos lugares onde ele poderia estar. Outra pedra. Uma chuva de poeira das vigas deslocadas.

– Onde está? – Thomas pergunta.

A cabeça de Grey parece oscilar. Ele exibe um largo sorriso. Está completamente bêbado outra vez. Ele agita o braço indicando o aposento. Um criado retorna, encolhido. Ele está prestes a levar mais um baú.

– Não leve este! – Grey diz. – Eu preciso disto. Preciso para...

Ele senta-se sobre o baú com um grande suspiro e olha para eles, satisfeito consigo mesmo.

Thomas e Katherine se entreolham. Ela balança a cabeça. Ele começa a caminhar em direção a Grey, pretendendo ajudá-lo a ficar em pé, para que pudesse recuperar o livro do baú em que ele está sentado, quando se ouve um enorme barulho e de repente o aposento começa a desabar. O chão parece sumir de baixo dos pés. O piso dá uma guinada e ele se vê perplexo enquanto as tábuas inclinam-se abruptamente e começam a desaparecer. Ouve-se um tremendo ruído e a parede começa a tombar como uma onda, em sua direção. Quase uma parede líquida. Até ele bater contra ela e seu grito por Katherine ser cortado antes de ser proferido. Ele é atirado para trás, para fora e para baixo, para dentro da escuridão. Ele sente uma dor terrível nos braços, nas pernas, no peito e no rosto, não consegue respirar, e então... nada.

27

Thomas acorda em total escuridão. Não consegue se mover. Nem mesmo as pálpebras. Não sabe se estão abertas ou fechadas. Está sendo pressionado em todas as direções, com um peso em cima, amassado, empurrado, puxado. A dor lateja e se espalha por todas as partes do corpo. A cada batida de seu coração, ela parece subir e descer por suas pernas e braços. Bum bum. Bum bum. Mas ele está vivo pelo menos, pensa, embora por quanto tempo e com que propósito, ele não saiba dizer. No entanto, está consciente. Pode sentir areia grossa entre os dentes. Ele cospe. O cuspe não cai de volta sobre ele. Ele está estendido de bruços. Bem, isso já é alguma coisa. Ele move os dedos da mão direita. Está junto ao quadril direito. Poeira e terra. O mesmo com a mão esquerda, embora esteja atirada para trás dele, à esquerda. Parece que seus dedos estão se movendo. Então, ele mexe as mãos. Consegue abaná-las livremente. Ele puxa a mão esquerda para si. Está bloqueada por algo duro e angular. Um bloco de pedra talhada, um caibro, algo assim. Ele tenta rolar para um dos lados. Consegue. Não está preso. Só que... por Deus, como dói. Agora, ele pode ver a luz do dia. É cinza, gira e aguilhoa seus olhos. Recai sobre ele como saibro. É saibro. Ele cospe outra vez. E outra vez. Ele está sobre seu lado direito agora. Ergue a cabeça. Pode ouvir vozes. São muito vagas. Não muito distantes. Apenas abafadas. Então, surgem mãos. Um homem de meia-calça e botas curtas, gibão marrom-avermelhado por baixo de um casaco também marrom-avermelhado. Thomas sente-se explorado, apalpado por várias mãos. Em seguida, mãos fortes o agarram pelas axilas e outra segura sua cabeça. Ele está sendo puxado para fora. Arrastado para fora. Sente-se arrancado de algo, embora de uma maneira não muito ordenada.

— Sortudo filho da mãe! — o homem está dizendo. — Olhem só para isso!

Thomas é colocado em pé. Mais mãos. Alguém dá tapas em seu peito.

— Deem um pouco d'água para ele.

— Faça-o sentar. Cuidado!

Ele tem que tossir. Está queimando e ardendo.

— Isso mesmo. Coloque para fora. Nossa, você comeu um tijolo inteiro.

Thomas sente a água transformando a terra em sua boca em lama.

— Firme!

Ele abre os olhos completamente. Olha para cima. Fecha-os outra vez. Abre um deles. Arranha menos do que o outro. Sente dores por todo o corpo.

— Katherine — ele diz.

— O quê? O que ele está dizendo?

— Katherine?

Ele fica em pé.

— Epa! Sente-se, rapaz. Você está sangrando por todo o corpo!

— Katherine!

Ele está em pé do lado de fora, atrás de onde a guarita leste costumava ficar. Há escombros por toda a volta, um lamaçal de destroços, pedras, vigas e caibros. Há ladrilhos. Grandes placas de ardósia. Azulejos. Pó de argamassa. Grandes pedaços de madeira estilhaçada. A guarita perdeu o andar de cima e agora é um toco, uma lacuna na muralha já esburacada. Ele pode ver uma perna com bota. Ele escala os escombros em direção a ela e, então, para. Não quer pisar em ninguém. Os três homens que estão com ele parecem em dúvida.

— Quantos de vocês estavam lá? — um deles pergunta.

Thomas tenta pensar.

— Cinco — ele diz. — Não. Seis. Não. Cinco.

Ele olha ao redor. Por alguns instantes, o mundo parece oscilar, flutuar, virar de cabeça para baixo. Desliza e gira. Ele está tonto.

– Katherine!

Nada. Thomas avança cautelosamente para a perna com a bota. Ele sabe que é de Payne.

– Ajudem-me – ele diz e, após um instante, eles o fazem. Avançam desajeitadamente pelos blocos e escombros, e o ajudam com uma viga longa que eles removem para expor Payne embaixo. Ele está morto, sangrando pelo nariz e pelos ouvidos. Até pelos olhos.

Thomas sente a dor e o pesar avolumarem-se dentro dele como uma doença. Mas não por causa de Payne. Mas por si mesmo e pelo que sabe que vai encontrar quando levantar a pedra seguinte ou outra depois dela.

– Katherine! Katherine!

Ele começa a remover pedras, atirando-as para trás. Ele levanta um caibro e o afasta. Os três homens ficam impressionados.

– Deve ser um arqueiro – um deles murmura.

– Vem a calhar para este tipo de coisa – diz o outro.

– Vamos ajudá-lo. Quem estamos procurando?

– Pergunta idiota.

Eles começam, os quatro, a trabalhar da borda em direção à guarita. Algumas peças são grandes demais para mover.

– Pelo menos, não há ninguém embaixo desta.

Eles deixam Payne onde ele está.

Ele a chama sem parar. Suas mãos e seus sapatos estão dilacerados e eles tinham razão: ele está sangrando por toda parte do corpo. Ele deixa manchas de sangue que a poeira transforma em uma lama espessa.

– Katherine!

Ele encontra a pedra que os canhoneiros de Warwick usaram. É uma bola bruta, talhada por muitos martelos, e está rachada, dividida em duas metades quase perfeitas. Mas Katherine não está lá.

Ele para e olha para cima. Os homens estão intrigados.

– Tem certeza, companheiro? Eram cinco?

Eles poderiam estar no segundo andar? Ainda no solário? Ele se arrasta desajeitadamente para a pilha de construção destruída e sobe até o segundo andar. Ele vê Grey na mesma hora. De costas. Metade para dentro, metade para fora dos blocos de alvenaria, uma viga atravessada sobre sua barriga, a boca aberta, a poeira tão espessa em seu rosto – até em sua língua – que ele parecia uma estátua em estado bruto. Ele ainda está agarrado ao cantil de bebida. Thomas sente um instante de selvageria. Foi você mesmo quem provocou isso, tem vontade de gritar. Você causou isso a si mesmo. Ele cerra os olhos, mas não consegue impedir as lágrimas de extravasarem. Se você ao menos tivesse morrido mais cedo, ele pensa.

Levanta-se. Pega o cantil da mão de Grey ainda não inteiramente rígida, limpa a boca da garrafa, toma um longo gole. Meu Deus, como é forte. Vai queimando até o estômago. Um dos outros homens subiu para unir-se a ele. Thomas lhe oferece a bebida e ele aceita. Porém, antes de beber, ele para e gesticula com a mão. Apontando. Lá. Thomas olha. E, oh, Jesus. Lá está ela. Seus pés nas meias cinzentas de lã. Seus sapatos se perderam. Ela está de rosto para baixo, sob uma pilha de telhas de ardósia e vigas. Thomas avança atabalhoadamente em sua direção. Começa a afastar as telhas, atirando-as longe. Elas escorregam pela escada para o térreo.

Ouve-se um grito.

– Pelo amor de Deus! Thomas!

É Jack, vivo, depois de ter sido derrubado escada abaixo.

– Socorro! – Thomas grita para ele. – Ajude-me. Ela está presa.

E Jack vem lentamente, galgando os degraus de quatro. Ele está sangrando de um corte na testa, seus olhos estão injetados e sua mão esquerda parece avariada, ele lembra um cachorro manco ao se aproximar. Ao chegar lá, ele ajuda da melhor maneira possível, arrastando pedras, caibros estilhaçados e um pedaço de uma viga quebrada com apenas uma das mãos.

– Cuidado! – Thomas diz. – Cuidado.

Após um instante, ela está desobstruída. Não há nada em cima dela, ao contrário dos outros dois. Ele fica parado, sem saber o que fazer. O pó se esfarela de seu vestido.

Oh, graças a Deus. Ela está respirando. Está viva.

– Katherine?

Ele se abaixa, junto ao seu rosto.

– Katherine?

Seus olhos piscam. Sim, ela está viva. Ele pode ouvir o suave assovio de sua respiração. A saliva escurece a poeira em sua pele.

– Ajude-me – ele diz a Jack, mas o outro homem se oferece.

– Deixe comigo – ele diz. – Parece que você... já viu melhores dias, companheiro, e este seu braço?

Ambos olham e veem uma longa lasca de madeira projetando-se do braço de Jack. Ela atravessa completamente e sai do outro lado.

– Não tente remover – Thomas diz. Ele aprendeu alguma coisa, pensa.

Um dos outros está no segundo andar agora, abrindo caminho em meio aos destroços em direção a eles.

– Uma mulher? – ele pergunta.

– A esposa dele – Jack diz.

– Oh.

– Precisamos de uma tábua – Thomas diz. Ele já viu isso ser feito antes. Eles encontram um banco, cujo assento pode servir de maca pois as pernas já foram arrancadas. Eles colocam a tábua perto dela, erguem-na e colocam-na sobre ela com o maior cuidado de que quatro homens são capazes. Não é um trabalho fácil. As ruínas vão à altura da coxa, e deslizam e caem pelos degraus abaixo e pelo lado da parede. Depois que a colocam na tábua, eles a carregam.

– Para onde?

Eles descem pelo exterior da guarita, pisando no entulho do edifício desmoronado, passando-a para baixo. Ela escorrega e eles pensam que deviam tê-la amarrado ao banco, mas eles a salvam de deslizar novamente. Eles a carregam para longe dos escombros e a colocam na relva desgastada do pátio interno.

– Onde está mestre Payne? – Jack pergunta.

Thomas sacode a cabeça.

– Que pena – Jack diz.

É bem verdade, Thomas pensa.

– Então, o que quer fazer com ela? – um dos homens pergunta. – Não podemos deixá-la aqui.

Ao dizer isso, ouve-se um novo estalo e o estrondo retumbante e longínquo de um tiro de canhão.

– Newcastle – o homem diz. – Esta já é a terceira vez hoje.

– Devemos deitá-la de lado – Thomas diz – para que possa respirar.

– Está bem.

Eles rolam seu corpo, deitando-a de lado.

– Use isto – o homem diz, e tira um livro grosso de um baú destruído. O livro-razão. Ele tira a poeira e a terra do livro e o desliza para baixo da cabeça de Katherine. Um presente do Perdoador.

– Bem apropriado – ele diz.

Katherine está extraordinariamente pálida. Imóvel. Mas está respirando. Respirações curtas, superficiais. Como se respirar fundo fosse muito doloroso.

– O que acha? – um deles pergunta. – Ela vai sobreviver?

Ninguém tem uma resposta.

Thomas não consegue parar de chorar, então se levanta e se afasta dos demais, andando em círculos, as lágrimas rolando, a boca frouxa e aberta, muco escorrendo pela barba. Ele não para de gesticular, mostrando sua impotência, e começa a falar, iniciando uma palavra antes de terminar a anterior, fazendo uma série de perguntas. Autopiedade, desespero, pesar, mas ao menos não sente nenhuma dor física. Pode sentir os outros observando-o. Ele sabe que poderia enlouquecer agora, jogar-se no chão, socando-o e se lamuriando. Poderia arrancar suas roupas, já rasgadas, ou a pele de suas faces. Poderia bater no peito até sangrar. E tudo isso parece sensato. Mas após algum tempo andando a esmo, chorando, vê que nada mudou e ele começa a resvalar para outra atitude.

– Vocês têm um cirurgião? – ele pergunta aos homens que o fitam com olhos arregalados.

Eles sacodem a cabeça.

– Ralph Grey tinha dois – um deles diz. – Um médico e um cirurgião. Mas acho que o cirurgião foi embora.

Jack olha atentamente para Katherine.

– Se pudéssemos encontrar um – ele diz, muito cuidadosamente –, seria bom.

– Mas onde? Onde? Riven tem um?

Thomas sabe que ele não tem. Por isso ele usou Payne e Katherine.

– O velho Warwick tem um – diz um deles. – Provavelmente tem centenas.

Jack vira-se para ele.

– De que adianta isso?

Mas ele tem razão – Thomas pensa. É claro que o conde de Warwick deve ter um cirurgião. Eles devem levá-la ao conde de Warwick.

– Não deve ser impossível – Jack diz –, agora que Grey está morto.

Mas, de repente, Grey não está morto. De repente, há uma comoção no andar superior. Um espirro e um grito truncado.

– Santo Deus!

Thomas acha que deve subir lá e matá-lo. Mas não o faz. Ele deixa que os outros subam e se coloquem em volta do corpo prostrado de Grey por alguns instantes, sem fazer nada, enquanto Thomas apenas senta-se na lama e segura a mão de Katherine.

– Ele está vivo, sim – um deles grita para baixo. – Mas não está muito lúcido.

Eles removem a viga atravessada em cima dele e a deixam resvalar para baixo pelos escombros. Grey está gemendo. Ele senta-se e esfrega a cabeça. Parece completamente aturdido e olha ao redor, aterrorizado. Não diz nada. Eles o ajudam a ficar em pé. Ele precisa ser apoiado. Ele faz um esgar de dor, agarra a cabeça com as duas mãos e, em seguida, desmaia.

– Ele está inconsciente.

– Vamos levá-lo para baixo – diz um deles. Eles o ajudam a descer a rampa de destroços e o fazem se sentar ao lado de Katherine. Após alguns instantes, ele se deita e olha para cima, para as gaivotas, e não se vê sequer um arranhão nele.

Eles ficam em silêncio por alguns instantes.

– Precisamos de um cavalo. Dois cavalos.

Jack diz que vai buscá-los.

– Devem estar nos estábulos – ele diz. – Vou trazê-los aqui.

Thomas senta-se e observa Katherine esforçar-se para respirar. Ele presta atenção ao zumbido em seus ouvidos e ouve a explosão ocasional de um canhão distante, mas talvez os grandes estejam quentes demais agora e não possam ser usados com segurança, pois não tem havido nenhuma pedra grande há bastante tempo, apenas as pequenas, e embora ele as ouça aterrissar, ele nunca as vê, então imagina que Warwick as está usando para fazer buracos nas muralhas. Ele usa a adaga de Payne para cortar algumas roupas de linho de Grey em longas tiras e, enquanto Grey permanece ali em silêncio, alternadamente fazendo uma careta e totalmente inexpressivo, Thomas arrasta-se até ele e amarra seus punhos. Thomas o amarra com firmeza, punho contra punho. Grey não se mexe, mas pisca, e franze a testa.

Pouco depois, Jack traz dois cavalos, ambos selados, pelo caminho dos estábulos embaixo. Pode-se ver suas costelas e eles parecem semimortos, exceto que seus olhos se reviram, as orelhas estão abaixadas, eles arreganham os dentes e sacodem as cabeças nos pescoços finos e compridos.

– O que você vai fazer? – Jack pergunta.

– Vou trocar Grey por um médico – Thomas lhe diz.

Jack olha para ele com estranheza.

– É tudo que posso fazer – Thomas diz. – Não vou deixá-la morrer.

Mas o olhar de Jack não está em Thomas. Passa por ele, por cima de seu ombro. Thomas se vira.

É Riven, é claro.

Ele está ali parado, com uma túnica de ombros largos de veludo vermelho-escuro, meia-calça azul e botas de montaria viradas para baixo na altura dos joelhos. Presos ao cinto, estão uma adaga em sua bainha e uma bolsinha pesada. Na cabeça, um gorro grande e preto, bordado com minúsculas pérolas e, no peito, um círculo branco no centro do qual voa um corvo delicadamente bordado. Ele segura um par de luvas. Atrás dele, estão três de seus homens em seu uniforme de costume e um deles carrega uma longa espada em uma bainha de couro, enquanto o outro carrega o machado de guerra.

Vê-lo novamente deixa Thomas enregelado. É tão letal, tão intencional e tão destinado a um único objetivo: a morte de um homem. Parece ter uma personalidade e uma presença próprias, e atrai o olhar. Riven para nos degraus e olha para Thomas por um longo instante.

Thomas não tem nada a dizer. Permanece imóvel sob o olhar fixo de Riven.

– Ora, ora – Riven diz, um sorriso se formando em seu rosto. – Como você mudou, irmão monge. Por isso levei tanto tempo para descobrir, para me lembrar de onde eu o tinha visto pela última vez.

– E agora se lembrou?

– Posso lhe dizer o que mais me aborrece, irmão monge? Posso? É que eu não vou ouvir a história de você, de como você veio parar aqui depois de todos estes anos. Não vou descobrir seu verdadeiro nome, nem para onde você foi depois que...

Ele para.

– O que, em nome de Deus, você está fazendo com Grey ali?

Ele olha para as mãos amarradas de Grey, para os cavalos, e conclui corretamente.

– Ora, ora – ele diz, com pesarosa admiração. – Você chegou antes de mim e, pela primeira vez, você me fez um favor. Eu estava justamente a caminho para prender o idiota, mas o que...

Ele estica o pescoço para ver quem está deitado de costas para ele na tábua.

– Uma mulher? Aqui? Quem é ela?

– Disse que era a mulher dele – um dos homens responde.

– Mulher dele?

Riven dá a volta por Thomas com um sorriso maligno. Aproxima-se de Katherine. Passa por ela, inclina-se e olha atentamente para ela. Então, surpreende-se, incapaz de acreditar no que está vendo, e ele se agacha diante dela e inclina sua cabeça para trás para vê-la melhor. Após um instante, endireita-se. Está transtornado, os olhos arregalados. Olha para Thomas. Em seguida, de novo para ela. Depois, de novo para Thomas.

– Por Deus – exclama. – Por Deus. O que está acontecendo aqui?

Thomas não diz nada e agora Katherine acorda, com um suave gemido de espanto.

– É isso mesmo? É isso mesmo? É o que eu estou pensando que é? Esta é a irmã freira? É isso mesmo? É isso mesmo?

E Katherine, mal movendo a cabeça, ergue os olhos para ele, eles se entreolham e ela tenta dizer que não, talvez, mas não importa, porque ele sabe a verdade, ainda que não os motivos e os meios, e ele diz:

– Sabe que eu prometi ao meu filho que eu faria isto se algum dia eu a visse novamente?

E ele desfere um chute, uma única vez, com muita força, em sua barriga.

Thomas matou o sujeito antes mesmo que a dor no ventre de Katherine tivesse diminuído. Ela não vê, não exatamente, como acontece, mas não é difícil imaginar. Ele age muito rapidamente. Ele agarra o machado de guerra das mãos do surpreso homem de uniforme e ataca sir Giles Riven antes mesmo que ele possa se mover. Ele apenas dá um passo atrás e mais tarde ela se pergunta se ele estava se preparando para chutá-la outra vez, quando Thomas surge. Ela não sabe que parte do machado de guerra ele usa para atingi-lo primeiro, mas supõe que qualquer parte da arma, usada com tal ferocidade, o teria matado.

Riven é atirado ao chão, junto aos seus pés. Sua cabeça está completamente afundada. Parece uma maçã podre deixada às moscas, exceto que muito maior. O machado de guerra atravessa sua cabeça e penetra pelo topo de sua garganta. Quase o corta ao meio até a altura do quadril. Explode sua cabeça e arranca um grande naco. Extrai seu cerne, seus miolos, suas vísceras, de um só golpe, em um único instante, e o transforma de um ser humano em apenas um monte de carne, e se um homem encontrasse aquilo na beira da estrada ou lançado pelo mar em uma praia, pensaria que tinha sido arrastado até ali e fazia parte de alguma outra coisa, um pedaço de alguma coisa.

O machado de guerra fica entalhado no corpo até a proteção de metal do cabo, apontando para cima, enquanto o sangue se espalha vagarosamente pelo chão ao redor do trêmulo monte de carne.

Ninguém se move.

Thomas permanece parado com as pernas bem abertas e um grande jato de sangue se espalhou pelo seu rosto, peito e braços.

Os homens de Riven olham para ele boquiabertos.

– Por Deus – diz um deles. – Você o matou.

Então, o homem que perdeu o machado de guerra começa a rir, uma gargalhada incrédula.

– Quisera que alguém tivesse feito isso há cinco anos.

Thomas aproxima-se de Katherine e inclina-se sobre ela. Seus olhos estão muito brancos no meio do sangue que cobre seu rosto.

– Você está bem? – ele pergunta.

Ela sente como se algo houvesse se rasgado dentro dela e que se ela se mover somente irá aumentar o dano. Ela sente uma tristeza tão profunda que mal consegue olhar para ele. Assim, balança a cabeça e fecha os olhos, espera que nenhuma lágrima extravase e se pergunta por que está em uma tábua.

Então, ela ouve outro homem se aproximar. Ela o ouve gritar a distância, fazendo perguntas a uma daquelas vozes, depois o ouve rosnar de incredulidade e em seguida ele fica em silêncio. Ele pragueja uma vez e depois para. Ele fala com Grey, lhe faz perguntas, o esbofeteia e parece conseguir a resposta que quer. Thomas lhe diz alguma coisa. O homem, então, se afasta e eles ficam ali mais alguns instantes. Thomas estende uma capa sobre ela, diz que tudo vai ficar bem, que já acabou e que vão levá-la a um médico. Ela compreende que Payne deve estar morto, caso contrário onde estaria?

A seguir, ela ouve o machado de guerra ser retirado de Riven. Ela abre os olhos e vê o corpo dele desmoronar ainda mais. Vê dois homens que ela não conhece ajudando sir Ralph Grey a montar em um dos cavalos. Ele parece muito confuso, ela pensa, e olha em torno como se não tivesse certeza se deveria estar ali. Eles o levam embora e Thomas volta com um pouco de cerveja para ela, e ela está com sede e com fome também. Ela bebe, derrama um pouco, se desculpa e ele lhe diz que é claro que não tem importância. Ela percebe que sua cabeça descansa no livro-

-razão e também percebe que foi ele quem fez tudo isso: encontrou o livro-razão e matou Riven.

– Muito bem, Thomas – ela diz, mas vê que não consegue falar alto, porque ele se inclina mais para perto dela.

Em seguida, ela tenta se despedir e dizer-lhe que o ama, porque de repente tem certeza de que está morrendo.

28

— Senhores! – Thomas grita. – Senhores! Pelo amor de Deus! Por favor, saiam do caminho!

Ele, Jack e John Stump carregam Katherine no mesmo assento de banco que usaram para tirá-la do monte de escombros da grande guarita leste e tentam passar pelos homens em diversos uniformes diferentes que jorram para fora do portão principal do castelo, homens que tiveram permissão para deixar suas muralhas pela primeira vez em três meses, sob a condição de que deponham suas armas e façam um juramento solene de nunca retomá-las ou erigir barreiras contra Sua Majestade o rei outra vez. Isso eles fizeram com prazer e agora terão de aturar uma longa e humilhante caminhada através das fileiras de homens de Warwick, amontoados à beira da estrada, zombando deles conforme passam.

— Por favor, senhores! – Thomas pede. – Abram caminho.

Ele não faz a menor ideia de onde deve ir primeiro, mas sabe que haverá um médico ou um cirurgião em algum lugar no acampamento em frente. Assim, ele vai avançando junto com o fluxo de pessoas, mas os homens relutam em deixar Jack e ele passarem por medo de que isso os retarde e eles tenham que aturar mais zombarias das tropas do conde de Warwick por mais tempo. Quando chegam ao acampamento, onde passam por baixo do nariz dos grandes canhões erguidos acima deles e onde o ar está contaminado pelo cheiro de pólvora, a pressão se torna ainda maior, porque agora eles têm que ir contra a corrente e não podem usar as mãos para afastar os homens, mas têm que aturar colisões e subsequentes zombarias. Os homens riem e gritam, e parece muito perigoso, como se qualquer coisa pudesse dar errado a qualquer momento por inúmeras razões – e o resultado seria fatal.

– Por favor, senhores – Thomas continua dizendo. Em determinado momento, ele tem que parar. Ele quase se vira e sai correndo. À frente, estão cinco homens no uniforme claro de Edmundo Riven. Estão esticando o pescoço, procurando alguém. Ele abaixa a cabeça e só pode rezar para que não seja por ele que estejam procurando, mas outros com seu uniforme, e que eles ainda não saibam o que aconteceu a Giles Riven. Depois que passam pelos cinco homens, Jack fala, alto:

– Está vendo eles, Thomas? – diz. – Logo estarão procurando por você, não é? Edmundo Riven não vai ficar feliz quando descobrir o que você acabou de fazer com seu pai.

O machado de guerra, depois de limpo de qualquer jeito em um pedaço seco da capa de Riven, está ao lado de Katherine, a parte perigosa junto aos seus pés. Ela está adormecida, mortalmente pálida. Ele está apavorado demais para verificar se ela ainda está viva.

– Ele só vai precisar de um ou dois dias para descobrir quem você é – Jack continua. – Algumas perguntas às pessoas certas. Ele poderia até perguntar a Grey, não é? Quer dizer, se Warwick deixá-lo viver tempo suficiente. E Grey não tem nenhuma razão para lhe ser grato, não é? Não depois que você o amarrou e entregou-o àquele Neville não sei de quê, para trocar com Warwick por sua vida e liberdade.

Thomas sente a verdade daquelas palavras cair sobre ele como água da chuva.

– Jack – ele diz por cima do ombro – Jack, por favor, fique quieto. Por favor, pelo amor de Deus.

– Está bem, mas se eu fosse você, eu estaria pensando em... bem... ir para outro lugar.

– É claro que estou pensando em outro lugar! – Thomas diz. – É só o que me resta fazer agora.

Por fim, a multidão começa a rarear. À frente, estão as barracas de lona pertencentes à nobreza do exército do conde de Warwick, com seus estandartes e bandeiras. Se ele quiser achar um médico, é ali que estará.

Ele encontra dois homens que não o deixam passar enquanto não encerram seu momento de diversão zombando dele. Um deles tem uma horrível cicatriz em uma das faces. Falta um grande naco de carne, com uma cauda de pele endurecida que desce por baixo do colarinho de seu casaco. Um antigo ferimento de flecha.

– O que você tem aí? – ele pergunta, como se suspeitasse que pudessem estar saqueando alguma coisa antes que ele próprio tenha rejeitado.

– Minha mulher – Thomas diz e ele vira a cabeça, indicando Katherine na maca improvisada. – Ela precisa de ajuda. Um cirurgião.

– Um cirurgião, hein?

– Sim. É urgente.

– Tem algum dinheiro? Inútil perguntar, se não tiver.

Santo Deus, Thomas pensa, Santo Deus! É claro que ele não tem nenhum maldito dinheiro.

– Não? – o soldado diz, sacudindo a cabeça. – Bem, então é melhor levá-la aos frades, mais adiante. Eles podem acolhê-la. Se não, você não terá que carregá-la muito longe quando tudo estiver terminado, não é?

Thomas vê que eles têm como insígnia a cabeça de um touro negro em seus casacos e cada qual carrega um arco ainda não preparado para atirar.

– Vocês são arqueiros de William Hastings? – ele pergunta. Ele quase não sabe por que ou como conhece a insígnia, mas os dois homens têm orgulho dela e se endireitam.

– Agora ele é lorde Hastings, já há três anos – diz o mais velho deles. – Quem quer saber?

– Sou Thomas Everingham.

O nome não significa nada para o mais novo, e por que deveria? Mas o mais velho estreita os olhos e fita Thomas cuidadosamente.

– Deus Todo-Poderoso – ele diz. – Thomas de Tal. Eu me lembro de você.

Thomas sente que perde a respiração. Isso é bom ou ruim?

– Nós o encontramos no bosque fora de Mortimer's Cross, não foi? – o arqueiro diz. – Nós o salvamos, sem dúvida. Você estava com uma senhora sofisticada, não estava? Ela mesma uma cirurgiã, me recordo.

Thomas balança a cabeça, sem dizer nada. O arqueiro dá a volta para espreitar Katherine. Faz uma careta.

– Bem, é dela que você precisa agora, não do velho Mayhew – diz o arqueiro. – Ele só sabe costurar cortes e arranhões, não trazer pessoas de volta à vida.

– Se não tive a oportunidade de agradecer-lhe – Thomas diz –, eu o faço agora e o farei novamente, mas, por favor, senhores, digam-me onde posso encontrar seu cirurgião. Este Mayhew.

O arqueiro balança a cabeça.

– Eu o farei – ele diz –, pela mulher que estava com você. Ela foi gentil comigo. Isto estaria muito pior se ela não tivesse costurado bem.

Ele aponta para a cicatriz prateada em seu rosto.

– Oh, meu Deus – ele continua. – E eu me lembro que você foi favorecido por lorde Hastings, sim! E pelo rei Eduardo! Você estava no front quando os três sóis surgiram, não estava? Que dia aquele, hein? – Ele esfrega a marca do ferimento em sua face como se ela doesse só de ser mencionada. Thomas apenas balança a cabeça.

– Por favor – ele diz.

– Mas olhe só para nós – o arqueiro diz. – Já estamos jogando conversa fora como dois velhos soldados. Venha, ande.

Ele alivia Thomas de metade de seu fardo, unindo-se a ele e substituindo-o em sua ponta da tábua, enquanto Thomas se une a Jack aos pés de Katherine. Ela permanece deitada, os olhos cerrados, branca como um fantasma, já parecendo semimorta. Eles partem outra vez pelo meio da multidão que empurra e se acotovela, os arqueiros gritando e abrindo caminho à força.

– Afastem-se! Atenção às suas costas! Um Hastings! Um Hastings aqui!

Thomas sente o peso da tristeza revolver-se em suas entranhas. Mayhew, ele pensa. Mayhew. Ele a está levando a Mayhew e a sir John Fakenham, e depois, é claro, inevitavelmente a Richard Fakenham. O homem que acredita ser seu marido. Oh, meu Deus. O que ele está fazendo? O que dirão quando a reconhecerem? Verão que ela é essa lady Margaret Cornford que acreditam que está morta. Eles reconhecerão que ela não está morta como se pensava? Vão querê-la de volta! Vão querê-la de volta! Vão levá-la de volta! Ela não será mais sua. Então, ele quase para. Ergue o rosto para o céu e quase grita com a dor e a angústia que sente diante de tudo do qual está abrindo mão.

— Vai dar tudo certo, Thomas – Jack diz. – Ela vai sobreviver.

— Tem razão, Jack – ele diz. – Tem razão. Isso é tudo que importa agora – continua, com voz embargada. – Tudo que importa é que ela sobreviva. Ela tem que viver. Caso contrário...

Caso contrário o quê? Jesus. Ela está toda mole em sua tábua. Sua cabeça está oscilando de um lado para outro.

— Katherine! Katherine! Estamos indo ver um cirurgião! Fique acordada, meu amor, fique acordada!

Há um esboço de resistência aos movimentos na tábua enquanto eles apressam o passo e é como se ela ainda não tivesse ido embora.

— Atenção! Abram caminho! Um homem ferido! Estamos passando!

Estão entre duas fileiras de grandes barracas agora, todas de linho listrado e flâmulas, com palha no chão, criados, homens e mulheres saindo para o lado conforme eles passam, os rostos pálidos fitando Katherine, e Thomas é capaz de matar o primeiro que fizer o sinal da cruz para assinalar a passagem do morto.

E então ali estão: a barraca do cirurgião, menor, mais simples, mais desgastada do que as que estão ao redor. Thomas não tem nenhum tempo para hesitações, nenhum tempo para se recompor ou para decidir se é isso de fato o que ele quer fazer. Um criado demora-se junto à porta, boquiaberto, os braços carregados com uma saca de alguma coisa. Ele é ultrapassado e deixado ali, observando. Thomas e os outros carregam Katherine para o centro da barraca e ficam lá parados por um instante, olhando ao redor na obscuridade fria. Um homem de óculos ergue os olhos de onde está deitado em uma pilha de colchões cobertos de pele de carneiro. Ele está de meia-calça escura e um gibão verde-escuro, as mangas de sua camisa estão enroladas até os cotovelos. Ele estava estudando um maço de pergaminhos repletos de desenhos sombreados da lua. Ele parece familiar.

— Quem é você? – ele pergunta.

O primeiro arqueiro lhe diz que Thomas é amigo de William Hastings e do rei Eduardo, e assim que ele menciona o nome de Thomas, os olhos por trás dos óculos se aguçam e as feições do cirurgião se concentram. Ele deixa de lado o mapa e os rolos junto aos seus pés. Suas mãos são desengonçadas.

– Thomas Everingham – ele diz. – Thomas Everingham, por Deus. Mas você está morto. Foi morto em Towton, ou você é algum outro Thomas Everingham?

– Pergunta difícil, esta – o arqueiro responde por Thomas, mas Thomas balança a cabeça. O cirurgião fita-o sem pestanejar. Seus olhos estão cheios d'água.

– Podemos falar sobre isso mais tarde – Thomas diz. – Senhor. Eu tenho... minha mulher. Ela...

Ele mal consegue falar. Lágrimas afloram nos cantos de seus olhos. Ainda estão ali parados, com Katherine na tábua entre eles.

– Sua mulher? – diz o cirurgião. – Santo Deus! Esta é ela? Sim. Coloquem-na no chão. O que há de errado com ela? Está ferida?

Enquanto arriam a tábua no chão, Thomas permanece agachado e conta a Mayhew sobre a pedra do canhão, sobre o desabamento do edifício e sobre o chute de Riven, mas ele não menciona que ela está grávida. Ele fala depressa, atropeladamente, mas, antes de terminar, percebe que Mayhew parou, petrificado, e fita o rosto de Katherine com os olhos arregalados. Ele fica sem fala, confuso.

– Mas ela... ela é...

– Por favor – Thomas diz. – Por favor. Apenas a salve. Nós podemos... discutir o que quer que tenha que ser discutido depois.

Mayhew fica mudo por um longo instante. Ele pisca por trás de seus óculos.

– Como... como foi que ela veio parar aqui? Sabe-se que ela já morreu e no entanto...

– Eu sei – Thomas diz. – Mas ela... Por favor, apenas... salve-a.

Mayhew pede para ele repetir o que aconteceu a ela e, enquanto ouve, ele corre as mãos pelo corpo de Katherine exatamente como mestre Payne fez na guarita leste. Ele pressiona aqui e ali. Levanta sua pálpebra.

Cheira seu hálito. Em seguida, continua examinando seu corpo. Ele franze o cenho. Pressiona outra vez. Em seguida, ergue os olhos.

– Vocês dois – diz aos arqueiros que ainda se demoram por ali –, deixem-nos.

Os arqueiros viram-se para deixar a barraca.

O mais velho aperta o ombro de Thomas ao passar.

– Boa sorte.

Thomas agradece. Jack olha para Thomas e Thomas faz um sinal com a cabeça. Jack também sai, levando John Stump com ele.

– Estaremos lá fora – ele diz.

Depois que se foram, Mayhew se vira para Thomas.

– Ela está grávida – ele declara.

Thomas só consegue balançar a cabeça. Faz-se silêncio. Thomas pode ouvir Mayhew respirando rapidamente enquanto ele pensa.

– Isto está fora da minha experiência – Mayhew diz. – Devíamos encontrar uma curandeira ou uma parteira ou alguém que conheça o corpo das mulheres. Eu posso cortar e costurar, sei remover uma ponta de flecha, mas apenas isso.

– Por favor – Thomas diz. – Por favor. Ela iria querer que você tratasse dela. Ela não queria nenhuma parteira com suas feitiçarias e pedras mágicas. Ela disse isso. Ela sempre falava de você. De quanto você ensinou a ela. Quanto lhe mostrou. Ela iria querer que você a tratasse.

Mayhew olha longamente para Thomas.

– Por favor? – Thomas diz. – Ao menos, examine-a. E então poderemos decidir.

Mayhew balança a cabeça, assentindo.

– Posso? – ele pergunta, indicando as saias dela. Thomas balança a cabeça. Mayhew as enrola para cima. Ele coloca as mãos no corpo de Katherine, tateando sob o peso de suas roupas de baixo. Ele ergue os olhos para o teto da barraca e morde o lábio. Ele para. Olha para baixo. Em seguida, retira a mão de baixo de suas anáguas. Ele a estende e sua palma está escura de sangue.

– Não! – Thomas grita. – Não.

Jack volta para dentro da barraca. Mayhew está de pé. Ele passa por Jack e grita para o criado que espera do lado de fora, junto à aba que cobre a entrada da barraca.

— Traga linho — ele diz. — Água quente. Óleo de rosas. Urina fresca. Traga unguento. Depressa!

Thomas está em estado de choque. Não consegue se mover. Ele olha para Katherine com suas saias e anáguas levantadas à volta de suas coxas sujas de sangue e sua meia-calça embolada ao redor dos joelhos, e ele solta um soluço dilacerante.

— Você vai ter que esperar em outro lugar — Mayhew diz.

Thomas sacode a cabeça.

— Vamos, Thomas — Jack diz. — Vamos. Deixe o cirurgião fazer seu trabalho.

Mas Thomas se recusa a sair. Ele não vai deixar Katherine lá no chão sujo da barraca de um estranho, especialmente um estranho que acha que ela é alguém que ela não é.

— Muito bem — Mayhew diz. — Mas você não pode permanecer aí.

— Vou me sentar aqui — Thomas diz. Ele se arrasta e vai sentar-se junto à cabeça dela. Jack também. O gorro de linho de Katherine está solto, seus cabelos espalhados. Algo o faz ajeitá-los de volta para dentro do gorro e esconder sua orelha cortada. Ele alisa os cabelos louros em suas têmporas e passa a mão suavemente em sua testa para remover a poeira.

— Está tudo bem — ele diz. — Está tudo bem.

Suas pestanas adejam. Ela ainda está viva.

— Vou esperar lá fora, Thomas — Jack diz em voz baixa. — Posso ouvi-lo de lá, assim, se precisar de ajuda...

Thomas balança a cabeça. Jack coloca a mão em seu ombro.

— Vou rezar — ele diz. Thomas balança a cabeça outra vez. Na entrada, Jack se encontra com o criado que retorna e segura a aba aberta para que ele e um outro possam entrar. Juntos, eles trazem jarros fumegantes de água e urina, uma braçada de linho virgem, vários jarros de cerâmica, algumas velas de boa qualidade e um crucifixo de latão. Eles se juntam em torno de Mayhew que dá ordens rápidas e enérgicas. Tecidos são rasgados. As velas são acesas. Garrafas são destampadas. Uma arca é arrastada para perto e, sobre ela, é colocado o crucifixo.

Mayhew lava as mãos na urina. Em seguida, enxuga-as muito bem em um pedaço de linho e, em seguida, começa seu exame. Ele levanta as saias e começa a tocar de leve e descartar panos ensanguentados. Thomas permanece sentado, observando Katherine para ver sinais de que ela continua viva. É preciso um longo ciclo de orações enquanto Mayhew agacha-se sobre suas pernas apartadas, seu criado segurando uma vela, o olhar desviado, murmurando preces, até que finalmente o cirurgião exala um longo suspiro e joga fora seu pano. Ele retira seus óculos embaçados. Gotas de suor porejam em sua testa, molharam sua camisa. Ele puxa as saias para baixo e olha para Thomas.

Encolhe os ombros.

– Está nas mãos de Deus.

Thomas não diz nada.

– Devo chamar o padre? – o segundo criado pergunta.

Mayhew franze o cenho, pensativo. Thomas pode sentir o próprio coração retumbando em seus ouvidos.

– Ainda não – Mayhew diz. – Vamos ver como passa a noite.

Os quatro homens a levantam e a carregam para a cama de Mayhew. Ela parece muito mais leve do que antes. Ela emite um murmúrio e move o braço fino por cima do ventre.

– Um bom sinal – o primeiro criado diz, embora Thomas não possa acreditar nele.

Eles colocam o machado de guerra e o livro-razão ao lado da cama e encostam a tábua na lateral da barraca.

– Tragam lenha para uma fogueira – Mayhew diz ao criado. – Vocês dois. Peçam um pouco ao próprio lorde Hastings se não conseguirem encontrar nenhuma. Ele fará questão de fornecer o que puder para a mulher de Thomas Everingham.

Thomas não consegue interpretar o tom dessa última observação, mas os dois criados desaparecem. Faz-se um longo silêncio. Ele observa Katherine, consumido pela ideia de que, se ele desviar os olhos, ela morrerá. Mayhew lhe oferece uma bebida. Thomas aceita e molha os lábios de Katherine com o vinho.

– Obrigado – ele diz.

– Não me agradeça – Mayhew diz – porque eu não poderei salvar a criança. Não posso fazer milagres.

– Não – Thomas diz, porque ele ainda não pode chorar a morte da criança. Talvez haja muito tempo no futuro para isso.

O silêncio torna-se constrangedor por um longo instante, quebrado finalmente por Mayhew.

– Não espero que você me conte – ele diz. – Mas outros vão querer saber.

Thomas se permite um olhar a Mayhew. Quando olha novamente para Katherine, ela continua viva.

– Não é uma história fácil de contar – ele admite.

– Não – Mayhew supõe.

Thomas se reclina contra a cama, com uma das mãos no braço de Katherine, e ele pretende tentar começar a contar a história, como uma confissão, para expiar seu pecado, para dar uma entrada na soma que ele de bom grado pagaria para que ela vivesse, mas a exaustão toma conta dele. Seus olhos se fecham e um instante depois seu queixo está apoiado no peito, e ele dorme.

Ele acorda com as Matinas, quando ainda está escuro. Ele toca na mão de Katherine.

Ainda está quente.

Ele acorda outra vez na hora da Prima e o braço dela ainda está quente.

É acordado em algum momento da manhã pelo criado de Mayhew.

Ela ainda está viva.

Mayhew está lá. Tem um ar grave.

– Ela ainda está sangrando – diz.

Thomas segura sua mão e tem certeza de que ela sabe que é ele e que ela aperta seus dedos.

– Você tem que conservar suas próprias forças – Mayhew diz.

Ele lhe oferece cerveja. É muito boa.

– Há uma pessoa esperando para vê-lo – Mayhew lhe diz.

E Thomas sabe que acabou. É hora de explicar a Richard Fakenham por que ele trouxe a mulher que um dia foi sua esposa, que ele achava que estava morta, de volta para ele, ainda viva, mas quase morta, e grávida. Ele toma mais alguns goles da cerveja. Mayhew tem razão. Ele precisará de suas forças para isso.

Ele ouve vozes do lado de fora. Murmúrios, resmungos. Em seguida, a aba da barraca se abre e Mayhew deixa entrar o visitante de Thomas. Velho, quase tão redondo quanto alto, um punhado de cabelos brancos sob um gorro de tecido escuro que inclinou para o lado, ele veste roupas escuras, como se estivesse de luto, e não tem firmeza nos pés.

– Thomas! – exclama. – Por tudo de mais sagrado! É você?

É sir John Fakenham. Ele o espreita através de seus óculos.

Thomas não consegue falar por um longo instante. Há um nó em sua garganta.

– Sir John – consegue dizer. – Sir John.

– Deixe-me dar uma olhada em você, Thomas – sir John diz. – Deixe-me pousar os olhos em você outra vez, embora por tudo que é sagrado eu quase não consigo ver nada ultimamente. E estes malditos óculos só parecem piorar as coisas.

Thomas fica parado diante dele enquanto sir John o espreita atentamente por um longo tempo. Seus olhos são muito vagos, até leitosos, e seus óculos tão arranhados e lascados que é surpreendente que ele consiga ver alguma coisa através deles. Ele envelheceu muito neste último ano.

– Ha! – ele diz. – Ainda tem esses cabelos ruivos!

– E por que não teria? – Mayhew caçoa.

– Fique quieto, Mayhew – sir John diz. Ele pega uma bebida das mãos dele com dedos ávidos e desajeitados, em seguida Mayhew o guia até uma cadeira e o ajuda a sentar-se. Ele o faz com um pesado suspiro e em seguida olha para a pilha de cobertas onde está Katherine, pálida e imóvel como uma efígie de mármore.

– E Jesus, esta é ela, não é?

Thomas e Mayhew não dizem nada. Thomas prende a respiração.

– Sinto muito por seu sofrimento, meu rapaz – sir John diz. – E dela. Ela parece uma jovem bonita. Só você poderia ter encontrado tal joia em um lugar tão miserável quanto este, Thomas. Parabéns, rapaz!

Ele ergue seu caneco e toma mais um gole. Thomas faz o mesmo. Ele vê que sir John chegou àquela idade em que nada o incomoda muito e é como se ele estivesse se encontrando com alguém que ele sabe que nunca virá a conhecer muito bem, então por que se envolver? Thomas sente o calor do alívio em ver um obstáculo removido, mas isso é contrabalançado pela ideia de que nenhum desses obstáculos importa se Katherine estiver morta.

– Mas, diga-me – sir John continua. – Diga-me, meu rapaz, o que tem feito? Quais são as notícias de Kit? Onde ele está?

Thomas fica mudo por um instante. Kit! Santo Deus!

– Kit voltou para casa – ele balbucia. Sir John ergue uma das sobrancelhas.

– Para casa, hein? – ele diz e, mais uma vez, Thomas fica tentando adivinhar o que ele quer dizer. Quanto sir John sabe? Thomas não faz a menor ideia.

– Eu tenho o livro-razão – ele diz, para mudar de assunto.

Sir John para instantaneamente, o rosto impassível.

– O livro-razão, meu rapaz? O livro-razão? Que livro-razão?

– Aquele – ele diz, apontando para o livro sob a cabeça de Katherine.

Sir John nem se dá ao trabalho de olhar. Ele poderia estar tampando os ouvidos. É uma encenação.

– Não – ele diz, sacudindo a cabeça. – Não sei de nenhum livro-razão.

Thomas compreende o que ele está dizendo e quase tem vontade de rir. Depois de todos os problemas que causou, os perigos em que os meteu, o preço que custou... e agora ele está ali, algo a ser ignorado. Ele o atiraria no fogo, se houvesse um aceso.

– E Giles Riven está morto – ele diz. – Por minhas próprias mãos.

Nesse instante, sir John parece realmente alarmado. Ele estende as mãos e faz sinal para Thomas se calar.

– Shhhh! Shhhh! Jesus! Fale baixo. Santo Deus! Se alguém ouvir você dizer tal coisa, a notícia vai parar direto naquele maldito Edmundo Riven. E ele vai mandar seus assassinos e bandidos e não sei mais quem e vai ser o fim de tudo. Ficarei de luto por mais seis meses.

Thomas não diz nada. Luto? Por quem?

— Mas Deus Todo-Poderoso, rapaz, fico feliz em ouvir isto. Já é bastante ruim que aquele canalha do Edmundo Riven esteja vivo, até mesmo conosco no acampamento, acredite, embora o conde de Warwick não vá tolerá-lo no conselho por causa do terrível mau cheiro de seu olho. Mas ele ainda está aqui! Ainda está vivo, e até onde eu saiba, bem, ele ainda tem Cornford e ainda está planejando voos mais altos, com todas as suas maquinações. Fico feliz em saber que seu pai está morto e no inferno como merece. Foi uma morte dolorosa? Santo Deus, imaginei isso tantas vezes ao longo dos anos.

Thomas lhe conta como aconteceu.

— Mas não foi antes de ele chutar Katherine — ele diz.

Sir John balança a cabeça com tristeza.

— O problema que esse homem causou. Faz você pensar por que Deus permite que isso aconteça, às vezes, não é? Minha mulher Isabella diz que esses problemas são enviados por Deus para nos fortalecer, para nos pôr à prova, como um cuteleiro faz com a lâmina de uma espada, mas ela está cada vez mais devota graças àquele cônego infernal que você deixou conosco e eu acho que eu não sei o que pensar.

Então, ele não está de luto por Isabella, Thomas pensa.

E agora Mayhew olha para Katherine, franze a testa e corre para o seu lado. Ele pressiona um ponto em seu pescoço e grita pelo seu criado.

— Ela está sangrando outra vez, de dentro — ele diz. — Nós aplicamos um coagulante. É só o que podemos fazer.

— O seu melhor, Mayhew — sir John diz. — Ninguém pode desejar mais.

Thomas agacha-se ao lado dela. Ela está muito pálida, muito abatida, os ossos do rosto angulosos, a pele esticada, os lábios exangues.

O criado chega. Sir John é movido de lugar. Ele senta-se ao lado de Thomas enquanto as saias de Katherine são erguidas. Surge mais linho, rolos inteiros, mais urina. O cheiro suave de óleo de rosas e de alguma outra coisa que é pungente e amarga e arranha em sua garganta. O criado murmura preces. Ele ergue o crucifixo em uma das mãos e a vela na outra. Mayhew é rápido, trabalhando freneticamente. Katherine se contorce como se estivesse sonhando e sua respiração é muito superficial e rápida. Mayhew prageja. Em seguida, ele faz alguma coisa e fica imóvel, aplicando pressão. Olha para ambos significativamente e Thomas sabe que esta é a última chance. Se isto não funcionar, nada mais funcionará. Um padre terá que ser chamado.

O tempo se arrasta. A luz se dissipa. O linho da barraca parece se fechar sobre eles. O criado acende outra vela com o toco da primeira. Mayhew continua ali, pressionando. Sir John entra e sai da sonolência. Seu ronco é um leve zumbido. A respiração de Katherine tornou-se mais lenta. Ele pode ver o traço escuro de suas veias através da pele pálida. Uma delas pulsa de forma rítmica. Uma minúscula pulsação. Em seguida, fica escuro demais para se poder ver isso. Ninguém diz nada. Pouco tempo depois, o outro criado traz pão, sopa e cerveja, enviados por lorde Hastings. Mayhew não se move, nem sequer ergue os olhos.

Sir John acorda e murmura alguma coisa. O criado lhe serve cerveja.

– Ela ainda está conosco? – Sir John pergunta. – Ótimo. Estou rezando por ela. E Mayhew, ele sabe o que faz.

Thomas não consegue mais se conter.

– Sir – ele pergunta. – Por quem o senhor está de luto?

Sir John olha para ele por cima da borda de seu caneco e a luz da vela brilha em seu olho remelento, mas pela primeira vez Thomas acha que sir John realmente focalizou o olhar nele, realmente o está vendo.

– Ah – ele diz, deixando de lado o caneco e parecendo de repente ainda mais velho e frágil. – Você esteve ausente por quase um ano, não é? Não ficou sabendo. Richard. Meu garoto. Meu único filho, você sabe. Ele morreu. No final do ano passado. Pouco antes do Natal. Eu costumava adorar a época do Natal, sabia? Mas nunca mais o farei. Isso... oh, eu sabia que isso iria acontecer. Uma vez que sua Margaret morreu, ele iria segui-la. Mesmo assim. Foi um golpe. Um grande golpe.

Thomas volta-se novamente para Katherine e pressiona a mão dela na sua. Alívio, esperança, culpa e pesar se entrelaçam e se enrolam dentro dele. Richard Fakenham está morto. Santo Deus. De repente, um grande obstáculo é removido, como um peso do ombro, ele pensa, e ele começa a pensar que há esperança para eles... até que se lembra que nada disso terá importância se Katherine não estiver ali com ele.

Então, Mayhew faz um movimento sutil, um leve relaxamento de seus ombros, e depois, ele fica imóvel por um longo instante, a cabeça inclinada, agachado, olhando fixamente para alguma coisa. Em seguida, ele ergue os olhos e deixa que os olhos de Thomas encontrem os seus, e sua expressão, exausta, é legível. Ele balança a cabeça muito levemente e atrás dele o criado começa o *te deum*, uma prece de ação de graças. Thomas sente as lágrimas aflorarem a seus olhos outra vez, ele se volta para ela e acha, por um instante, que seus olhos estão abertos.

– Katherine – ele diz. – Está tudo bem. Está tudo bem.

Naquele momento, há uma retumbante agitação das paredes de linho grosso da barraca, quando o vento leste vindo do mar do Norte se levanta. A chama da vela oscila no pavio, sir John acorda com um sobressalto, todos os homens erguem os olhos assustados, como se alguma coisa estivesse passando acima da barraca, e o criado faz o sinal da cruz duas vezes.

Nota do Autor

Os grandiosos castelos de Alnwick, Dunstanborough e Bamburgh são talvez os castelos mais poderosos em Northumberland, mas eles são apenas três dos muitos que se erguiam no que era conhecido no século XV como East March, cada qual construído no início da Idade Média para proteger a Inglaterra dos saqueadores escoceses e – para ser justo – para servir de base para saqueadores ingleses que seguiam na direção contrária.

Muitos deles ainda estão de pé, reconstruídos, reformados, ao estilo vitoriano no caso de Alnwick e Bamburgh, e preservado como uma ruína austera no caso de Dunstanborough. Atualmente, eles e muitos outros podem ser visitados, seguindo-se uma bem sinalizada rota de castelos que parte de Warkworth no sul de Norham, ao norte. No século XXI, eles são quase serenos; frios, úmidos e cobertos de musgo, em geral muito próximos a rios sinuosos, monumentos românticos de um passado distante, mas não é necessário um salto de imaginação muito grande para vê-los como devem ter sido há 500 anos, dominando completamente a paisagem como as catedrais o faziam mais ao sul, cada qual um *hub* complexo e fervilhante no centro de um extenso ecossistema que absorvia homens e equipamentos militares, alimentos e forragem, animais e lenha de muitos quilômetros do seu entorno, e deviam ser lugares movimentados, barulhentos e fétidos.

Foi para esses castelos que, depois que seu poder quase foi destruído na Batalha de Towton em 1461 (o tema do primeiro volume da Trilogia

Kingmaker, U*ma jornada no inverno*), as forças lancasterianas que sobreviveram à derrota se retiraram, e foi entre eles que se desenrolou a fase seguinte do conflito que viemos a conhecer como as Guerras das Rosas.

Como acontece com o intervalo de duração mais longo das guerras, a história desses poucos anos que se seguiram – de 1461 a 1464 – geralmente é confusa, de vez em quando absurda, às vezes cômica. Todos mudam de lado ao menos uma vez, geralmente duas, há dois reis e todo mundo se chama Richard ou John.

Antes de Thomas e Katherine chegarem, no outono de 1463, cada um desses castelos já havia sido sitiado pelos yorquistas e tomado dos lancasterianos ao menos uma vez, apenas para que as chaves fossem dadas ao homem errado – do ponto de vista dos yorquistas. Cada novo castelão nomeado quase instantaneamente revertia à causa lancasteriana e era nos frios confinamentos desses castelos apropriados que os adeptos de Henrique VI se entocavam, um pouco desconfortáveis e quase sem poder para exercer influência sobre os acontecimentos enquanto esperavam ajuda da França, da Borgonha ou da Escócia ou, na realidade, de praticamente qualquer um com *"un peu d'argent"*. Enquanto isso, em Londres, os yorquistas comandados por Eduardo IV esforçavam-se para garantir seu controle sobre o trono e eliminar qualquer chance de ajuda externa vinda daqueles homens nos castelos.

A vida devia ser funesta.

As opções começaram a se esgotar muito rapidamente e Henrique VI – que não era o líder que seu pai havia sido e, na realidade, nem o líder que sua mulher, Margaret de Anjou, era – não era capaz de tirar os lancasterianos da situação aflitiva em que se encontravam. Assim, pode-se imaginar a empolgação que as guarnições militares sitiadas devem ter sentido quando o duque de Somerset passou para o lado de Henrique e surgiu repentinamente na ponte levadiça, com roupas inapropriadas para aquela época do ano, tendo sido obrigado a pular a janela de uma estalagem às pressas, a fim de escapar dos homens de lorde Montagu.

Apesar de não ser um general notoriamente bem-sucedido – ele conduziu o exército lancasteriano nas derrotas de Northampton e Towton – era um valente e entusiasmado combatente, e deve ter sido maravilhoso para os homens de Henrique poderem sair por algum tempo do confinamento dos castelos, conforme ele os liderava na busca pelos homens de lorde Montagu, embora eu não creia que muitos teriam apreciado a beleza escarpada da zona rural da Northumbria como fazemos atualmente. Procurei alguma menção à Muralha de Adriano, casualmente, mas não encontrei nenhuma, de modo que eu ainda me pergunto o que teriam achado dela. Para muitos ingleses da época, qualquer estrangeiro era um francês, de modo que só podemos imaginar a opinião que teriam sobre ela, construída pelos desprezados franceses há tanto tempo.

As duas batalhas descritas neste livro – Hedgeley Moor e Hexham – foram eventos de menor escala e um pouco frustrantes, após os incríveis rigores de Towton, mas são intrigantes, sob muitos aspectos. Sabe-se muito pouco a respeito e os relatos que existem são, novamente, e como sempre, contraditórios, e não se encaixam na probabilidade militar ou na topografia. Uma lenda surgiu em torno do Salto de Percy em Hedgeley Moor, mas será que realmente aconteceu? Em Hexham, situei os homens de Somerset no topo da Swallowship Hill, de frente para o norte, o que me pareceu fazer mais sentido, mas outros podem discordar, e provar que estão certos, e se for esse o caso, eu só poderei admitir que minha suposição mostrou-se incorreta.

Em ambos os casos, eu tentei compreender por que os homens de lorde Hungerford e lorde Roos capitularam aparentemente tão depressa e apresentei uma teoria de que, já que está baseada na existência de um personagem de ficção, não pode de fato ser a verdadeira, mas devem ter existido algumas outras forças semelhantes em ação naquela época. Qualquer que tenha sido a causa de sua fuga, ela salvou vidas no final das contas, e talvez essa já tenha sido razão suficiente. Os homens nos dois acampamentos teriam sido tipos muito semelhantes, de regiões vizinhas, e talvez seus corações não estivessem realmente empenhados naquela guerra. Talvez se lembrassem do trauma de Towton com absoluta clareza e isto tenha sido a erupção de uma guerra civil genuinamente civil.

Quanto a William Tailboys e suas mulas carregando o que restou dos valiosos pertences de guerra do rei Henrique, isso é verdade. Ele foi capturado após a batalha, escondido em uma mina de carvão, com uma grande soma de dinheiro, rapidamente distribuído entre os homens de Montagu, e foi executado em Newcastle em julho do mesmo ano, dois meses após a batalha. O que ele andou fazendo nesse intervalo de tempo é uma das lacunas em nosso conhecimento onde os escritores de ficção se deleitam.

Enquanto isso, entretanto, o pobre e velho Henrique VI continuou a escapar da captura até 1465, quando finalmente foi preso e levado para a Torre de Londres. De certa forma, ele era mais adequado ao cativeiro do que ao reinado, já que era uma alma simples, dada a orações, e passou os cinco anos seguintes ali, até ser resgatado para desempenhar um último e fatídico papel na continuada história de Katherine e Thomas...

Agradecimentos

Enquanto eu procurava terminar este romance, estava convencido de que meu árduo trabalho era solitário, mas desde que tirei os olhos dele, tenho visto que teria sido muito menos prazeroso e um trabalho ainda mais penoso se não fosse o apoio e a amizade de uma centena de diferentes pessoas, algumas das quais gostaria de agradecer nominalmente.

Em primeiro lugar, gostaria de agradecer àqueles que foram tão encorajadores com o meu primeiro romance, *Uma jornada no inverno*. Sem as palavras gentis de Ben Kane e Manda Scott e sem o inesperado endosso de Hilary Mantel, este segundo livro poderia ter sido uma prova de resistência, mas seu generoso encorajamento realmente me deu asas, com o de Robin Carter e Kate Atherton, que foram tão amáveis a meu respeito em seus excelentes blogs: Parmenion Books e For Winter Nights. Não sei expressar o quanto seus comentários foram animadores, portanto, muito obrigado a vocês.

Em segundo, quero agradecer à minha adorável agente Charlotte Robertson, que tem sido maravilhosamente positiva e calma em todo o processo, assim como minhas editoras Selina Walker e Francesca Pathak, que toleraram meus infindáveis adiamentos de prazo final. Gostaria muito de agradecer à incrivelmente paciente Mary Chamberlain por aplicar seu olho de águia em questões de trama e plausibilidade, bem como a Tim Byard-Jones por sua perspicaz atenção a detalhes em assuntos referentes ao século XV. Obrigado a você, também, David Allison, por todas as suas brilhantes sugestões. Sem sua ajuda, este livro não seria metade do que é, enquanto, ao mesmo tempo, teria o dobro do tamanho.

A seguir, devo meus agradecimentos a Johnny Villeneau e Leslie Bookless por me suportarem e apostarem em mim, e a Jacko por ser um público tão fácil e entusiasta. Obrigado, ainda, a Kate Summerscale e Sinclair McKay, pelo seu permanente apoio – sabem o que quero dizer – bem como, notoriamente, a Anna e John Clements, por, mais uma vez, vocês sabem a razão. Também gostaria de agradecer a Nick e Lilian Philips, que foram modelos de apoio generoso e amizade tolerante. Eu não poderia ter terminado este livro sem vocês.

Entretanto, acima de tudo e de maneira muito especial, gostaria de agradecer a Kazza e Martha, bem como a Tom e Max, por sempre fazerem de tudo isto motivo de alta comédia.

Impressão e Acabamento:
PROL EDITORA GRÁFICA